Elisabeth Herrmann

Der Teepalast

Elisabeth Herrmann

Der Teepalast

Roman

GOLDMANN

Originalausgabe

Dieses Buch ist auch als E-Book erhältlich.

Penguin Random House Verlagsgruppe FSC® N001967

1. Auflage

Umschlaggestaltung: UNO Werbeagentur, München
Umschlagmotiv: GettyImages/E+/BIHAIBO
und mauritius images/Bjanka Kadic/Alamy und FinePic®, München
CN · Herstellung: ik
Satz: Uhl + Massopust, Aalen
Druck und Bindung: GGP Media GmbH, Pößneck
Printed in Germany
ISBN: 978-3-442-49211-4
www.goldmann-verlag.de

Besuchen Sie den Goldmann Verlag im Netz

Allen Frauen vor uns gewidmet,
die ein Nein nicht akzeptiert haben.

Prolog

Bremen, November 1876

Wie Blumen öffneten sich die weißen Sahnewolken, verwoben sich in zarten Schleiern, stiegen auf und ab und sanken schließlich zurück in den dunklen Grund der Tasse.

»Und jetzt«, sagte die Großmutter und lächelte Bettina zärtlich an, »darfst du deinen Tee trinken.«

Vorsichtig hob das Mädchen die Tasse. Sie war aus Meißner Porzellan, so dünn und zart, dass man Angst bekam, sie würde schon vom Ansehen zerspringen. Bettina pustete und nahm einen kleinen Schluck.

»Uh. Ich brauche mehr Kluntjes.« Sie warf zwei Stück Kandiszucker nach, die das luftige Gemälde in der Tasse augenblicklich zerstörten.

Die Großmutter lehnte sich zurück. Dabei knarrte der alte Stuhl leise. Bettina liebte ihn, fast genauso heiß und innig wie ihre Großmutter. Auf alles andere im ersten Stock des großen, prächtigen Hauses wurde sorgsam geachtet, nur auf das Ächzen und Knarren dieses abgeschabten Stuhls nicht, der bestimmt schon eine Ewigkeit in der Bibliothek stand und den niemand anrühren durfte. Noch nicht einmal, um die schlimmsten abgesplitterten Stellen auszubessern. Ein seltsamer Stuhl, knorrig, eigensinnig, ganz anders als die hübschen Möbel aus Nussbaum und Kirsche, mit denen das Stadthaus der Vosskamps eingerichtet war. Und ganz zu schweigen vom Teepalast, dem Salon der Bremer Gesellschaft, die sich dort beim Tee traf. Um die Ecke war noch der Laden, mit dem Helene vor langer Zeit begonnen hatte, ihr Imperium aufzubauen. »Die Teekönigin« wurde sie von ihren Bewunderern genannt.

Aber es gab auch andere Namen, die hinter vorgehaltener Hand geflüstert wurden. Anfangs war es für sie wohl nicht leicht gewesen. Wann immer Bettina über etwas stöhnte – die strengen Diktate des Hauslehrers, die Zimtschnecken vom Vortag, das mühsame Zuknöpfen der Stiefel, stets bekam sie zu hören: »Iss du mal das harte Brot, das deine Großmutter zerbeißen musste!«

Lange Zeit hatte sie geglaubt, Helene hätte sich zeit ihres Lebens von ungenießbaren Kanten ernährt. Jetzt, mit neun Jahren und fast schon erwachsen, verstand sie viel mehr. Ihr war bewusst, dass ihre Familie ein anderes Leben führte als das vieler Leute. Schon deshalb, weil ihnen ein prächtiges Haus an der Ecke zum Grasmarkt gehörte und damit auch der Teepalast, ein nach englischem Vorbild eingerichtetes Stadtcafé im Erdgeschoss. Am Eingang bestaunten die, die zum ersten Mal eintraten, die gewundenen Säulen und die goldverzierten Akanthusranken, und drinnen dann die Vitrinen mit den Kuchen und Torten, das funkelnde Silber, die internationalen Zeitungen und Magazine, das blank polierte Parkett und schließlich die Teekarte mit der größten Auswahl Norddeutschlands. Als geborene Vosskamp erkannte Bettina die einzelnen Sorten am Duft: den zarten chinesischen Oolong, den kräftigen Assam und eine ganz spezielle Mischung, Brennys, die Helene vor langer Zeit einmal von einer ihrer Reisen mitgebracht und ins Sortiment übernommen hatte.

Bettina setzte die Tasse ab. Zu heiß.

Ihre Großmutter machte es richtig: Sie schloss die Augen und schnupperte erst mal an ihrem Tee. Heute trug sie ein moosgrünes Kleid aus Seidentaft und ein dazu passendes Schultertuch. In ihren mattblonden Haaren glänzten silberne Strähnen. Sie waren im Nacken zu einem Knoten gesteckt. Weil sie darauf bestand, die Toilette selbst zu erledigen, sprangen immer ein paar widerspenstige Locken heraus. Und da das sanfte Licht der Lampe ihren Zügen schmeichelte, sah sie überhaupt nicht aus wie das ehrbar ergraute Haupt der Familie Vosskamp. Bettina fragte sich manchmal, wie ihre Großmutter wohl in jungen Jahren gewesen war. Alles, was sie aus dieser Zeit wusste, hatte mit bitterster Armut und unfassbaren Wagnissen zu tun. Und mit Dingen, die für eine Dame von Stand absolut unmöglich waren. Wenn tatsächlich einmal die Sprache darauf kam, intervenierte ihre Mutter sofort. »Nicht vor dem Kind!«

Was dazu führte, dass in Bettinas Fantasie ihre Großmutter alles gewesen sein konnte: Marketenderin, Räuberin, Piratin … Natürlich war sie nicht die Einzige, die sich darüber Gedanken machte. Das war einer der Gründe, warum die Vosskamps in der Bremer Gesellschaft eine Außenseiterrolle einnahmen, trotz ihres Reichtums. Denn er war nicht ererbt und nicht erheiratet, nicht durch königliche Gnaden oder glückliche Fügungen gewachsen, sondern einzig und allein durch *meiner Hände harter Arbeit*, wie Helene vielsagend hinterherschob, wenn es am Abendbrottisch um ein Haar spannend geworden wäre. Es musste also noch mehr geben, was dem *Kind* nicht zu Ohren kommen durfte.

»Ein kräftiger Tee aus Nordindien. Ich würde sagen, die Gegend um Darjeeling.«

Das Mädchen nickte. »Von dem haben wir ziemlich viel. Und dann haben wir noch grünen Tee und den mit Bergamotte, wie heißt er noch mal?«

»Earl Grey.« Ihre Großmutter stellte vorsichtig die Tasse ab. Der Stuhl knarrte schon bei dieser kleinen Bewegung. »Und wer hat ihm seinen Namen gegeben?«

»Ein britischer Premierminister.« Die Worte kamen wie aus

der Pistole geschossen. Das wusste man, wenn man in diesem Haus aufgewachsen war.

»Sehr gut. Ein interessanter Mann, ein kluger Kopf. Habe ich dir schon erzählt, dass er die Sklaverei in den britischen Kolonien verboten hat? Nein? Und er hat der vermaledeiten Ostindien-Kompanie einen gehörigen Dämpfer versetzt. Charles Grey, 2nd Earl Grey …«

Ein versonnenes Lächeln erhellte die vielen kleinen Falten im Gesicht der Großmutter.

»Haben Sie ihn gekannt?«

Es gab niemanden, den ihre Großmutter nicht kannte. Im Haus der Vosskamps ging ein ziemlich buntes Volk aus und ein. Heute konnte es ein Admiral der britischen Flotte sein, morgen ein Trupp Theaterschauspieler, übermorgen … auch das gab es regelmäßig: Dienstbotentag. Dann ging die Großmutter hinunter in die Küche zu Magda, und beide saßen bis tief in die Nacht zusammen. Das war so in diesem Haus, seit hier Dienstboten arbeiteten.

Drei wendige Klipper gehörten zur Vosskamp-Flotte, dazu die Speicherhäuser am Hafen und ein Netz von Läden und Verkaufsstellen von Bremerhaven bis New York. Vosskamp-Tee trank man in den Häusern der Bauern genauso wie am Hof Königin Victorias, von wo aus Lady Bedfords Tea Time die Welt erobert hatte. Vosskamp nannte man in einem Atemzug mit Twinings und Fortnum & Mason und bis heute ging die Großmutter noch täglich ins Contor und ließ sich die Bücher vorlegen. Bettina, die von Anfang an vertraut war mit der rauen Seite des Lebens, mit dem Verlust von Schiffsladungen im Sturm oder einer Lagerfäule in den nassen Herbstwochen, hatte genauso fraglos den Luxus akzeptiert, in dem sie groß geworden war. Auch wenn Helene ihr immer wieder eintrichterte, dass sie diesen Wohlstand nicht als selbstverständlich ansehen sollte. Das allerdings stürzte sie in ernste Konflikte. Seine Herkunft nicht anzunehmen, war ja schon fast *revolutionieren*! Jeder befand sich an dem Platz, an den der Herr ihn gestellt hatte. Sagte der Pfarrer. Sagten alle. Nur ihre Großmutter nicht. Die sagte, seinen Platz im Leben würde man sich selbst aussuchen.

Die ledergebundenen und goldgepunzten Buchrücken schimmerten geheimnisvoll, die Landkarten an den holzgetäfelten Wänden erzählten von fernen Welten. Die Bibliothek war ein Raum, in dem die Sehnsucht zu Hause war, in dem es nach Holz und Bienenwachs roch und in dem sich noch etwas befand, was Bettina nicht hätte beschreiben können. Geister vielleicht? Nein. Erinnerungen? Ja. Dabei war es kein altes Haus. Über dem Eingang stand die Jahreszahl 1867 gemeißelt – das Jahr von Bettinas Geburt.

»Oh ja, ich habe den Earl Grey gekannt… trink deinen Tee. So, wie die Friesen ihn trinken. Und nicht wie die Püppchen unten im Teepalast mit abgespreiztem Finger.«

Bettina gehorchte und nahm einen weiteren Schluck. Der schmeckte schon besser.

»Wie sah er aus?« Männerbeschreibungen waren eine der vielen Begabungen ihrer Großmutter, mit denen sie ganze Tischgesellschaften unterhalten oder vor Scham im Boden versinken lassen konnte. Aber an diesem Tag hatte sie sich wohl entschieden, zurückhaltend zu sein.

»Er war schon alt, als wir uns begegnet sind. Hager, asketisch, gesegnet mit einem Charakterkopf. Trotz der fortschreitenden Glatze. Ein paar Jahre vor seinem Tod war das, aber er blieb bis zuletzt ein Mann mit Grundsätzen. Und Moral. Was man nicht von allen hohen Herren behaupten kann. Ich habe ihm viel zu verdanken.«

»Was denn?«

»Trink.«

Noch ein Schluck. Der erdige, fast bittere Geschmack wurde nun durch die Sahne gemildert. Und dann ... Bettina strahlte. »Jetzt wird es süß!«

»So ist das im Leben. So ist es oft. Erst ist es lange Zeit bitter, und man muss den Mund verziehen, aber mit etwas Glück ist der letzte Schluck das Beste, was es gibt.«

Bettina schloss die Augen und leerte die Tasse. Sahne, Zucker und warmer Tee verschmolzen zu einer einzigen Herrlichkeit. Als sie die Augen wieder öffnete, ruhte der Blick ihrer Großmutter mit einem Ausdruck auf ihr, den sie so noch nie gesehen hatte.

»Was ist? Hab ich was falsch gemacht?«

Diese Nachhilfestunden in der friesischen Teekultur hatten es in sich. Ihre Eltern sahen das nicht gerne, denn dadurch war ihre Tochter den unkontrollierten Einflüssen einer unkontrollierbaren Großmutter ausgesetzt. Aber Helene hatte darauf bestanden. Bettinas älterer Bruder Paul, ein stämmiger Bursche von zupackendem Wesen, hatte sich immer davor gedrückt. Bettina liebte diese Nachmittage. Sie hatte dann das Gefühl, irgendwie freier atmen zu können.

»Nein, Betty. Das hast du nicht. Ich musste nur gerade darüber nachdenken, was ich gesagt habe.«

»Das mit dem bitter und dem Besten?«

»Ja.«

Bettina stellte vorsichtig die Tasse ab, stand auf und machte einen Knicks. Dann beugte sie sich vor und hauchte der Großmutter einen Kuss auf die Wange. »Ich lasse Sie jetzt allein.«

Es war die Zeit des Nachmittags, zu der sich Helene gerne für eine Stunde zurückzog. Bettina wusste auch weshalb: weil sie dann in uralten, bröseligen Büchern blätterte und zerlöcherte Briefe las, und sie sie einmal, aus Versehen!, weil sie geglaubt hatte, die Bibliothek wäre leer, ganz versunken angetroffen hatte, mit einem sehnsüchtigen Lächeln, um dann ganz schnell die Schatulle zu schließen, in der sie das alte Zeug aufbewahrte.

»Danke, mein Kind. Dann sehen wir uns zum Dinner.«

»Jawohl, Großmutter.« Sie knickste und lief hinaus.

Helene strich über die schartigen Armlehnen des Stuhls. Der Gedanke, den sie beim Anblick ihrer Enkelin gefasst hatte, ließ sie nicht mehr los.

Sie stand auf. Ein Blick aus dem Fenster – Regen peitschte an die Scheiben. Auf See herrschte sicherlich Sturm, die Schiffe würden ihre liebe Not haben, einen sicheren Hafen zu erreichen.

Es war, als ob sie wieder das Salz auf den Lippen spüren konnte und die eisige Gischt auf ihrer Haut. Sie schloss die Augen und lehnte die Stirn an die kühle Scheibe. Ihre Gedanken wanderten zurück zu einem Mädchen, das vor langer Zeit in so einem Sturm jäh aus seinen Träumen gerissen worden war.

Auf dem kleinen Tisch neben dem Fenster lag eine einfache Schatulle aus Walnussholz. Jeder, der sie öffnete, wäre enttäuscht von dem, was er vorfinden würde: krümeliger Tee, der fast zu Staub zerfiel. Zimtstangen, die schon lange ihren Duft verloren hatten. Zu Papier verdorrte Blüten … Helene nahm die Schachtel und setzte sich damit vor den Kamin.

Der Wind heulte um die Ecken des Hauses. Das Feuer brannte hinunter, aber sie vergaß die Zeit, diese tückische Verräterin, die alles mit sich davontrug und nur Asche zurückließ. Wo war die Glut geblieben? Die verzehrende Leidenschaft, der Kampf ums Überleben, der wilde Triumph und diese entsetzlichen Verluste … davongetragen, in ein Sandglas gesperrt. Rieselnde Körnchen, die langsam, aber sicher alles unter sich begruben. Nur eines nicht. Die Erinnerung.

Das Murmelspiel

Hogsterwaard, Ostfriesland
17. März 1834

Die Tür zur Stube wurde aufgerissen, noch bevor Lene begriff, was geschah.

»*Opstahn! To! To! To!*«

Ihr Vater Henry leuchtete ihr mit der Lampe direkt ins Gesicht.

»*Opstahn!* Aufstehen! Los!«

Verwirrt rieb sie sich die Augen. Es war mitten in der Nacht. Sie hatte vom Tanzen geträumt, vor der Marienkirche von Aurich. Zum Michaelismarkt waren sie dort gewesen mit ihren selbst geflochtenen Körben, und in Lenes Kopf wirbelten die Bilder immer noch durcheinander wie die Bänder des Maibaums: das Seidentuch der Mutter, das sie zum ersten Mal tragen durfte. Die bunten Kleider und Mützen der Leute. Die Fahnen im Wind. Die Musiker, Feuerschlucker und Wahrsagerinnen. Das Klappern ihrer Holzpantinen hatte sie zum Hafen getragen, wo die Schiffe dicht beieinanderlagen. Jeder Blick ein anderes Entzücken, jeder Schritt eine neue Überraschung. Lene war beglückt von einem Stand zum anderen gelaufen, hatte die bunten Stoffe und Bänder bestaunt und den Duft von Tee und Kaffee gerochen, war über Säcke mit Föhrer Hafer und Pellwormer Weizen gestolpert, vorbei an Eiderstädter Fettvieh und Jütländer Krickenten, an Fisch und Käse, Tellern und Krügen, Fässern mit Branntwein und Gewürzen aus fernen Ländern, wie magisch angezogen von den wilden, fröhlichen Klängen der Spielleute. Im Traum war es gestern gewesen; sie sah und roch und fühlte dasselbe wie damals. Dieses verrückte Herzklopfen, als sie Matz in dem Gewimmel entdeckte und er sie anlächelte und sich zu ihr durchschlug. Wie sie sich im Kreis drehten zur Musik, wilder und wilder, und Matz sie auffing und an seine Brust zog, ihr in die Augen sah, bis …

»Lene!«

Henry stand jetzt am Fußende der Butze, die sich die ganze Familie teilte. Der blakende Kienspan in seiner Hand warf Schatten auf die ausgemergelten Züge seines Gesichts. Ihre Schwestern Seetje und Hanna schliefen. Die Mutter wandte sich mit einem Stöhnen ab, als der Schein sie traf.

»Was ist los?«, fragte Lene schlaftrunken. Die Decke rutschte von ihren Schultern, und die Kälte ohne die Körperwärme der anderen ließ sie frösteln.

»'n Schipp auf Grund. Vielleicht Wattschiffer oder 'n Küstenfahrer. Wir müssen raus. *Die annern sinn schon op de Beene.*«

Henry, noch im Nachthemd, aber das Holzbein schon angeschnallt, stellte die Lampe auf die Gewandtruhe neben der Tür und ging zum Herd. Seetje blinzelte und robbte sich, schlafwarm wie ein junges Kätzchen, an Lene heran.

»Ist doch viel zu früh«, murmelte die Kleine und schlang ihre Arme um die große Schwester. »Die Krabben schlafen noch.«

Normalerweise ging Lene mit den anderen Frauen von Hogsterwaard in die Priele, um Krabben zu ernten. Immer zur hohlen Ebbe, der toten Zeit, die die Fischer zum Schlafen nutzten, mit Schiebenetz und Korb, und immer eine der Letzten, die vor der zurückkehrenden Flut mit hochgeschürztem Rock durch das eiskalte Wasser watete. Währenddessen entfachten die Männer große Feuer, und dann wurden die

Krabben gekocht und anschließend in Greetsyhl[1] zu Markte getragen.

Sie brachten nicht viel mehr als ein paar Witte – Weißpfennige –, und wenn es richtig gut lief, vielleicht auch mal einen Stuber oder Groten.

Die Torfstecher, die Leinweber, die Bauern, die Fischer – jeder achtete eifersüchtig darauf, dass der andere ihm nicht ins Handwerk pfuschte und das Geschäft verdarb. Als Henry vor ein paar Wochen das alte Boot gekauft und dafür den gesamten Notgroschen geopfert hatte, war das ein großes Risiko gewesen. Der Einbeinige *uffm Fiskersboat*? Das würde nicht lange gut gehen … aber bisher ließen ihn die anderen in Ruhe. Vor dem Unfall war er Matrose gewesen, aber das mit dem Fischen musste er wohl erst noch lernen. Die Ausbeute war entsetzlich dünn, sodass Lenes Krabbenfischerei fast die einzige Einnahmequelle blieb.

Den Verkauf hatte bisher ihre Mutter Rensche übernommen, während Lene nach den harten Stunden im Watt zu Hause blieb und die Garten- und Hausarbeit übernahm. Doch die letzten zwei Wochen hatten gezeigt, dass das nicht mehr reichte. Rensches Kräfte ließen nach, je dicker ihr Bauch wurde. Sie war müde, den ganzen Tag, und fand nachts keine Ruhe. Noch ein Maul zu stopfen, hatte die Gerberin gesagt und einen verächtlichen Blick auf ihre Nachbarn geworfen.

»'n Schipp«, flüsterte Lene, um Hanna nicht auch noch zu wecken. »Wir müssen raus.«

Seetjes blaue Augen blitzten auf, und eine Mischung aus echtem Mitgefühl mit den armen Seelen draußen auf See und unbändiger Abenteuerlust huschte über ihr Gesicht. Alle sagten, sie sähen sich ähnlich wie ein Ei dem anderen. Die blon-

---

1 Heute: Greetsiel.

den Haare, die blauen Augen, die Stupsnasen und die gleiche hohe Stirn, die sehnigen Arme und die dünnen Beine. Sie hatten keinen Spiegel, aber Lene kam es vor, als würde sie sich selbst Jahre jünger in Seetjes schlafgerötetem Gesicht erkennen. Drei Kinder hatte die Mutter nach ihr verloren. Deshalb war der Altersunterschied zu den kleinen Schwestern so groß. Lene war mit ihren achtzehn Jahren die Älteste, dann kamen Hanna, zwölf, und Seetje, acht. Dass sich jetzt noch ein Nachzügler angemeldet hatte, war natürlich ein Grund zur Freude. Aber es war auch ein weiterer Esser.

»Piraten?«, flüsterte Seetje aufgeregt.

»Wohl eher ein Wattschipp, das in den Nordmarschen stecken geblieben ist. Und jetzt schlaf.«

»Kann ich nicht!«

»Dann *dummel* ein bisschen. Träum was Schönes.«

Jede Stunde Schlaf war eine Stunde weniger Hunger. Lene stieg vorsichtig über ihre Mutter. Gerade hatte sie das Lager verlassen, als eine heiße Hand nach ihr griff.

»'n Schipp?«

Rensches Stimme klang heiser. Lene beugte sich zu ihr hinab und strich ihr über die schweißnasse Stirn. Sie hatte Fieber, auch das noch.

»Vatter will raus und nimmt mich mit.«

Rensche setzte sich mit einem Stöhnen halb auf. »Das kann er nicht. Nicht mit seinem Bein.«

»Sag es ihm selbst.«

»Macht ihr 'nen *Ströndgang*?«

Der Strandgang war allgemein geduldetes Recht. Von Schiffen, die den Kampf gegen die See verloren hatten, wurde oft ein Teil der Ladung angespült. Da hieß es, schnell zu sein und vor den anderen zu finden, was die Wellen ans Ufer warfen. Bisher ging die wilde Jagd immer ohne die Vosskamps ab. Aber seit sie das Boot hatten, schien Henry nur auf so eine Gelegenheit gewartet zu haben.

»Das Wetter schlägt um.«

»Deshalb müssen wir uns ja beeilen.«

Henry stand in der Tür, fast angezogen. »*To nu*«, brummte er.

Erschöpft sank Rensche zurück auf das Lager. Sie winkte ihren Mann zu sich heran, der einen unsicheren Blick über die Schulter warf. Draußen auf der *Straten* waren Stimmen zu hören, das Klappern von Holzschuhen und genagelten Ledersohlen über Steine, und Rufe, die von Hast und Aufbruch kündeten, aber langsam leiser wurden. Sie mussten sich beeilen.

»Pass auf die Lüttje auf«, flüsterte sie mit Blick auf Lene. »Ich hab wieder von ihm geträumt …«

Im flackernden Licht der Kerze sah Lene eine Düsternis, die über das Gesicht ihres Vaters huschte.

»Sei nicht toll!« Der nervöse Unterton in seiner Stimme konnte niemandem entgehen. »Du träumst zu viel.«

Damit verließ er das Haus. Lene küsste ihre Mutter auf die Stirn und zog hastig den Bettkasten auf, in dem sie ihre wenigen Habseligkeiten verwahrte. In diesen kalten Nächten schlief sie immer angezogen, deshalb entfiel jetzt das lästige und zeitraubende Ankleiden. Hemd und Rock und Jacke, viel mehr besaß sie sowieso nicht.

Neben dem kalten Herd hingen die Wolltücher auf Haken an der löchrigen Bretterwand. Der Wind fuhr durch die Ritzen und ließ sie noch mehr frösteln. Wir brauchen Torf, dachte sie beim Anblick des leeren Korbs. Dringend. Wir müssen endlich mal wieder heizen. Mutter kann nicht den ganzen Tag im Bett liegen bleiben. An ein paar Krümel Tee wagte sie gar nicht zu denken. Die letzten Blätter hatten sie wohl schon drei Dutzend Mal ausgekocht.

»Lene!« Henrys Ruf klang drängend und ärgerlich.

Das ganze Dorf schien auf den Beinen, die Fackeln tanzten und hüpften durch die Nacht und strichen über die Fassaden der Katen. Vor fast jeder Tür standen Frauen und Kinder, um den Männern ein letztes Lebewohl zuzuschreien. Als sie Lene sahen, wandten sie den Blick ab. Nur die Gerberin nickte ihr kurz zu – Pack hächt[2] sich, Pack verträgt sich. Sie waren die Außenseiter in Hogsterwaard, und das schweißte dann doch irgendwie zusammen. Lene zurrte ihr Tuch fest um die Schultern und stapfte los.

Es kam nicht oft vor, dass die Vosskamps bei etwas dabei waren. Lene konnte sich mit ihren achtzehn Jahren kaum noch daran erinnern, aber das war einmal anders gewesen. Henrys Unfall musste dabei eine Rolle gespielt haben, aber er sprach nicht darüber. Sie hatten einmal in einem richtigen kleinen Haus gewohnt, und es hatte im Winter ein prasselndes Feuer gegeben und im Sommer helles Leinen auf dem Gras, aber dann war etwas über sie hereingebrochen, ein Unheil, eine Verdammnis, eine so große Armut, dass sie sich bis zum heutigen Tag nicht davon erholt hatten.

Und Verachtung. Die war auch gekommen. Lene spürte sie in den Blicken der Leute. An der Art, wie sie ihr den Rücken zuwandten. Dass keiner sich bei den Festen zu ihnen setzte und in der Dorfschule man ihr schließlich den Platz neben der stotternden Sulla zugewiesen hatte, die sich nicht schnell genug dagegen wehren konnte. Einmal hatte Jolesch, der fahrende Händler, gesagt: *»Lever dood as to Huus im sefte Beed«* – lieber tot, als zu Hause im weichen Bett. Als sie ihren Vater danach fragte, hatte er sie zum ersten Mal geschlagen. Die anderen in Hogsterwaard zu fragen, traute sie sich nicht.

---

2 Hächt sich = haut sich.

Aber sie kam ohne Zwischenfälle zum Hafen. Niemand stellte ihr ein Bein, keiner stieß sie vom Weg. Das musste daran liegen, dass alle nur ein Ziel hatten: das Sieler Tief, wo die Schiffe festmachten und das Boot ihres Vaters den ungünstigsten Platz hatte; ganz am Ende des natürlichen Beckens. Wenn sie Pech hatten, wären sie die Letzten, die hinauskamen. Die Flut hatte ihren Scheitelpunkt schon lange hinter sich. Es waren die letzten Minuten, in denen die Ausfahrt noch gelingen würde. Der Wind wehte kräftig aus Nordost und würde draußen auf See fast schon ein Sturm sein. Ihr Herz klopfte, und es lag eine seltsame Aggressivität in der Luft.

Die Nachricht von dem Schiffsuntergang musste sich wie ein Lauffeuer verbreitet haben. Lene drängte sich durch die Gaffer und Zurückbleibenden. Ihr Vater war schon im Boot und rollte gerade die Persenning zusammen.

»Wat fürn Schipp?«, schrie es von links.

»Mecklenburger!«, rief jemand zurück.

»Engländer!«

»Preuße!«

»Lene! Mach die Leine los!«, schrie Henry.

Mit fliegenden Händen löste sie den Knoten und warf das Seil ins Boot. Schon hatte ihr Vater das Segel gehisst und das Reff eingebunden. Eine steife Brise fuhr hinein und ließ es knattern.

»Alle Mann auf! Alle Mann auf!«, schrie es von den anderen Schiffen. »Fest holen! Reftalje holen! Fiert! Rahen aufbrassen!«

Die Ersten verließen den Hafen.

»Verdammt!«, brüllte Henry, als die breite *Grete* von Jörg an ihnen vorbeizog, ein wendiger Hoeker, das größte Schiff von Hogsterwaard. Der Bugspriet bohrte sich fast in die Seitenwand von Henrys kleinem Boot. Lene hörte, wie das Holz sich wand und die Segel knatterten. Einen Moment sah es so aus, als würden sie krachend ineinander fahren.

»Hoo!«, schrie ihr Vater und ballte wütend die Faust. »Willst du uns umbringen, du Hundsfott?«

Jörg stand neben dem Klüverbaum und machte eine obszöne Handbewegung in ihre Richtung. Er war ein breiter, kräftiger Mann mit einem zerfurchten Gesicht und Händen hart wie Stein. Seine Söhne turnten auf Deck herum und bildeten sich etwas darauf ein, mit diesem Kahn angeblich bis vor die schottischen Küsten zu kommen. Ob ihre wilden Geschichten stimmten? So genau wollte das keiner wissen. Hauptsache, gut erzählt an den langen Abenden zwischen den Fangreisen oder beim Fleischer, wo Lene vor hohen Tagen um Abfälle bettelte und oft eine ganze Weile unbemerkt in der Ecke stehen bleiben konnte, bevor man sie bemerkte und die Grabesstille folgte, an die sie sich mittlerweile gewöhnt hatte.

»Lene!«, schrie ihr Vater. »Wind schießt auf! Anluven!«

Sie griff nach der Leine, um das Segel dichter zu holen.

»Hol! Hol dicht!«

Lene zog aus Leibeskräften, ihr Vater stand achtern und riss das Steuer herum.

»Lene! Verdammt!«

Sie legte ihr ganzes Gewicht in die Schoten und stemmte sich mit ihren Holzpantinen gegen das schartige Deck, und langsam, ganz langsam machte das Boot Fahrt und pflügte hart am Wind hinaus auf See. Sofort wurde es von den Wellen angegriffen, die sich auf es stürzten wie wilde, hungrige Tiere. Lene war klatschnass. Das Salzwasser lief ihr in die Augen, sie musste blinzeln und wischte sich das Gesicht am Oberarm ab.

Keuchend vor Anstrengung befestigte sie die Leine und hatte jetzt erst Gelegenheit, nach den anderen Fischerbooten Ausschau zu halten. Der Wind heulte, und jedes Mal, wenn sie aus einem Wellental nach oben stiegen, bot sich ihnen in der schwarzen sturmgepeitschten Nacht ein neuer Anblick.

Die *Grete* lag ein ganzes Stück backbord vor ihnen. Aber Henrys kleines, altes Boot hatte sich wacker im Mittelfeld der Verfolger gehalten.

»Wohin?«, schrie sie.

»Hart Nordost! Den *annern efter*!« Also den anderen nach. »Zur Leybucht! Ums Leyhorn herum!«

Das war nicht weit. An schönen Tagen keine halbe Stunde Fahrt. Aber bei diesem Wetter … sie war nicht vertraut mit dem Schippern. Erst ein paarmal hatte Henry sie mitgenommen, und da war es nicht so ein Schietwetter gewesen wie jetzt.

»Wissen die von der anderen Seite schon, was passiert ist?«

Damit meinte sie die Leute, die im Osten des Hörns lebten. Die Küste machte an dieser Stelle einen Schlenker ins Meer hinaus, als ob sie einen Finger ins Wasser krümmen würde, und links davon saß Hogsterwaard, rechts davon die Utlandshorner. Jetzt wurde ein richtiges Wettrennen daraus: Wer war als Erster an der Stelle, an die das Strandgut gespült wurde? Von beiden Seiten würden sie kommen und sich um die Kisten balgen. Lene war nicht wohl bei dem Gedanken. Wenn es ums Überleben ging, gab es keine Rücksicht mehr. Schon gar nicht auf die beiden Armhäusler in ihrem halb lecken Kahn.

Aber Henrys Boot hielt gut mit. Er stand breitbeinig an Deck, so wie er das wohl auch als junger Spund gemacht hatte, vor dem Unfall. Ihr Herzschlag raste. Welch eine Jagd! Und Henry war der Held. Alle Bitterkeit, die ihn in den letzten Jahren verzehrt hatte, schien wie weggeblasen. Hier war er in seinem Element. Seine Augen leuchteten, seine Stimme klang so kräftig, wie sie sie noch nie gehört hatte.

»Heejo! Heejo!«, schrie er und zog in weiter Entfernung an der *Grete* vorüber. Jörg ballte die Faust und brüllte etwas, das vom Wind verschluckt wurde. Es war erstaunlich hell, das musste am Mond liegen, der immer wieder hinter den jagenden Wolken hervorblitzte. Sie verbot sich, an die Männer auf dem Unglücksschiff zu denken. Was sich dort gerade abspielte oder noch vor Kurzem abgespielt haben musste …

»Was für 'n Schipp?«, rief sie gegen den Wind.

Henry zuckte nur mit den Schultern. Er sah angespannt in Richtung des Ufers, ein lang gestreckter dunkler Schatten, der eine halbe Seemeile entfernt lag.

»Fregatte oder Logger. Vielleicht mit Eis an Bord, wenn's von England käm?«

»Oh nein!« Es war bei den Engländern zu einer Mode geworden, wendige schnelle Schiffe in die Karibik zu schicken, um den Plantagenbesitzern den Luxus eines gut gefüllten Eiskellers zu gönnen. Aber wenn die Fracht ins Meer fiel, würde sogar in der eiskalten Nordsee nichts mehr davon übrig bleiben.

»Oder Salz«, grinste Henry. »Oder Tee.«

»Bitte nicht!« Tee – das kostbarste Gut, das ein Schiff laden konnte, und das verderblichste, wenn es mit Salzwasser in Berührung kam. Lene dachte eher an etwas Handfestes wie eine Schatzkiste voller Seidenstoffe und Goldmünzen. Aber was bei solchen Unglücken meist an Land gespült wurde, war geborstenes Holz und, so selten, dass es fast zur Legende geworden war, ein Fass mit Branntwein. Aber es gab ja auch noch das, was man nach der Flut fand. Zerrissenes Segeltuch. Kochgeschirr. Leere Kaffeesäcke. Ölfässer. Manchmal auch … Lene schloss die Augen. Manchmal auch einen toten Seemann.

»Gottverdammich!«

Erschrocken sah Lene zu ihrem Vater.

»Das Leuchtfeuer!«

Durch die Dunkelheit stach ein helles Licht.

»Da ist es doch.«

»Ja! Aber erst jetzt! Diese Verbrecher. Diese gottlosen Hunde.«

Wütend stemmte er sich gegen das Steuer, um den Kurs zu halten.

»Vielleicht hast du dich getäuscht?«

Aber nein, das hatte er nicht. Jetzt, wo das Feuer wieder in der Turmspitze loderte und weithin sichtbar war, musste selbst einem Blinden klar sein, dass es eine ganze Weile nicht gebrannt hatte.

»Du meinst … sie haben es gelöscht?«

Henry nickte grimmig. »Wir müssen zurück. Ich will nichts damit zu tun haben. Wenn das rauskommt, wandern wir alle zusammen an den Galgen.«

Noch nicht einmal Mord und Totschlag waren so schlimm wie das mutwillige Löschen eines Seefeuers. Es war ein abscheuliches Verbrechen, Schiffe in den Untergang zu locken.

»Umdrehen?«, rief sie.

Ihr Vater nickte. Lene robbte sich zum Bug nach vorne und befolgte die raschen Befehle von achtern. Langsam, ganz langsam legte sich das Boot leicht zur Seite. Die Segel knatterten empört im Wind, und von irgendwoher hörte sie heisere Rufe. Wahrscheinlich von den anderen Booten, die nicht verstanden, warum jemand so kurz vor dem Ziel wieder abdrehte.

Und die See machte es ihnen schwer. Als ob sie sich mit aller Macht gegen das hölzerne Ding auf ihrem Rücken stemmen und es abschütteln wollte. Das Gebrüll ihres Vaters ging fast unter im heulenden Sturm und dem Tosen der Wellen. Ihre Hände waren wundgescheuert, obwohl sie schon mit Schwielen übersät waren. Ihre Beine zitterten, weil ihre Kraft kaum noch ausreichte.

»Lene!«, schrie er. »Lene!«

Sie drehte sich zu ihm um, und das war ein Fehler. Die Leine riss und rutschte aus ihren Händen. Sie konnte das Ende nicht mehr fassen, der Großbaum drehte sich und traf Henry mit voller Wucht, nahm ihn mit über Bord und warf ihn ins brodelnde Wasser.

»Vater!«, schrie sie entsetzt. Der Baum kam zurück, sie konnte sich im letzten Moment ducken, um nicht auch noch über Bord geschleudert zu werden. Das lose Ende der Leine schwang wie eine Peitsche durch die Luft. Sie stürzte sich darauf und ignorierte den brennenden Schmerz, den das Salzwasser in die abgeschürften Handflächen schoss. Sie verknotete es und hastete so schnell es ging zum Steuer.

»Vater!« Es war, als wäre sie selbst untergegangen und umschlossen von einer dumpfen, undurchdringlichen Kälte. »Henry!«, schrie sie.

Er war weg. Das Boot kletterte über die nächste Welle. Oben auf dem Kamm gelang es ihr, einen kurzen Blick in die Richtung zu werfen, in der Henry verschwunden war. Die anderen Boote hatten das Leyhorn erreicht, das Leuchtfeuer zog eine geisterhafte Spur aus Licht übers Meer.

»Vater!« Die Verzweiflung sprengte fast ihre Brust. Tränen schossen ihr in die Augen, und langsam, begleitet vom triumphierenden Heulen des Windes, sank das Boot ins nächste Tal.

Ihre Hände zitterten, sie schrie, betete, heulte, wusste nicht mehr, wie lange das ging und wie weit sie schon weg war von der Stelle, an der Henry ins Meer geworfen worden war. Spuckte auf ihre Hände, diese nutzlosen Mörderhände, die ihrem eigenen Vater nicht hatten helfen können, biss sich auf die Knöchel und stemmte sich gegen das Steuer.

»Help!«, kam es von irgendwoher. *»Help!«*

»Hjir to!«, brüllte sie. »Hier zu!«

Sie spähte backbord und steuerbord. Ihr Herz raste wie verrückt. Der Wind klatschte ihr das nasse Haar ins Gesicht, ihr Rock klebte an den Beinen. Sie angelte nach der Notleine, bereit, sie jederzeit über Bord zu werfen.

»Help!« Und dann sah sie im Schaum der nächsten Wellenkrone einen Kopf und zwei rudernde Arme. Mit aller Kraft warf sie die Leine in diese Richtung. Arme und Kopf verschwanden, tauchten wieder auf, und das Boot warf sich ins nächste Tal, sodass von Henry nichts mehr zu sehen war.

»Fass zu!«, betete sie. »Fass zu, um Himmels willen!«

Die Leine straffte sich. Jemand hatte sie ergriffen! Bisher weigerte sich ihr Verstand zu begreifen. Aber der kurze Ruck hatte gereicht, um all ihre Kräfte noch einmal zu mobilisieren. Sie hielt das Steuer so fest sie konnte. Die Gischt sprühte ihr ins Gesicht. Hastig wischte sie sich die Augen frei und sah auf die Leine. Nicht loslassen, betete sie, nicht loslassen!

Die Küstenlinie kam näher, und endlich, endlich wurde der Wind schwächer. Sie hatte keine Ahnung, wo sie sich befand. Henry würde es wissen. Sie mussten es nur ins flache Wasser schaffen, damit er ins Boot klettern konnte. Jetzt wagte sie, für einen Augenblick nach hinten zu sehen. Die Leine war noch gut zehn Meter gestrafft, und sie konnte die Gestalt eines Mannes erkennen, der sich erschöpft daran festhielt.

Es war nicht Henry. Und schon rollte wieder eine Welle heran und nahm ihr die Sicht.

Sie schnappte nach Luft. Vielleicht hatte sie sich getäuscht? Angespannt wartete sie auf die nächste Dünung, die paar Sekunden dehnten sich zu einer Ewigkeit. Er ist es, sagte sie zu sich selbst. Das kann nicht sein. Wo sollte denn so plötzlich jemand anderes auftauchen …? Und dann fiel ihr das Schiff ein, das mit Absicht ins Verderben geschickt worden war. Es musste jemand von der Besatzung sein.

Nein. Mehr brachte ihr Hirn nicht zustande. Nein, nein, nein! Das Heck hob sich, und als es sich das nächste Mal senkte, starrten sie aus der Dunkelheit die verzweifelten Augen eines Mannes an, den sie noch nie in ihrem Leben gesehen hatte. Angst verzerrte seine Züge, Todesangst. Und da war noch etwas, das sie nicht begriff: Er sah anders aus als all die Menschen, denen sie bisher begegnet war.

Mit ungeheurer Wut wandte sie sich wieder nach vorne. Irgendwann knirschte es unter dem Kiel. Noch ein, zwei Meter, dann stoppte die Fahrt, und das Boot neigte sich zur Seite. Sie ließ das Steuer los, warf den Anker, schlug die Hände vors Gesicht und ging in die Knie. Beugte sich nach vorne. Biss sich auf die Lippen vor Schmerz, konnte die Hände nicht mehr öffnen, weil sie sich zu lange verkrampft hatten, und wurde von einem hemmungslosen Schluchzen geschüttelt, wie sie es noch nie erlebt hatte.

»Help«, rief er. *»Pull! Pull!«*

Eine hohe, junge Stimme. Genauso schockiert und verängstigt wie sie.

Lena wischte sich mit dem Handrücken übers Gesicht und kam taumelnd auf die Beine. Sie konnte kaum erkennen, wer da im hüfthohen, eisigen Wasser stand. Vielleicht ein Schiffsjunge oder ein junger Leichtmatrose. Seine Zähne klapperten, er zitterte am ganzen Körper. In den Händen hielt er immer noch die Leine. Sie beugte sich über die Bordwand und hielt ihm ihre Hand entgegen. Fast hätte sie aufgejault vor Schmerz, als er sie packte. Mit letzter Kraft gelang es ihr, ihn an Deck zu ziehen.

Er brach vor ihren Augen zusammen. Spuckte, keuchte, krümmte sich, erbrach schließlich einen Liter Seewasser und wimmerte schlussendlich leise vor sich hin. Lene betrachtete ihn, wie man etwas ansah, dem man noch nie im Leben begegnet war und mit dem man auch keine nähere Bekanntschaft schließen wollte. Schließlich stieß sie ihn mit ihrem Fuß an. Die maßlose Enttäuschung, dass er nicht Henry war, ließ bei seinem erbärmlichen Anblick etwas nach.

»Wer bist du? He! Rede!«

Das Wimmern hörte auf. Erst kam er auf alle viere, dann versuchte er, sich auf die Beine zu stellen. Beim zweiten Mal packte sie ihn an seinem Hemd und zog ihn hoch.

Er war etwas kleiner als sie, sehr schmal und sehr jung. Aber das Hemd, zerrissen und klatschnass, das sie zunächst für das eines Schiffsjungen gehalten hatte, war aus Seide. Er trug einen Gürtel aus Leder und Kniebundhosen, die ziemlich neu aussahen. Das Seltsamste an ihm war sein Gesicht. Hohe Wangenknochen und schmale Augen, dazu eine trotz seiner Blässe dunkel getönte Haut. Ein Chinese?

»Wer bist du?«, fragte sie noch einmal.

Der Junge stammelte etwas, das sie nicht verstand. Dann deutete er auf das Meer und rief ein ums andere Mal: *»Lady Grey! Lady Grey!«*

»Suchst du deine Lady? Ist sie da draußen?«

»Schipp. Schipp *Lady Grey*!«

Jetzt verstand sie. Er musste das Schiff meinen, das da draußen auf Grund gelaufen war. Sie dachte an die anderen aus dem Dorf, die jetzt am Strand darauf warteten, dass herrenloses Gut angeschwemmt wurde, an dem das Blut der unschuldigen Seelen klebte.

Er verbeugte sich, mehrmals. Dabei legte er die Handflächen zusammen vor die Brust.

»Puyi«, sagte er. Und dann: *»Thank you, thank you.«*

Lene wusste nicht, was das hieß, aber sie ahnte es. Hier oben schnappten sie immer mal wieder ein paar Brocken Englisch, Französisch und Niederländisch auf. Die Küstendialekte ähnelten sich sehr. Aber dieser Junge schien von sehr fernen Ufern zu kommen. Dennoch sprudelte es aus ihm heraus, und ab und zu glaubte sie, Worte zu erkennen, die dem Friesischen nicht unähnlich waren. Er wollte wohl wissen, wo sie gestrandet waren.

»Friesland«, sagte sie. »Das ist jetzt das Königreich Hannover. Vorm Leyhorn. Ihr müsst auf dem Weg nach Emden gewesen sein. Emden?«

Er verstand sie nicht.

»Friesia? Norden? Leer? Aurich?« Was gab es noch, wo fing die Welt an? »Bremerhaven?«

»Bremen?« Sein Gesicht hellte sich auf. *»Yes, yes, Mylady!«*

Ihre Zähne fingen an zu klappern, sie zitterte am ganzen Leib. Ohne einen Laut von sich zu geben, brach sie zusammen.

Das Nächste, woran sie sich erinnern konnte, war eine brennende Flüssigkeit in ihrer Kehle. Sie schluckte, hustete, keuchte und schob die Hand weg, die ihr noch mehr einflößen wollte.

Puyi, wenn der Junge so hieß, steckte das kleine Fläschchen zurück in seinen Gürtel.

»Go?«, fragte er und deutete zum Ufer. Eine erste Ahnung des Morgens breitete sich im Osten aus und ließ die Küstenlinie hervortreten.

Lene hangelte sich an der Bordwand hoch und biss die Zähne aufeinander, um vor Schmerzen nicht laut aufzuschreien. Puyi sprang zurück ins Wasser und half ihr, das Boot zu verlassen. Sie streifte die Pantinen ab und behielt sie in der Hand.

Gegen den eisigen Wind war das hüfthohe Wasser fast schon warm. Hand in Hand kämpften sie sich zum Ufer durch, über lose Steine und schmatzenden Schlick. Endlich erreichten sie nasses Land. Lene schleppte sich noch ein paar Schritte eine Düne hoch und ließ sich dann fallen. Die fahle Morgendämmerung ertastete das Meer.

Vater, dachte sie, und Tränen schossen ihr in die Augen. Ich bete, dass du es an Land geschafft hast.

Der Junge hockte neben ihr und starrte aufs Wasser. Lene

musste bis zur nächsten Flut warten, bis sie das Boot wieder flottkriegen würde. Verzweifelt sah sie auf ihre Hände. Allein war das nicht zu schaffen. Sie musste ins Dorf zurück und Hilfe holen.

Der Junge sagte etwas, das sie nicht verstand. Sie biss die Zähne zusammen und atmete tief durch. Sie spürte Hass auf ihn, dass er lebte und atmete und Henry den Kampf vielleicht schon verloren hatte.

Er stieß sie sacht an. Die Berührung ließ sie hochfahren – ein Reflex auf all die Knüffe und Schläge, die sie in ihrem Leben schon bekommen hatte. Sofort gestikulierte er mit den Händen – ich wollte dir nichts tun!, sollte das heißen. Sein Gesicht war ein heller Fleck in der Dämmerung. Fremdländisch, aber nicht furchteinflößend. Wahrscheinlich hatte er genauso viel Angst wie sie.

Was machte man eigentlich als Schiffbrüchiger, wenn man an einer fremden Küste angespült wurde? Sie hatte keine Ahnung. Ihr Widerwille wuchs, als sie aufstand und er das Gleiche tat. Er wollte sich doch nicht an ihre Fersen heften?

Aber genau das tat er. Nachdem Lene noch die Hand zu einem schwachen Gruß erhoben hatte und losging, blieb er hinter ihr. Wenigstens hielt er ein paar Schritte Abstand. Dabei redete er ohne Unterlass in seiner Heimatsprache, die seltsam klang, irgendwie zwischen zwitschernd und rau. Kehlige Laute wechselten sich ab mit weit ausholenden Vokalen, Stakkatosilben und Sätzen ohne Pause.

Hinter den Dünen wurde das Land flach. Sie kamen nur schwer voran, weil der sumpfige Morast kaum Möglichkeiten zum Ausschreiten bot. Obwohl sie durch das Krabbenfischen einiges gewohnt war, setzte ihr der Marsch ziemlich zu. Erst als das Tageslicht durch bleigraue Wolken kroch, ging es etwas einfacher voran. Das sumpfige Marschland wurde trockener, es musste nicht mehr jeder Meter erkämpft werden. Lene, die schon früh gelernt hatte, sich nach den Himmelsrichtungen zu orientieren, hielt sich einfach an Südwest. Als in der Ferne endlich eine Kirchturmspitze auftauchte, atmete sie auf. Middelstewehr. Von dort aus war es nicht mehr weit bis Hogsterwaard.

Sie kamen auf einen Pfad, der in einen Weg mündete und schließlich eine Kreuzung erreichte, an der einige Bäume und etwas Gebüsch standen. Lene setzte sich auf einen Findling, der wahrscheinlich zu genau diesem Zweck an die Kreuzung gerollt worden war. Die Erschöpfung war so groß, dass sie alles Fühlen und Denken verschluckte.

Puyi, wenn er so hieß, hockte sich in respektvoller Entfernung auf den Boden. Sie schlang die Arme um ihren Körper, aber es half nichts. Sie fror zum Gotterbarmen. Ihre Füße waren rot und blau, überzogen von blutigen Kratzern und Striemen. Ihr langes Haar hing in einem verfilzten Knoten im Nacken, und ihr Gesicht musste auch etwas abbekommen haben, die linke Wange brannte wie Feuer.

»Was hast du vor?«, fragte sie. Ihr war klar, dass sich ihre Wege hier trennten.

Er sah sie fragend an.

»Wo willst du hin? Hier ist Friesia. Du warst auf einem englischen Schiff. Du musst zurück, egal, wo du herkommst.«

Hatte er sie verstanden? Ein Lächeln breitete sich auf seinem Gesicht aus. Mager war er, genauso dreckig wie sie. Und bestimmt auch nicht viel älter. Der erste Chinese meines Lebens, dachte sie und hoffte, dass er ihre Musterung nicht als aufdringlich empfand. Woher sollte sie wissen, wie man sich diesen Leuten gegenüber benahm?

»Pin Dschinn«, sagte er. Und als sie nicht verstand: »Guaang Tschou.«

Sie hob ratlos die Schultern.

»Kwong Tschau?«, fragte er. Als sie immer noch nicht verstand, fuhr er sehr deutlich fort: »Can Ton.«

»Kanton?«

Irgendwo hatte sie das schon einmal gehört… eine Stadt, sehr weit weg, am anderen Ende der Welt. Sie erwiderte sein Lächeln.

»Tee! Du kommst aus der Stadt, aus der der Tee kommt!«

Die Händler hatten ihn direkt aus den Kisten auf dem Michaelismarkt verkauft und ihn dabei mit Namen angepriesen, die sie noch nie gehört hatte. Souchong. Oolong. Congou. Direkt aus Kanton! Nur sechs Monate auf See! In kleinen Tüten wurde er verkauft, kostbar wie Gold und Diamanten.

Puyi nickte heftig. Sein Grinsen wurde breiter. Er deutete auf sie.

»Hogsterwaard«, antwortete sie in der Hoffnung, dass sie seine Geste richtig verstanden hatte. »Ein kleines Dorf nah an der Küste.« Sie sprach überdeutlich und pikte mit dem Zeigefinger auf ihre Brust. »Ich bin Lene.«

»Lee-Nie«, wiederholte er.

»Lene Vosskamp. Mein Vater heißt Henry.«

Tränen stiegen ihr in die Augen. Sie sah über die Schulter zurück in die Richtung, aus der sie gekommen waren. »Er ist draußen geblieben. Vielleicht ist er ertrunken.«

»Father Henry?«

Sie nickte und wischte sich schnell die Tränen ab. Puyi stand auf und trat zu ihr. Ohne zu fragen, nahm er an ihrer Seite Platz. Sofort rückte sie weg von ihm. Was bildete er sich ein?

»He ist dead?«

Sie ahnte, was er sagen wollte. *Dead* und *dood* klangen ähnlich.

»Warum sprichst du Englisch? Du bist doch ein Chinese?«

Die dunklen Haare fielen ihm in die Stirn. Sie glänzten

wie Ebenholz. So ein Schwarz hatte Lene noch nie gesehen. Sie fragte sich, wie es sich wohl anfühlte, mit den Fingern hindurchzufahren.

Er verstand sie nicht. Aber er sah sie an, offen und interessiert. Ohne Feindseligkeit, ohne Verachtung. Sie war schon so daran gewöhnt, immer den Blick niederzuschlagen, dass sie ganz erstaunt war, es bei ihm nicht zu tun.

Doch dann geschah etwas. Seine Schultern strafften sich, und er fuhr mit der Hand unter sein Hemd. Dort ließ er sie ruhen und sah aufmerksam zum Weg Richtung Norden.

Hufschlag näherte sich von Ferne. Jemand musste früh von der Küste aufgebrochen sein und war nun auf dem Weg ins nächste Kirchspiel.

»Heda!«, schrie sie und humpelte auf die Kreuzung. »Halt an!«

Das Pferd war ein behäbiger Brauner, und auf seinem Rücken saß ein hochgewachsener Mann in dunklem Rock. Kein Bauer, kein Skipper, kein Fischer. Vielleicht ein Händler? Die trugen solche Kleidung, wenn sie gute Geschäfte machten und sich das Tuch leisten konnten. Er fiel in Trab, dann in Schritt. Der Schweif des Pferdes schlug nervös. Der Mann mochte um die vierzig sein, mit scharfen Falten im Gesicht und einem stechenden Blick. Instinktiv zog sie die Schultern hoch und sah zu Boden. Vielleicht gehörte er auch zur Obrigkeit und bezichtigte sie nun der Wegelagerei?

»Was willst du?« Die Stimme passte zu ihm. Streng und von oben herab. Sie spähte kurz über ihre Schulter, aber Puyi war weg. Wie vom Erdboden verschluckt. Gut. Einem Mädchen zu helfen fiel hohen Herren bestimmt leichter, als wenn zwei abgerissene Gestalten aufgetaucht wären.

»Ich muss nach Hogsterwaard. Mein Vater und ich hatten heute Nacht ein Unglück auf See, er ist ...« Sie stockte.

Der Mann hielt seinen Braunen an und stieg ab. Das war immerhin ein gutes Zeichen. Als er allerdings näher kam, wirkte er geradezu Angst einflößend. Immer noch fixierte er sie, sah auf ihre blutenden Füße, die zerschundenen Hände und den Dreck in Kleidung und Haar.

»Was ist mit deinem Vater?«

»Er ist draußen geblieben«, flüsterte sie und fühlte, wie sie noch kleiner und unterwürfiger wurde. »Ich hab es nur mit Müh und Not an Land geschafft.«

Er warf den Zügel über den Sattel.

»Du kommst aus Hogsterwaard? Warum seid ihr raus?«

»'n Schipp«, flüsterte sie. Er trat noch näher zu ihr. Sie wich nach hinten aus, aber das stoppte ihn nicht.

»Was für 'n Schipp?«

Lene hielt den Kopf weiter gesenkt, um ihn durch ihren Blick nicht weiter zu provozieren.

»Weiß ich nicht. Die Nachricht kam mitten in der Nacht. Alle sind raus. Aber wir ... wir haben nur so einen lecken Kahn, den hat Vatter erst letztes Jahr zusammengespart. Wir sind Korbflechter und Krabbenfischer, aber mit dem Boot ...« Sie wischte sich die Tränen aus den Augen. »Mit dem Boot haben wir ab und zu noch ein paar Fische fangen können. Jetzt liegt es fest. Und Vatter ...«

»Wo ist dein Vater?«

Nichts in seiner Stimme verriet auch nur einen Funken Mitgefühl.

»Ich weiß es nicht«, schluchzte Lene. »Er ist über Bord gegangen.«

»Dann seid ihr nicht bis zur Leybucht?«

Woher wusste er das? War die Nachricht so schnell über die Dörfer gerast? Sie sah hoch, aber als sie den Ausdruck auf seinem Gesicht bemerkte, erschrak sie zutiefst.

»Nein, großachtbarer Mijnheer.« War das richtig? Wo hatte sie nur so eine Anrede aufgeschnappt? »Wir sind vorher umgedreht.«

»Warum?«

Lene zuckte mit den Schultern. »Mein Vatter wollte das so.«

»Dein Vater dreht ab, während alle anderen wie die gierigen Hunde in die Bucht fahren, um Strandgut zu sammeln? Auf See? Das ist eine seltsame Geschichte, Mädchen. Sehr seltsam.«

Spätestens jetzt wusste Lene, dass aus der Hilfe nichts werden würde. Sie lugte nach links, dann nach rechts. Vielleicht, wenn sie sich in die Büsche schlug…

»Es war aber so.«

»Und euer Boot?«

»Das musste ich zurücklassen. Ich kann es ja schlecht bis Hogsterwaard treideln.«

Peng! Die Ohrfeige traf Lene so unvermittelt, dass sie beinahe rückwärts über den Findling gestolpert wäre.

»Lüg mich nicht an! Du tauchst hier auf, ganz in der Nähe vom Leuchtfeuer, abgerissen und voller Blut, und willst mir erzählen, dass du nicht zu den Strandräubern gehörst?«

»Nein!« Himmel, wer war dieser Mann? »Nein, wir waren nicht dabei!«

»Und warum nicht?«

»Mein Vatter hat geglaubt, dass das Leuchtfeuer… dass es nicht gebrannt hat. Ich weiß es nicht, ich hab nicht darauf geachtet. Aber er sagte, er will zurück, damit wir nicht am Galgen landen.«

Die Hand des Mannes fuhr vor und packte sie im Nacken. Lene schrie auf vor Schmerz, aber mit ihren verletzten Händen war es unmöglich, sich zu wehren. Durch einen Tränenschleier sah sie, wie das Gesicht des Mannes zu einer Furcht einflößenden Fratze wurde. In seinen Augen glimmte etwas, das zwischen maßloser Wut und schierer Lust lag.

»An den Galgen?«, spie er sie wütend an. »Das ist noch viel zu gut für euch Verbrecher! Du kommst mit. Ich hole den Hofrichter von Middelstewehr und den Drosten von Greetsyhl. Und dich schleife ich am Seil hinterher!«

»Nein«, wimmerte sie. »Mijnheer! Bitte! Bitte!«

Er zerrte sie zum Gebüsch. Lene wehrte sich, sie schrie und strampelte, aber er war stärker als sie. Plötzlich spürte sie den Griff zwischen ihren Beinen. Er presste sie an den Baumstamm, die eine Hand an ihrer Kehle, die andere unter ihrem Rock.

»Nein, Mijnheer, nein, bitte, bitte!«

»Aber vorher werde ich dich noch lehren, wie wir mit Strandräubern umgehen!«

Lene schrie. Schrill und hoch, in aller Verzweiflung, aber das schien ihn erst recht anzufachen. Er riss ihr das Hemd auf, dann zerrte er an ihrem Rock. Und dann hörte sie einen dumpfen Schlag, und ein Ruck ging durch den Mann. Er ließ ab von ihr, öffnete den Mund, als ob er noch etwas sagen wollte, und brach zusammen. Hinter ihm tauchte Puyi auf, bleich, mit von Todesangst verschatteten Augen, und starrte sie an.

Der Mann zu ihren Füßen röchelte. Puyi hielt einen Stein in der Hand und ließ ihn fallen. Seine Hand war blutverschmiert. Er ging in die Knie und drehte den Ohnmächtigen auf den Rücken, klopfte ihm auf die Wange – keine Reaktion! – und stand wieder auf.

Sie raffte ihr Hemd und den zerrissenen Rock zusammen und stieg über den schlaffen Körper. Dann stürzte sie auf die Knie, robbte ins Gebüsch und erbrach das bisschen Galle, das noch übrig war. Irgendwann kam Puyi zu ihr. Er berührte sanft ihre Schulter, doch sie rückte mit einem angsterfüllten Schrei sofort von ihm weg.

Was haben wir getan?, dachte sie. Und wieder: Was haben wir getan?

Wen auch immer Puyi außer Gefecht gesetzt hatte – dieser Mann dort, der ohnmächtig mit einer blutenden Wunde im Gras lag, hatte die Macht, sie alle an den Galgen zu bringen.

»Was machen wir denn jetzt?«, fragte sie mit brüchiger Stimme.

Sie mussten verschwinden, so schnell wie möglich. Der Gedanke, ohne ihren Vater und mit blutbefleckten Händen zu ihrer Mutter zurückzukehren, war unfassbar. Selbst wenn alle ihr glaubten – dieser Mann hatte die Gewalt. Und sie, Lene, hatte nichts. Sollte sie zurück, um die anderen zu warnen? Wahrscheinlich waren sie jetzt fertig mit dem Plündern, schon wieder auf See, setzten die Segel und warteten auf die Flut, um am Nachmittag zurück nach Hogsterwaard zu fahren. Zur Bucht zu laufen war sinnlos. Sie musste verschwinden, und zwar so schnell wie möglich.

Puyi, der wohl mehr den Ton ihrer Frage als den Inhalt verstanden hatte, deutete auf das Pferd, aber Lene schüttelte wild den Kopf. Nicht auch noch Raub! Wusste er denn nicht, was ihnen bevorstand?

»Du gehst da lang, ich dorthin.«

Sie deutete in entgegengesetzte Richtungen. Sollte er doch sehen, wie er allein zurechtkam.

»Prima?«, fragte der seltsame Junge und wandte sich nach Nordost, dorthin, wo Lene ihn am liebsten augenblicklich geschickt hätte. Sie schreckte aus ihren Gedanken hoch.

»Prima?«

»Was meinst du?«, herrschte sie ihn an.

»Breehhmaa.« Er betonte jeden einzelnen Buchstaben.

»Bremen?«, wiederholte sie erleichtert und nickte. »Genau da lang.«

Sie wies nach Südost und lief los, ohne sich umzusehen. Das Zittern ihrer Hände hatte aufgehört, dafür kehrten die Schmerzen zurück. Bei ihrer Gegenwehr hatte sie sich außerdem den linken Fuß verletzt, er schmerzte beim Auftreten. Sie musste sich durch die Felder schlagen und hoffen, dass vorerst keiner sie in diesem Aufzug sah.

Der Hufschlag des Braunen klapperte dumpf über den Weg. Wenig später tauchte das Pferd neben ihr auf.

»Mylady?«

Puyi thronte auf dem Sattel, als hätte er niemals woanders gesessen. Reiten konnte er also.

»Hättest du lieber mal schwimmen gelernt«, giftete sie.

Er beugte sich zu ihr herab. Wieder fuhr seine Hand unter sein Hemd, das mittlerweile getrocknet war und trotz der Risse und Flecken immer noch besser aussah als alles, was sie in Hogsterwaard je zu Gesicht bekommen hatte.

Sie wurde wieder sichtbar mit einem kleinen Beutel.

»For you.«

Er drückte ihn ihr in die Hand, trieb den Braunen mit den Schenkeln und bog ab vom Weg, dorthin, wo weit entfernt die Stadt Bremen lag mit ihren vielen Menschen und Häusern, wo einen keiner nach dem Woher und Wohin fragte.

Der Beutel war faustgroß, feucht und schwer. Sie starb fast vor Ungeduld, bis sie ihn endlich aufgeknotet hatte. Dann stieß sie einen enttäuschten Schrei aus.

Es war Tee. Schwarzer, salzwassernasser Tee. Immerhin, man konnte ihn vielleicht erst mal aufbrühen und abschütten. Mit etwas Rübensirup wäre er vielleicht noch genießbar, wenn sie irgendwo an so eine Kostbarkeit herankäme.

Tee. Es war das erste Mal an diesem düsteren Tag, dass ein grimmiges Lächeln um ihre Mundwinkel zuckte. Die Hogsterwaarder Strandpiraten hatten zusammen mit dem Leuchtturmwärter ihr Leben riskiert, um ein Handelsschiff vom Kurs und ins Verderben zu bringen. Und alles, was an den Strand gespült werden würde, war verdorbener Tee. Dies war wohl für alle ein Pechtag.

Es war eine ärmliche Kate, in der die Vosskamps hausten. Am Dorfausgang gelegen, nur ein paar Schritte von der stinkenden Abzucht entfernt, an der der Gerber seinem Geschäft nachging, und nah am Weg zu den Feldern, auf denen die Marschbauern Kartoffeln und Gerste anbauten.

Das Wetter in den letzten Wochen war zu schlecht gewesen, um das Reisig zu trocknen, das sie für ihre Körbe brauchten, deshalb stand es immer noch in Bündeln an der Bretterwand. Ein paar löchrige Hemden flatterten auf der Leine im Wind, aber kein Rauch stieg aus dem Loch im Dach. Lene war über die Äcker gelaufen, um nicht gesehen zu werden. Im Geist überschlug sie, wen sie bitten könnte, mit ihr das Boot zu retten. Henning, den Gerber? Ein versoffener, stinkender Übeltäter und zu alt. Vielleicht Jann und Casper Groth, die Reichsten im Dorf? Jörgs Söhne waren jung und kräftig. Jann hatte ihr eine Weile nachgestellt, aber sie hatte schnell begriffen, dass er nur jemanden suchte, an dem er vor der Ehe üben konnte. Casper hingegen war ein Duckmäuser, der sich noch nie mit Hilfe für andere hervorgetan hatte. Nein, die beiden fielen wohl aus.

Zögernd ging sie durch den kleinen Garten auf die schiefe Haustür zu. Sie setzte sich auf einen umgekippten Eimer und versuchte, den gröbsten Dreck von ihren Pantinen zu entfernen.

Die Tür wurde aufgestoßen, und Hanna stürzte heraus.

»Lene! Ich hab dich kommen sehen. Was hast du mitgebracht?«

Dann spürte das Mädchen, dass etwas nicht stimmte. Sie

konnte es sehen an den Empfindungen, die sich in Lenes Gesicht spiegelten.

»Wo ist Vatter? Was ist passiert?« Hanna, verunsichert durch Lenes Anblick, drehte sich um und rief ins Dunkel der Kate hinein: »Lene ist wieder da!«

Rensche erschien, die Hände im Rücken, den riesigen Bauch nach vorne geschoben, ihre Wangen glänzten fiebrig. »Wo ist Henry?«

Hinter ihr tauchte Seetje auf, den Daumen im Mund, um den Hunger zu betäuben. Sie klammerte sich an den Rock der Mutter. Der Rotz unter ihrer Nase war getrocknet. Alle husteten und schnieften. Das würde wohl erst im Sommer besser werden.

»Ich weiß es nicht«, sagte Lene.

Rensche machte sich von ihrer Jüngsten los und kam zwei Schritte hinaus. In der Hand hielt sie einen Kochlöffel.

»Was soll das heißen, du weißt es nicht?«

»Der Großbaum hat ihn erwischt. Die Leine ist gerissen. Ich habe keine Ahnung, wie das passieren konnte!«

Rensche hob den Kochlöffel. Seetje und Hanna gingen in Deckung. Auch Lene zuckte zusammen.

»Wo ist Henry?«

»Ich weiß es nicht!« Lene sprang auf und stolperte ein paar Schritte zurück. »Ich hab das Boot gerade noch ans Ufer gebracht. Dann bin ich gelaufen. Er ist ins Wasser gefallen. Ich konnte nichts tun, gar nichts!«

»Du weißt es nicht?«, schrie Rensche. »Du bist doch raus mit ihm! Wie kannst du da allein zurückkommen?«

Zack, fuhr der erste Schlag auf Lene herab. Panik und Verzweiflung warfen sich auf ihre Mutter. »Wie kannst du es wagen? Du bist mit ihm raus und kehrst ohne ihn zurück? Wo ist Henry? Wo ist er?«

Lene hob die Arme, denn jetzt prasselten die Schläge auf sie herab, Flüche und Verwünschungen kamen dazu, wie sie sie im Leben noch nie aus dem Mund ihrer Mutter gehört hatte. Lene schrie und weinte, sie krümmte sich zusammen, aber erst, als Rensche innehielt und einen erstickten Schrei ausstieß, wagte sie, wieder aufzusehen.

Mit erhobenem Kochlöffel starrte ihre Mutter auf den Boden. Die abgeschabten Holzschuhe waren nass von wässrigem Blut. Sie ließ den Löffel fallen, hielt sich den Bauch und taumelte zurück ans Haus, wo sie sich an der Bretterwand abstützte. Ihr Gesicht war leichenblass.

»Holt die Greet«, keuchte sie. »Lene!«

Ihre älteste Tochter rappelte sich auf. Die Schläge – für Lene immer noch viel zu milde nach allem – waren augenblicklich vergessen.

»Im Topp, hinterm Haus …« Ihre Mutter krallte sich in ihren Unterarm und senkte den Kopf. Schwer atmend rang sie nach Luft. Sie musste Schmerzen haben, entsetzliche Schmerzen. »An der Abseite hab ich ihn vergraben. Da sind ein paar Groschen und …« Sie biss die Zähne zusammen.

Lene drehte sich nach ihren Schwestern um – verständnislose Zuschauerinnen des Schauspiels. »Die Greet!«, schrie sie. Die Hebamme wohnte am anderen Ende des Dorfes, am Hafen. »Schnell! Lauft!«

Die beiden stoben davon. Lene stützte ihre Mutter, so gut es ging, und führte sie zurück ins Haus.

»Henry«, schluchzte Rensche. »Wo ist Henry?«

Jedes Wort war wie ein Stich ins Herz.

»Er wird schon wiederauftauchen.« Lene half ihrer Mutter, durch den winzigen Innenraum in die Butze zu gelangen. Sie hatte keine Ahnung, was sie tun sollte.

»Hol Stroh. Schnell!«

Lene rannte raus, umrundete die Kate und suchte hilflos im Hof die wenigen Halme zusammen, die nach dem Winter übrig geblieben waren. Sie hatten fast alles Stroh, zusammen mit Torf, zum Heizen und Kochen verwendet. Jetzt lagen nur noch einige Armvoll im Schuppen, der kurz vorm Einstürzen war.

Wann ist das alles kaputtgegangen?, fragte sie sich. Sie erinnerte sich an Überschwemmungen – viel Leid und viele Tote jedes Jahr. An so viele vergangene Kriege und Revolutionen, die Armut gebracht und die Söhne genommen hatten, die als Hollandgänger und Heuerleute für fremde Herren schufteten und nicht mehr zurückkehrten. Höfe ohne Herren, Äcker ohne Bauern. Und an ein schreckliches Unglück, nach dem nichts mehr so war, wie sie es kannte. Henry … in der Ecke standen Spaten und Harke. Der Gedanke, dass er beides vielleicht nie mehr anrühren würde, brachte sie fast um den Verstand. Wie sollte es weitergehen ohne ihn?

Ein fürchterlicher Schrei drang aus der Kate. Sie raffte in Windeseile die letzten Halme zusammen und rannte zurück. Wie angewurzelt blieb sie vor der Butze stehen.

»Mutter?«

Rensche lag auf dem Boden. Sie rührte sich nicht, aber ihr Rock war dunkel und nass von Blut. Ein seltsamer Geruch lag in der Luft. Lene fühlte sich, als ob alles in ihr erstarb und nur noch eine dumpfe Leere in ihrem Kopf vorhanden war. Sie ließ das Stroh fallen und ging neben ihrer Mutter in die Knie.

»Hörst du mich?«

Das alles hatte sie schon einmal erlebt. Sie war noch klein gewesen und hatte sich auf das Geschwisterkind gefreut. Und dann …

Sie nahm den leblosen Körper in die Arme und legte Rensches Kopf in ihren Schoß. Dabei wiegte sie sich vor und zurück, und die sanfte Bewegung brachte sie etwas zur Ruhe. Sie weinte leise, und die Tränen tropften auf das Gesicht ihrer Mutter. Irgendwann verdunkelte sich das Zimmer, weil Menschen in die Kate traten. Als Erste war Greet bei ihr, eine kräftige Frau mit einem Tuch um den Kopf, das blaue Holdoek, dessen Zipfel Lene übers Gesicht strichen, als die Hebamme ihr vorsichtig die Mutter aus den Armen nahm. Hinter Greet tauchte Jule auf, die Frau des Gerbers, eine verwegene, alternde Vettel, die streng roch und die Hände vor ihren zahnlosen Mund geschlagen hatte. Dann kamen die Krummen, Schiefen und Gebeugten aus der Nachbarschaft, gestützt auf Krücken oder sich gegenseitig haltend. Es waren Frauen darunter, die Lene manches Mal ein Stück Brot zugesteckt hatten, heimlich, damit es ihre Männer nicht sahen. Und andere, die sich abgewandt hatten, als die Not immer größer geworden war. Manche waren nun aus Mitgefühl gekommen, die meisten aber als stumme Zeugen einer Tragödie, die Lene noch nicht begriff.

Endlich schlüpfte Hanna in den engen Raum und stürzte sich sofort auf Lene.

»Was ist?«, fragte sie.

Greet sah hoch. Ein mitfühlender Blick traf die beiden Schwestern. »Sie hat viel Blut verloren. Helft mir, sie aufs Bett zu legen. Und dann müsst ihr beten.«

Seetje drängte sich zu ihnen durch. Hanna nahm sie an die Hand und zog sie weg. Blass und still, mit einem letzten flehentlichen Blick auf die Mutter und die große Schwester. Lene hob gemeinsam mit Greet die Hochschwangere auf die Bettstatt.

»Mach Wasser heiß«, sagte die Hebamme.

Jule, die Gerbersfrau, schüttelte den Kopf. »Das wird nichts mehr. Genau so war es bei Änne, dem Hannes sin erste Froo. Klappte zusammen, und …«

»Raus«, sagte Lene. »Alle.«

Sie schob die gaffende Meute aus dem engen Raum. Die Frauen schimpften über die schlechte Behandlung, trollten sich aber. Es war ein seltsames Gefühl, das Sagen im Haus zu haben, aber Lene dachte nicht länger darüber nach. Seetje und Hanna saßen, die Arme umeinandergeschlungen, auf den Hockern neben dem Herdloch.

»Macht Feuer.«

»Wir haben nichts mehr.«

»Dann holt was!« Lene schrie beinahe. »Jule!«

Die alte Gerbersfrau, die sich als Letzte auf den Weg gemacht hatte, nicht ohne vorher bissige Bemerkungen über den Zustand der Kate und die Verwahrlosung der Kinder zu machen, drehte sich noch einmal um.

»Bring uns Torf!«

»Oh! Geht auch ein ›bitte‹?«

Lene trat auf die Schwelle. »Bitte«, sagte sie so eisig, dass es eigentlich ein Befehl blieb.

Die Gerberin überlegte. Es musste ihr wirklich schwerfallen, den ungeliebten Nachbarn etwas von ihren eigenen Vorräten abzugeben. Schließlich nickte sie.

»Für Rensche. Das hat sie alles nicht verdient. Wo ist dein Vater eigentlich, der Taugenichts?«

»Mit den andern zur Leybucht.«

»Dass das mal nicht eines Tages mit einem Strick um den Hals endet.«

»Wird es nicht, Jule.« Lene schluckte. »Wird es nicht. Seetje geht mit dir, dann musst du nicht noch mal rüber.«

Und kommst auch nicht ungefragt zu uns, um deine giftigen Bemerkungen loszuwerden, dachte sie.

»Seetje?«

Sie ging zurück in die Kate. Zögernd löste sich die Kleine aus Hannas Armen.

»Geh mit Jule.«

Ihre jüngste Schwester nickte tapfer und lief hinaus. Hanna stand auf.

»Was ist mit Mutter?«

»Sie kriegt ein Kind«, antwortete Lene schroffer, als sie eigentlich wollte.

»Ist man da so still?«

»Woher soll ich das wissen?«

Dann ging sie in die düstere Ecke mit den feuchten Wänden, in der ihre Mutter lag. Greet hatte ihr den Rock zurückgeschlagen. Es sah schrecklich aus. Der Unterrock und die Strümpfe waren blutgetränkt, der Bauch gespannt wie eine Trommel.

»Ich versuche, das Kind zu holen. Wir müssen sie auf die Seite legen.«

Gemeinsam und unter großen Kraftanstrengungen gelang es ihnen. Dann hielt Lene Rensches Kopf. Sie wagte nicht, den Blick auf das zu richten, was Greet tat. Sie hörte nur das Stöhnen und den schweren Atem der Hebamme und ein schmatzendes, nasses Klatschen.

»Ich schaff es nicht!«

Greet griff nach dem Betttuch und wischte sich die Arme ab. Aber das Blut blieb haften, zwischen den Fingern und in den Beugen der Ellenbogen. Es sah so schrecklich aus, dass Lene die Augen schloss. Und plötzlich spürte sie, dass Rensche schwerer wurde in ihren Armen und mit einem tiefen Seufzer ausatmete.

»Mutter?«

Greet stand auf und kam um die Bettstatt herum.

»Es hat die Nabelschnur um den Hals. Es ist tot, Lene.«

»Aber …«

»Es muss in der Nacht passiert sein. Der Herr hat es zu sich geholt.«

Sanft streichelte Lene die blassen Wangen ihrer Mutter. So still lag sie da, so friedlich. Wie schlimm würde es für sie werden, wenn sie aufwachte und erfuhr, dass es wieder ein Kind nicht geschafft hatte … Lene spürte, dass eine eiskalte Hand an ihr Herz griff.

»Warum holst du es nicht? Es muss doch raus.«

Greet wischte sich mit dem Handrücken den Schweiß von der Stirn.

»Sie muss es doch … es muss doch geboren werden, auch wenn es tot ist! Wir wollen es doch begraben. Und der Pfarrer Hinrichs muss kommen für eine Jähtaufe! Greet!«

»Sie ist im Himmel, Lene. Und das Lüttje auch.«

»Erzähl keinen Schiet. Rensche schläft nur.« Lene hielt den warmen, schweren Oberkörper in ihren Armen. Rensches Züge hatten sich entspannt. Die Sorgenfalten auf der Stirn waren verschwunden. Der Mund, eine Winzigkeit geöffnet, schien beinahe zu lächeln. So hatte sie ihre Mutter schon lange nicht mehr gesehen. Der Verlust des Kindes würde ihr das Herz brechen. Erst der Mann, dann das Lüttje … alles in Lene krampfte sich zusammen, wenn sie daran dachte. Das war alles zu viel. Alles zu viel, und musste doch ertragen werden.

Greet stand auf. »Ich hol den Pfarrer und den Wagen vom Hinnerk.«

Hinnerk war der Totengräber.

»Nein.« Lene schüttelte den Kopf und biss sich auf die Lippen. Greet irrte sich. Ganz sicher tat sie das. Rensche war nur vor Erschöpfung eingeschlafen. Denn wenn es wahr wäre, was Greet behauptete, wenn es wirklich wahr wäre …

»Lene?«

Ihr Kopf ruckte herum. Hanna stand vor ihr. »Ich hab Feuer gemacht und Wasser aufgesetzt.«

Die Hebamme ging zur ihr und strich ihr über den Kopf.

»Das ist gut. Ihr müsst sie waschen. Habt ihr noch ein sauberes Hemd für sie?«

Hanna sah zum Bett und dann zu Greet. Sie begriff das alles genauso wenig wie Lene. Schließlich merkte sie, dass ihre ältere Schwester die Frage entweder nicht gehört hatte oder darauf keine Antwort geben wollte.

»Wat für 'n Hemd?«, fragte Hanna.

Greet seufzte. »Ein Totenhemd.«

In Lene schossen Schmerz und Wut hoch zu einer Stichflamme, die sie schier verzehren wollte. Was sollte das? Warum erzählte Greet so etwas?

Aber dann verschwand Hanna aus ihrem Blickfeld, genau wie die Hebamme, und plötzlich war es so still. Irgendwo bellte ein Hund. Irgendwo krächzten die Möwen. Irgendwo klang eine Glocke, dünn und schrill. Lene hielt ihre Mutter im Arm und versuchte, sich zu erinnern, wann das zum letzten Mal geschehen war. Sie wusste es nicht. Die vergangenen Jahre verschmolzen zu einer Unendlichkeit an Mühsal, Hunger, Tod und dem täglichen Kampf ums Überleben.

Halt! Da war etwas ... sie musste klein gewesen sein, noch kleiner als Seetje heute. Es war warm. Die Sonne kitzelte ihr Gesicht, in der Hand hielt sie einen Apfel und biss hinein. Der süße Saft rann durch ihre Finger, und hastig leckte sie ihn ab, um nicht einen einzigen Tropfen zu verschwenden. Sie saß auf Rensches Schoß, und ihr Atem kitzelte an den Ohren, als sie ihr ein Lied vorsang. Dann kam Henry. Ein großer, stolzer Mann, der sie hochhob und in den Himmel warf, wieder und wieder. Lene jauchzte, ihre Hand umklammerte den Apfel, um ihn ja nicht zu verlieren, und ihr kleines Herz jagte vor wilder Freude. Vielleicht war sie deshalb so ungestüm geworden? So trotzig, so leidenschaftlich? Ganz anders als Seetje und Hanna, die diese Wärme nie kennengelernt hatten ...

»Lene?«

Verwirrt sah sie hoch. Hanna war wieder bei ihr und reichte ihr einen Becher mit heißem Wasser.

»Der letzte Tee.«

Am Boden schwammen einige Blätter. Dennoch nickte Lene dankbar und trank einen Schluck. Dann legte sie die Hand wieder auf Rensches Wange – sie war kühl.

»Lene… was ist mit Mutter? Und was mit dem Lüttjen?«, fragte Hanna.

Heißes Wasser hatte etwas seltsam Belebendes. Lene konnte spüren, wie es die Kehle hinunterrann und sich in ihrem leeren Magen ausbreitete. Es half sogar, die Dinge klarer zu sehen. Sehr klar.

»Sie sind beide im Himmel, Hanna.«

Mit kindlicher Neugier beugte sich ihre jüngere Schwester über das Gesicht der Mutter und betrachtete es ganz genau.

»Ihre Seele. Das weißt du doch.«

»Ja.« Hanna nickte. »Ich will sie nur ansehen. Gleich ist der Hinnerk da, dann halten wir Totenwache und dann wird sie abgeholt und in einen Sarg getan. Bleibt das Lüttje in ihrem Bauch?«

»Ich glaube, ja.«

»Dann begraben wir sie zusammen?«

»Ja.«

»Dann sind wir ganz allein.«

»Vielleicht kommt Vatter ja noch zurück.«

Hanna legte die Arme um Lenes Schultern. Sie spürte die Wärme der dünnen Arme und die Kälte des Körpers ihrer Mutter. Aber sie wollte sie nicht loslassen. Noch nicht.

»Ja. Vielleicht.«

So blieben sie zusammen. Irgendwann stand Lene auf und holte das Wasser. Irgendwann hatten sie Rensche gewaschen und ihr das Sonntagshemd angezogen, das Brusttuch gefaltet und den zerfransten Hut aufgesetzt. Irgendwann kamen Nachbarn, still und schweigend, machten die Kate noch kleiner mit ihrer Gegenwart und der Trauer. Die Männer zogen den Hut, die Frauen beteten. Irgendwann kehrte auch Seetje von der Gerbersfrau zurück und blieb in der dunkelsten Ecke der Kate hocken. Und dann, am Nachmittag, war von draußen ein Knirschen auf dem Sandweg zur Abzucht zu hören, und Hinnerk kam mit seinem Leiterwagen zu ihnen. Er war ein großer Mann, gebeugt von den Jahren und den vielen Gräbern, die er schon ausgehoben hatte. In seinem länglichen Gesicht hingen die Tränensäcke wie fette Nacktschnecken unter den Augen. Lene hatte sich immer vor ihm gefürchtet.

»Habt ihr Geld für 'nen Sarg?«, waren seine ersten Worte, noch bevor er den Hut gezogen hatte.

Sie hatte den Topf ausgegraben und die verbliebene Barschaft gezählt. »Nein«, sagte sie tapfer.

Für die Hebamme hätte es gerade noch gereicht. Seetje und Hanna hockten vor der Bettstatt auf dem Boden, eng aneinandergeschmiegt, und wagten nicht, in ihre Richtung zu schauen. Seetje streichelte ohne Unterlass die Hand der toten Mutter.

Hinnerk sah sich in der rußgeschwärzten Kate um. Sein Blick fiel auf den Tisch mit den Vertiefungen, aus denen sie aßen, weil sie keine Teller besaßen. Die wackeligen Schemel. Die Stricke, die von Wand zu Wand führten und an denen noch zwei fleckige Leintücher zum Trocknen hingen. Das Lager des Vaters in der Ecke, weil mit Rensches dickem Bauch kein Platz mehr für ihn gewesen war: ein Strohsack, an manchen Stellen aufgeplatzt, darüber eine kratzige Wolldecke. Der leere Torfeimer, der Kessel über dem Herdloch. Der Milchkrug mit dem Tuch, der in den letzten Monaten nichts anderes als torfiges Wasser gesehen hatte. Kelle, Löffel, ein paar Messer auf der Kommode. Der Kartoffelsack aus besticktem Leinen – Rensches bescheidene Aussteuer, der an einem Nagel hing wie ein ausgeweidetes Tier, weil sein Inhalt fehlte. Dann zurück zum Tisch, in dessen Mitte ein zerbeulter kleiner Topf stand – darin der allerletzte Notgroschen für Greet. Hinnerk musste das ahnen, denn er schnaubte halb enttäuscht, halb verächtlich. »Dein Vatter?«

Lene zuckte mit den Schultern. Sie musste alle Kraft aufbieten, um vor ihm nicht in Tränen auszubrechen. Sie war die Älteste. Sie musste Verantwortung übernehmen. »Ist draußen geblieben, heut Nacht.«

Der Totengräber brummte etwas in sich hinein. Dann nahm er mit einem kurzen Blick auf die Tote den Hut ab, schlug die Schöße seines abgeschabten Rocks zurück und setzte sich auf einen Schemel. Er pulte in seinen restlichen Zähnen und dachte nach.

»Euer Boot, is das auch draußen?«

Lene stand vor ihm und schüttelte den Kopf. »Sitzt im Watt, vor der Leybucht.«

Er brummte und zog die Luft scharf ein. »Is 'n kleines Boot.«

Sie vereiste innerlich. Nun ging es ans Letzte, was sie noch besaßen. Hinnerk hatte keine Skrupel, ihre Notlage auszunutzen. Sie spürte, wie etwas in ihr heranwuchs: Trotz. Aufbegehren. Sich nicht wegzuducken wie ihre Eltern. Energisch schüttelte sie den Kopf.

»Nee, nee, Hinnerk. Das is 'n anständiges Boot, schnell und gut in Schuss. Wir haben es erst seit Kurzem, und Vattern hat immer was gefangen.«

Der Totengräber wiegte sein Haupt. Dann griff er nach dem Topf und ließ den Inhalt in eine der runden Vertiefungen fallen. Holländische Witte, zwei und vier Groten, Stüber. Zwei Gute-Groschen-Münzen, ein halber Arensgulden und sogar noch ein paar uralte Krummsteerte. Alles in allem ein Taler vielleicht. Das reichte nicht. Nicht für Greet und erst recht nicht für ihn. Hinnerk sah das und Lene auch.

»Ihr seid doch keine Fischer, Kind. Das war doch ein Irrsinn. Henry mit dem einen Bein – warum zum Teufel ist er bloß heute Nacht rausgefahren?«

Lene presste die Lippen aufeinander. Was sollte sie dazu sagen? Dass ihr Vater sich an jeden Strohhalm geklammert hatte? Dass die Nachricht von dem gestrandeten Schiff sich wie ein Lauffeuer verbreitet hatte? Alle hatten mitgemacht. Alle hatten gewusst, dass das Leuchtfeuer gelöscht worden war. Nur Henry nicht, dachte sie verbittert. Er wäre hiergeblieben. Dann wäre das alles nicht passiert.

»Und dann lässt er auch noch Rensche allein. Die hat es doch wirklich schwer genug gehabt mit ihm. Geht als junger Mann zur Flotte und kommt als Krüppel heim. Nüscht zu beißen, Schufterei tagaus, tagein. Sechs Kinner, drei *dood*. Hätt es nich gut sein können? Musste da noch ein siebtes her?«

Lene ballte die linke Hand, die sie unter ihrem Rock verbarg, zu einer Faust. Jetzt kamen sie mit ihren guten Ratschlägen. War denn jemals auch nur einer vom Dorf hier aufgetaucht und hatte Hilfe angeboten? Lene konnte das Lüttje nicht hassen, auch wenn es ihr die Mutter genommen hatte und sie sich fühlte, als hätte ihr jemand eine Wand direkt vor die Nase gesetzt. Unüberwindlich. Kein Ausweg, nirgends. Dunkelheit und heulendes Elend. Aber das durfte sie ihren beiden kleinen Schwestern nicht zeigen. Eben noch hatte die Verantwortung sie stark gemacht, nun hing sie ihr wie ein Mühlstein um den Hals, der sie rettungslos nach unten drückte.

Und dann sagte Hinnerk: »Wär er damals bloß nicht zurückgekommen.«

Lene nahm sich den zweiten Schemel und setzte sich. Sie

schob die Münzen mit dem Zeigefinger hin und her, umeinander und drum herum. »Warum?«, fragte sie, und ihr Herz klopfte zum Zerspringen.

»Weißt du das nicht?«

»Hat nie einer mit mir geredet.«

»Nü.« Er nickte. »Dein Vatter war ein guter Seemann. Ist zu den Holländern und hat seinen Schnitt gemacht. Dann warf die Rensche ein Auge auf ihn. So ging das gut ein paar Jahre. Dann tauchte der Sunder Matthes auf und sagte, soll er doch seinen Sohn mitnehmen. Neun Jahre alt war er. Henry hat sich drauf eingelassen.«

Lene kannte Matthes. Ein finsterer Mann, bitter wie Galle. Sie trafen sich selten, weil sie ihm lieber aus dem Weg ging. Lene kam mit ihrer Außenseiterrolle im Dorf zurecht. Aber mit Matthes war das anders. Matthes hasste die Vosskamps.

»Was ist passiert?«

»Gerieten in böse Wetter. Der Lütte is ertrunken, und deinen Vater hat's das Bein gekostet.«

»Dann war es ein Unfall?«

Hinnerk legte seinen Kopf von der einen auf die andere Seite.

»Hat dein Vatter gesagt. Aber dann, ein paar Monate später, zu Lichtmess war es, in Leer, da kam ein Matrose aus Amsterdam und erzählte die wahre Geschichte.«

»Aha. Es gab also zwei davon.«

Hinnerk nickte. »Bist ein kluges Mädchen, Lene. Jede Geschichte hat zwei, die sie erzählen. Der Matrose sagte, Henry hätte den Lütten ersaufen lassen, um sich selbst zu retten.«

»Was?«, fragte sie entsetzt.

»Und er war nicht der Einzige. Matthes ging zum Drost und seinen Bütteln. Dein Vatter kam nur deshalb nicht an den Galgen, weil er seine Schuld schließlich zugegeben hat. Hat er dir nich erzählt, was?«

Lene fuhr sich über die Augen. »Nein«, sagte sie schließlich. »Haben wir deshalb alles verloren?«

Hinnerk zuckte mit den Schultern. »Gottes Gerechtigkeit hat gesiegt. Sagten die einen. Die annern aber …«

»Was?«

»Die annern sagten, Matthes war verschossen in Rensche. Ich hab's nur gehört.« Hinnerk hob die Riesenhände. »Wurde getuschelt. Da wär was gewesen. Matthes war damals ein reicher Mann. Ihm haben die Äcker am Fließ gehört, und er soll Töpfe mit Silbergulden vergraben haben, jedes Jahr einen.« Er fuhr sich über den Mund. »Nu denn.«

Hinnerk stand auf, faltete die Hände und murmelte ein Vaterunser. Dann setzte er den Hut wieder auf und wandte sich zum Gehen.

»Das Boot für 'n Sarg.«

»Hinnerk!« Sie sprang auf und lief ihm hinterher. »Das ist alles, was wir haben! Wovon soll ich Seetje und Hanna ernähren? Mit Krabbenfischen und Korbflechten? Sie sind doch noch Kinder!«

»Alt genug zum Arbeiten. Überleg es dir. Aber mach schnell. Rensche sollte heute Abend aus dem Haus sein. Ist zwar kalt in der Nacht, aber sie hat ja schon den ganzen Tag gelegen. War der Pfaffe schon hier?«

Lene schüttelte den Kopf.

»Kriegst ja immer noch ein Armenbegräbnis. Aber schöner wär's, mit Blumen in der Kirche und drei Halleluja und einer guten Aussegnung. Und dann 'n Kreuz aus Eisen, ich hab da noch was. Oder 'n Stein, mit Name. Das hätte Rensche verdient. Dass sie im Tod endlich mal kriegt, was ihr gebührt. Und nich, dass du sie in der letzten Ecke des Kirchhofs verscharrst. Ich lass die Karre hier. Überleg es dir.«

Er ging davon, mit langen, wiegenden Schritten. Weiter vorne kam ihm Marthe mit den vier Kindern entgegen, die Frau des Bäckers, und wechselte schnell auf die andere Seite, als er an ihr vorübereilte. Die Frau nickte Lene kurz zu und bog ab zu ihrem Haus.

Erst jetzt fiel es Lene auf. Eine seltsame Stille lag über dem Dorf. Es lag da wie ausgestorben. Aber der Grund war nicht die Trauer um Rensche. Alle warteten auf die Rückkehr der Männer.

Es war eiskalt, aber das war nicht der Grund, weshalb Lene fröstelte. Es war die Ahnung, dass dieser Ströndgang noch lange nicht beendet war und ein Mann draußen an der Kreuzung lag, blutbefleckt, der keinen von ihnen davonkommen lassen würde.

Lene kehrte in die Kate zurück. Seetje schlich zu ihr und lugte in den Eisentopf auf dem längst erkalteten Herd.

»Ich hab Hunger«, flüsterte sie und sah zu Boden. Sie schämte sich.

Lene begann, die wenigen Krüge und Töpfe zu durchsuchen. Sie fand noch eine Handvoll Linsen, das war alles.

»Geh raus und schau, ob es schon Bärlauch gibt. Oder Löwenzahn, oder Rauke. Ich koch uns dann eine Suppe.«

Das bisschen Torf, das Jule ihnen überlassen hatte, würde gerade noch dafür reichen. Sie nahm ihr Tuch und schlug es sich um Kopf und Schultern. Es war immer noch windig, doch der Sturm hatte sich gelegt. Seetje in ihrem dünnen, oft geflickten Kleid verschränkte zitternd die Arme.

»Wo willst du hin?«

»Was borgen.«

»Bei wem denn? Uns gibt doch keiner was.«

Lene zerriss es fast das Herz. Sie griff nach Rensches Tuch und wollte es ihrer Schwester um die Schultern legen. Aber die wehrte erschrocken ab.

»Das gehört Mutter!«

»Jetzt nicht mehr. Es ist deins.«

»Vatter hat es ihr geschenkt.«

»Ich weiß. Ich weiß doch.« Sie schlug das Tuch fest um ihre Schwester. »Er wird nicht böse sein.«

»Kommt er wieder?«

»Die anderen sind noch nicht zurück. Wahrscheinlich ist er mit ihnen zusammen.«

Seetje sah unsicher in die dunkle Ecke. »Was wird er nur sagen …«

Die Kleine schlang die Arme um sie. Hanna sah das, stürzte zu ihnen und klammerte sich ebenfalls an ihre große Schwester. Lenes Knie zitterten. Mit einem Mal spürte sie den Hunger wie ein reißendes Tier in ihren Eingeweiden. Einen Moment wurde ihr schwindlig, aber dann hatte sie sich wieder gefasst.

»Hanna, geh mit Seetje Kräuter sammeln. Ich bin gleich wieder da.«

Die Mädchen nickten und stoben davon. Lene zog die Tür hinter sich zu und machte sich auf den Weg. Das erste Haus, auf das sie zusteuerte, war das des Bäckers. Aber Marthe öffnete nicht. Lene trat zurück, und spähte in den kümmerlichen Garten.

»Marthe? Mach auf!«

Endlich wurde der Riegel zurückgeschoben, und die Bäckerfrau erschien. Sie war in Rensches Alter, aber im Vergleich zu Lenes Mutter wirkte sie wesentlich jünger, was bestimmt auch an dem guten Brot lag, das sie Tag für Tag zu essen hatten.

»Was willst du?«

Der Blick, den sie über die abgerissene Gestalt des Mädchens wandern ließ, sagte alles.

»Wir haben Hunger.«

»Ist nichts mehr im Haus? Wo ist Henry?«

»Noch draußen.«

»Dann warte, bis er da ist. Soll er sich um seine Familie kümmern.«

Damit wurde ihr die Tür vor der Nase zugeschlagen. Bei den anderen war es kaum anders. Nur beim Hufschmied bekam sie ein paar schimmlige Kartoffeln und Pfarrer Hinrichs hielt ihr ein kleines, aber vielversprechend aussehendes Paket hin.

»Hier, mein Kind. Die Zeiten sind hart. Du hast einen schweren Verlust erlitten, deshalb ist dir die Gnade des Herrn gewiss, und ich will dir die Bitte nicht verweigern. Aber du weißt, was Betteln und Wegelagerei bedeutet?«

Lene wollte nach dem Päckchen greifen, aber der Pfarrer zog es schnell zurück. Offenbar musste sie sich erst noch eine Predigt anhören.

»Kommt dein Vater wieder?«

»Ich weiß es nicht.«

»Er soll sich um seine Familie kümmern und sie nicht der Wohlfahrt überlassen.«

»Das tut er nicht. Ganz gewiss nicht.«

»Wie soll Rensche bestattet werden?«

Lene sah zu Boden.

»Wie sie es verdient. Mit Messe und Psalm und einem schönen Grab in einem schönen Sarg.«

»Und wer zahlt das? Lüg mich nicht an!«

»Ich.« Sie sah hoch. Ihre Blicke kreuzten sich. Der Pfarrer, der eben noch eine scharfe Erwiderung auf den Lippen hatte, stieß nur einen missbilligenden Seufzer aus.

»Lene, du gehst betteln. Ich weiß, die Zeiten sind hart. Die Überschwemmungen in den letzten Jahren haben den letzten Halm von den Äckern gespült, deshalb ist Mildtätigkeit in diesen Zeiten nicht die größte Tugend. Ich werde heute Abend für Rensche beten. Es wäre schön, wenn es euch auch um eure seelische Speisung ginge.«

Sie nickte. Das war deutlich. Von ihm hatte sie nichts mehr zu erwarten.

»Danke«, sagte sie.

Sie hatte noch nicht einmal die Gartenpforte erreicht, da hörte sie, wie er die Tür hinter ihr zuknallte.

Mit schamroten Wangen stand sie auf der Straße.

Du gehst betteln.

Vorsichtig wickelte sie das Päckchen aus. Sie fand einen steinharten Kanten Brot und ein Stück grünlich schimmernde Hartwurst. Immerhin, man konnte sie auskochen. Das gäbe der Suppe etwas Geschmack.

Sie wollte sich gerade auf den Weg zurück machen, als von Ferne ein metallischer Klang an ihre Ohren drang. Eine Schiffsglocke. Und dann war es, als hätte man ganz Hogsterwaard aus tiefstem Schlaf zum Leben erweckt, wie es noch nicht einmal ein Kanonenschuss vermocht hätte. Alle Türen öffneten sich. Frauen und Kinder stürzten hinaus und auch die Männer, die sich dem Ströndgang nicht angeschlossen hatten, weil sie zu alt oder zu wohlhabend waren. Der Bäcker zum Beispiel, der genug damit verdiente, sein Korn mit Sägemehl zu strecken. Der Hufschmied, der Angst vorm Wasser hatte. Der alte John, gestützt auf seine Frau Else, früher einmal ein reicher Ackerbürger. Bestimmt war in seinem Garten noch ein Goldtopf vergraben, munkelte man, denn er gehörte zu den wenigen, die noch nicht ihr Hab und Gut versilbert hatten.

»Sie kommen!«, schrie einer von den Gerberbengeln.

Lene steckte das Päckchen in ihren Beutel und gürtete ihn fest. Ihr Herz pochte bis zum Hals. Vielleicht hatte einer von den Rückkehren Henry gerettet? Es könnte möglich sein, wisperte es in ihrem Kopf. Oh lieber Gott, wenn du ein bisschen Gnade für uns hast: Bring ihn zurück!

Sie rannte los.

Das Bild der einfahrenden Hogsterwaarder Flotte brannte sich in Lenes Seele ein. Die Dämmerung senkte sich herab, der Himmel hinter den ziehenden Wolken glühte. Am Hafen standen alle beisammen, Rufe und Schreie vermischten sich mit dem heiseren Krächzen der Möwen. Und dann kamen die Schiffe.

Allen voran die *Grete*. Mit geblähten Segeln rauschte sie wie eine Königin in den kleinen Hafen. Jörg Groth, der Käpt'n, stand am Bug, reckte die Arme und ließ die Hochrufe auf sich prasseln, als kehrte er zurück von siegreicher Fahrt. Ihm folgten die kleineren Boote, auch sie wohlwollend begrüßt. Kinder sprangen den Kai entlang, von irgendwoher tauchte der rotnasige Volker auf mit seinem Akkordeon und spielte den »Polenabschied« genauso wie »Lütt Matten«, den »Eisenbarth« und die »Hammel-Polka«, alles durcheinander und ohne jeden Zusammenhang.

Ganz Hogsterwaard war auf den Beinen. Lene hielt sich abseits. Ihr war zum Heulen zumute, und um sie herum tobte das Dorf in einem fast besinnungslosen Freudentaumel.

»Wat hett jo?«, kreischte es schließlich von überall her. »Was habt ihr an Bord?«

Jörg senkte die Arme und versuchte, die Leute zu beschwichtigen. »Geht nach Hause!«, rief er in die Menge, die das erst einmal gar nicht mitbekam. »Geht nach Huus!«

Die Gerberjungen fingen die Leine und machten die *Grete* am Poller fest. Jörg sprang auf den Kai.

»Macht, dass ihr verschwindet!«

In die Hochrufe mischte sich Ratlosigkeit.

»Nach Hause, wird's bald?« Jörg bahnte sich einen Weg durch die Menge und ging in Lenes Richtung. Aber so einfach machten es ihm seine Nachbarn nicht. Das Freudengeschrei wurde zu einem Wutgeheul, das erst verstummte, als Jörg sich noch einmal umdrehte.

»Der Strandvogt ist tot. Jemand hat ihn abgestochen. Geht nach Hause und verschließt die Türen. Wir waren fischen. Fischen! Habt ihr das verstanden?«

Sein Blick fiel auf Lene. »Und du da! Komm mit!«

Sie hatte nichts von dem begriffen, was er sagte, gar nichts. Schon spürte sie seinen brutalen Griff an ihrem Arm. Begleitet von Verwünschungen und Flüchen zerrte er sie über die Straße zum Kapitänshaus, das er erst vor ein paar Jahren errichtet hatte. Es lag ein Stück höher hinterm Deich, um vom blanken Hans verschont zu werden, wenn der wieder über die Küste pfiff.

»Lass mich los!«, schrie sie und stemmte sich gegen ihn. Aber Jörg war außer sich vor Wut, was seine Kräfte vervielfachte. »Was willst du?«

Sie erreichten die niedrigen Hecken, die einen natürlichen Schutz um das Haus bildeten. Jörg blieb schnaufend stehen. Mit einem Ausdruck im Gesicht, als ob er sie gleich am Giebel aufhängen wollte, zerrte er sie herum und zwang sie, ihn anzusehen.

»Der Strandvogt ist tot. Jemand hat ihm ein Messer in den Rücken gejagt. Die Büttel aus Leer und der Drost von Greetsyhl werden kommen und Fragen stellen.«

Sie versuchte, sich loszureißen. Aber der Griff wurde noch brutaler.

»Was hab ich damit zu tun?«

»Du? Du bist mit Henry rausgefahren. Aber dann wart ihr weg, ganz plötzlich.«

»Nein!«

»Wo ist dein Vater?«

»Er ist draußen geblieben! Der Großbaum hat ihn erwischt, und ich konnte nichts tun!«

Jörg ließ sie so plötzlich los, dass sie fast hingefallen wäre.

»Dann hat er ihn umgebracht.«

Erst glaubte sie, sie hätte sich verhört.

»Er hat den Vogt umgebracht. So war es.«

»So war es nicht!«, schrie sie.

Und schon hatte er sie wieder gepackt, dieses Mal mit beiden Händen. Er schüttelte sie wie einen Krug mit Milch, aus der er Butter machen wollte. Ihr Kopf zersprang fast, ihr blieb die Luft weg. Dann schleuderte er sie von sich.

Lene fand sich auf dem Boden wieder. Jörg stellte sich breitbeinig über sie, einen Fuß links. Einen Fuß rechts. Es gab kein Entrinnen.

»Mörderbrut!«

»Ihr habt das Feuer gelöscht!«, schleuderte sie ihm entgegen. »Ihr macht gemeinsame Sache mit dem Leuchtturmwärter! Wir haben es gesehen, Vatter und ich. Er wollte umkehren, damit er nicht mit euch zusammen am Galgen landet!«

Jörg ging in die Knie. Er saß jetzt beinahe auf ihr. Sie hatte das Gefühl, keine Luft mehr zu bekommen und strampelte hilflos mit den Beinen. Er roch nach Branntwein und Schweiß, und er war ein großer, kräftiger Mann.

»Aber jetzt liegt der Strandvogt tot in seinem Blut«, sagte er schwer atmend. »Wir haben's noch in der Leybucht erfahren und alles über Bord geworfen, was das verfluchte Schiff bei seinem Untergang verloren hat! Hinterrücks gemetzelt, an der Kreuzung nach Middelstewehr. Von uns war es keiner, aber alle werden uns verdächtigen. Was weißt du darüber?«

»Nichts!« Lenes Gedanken überschlugen sich. Der Vogt hatte noch gelebt, als Puyi und sie sich aus dem Staub gemacht hatten. Aber jetzt war er tot …

»Wo ist euer Boot?«

»Im Watt!«

»Wo ist dein Vater?«

»Weg!«, schrie sie in Todesangst. »Er ist weg!«

»Hör mir gut zu.« Jörgs Gesicht kam ihr nahe, sehr nahe. »Du hältst den Mund, wenn dir dein Leben lieb ist.«

Die Angst verlieh ihr ungeahnte Kräfte. Es gelang ihr, sein Knie von sich zu schieben. Sie rappelte sich auf, drehte sich um und wollte den Deich hinablaufen – und sah unten ganz Hogsterwaard versammelt. Die Leute hatten alles gegriffen, was sie in die Hände bekommen hatten. Heugabeln. Schiffstaue. Ruder. Sie standen da wie eine Mauer, und in ihren Augen glimmte Mordlust.

Entsetzt drehte sie sich zu Jörg herum.

»Leute!«, rief er. »Lasst das bleiben!«

Der rotgesichtige Hinnerk trat vor, ein Messer in der Hand. »Ist es wahr? Hat Henry den Strandvogt ermordet? Und sie war dabei?«

Wüste Beschimpfungen prasselten auf Lene.

»Hängt sie auf!«

»Hängen ist noch viel zu gut für die!«

»Leute«, brüllte Jörg. »Leute! Egal, was geschehen ist, wir sind heute Nacht doppelt verraten worden. Wenn je einer etwas über den Ströndgang erzählt, bekommt er es mit mir zu tun. Und wenn Henry den Vogt gemetzelt hat …«

Lene wollte widersprechen, aber da spürte sie Jörgs Faust in ihrem Nacken.

»Still!«, zischte er und wandte sich wieder an die Leute. »Dann hat er das für uns getan!«

Das wütende Geschrei wurde etwas leiser.

»Lasst die Lene in Ruh. Verstanden?«

Sie begann mit: »Aber mein Vatter …«

Und bekam von hinten einen bösen Schlag auf den Kopf.

»Halt endlich dein dummes Maul!«

»Er ist kein Mörder! Er ist auf See geblieben, und ich hab das Schipp vor der Bucht an Land gesetzt und dann …«

Sie brach ab. Sie redete sich um Kopf und Kragen. Noch ein Wort, und sie hätte gestanden, dass sie dem Vogt begegnet war. Wer würde ihr glauben, dass ausgerechnet ein Chinese ihn niedergeschlagen hatte? Dass er noch gelebt hatte, als sie geflohen waren? Keiner. Sie spürte fast den harten Strick der Schlinge um den Hals, die sich mehr und mehr zusammenzog.

Jörg hob die Arme. »Ihr habt's gehört. Henry ist heute Nacht raus zum Ströndgang. Alleine.«

»Was?«, schrie Lene. »Ihr wart doch alle dabei!«

»Nein. Kann sich jemand daran erinnern?«

Vielstimmiges Murmeln war die Antwort. Lene konnte es nicht fassen. Sie war hier geboren und aufgewachsen. Das waren ihre Nachbarn. Mit den Jüngeren da unten hatte sie zusammen im Dreck gespielt, sie alle hatten die grausamen Hungerwinter überlebt und die schrecklichen Überschwemmungen, die das Letzte aus den Äckern gespült hatten.

»Henry war's«, sagte einer. Und es ging von Mund zu Mund. »Henry war's!«

»Legt sie in Ketten!«, kreischte eine Frauenstimme. Sie klang nach Marthe, der Bäckerfrau.

»Sperrt sie ein, bis die Büttel kommen!«

War das Volker, der nette Volker mit seinem Akkordeon, der sie jetzt so hasserfüllt ansah? Wieder formierte sich die Masse, rückte noch enger zusammen. Kam den Deich hinauf, Elle um Elle, Fuß um Fuß. Es gab keine Rettung.

Jemand trat neben sie. Und es war nicht Jörg, sondern Birte, seine Frau. Sie war einen Kopf größer als Lene und wohl mal die Schönste im ganzen Dorf gewesen. Noch immer sahen ihr die Männer nach, wenn sie mit ihrem Korb über die Straten flanierte, stets in guten Stoff gekleidet, denn ihre Aussteuer musste legendär gewesen sein. Die Tochter eines Hofmeisters mit zweihundert Grasen Land, munkelte man. Warum sie sich ausgerechnet Jörg ausgesucht hatte, war für viele ein Rätsel. Für manche auch nicht.

Geld sucht Geld, hatte Rensche gesagt. Und Jörg mit seinem Schipp und den Fahrten bis Schottland war eine gute Partie.

Birtes Anblick ließ die Meute verstummen. Sie stand auf dem Hügel vorm Haus, hoch aufgerichtet und stolz wie eine Königin. Die eisblonden Haare trug sie unter der schwarzen Haube. Ihr Alltagskleid sah mit seinen silbernen Knöpfen und Spangen aus, als sei es gerade erst vom Schneider in Leer geliefert worden.

»Gebt ihr endlich Ruhe?«

Der Lärm erstarb augenblicklich. Birte wandte sich an Lene. Sie musste in Rensches Alter sein, aber welch ein Unterschied! Fein gezeichnete Brauen, ein hübscher Mund, große dunkelblaue Augen, die Lene beinahe liebevoll ansahen.

»Hat das Mädchen nicht genug Leid erfahren? Die Mutter ist *dood*, der Vatter ein Mörder, den die See sich geholt hat. Was soll sie noch ertragen?«

Sie legte den Arm um Lene. Birte roch nach Rosenwasser, nicht wie Rensche nach saurem Schweiß und wochenlang ungewaschener Kleidung.

»Wir alle wissen, was heute Nacht geschehen ist. Deshalb müssen wir zusammenhalten. Jeder für jeden, das ist unsere Pflicht. Der Strandvogt hat uns erwischt, und deshalb wurde er getötet, bevor er uns alle an den Galgen bringen konnte. Jemand hat es getan, und das war Henry. Schulden wir seinen Waisen da nicht etwas mehr Milde?«

Birtes Worte zeigten Wirkung: Waffen wurden gesenkt, alle begriffen, dass sie tief im Dreck steckten und der feige Mord nicht ungesühnt bleiben würde.

»Henry war einer von uns. Der Ärmste, gewiss. Und wir hätten mehr für seine Familie tun können, nachdem er sein Bein verloren hat. So wird es geschehen sein: In seiner Verzweiflung hat er versucht, den Leuchtturmwärter zu bestechen. Der rief den Strandvogt. Henry verlor den Kopf und hat ihn getötet. – War es so?«, fragte sie leise und sah zu ihrem Mann.

Der nickte grimmig. »Ich schick heute noch einen Boten zum Leuchtturm. Er wird es bestätigen.«

»Das könnt ihr nicht machen!«, schrie Lene. »Er kann es gar nicht gewesen sein! Ein Schiff ist gesunken, und es wird eine Untersuchung geben!«

Birtes Blick wanderte nun mit Abscheu über Lenes abgerissene Gestalt. »Wenn es Henry nicht war, dann zeig mit dem Finger auf den, der es getan hat!«

»Das weiß ich doch nicht!«

»Dann schweig für immer. Und das rate ich allen. Die Armut hat Henry zum Ströndgang getrieben, und die Angst, am Galgen zu enden, zu diesem scheußlichen Verbrechen.«

Das Zischeln brach auf zu ärgerlichem Murren. In dem wieder beginnenden Lärm zog Birte sie noch enger an sich. »Du hast die Wahl«, flüsterte sie. »Wenn der Drost kommt, steht deine Aussage gegen das ganze Dorf. Denk an Hanna und Seetje. Sollen sie ins Armenhaus?«

Lene wollte sich aus dieser Umklammerung winden, aber Birtes Arme hielten sie unerbittlich fest.

»Henry kommt nie wieder. Aber du rettest ein ganzes Dorf, wenn wir ihm die Schuld geben. Es soll dein Schaden nicht sein. – Jann?«

Die breite, kräftige Gestalt ihres ältesten Sohnes löste sich aus der Menge. Als Kind hatte er sich die Nase gebrochen. Die Entstellung ließ sein junges Gesicht hart erscheinen, was ein freundliches Wesen vielleicht gemildert hätte. Aber Freundlichkeit war eine Tugend, die keinem der Groths in die Wiege gelegt worden war, und Jann war sich des Eindrucks, den sein Anblick hervorrief, mehr als bewusst.

Ihm folgte sein jüngerer Bruder Casper, der im Vergleich zu dem baumstarken Jann wirkte wie sein zitterndes Spiegelbild im Wasser: kleiner, dicker, blasser, immer im Schatten des Älteren, aber die kräftige Nase zumindest dort, wo sie sein sollte.

»Bring Lene rein«, befahl Birte. »Ihr da, Leute, geht nach Hause. Ihr habt nichts gehört und gesehen heute Nacht. Der Drost und seine Büttel werden bald hier sein. Ihr sagt kein Wort. Die Schippe und Boote waren nicht draußen. Wir werden mit den hohen Herren reden. Macht euch keine Sorgen.«

Sie schubste Lene zu Jann, der sie widerwillig am Arm ergriff und ins Haus zerrte.

Lene war noch nie im Groth'schen Haus gewesen. Von außen konnte man sich denken, dass es groß und hell und prächtig war. Von innen wurde dieser Eindruck noch einmal bei Weitem übertroffen. Die Dielenbretter schimmerten goldbraun und wurden wohl jeden Tag mit Sand gefegt. Im Vorübergehen konnte Lene einen Blick in die gute Stube werfen. An den Wänden hingen Porträts von streng blickenden Leuten, die so fein gemalt waren, dass sie fast lebendig wirkten. Der Schein von prächtigen Öllampen spiegelte sich auf glänzend polierten Tischen, in der großen Stube warteten gepolsterte Stühle und ein Kanapee auf hohen Besuch. Die Vorhänge waren aus feinster geklöppelter Spitze, und in der Ecke erkannte Lene gerade noch eine gewaltige Standuhr, bevor ihr Jann einen unsanften Stoß gab.

»Weiter. Da gibt's nichts zu glotzen.«

Ihm war nicht wohl dabei, Lene vor aller Augen ins Haus geführt zu haben. In einer anderen Situation hätte das eine Menge Klatsch und Getuschel hervorgerufen.

Er strich nervös die Haare zurück, die ihm bis auf die Schultern fielen. Kräftig und gerade gewachsen, eine Mischung aus der düsteren Kraft seines Vaters und der strahlenden Schönheit seiner Mutter, wenn diese Nase nicht gewesen wäre. Alle Mädchen im Dorf waren in ihn verliebt. So lange, bis er ihnen betrunken aufgelauert hatte und zudringlich geworden war. Aber selbst dann, so hieß es, hätte die eine oder andere ihm durchaus einen Griff oder einen Kuss oder sogar mehr gestattet, um die Chancen auf diese Partie zu erhöhen. Rensche hatte das erzählt und dabei den Kopf geschüttelt. »Birte lässt niemanden ohne eine fürstliche Aussteuer ins Haus. Also pass auf dich auf, mein Kind, und lass dir nicht den Kopf verdrehen. An allem sind hinterher immer die Mädchen schuld.«

»An was?«, hatte Lene gefragt. Zwölf oder dreizehn Jahre alt musste sie gewesen sein und wusste natürlich ganz genau, von was Rensche sprach.

»Am dicken Bauch.«

Im Haus roch es nach Kartoffeln und Fisch, und ihr Magen krampfte sich schmerzhaft zusammen. Aber statt sich nach links zu wenden zu einer Tür, hinter der verheißungsvoll Töpfe klapperten, ging Jann weiter. Der Blick aus seinen blauen Augen glitzerte verschlagen.

»Kann nich jede sagen, dass ein Groth sie reinlässt. Meistens isses ja umgekehrt, und ihr lasst mich rein.«

Hastig sah sie zurück zum Eingang. Birte, Jörg und Casper waren verschwunden. Von draußen konnte man noch Stimmen hören, aber sie entfernten sich mit der Menge, die sich gerade zerstreute.

Er öffnete eine Tür zur Rechten. Von ihr führten schmale Steinstufen hinunter ins Dunkel.

»Runter.«

Lene erstarrte. »Nein. Was soll das?«

Er packte sie am Arm. »Runter! Bevor ich damit was anderes meine!«

Sie wollte sich losreißen, aber er hatte die Gegenwehr erwartet. Jetzt packte er brutal zu, und als er sie an sich zog, spürte sie die Gier, mit der er das tat.

»Das wirst du schon noch sehen. Hast du gedacht, du kommst davon? Hängen werden sie dich.«

Birtes schrille Stimme geisterte durchs Haus. »Jann? Jann! Wo steckst du?«

»Aber vorher sollten wir zwei es uns noch schön machen. Was meinst du?«

Sie spuckte ihm mitten ins Gesicht. Noch bevor er begriff, hatte sie sich losgerissen und rannte los. Aber Jann war schneller. Vielleicht, weil er die Fluchtreflexe kannte, die von großen Fischen und von jungen Mädchen. Er bekam sie nach wenigen Schritten in die Hände. Sie wollte schreien, aber schon hatte sie seine Pranke auf dem Mund und wurde, obwohl sie sich aufbäumte und wehrte, zurück zu der Kellertür geschleift. Dann gab er ihr einen Stoß. Sie spürte noch den ersten Aufprall auf den steinernen Stufen, und dann wurde es Nacht.

Es war der Schmerz, der als Erstes in ihr Bewusstsein sickerte. Knie und Hände waren abgeschürft, und die ganze linke Seite schien ein einziger blauer Fleck zu werden. Wie lange hatte sie am Fuß der Treppe gelegen? Stunden? Jedes Zeitgefühl war verloren. Wenn es hier unten Fenster gab, dann musste es tiefste Nacht sein, denn sie konnte kaum die Hand vor den Augen erkennen. Die Kälte war in ihren Körper gekrochen, und sie schmeckte Blut. Sie hatte sich bei dem Sturz auf die Zunge gebissen. Mit einem Stöhnen versuchte sie, ihre Gedanken zu sammeln.

Sie war im Keller der Groths.

Sie und Henry wurden des Mordes beschuldigt.

Sie sollte ausgeliefert werden.

Und etwas hatte sie aufgeweckt. Ein Luftzug vielleicht, das ferne Quietschen einer Türangel. Es war schwer, leise zu atmen, denn der Schmerz wütete in ihrem Körper wie Feuer. Aber es gelang ihr, ruhig zu werden. Sie meinte, leise Schritte zu hören und spürte, wie sich ihre Nackenhaare aufstellten.

Und dann wälzte sich ein Berg auf sie und nahm ihr die Luft zum Atmen.

»Nein!«, wollte sie schreien.

Sie erkannte Jann an seinem Geruch. Fisch. Salzwasser. Tang und Schlick. Schweiß, Dreck, Branntwein. Sie biss zu, egal, wahrscheinlich die Schulter. Mit einem Schrei wich er zurück, und sie bekam wieder Luft.

»Du *vigelinsch Kruk*!«, schrie er. »Du hinterhältiges Miststück!«

Der Schlag ließ ihren Kopf auf den Boden knallen. Für einen Moment verlor sie wieder das Bewusstsein. Erwachte, weil er auf ihr lag und ihren Rock nach oben schob.

»Lass das!«, schrie sie.

Sofort lag die zweite Hand auf ihrem Mund. »Wenn sie dich mitnehmen, kannst du ja vorher noch zu was nutze sein!«

Lene strampelte mit den Beinen und wehrte sich mit aller Kraft, aber er war zu stark. Sie bekam kaum noch Luft.

»Lass mich!«, keuchte sie, als er seine Hand wegnahm, um sich die Hose zu öffnen.

»Was ist denn schon dabei?« Seine Stimme war heiser vor wütender Lust. »Du willst es doch. Ihr seid böses Blut, das weiß jeder.«

»Ich nehm euch alle mit an den Galgen!«

»Ach ja?« Sein gieriger Mund suchte ihre Lippen. Sie wandte den Kopf weg und versuchte, ihn von sich herunterzuschieben, aber es war aussichtslos. »Keiner wird dir glauben. Mutter hat recht: Sieh es als gute Tat. Du rettest ganz Hogsterwaard den Hals.«

»Mit meinem Tod?«, schrie sie entsetzt.

»Hab keine Sorge. Den Spaß, den du mit mir hast, haben manche ihr ganzes Leben nicht.«

Sie erwischte sein Ohr und biss zu. Das Brüllen musste bis zum Hafen zu hören sein, und den Moment, in dem er sich vor Schmerz aufbäumte, nutzte sie, um ihn von sich zu stoßen und irgendetwas auszuspucken. Er fiel zur Seite, sie sprang auf, tastete sich zur Kellertreppe und lief die steinernen Stufen hinauf. Sie hatte noch nicht die Tür zum Hausflur erreicht, als durch den Spalt der Schein einer Kerze sichtbar wurde und dahinter das bleiche Gesicht von Casper.

»Was …?«

Er trug eine Zipfelmütze und einen langen Kittel. Das Entsetzen, mit dem er Lene anstarrte, ließ sie sich hastig über den blutverschmierten Mund wischen. Jann schrie unten im Keller wie ein Eber bei der Kastration.

»Lass mich durch!«, zischte sie und wollte die Tür aufstoßen. Aber dieser Esel blockierte sie mit seinem Fuß. War es denn zu fassen? »Verschwinde!«

»Lene! Du kannst nicht weg!«

»Nein?«, rief sie in höchster Verzweiflung und stemmte sich gegen das Holz. »Jann will mir Gewalt antun, und deine Mutter liefert mich dem Drosten aus!«

Todesangst ließ ihr Herz im Galopp schlagen. Aber Casper verstellte einfach weiter den einzigen Fluchtweg. Ausgerechnet jetzt musste er hier auftauchen und ihr die letzte Chance nehmen. Sie hasste ihn in diesem Moment mindestens genauso wie Jann.

»Lauf nicht weg! Es gibt einen Weg«, sprudelte es aus ihm heraus. »Ich weiß, dass du unschuldig bist. Und meine Mutter hat nur Angst, dass du gegen uns aussagst. Das musst du aber nicht.«

Die Zeit rannte ihr davon. Sie musste fort, so schnell wie möglich und im Schutz der Dunkelheit. Stattdessen faselte dieser dumme Junge etwas von Unschuld und Auswegen. Sie versuchte, ruhig zu bleiben und ihn nicht anzuschreien. Ein Wunder, dass noch nicht das ganze Haus auf den Beinen war.

»Lass mich gehen, Casper. Jetzt. Sonst ist alles zu spät.«

»Willst du mich?«, fragte er.

»Was?«

»Lene! Willst du mich?«

Sie begriff nicht. Halt – sie begriff, aber was um Himmels willen sollte das werden?

»Wenn du eine Groth bist, wird dir nichts passieren!«

»Casper?«, brüllte es von unten.

Dem Stöhnen und dem Geräusch von schweren Schritten nach kam Jann die Treppe hinauf. Lene zitterte am ganzen Körper.

»Du… du meinst, du schützt mich, wenn ich eine Groth bin?«

»Und du musst nicht aussagen, gegen niemanden! Wenn du meine Frau bist, wirst du uns nicht schaden. Und wir dir auch nicht.«

War er nicht mehr ganz richtig im Kopf? Eine Winkelehe[3] mit einem Groth? In diesem Augenblick? Unfassbar.

»Ich will dich«, sagte er drängend. »Sag es!«

»Casper!« Jann war nur noch wenige Stufen entfernt. »Was zum Teufel tust du da!«

Lene öffnete den Mund.

»Nein!«

Der Schrei hallte von der Treppe herunter, die am anderen Ende des Flurs hinauf in den ersten Stock führte. Casper trat vor Schreck einen Schritt zurück, die Tür war frei, und Lene

---

3 Matrimonium clandestinum – eine formlose Ehe, ohne die Kirche oder ein öffentliches Aufgebot geschlossen. Die Ehe ist gültig und kann nicht geschieden werden, wenn Zeugen dabei waren.

stolperte in den Flur. Birte, in einem bodenlangen weißen Leinenkleid und offenen Haaren, kam die Stufen herunter.

»Nein! Casper, bist du wahnsinnig?«, kreischte sie. Sie sah aus wie ein Geist, und vielleicht war es ihr Anblick und das Eis, zu dem Lenes Blut gefror, dass die letzte Chance verrann. Jann hatte Lene erreicht und von hinten gepackt, und zeitgleich klopfte es hart und fordernd an der Eingangstür. Sie wurde aufgerissen, und drei Männer traten ein. Es war, als ob sie alle in der Bewegung erstarrt wären: Birte am Fuß der Treppe, Casper mit seiner Kerze, Lene, fest im Griff von einem vor Schmerz und Wut keuchenden Jann. Zu allem Überfluss tauchte jetzt auch noch Jörg von oben auf, barfuß und mit nacktem Oberkörper und dem wirren Blick eines Mannes, den man aus dem Schlaf geholt hatte.

»Was ist denn hier los?«, rief er. »Wer stört mitten in der Nacht?«

Der eine Mann war gut gekleidet und mit herrischem Auftreten, seine Begleiter waren der schiefe Andreas aus Middelstewehr und Johann Kruik, ein Tagelöhner und Nichtsnutz aus den Moorkolonien. Beide waren die Büttel der Gegend, wenn sie gebraucht wurden. Deshalb hatte der Schiefe einen Strick dabei und Kruik einen verrosteten Säbel, bei dessen Anblick sich wahrscheinlich schon die Franzosen vor Lachen die Bäuche gehalten hatten.

Der Mann sah entsetzt zu Jann. Blut lief dem Fischersohn von seinem linken Ohr den Hals hinunter.

»Ich bin … ähm … August Witte, der Dorfdrost von Geetsyhl und dem Jurisdictionsbezirk.«

Lene schnappte nach Luft. Sie war geradewegs vom Regen in die Traufe gekommen. Die Faust in ihrem Nacken drückte noch fester zu, sodass sie vornübergebeugt und schlotternd vor Angst das exakte Bild der gestellten Sünderin abgab.

»Wo zum Teufel seid ihr geblieben?« Jann spuckte vor Wut

beim Sprechen. Ein Speichelregen traf ihre Wange. »Ich dachte schon, ihr kommt überhaupt nicht mehr!« Er schüttelte sie wie einen Kartoffelsack. »Sie hat mich angegriffen, das elende Weibsbild! Tückisch und niederträchtig wie alle Vosskamps!«

»Helft mir!«, schrie Lene in Todesangst und hob die Arme schützend vor ihr Gesicht. Doch der Mann sah sie nur angewidert an.

»Im Auftrag der Justizkanzlei und bevollmächtigt durch die allgemeine Gerichts- und Prozessordnung der Unter-Gerichte des Königreichs Hannover bin ich hier, um dich, Lene Vosskamp, zu arretieren.«

Jann gab ihr einen Stoß, und sie landete direkt in den Armen von Johann Kruik, der sie mit fauligen Zähnen angrinste.

»Du und dein Vater, ihr seid schuldig der widerlichen Strandpiraterie. Ihr habt das Feuer gelöscht und euch auf die Lauer gelegt. Und als der Strandvogt kam, hast du ihn gemordet.«

»Nein!«, schrie Lene. Kruik stank wie Fisch von gestern in der Sonne. »Sie waren es! Jörg und all die anderen aus dem Dorf!«

Der reichste Mann von Hogsterwaard kam die letzten Stufen herunter und schob sich an seinen Söhnen vorbei, nicht ohne ihnen einen ärgerlichen Blick zuzuwerfen. Birte schürzte mit einem triumphierenden Lächeln die Lippen. Sie war gerade noch rechtzeitig gekommen, um das Schlimmste zu verhüten. Nicht etwa eine Vergewaltigung, sondern Caspers wahnwitzige Anwandlung, Lene im Hausflur zu heiraten. Der Junge stand mit hängenden Schultern neben seinem großen Bruder und ließ das Wachs auf den Boden tropfen.

»Ich war das nicht!« Lene legte alle Überzeugungskraft, die sie besaß, in ihre Stimme. »Fragt den Leuchtturmwärter, mit wem er unter einer Decke steckt!«

»Das haben wir schon.« Selbstzufrieden wandte sich der Drost an seine Büttel und gab ihnen einen Wink, woraufhin

Kruik und der schiefe Andreas sie von beiden Seiten in die Zange nahmen. »Er wurde niedergeschlagen, von Henry Vosskamp, deinem Vater. Der hat das Feuer gelöscht. Und du hast den Vogt gemordet. Hör auf mit den Lügen, Kind. Sie helfen dir nicht. Du kommst vor Gericht nach hannoverschem Gesetz. Der Vorführungsbefehl wird ausgeführt!«

Sie wehrte sich, schlug und strampelte, aber es half nichts: Sie wurde abgeführt.

»Casper!«

Der Junge sah hoch, ihre Blicke trafen sich.

»Ich nehm dich auch!«, schrie Lene in höchster Verzweiflung. Sie riss und zerrte so lange, bis sie wenigstens ihren Kopf noch einmal umdrehen konnte. Sie sah, wie Birte hilflos die Hände hob und etwas murmelte, was sie nicht verstand. Dann bekam Casper eine derartige Schelle von seinem Vater, dass er zu Boden ging. Der Rest ging unter in Tumult – und elender Verzweiflung.

Die Zelle im Vogtgericht von Leer war eng, dunkel, feucht, muffig, dreckig. Ratten huschten über Lenes Beine, es roch nach den Exkrementen aus dem Eimer in der Ecke. Licht kam nur aus einem vergitterten Viereck unter der Decke, und so verschwammen Tag und Nacht, Stunde um Stunde ineinander. Je länger Lene in der Zelle blieb, umso aussichtsloser erschien eine schnelle Klärung der Situation.

Außer ihr waren noch eine Kindesaussetzerin, die sich Caroline nannte, und eine Diebin mit Namen Johanne inhaftiert, Letztere auch noch angeklagt der gemeinschädlichen Umhertreiberei. Die beiden warteten schon länger auf ihre Verurteilung. Lene hatte sich gleich in die hintere Ecke verkrochen. Den Platz an der Tür – dort, wo man als Erste an den Wasserkrug und das schimmlige Brot kam –, hatte sie den beiden anderen überlassen.

Es war ein trostloser Ort. Nebenan waren die Männer eingesperrt, und wenn man dem Heulen, Rufen und Wimmern glauben durfte, war ein Teil von ihnen dem Wahnsinn nahe.

»Der Heinrich wartet seit zweieinhalb Jahren«, sagte Johanne, eine von Geschwüren übersäte, alterslose Frau, die dreißig oder hundert Jahre auf dem krummen Rücken haben konnte. Ihr Rock hing in Fetzen herab, Bluse und Tuch waren durchlöchert, die Hände hielt sie zu Klauen verkrümmt. »Ist eingestiegen und hat Geld gestohlen. Er war bei der holländischen Fahne und in Westindien, auf – Heinrich?«, schrie sie durch die vergitterte Luke der Zellentür.

»Jou?«, schallte es von irgendwoher zurück.

»Wo warst du in Westindien?«

»Curaçao!«, kam der Ruf zurück. »Zehn Jahre und sechs Monate, doppelte Capitulationszeit! Die haben mich über den Tisch gezogen, diese verdammten Werber!«

»Curaçao«, wiederholte Johanne und nickte Lene so zufrieden zu, als wäre sie selbst da gewesen. »Weit gereiste Leute hier. Was hast du verbrochen?«

»Nichts«, sagte Lene und erntete von beiden Frauen ein verächtliches Schnauben.

Irgendwann konnte Lene nicht mehr sagen, ob sie Tage oder Wochen in diesem Loch verbracht hatte, und die Stiche der Wanzen und Flöhe spürte sie kaum noch. Aber die Kratzwunden entzündeten sich. Brot und Wasser waren verseucht. Die Haare verfilzten. Ihr Kleid war ihr abgenommen worden. Sie hatte Lumpen bekommen, die von Dreck so starr waren, dass man sie in die Ecke hätte stellen können. Draußen musste jetzt Frühling sein. Die Bäume wurden grün, der Raps blühte auf den Feldern. Hier drinnen gab es nur eine Jahreszeit, und die hieß Elend. Sie hatte kein Geld, um sich die Situation erträglicher zu machen. Sie warteten auf ihren Prozess, aber tief drinnen vermutete Lene, dass man sie hier unten einfach vergessen hatte. Immer mal wieder fing Caroline an zu singen, mit brüchiger, geisterhafter Stimme. Wiegenlieder meist für ihr ausgesetztes Kind, das die eisige Februarnacht auf den Stufen der Kirche nicht überlebt hatte.

»Für sie geht's an den Galgen«, flüsterte Johanne ihrer neuen Zellengenossin zu. Lene lag zusammengekrümmt auf den mürben Strohbündeln und hoffte, dass die Leibkrämpfe bald vorüber waren. »Wär sie doch mit dem Lüttjen ins Wasser gegangen!«

»Alles gefroren«, kam es aus der anderen Ecke zurück. »Hätt ich aufhacken müssen, und ich wollt's nicht umbringen!«

»Hast du aber«, keifte Johanne. Und augenblicklich lagen sich die beiden wieder in den Haaren. Lene hielt sich die Ohren zu. War das schon die Hölle? Konnte es noch schlimmer kommen?

Manchmal sang Caroline auch Volkslieder und Moritaten. Und eines Tages, oder Morgens, oder Abends – wer konnte das noch sagen? – hatte sie Lenes Hand ergriffen.

»Ich sag dir was. Ich weiß deine Zukunft.«

»Ach ja?«

»Gib mir was von deinem Brot. Dann vertell ich dir was von deinen Leevsten.«

»Du glaubst doch nicht im Ernst, dass es da noch was zu erzählen gibt?«

Aber es war ein Zeitvertreib, wenn auch ein schlechter. An zukünftige Liebhaber war in diesem Loch nicht zu denken. Trotzdem brach Lene ein Stück von ihrem Brot ab und drückte es in die entgegengestreckte Klaue.

»Denn man tau.«

»Es sind vier.«

»Vier? Meine Güte! Übertreibst du da nicht?«

»Vier«, beharrte die hohe Stimme und verfiel in ihren seltsamen Singsang. »Viermal wirst du dich verlieben, dreimal wirst du es verspielen, und der Vierte wird der Letzte sein.«

Caroline hatte sich daraufhin mit dem Brot in ihre Ecke verzogen und war nicht bereit, Lene mehr über ihr ausschweifendes Liebesleben zu verraten. Also vergaß sie die seltsame Prophezeiung schnell wieder, weil sie alle Energie fürs Überleben brauchte.

Dann, an einem wie in schwerstem Fieber durchlittenen Tag, kam Unruhe auf. Johanne und Caroline unterbrachen ihre Keiferei. Es war noch nicht Zeit für die tägliche Ration Wasser und Brot, deshalb war das Ereignis schon zu spüren, bevor es eintrat. Etwas geschah. Vielleicht war die Kerkertür geöffnet worden, und ein Hauch frische Luft hatte die Gänge erreicht. Oder die Schlüssel des Kerkermeisters im Hof hatten geklirrt. Drüben, aus der Männerzelle, war unruhiges Murmeln zu hören, bis der Erste schrie: »Holt uns hier raus!« Und alle anderen mit einfielen.

Lene hörte Kasernenhofschritte. Die Tür wurde geöffnet, und eine uniformierte Gestalt rief: »Lene Vosskamp!«

Der Kerkermeister. Stöhnend richtete sie sich halb auf. Das Licht seiner Petroleumlampe blendete sie so sehr, dass sie die Hand über die Augen halten musste.

»Mitkommen.«

Wie ein Wiesel krabbelte Johanne zu ihr. »Freu dich, denn noch heute Abend wirst du das Licht des Herrn sehen!«

»Vier!«, kam es aus Carolines Ecke. »Denk an mich!«

»Wird's bald?«, brüllte der Mann.

Schwankend erhob sich Lene. Sie war so schwach, dass sie sich an der feuchten Wand abstützen musste. Ihre Haare waren voller Ungeziefer und hingen wirr auf die Schultern. Die Füße schwarz vom Dreck, der Leib voller Geschwüre. Sie taumelte auf die Tür zu und wurde durchgelassen, ohne dass man sie anrührte. Wahrscheinlich stank sie zu sehr.

Ein Stoß in den Rücken wies ihr die Richtung: den Gang bis ans Ende zur Treppe, die hinaufführte ins Licht und ins Leben. Je höher sie sich schleppte, desto mehr tränten ihre Augen. Immer wieder spürte sie den Knüppel des Kerkermeisters in ihren Rippen. Endlich stolperte sie über die letzte Stufe und befand sich in einem größeren Raum, der von Lampen und einem kleinen Kaminfeuer erhellt war. Die Wände waren aus grob behauenen Steinen, und bei Tag fiel wohl Licht durch zwei schmale, vergitterte Fenster. Jetzt waren sie dunkel. Sie konnte sich nicht erinnern, je hier gewesen zu sein.

»Stehen bleiben.«

Der Kerkermeister verschwand. Er war ein bulliger, brutaler Kerl. Aber nicht darauf aus, seine Gefangenen zum Vergnügen zu quälen. Sie bekamen, was sie verdienten. In seiner düsteren Welt war das so.

Lene schlug die Arme um den Leib und trat an das Feuer. Die Funken sprangen und knisterten, die Flammen tanzten umeinander in einem wilden Spiel. Sie ging in die Knie, um noch näher an diesem Wunder zu sein, und spürte, wie ein Hauch von Lebenskraft in sie zurückkehrte.

»Lene?«, fragte jemand hinter ihrem Rücken.

Vorsichtig, weil ihr alle Glieder wehtaten, drehte sie sich um. Ein Mann stand im Raum, verhüllt in einen Umhang und mit tief heruntergezogener Kapuze. Sein Gesicht lag im Schatten und war nicht zu erkennen. Trotzdem kam ihr etwas an ihm bekannt vor.

»Casper?«, fragte sie und erhob sich mit einem Stöhnen.

Er schlug die Kapuze zurück. Das Entsetzen bei ihrem Anblick machte ihr klar, wie abstoßend sie wirken musste. Hilflos wischte sie sich übers Gesicht und strich die Haare nach hinten.

»Oh mein Gott«, sagte er. Statt auf sie zuzugehen, wich er einen Schritt zurück.

Im Raum gab es nichts außer einer steinernen Bank neben der Tür. Lene schwankte darauf zu und ließ sich fallen.

»Was willst du hier?« Ihre Stimme klang wie das Krächzen einer Herbstkrähe.

Er schluckte, sein Adamsapfel raste rauf und runter. Kleine Schweißperlen sammelten sich auf seiner Stirn. Er sah hilflos zum Feuer, zur Tür, und dann, da ihm nichts anderes übrig blieb, wieder zu Lene.

»Morgen sollst du vor den Richter.«

Das war ein Schock. Sie hatte damit gerechnet, dass das kommen würde. Vielleicht war es wirklich eine Erlösung … das Urteil anzunehmen, und seine Vollstreckung. Und trotzdem: Eiseskälte stieg von den Füßen aufwärts in ihren Leib, und sie begann, unkontrolliert zu zittern.

»Was ist mit Seetje und Hanna?«, fragte sie mit klappernden Zähnen.

»Sind im Armenhaus in Leer.«

Sie ballte die Linke zur Faust und presste sie vor den Mund, um nicht aufzuheulen vor Wut und Schmerz.

Vielleicht lag es an dem kleinen bisschen Wärme, das sie getankt hatte. Vielleicht auch daran, zum ersten Mal seit einer Ewigkeit wieder zusammenhängende Sätze mit einem vernünftigen Gegenüber zu reden. Oder es war einfach nur dieser Junge, der da vor ihr stand in seinem feinen Tuch, den hübschen Spangenschuhen und Backen so feist wie ein gemästetes Kalb. Sie fühlte, wie die Kraft zurückkehrte und das Zittern aufhörte. Langsam, indem sie sich an der Wand abstützte, kam sie auf die Beine. Casper hielt sich vorsichtshalber sein Halstuch vor die Nase.

»Deine Mutter hat mich an die Büttel verraten. Du weißt genau, dass wir unschuldig sind. Du warst auf der *Grete* mit dabei! Und du hast kein Wort gesagt!«

Sie ging auf ihn zu. »Du hast meine Schwestern in den Hungertod geschickt und mich an den Galgen! Nur, damit ihr euren Hals aus der Schlinge ziehen könnt!«

Er hob abwehrend die Hände. Sie konnte sehen, wie der Ekel ihn übermannte bei ihrem Anblick und wohl auch ihrem Geruch. Aber das war ihr egal. Sollte er sehen, wohin er sie gebracht hatte.

»Ich kann nichts dafür. Ich wollte das nicht! Deine Schwestern sind im Armenhaus!«, schrie er mit sich überschlagender Stimme. »Dort lernen sie spinnen und weben und sich ihr Brot ehrlich verdienen!«

»Du weißt genau, dass das nicht so ist.« Sie kam noch näher, er wich zurück. War es so warm hier, dass ihm jetzt der Schweiß in Strömen übers Gesicht lief? Lene spürte nur Kälte. »Warum bist du hier?«

Er wich zur Seite aus, fast duckte er sich weg von ihr. Wie sie ihn verachtete. Ihn und seine Brut. Und sich selbst. Dass sie diese Intrige nicht erkannt hatte.

»Was willst du noch von mir?«

Er hatte einen Beutel in der Hand, der ihr bis eben nicht aufgefallen war.

»Du kriegst bis morgen eine Einzelzelle.«

»Oh! Danke! Was verschafft mir die Ehre?«

Er legte den Beutel auf dem Boden ab und öffnete ihn. Lenes alte Kleider kamen zum Vorschein.

Er sagte: »Du bist meine Frau.«

»Niemals.«

»Für mich bist du das. Und ich will, dass du anständig aussiehst. Also sauber, vielleicht.«

»Du willst was? Dass ich anständig aussehen soll auf dem Weg zu meiner eigenen Hinrichtung?«

»Das ist alles, was ich tun konnte!« Die Verzweiflung in seinem Gesicht war echt. »Ich hab doch schon alles versucht. Ich komme nicht an gegen meine Eltern! Sie haben jeden Weg verbaut, jeden. Bestechung geht nicht, bewacht wirst du doppelt und dreifach. Ich habe mit dem Richter sprechen wollen, aber ich wurde noch nicht mal durchgelassen! Da wollte ich wenigstens, dass du was hast, in dem du dich wohl… also«, er schluckte, »wohlfühlst.«

»Wohlfühlst?«

»Ich hab dir auch Seife mitgebracht. Du kannst dich waschen. Einen Kamm und etwas zu essen. Und eine Bibel.«

Er zog das Buch aus dem Beutel hervor und wollte es ihr reichen. Lene schüttelte fassungslos den Kopf. Es gab nur eine Frage, die sie im Moment beschäftigte.

»Wir sind Mann und Frau?«

Casper legte die Bibel auf der Bank ab und strich sich mit einer hilflosen Geste die Haare aus der der Stirn.

»Ich denke schon. Meine Mutter ist außer sich. Sie wollte, dass ich die Tochter des Marktmeisters in Norden heirate.«

»Ah.« Sie legte die Hände an die Hüften und versuchte ein makabres Grinsen. »Eine richtig gute Partie. Und ich habe sie vermasselt.«

»So meine ich das doch nicht!«

»Du hast ein Mal, ein Mal in deinem Leben etwas gegen den Willen deiner Mutter getan. Du hast mich genommen. Weil du weißt, dass ich unschuldig bin!«

Er starrte sie an. In seinen unschuldigen Kinderaugen glitzerte eine Ahnung von Entschlossenheit. »Ja. Und ich würde alles tun, um dich hier rauszuholen.«

Lene ließ die Arme sinken. »Du machst dir was vor. Du willst mich retten? Und deine Familie mit dazu? Das geht nicht. Du musst dich entscheiden, auf welcher Seite du stehst.«

Sie tat ihm Unrecht. Er war der Einzige gewesen, der überhaupt etwas unternommen hatte. Aber von allen Plänen, die es hätte geben können, hatte er ausgerechnet den schlechtesten gewählt.

Er öffnete den Mund, um etwas zu sagen, aber schon näherten sich von oben die schweren Tritte des Kerkermeisters. Sie ging rasch zu Casper und packte ihn an den Schultern – er sollte sie ansehen. Hastig wandte er den Kopf ab.

»Du stinkst so, Lene«, sagte er entschuldigend.

»Hol meine Schwestern aus dem Armenhaus.«

»Das kann ich nicht.«

»Lass dir was einfallen. Bring sie woanders unter, als Mägde. Oder Drescherinnen. Oder bei den Netzflickern, oder irgendwo. Hol sie da raus!«

»Ich kann …«

Sie stieß ihn von sich.

»Casper! Willst du, dass ich dich dein Leben lang verfolge? Dass du keine Nacht mehr Schlaf findest, weil ich dich sonst verfluchen werde?«, zischte sie. Sie stieß ihn wieder und wieder durch den halben Raum, und er ließ es geschehen. »Eine Unschuldige, die ihr an den Galgen gebracht habt? Ich verfluche dich, von jetzt bis ans Ende aller Tage, wenn du Seetje und Hanna nicht aus dem Armenhaus holst! Und wenn heute mein letzter Tag ist, dann sei dir sicher: Für meine Seele ist es nicht die letzte Nacht. Sie wird dich heimsuchen, immer und immer wieder, wenn du nicht tust, was ich dir sage!«

Der Kerkermeister kam in den Raum und stürmte sofort auf sie zu.

»Lass das!« Er riss sie von Casper weg. »Hat Sie Euch belästigt?«

Casper stöhnte auf und fuhr sich mit zwei Fingern unter seinen Kragen. Dabei hob er beschwichtigend die Hand. »Nein, nein. Alles ist gut.«

Mit einem bösartigen Glitzern in den Augen nahm Lene das Bündel auf. »Vielleicht glaubt man mir aber auch, ich werde freigesprochen, und dann kehre ich in euer Haus zurück. Als Lene Groth. Und es wird mir gehören, mir allein. Denn ihr landet alle am Galgen.«

»Schluss jetzt! Den feinen Herrn auch noch beleidigen?« Der Kerkermeister griff ihren Arm, aber nicht mehr so brutal, wie er das beim ersten Mal getan hatte.

»Ich werde die Wahrheit sagen, so wahr mir Gott helfe!«

»Jou, jou«, brummte der Mann. Das Letzte, was sie aus den Augenwinkeln mitbekam, war Caspers Entsetzen.

Immerhin war die nächste Zelle eine Verbesserung. Ein Kienspan beleuchtete vier Schritte im Quadrat. Es gab einen Krug Wasser. Eine Schüssel. Und die Seife! Lene streifte sich die Lumpen ab und sah bestürzt auf ihre fleckige, dreck- und blutverkrustete Haut und ihren abgemagerten Körper. Noch nie hatten die Knochen so hervorgestanden wie jetzt. Vorsichtig tauchte sie die Hände ins Wasser. Dort, wo sich die Wunden entzündet hatten, brannte es furchtbar, aber sie biss die Zähne zusammen. Zuerst wusch sie sich die Haare, dann das Gesicht, Arme, Oberkörper. Dann Bauch und Scham, Beine und Füße. Schließlich kämmte sie sich die Haare, so gut es ging, und schlüpfte in ihre alten Kleider, die Casper mitgebracht hatte. Sie waren gewaschen und geflickt. Vermutlich hatte eine Magd ihr diesen letzten Dienst erwiesen.

Erstaunlicherweise war auch noch ihr kleiner Beutel in dem Bündel. Sie hielt ihn in den Händen, strich über den groben Stoff und erinnerte sich daran, wie sie durchs Dorf gezogen war und gebettelt hatte. Damals hatte sie das Gefühl gehabt, am Tiefpunkt ihres Lebens angekommen zu sein. Sie hatte nicht geahnt, wie weit hinunter es noch für sie gehen würde.

Sie holte heraus, was von der Wurst und dem Brot übrig geblieben war. Steinharte, schimmelige, ungenießbare Brocken. Dazu der Beutel mit dem verdorbenen Tee. Er lag leicht und knochentrocken in ihrer Hand.

Der Chinese … wenigstens eine Seele war in dieser schrecklichen Nacht gerettet worden. Nach Bremen hatte er gewollt. Wahrscheinlich, um so bald wie möglich ein Schiff nach England zu erwischen. Er hatte außergewöhnlich gute Kleidung getragen, zu gut für einen Schiffsjungen. Vielleicht war er ein Händler gewesen? Der Sohn eines Händlers? Aber das war jetzt auch egal.

Sie warf den Beutel zu den verschimmelten Überresten und fuhr zusammen, als ein dumpfes Aufprallgeräusch zu hören war. Sofort hatte sie ihn wieder in der Hand und tastete den Inhalt ab. Im nassen Zustand war er prall gefüllt gewesen. Mittlerweile war er längst getrocknet, und sie spürte deutlich einen kleinen runden Gegenstand. Mit fliegenden Fingern öffnete sie das Band, griff in den Beutel und holte eine kleine Münze heraus.

Es war Silber. Ganz bestimmt war das Silber! Sie kniff die Augen zusammen, aber sie konnte die Zeichen nicht entziffern. Auf gar keinen Fall war es eine Münze hiesiger Prägung. Sie hatte ein Loch in der Mitte, und das musste gewollt sein, denn seine Ränder waren glatt und wie poliert.

Eine Münze … Sorgfältig legte sie sie zurück zu den vom Salz gebleichten Teeblättern und überlegte fieberhaft. Egal, was ihr bevorstand – auf ihrem Weg würde ein Pfarrer dabei sein. Ihm konnte sie das Geldstück zustecken und bitten, es ihren Schwestern zu geben. Es war kein großer Schatz, und fremdes Geld hatte nie den Wert wie einheimisches. Aber vielleicht konnten sie dafür etwas Brot kaufen, oder Schuhe für den Winter.

Es war das einzige gute Gefühl, mit dem sie sich auf den

Strohsack bettete. Dass sie wenigstens etwas hinterlassen konnte. Dass sie nicht wie Staub vom Angesicht der Erde verschwinden würde, sondern ihren Schwestern etwas mitgeben konnte in das harte Leben, das sie erwartete. Sie sah so lange auf die knisternde Flamme des Kiens, bis ihre Augen brannten und das Licht erlosch. Sie hatte Angst. Dieses große, düstere Steinhaus schien ihr wie aus Angst gebaut. Sie war in die Steine eingebacken und nistete in allen Ecken und Ritzen.

Doch wenn dies ihre letzte Nacht wäre, dann wollte sie keinen Moment versäumen. Eine dünne Decke lag auf dem Strohsack. Sie hüllte sich ein, so gut es ging, und lauschte auf ihren Atem. Und irgendwann schlief sie ein.

Der Riegel wurde zurückgestoßen, die Zellentür ging auf. Draußen im Gang tanzte der Schein einer Fackel und verriet nicht, ob es noch Nacht oder schon Morgen war.

Ein Knecht des Kerkermeisters brachte ihr eine Schüssel Grütze und einen Becher Milch. Beides stellte er mit einem Ächzen auf dem Boden ab. Er war ein seltsam verkrümmter Mann mit einem schiefen Gesicht, vermutlich hatte er als Kind einen grässlichen Unfall gehabt. Er öffnete den Mund, um etwas zu sagen, dann hob er hilflos die Hände und verließ die Zelle wieder, wobei er ein Bein nachzog.

»He!«

Lene sprang auf. Sie erreichte ihn gerade noch, bevor sich der letzte Spalt schloss.

»Wie heißt du?«

Seine triefenden, geröteten Augen blickten sie überrascht an.

»Wie du heißt …?«

Ein gurgelndes Geräusch kam aus seiner Kehle. Er setzte mehrmals an, bis er etwas zustande brachte, aus dem Lene glaubte, einen Namen herauszuhören.

»Hannes?«

Der Knecht nickte eifrig.

»Komm ich noch mal her, wenn ich mein Urteil hab?«

Hannes ließ sich nicht auf ihre Frage ein. Er schlurfte in den Gang, knallte ihr die Tür vor der Nase zu und schob den Riegel vor. Sie schrie, klopfte und trat gegen das Holz, aber niemand hörte sie. Schließlich schleppte sie sich zurück zu ihrem Strohsack. Die Grütze rührte sie nicht an. Nur einen Schluck Milch trank sie und verschüttete die Hälfte, weil ihre Zähne klapperten und sie den Becher nicht ruhig in der Hand halten konnte. Es soll vorbei sein, das war der einzige Gedanke, den sie noch fassen konnte. Es soll endlich vorbei sein.

Aber die Glocke der nahen Kirche schlug acht-, dann neun-, dann zehn- und elfmal, und noch immer rührte sich nichts. Endlich, kurz vor dem Mittagsläuten, wurde der Riegel zurückgeschoben, und der Kerkermeister erschien, gefolgt von zwei Dragonern in abgewetzter blauer Uniform.

»Mitkommen«, befahl er barsch.

Als sie es nicht schaffte, sich sofort auf die Beine zu stellen, gab er den Männern einen Wink. Sie halfen ihr hoch, sanfter, als es vielleicht ihre Art gewesen wäre. Junge Burschen, gewohnt, Befehle zu befolgen. Aber dies war ihnen unangenehm: eine Todgeweihte abzuführen, die kaum älter war als sie selbst.

Das Gefängnis befand sich im selben Haus wie das Amtsgericht – einem alten Gebäude aus Ziegelstein. Mächtige hohe Decken überspannten die Flure, alles war weit und groß und hallend, sodass die Menschen sich unweigerlich klein fühlten. Lene war noch nie in so einem Haus gewesen. Aus den Fenstern konnte man auf die Leda sehen. Ein paar Boote lagen am Flussufer vertäut. Kutschen rollten vorüber, sie hörte das Klappern der Hufe und die Rufe der Skipper, die ihre Schiffe be- und entluden. Obwohl es kalt und grau draußen war, war eines der

Fenster geöffnet, und der Geruch von Fisch, Vogelmist und Regen durchdrang die feuchte Kälte des Gebäudes.

Lene atmete so tief ein, wie sie konnte. Jede Minute war unendlich kostbar. Jeder Schritt der Beweis, dass sie lebte. Aber wie lange noch? Ihr Herz klopfte zum Zerspringen. Die Angst schnürte ihr fast die Kehle zu. Sie stolperte, der Knecht stieß sie wütend voran, und sogar dieser Schmerz war willkommen.

Die Gänge belebten sich. Sie erreichten ein Treppenhaus, in dem die Schritte und Stimmen von Dutzenden von Besuchern hallten. Alle waren in Eile, irgendwie beschäftigt, im Gespräch oder allein mit angespannter Miene. Sie stiegen ernst hinauf und kamen wütend, lachend oder bedrückt herunter. Lene merkte schon nach wenigen Stufen, dass ihr die Luft ausging. Ihr Körper kam mit der Anstrengung nicht zurecht, sie hatte Wochen in dem stinkenden Gefängnisloch verbracht. Ihr Magen rebellierte, ihre Knie zitterten, dass sie sie kaum noch unter Kontrolle hatte. Sie blieb für einen Moment stehen und hielt sich an dem steinernen Geländer fest. Verwunderte und angewiderte Blicke streiften sie. Der Kerkermeister wollte schon wieder auf sie einschlagen, aber der größere der beiden Landdragoner hob befehlend den Arm.

»Lass sie!«, herrschte er den Mann an. »Sie schafft das schon.«

Das tat gut. Diese winzige Gnade. Lene senkte den Kopf und hangelte sich an dem Geländer Stufe für Stufe nach oben. So gelangte der Gefangenentransport in einen großen Saal, der noch voller war als die Gänge. Menschen drängten sich aneinander vorbei: Advokaten und Richter, Kläger und Beklagte samt Familien und Hausstand.

Wer versehentlich einen Blick auf Lene riskierte, wandte ihn schnell ab. Ein aussichtsloser Fall, dieses magere Mädchen in seinen abgerissenen Kleidern. Eine Diebin oder Herumtreiberin. Im schlimmsten Fall eine Kindsmörderin, da war sowieso nichts zu machen. Die Luft war stickig und geschwängert von den Ausdünstungen der Kleider und der Körper, die in ihnen steckten.

»Hier!«

Sie wurde vor einen Tisch gestoßen, hinter dem ein Richter saß. Er wirkte wohlhabend, trug eine schwere Kette und war in ein Buch vertieft, aus dem er kaum aufsah. Die beiden Dragoner und der Kerkermeister blieben hinter Lene stehen.

»Name?«, näselte der Richter.

»Lene Vosskamp.«

Er musterte sie mit zusammengekniffenen Augen. Kein schöner Mann. Einer, der nur schwer seinen Hochmut und die Verachtung verbergen konnte für seine Delinquenten. Die schwarze Robe wirkte neu. Darunter trug er ein geplättetes Hemd, für dessen Falten und Plissees eine Magd noch vor Sonnenaufgang mit dem Bügeln angefangen haben musste. Im Gegensatz zu den Menschen, die Lene kannte, wirkte er unnatürlich blass. Sie versuchte ein Lächeln, aber er reagierte nicht, sondern blickte suchend in die Menschenmenge.

»Fabrizius?«

Ein Mann mit einer Halbglatze quetschte sich durch eine Menschentraube, die sich lautstark stritt, zu ihnen durch. Er streifte Lene noch nicht einmal mit einem Blick. Der Richter zog ein Papier aus einer dicken, abgegriffenen Mappe.

»Meuchelmord am Standvogt vom Leyhorn und Strandpiraterie. Die Recognition erfolgte über die Landdrostei von Greetsyhl, die Arrestnahme durch meinen Famulus Schley. Was sagt der Vertreter der Staatsanwaltschaft?«

Fabrizius deutete eine Verbeugung an. »Schuldig, euer Ehren.«

»Nicht schuldig!«, rief Lene. »Ich hab ihn nicht umgebracht! Ich schwöre es! Wo ist mein Anwalt?«

Der Staatsanwalt geruhte, Lene zum ersten Mal anzusehen. »Habt Ihr keinen?«

»Nein!«

Der Richter lehnte sich mit einem ungeduldigen Seufzen zurück und holte eine kleine Taschenuhr aus seiner Weste. Er klappte sie auf, seufzte noch einmal und steckte sie wieder ein.

»Bernhard?«

Er sah sich suchend um.

»Bernhard Puvogel!«

Auch die Umstehenden, die in ihre eigenen Geschäfte vertieft waren, warfen nun einige Blicke in die Menge. Der Staatsanwalt strich sich über seine Halbglatze.

»Also, wenn das jetzt nicht weitergeht, müssen wir das vertagen. Ich bin mittags zu Tisch. Es ist Dienstag, da gibt es Gänsebraten.«

Lene traute ihren Ohren nicht. Ihr drohte entweder noch eine Nacht in der Zelle oder das Todesurteil, und diesem Herrn ging es um sein Mittagessen? Sie wollte gerade den Mund öffnen, um zu protestieren, als ein schmaler junger Mann mit gehetztem Blick und einem Stapel Papier unter dem Arm auftauchte.

»Ihr habt gerufen, Euer Ehren?« Er verbeugte sich, und dabei segelten einige Blätter auf den Boden. Lene bückte sich hastig und half beim Einsammeln.

»Vielen Dank.« Der Mann zupfte am Beinkleid des Staatsanwalts, der auf einem Papier stand und nur unwillig zur Seite trat.

»Bernhard?«

Der Richter hatte sich erhoben. Er sah wütend aus, und ein verärgerter Richter war das Letzte, das Lene jetzt gebrauchen konnte.

»Ihr seid der Anwalt dieser Frau.«

Der junge Mann kam auf die Beine und lächelte in einer Hilflosigkeit, die in Lene mehr Furcht als Zuversicht hervorrief.

»Aber gerne und stets zu Diensten.« Er deutete einen galanten Diener an. Lene reichte ihm die letzten Blätter.

»Wer bezahlt?«

Alle Blicke ruhten auf ihr.

»Ich hab kein Geld«, sagte sie schließlich.

»Oh.« Der Anwalt wandte sich an den Richter. »Dann muss ich meine Dienste leider …«

»Mein Mann«, kam Lene seiner Absicht zuvor, sich umgehend zu verabschieden. »Caspar Groth aus Hogsterwaard.«

Der Richter setzte sich und nahm sich die Akten wieder vor. »Warum steht hier nichts davon?«

»Es war etwas überstürzt«, sagte Lene. »Aber er war gestern noch bei mir. Der Kerkermeister kann es bezeugen.«

Sie drehte sich um. Der Wächter der Zellen zuckte zusammen, als hätte man ihn gerade aufgeweckt. Wahrscheinlich kam es nicht oft vor, dass er in einem Gerichtsverfahren eine Rolle spielte.

»Jou.« Er scharrte verlegen mit den Füßen. »Der Casper Groth aus Hogsterwaard sagt, er ist ihr Ehemann.«

Der Staatsanwalt betrachtete den Zustand seiner gepflegten Fingernägel. »Eine der reichsten Familien in den Nordmarschen.«

»Nun denn.« Bernhard Puvogel strahlte. »Wie lautet die Anklage?«

Lene räusperte sich. »Wollt Ihr nicht erst einmal die Akten lesen?«

»Nicht nötig, mein Kind. Euer Ehren fasst alles meist in einem Satz zusammen.«

Der Richter nickte. »Meuchelmord und Strandpiraterie.«

Noch bevor Puvogels Strahlen schlagartig erlosch, schaltete sich Lene wieder ein. Wahrscheinlich erging es ihr besser ohne

Anwalt. »Das ist nicht wahr. Ich habe niemanden ermordet. Und ich habe auch nicht das Feuer an der Leybucht gelöscht.«

»Wer dann?«

Lene atmete tief durch und straffte die Schultern. »Die Groths.«

Puvogel hob verwirrt den Zeigefinger. »Ähm … sind diese Herrschaften verwandt oder verschwägert mit Eurem Gatten?«

»Ja.«

Hinter seiner hohen Stirn arbeitete es. Mit Lenes Anklage schwanden die Chancen, jemals von diesen Leuten auch nur einen Groschen zu sehen. Für den Staatsanwalt aber wurde die Sache gerade interessant.

»Es ist doch klar, dass diese Frau lügt. Sie dreht den Spieß einfach um. Dabei wurde sie von den Groths angezeigt.«

»Von …« Puvogel geriet ins Schwitzen. »Von Eurer eigenen Familie?«

»Sie wollten mich zum Schweigen bringen, so lange, bis der Drost mich arretieren konnte! Das ist ein abgekartetes Spiel!«

»Ruhe!« Der Richter nahm einen kleinen Hammer und hieb damit auf die Tischplatte. »Die Delinquentin redet nur, wenn sie gefragt wird!« Er blätterte in seinen Unterlagen. »Ich habe hier die Aussage vom Jörg Groth, einem ehrbaren Mann aus Hogsterwaard. Ihr seid mit Eurem Vater Henry in der Nacht des Siebzehnten im Monat März 1834 aufgebrochen mit Eurem Boot in die Leybucht. Daselbst habt Ihr den Leuchtturmwärter niedergeschlagen und das Feuer gelöscht, um die *Lady Grey*, ein englisches Schiff auf dem Weg nach London, vom Weg abzubringen und Euch an der Ladung des gestrandeten Schiffs zu bereichern.«

»Das hätten wir doch gar nicht geschafft. Dazu braucht es ein ganzes Dorf!«

»Der Leuchtturmwärter ist ein unbescholtener Bürger. Sein

Leumund ist einwandfrei. Er hat Euch ebenfalls *recogniert*! Hier!« Sein Zeigefinger pochte auf das Papier. »Ein Mann mit einem Holzbein und eine Frau, kaum siebzehn Jahre. Gesichtsfarbe gesund, Haar blond, Mund groß, Nase klein.«

»So sieht halb Friesland aus, Euer Ehren!«, erwiderte Lene und sah sich verzweifelt um. »Dann hat er die da vorne beschrieben. Oder sie da hinten, und ihn, und die dort!« Sie wies auf alle Blonden im Raum, und das waren viele. »Ich war noch nie in meinem Leben auf dem Leuchtturm. Und ich schwöre, dass wir keinen Fuß ans Ufer der Leybucht gesetzt haben!«

Puvogels Kopf ging nur noch von einem zum anderen hin und her.

»Euer Boot wurde hinterm Leyhorn am Pilsumer Watt gefunden. Von dort aus sind es nur zehn Minuten zu Fuß zum Leuchtturm. Leugnen hilft Euch nicht. Ihr seid überführt.«

Der Richter legte die Blätter ab. »Es ergeht das Urteil des Königlichen Amtsgerichts zu Leer, der Lene Vosskamp die Bürgerrechte abzuerkennen und sie aufzuhängen, bis der Tod …«

»Es gibt nicht den geringsten Beweis!«

Der Staatsanwalt, sichtlich ungeduldig und hungrig, wandte sich ihr zu. »Den brauchen wir auch nicht. Du bekommst eine Verdachtsstrafe. Der zugrunde liegt die Annahme, dass bei mangelnden Beweisen ein zu Unrecht Freigesprochener mehr Schaden anrichtet als ein zu Unrecht Verurteilter.«

»Wer bezahlt euch dafür?«

Der Richter schloss ungerührt die Mappe, faltete die Hände und rief: »Der Nächste!«

»Wer bezahlt Euch? Macht ihr halbe-halbe mit Jörg Groth? Ist es das?«

Fabrizius gab dem Knecht ein Zeichen. Der wollte Lene ergreifen, aber sie riss sich wütend los. Es war, als ob alle ihre Kräfte wieder zurückgekehrt waren.

»Ihr steckt alle unter einer Decke!«

Puvogel, der bis eben nicht den Mut oder schlicht keine Chance gehabt hatte, auch etwas zu sagen, drückte entsetzt seine Blätter an die Brust. »Ich muss schon sehr bitten!«

»Und Ihr wollt ein Anwalt sein?«, fauchte Lene. »Was tut Ihr eigentlich für mich?«

Puvogel schluckte und wandte sich an den Richter. »Auf Piraterie steht die Todesstrafe, auf Meuchelmord auch. Dies sind zwei verabscheuenswürdige Verbrechen, doch ich bitte um Milde. Hängt sie nur einmal.«

»Was?«, schrie sie.

Fabrizius wandte sich zum Gehen. »Ich schließe mich der Bitte um Milde an, wegen des jugendlichen Alters der Angeklagten. Einmal hängen reicht. Ich wünsche allen eine gesegnete Mahlzeit.«

Die Dragoner ergriffen sie.

»Nein!«, schrie Lene. »Das könnt ihr nicht machen! Nein!«

Der Hammer schlug auf den Tisch. »Tod durch den Strang im Morgengrauen. Der Nächste!«

Und obwohl sie sich wehrte und um sich schlug, obwohl die Menschen um sie herum verstummten vor Mitgefühl oder Abscheu, wurde sie zurückgeschafft in ihre Zelle, und am nächsten Morgen um fünf in der Früh würde ihre letzte Stunde schlagen.

Sie bat um Papier für einen Abschiedsbrief, und sie bekam keines. Sie bat flehentlich darum, eine letzte Nachricht an ihre Schwestern zu senden – man schlug ihr die Bitte ab.

Aus dem vergitterten Fenster hoch über ihr fiel trübes Licht in die Zelle. Die Wände waren nicht ganz so feucht wie unten im Keller, aber es war trotzdem eiskalt. Sie fühlte ihre heißen Wangen und dachte, selbst wenn ich Fieber bekomme, ich werde es nicht mehr auskurieren können.

Die Nacht verbrachte sie im Halbschlaf, gepeinigt von fürchterlichen Träumen und bittersten Gedanken. Es war noch stockfinster, als ein Geräusch sie hochfahren ließ und die Zellentür geöffnet wurde. Ein hochgewachsener Mann im Talar trat ein, eine Petroleumlampe in der einen, die Bibel in der anderen Hand.

»Ich bin Pater Eusebius«, sagte er und nickte ihr zu. Beim Eintreten hatte er den Kopf eingezogen. Er war groß, mit einem länglichen Gesicht und schütteren Haaren. Er musste Besuche wie diese gewohnt sein, denn das Verriegeln der Tür hinter seinem Rücken beachtete er gar nicht. Stattdessen leuchtete er beherzt in den leeren Aborteimer und drehte ihn dann mithilfe des Saums seines Talars um, um sich darauf niederzulassen. »Ich werde bei dir sein bei deinem letzten Gang.«

Lene strich nervös die Haare zurück. Sie hatte nicht damit gerechnet, noch vor dem Morgengrauen diesen Besuch zu bekommen. Der Geistliche wirkte wie ein besonnener Mensch, erfahren darin, selbst in schwärzesten Stunden ein Fels in der Brandung zu sein. Dass Lene nicht gleich auf ihn zustürzte, sondern erst einmal abwartend auf dem Strohsack sitzen blieb, ließ ihn aufmunternd lächeln.

»Wir werden gemeinsam beten. Das Wort des Herrn gibt auch dir Trost und …«

»Könnt Ihr für mich ins Armenhaus?«, wurde er sofort unterbrochen.

Der Pfarrer legte die Bibel auf seinen Knien ab und faltete die Hände. »Meine Tochter, wir wollen beten für dein Seelenheil.«

»Ich hab keins, wenn Ihr meinen Schwestern nicht noch einen Gruß von mir überbringt. Sie sind dort untergebracht …« Lenes Stimme brach. Sie hatte gedacht, ihre Augen wären leer geweint. Aber sie waren schon wieder nass. »Könnt Ihr ihnen schreiben?«

Der Pfarrer dachte nach. »Wie heißen sie?«

»Seetje und Hanna Vosskamp.«

»Das wird sich einrichten lassen. Wie alt bist du?«

»Achtzehn. Im Juni werde ich …« Sie brach ab. Setzte neu an. »Seetje ist acht, Hanna ist zwölf. Wir haben unsere Eltern an einem Tag verloren. Und das Lüttje, das hoffentlich zusammen mit meiner Mutter begraben wurde.«

»Das tut mir leid.«

»Und … wartet, bitte …« Sie tastete nach dem Beutel und holte den kleinen Teesack heraus. »Ich würde den beiden gerne etwas schenken. Es ist alles, was ich habe. Ich weiß nicht, ob es überhaupt einen Wert besitzt, aber vielleicht können sie es für etwas Brot verkaufen.«

Endlich hatten ihre klammen Finger die Münze gefunden. Sie reichte sie dem Pfarrer, der sie erstaunt zwischen Daumen und Zeigefinger hochhob und unter das Licht seiner Lampe hielt.

»Woher hast du das?«

»Ich hab einen Schiffbrüchigen von der *Lady Grey* gerettet. Mein Vater und ich wollten keine Piraten sein. Als wir sahen, dass das Leuchtfeuer gelöscht worden war, sind wir abgedreht. Dabei ging mein Vater über Bord. Dann hörte ich jemanden schreien und hab die Leine geworfen. Ich dachte, es wäre …« Sie schlug die Hände vors Gesicht. »Aber er war es nicht.«

Der Pfarrer drehte die Münze mehrmals. Vor allem das Loch in der Mitte und die Schriftzeichen interessierten ihn. »Sie lag nicht am Strand, zusammen mit dem Räubergut?«

Lene ließ die Hände sinken. »Nein! Ich war gar nicht da! Ich schwöre es! Ich hab sie von dem Mann, den ich gerettet habe. Er hieß Puyi und ist weiter nach Bremen.«

»Weißt du, was das ist?«

»Eine … Münze?«

»Eine chinesische Münze.« Der Pfarrer reichte sie ihr zurück, was Lene als kein gutes Zeichen ansah. »Ich habe so etwas schon einmal in einer illustrierten Zeitung gesehen. Die lese ich sehr gerne, vor allem die Berichte aus fernen Ländern. Diese Münze berechtigt dich zum Handel mit Tee in China.«

Der Pfarrer wartete, ob von Lene irgendeine Reaktion käme, und fuhr dann fort. »Der Teehandel ist, was alle Ware aus China betrifft, streng reglementiert. Nur Händler, die das absolute Vertrauen der Chinesen genießen, dürfen in Kanton einkaufen. Und nur sehr wenige, Auserwählte, dürfen das Land betreten. Ich weiß nicht, ob diese Münze auch dazu berechtigt. Aber sie ist wertvoll. Sehr, sehr wertvoll.«

Alles war so unwirklich. Die Worte des Pfarrers kamen gar nicht richtig bei ihr an. Diese Münze sollte wertvoll sein? Sie durfte durch sie mit Tee handeln? Von einer Zelle aus am Tag ihrer Hinrichtung? Das Glück hatte einen seltsamen Sinn für Humor.

»Hast du mit jemandem darüber gesprochen?«

»Nein. Und vor Gericht war es nicht möglich, auch nur einen Satz zu sagen. Sie haben mir nicht geglaubt. Ich werde heute für etwas sterben, was ich nicht getan habe. Ihr müsst um Aufschub bitten! Das ist doch ein Beweis, oder?«

Der Pfarrer rieb sich übers Kinn und wiegte zweifelnd seinen Kopf. »Du bist schuldig, Lene. Du kannst auf vielen Wegen an diese Münze gekommen sein.«

»Es gibt nur den einen. Wie soll denn ein Mädchen aus Hogsterwaard Kontakt zu chinesischen Teehändlern haben und eine Handelserlaubnis erhalten? Für was?«

Der Pfarrer ließ seinen Blick über Lenes abgerissene Gestalt schweifen. Schließlich sagte er, nicht ganz überzeugt von dem, was er sah: »Es gibt viele junge Frauen, die den Pfad der Tugend verlassen.«

Es dauerte einen Moment, bis diese Unterstellung bei ihr ankam. Und sie konnte sie ihm noch nicht einmal verübeln.

»Nein. Ganz sicher nicht.«

Der Geistliche stand auf, zeichnete vor ihr das Kreuz und murmelte ein paar Worte, die Lene stumm vor Wut über sich ergehen ließ.

»Ich werde später bei dir sein«, sagte er und klopfte kurz an die Zellentür. Sie wurde geöffnet. Hannes spähte hinein und trat dann einen Schritt zurück, um den Besucher durchzulassen.

»Schreibt ihnen wenigstens«, rief Lene ihm hinterher. »Versprecht es! Bitte!«

Der Pfarrer nickte. Dann schloss sich die Tür, und mit ihm verschwand auch das Licht.

Vielleicht ein Gebet … aber Lene fehlten die Worte. Eine fahle Dämmerung war in die Zelle gekrochen, und dabei blieb es. Grau musste es draußen sein, windig. Wie sie sich sehnte, ihr Gesicht in den Himmel zu halten, die Augen zu schließen und tief durchzuatmen. Sie bereute jeden Moment, den sie nicht genutzt hatte. Jeden Tag, der in all seiner Härte und mit allen Entbehrungen ein Tag in Freiheit gewesen war, und sie hatte das nicht erkannt.

Die Münze würde sie dem Pfarrer geben. Wenn sie wirklich so viel wert war, konnte er vielleicht einen guten Handel damit machen und das Geld ihren Schwestern geben. Trotz der Wut, die sie auf ihn hatte, war er ihr doch wie ein anständiger Mensch erschienen.

Sie lag auf dem Strohsack und versuchte, an die schönen Momente in ihrem Leben zu denken. Viele waren es nicht, aber dann kam doch einiges zusammen. Die Zeit vor dem Unfall des Vaters. Die Scherze und das Lachen der anderen Frauen draußen im Watt bei den Krabben, wenn Sommer war und die Tage hoch und weit. Der Matthäi-Markt und Matz, der sie im Arm gehalten hatte. Der scheue Kuss hinter einem Leiterwagen, sein Atem an ihrem Hals, seine Hände, diese frechen Hände… Hanna und Seetjes Liebe, die sie auf Lene häuften, Fuder um Fuder, ihre zarte Haut und die duftenden Haare, wenn sie nach einem Tag im Heu zurück nach Hause kehrten. Sie waren arme Leute gewesen, am Rand des Dorfes und der Gemeinschaft. Ein hartes Leben, freudlos hätte man meinen mögen. Aber es gab diese Momente, schnell und flüchtig wie ein Sonnenstrahl, der sich durchs Dickicht der Bäume stiehlt. Hell genug, um nun daran zu glauben.

Als der Riegel ein zweites Mal an diesem Morgen zurückgeschoben wurde, verkrampfte sich ihr Körper, und das Zittern begann erneut. Sie hatte sich geschworen, kein Wort zu sagen. Keine Bitten, kein Flehen. Stolz und erhobenen Hauptes würde sie dem Scharfrichter gegenübertreten. Aber dann schaffte sie es noch nicht einmal auf alle viere.

»Ist es schon Zeit?«, flüsterte sie, als Hannes sich über sie beugte.

Der Knecht kratzte sich am Kopf und sah zur Tür. Dort stand ein Uniformierter.

Hannes packte sie und stellte sie auf ihre Beine. Lene schwankte und musste sich an ihm abstützen. Er wollte etwas sagen, aber mehr als ein Krächzen kam nicht aus seiner Kehle. Langsam, Schritt für Schritt, gingen sie auf die Tür zu.

Der Mann war von der britischen Marine. Lene hatte solche Uniformen schon in Leer im Hafen gesehen: dunkelblau, mit goldenen Knöpfen und Litzen. Der Hut war breit gekrempt, darunter erschien ein blasses Gesicht, zur Hälfte von einem Taschentuch versteckt, das sich der Mann unter die Nase hielt.

»Ist sie das?«

Er sah auf ihr geflicktes Hemd und den Rock, der ihre nackten Knöchel erkennen ließ.

Hinter ihm nahm sie den Kerkermeister und den Richter wahr. Seine graubraunen Haare standen zu allen Seiten ab und verrieten, in welcher Eile und Gemütsverfassung er sich zu dieser Stunde auf den Weg gemacht hatte.

»Ja«, sagte der Richter. »Lene Vosskamp aus Hogsterwaard. Meuchelmörderin und Strandpiratin.«

Lene wollte etwas sagen, aber der Fremde hob die Hand, was sie augenblicklich erstarren ließ. Eine ungekannte Autorität ging von ihm aus. Eine, in deren Nähe sie sich sicherer fühlte, der Richter und der Kerkermeister aber nicht.

»Die Akten«, presste der Mann hinter seinem Taschentuch hervor.

»Sehr wohl, Sir.« Der Richter reichte sie ihm. In seinen Augen, die gestern noch so arrogant auf Lene geblickt hatten, stand Furcht.

Der Uniformierte war – was war er? Ein Admiral? Zu hoch. Vielleicht ein Leutnant.

»Lene Vosskamp? Du hast eine Münze bei dir?«

Der Kerkermeister tauschte einen schnellen Blick mit dem Richter. »Eine Münze? Sie wurde durchsucht. Sie hatte nichts bei sich, Euer Gnaden, Sir. Geht es um Diebstahl? Sie wird dem Henker vorgeführt, Ihr seid zu spät, fürchte ich.«

Der Mann wandte kaum den Kopf in die Richtung, aus der der Einwand gekommen war.

»Zeig sie.«

Lene überlegte fieberhaft. Wenn man ihr den letzten, einzigen Schatz abnehmen würde, hätten ihre Schwestern gar nichts mehr. Andererseits war dieser englische Marineoffizier der Erste, der ihr Fragen stellte und offenbar auch an einer Antwort interessiert war. Sie nestelte den kleinen Beutel unter ihrem Rock hervor. Die Herren taten ihr nicht den Gefallen, woanders hinzuschauen, aber das war nicht der Moment, um noch einmal sittsam in einer dunklen Ecke der Zelle zu verschwinden. Zu oft war sie mit hochgeschürztem Rock durchs Watt gelaufen, zu oft hatte sie mit ihren Krabben im Regen auf dem Markt gestanden, nur das dünne Hemd auf der Haut, den anzüglichen Blicken der Käufer ausgesetzt. Hannes stierte am deutlichsten auf ihre Schenkel. Sie funkelte ihn zornig an, aber den überaus ungewohnten Anblick ließ er sich einfach nicht entgehen.

Als sie die Münze endlich in der Hand hielt, nahm der Engländer sie mit spitzen Fingern an sich und betrachtete sie eingehend von beiden Seiten.

»Woher hast du sie?«

»Von einem Schiffbrüchigen.«

»Du gibst also zu …«

»Gar nichts gebe ich zu! Ja, wir waren auf See. Ja, wir glaubten an einen Ströndgang. Aber dann sah mein Vater, dass das Leuchtfeuer gelöscht worden war und drehte ab. Wir sind noch nicht einmal bis zur Leybucht gefahren.«

»Wer war dort?«

Zu einem anderen Zeitpunkt wäre sein Akzent witzig gewesen. In diesem engen Gang, nur von blakenden Lampen erleuchtet, klang er fremdländisch und gefährlich.

»Alle«, sagte sie. »Alle aus Hogsterwaard.«

»Namen?«

Lene schluckte. Es gab eine Regel. Und die hatte bis auf die Groths noch nie jemand im Dorf gebrochen. Keine Namen.

»Es waren so viele … und es ging alles so schnell.«

»Und wie kam diese Münze dann in deine Hand, wenn du gar nicht mit den anderen an Land warst?«

»Mein Vater ging über Bord. Auf halbem Weg zurück nach Hogsterwaard hörte ich Rufe. Ein Mann war im Wasser. Ich warf ihm eine Leine zu, und dann gingen wir vor den Marschen auf Grund und sind an Land. Er hieß Puyi. Glaube ich.«

»Wie?«

»Puyi. Und er sah anders aus. Chinesisch.«

»Du hast ihm das Leben gerettet?«

Lene sah zu Boden. »Ich hab getan, was man tut.«

Der Offizier oder Leutnant oder General oder Inspektor der Marine oder was auch immer, wandte sich an den Richter. »Warum kam das nicht zur Sprache?«

Der Mann, der gestern, ohne mit der Wimper zu zucken, das Todesurteil über sie gesprochen hatte, sah nun aus wie eine magere Ratte. »Nun, Sir… sie hat das Leuchtfeuer gelöscht. Das ist ein schweres Vergehen. Strandpiraterie unter diesem Vorzeichen wird mit dem Tode bestraft. Es hat viele wackere englische Seeleuten das Leben gekostet. Sie hat große Schuld auf sich geladen, diese sollte nun unverzüglich gebüßt werden.«

»Die britische Admiralität will eine umfassende Aufklärung. Wollt Ihr allen Ernstes behaupten, dieses Kind ist schuld am Tod von über dreißig Männern?«

Lene erschrak. Bis jetzt hatte sie nichts über das Ausmaß der Katastrophe erfahren.

»Es gab Zeugen! Der Leuchtturmwärter hat sie und ihren Vater *recogniert*! Bei allem Respekt, aber das muss ich mir nicht bieten lassen!«

»Ich werde eine neue Untersuchung avisieren. Lasst dieses Kind frei.«

»Das kann ich nicht! Wer verbürgt sich? Wo sind *ihre* Zeugen?«

»In London, sagte der Mann. »Der Gerettete ist der Sohn eines chinesischen Teehändlers. Er hat die Admiralität über seine wundersame Rettung unterrichtet. Wo wurde ihr Boot gefunden?«

Der Richter blätterte in der Akte. »Hier. Am Leyhorn. Genauer gesagt, vor der Hamswehrer Marsch am Pilsumer Watt. Ein Totengräber war dort und hat es requiriert.«

Wenigstens das: Hinnerk hatte sich gekümmert. Rensche und das Lüttje waren anständig bestattet worden und lagen in geweihter Erde.

Er reichte dem Mann eine Karte. Sie wurde eingehend studiert und dann zurückgegeben.

»Das stimmt mit der Aussage des Jungen überein. Nach Stand der Gezeiten kann sie nicht am Leuchtturm gewesen sein. Das wäre auch eine seltsame Piraterie: im Leuchtturm das Feuer löschen, und statt auf die Prise zu warten, hinaus aufs Meer und Schiffbrüchige retten. Ihr seid im Irrtum. Sucht die wahren Täter.«

»Aber …« Der Richter deutete mit seinem mageren Zeigefinger auf Lene. »Das ist die Schuldige!«

Der Mann griff unter die Jacke seiner Uniform und holte nun seinerseits ein Papier heraus. »Dies ist die Aussage von Puyi, Sohn von Máh Yi, einem Freund des 2nd Earl Grey und einem der wichtigsten Handelspartner der britischen Krone.«

Lene verstand gar nichts mehr.

Der Richter wischte sich den Schweiß von der Stirn. »Ein … Chinese? Macht ihn das glaubwürdiger?«

»Die Krone wird nicht ruhen, bis die wahren Schuldigen gefunden sind. Ihr müsst Euch entscheiden. Wollt Ihr die da hängen lassen und Euch zum Mittäter machen? Oder einen neuen Prozess aufgrund dieser Aussage anordnen und wenigstens Euren Kopf aus der Schlinge ziehen?«

Der Richter hielt das Blatt ans Licht der nächsten Lampe und überflog es.

»Das muss ich zu den Akten nehmen«, sagte er schließlich.

Der Brite nickte. »Nur zu. Es ist eine besiegelte Abschrift.«

»Ein Chinese. Ich weiß nicht, ob wir so etwas schon einmal hatten. Das ist nicht gültig!«

»Nun, Euer Richtspruch ist das auch nicht. Ich rate dringend zur Revision. Es könnte zu ernsten Verstimmungen führen, wenn Ihr die Aussage eines Mannes, der von enormer Wichtigkeit für den gesamten englischen und kontinentalen Teehandel ist, einfach ignoriert. Es liegt an Euch, ob Ihr in diesem Verfahren die Rolle eines unbefangenen und unerschrockenen Aufklärers spielt oder eines Vertuschers und Mitwissers.«

»Was erlaubt Ihr Euch!«

Zum ersten Mal huschte ein kurzes Lächeln in die Mundwinkel des Engländers.

»Ich weise Euch nur auf die verschiedenen Wendungen hin, die Euer Leben nehmen könnte.«

In dem Richter arbeitete es. Der Kerkermeister und sein Knecht standen abseits im Schatten und wirkten so, als wären sie am liebsten unsichtbar. Lene wagte kaum zu atmen. Endlich hatte der Mann, der sie, ohne sie anzusehen, in den Tod hatte schicken wollen, einen Entschluss gefasst.

»Bringt sie zurück in den Kerker. Lene Vosskamp, du hältst dich bereit für einen weiteren Prozess. Bis dahin bleibst du in Gewahrsam.«

»Nein«, sagte sie. »Ich kehre nicht zurück in dieses Rattenloch! Bin ich frei oder nicht? Wenn ja, dann gehe ich. Wenn nein, dann müsst Ihr auch ganz Hogsterwaard arretieren!«

Was war in den letzten Wochen geschehen, dass sie mit einem Mal so mutig war?

Der Engländer nickte. »Ihr müsst Euch entscheiden. Ein bisschen Recht gibt es nicht.«

Mit einem Knall schloss der Richter seine Akte. Er sah aus, als ob er vor Wut am liebsten in irgendetwas gebissen hätte. »Nun denn. Lasst sie gehen.«

Dem Kerkermeister fielen fast die Augen aus dem Kopf. Hannes, der Knecht, kratzte sich an der Brust. Der Engländer hingegen nickte knapp.

»Ihr seid ein aufrichtiger Mann des Gesetzes, hochgelehrter Wohledler.«

Sein scharfer Blick richtete sich auf Lene. Die wusste nicht, was er von ihr wollte. Das alles war zu schnell gegangen und noch gar nicht bei ihr angekommen. Hannes räusperte sich und deutete einen hastigen Diener an.

»Oh, ja!« Lene ging tief in die Knie. »Danke, hochedelwohlgeborener Herr.« War das die richtige Anrede? Sie hatte keine Ahnung. Aber als sie sich wieder aufrichtete, lag zumindest etwas Genugtuung in der Miene des Richters. Er schwitzte immer noch. Aber er hatte begriffen, dass wohl auch er in letzter Sekunde etwas entronnen war, was keiner absehen konnte.

»Ihr bleibt in Hogsterwaard«, befahl er. »Wir werden umgehend eine Investigation beginnen, die alle Bewohner einschließt. Niemand soll uns nachsagen, wir würden die königlichen Gesetze missachten. Wir werden aufgrund der Aussage dieses…«, der Richter holte Luft, wohl auch, um das Ungeheuerliche, das er nun aussprechen musste, noch etwas hinauszuzögern, »…dieses Chinesen alles daransetzen, die wahren Schuldigen zu finden.«

Der Engländer nickte und reichte Lene die Münze zurück.

»Was ist sie wert?«, fragte sie hastig, denn er wandte sich schon zum Gehen.

»Das liegt ganz in Eurer Hand. Beim Wechsler vielleicht ein paar Taler, wenn sich ein Liebhaber findet.« Er kehrte zu ihr zurück. Noch einmal wanderte sein Blick über ihre heruntergekommene Gestalt und blieb dann an ihrem Gesicht hängen. Er hob die Hand – sie zuckte zurück, aber dann griff er nur nach ihrem Kinn und sah ihr in die Augen. »Oder Ihr wagt es.«

»Was?«, flüsterte sie atemlos.

Er war älter als ihr Vater. Er hatte Narben, das entdeckte sie erst jetzt, als er so nah vor ihr stand und das Licht der Petroleumlampe des Richters auf ihn fiel. Eine führte vom Ohr quer über die Wange zum Hals. Seine Hand war knochig und hart.

»Was noch keine Frau vor Euch gewagt hat.«

Er ließ sie los und ging. Lene sah ihm hinterher und hörte erst gar nicht, was der Richter zu ihr sagte.

»Was?«

»Du kannst gehen, halte dich aber zu unserer Verfügung. Du hast Glück, Mädchen. So ein Glück.«

Lene atmete tief durch. Sie würde später darüber nachdenken, was dieser Mann, dieser vom Himmel gesandte Engel in britischer Uniform, ihr gerade gesagt hatte. Langsam drehte sie sich um und nahm den Richter ins Visier.

»Nein, Euer Ehren. *Ihr* hattet Glück. Fordert es nicht heraus, indem Ihr weiter die Falschen deckt.«

Sie konnte kaum glauben, was sie da sagte. Und sie begriff es auch nicht, dass sie wenig später draußen vor der Tür stand, auf der Straße vor dem Amtsgericht. Händler zogen ihre schwer beladenen Wagen, Kutschen bogen ein in die Hafenstraße. Die Fensterläden der reichen Bürgerhäuser waren geöffnet, Dienstmädchen kehrten den Dreck auf die Straße. Bäckerjungen balancierten Körbe auf ihren Köpfen, Männer und Frauen flanierten den hohen Bürgersteig entlang. Die Botenjungen pfiffen sich gegenseitig Grüße zu, Küchenmägde kehrten von ihren Einkäufen auf dem Markt zurück oder strebten eilig dorthin. Die Kirchenglocken begannen zu läuten, es war ein neuer Tag. Fabrizius würde wieder sein Mittagsmahl zu sich nehmen. Der Richter weiter Unrecht sprechen. Die Groths hatten eine Niederlage erlitten. Und sie war frei. Sie konnte gehen, wohin sie wollte. Nur weil sie einen chinesischen Jungen aus dem Wasser gefischt hatte.

Das Leben war wie ein Murmelspiel. Manche Kugeln rollten lange, bis sie ihr Ziel fanden.

Ein leiser Pfiff in ihrem Rücken brachte sie dazu, sich noch einmal umzudrehen. Verdeckt von der Treppe, drückte sich Hannes an die Ziegelwand und winkte sie zu sich heran. Misstrauisch ging Lene auf ihn zu. War das eine Falle? Aber Hannes verzog sein schiefes Gesicht nur zu einem breiten Grinsen, das seine letzten beiden gelben Zähne sehen ließ.

»Wo willst du hin?«, fragte er sie.

Bevor Lene sich wundern konnte, warum er plötzlich so deutlich sprach, hatte er sie auch schon gepackt und in den Schatten gezogen. »Bist frei, hat er gesagt. Bist du aber nicht.«

»Nein? Warum nicht?«

Er zog sie noch näher heran. Lene roch Branntwein und das, was der Branntweingeruch nicht verdecken konnte. Sein Blick war nun erstaunlich zielgerichtet: Er wanderte in den Ausschnitt ihres Hemdes, den sie sofort zusammenraffte.

»Du kommst an den Galgen«, flüsterte er.

»Warum? Ich bin unschuldig!«

»Das ist zweierlei Sach. Dann kommst du unschuldig an den Galgen. Ausgehandelt ist's. Aber schad wär's doch um so was Hübsches, Feines.«

Er zwickte sie in den Hintern, so schnell, dass Lene seine Hand nicht mehr rechtzeitig wegschlagen konnte. »Was weißt du?«, herrschte sie ihn an.

»Der Hochwohlgelehrte, er muss viel trinken. Und spielt dabei Whist, und beides bekommt ihm nicht.«

»Er hat Spielschulden?«

Hannes spähte an ihr vorbei auf die Straße. Aber niemand achtete auf sie.

»Du hast einen Mann gegen dich in Hogsterwaard, der viel Geld hat.«

Jörg Groth. Lene nickte.

»Nun, kannst du zählen? Dann zähl zusammen, was dich in den Kerker gebracht hat. Der Hochwohlgelehrte wird alles tun, um seinen Kopf zu retten. Er wird dein Dorf examinieren, sicher wird er das. Es wird processiert und tactiert und alle werden schwören, dass sie verführt wurden von der Hexe …«

»Es gibt keine Hexen!«

»Nur weil sie nicht mehr verurteilt werden?« Er wiegte seinen von Schrunden und Krätze übersäten Schädel. Hatte sie ihn bisher für einen dieser armen Menschen gehalten, die mit verwirrtem Geist gerade noch die allereinfachsten Arbeiten erledigen konnten, so wandelte sich das Bild. Hannes konnte mehr als Aborteimer ausleeren und Frauen begrapschen. Er konnte reden und denken. Und er kannte das Gericht, die Prozesse, die Absprachen, die Hintertüren, all die verschlungenen Wege, die solche Urteile manchmal nahmen.

»Sie suchen einen, der Schuld hat. Du wirst hängen, Lene. Das ist nur ein Aufschub. Geh zurück, und du zappelst dem Fischer beim nächsten Mal im Netz. Du bist der Fisch, die annern sinn Beifang. Hast ein paar Witte?«

»Nein. Ich habe gar nichts.«

Er linste begehrlich auf ihre Hand, in der sie immer noch die Münze verborgen hatte.

»Der Blaue hat recht«, sagte er und meinte den Briten in Marineuniform. »Verkauf das Silber und verschwind.«

Das würde sie bestimmt nicht mit einem lüsternen Kerkerknecht in einer Ecke des Gerichts besprechen. Sie wollte fort, so schnell wie möglich.

»Oder mach, was noch keine gemacht hat.«

Er grinste. Seine Augen funkelten begehrlich.

»Ich werde es mir überlegen. Danke dir.«

»Denk an den Hannes, wenn du reich bist. Oder dood.«

Er schlug ihr so kräftig auf den Hintern, dass sie wütend aufschrie. Aber sie lief ihm nicht hinterher, als er ums Haus wieselte und hinter der Ecke verschwand. Im Gegenteil, sie nahm seine Warnung sehr ernst.

Wenn sie den zweiten Prozess noch erleben konnte und man ihr nicht nachts einfach den Garaus machte, würden sich alle hinstellen und mit den Fingern auf sie zeigen. Und dieses Mal wäre kein britischer Leutnant zur Stelle.

Aber wenn sie untertauchte, würde das einem Schuldgeständnis gleichkommen. Man würde sie suchen. Alle Stabswachtmeister erhielten ihre Beschreibung, sie wäre nirgendwo mehr sicher.

Und dann knurrte ihr Magen. Zum ersten Mal seit jener Nacht, in der der Albtraum begonnen hatte.

Sie öffnete die Hand. Die Münze schimmerte matt. Puyi, Sohn eines Teehändlers in China, hatte sie ihr geschenkt. Warum? Um ihr ein paar Monate lang ein sorgenfreies Leben zu schenken? Oder … es war ein so atemberaubender Gedanke. Das bisschen Kraft, das ihr die frische Luft geschenkt hatte, verpuffte. Sie rutschte an der Mauer hinunter in die Knie. Oder sollte sie, Lene Vosskamp, verfolgt und verdächtigt des Mordes und der Piraterie, mit nichts als einem Kleid am Leib und dieser Münze im Beutel, nach China reisen und mit Tee handeln?

Sie dachte an ein Märchen, das es sogar in ein Buch von den zwei Brüdern Grimm geschafft hatte. In der Schule hatte sie es einmal in der Hand gehabt, und die Lehrerin hatte daraus vorgelesen: »Die Bremer Stadtmuskanten«. Wie Esel, Hund, Katze und Hahn losgezogen waren, um sich aus einer aussichtslosen Lage zu befreien.

Etwas Besseres als den Tod findest du überall.

Mühsam kam sie auf die Beine und sah die Straße hinunter, die zum Hafen führte. Dann machte sie sich auf den Weg.

Ein kleines Fass Rum

Das Armenhaus von Leer lag gleich hinter der lutherischen Kirche in der Süderkreuzstraße. Es war ein trostloses Gebäude, das selbst bei Sonnenschein wenig einladend gewirkt hätte. Im Licht des regenverhangenen Nachmittags sah es aus wie eine düstere Burg, zu der nur die Verlorenen Zutritt erhielten. Hufeisenförmig zur Straße gebaut und mit einem eisernen Zaun abgeriegelt, umschlang es einen halb gepflasterten Innenhof, in dem sich Unrat in den Ecken türmte. Durch die kleinen Fenster in der Backsteinfassade dürfte kaum Licht ins Innere des Hauses fallen. Aber das Tor war geöffnet, aus einigen der Schornsteine stieg Rauch, und als Lene den Hof betrat, kam ihr eine Schwester der Borromäerinnen entgegen, die nicht gerade erfreut über den Neuzugang war.

»Wir sind voll«, herrschte sie Lene an und stellte die beiden Eimer ab, in denen vergorene Essenreste schwappten. »Du bist jung. Such dir was anderes.«

»Gott zum Gruße«, erwiderte Lene, die wusste, dass Katholen im protestantischen Norden das gerne hörten. »Ich will zu meinen Schwestern. Seetje und Hanna Vosskamp aus Hogsterwaard.«

»Aha.«

Der Ordensfrau entging kein Detail. Sie sah Lenes ausgestopfte Holzschuhe, den Rock und das Hemd, dünn und zerknittert und stockfleckig. Sie selbst trug ein Wollcape über ihrem Habit, und das dünne, oft gewaschene Kopftuch schützte sie vor dem Wind. Sie hatte blaue Augen, und ihr rundes Gesicht, das so gar nicht zu ihrer hageren Figur passte, war leicht gerötet.

»Bringst du was oder willst du was?«

»Ich will sie sehen. Mehr nicht.«

Die Frau wandte sich zum Westflügel, aus dem klappernde Geräusche in den Hof drangen. »Das geht nicht. Sonntags nach der Messe. Und das nur bei guter Führung.«

Sie beugte sich herab und nahm die Eimer am Henkel wieder auf.

»Bitte. Unsere Eltern sind tot, und ich muss die Stadt verlassen. Ich will sie nur noch einmal sehen.«

»Nein.«

»Sind sie denn überhaupt hier?«, fragte Lene hastig und folgte der Frau, die sich in Bewegung setzte. »Ich will mich nur von ihnen verabschieden. Sie sind doch noch so jung. Sie haben Angst und wissen nicht …«

»Niemand hat Angst, wenn er ein gottesfürchtiges Leben lebt. Geh.«

Die Schwester stieß mit dem Ellenbogen eine niedrige Tür auf. Lene erwartete dahinter einen Schweinestall. Aber die stinkenden Essensreste landeten in einer Küche. Zwei jüngere Schwestern nahmen die Eimer schweigend und mit gesenktem Kopf entgegen. Mit einem angewiderten Zug um den Mund wischte sich die Borromäerin die Hände ab.

»Das ist alles, was wir in diesen Zeiten bekommen.«

»Das tut mir ehrlich leid.« Lene spürte, dass die Frau nicht von Grund auf böse war, sondern nur verbittert. »Ich wünschte, ich könnte euch helfen. Aber ich habe selber nichts. Ich muss woanders mein Glück suchen.«

»Glück. Mädchen …« Die Schwester sah ihr nun direkt ins Gesicht. »… Glück ist das Spiel des Teufels. Verlass dich nicht darauf. Nur Gottes Güte …«

»Gottes Güte wird mich beschützen. Ich würde gerne noch einmal mit meinen Schwestern beten. Ein letztes Mal.«

»Beten?«

»Ja.« Sie würde auch mit dem Teufel Whist spielen, wenn es sein musste. Hauptsache, sie bekam Seetje und Hanna noch einmal zu Gesicht. »Dann wäre uns leichter ums Herz, und wir könnten fröhlicher, also, froher, ich meine, leichteren Herzens in die Zukunft sehen. Gefasster.« Lene suchte nach den passenden Worten, die bei dieser verschlossenen Frau vielleicht ein Türöffner sein könnten. »In der Stärke des Glaubens.«

Die Angesprochene blickte resigniert hinüber zur Kirche. »Sie arbeiten für ihr Brot. Jede Unterbrechung ist ein Betrug an der Gemeinschaft.«

»Sie werden das nachholen. Ich verspreche es.«

»Wie alt bist du?«

»Fast neunzehn.«

»Und noch nicht verheiratet?«

Lene überlegte keine Sekunde. »Nein.«

»Du siehst älter aus.«

Das muss an den Wochen im Gefängnis liegen, dachte Lene. Sie war als Kind aufgebrochen in dieser Unglücksnacht, und sie fühlte sich in diesem Moment wie eine alte Frau.

»Du solltest heiraten und einen Hausstand führen. Oder fühlst du dich mehr zu Gott berufen? Aber nach der Abkehr von allem Weltlichen siehst du nicht aus.«

»Ich will nur meine Schwestern sehen«, sagte Lene.

Die Ordensfrau schwieg. Schließlich rang sie sich einen tiefen Seufzer ab. »Zehn Minuten. Keinesfalls länger. Sonst gibt es kein Abendbrot für sie.«

Lene ging so tief in die Knie, dass sie fast den Boden berührten. »Danke.«

»Ich schicke sie dir heraus.«

Damit wandte sich die Schwester ab und überquerte den Hof in Richtung des Hauptgebäudes. Lene setzte sich auf die

Kellerstufen vor der Küche. Ein säuerlicher Geruch stieg ihr in die Nase, als Seetje und Hanna aus dem Haupthaus stürmten.

»Lene!«

Sie sprang auf, und die beiden stürzten sich in ihre Arme und begannen hemmungslos zu weinen. Dabei klammerten sie sich so fest, als ob sie Lene nie mehr loslassen wollten.

»Ist ja gut, ist ja gut.« Lene drückte sie an sich, küsste und streichelte die bebenden kleinen Körper. Dabei konnte sie selbst die Tränen nicht unterdrücken. »Seid leise, bitte! Wir haben nur zehn Minuten.«

»Nimm uns mit«, schluchzte Hanna. »Bitte, bitte!«

Seetje sagte gar nichts. Sie vergrub sich in Lenes Rock.

»Kommt her, setzt euch. Ich muss euch etwas sagen. Und ich will, dass ihr mir aufmerksam zuhört.«

Hanna folgte, aber Seetje musste fast zu den Stufen getragen werden. Endlich saßen sie, die eine links, die andere rechts von Lene, eng aneinandergeschmiegt. Beide Mädchen trugen graue, vielfach geflickte Kittel und ihre alten Holzschuhe. Noch nicht einmal zu ihren schlimmsten Zeiten hätte Rensche die beiden so auf die Straße geschickt. Das Armenhaus bedeutete: zum Leben zu wenig, zum Sterben zu viel.

»Wir können nicht mehr zurück nach Hogsterwaard«, sagte sie und musste ihre gesamte Beherrschung aufbieten.

»Warum nicht?« Hannas Blick, so voller Verzweiflung, war herzzerreißend.

»Vatter und Mutter sind tot. Mich wollten sie …« Lene brach ab. Die beiden waren zu jung, um das Grauen zu begreifen. »Ich sollte ins Gefängnis. Sie schieben uns den Mord an dem Strandvogt in die Schuhe.«

»Aber das stimmt doch nicht!«

»Das ganze Dorf ist gegen uns. Ich muss weg. Noch heute.«

Hanna schüttelte heftig den Kopf. »Nein! Geh nicht weg! Wir

arbeiten so viel, Lene, und wir können noch mehr! Wir sind an den Webstühlen, und abends spinnen wir. Und morgens waschen wir Wäsche und putzen und ziehen Kerzen, die auf dem Markt verkauft werden. Im Sommer machen die Schwestern Honig, und sammeln Kräuter. Das können wir auch!«

Lene zog Hanna an sich. »Wir haben kein Zuhause mehr. Landstreichen ist verboten. Mich nehmen sie hier nicht, und ich will auch nicht ins Armenhaus.«

»Was willst du dann?«

Lene nestelte ihren Beutel hervor und holte die Münze heraus. »Wisst ihr, was das ist?«

Seetje, die wieder ihren Kopf in Lenes Schoß vergraben hatte, sah hoch. Ihre Augen weiteten sich, sie stieß einen überraschten kleinen Schrei aus. »Das ist ein Schatz!«

»Ja. Aber nur für den, der weiß, was er damit anstellen kann.«

Hanna nahm das Silberstück und betrachtete es eingehend. »Das ist nicht von hier.«

»Richtig. Das ist aus China. Damit kann ich Tee kaufen.«

»Hast du den Vogt umgebracht?«, fragte Seetje leise.

Lene erschrak. »Nein! Hat man euch das erzählt?«

Hanna gab ihr die Münze zurück. »Sie haben unsere Kate angezündet.«

»Was?«, fragte Lene entsetzt.

»Jule hat gesagt, wenn wir uns hier nicht bewähren, werden wir verhungern, und keiner hilft uns. Dann liegen wir im Graben, fressen uns die Raben.«

Seetjes Stimme bekam einen seltsamen Klang.

»Aber vielleicht ist es gar nicht so schlimm zu verhungern. Das soll wie erfrieren sein, sagen sie hier. Ganz am Schluss kommen die Engel und holen uns zum lieben Jesus Christus.«

»Seetje?«

Das Mädchen sah sie nicht an. Ihr Blick war irgendwo hängen geblieben. In den Wolken oder dahinter, wo der Himmel sein musste.

»Das hat sie öfter«, flüsterte Hanna. »Dann will sie nichts essen und gibt mir ihre Schüssel. Aber ich will es nicht. Und dann isst es jemand anderes.«

Erst jetzt fiel Lene auf, wie abgemagert Seetje war. Arme dünn wie Streichhölzer, die Nase spitz in dem eingefallenen Gesicht. Vorsichtig nahm sie es in beide Hände und zwang ihre kleine Schwester, ihr in die Augen zu sehen.

»Ich tausch das Geld und kaufe uns Brot. Und dann … dann …«

»Dann verhungern wir zusammen und sind bei Mutter im Himmel.«

Seetje schlüpfte aus der Berührung und legte ihren Kopf abermals in Lenes Schoß. »Aber Hanna will das nicht. Sie will leben. Und du auch, Lene. Wenn du nach China gehst und Tee kaufst, sind wir dann reich?«

»Sagenhaft reich.« Lene strich sanft über Seetjes verklebte, struppige Locken. Eine Träne löste sich von ihren Wimpern, lief die Nase entlang und tropfte herab. Sie wollte sie nicht abwischen. Denn dazu hätte sie den einen Arm von Hanna oder den anderen von Seetje nehmen müssen. »Ich werde zurückkommen und uns ein Haus bauen, aus Stein. In einer großen Stadt. Und wir werden Kutschen haben, mit denen wir sonntags zur Kirche fahren, und weißes Brot werden wir essen, und ganz viele Würste und Kuchen. So viel Kuchen wie du willst.«

Seetje nickte.

»Und wir werden Kleider tragen aus Seide und feinste Musselintücher haben. Die Lampen gehen niemals aus in unserem Haus. Und jedes Zimmer hat einen Kachelofen, in dem ein Feuer flackert. Und wir werden Tee trinken mit Zucker und Sahne, wann immer wir wollen.«

»Wie viel Tee?«

»Unendlich viel. Ich werde zurückkommen mit einem Schiff, voll beladen mit Tee. Wir werden Lagerhäuser im Hafen bauen und den König beliefern. Und alle werden uns grüßen, und wenn wir in einer silberbeschlagenen Kutsche vorüberfahren, werden sie sagen: ›Da kommen die Vosskamps, die glücklichsten Menschen der Welt!‹« Sie brach ab. Seetje hatte ein verträumtes Lächeln im Gesicht, und Hanna lauschte ihr in atemloser Spannung. Der Schmerz in Lenes Brust war kaum noch auszuhalten. Aber sie lächelte und drückte beiden einen Kuss auf die Scheitel.

»Wir sind die Prinzessinnen im Teepalast«, flüsterte Seetje. »Und du die Königin.«

Das alte Spiel aus glücklichen Tagen. Eierschalen als Teetassen, ein Baumstumpf als Tisch. Madame, noch ein Schlückchen? – Aber *oui*, sehr gerne! Über ihnen das Blätterdach. Das Rotkehlchen als Zaungast, die Feldmäuse als Hofmarschalle. Ihr Lachen perlt über die Wiese, sie sind an einem anderen Ort. In einem Palast der Träume, wo der Duft aus den Tassen zu zarten Schleiern wird, in denen sie die Zukunft sehen.

Sie dachten alle das Gleiche, und der dreckige Hof des Armenhauses trug ein goldenes Pflaster, und die Sonnenstrahlen warfen Diamanten in die Pfützen.

»Du musst nach China«, sagte Seetje schließlich.

Lene fuhr sich hastig über die Augen. »Und ihr?«

»Wir warten auf dich. Bis du zurückkommst.«

»Ich will auch nicht mehr nach Hogsterwaard«, fuhr Hanna fort. »Sie waren böse zu uns. Lene, geh nach China.« Hanna ergriff Lenes Hand und schloss sie um die Münze. »Wo hast du die her?«

»Das ist eine lange Geschichte. Die erzähle ich euch, wenn ich wieder zurück bin.«

»Nicht weinen. Wir weinen auch nicht. Oder, Seetje?«

Die Kleine hob wieder den Kopf. Sie sah unendlich müde aus. »Nur nachts und heimlich.«

»Dann mache ich es auch so. Nur nachts und heimlich.« Lene drückte die beiden an sich und küsste sie erneut. »Ihr müsst zurück. Gehorcht der Mutter Oberin. Tut, was sie sagt.«

»Wann kommst du wieder?«, fragte Seetje.

»Sobald ich kann.«

»Sobald sie den Tee hat«, ergänzte Hanna. »Und das Schiff, das muss sie ja auch kaufen. Reicht es denn?«

Lene steckte die Münze zurück in den Beutel und band ihn wieder unter ihrem Rock fest. »Das kriege ich schon hin. Es wird nur eine Weile dauern. Deshalb will ich, dass ihr nicht die Hoffnung verliert. Ich verspreche euch, dass ich zurückkomme. Aber ich weiß nicht, wann.«

Hanna nickte. Auf Seetjes Gesicht erschien wieder der verträumte Ausdruck.

Die Gestalt der Ordensfrau tauchte im offenen Türrahmen des Haupthauses auf. Sie warf einen düsteren Blick hinüber zu den dreien auf der Kellertreppe. Aber sie sagte nichts.

Hanna sprang auf und nahm Lene in die Arme. »Leb wohl. Komm zurück.«

»Pass auf Seetje auf«, flüsterte Lene. »Sie muss essen.«

»Mach ich.«

Vorsichtig löste Lene sich aus der Umarmung. Dann beugte sie sich zu Seetje herab.

»Meine Kleine …«

Das Mädchen sah sich verwirrt um und stand dann ebenfalls hastig auf. Ohne sich nach ihren Schwestern umzusehen, lief sie aufs Haupthaus zu. Ihre Schuhe klapperten über die Pflastersteine, ihre Locken sprangen im Takt. Der Wind fuhr unter den Kittel und bauschte ihn auf. Fast sah es so aus, als würde sie davonfliegen. Das Bild brannte sich in Lenes Herz, und dann verschwand das Kind im Dunkel des Hauses.

»Versprich es«, sagte Hanna. »Dass du wiederkommst und uns holst.«

»Ich verspreche es.«

Eine letzte Umarmung, dann war es vorbei. Auch Hanna wurde vom Schatten im Inneren des Armenhauses verschluckt.

»Denn in Indien, so sagen die Leute, wachsen Diamanten in Höhlen und am Wegesrand, so groß wie Hühnereier. Mindestens. Und Rubine und Smaragde, und Gold. Überall Gold.«

Die Bauersfrau fuhr ihrem Sohn durch die Haare. Der Bengel zog unwillig den Kopf weg. »Lass das. Erzähl weiter!«

»So kam es, dass alle Männer, die schon einen Bart trugen, loszogen und ihr letztes Hab und Gut versetzten, um Hacken und Hämmer, Meißel und Schaufeln zu kaufen. Damit machten sie sich auf in die großen Hafenstädte und verdingten sich als Matrosen.«

Es gab fast keine Familie in Friesland, die nicht einen ihrer Söhne an die Fremde verloren hatte. Lene schloss die Augen und ließ sich vom Rumpeln des Karrens und den Geschichten der Bauersfrau davontragen.

»Dann gingen sie auf See. Und keiner wusste nich, ob sie je zurückkehren würden. Bengalien ist ein wildes Land. Da werden Menschen von Tigern gefressen, wenn sie nicht aufpassen, und von Affen entführt und Menschenfressern. Aber vielleicht haben sie auch nur eine Prinzessin zum Heiraten gefunden. Die laufen da auf und ab und warten auf einen echten friesischen Kerl.«

So ferne Verlockungen wie Frauen interessierten den Jungen nicht. Er war ganz versessen auf die Diamanten.

»Und man muss die Steine nur abschlagen?«

Die Bauersfrau nickte. Wahrscheinlich hatte sie schon den nächsten Abenteurer großgezogen, der Haus und Hof versetzte, um diesen Ammenmärchen zu folgen. Sogar Lenes Vater Henry hatte laut darüber nachgedacht und eine Ausrüstung gekauft. Rensche erzählte das, wenn die Sprache wieder einmal auf das komplette Versagen des Familienernährers gekommen war. Dafür hatten sie das letzte Stückchen Land hergeben müssen. Lene selbst konnte sich nicht daran erinnern, nur an die Legenden von unermesslichem Reichtum, die sogar bis Hogsterwaard vorgedrungen waren und immer wieder die Runde machten. Es musste eine fiebrige Stimmung geherrscht haben. Lene hatte den Spaten noch lange benutzt, der dann doch nicht seine lange Reise angetreten hatte.

Sie wechselte die Sitzposition und legte den Kopf auf die Knie. Es war eng auf dem Wagen – eine offene, hoch beladene Lastkutsche, die schaukelte wie ein Schiff in schwerer See. Die Geschichten der Bauersfrau waren dieselben Märchen, die auch sie als Kind zu hören bekommen hatte. Das prachtvolle Indien. Das geheimnisvolle China. Das exotische Burma. Wo Gold und Diamanten am Wegesrand schimmerten und man nur die Hand …

»Du musst nur die Hand danach ausstrecken«, wurde ihr Gedanke fortgesetzt.

»Ich will nach Indien!«

Ja, du Kindskopp, dachte Lene. Komm doch erst mal nach Emden.

Die Stunden, die seit dem Abschied im Armenhaus vergangen waren, hatte sie in einer Mischung aus Übermut und Verzweiflung verbracht. Fahr nach China! Das war leichter gesagt als getan, wenn man absolut nichts besaß und in Leer feststeckte. An der Leda hatte sie die Schiffe liegen gesehen, und dann waren ihr die vielen Schutzmänner und Matrosen aufgefallen, die ein scharfes Auge darauf hatten, wer wo an Bord ging oder einfach nur herumlungerte.

Versteckt im Eingang eines Hauses hatte sie das Treiben beobachtet. Kutsche um Kutsche zog an und setzte sich in Bewegung, Reisende trafen ein, ließen ihre Kisten aufladen und bestiegen sie. Ausrufer brüllten die Ziele heraus: »Norden! Aurich!« Und einmal, tatsächlich: »Amsterdam!«

Amsterdam. Das Tor zur Welt, der Hafen, von dem es in die Karibik ging, nach Amerika, oder rund ums Kap der Guten Hoffnung in eine ganz neue Welt: Asien. Ihr Herz loderte vor Sehnsucht und dem maßlosen Willen, endlich wegzukommen.

»Aurich!«, brüllte der Ausrufer. Er drehte sich um und sah sie. Lene trat sofort wieder in den Schatten des Hauseingangs zurück.

Die Passagierkutschen waren einfach zu gut bewacht. Vielleicht hatte sie mehr Glück, wenn sie versuchte, einen billigen Lastenkarren zu erwischen. Die waren offen und unbequem, und man musste aufpassen, nicht unterwegs in einem Graben unter die Räder zu kommen. Aber vielleicht standen dort die Chancen besser für ein Mädchen ohne Geld.

Doch bei den Lastkutschern war es noch schlimmer. Beim ersten Mal hatte ein grober Kerl sie fortgejagt und gedroht, die Landdragoner zu rufen, wenn sie sich ein weiteres Mal in die Nähe seines Wagens trauen würde. Die anderen fuhren ab, ohne dass sie sich nochmals in die Nähe gewagt hätte. Aber dann war ein Pfiff ertönt. Einer von der Sorte, den man als junge Frau geflissentlich überhörte. Und ein Matrose – der sich dann als Tom vorstellte – hatte sie angegrinst, hoch oben vom Wagen, und ihr auffordernd zugenickt: »Komm! Spring auf!« Sie hatte seine Hand ergriffen und war wieselflink hinaufgeklettert, das alles unter den misstrauischen Blicken der Bauersfrau und ihres Sohnes.

Das flache Land senkte sich dem Abend entgegen. Weit, weit weg im Westen kroch die Sonne noch einmal unter der Wolkendecke hervor. Der erste Raps blühte, und am Himmel flogen die Stare. Lene hatte so viel von diesem Frühling verpasst. Sie sog diesen Moment in sich ein, in dem sie zum ersten Mal die Freiheit spürte. Und das große Unbekannte. Unterwegs in eine Zukunft, die sich auf nichts anderes aufbaute als eine kleine Münze mit einem Loch in der Mitte.

Tom riss sie aus ihren Gedanken. »Wo kommst du her?«

»Aus Hogsterwaard.«

Er reichte ihr seine Flasche, sie setzte an und trank. Der Wein war sauer wie Essig, und er zog Lenes Mund zusammen wie gegerbtes Leder. Aber es war Wein, und er wärmte ihren Magen.

»Ein Dorf in den Krummhörner Marschen. Und du?«

»Ich bin 'n Groninger Jung. Grade abgestiegen von einem Walfänger und jetzt auf dem Weg nach Emden, anheuern für große Fahrt.«

»Wie groß?«, fragte sie, trank noch einmal und reichte ihm die Flasche zurück.

»Mal sehen. Wohin es mich verschlägt. Was willst du in Emden?«

»Ich suche ein Schiff nach England.«

Tom pfiff anerkennend durch die Zähne.

»Und was willst du da?«

Es gab keinen Plan, nur einen Auftrag. Einen aberwitzigen, unmöglichen Auftrag. Auf ein Schiff nach China. Sie hatte keine Ahnung, wie sie das anstellen sollte. Das fing schon damit an, dass sie nichts hatte, um die Passage zu bezahlen. Einen Moment dachte sie an den Pfarrer und was er ihr unterstellt hatte, und wurde rot.

»Da wartet einer auf dich, in England.« Er reichte die Flasche an den Nächsten weiter. »Gib es zu.«

»Sieht man mir das an?«

»Ja.«

Den Rest des Weges hatte er das Interesse verloren. So war das wohl mit den Männern. Frauen waren nur so lange interessant, wie sie zu erobern waren. Auch so ein Lehrstück von Rensche.

Es wurde dunkel, als sie Emden erreichten. Das letzte Tageslicht, das sich unter die dichte Wolkendecke schob, fiel auf grüne Wiesen und das Emser Fließ, an dessen Ufern Windmühlen standen. Kühe und Pferde grasten auf satten Weiden. Über der Kirchturmspitze jagten sich die Schwalben. Lene konnte sich nicht sattsehen an diesem Anblick: die große Stadt, die sie noch nie betreten hatte, das Tor zum Hafen und in die Ferne, das sich am Abend eines Tages öffnete, den sie eigentlich nicht mehr hätte erleben dürfen. Je näher sie kamen, desto mehr Leute tauchten am Wegesrand auf. Die meisten waren fertig mit dem Tagwerk in der Stadt und wanderten zurück zu ihren Dörfern und Höfen. Sie sahen anders aus als alle Menschen, denen Lene bisher begegnet war. Größer. Wohlhabender. Glücklicher. Männer und Frauen scherzten miteinander.

Die eisernen Ringe der Räder holperten über das Pflaster, sie wurden durchgeschüttelt, jeder hielt sich an jedem fest, die Männer johlten, die Frauen kreischten. Es war die Freude, so eine lange Fahrt endlich überstanden zu haben und bald seiner Wege gehen zu können. Lene fiel der Bauersfrau auf den Schoß, die sie energisch wegschubste, in Toms Arme. Er lachte aus vollem Hals, und Lene machte sich wütend los und suchte Halt an der Kastenwand.

Der Kutscher fuhr über eine Brücke, die den Falderndelft überspannte, und dann Richtung Moederkerk, eine gewaltige Kirche mit wuchtigem Turm und drei riesigen Schiffen. Bevor die Dunkelheit hereinbrach, fiel das allerletzte Licht des Tages auf die Backsteinwände, die hohen Fenster und auf die Gläubigen, die aus allen Himmelsrichtungen zum Abendgottesdienst strebten. Noch bevor die Pferde zum Stehen kamen, sprangen schon die Ersten hinunter auf die Straße. Der Kutscherknecht begann, die Ladung abzuwerfen. Lene stieg ab und sah sich um. Sie hatte so viel von dieser stolzen Stadt gehört. Nun schüchterte sie sie ein. Noch nie war sie so weit weg von zu Hause gewesen, und es schien, als ob Emden erst in der Dunkelheit erwachen würde.

In allen Fenstern brannte Licht. An manchen besonders reich aussehenden Häusern hingen sogar eiserne Laternen, die die Fassaden erleuchteten. Viele Menschen trugen kleine Öllampen mit sich und schoben sich damit wie Johannisfünkchen[4] durch das Gedränge. Die Marktstände wurden abgebaut, dafür kamen die fahrenden Händler, schlugen die Glocke und lobten ihren Räucherfisch und die Schmalzkringel. Lachende Gruppen schoben sich durch die Gassen, Dienstmädchen mit leeren Punsch- und Bierkrügen eilten in die Wirtsstuben und kamen mit vollen wieder heraus. Schauerleute und Matrosen schlenderten, die Hände in den Hosentaschen und Kautabak spuckend, vorüber. Inselleute und Marschländer, Schauermänner und Bauern, alle hatten am Abend ein Ziel: den Hafen.

Lene ließ sich mit treiben. Ihr Herz klopfte.

Zwei junge Männer rempelten sie an und flüsterten ihr Anzüglichkeiten ins Ohr. Sie durfte nicht so ziellos herumschlendern. Sie musste sich irgendwo einen Platz suchen, vielleicht heimlich in einem Stall oder weiter draußen auf einem Hof. Am besten gleich. Bevor der Abend spät und gefährlich wurde.

---

4 Glühwürmchen.

Aber der Hafen lockte, und die Menschen zogen sie einfach mit. Nur mal kurz schauen, dachte sie. Vielleicht liegt ja schon ein Schiff nach England am Kai, und ich kann auskundschaften, wie lange die Überfahrt dauert und was sie kostet.

Staunend drängte sie sich durch die Menschenmenge, immer das Hafenbollwerk im Blick. Dahinter lagen dicht an dicht die kleinen Wattschiffe neben den Skûtsjes[5], dann die schmalen Heringsjollen, schließlich die großen, behäbigen Tjalken[6] und, endlich … Lene blieb mitten im Weg stehen und konnte es kaum glauben: die Fregatten und Handelsschiffe. Das Klippern und Klappern der Fahnen im Wind mischte sich in das Rufen der Bootsmaate. Musik spielte an jeder Ecke, Frauen lachten, Männer sangen, es duftete nach Schmalzgebackenem und Zimt, nach Flieder und Fisch, nach Pferdemist und verschüttetem Bier und einigem anderen, mit dem Lene gar nicht erst in Berührung kommen wollte. Sie ging ein paar Schritte, atmete tief ein und roch: das Meer und die Sehnsucht.

»Geh weiter!«, keifte eine Frauenstimme hinter ihr.

Erschrocken drehte sie sich um und sah in ein dralles Gesicht mit unnatürlich roten Lippen und dunkel umschatteten Augen. Die dunklen Haare quollen seltsam zerzaust unter der Haube hervor, das ausgeleierte Mieder war mehr als nachlässig geschnürt.

»Was guckst du so! Verdirb mir nicht das Geschäft!«

»Ent… Entschuldigung«, stammelte Lene.

Die Frau stieß sich von der Wand ab und kam in drei wiegenden Schritten auf Lene zu. »Suchst du Arbeit? Du bist zu dreckig und zu dünn. Bei deinem Anblick laufen mir ja die Männer davon. Wie alt bist du?«

---

5 Friesische Segelboote.

6 Einmastiges Güterschiff.

Ohne zu fragen, griff die Frau nach Lenes Kinn und drehte und wendete ihr Gesicht, als wäre sie ein Schaf und wollte sich davon überzeugen, beim Kauf nicht über den Tisch gezogen zu werden.

Unwillig schlug Lene die Hand weg. »Zwanzig. Fast.«

Wenn das so weiterging, wäre sie im Herbst achtzig. Aber sie wollte in dieser Umgebung nicht zu jung wirken.

Die Frau nickte. Sie war einen Kopf größer als Lene, kräftig und wohlgenährt, aber das angemalte Gesicht sah aus wie eine Maske, und die Art, wie sie ihr Kleid trug und dabei Arme und Beine sehen ließ, hatte eine Fleischigkeit, die Lene so noch nie zu Gesicht bekommen hatte. Blitzschnell griff sie nach Lenes rechter Hand.

»Kein Ring. Verheiratet bist du nicht. Was treibst du dich also allein im Hafen herum, um diese Zeit und in dieser Ecke, ohne Krug und Korb und Auftrag?«

Lene spürte, dass die Frau ärgerlich, aber nicht böse war. Vielleicht etwas gelangweilt und deshalb einem kleinen Streitgespräch nicht abgeneigt.

»Ich bin zum ersten Mal in Emden«, sagte sie. »Und wollte mich mal umsehen. Ich kenne das alles nicht.«

»Wo kommst du her?«

»Aus Hogsterwaard.«

Ein breites Lächeln verzog den angemalten Mund. »Hogsterwaard! Das gibt's doch nicht! Ich kenne das Dorf. Meine Schwester hat den Lehrer geheiratet.«

»Suse?«, platzte es aus Lene heraus. Die kräftige, immer etwas mürrische Suse sollte die Schwester dieser seltsamen Frau sein?

»Du kennst sie? Wie geht es ihr?«

»Gut«, antwortete Lene. »Soweit ich weiß.«

»Ich bin Anne.« Der Händedruck war fest und warm. »Anne

Michelsen. Ich glaub es nicht. Ein Mädel aus Hogsterwaard! Willst du was essen? Dich mal aufwärmen? Komm rein.«

Ehe Lene sichs versah, wurde sie auch schon an den Schultern gepackt und in ein Haus geschoben, das etwas zurückgesetzt gleich am Eingang einer kleinen Gasse lag. Dämmriges Licht empfing sie, alle Petroleumlampen trugen rote Seidenschirme. Es duftete nach Rosen und etwas, was Lene noch nie gerochen hatte. Süß und schwer, ähnlich wie Zimtkaramell, aber doch ganz anders. Kanapees und Sessel standen in einzelnen Gruppen, getrennt von Paravents, sodass die Gäste vor den Blicken der anderen geschützt waren. Aber die Plätze waren leer, nur zwei Mädchen, kaum älter als Lene, saßen zusammen und schauten neugierig hoch, als Anne mit ihrem seltsamen Gast den Raum betrat.

»Es ist noch nicht viel los bei uns«, erklärte sie einen Umstand, von dem Lene keine Ahnung hatte. »Die meisten kommen später am Abend, wenn der Geldbeutel und die Moral lockerer sitzen.«

Die Mädchen kicherten. Sie hatten wunderschöne Haare und trugen sehr hübsche Kleider, wenn auch ohne Brusttuch und mit verrutschten Schultern.

»Hier.« Anne hatte aus einem Krug einen Becher Wein eingeschenkt und reichte ihn Lene. »Lass uns da rübergehen.«

Sie nahmen in einer Sitzgruppe Platz, nahe am Kamin, in dem ein Feuer prasselte und mit seiner angenehmen Wärme die Kühle aus den Mauern vertrieb. »Wie heißt du?«

»Lene. Lene Vosskamp.«

»Vosskamp … sagt mir nichts. Aber ich bin aus Middelstewehr, das ist ein ganzes Stück weit weg.«

»Ich wusste nicht, dass Suse eine Schwester hat. Und dass Ihr auch noch in Emden lebt.«

Anne zuckte mit den halb nackten Schultern. »Das ist ihr

nicht zu verdenken. Ich bin die Schande der Familie, auch wenn ich die Einzige bin, die unsere Mutter unterstützt. Du weißt, wo du bist?«

Lene trank einen Schluck und sah sich um. Die seidene Wandbespannung, die diskreten Sitzgruppen, die Treppe, die ohne Zwischentür hinauf auf die Zimmer führte...

»Ein Bordell?«

Man wuchs ja nicht hinter dem Mond auf, auch wenn man vom Dorf kam. Hurenhäuser waren beliebte Spielorte von großmäuligen Geschichten, die irgendwo aufgeschnappt worden waren und mit denen die Jungs im Dorf angaben, als hätten sie sie selbst besucht.

Anne lächelte. »Sehr gut erkannt. Alle hier sind im Reglement eingezeichnete Mädchen, wir müssen Steuern zahlen, werden aber wie Vogelfreie behandelt.«

Lene bewunderte einen prächtigen Kristallleuchter an der Decke. »Und das gehört Euch alles?«

»Sag Anne zu mir. Die ständische Anrede bin ich nicht mehr gewohnt. Ja, all das habe ich mir mit meiner eigenen Hände Fleiß erarbeitet. Nun, mit etwas mehr als nur mit den Händen, wenn ich auch sagen würde, dass das Handwerk in unserem Gewerbe nicht unwichtig ist.« Sie bemerkte Lenes verständnislosen Blick. »Egal. Was führt dich nach Emden?«

Der Wein entfaltete seine wunderbare Wirkung. Er trieb die Kälte aus den Gliedern und verbreitete eine wohlige Mattigkeit in Lenes Kopf. Dazu die Wärme, der gepolsterte Stuhl, sogar Teppiche auf dem Boden... »Ich will nach London«, sagte sie, ohne nachzudenken.

»Nach London.« Anne schenkte sich selbst einen Becher Wein ein, nippte aber nur daran. »Was willst du da?«

»Weiter nach China.«

Erschrocken lauschte Lene den Worten nach, die sie gerade

ausgesprochen hatte. Wie anmaßend sie klangen! Wie dumm und unüberlegt! Genau wie ihre Flucht. Sie hätte sich von dem alten Kerkerknecht nicht so ins Bockshorn jagen lassen sollen. Ihr Herz klopfte, ihr Atem ging flach. Die ganze Ungeheuerlichkeit ihres Vorhabens fiel ihr wie ein Ziegelstein auf den Kopf und löschte jede Vernunft aus. Um überhaupt irgendetwas zu tun, leerte sie den Becher in einem Zug.

»China ...« Anne lehnte sich zurück und spielte mit den Spitzen ihrer zerzausten Locken herum, die im Schein der Lampen tiefrot schimmerten. »Da ist es immer warm, und die Orangen wachsen dir in den Mund, und bunte Vögel spazieren in den Gärten umher ... Ich hatte schon Seeleute hier, die dort gewesen sind. Alles Feine dieser Welt wird da gehandelt. Seide und Gewürze. Es duftet nach Zimt und Tee, sagen sie. Das klingt schön, Lene. Einen schönen Traum hast du.« Sie hob ihren Becher hoch und prostete ihrem Gast zu. »Aber wie willst du ihn verwirklichen? Als Frau, allein, und, verzeih mir, wenn ich dich verletze, ohne Geld? Du siehst nicht aus, als ob du ...«

Sie stellte den Becher auf dem kleinen Tisch neben ihr ab und klatschte in die Hände.

»Lore? Stine?«

Lene hörte das hastige Zurückschieben von Stühlen und Schritte. Dann erschienen die beiden Mädchen, die sie beim Hereinkommen gesehen hatte. »Bringt Brot und Käse und Schinken, und etwas von dem sauren Kohl und ein paar Äpfel! Los! Wird's bald?«

Die beiden stoben davon.

»Hast du Hunger?«

Lene wandte den Blick ab und spürte, wie sich Annes Hand auf ihr Knie legte.

»Kind, was ist denn los?«

Die Hure war nett, sehr nett. Großzügig, wie sie selten einen

Menschen kennengelernt hatte. Aber vor Kurzem erst hatte eine andere Frau sie an den Galgen bringen wollen.

»Es tut mir leid.« Sie zog die Nase hoch.

Anne sah sie missbilligend an. »In diesem Hause wird nicht gerotzt. Da.« Und drückte Lene ein hübsch besticktes kleines Tuch in die Hand. »Putz dir die Nase.«

Ungläubig starrte Lene auf das kostbare Stück Stoff und tat dann, wie ihr geheißen.

»Und jetzt raus mit der Sprache. Bist du schwanger? Hast du gestohlen?«

»Nein. Nein!«

»Was treibst du also hier im Hafen? Siehst aus, arm wie eine Kirchenmaus, mager wie Straßenkatzen. Heulst und rotzt und willst nach China. Bist du mal auf den Kopf gefallen? Es gibt viele, die sehen gesund aus, aber sobald sie den Mund aufmachen …«

Lene holte tief Luft. »Man hat meinem Vater und mir einen Mord untergeschoben. Ich war schon fast am Galgen, als die britische Admiralität dazwischenging und ich heute aus dem Kerker entlassen wurde. Mein Zuhause gibt es nicht mehr. Meine Eltern sind tot und meine Schwestern im Armenhaus. Und sobald eine neue Untersuchung beginnt, wird mein ganzes Dorf mit Fingern auf mich zeigen und mich wieder ausliefern. Ich kann nicht zurück. Deshalb muss ich mir was anderes einfallen lassen.«

Anne nickte. Sie wirkte noch nicht ganz überzeugt, aber sie lehnte sich zumindest etwas entspannter zurück in ihren Sessel.

»Und wie kommst du ausgerechnet auf China?«

Lene sah sich kurz um. Sie waren allein. Von irgendwoher war das Klappern von Geschirr zu hören, wahrscheinlich von den Mädchen in der Küche. Sie nestelte hastig an ihrem Rock und zog den Beutel mit der Münze hervor, die sie Anne zeigte.

Die Frau beugte sich vor.

»Was ist das?«

»Der Pfarrer von Leer sagt, das ist ein chinesisches Geldstück. Wer das hat, darf mit Tee handeln.«

»Nicht möglich. Darf ich?«

Vorsichtig nahm Anne ihr die Münze ab. Lene ließ sie nicht aus den Augen und hatte mit einem Mal ein ungutes Gefühl. Sie durfte Puyis Geschenk nicht so herumzeigen. Was, wenn Anne es einsteckte und behauptete, es würde ihr gehören? Aber die Bordellwirtin sah sich ebenso verwundert wie interessiert nur die Schriftzeichen an und reichte die Münze an Lene zurück.

»Ist die echt?«

»Zumindest habe ich sie von einem Chinesen. Ich habe ihm das Leben gerettet.«

»Das sind ja Geschichten …«

Mit Gekicher und einem verheißungsvoll gefüllten Tablett kehrten Stine und Lore zurück. Während sie einen kleinen Beistelltisch deckten, wanderten ihre Blicke immer wieder neugierig zu Lene.

»Ist das eine Neue?«, platzte Stine schließlich heraus. Sie war ein bildhübsches Mädchen mit braunen dichten Haaren.

»Nein«, sagte Lene hastig, damit erst gar keine Gerüchte aufkamen. »Ich bin nur auf der Durchreise.«

Die Mädchen sahen sich an und platzten fast gleichzeitig vor unterdrücktem Kichern.

»Das sagen alle am Anfang.« Lore reichte ihr einen Kanten Brot. »Aber so wie du aussiehst, will dich keiner.«

Lene spürte, wie ihr das Blut in die Wangen stieg. »Besser als umgekehrt.«

»So?«, fragte Lore schnippisch. »Dann lass dir das Hurenbrot ruhig schmecken.«

Die beiden kehrten tuschelnd und flüsternd zu ihren Plätzen zurück. Anne hatte den kleinen Disput angehört, ohne einzugreifen. Erstaunlich, welchen Ton sie duldete. Dabei war sie doch die Hausherrin. Oder galten diese Regeln nicht in einem Bordell?

»Danke«, sagte Lene leise.

»Iss«, sagte Anne. »Und erzähl mir nicht, du hast keinen Hunger. Und danach will ich alles erfahren. Hörst du? Alles. Es dauert noch ein, zwei Stunden, bis die da draußen betrunken genug sind, um hier einzukehren. Also vertreib mir die Zeit und nimm das als Bezahlung.«

Sie wies auf die Teller mit Speck, Kraut und Käse. Lene biss in ihr Brot und kaute. Es fühlte sich an, als ob es im Mund immer mehr werden würde. Sie spülte mit dem Wein nach, den Anne ihr nachgoss. Etwas anderes gab es wohl nicht in diesem Haus. Ihr Kopf wurde ganz leicht, und die Trauer ließ von ihr ab, als wäre sie einen Schritt zurückgetreten in die schattigen Ecken dieses Raums. Sie begann, und als sie zu der Stelle kam, in der Henry über Bord gegangen war, gelang es ihr, mit fester Stimme zu erzählen. Sie berichtete von Puyi und dem Strandvogt, von Rensches Tod und dem des Lüttjen. Als sie zu der Nacht im Keller kam, stockte sie kurz. Aber dann erzählte sie auch noch von Janns brutalem Überfall und Caspers Hilfe. Anne hob die Hand, die bis jetzt entspannt auf der Sessellehne gelegen hatte.

»Er sagte: ›Ich will dich?‹ Und du?«

»Ich hab geschrien: ›Ich dich auch!‹ Casper besuchte mich im Kerker.« Lene fuhr sich über die Stirn. »Er hat mir meine Kleider gebracht, also das, was ich jetzt auf dem Leib trage. Damit ich mich bei meiner Hinrichtung wohler fühle.«

»Wie bitte?«, fragte Anne entsetzt. »Weiß er, dass du hier bist?«

»Es interessiert ihn nicht.«

Anne runzelte die Stirn. »Dieses Gesindel! Sie spucken auf mich, weißt du das? Aber zweimal im Jahr, zu Lichtmess und Pfingsten, fährt der Jörg nach Norden und kehrt hier ein.«

Lene traute ihren Ohren nicht. »Er geht… zu dir?«

Anne zuckte mit den Schultern. »Früher mal, als ich noch jung und resch war. Jetzt nimmt er die Paula… aber zurück zu dir.«

Lene fasste die Ereignisse zusammen, so gut es mit einem halben Krug Wein im Kopf ging, denn Anne schenkte ihr immer wieder nach.

»Dann existiert also wirklich ein Testimonium von diesem Chinesen?«, sinnierte sie, als Lene geendet hatte. »Es sieht ganz danach aus, als ob Jörg ein ziemlich lukratives Geschäft mit diesen Ströndgängen aufgezogen hat. Keiner schaut so genau hin, nur den Strandvogt hat er offenbar vergessen zu bezahlen.«

Lene schauderte. »Dafür hat er den Richter in Leer bestochen. Den Prosecutor, den Kerkermeister…«

Annes Blick auf ihren seltsamen Gast verschärfte sich. »Du hast einen klugen, wachen Verstand. Mit schweren Worten musst du nicht kämpfen. Wie geht es jetzt weiter mit dir?«

»Ich muss ein Schiff nach London finden und dann jemanden, für den ich mit Tee handeln kann.«

»Du?« Anne stellte ihren Becher wieder auf dem kleinen Tisch ab. »Du kannst nicht handeln. Das ist dir doch klar.«

Lene war gar nichts klar. Auf dem Markt standen Frauen und handelten mit allem, was die Erde und das Land hergaben. Sie selbst hatte Krabben verkauft. »Warum nicht?«

»Du brauchst ein Schiff! Und Speicher! Und Lastkutschen, die den Tee vom Hafen in die Städte bringen!«

»Aber ich muss doch kein Schiff kaufen, um darauf etwas übers Meer zu bringen.«

Anne legte den Kopf zurück und lachte. So sehr, dass fast ihr Mieder gesprengt wurde. »Nein«, keuchte sie schließlich. »Aber von was willst du den Tee bezahlen, den du in China kaufst?«

»Von dem Geld, das mir jemand gibt, der selber nicht handeln kann.«

»Und wer sollte das sein? Wer sollte einem Mädchen wie dir sein Silber in die Hand drücken? Im Vertrauen darauf, dass du auch wiederkommst und nicht damit über alle Berge verschwindest? Und selbst wenn du es schaffst, damit auf ein Schiff zu gelangen und lebend China zu erreichen, wie willst du es dort als Frau, ganz auf dich allein gestellt, gegen die Engländer und Holländer aufnehmen?«

»Das wird sich weisen, wenn es so weit ist.«

»Mädchen, Mädchen. Hör zu, ich mache dir einen Vorschlag. Du gefällst mir. Du hast Träume, und die hören nicht beim Kindbett auf. Und du hast keine Angst davor, dir Dinge auszumalen, die vor dir noch nie eine Frau geschafft hat. Das mag ich.«

Lene wusste nicht, was sie von den Komplimenten einer Bordellwirtin halten sollte. Aber Anne war gut zu ihr gewesen. Das rechnete sie ihr hoch an.

»Alle vier Wochen kommt die *Shady* in den Hafen. Ein englischer Großsegler mit Kolonialwaren für die feine Gesellschaft. Seide, Elfenbein, Baumwolle. Bunte Teppiche und diese Glaslampen. Schön, nicht?«

Anne deutete auf einen Lampenschirm. Perlenschnüre fielen von seinem Rand und glitzerten im warmen Licht.

»In England müsste man sein. Was dort alles passiert! Fabriken entstehen, Eisenbahnen werden das ganze Land verbinden! Sie haben Gaslicht in den Straßen und den Häusern, und wenn dieser Samuel Morse so weitermacht, werden wir mit einem Elektrolyt-Telegrafen Nachrichten nach Übersee senden können! Die Welt verändert sich so schnell wie Funkenflug! Und hier? Setzen wir immer noch auf das Handwerk und unsere Kartoffeln. Der letzte Hungerwinter liegt erst fünf Jahre zurück, und niemand hat etwas daraus gelernt. Immer mehr Handwerker, immer mehr Weber. Dabei hat jetzt schon kaum einer was zu beißen, und alles, was wir noch exportieren, ist Eisen und Leinen. Ich könnte verrückt werden! In Paris gibt es Geschäfte, in die Frauen allein gehen dürfen! Mit Kinderkrippe und Teestube! Und hier? Darf man ohne Ehemann oder Dienstboten nicht auf die Straße. Diese arroganten Hannoveraner Spießbürger verhindern alles, was uns aus dem Haus herausbringen könnte! Wir brauchen endlich die Eisenbahn. Wir brauchen Fabriken. Den Deutschen Zollverein, den Preußen, Sachsen und Thüringen schon längst haben! Wir verlieren den Anschluss, wenn nicht bald etwas geschieht!«

Eine Klingel ertönte und beendete abrupt Annes Empörung, die Lene kaum verstand. War das Politik? Die Zeiten waren wunderlich geworden, Dinge gerieten in Bewegung, andere wiederum verschwanden. Anne schien über alles auf dem Laufenden zu sein. War das so in den Hafenstädten?

»Kundschaft!«, rief Anne.

Stine kam aus der Küche gestürzt und fuhr sich hastig über die Falten ihres Kleids. Anne stand auf, drehte das Mädchen einmal um die eigene Achse, entfernte dort ein Haar auf der Schulter und da eine Staubfluse und gab ihr dann einen freundlichen Schubs in die richtige Richtung.

Ein Mann betrat das Haus, den Hut bereits in der Hand. Er schloss hastig die Tür und sah sich um. Er war nicht mehr der Jüngste, ein wohlhabender Bauer vielleicht, was die Knöpfe an seinem Wams beweisen könnten. Vielleicht auch ein Zunftmeister, jedenfalls niemand, der in den letzten Jahren gehungert hatte. Ein Kugelbauch wölbte sich unter dem Hemd, die Wangen waren rund und der Blick seiner Augen so, als ob er überall Respekt und Gehorsam erwartete und auch erhielt. Er sah Stine, und ein begehrliches Lächeln schob sich in seine Mundwinkel.

»Guten Abend, *Demoiselles*.«

Stine ging mit geschliffenem Schritt in eine tiefe Verbeugung. »Guten Abend, Herr Impressor[7]. Welche Ehre in unserem Haus!«

Er reichte ihr den Hut und fuhr sich über die Halbglatze. Auf Lene wirkte er wie ein Mann, der es kaum erwarten konnte, an einer Tafel endlich zuzugreifen. Stine ging mit wiegenden Hüften zur Treppe. Der Mann folgte ihr hastig.

Anne wartete, bis die Schritte oben verklungen waren. Dann wandte sie sich an Lene.

»Willst du hier arbeiten?«

»Um Himmels willen, nein!«

»Kochen. Putzen. Einkaufen, du dummes Ding. Hör zu. Ich mag es, wie du denkst. Du weißt es noch nicht, aber in deinem Kopf ist Platz für eine Menge Dinge. Du gehst in die Küche, schlafen kannst du oben bei Paula. Und wenn die *Shady* wieder eintrifft, sehen wir weiter. Ihr Kapitän kehrt gerne hier ein. Der wird dir sagen, was dran ist an deinen Hirngespinsten. Aber sag niemandem etwas davon, dass du einen Mann hast. Ist das klar?«

Lene nickte. Annes Worte waren beunruhigend. Und aufregend. Und ungewohnt. Diese Frau war der einzige erwachsene Mensch, der ihr etwas zutraute. Und wenn es auch nur kühne Gedanken waren.

---

7 Drucker.

Lene leerte Nachttöpfe, richtete die Tabletts mit Wein, Brot und Käse für die Besucher, trug sie vor die Zimmertüren und stellte sie ab. Nach und nach trudelten die anderen Mädchen ein: die sommersprossige Paula, die rothaarige Grete, die blutjunge Antje, die aussah wie zwölf, aber kichernd versicherte, schon sechzehn zu sein.

Mal waren die Männer in fünf Minuten fertig, manche brauchten über eine Stunde. Andere wiederum, hatte Paula erklärt, wollten sogar nur auf dem Bett liegen und in den Arm genommen werden. Dafür gab es aber auch welche, die glaubten, sich für ein paar Groschen die schlimmsten Abartigkeiten zu erlauben. Spätestens da hatte Lene das Gespräch auf etwas anderes gebracht. Es reichte schon, dass der eine oder andere laute Erlösungsschrei durchs Haus schallte oder sie die Betten hinter den geschlossenen Türen rhythmisch wackeln hörte, wenn sie die Tabletts nach oben brachte. Wer auf dem Land aufgewachsen war, hatte eine ungefähre Vorstellung von dem, was Mann und Frau zusammentrieb. Den Rest erfuhr man durch geflüsterte Andeutungen, ausgetauscht mit roten Ohren auf dem Scheunenboden oder belauscht in der hinteren Ecke der Kirche, und natürlich durch das, was sich in Feld, Wald, Wiese und auf den Weiden abspielte. Trotzdem war es für Lene ein großes Mysterium. Die meisten Frauen, die »es« schon hinter sich hatten, wirkten nicht sehr glücklich, wenn die Sprache darauf kam. In Annes Haus hingegen verbreiteten die Mädchen ein Gefühl von Freude und kaum gezähmter Erwartung, sobald ein Freier auf der Türschwelle stand.

»Macht es denn auch Spaß?«, hatte Lene gefragt und war dabei knallrot angelaufen. Spaß und Trieb, das waren zwei Dinge, die nicht zusammenpassten und an die man als junges Mädchen, tugendhaft erzogen, nicht mal im Traum zu denken hatte.

»Selten«, erklärte Paula. »Meistens ist es langweilig. Manchmal anstrengend. Es gibt kaum einen, der danach noch ein Wort mit dir redet. Aber das ist das Geschäft. Du gibst ihnen das Gefühl, sie wären die Größten.«

So vergingen die Tage. Und die Nächte. Sie waren lang, viel länger, als Lene es gewohnt war. In Hogsterwaard stand man mit dem Krähen der Hähne auf und ging bei Sonnenuntergang ins Bett. Im Hurenhaus von Emden war es fast schon umgekehrt. Es kam nicht selten vor, dass die letzten Kunden erst in den Morgenstunden das Haus verließen. Während draußen im Hafen das Leben erwachte, wurde es still im Haus.

Lene drehte sich kleine Kugeln aus Wachs und steckte sie sich in die Ohren. Sie teilte sich ein Zimmer mit Paula. Jedes Mal, bevor sie ins Bett kroch, wechselte sie die Laken. Trotzdem roch es immer noch nach Maiglöckchen, Zimtkaramell und fremden Körpern, auch wenn Paula schwor, dass sie sich den Duft nur einbildete.

Sie bekam zu essen, gut und reichlich. Mittags Grütze mit Honig, abends Braten, Fisch und Eintopf. Anne ließ das warme Essen aus der Kogge holen, einem Wirtshaus, wo der Koch gerne mit seiner großzügigen Kundin schäkerte.

Nachmittags, wenn die Mädchen eines nach dem anderen die Treppen hinunterstiegen, briet Lene Eier und schnitt Brot. Manchmal blieb Zeit für eine Partie Whist, das sie von ihrem Vater gelernt hatte und damit auch alle Tricks, mit denen sie die anderen an die Wand spielen konnte. Das Kartenspiel war aus England gekommen und hatte sich rasend schnell verbreitet. Es machte Spaß, und man lernte die Menschen dadurch kennen. Stine zum Beispiel war von Grund auf ehrlich und hatte große Mühe, mit ihrem Blatt hinter dem Berg zu halten. Paula war waghalsig und setzte alles auf eine Karte. Anne, die Strategin, behielt einen kühlen Kopf und erlaubte sich kaum einen Patzer beim Abwurf. Doch die meisten *rubber* gewann Lene. Sie spielten um Haselnüsse und Trockenpflaumen, die sie anschließend zusammen aufaßen, und waren die Dosen leer, gingen sie zum Markt und besorgten Nachschub.

Im Hafen war Anne eine angesehene Frau. Aber nicht auf dem Markt. Die Brücke über den Delft war die unsichtbare Grenze. Auf der einen Seite herrschte der raue Ton der Hafenleute, auf der anderen rund um den Marktplatz und den engen Gassen in Richtung Kirche das feinere Stadtleben.

Oft ging Lene mit Anne einkaufen. Dann spürte sie die Blicke im Rücken und das Getuschel, das verstummte, sobald sie in der Nähe waren. Die Leute machten ihnen Platz, als hätten sie eine ansteckende Krankheit. An Anne glitt alles ab, als wäre ihre Seele in Öl gebadet. Lene nahm das mit.

»Kopf hoch, Rücken gerade.«

Ihre Dienstherrin nahm einen Apfel und hielt ihn an die Nase. Die Marktfrau, eine stämmige Uthmarscherin, beobachtete sie mit kaltem Blick und gierigem Lächeln.

Es war Frühsommer geworden, und die Marktstände bogen sich unter den ersten jungen Rüben, den Walderdbeeren, Salatköpfen, Zuckererbsen und Kartoffeln. Dazu kamen frühmorgens die Fischer mit ihrem Fang, später die Bauern mit Ferkeln und Lämmern. Die Räucherfrauen mit den Würsten, die Zuckerbäcker mit den Honigkuchen. Von den Marschen kamen der würzige Käse und die gelbe Butter. Sogar noch vom Wasser aus wurde verkauft: alles, was aus den Dörfern der Umgebung mit kleinen Booten angebracht wurde. Hinter der Brücke erhob sich ein Wald aus Schiffsmasten. Die Fahnen tanzten im Wind wie die Röcke der Mädchen. Neben entladenen Karren warteten Pferde auf den nächsten Einsatz, Kinder rannten unter ihnen hindurch und wurden mit Flüchen reich beschenkt fortgejagt. Fischer flickten ihre Netze, Kutschen bahnten sich ihren Weg. Als Lene zum ersten Mal bei Tag über die Brücke gegangen war, hatte sie geglaubt, ihr Herz müsste zerspringen. So viel Leben, so viele Farben! So viele Geräusche! So viele Menschen, jeder einzelne von ihnen wäre Dorfgespräch in Hogsterwaard gewesen. Sie hätte stundenlang auf den Stufen zum Wasser hinunter sitzen und dabei nichts anderes tun können, als die Blicke schweifen zu lassen.

Vielleicht ist es das, hatte sie gedacht. Vielleicht bin ich angekommen. Als Dienstmädchen in einem Hurenhaus am Hafen von Emden. Weit hinaus in die Welt hatte sie es nicht geschafft, aber was sagte schon die Entfernung aus über den Abstand, den man brauchte?

Aber dann überschritten sie wieder die unsichtbare Linie, und Lene spürte, dass sie im falschen Teil von Emden kein richtiges Leben führen konnte.

Anne nahm schließlich zwei Gurken und reichte sie der Uthmarscherin.

»Und die sind auch nicht bitter?«

»Aber woher denn! Macht 'n halben Groten.«

Das waren zwei Pfennige! Die Marktfrau nahm einfach mal das Doppelte von dem, was der übliche Preis war. Anne grub schon in ihrem Beutel nach dem Geld, als Lene sagte:

»Einen Pfennig für zwei Gurken.«

Das kam bei der Uthmarscherin gar nicht gut an. »Willst du etwa handeln?«

»Nein. Ich will den Preis, den du auch den anderen abnimmst.«

»Zwei Pfennige!«

»Für zwei krieg ich vier. Also?«

Anne wollte beschwichtigend die Hand heben, aber Lene schüttelte energisch den Kopf. Sie wies auf den Korb, in dem Anne bereits zusammengetragen hatte, was sie noch kaufen wollte. »Und dann die Äpfel, einen Groten das Pfund. Und einen kleinen Sack Kartoffeln, einen Pfennig. Macht zusammen einen Groten und drei Pfennige. Und weil wir so gute Kunden sind, rechnest du es zusammen auf eineinhalb.«

Der Marktfrau blieb der Mund offen stehen.

»Wenn nicht, gehen wir nach nebenan.«

Das war eine alte Bäuerin, die sich den Stand nicht leisten konnte und ihre Waren auf dem Boden ausgebreitet hatte. Nichts, was durch Waschen nicht genießbar wäre. Sie witterte bereits ein gutes Geschäft und deutete eifrig auf ihre Auslage.

Die Uthmarscherin kratzte sich am Kopf. »Kennst dich aus, Mädchen.«

Lene grinste. »Ich war selbst einmal die Woche mit meinen Krabben auf dem Markt.«

»Ah! Wo denn?«

»Weiter weg«, antwortete Lene hastig. »Also, mach mir mit den Preisen nichts vor.«

Die Händlerin zuckte mit den Schultern. Besser ein normales Geschäft als gar keines. Sie packte die Einkäufe in Annes Korb und rechnete korrekt mit Lene ab. Erst als sie ein paar Schritte weitergegangen waren, bekam sie mit, dass der kleine Disput nicht nur von den Verkäufern, sondern auch von den Kunden beobachtet worden war, die sich nun Bemerkungen zutuschelten. An Annes Hals tauchten ein paar rote Flecken auf – ganz unberührt ließ es sie also doch nicht, wenn hinter ihrem Rücken über sie geredet wurde. Sie warf den Kopf in den Nacken, drückte den Rücken durch und stolzierte weiter. Lene eilte mit dem Korb hinterher.

»Platz da! Aus dem Weg!«

An diesem Tag war der Markt besonders voll. Die Heringsfänger kehrten zurück, Fässer wurden durch die Straßen gerollt, es gab noch mehr Fischstände als sonst. Der Geruch von Salzwasser und Tang hing in der Luft.

«Weg mit euch!«

Unter wütendem Protest drängte sich ein Ochsenkarren durch den schmalen Weg, den die Markstände gelassen hatten. Anne riss Lene zur Seite, die sonst fast unter die Räder geraten wäre. Ein Apfel fiel aufs Pflaster. Hastig bückte sich Lene, um ihn aufzuheben. Doch eine andere Hand war schneller.

»Das schöne Fräulein hat etwas verloren.«

»Danke.«

Sie sah hoch in ein Paar eisblaue Augen, und das Blut gefror in ihren Adern. Er hatte ein gewinnendes Lächeln aufgesetzt, das ihm im gleichen Augenblick abhandenkam, als er sie erkannte. Es war Jann Groth.

»Lene?« Unbewusst griff er sich ans linke Ohr, von dem ein Stück fehlte und eine rote Narbe zu erkennen war.

Sie stand hastig auf. »Ich muss gehen«, flüsterte sie Anne zu und wollte sich hinter dem Karren einreihen. Zu spät. Sie spürte seine Hände auf ihren Schultern, und er riss sie so schnell zu sich herum, dass jede Gegenwehr zwecklos war.

»Was machst du in Emden?«

Sie wies auf ihren halb gefüllten Korb. »Einkaufen«, giftete sie. »Geh mir aus dem Weg.«

»Du hast dich ja fein herausgemacht.« Sein Blick glitt von ihrem Gesicht über den Hals hinunter zum Mieder und dem Rock. »In Emden bist du also. Wäre dein Platz nicht eher bei deinem Mann in Hogsterwaard?«

»Gibt es irgendeinen Grund zur Klage?«

Anne trat neben Lene, und ein Blick genügte, um zu wissen, welcher Zunft sie angehörte. Das Haar ein wenig zu nachlässig unter der Haube, das Tuch ein wenig zu offen geknotet, das Mieder ein wenig zu eng, der Rock eine halbe Handbreit zu kurz.

»Sieh einer an. Bist du nicht die rote Anne?«

»Und wer bist du?«

Jann steckte die Daumen in den Strick, der seine Hose zusammenhielt. Er musste gerade von der *Grete* kommen, denn er trug die ausgebleichte Fischerkluft und ziemlich neu aussehende Holzpantinen.

»Ich bin Jann, der Sohn vom Jörg Groth aus Hogsterwaard. Der Schwager von der da, die meinen Bruder verhext hat.«

Lene hätte sich am liebsten umgehend im Hafenbecken ersäuft.

Aber Anne nickte nur. »Unverkennbar bist du ein Groth. Man erkennt sie unter Hunderten. Kerle, die ihren Mann stehen. Meistens jedenfalls.« Ihr Blick wanderte vielsagend hinunter zu seiner Hose. »Wird dein Vater heute Abend zu uns kommen?«

Jann gefiel weder ihr Blick noch ihre Frage. Er sah sich um. Den Leuten fiel auf, mit wem er zusammenstand.

»Frag ihn selbst.« Und zu Lene gewandt: »Tiefer hättest du nicht fallen können. Sogar der Galgen wäre noch eine Ehre gewesen. Casper sucht dich überall und erzählt jedem, dass du ihn genommen hättest. Morgen fahren wir zurück, und du kommst mit. Und dann werden wir dir austreiben, weiter Schande über uns zu bringen.«

Damit stieß er Lene zur Seite und boxte sich durch die Menschenmenge.

Anne trat hinter ein gewaltiges Heringsfass und stellte den Korb ab. Lene hatte sie noch nie so ärgerlich gesehen.

»Du hast es so aussehen lassen, als ob das eine Kinderei gewesen wäre und keiner hinter dir her ist! Und jetzt hetzt du mir die Groths auf den Hals? Sie können dich an den Haaren aus meinem Haus zerren! Dich verhaften lassen! Sie können mir mein Geschäft zerstören, weißt du das eigentlich? Du bist nicht registriert! Keiner wird dir glauben, dass du nur als Dienstmagd bei mir arbeitest!«

»Es tut mir leid!«, stieß Lene hervor. Dass sie ausgerechnet Jann in die Arme laufen musste und damit auch noch Anne in Schwierigkeiten brachte! »Ich gehe, sofort.«

»Und wohin?«

Der Heringshändler äugte ziemlich ärgerlich zu ihnen hinüber.

Anne schnappte sich wortlos den Korb. Es schien immer voller zu werden, dabei war es noch nicht einmal Mittag. Lene hatte Mühe, sie nicht aus den Augen zu verlieren. Erst als sie die Brücke über den Rathaus-Delft überquert hatten und in die kleinen Gassen auf der anderen Hafenseite eintauchten, wurde es etwas ruhiger. An einem Brunnen blieb sie kurz stehen und sah sich um. Niemand war ihnen gefolgt.

»Du gehst heute Abend in die Kogge. Überlass die Groths mir. Ich hätte es wissen müssen. Eine Verheiratete, das gibt *immer* Ärger!«

Anne lief weiter. Lene konnte kaum Schritt halten mit ihr. Als sie das Hurenhaus erreichten, kam Paula heraus, um die Einkäufe entgegenzunehmen. Ihr fiel sofort auf, dass etwas nicht stimmte.

»Du bringst sie zu Klaas in die Kogge«, wurde sie angefaucht.

Paula nickte. Sie fragte nicht, also hatte es solche Nacht-und-Nebel-Aktionen schon öfter gegeben.

Die Bordellwirtin drehte sich noch einmal um. Sie hob die Nase in den Wind und schnupperte. »Außendeichs weht's landwärts. Gutes Wetter für die Engländer. Wenn du Glück hast …« Sie brach ab. »Macht, dass ihr fortkommt!«

Und die Mädchen rannten los.

Lene hatte von der Kogge gehört, sie aber noch nie betreten. Ein Wirtshaus für Kapitäne, zahlende Passagiere und Kaufleute. Und natürlich auch für Matrosen, denen es die Preise wert waren, die hohen Herrschaften mal aus der Nähe beim Essen zu sehen. Es lag etwas zurückversetzt am Pier auf der anderen Seite des Delfts. Das eiserne Quietschen der Kräne vermischte sich mit den Rufen der Schauerleute, die Ladung löschten oder stauten. Grölende Gesänge kamen aus den Seemannskneipen, durchbrochen von kreischendem Frauenlachen. Matrosen liefen im Pulk über die Straßen, Waren wurden ausgeliefert. Und dann gab es ja noch die Gassen, die so eng waren, dass kaum ein Sonnenstrahl sie erhellte. Dort warteten Verheißung und Absturz, Sehnsucht und Übermut.

Zwei Schiffsjungen, beide abgerissen und von Krätze und Skorbut gezeichnet, liefen ihnen hinterher.

»Oh, mich juckt es so im Schritt!«, johlte der eine und wollte seinen Arm um Paulas Taille legen.

»Dann wasch dich!«, fauchte sie ihn an und rammte ihm den Ellenbogen in den Bauch. Er klappte vornüber zusammen, schnappte nach Luft und rief ihr eine Kanonade von Verwünschungen hinterher.

»Passiert so was öfter?«

Paula nickte. Sie war älter als Lene, aber jünger als Anne. Mit blonden Haaren und einem weichen, fröhlichen Gesicht, in dem die Sommersprossen auf einer kleinen Stupsnase platziert waren.

»Wie bist du zu Anne gekommen?«

»Unsere Geschichten sind eigentlich alle gleich. Wir mussten betteln oder ins Armenhaus. Fast jeden Tag steht eine Neue vor der Tür und fleht um Aufnahme.«

Das war Lene auch schon aufgefallen. Ihr taten diese Mädchen unendlich leid.

»Gab es keinen anderen Weg für dich?«

Paula dachte nach. Sie schien nicht oft darüber zu reden, was ihrem Leben diese Richtung gegeben hatte.

»Die Holländer haben mal Frauen für die Kolonien gesucht. Aber da kommt nur die Hälfte lebend an, und die andere kriegt Fieber und stirbt. Außerdem brauchst du einen Leumund, den habe ich nicht.«

»Ah.« Wieder etwas, von dem Lene keine Ahnung hatte. Allerdings dürfte sich auch für sie die Sache mit dem Leumund erledigt haben – spätestens seit ihrem Aufenthalt im Gefängnis von Leer.

»Und du?«, fragte Paula.

»Ich … ähm … Ich bin nur auf der Durchreise.«

Paula schmunzelte. »Das sagen alle am Anfang. Irgendwann probierst du es aus. – Lass uns hier hineingehen, das ist kürzer.«

Etwas in ihrer Stimme verriet, dass ihre Unbefangenheit verschwunden war. Ihnen kam eine Truppe Seeleute entgegen, alle betrunken und auf der Suche nach einer leichten Beute an diesem Abend.

Sie bogen ab in eine enge, dunkle Gasse. Vor den Hintertüren vergammelte Unrat, ein paar Ratten huschten aufgescheucht über glitschigen Müll.

Paula lief schneller. Ihr Instinkt war besser als der von Lene. Sie kannte sich aus und ahnte Ärger, noch bevor er entstand. »Für die Männer bist du Freiwild.« Sie reckte sich, um über Lene hinweg zurück zur Straße zu sehen. Das Gegröle der Matrosen echote über die verrußten Wände. »Außerhalb von Annes Haus haben wir weder Recht noch Ehre. Vorsicht!«

Sie suchte Schutz in einem verlassenen Haus und zog Lene mit sich. Die Bretter der Tür waren halb zerfallen, die Fassaden hatten keine oder nur winzige Fenster. Paula legte den Zeigefinger auf die Lippen, Lene hielt den Atem an.

Am Eingang der Gasse tauchten mehrere Schatten auf.

»Seid ihr da drin?«, rief eine Männerstimme. »Dann kommt raus, bevor wir euch holen!«

Vielstimmiges Gelächter folgte, vermischt mit anzüglichen und zotigen Bemerkungen.

»Ihr wollt uns doch wohl den kleinen Spaß nicht verderben?«

Einer der Rufer löste sich von den anderen und wagte sich in die Gasse. Verzweifelt spähte Lene zum anderen Ende. Aber in diese Richtung wurde es immer dunkler und enger. »Wir müssen von hier verschwinden«, flüsterte sie.

»Das geht nicht«, antwortete Paula erstickt. »Ich hab vergessen, dass die Gasse nach dem letzten Brand zugemauert worden ist.« Panik stieg in ihre Augen. Lene wagte nicht, sich zu rühren.

Der Mann war betrunken. Er breitete seine Arme aus und berührte mit seinen Händen links und rechts die schiefen Wände. Es sah aus, als würde er ein Netz hinter sich herziehen, in dem sich gleich zwei prächtige Fische verfangen würden.

»Was machen wir denn jetzt?«

»Gar nichts«, kam es leise zurück. In der fast völligen Dunkelheit schwamm Paulas Gesicht wie ein heller Fleck. »Wir sind selber schuld.«

»Selber schuld? Wir haben doch gar nichts getan!«

Paula antwortete nicht. Der Mann war vielleicht noch fünf Meter entfernt. »Wo sind denn meine Täubchen?«, lallte er. »Es soll auch sehr zu eurem Vergnügen sein!«

Brüllendes Gelächter begleitete seine nächsten Schritte, und dann folgten ihm die anderen. Lene verwünschte sich und alles, was sie in diese Gasse und diese ausweglose Situation geführt hatte. Der Mann kam näher. Sie konnte seinen alkoholgeschwängerten, stinkenden Atem riechen. Er eierte von links nach rechts und blieb ein paar Schritte vor ihnen stehen.

»Sieh an, wen haben wir denn da?«

In diesem Moment ertönte von irgendwoher eine helle Handglocke. Erst leise, dann lauter. Der Mann wollte noch einen Schritt auf sie zu machen, hielt dann aber inne. Sein verschwommenes Grinsen löste sich in Luft auf und machte einer Wachheit Platz, auf die sich Lene keinen Reim machen konnte. Dann schallte der Ruf: »Kommt alle zusamm und schaut die *Shady* an!«

Der Singsang des Ausrufers näherte sich. »Stolz und schön aus Engelland zu sehn!«

»Die *Shady*!«, rief einer der Komplizen. »Los, Friedjof!«

Der Mann taumelte die letzten beiden Schritte auf sie zu und hielt sich dann am Türrahmen fest, um nicht umzufallen. Paula und Lene rückten noch enger zusammen. »Du *seute Deern«*, nuschelte er, griff nach Lene und wollte sie küssen. Angewidert stieß sie ihn weg.

»Verschwinde!«

»Schaut die *Shady* an!«

»Friedjof! Wir kommen zu spät zum Leichtern!«

»Ja, beeil dich«, mischte Paula sich ein. Ihre Stimme klang fröhlich, aber es lag ein Zittern darunter. »Nach getaner Arbeit ist es doch viel schöner.«

Friedjof peilte mit seinem Zeigefinger die Stirn an. »Jou.« Und drehte sich auf dem Absatz um. »Wartet!«

Schon waren sie verschwunden. Lene atmete auf. »Das war knapp. Paula?«

Paula stand immer noch im Schatten.

»Was hast du da?«

Die junge Frau hob die Hand. In ihr glitzerte ein dünnes, rasiermesserscharfes Messer. »Ein Stilett. Ich hab es immer dabei. Aber ich hab es erst einmal benutzt.«

Sie hob den Rock und ließ die seltsame Waffe in einem ledernen Schaft verschwinden, den sie sich um die Wade gebunden hatte. Dann richtete sie sich auf und strich sich die Haare, die sich im Laufen gelöst hatten, zurück unter die

Haube. »Komm. Wir wollen doch Engellands Stolz nicht verpassen.«

Die *Shady* war ein mittelgroßer Dreimaster, an dem die britische Flagge im Wind knatterte. Ein breites Reep war an Land gelegt worden, über das Fässer und Kisten auf den Kai schlitterten. Oben schufteten die Matrosen, unten die Hafenarbeiter. Männer mit Schub- und Ziehkarren standen bereit, dazu ein halbes Dutzend Lastkarren, bespannt mit Ochsen. Ringsherum die üblichen Schaulustigen, die bei jeder Kiste, jedem Fass, jedem Stoffballen Mutmaßungen anstellten, was das wohl sein konnte.

»Tee!«, rief ein alter Seebär in verschlissenem Rock. »Und wo bleibt der Rum?«

»Den leichtern sie erst nachts«, erwiderte ein junger Mann. »Dann sieht keiner, wie gepanscht wird!«

Das darauffolgende Geschrei schallte den Schiffsrumpf hinauf zu einem Mann mit breitem Hut und dunkelblauer Uniform. Unter dem Arm trug er eine runde Messingröhre, wahrscheinlich die Ladepapiere. Das Holz der Gangway war nass, deshalb sah er beim Verlassen des Segelschiffs kaum auf das Treiben am Kai. Er war untersetzt und kräftig, wahrscheinlich in den Vierzigern.

»Das ist Boysen«, flüsterte Paula. »Der Kapitän. Jetzt geht er erst mal in die Contore und wickelt die Geschäfte seiner Rehderei[8] ab. Und danach …«

Sie machte ein paar kleine, beschwingte Tanzschritte.

»… kommt er zu uns«, vervollständigte Lene den Satz. Das waren die aufregendsten Neuigkeiten der letzten Wochen.

»Was ist?« Paula versetzte ihr einen liebevollen Knuff. »So schön ist er nun auch nicht.«

---

8 Reederei.

Boysen hatte den Kai erreicht und verschwand in der Menge. Jetzt war kein Halten mehr. Die Hafenarbeiter stürzten sich auf die Fracht, die Händler boxten sich durch die Gaffer, um keine der kostbaren Kisten zu verlieren. Tagelöhner warfen sich mit Todesverachtung ins Gemenge und wurden entweder mit einem knallenden Ochsenziemer vertrieben oder durften mit anpacken.

Lene stellte sich auf die Zehenspitzen, doch Boysen war schon in Richtung Rathaus und Marktplatz verschwunden. Aber nicht die Chancen, die in diesem Moment wie ein Flugdrache in die Höhe gestiegen waren. Sie hatte keine Ahnung, wie sie es anstellen sollte, aber er würde ihr in Annes Haus ins Netz gehen. Sie musste es nur zuziehen …

Sie trat einen Schritt zurück, ohne nach hinten zu sehen, und rempelte einen Mann unglücklich an.

»Kannst du nicht sehen, wohin du trittst?«, fauchte er sie an. Um im gleichen Moment aufzulachen.

»Lene!«

»Tom?«, fragte sie erstaunt und erfreut. Endlich mal ein Mann, vor dem sie nicht flüchten musste. Paula ließ sie zwar nicht aus den Augen, aber das lag eher daran, dass der Holländer ein ziemlich attraktiver Bursche war. Er betrachtete Lene mit einem prüfenden Blick.

»Gut siehst du aus. Hast wohl eine Arbeit in Emden gefunden?«

Lene hatte mit einem Mal das Gefühl, nicht mehr zu wissen, wohin mit ihren Händen, und strich ihre Schürze glatt.

»Ja.« Mehr brachte sie in diesem Überraschungsmoment nicht zustande.

»Was machst du hier auf der Straße?«

»Ich bin in einem … ähm … Wirtshaus untergekommen.«

»Und strolchst durch den Hafen, wenn ein Engländer gelöscht wird? Willst du dich in einem Heringsfass verstecken und so an Bord gelangen?«

»Und du? Was tust du hier?«

Er sah zu dem Schiff. Seine Augen leuchteten. »Sie heuern an. Drei sind von Bord, die wollten nach Hause. Könnte sein, dass ich Glück habe. Ich wollte eigentlich nach Bremen, aber dann ist mir das Geld ausgegangen, und ich bin bei einem Fischer in Ditzum gelandet. Immer nur die Kanäle rauf und runter, das ist nichts für mich. Aber jetzt ist die *Shady* da, und du auch. Das muss doch etwas bedeuten.«

Sein Blick wurde intensiver.

Nimm mich mit, lag Lene auf den Lippen. Aber das konnte sie nicht sagen. Für einen Matrosen war das ausgeschlossen. Kapitänsfrauen hingegen waren gar nicht so selten auf den Schiffen. Und in der Kriegsmarine gab es Waschmägde und Pulverträgerinnen. Aber auf den Handelsschiffen waren die Regeln eisern: keine Frauen an Bord. Bis auf wenige Ausnahmen. Lene hatte vor, genau das zu werden. Da schadete es nichts, so viel über die *Shady* zu erfahren wie möglich.

»Wohin würde denn die Fahrt gehen? Nach Plymouth oder London?«

»London.«

Er wollte seinen Arm um ihre Schultern legen, aber das hätte bedeutet, mit irgendetwas einverstanden zu sein, das Lene nicht wollte. Dabei sah er um einiges besser aus als noch vor ein paar Wochen auf der Lastkutsche. Sonnengebräunt, mit gebleichten Haarspitzen, die ihm lockig auf die Schultern fielen und seinem breiten Gesicht etwas Verwegenes verliehen. Das Staken auf den Fischerkähnen hatte ihm gutgetan, die Schultern schienen noch breiter und die Arme noch kräftiger geworden zu sein. In seinen Augen glitzerte ein Lächeln, das Lene schwer verwirrt hätte, wenn sie nicht ein ganz bestimmtes Ziel vor Augen gehabt hätte. Und das bedeutete, sich nicht auf einen Matrosen einzulassen. So gerade gewachsen er auch war.

Tom zog sie aus dem Gewühl etwas zur Seite. Neben einem großen Poller blieben sie stehen.

»London …« Welch einen Klang allein der Name dieser Stadt hatte.

»Oh …« Tom verzog sein Gesicht zu gespieltem Bedauern. »Vermisst du ihn so sehr?«

»Wen?«, fragte sie irritiert.

»Deinen Liebsten. In England. Der, der auf dich wartet.«

Jemand rief ihren Namen. Paula wartete auf sie. Ihre Stimme klang ärgerlich. Lene wollte an Tom vorbei, aber er stellte sich ihr breitbeinig in den Weg.

»Wenn er so weit weg ist … dann komm heute Abend mit mir zum Tanzen. Vielleicht ist es die letzte Nacht für mich an Land. Seefahrer leben gefährlich.«

»Ich hab keine Zeit. Ich muss arbeiten!«

»Dann gib mir einen Kuss. Damit ich von etwas träumen kann auf See!«

Mit einem Lachen schob sie ihn zur Seite und lief davon. Sie konnte hören, wie er ihren Namen rief, aber das war in diesem Moment egal. Er meinte es nicht ernst, und trotzdem war es schön, dass jemand sie vermissen würde.

Die Kogge war ein niedriges, windschiefes Fachwerkhaus, das im Inneren aber ein enormes Fassungsvermögen aufwies. Der Gastraum war proppenvoll und geschwängert von Alkohol, Schweiß und Essensgeruch. Männer brüllten herum und sangen Lieder, wobei es mehr auf die Lautstärke denn die Werktreue ankam.

Am Ende des Raums befand sich ein grob gezimmerter Tresen. Gerade rollte ein Knecht ein neues Fass Bier heran, begleitet von lautstarkem Beifall. Es wurde von einem hageren Mann mit schmutziger Schürze in Empfang genommen. Lene schlug sich im Zickzack um die Gäste herum zu ihm durch.

»Guten Abend.«

Er grunzte nur und schob das Fass hinter seine Bretterwand.

»Anne schickt mich. Ich soll mich nützlich machen.«

Paula hatte vor der Kogge einen Kunden getroffen, sich bei ihm eingehängt und fröhlich verkündet, er werde sie nun nach Hause geleiten.

»Warte nebenan.«

Der Wirt wies mit dem Kopf auf eine Tür, die Lene noch nicht aufgefallen war. Auf dem Weg dorthin versuchten zwei Scherzbolde, die Schleife ihrer Schürze aufzuziehen. Einer stellte sich ihr direkt in den Weg, aber sie hatte gelernt: Sie schob den groben Klotz einfach zur Seite. Dann öffnete sie die Tür und befand sich in einem kleinen Hinterzimmer. Es war einfach eingerichtet und kühler als der Schankraum.

In der Ecke am Ofen saß eine Frau am Tisch. Lene schloss die Tür hinter sich, und es wurde etwas ruhiger. Mit fahrigen Händen verknotete sie wieder ihre Schürze und zupfte ihre Haube zurecht.

»Guten Abend«, sagte sie und wusste nicht, was sie tun sollte.

Die Frau sah vornehm aus. Sie trug ein dunkles Wollkleid und ein dickes gestricktes Tuch darüber, das weich und warm aussah. Der Hut ließ sie noch strenger wirken. Die Handschuhe gaben ihr eine Noblesse, die ihr Gesicht nicht hielt: Es war blass, von der schmalen Nase führte ein leidender Zug hinunter in die Mundwinkel. Die fahlblonden dünnen Haare hatte sie zu einem Dutt im Nacken zusammengesteckt. Vor ihr auf dem Tisch stand ein Teller. Langsam legte sie das Besteck ab und sah hoch.

Der Blick, mit dem sie Lene musterte, sagte: »Bleib mir vom

Leib.« Aber es gab keine weiteren Sitzgelegenheiten, wenn Lene nicht stehen bleiben wollte.

»Darf ich?«

In Hogsterwaard hätte sie sich das nie getraut. Aber in Emden war sie frei.

Die Frau sagte nichts. Sie nahm das Besteck wieder auf und schnitt ein winziges Stück von ihrem Braten ab. Sie achtete sehr darauf, die hellen, geklöppelten Spitzenhandschuhe nicht zu beschmutzen. Auf ihrem Schoß lag ein kleiner Beutel aus Samt. Alles an ihr wirkte wohlhabend, aber sie verschwendete nichts für Zier und Tand.

»Ist das ein Braten?«, fragte Lene, um überhaupt etwas zu sagen.

»Wonach sieht es aus?«, fragte die Frau. Ihre Stimme war hell und unangenehm. »Nach Eichhörnchen?«

»Die sind zu klein. Wir haben sie manchmal gegessen, wenn wir nichts anderes hatten.«

»Eichhörnchen? Wie hast du sie gefangen?«

Lene setzte sich. In Gegenwart dieser Frau hatte sie das Gefühl, den Rücken gerade halten zu müssen. Sie war sofort als Angehörige des niederen Standes erkannt worden und wurde auch so angeredet. Das ärgerte sie.

»Mit meinen Händen.«

Mit Fallen natürlich, du dumme Gans.

»Tatsächlich?«

Die schmalen Lippen der Frau kräuselten sich zu einem Lächeln. »Kannst du das auch mit Ratten?«

»Sie braten und essen? So eng war es bei uns nicht.«

Aber fast. Lene erinnerte sich an Winter, in denen sie Heu gekocht hatten. Diese bitterste Armut, als Henry lange krank gewesen war und der Stumpf einfach nicht heilen wollte.

Die Frau legte das Besteck abermals ab. Sie holte ein kleines

Tuch aus ihrem Beutel und tupfte sich den Mund ab. Dann seufzte sie leise, als ob das alles hier eine Zumutung wäre und dieses seltsame Mädchen ihr gegenüber die größte von allen.

»Das meinte ich nicht. Ob du Ratten fangen kannst. Auf dem Schiff wimmelt es von ihnen.«

»Auf welchem Schiff?«

»Ich bin Margarethe Boysen, die Kapitänsfrau der *Shady*. Und du?«

Lene traute ihren Ohren nicht. »Ihr seid auf der *Shady?* Die draußen im Hafen liegt?«

Die Frau nickte. Sie lehnte sich zurück. Ihr Tuch hatte sie mit einer silbernen Brosche zusammengesteckt, im Ausschnitt standen die knochigen Schlüsselbeine hervor. Kein Wunder, dass sie nichts auf den Rippen hatte, wenn sie den fetten Schweinebraten stehen ließ.

»Ich bin Lene Vosskamp. Dienstmädchen bei ... ähm ... ach, das Haus werdet Ihr nicht kennen. Ich bin aus Hogsterwaard. Ein kleines Dorf in den Marschen.«

Die Kapitänsfrau nickte und warf dann einen Blick durch das trübe Fenster. So schwiegen sie eine Weile. Lene sah ständig auf den Schweinebraten, um den herum die Lache aus Fett langsam erstarrte.

»Und was bringt dich nach Emden?«, fragte die Frau schließlich.

Lene wusste, dass ihr das Schicksal gerade zuzwinkerte. Sie saß zusammen mit der einzigen Frau weit und breit, die an Bord eines Handelsschiffs lebte und das auch noch von Friesland nach London fuhr.

»Ich suche Arbeit«, sagte sie. »Ich will auf ein Schiff nach England. Ich kann waschen, putzen, stopfen, kochen, Lampen putzen, Kinder wickeln, Krabben fischen, Körbe flechten ...«

Sie überlegte, was dieser Frau wohl am wichtigsten sein könnte. »Und Ratten fangen. Mit meinen Händen.«

»Da wirst du bestimmt bald eine Arbeit finden. Nur nicht auf einem Schiff.« Margarethe Boysen schob Lene den Teller zu. »Iss. Ich habe das die ganze Woche über, ich kann es nicht mehr sehen.«

Lene wagte kaum, die Gabel zu nehmen. Erst als die Dame ihr aufmunternd zunickte, griff sie zu. Das war etwas anderes als die einfachen Mahlzeiten, die Anne aus der Kogge bringen ließ. Sie schob sich eine Gabel Erbsen in den Mund – in Butter gedünstet! Himmlisch! Dann, als kein Protest kam, wagte sie sich daran, die Bratenscheibe mit dem Messer zu zerlegen. Das Fleisch war fett und zart, und die Kruste ein Gedicht. Lene ließ sie zwischen den Zähnen zerkrachen und wusste, dass ihre Mahlzeit die Bezahlung für ein Theaterstück war, dem die Kapitänsfrau wohlwollend zusah. Sie wirkte wie eine dieser Evangelienverkünderinnen, und einem armen Mädchen etwas Gutes zu tun rettete sie wahrscheinlich über die nächste Woche Schweinefleisch an Bord hinweg.

»Ich will nicht klagen«, fuhr ihre Zuschauerin fort. »Für dich ist das ein Festmahl. Aber für mich …« Sie seufzte. »Wir bekommen dasselbe wie die Offiziere. Natürlich nicht die einfache Kost, die die Mannschaft erhält. Aber Extrawürste sind da nicht drin. Weißt du, von was ich träume?«

Lene schüttelte mit vollem Mund den Kopf. Von was sollten Frauen wie diese da noch träumen? Jeden Abend mit vollem Magen in einem Daunenbett, das war mehr, als Lene sich vorstellen konnte.

Die Frau lächelte. Dabei wurden ihre Züge ganz weich. Mit einem Mal sah sie jung aus, fast so, wie sie vielleicht in Lenes Alter gewesen war. »Ich träume von einem Zuckerapfel.«

»Ah?«, fragte Lene perplex.

»Einem süßen, roten Zuckerapfel.«

»Die gibt es doch überall. Ich hab allein zwei oder drei Händler am Kai gesehen.«

Margarethe winkte ab. »Ich kann doch nicht als Frau nachts allein in den Hafen gehen.«

»Und Ihr …« Lene brach ab. Dann nahm sie sich ein Herz. »Und Euer Mann? Kann der nicht mitkommen?«

Die Kapitänsfrau seufzte. »Er hat so viel zu tun, kaum dass wir im Hafen einlaufen. Die Händler treffen, die Lieferungen absprechen. Neue Leute anheuern. Für kleine Vergnügen ist da keine Zeit.«

Lene, die wusste, dass der Herr im Moment sehr wohl seinen eigenen kleinen Vergnügungen frönte, spießte das letzte Stück Schweinebraten auf. Es lag etwas in der Luft, und keine von ihnen wagte es auszusprechen. Lene nicht, weil sie bereits das Essen im Bauch hatte und sich unverschämt vorgekommen wäre. Und die Kapitänsfrau auch nicht, weil unüberlegte, spontane Torheiten nicht zu ihrem Charakter und erst recht nicht zu ihrem Stand passten. Trotzdem: Beide dachten das Gleiche, dafür hätte Lene die Hand ins Feuer gelegt. Ein Kapitän sollte an Land an der Seite seiner Frau sein.

Die Tür wurde aufgerissen. Der Wirt trat ein mit einem Bierkrug und einer Schüssel, über der ein Leinentuch lag, und stoppte, als er den leeren Teller vor Lene stehen sah.

»Hast du etwa Madam Boysen ihren Braten aufgegessen?«, fragte er drohend.

Aber da hatte Margarethe schon ihren Platz verlassen. »Auf meinen Wunsch, guter Mann. Lasst sie. Ich muss zurück an Bord. Wer wird mich begleiten?«

»Madam!«

Lene sprang auf und folgte der Kapitänsfrau. »Nehmt mich mit! Ich kann alles! Aufwarten und sauber machen, Euch unterhalten und die Haare flechten. Ich hab sogar schon mal geplättet.«

»Das geht nicht.«

»Ihr müsst auch nichts zahlen. Nur die Überfahrt.«

Der Wirt drängte sich zwischen sie. »Lässt du die Dame in Ruhe? – Madam, ich muss mich entschuldigen. Die da kommt aus einem Haus von sehr zweifelhaftem Ruf.«

Die Kapitänsfrau hielt sich ihr Taschentuch unter die Nase. Ihre Augen suchten nach einem Ausweg aus diesem Raum und diesem Gespräch, aber der Wirt und Lene standen ihr im Weg. »Ich will mir das nicht länger anhören! In welcher Gesellschaft man sich hier befindet!«

Der Wirt trat zur Seite, nicht ohne Lene mit einem bösen Seitenblick anzufunkeln.

»Bitte!«, rief Lene flehentlich.

Margarethe zögerte einen Moment. Lange genug, um Lenes Herz schneller schlagen zu lassen. Aber dann sagte sie nur: »Das wird mein Mann niemals erlauben. Aber … du kannst mich zum Schiff bringen.«

Damit trat sie hinaus in den Gastraum.

Der Wirt baute sich drohend vor Lene auf. »Krischan geht mit euch, und dann kommst du auf der Stelle wieder her. Die Schweine im Hof müssen gefüttert werden.«

Mit dieser Aussicht auf den Abend eilte Lene der Kapitänsfrau hinterher. Sie war schon draußen auf der Straße und hielt sich wieder ihr Taschentuch vor die Nase, erst recht, als Krischan aus dem Haus trat und sich nach einem kaum verständlichen Gruß in Bewegung setzte. Der o-beinige, grimmige Knecht der Kogge lief los, ohne sich noch einmal umzusehen. Die Kapitänsfrau stand ratlos auf der Straße. Lene griff sie beherzt unter den Arm, damit sie auf dem glitschigen Pflaster nicht ausrutschte.

»Warte!«, rief sie Krischan hinterher. Der keilte sich durch die Entgegenkommenden, als würde er sein Schiff verpassen. Margarethe rutschte aus und wurde von Lene aufgefangen. Um die Balance zu halten, musste sie das Taschentuch herunternehmen und verzog nun angewidert das Gesicht.

»Wie ich diese Häfen hasse«, keuchte sie.

»Warum fahrt Ihr dann mit?«

»Unser Haus ist abgebrannt. Bis wir es wiederaufbauen können, müssen wir sparen. Der Rehder hat mir das Mitfahren erlaubt, weil mein Mann einer seiner besten Kapitäne ist.«

Margarethes Alter war schwer zu schätzen. In diesem Moment wirkte sie wie ein verschrecktes Mädchen, am Tisch der Kogge hingegen, wo sie sich sicher gefühlt hatte, hatte sie ganz anders ausgesehen. Erwachsen, für eine junge Ehefrau etwas über die Zeit …

»Habt Ihr Kinder?«

»Nein. Gott hat wohl andere Pläne mit mir.«

»Das tut mir leid.«

Männer rollten Fässer, schleppten Kisten und brüllten: »Aus dem Weg!« Mehr als einmal mussten sie zur Seite springen, um Platz zu machen. Obwohl es angeraten schien, mit züchtig gesenktem Kopf jedem Entgegenkommenden auszuweichen, konnte Lene nicht den Blick von diesem Schauspiel abwenden. Die vielen Menschen, alle in Eile, alle auf einem Weg mit Ziel. Ihre eigene Misere wurde ihr umso schmerzlicher bewusst: Emden konnte nicht das Ende sein. Sie wollte weiter, viel weiter. Und der einzige Mensch, der ihr das ermöglichen konnte, hing wie ein nasser Sack an ihrem Arm und verwünschte sein Leben.

Lenes Herz tat weh, als sie die *Shady* sah: so nah und doch unerreichbar. Vor ihr lag ein kleineres Schiff, ein Hoeker. Lene hatte es nicht beachtet, weil die Ankunft des Engländers alles andere in den Schatten gestellt hatte. Im Vergleich zur *Shady* war das Segelschiff nur eine Nussschale, aber seine klobige Silhouette wirkte wie eine Drohung. Es war die *Grete*. Obwohl niemand an Deck zu sehen war, wurden Lenes Schritte schneller. Sie hörte das Knarren des Holzes, das Lecken der Wellen am Kai, die rauen Rufe der Matrosen und Tagelöhner. Und dann, von irgendwoher, Jörg Groth. Lene blieb wie angewurzelt stehen und ließ Margarethes Arm los.

Er sang ein Pollerlied, das die Arbeiter im Hafen anstimmten. Der Gesang echote über die Häuserwände und wurde lauter, aber es war nicht auszumachen, aus welcher Ecke er kam.

»*Dor fohr vun Hamburg mal so'n olle Kasen, / Mit Namen heet de Magelhan. / Dor weer bi Dag keen Tied tom Brassen, / Dat leet man all'ns bit Obends stohn …*«

Damit kam er aus einer Seitenstraße getorkelt und sah sich nach Beifall heischend um. Aber die Schauerleute und Matrosen hatten wohl schon bessere Gesänge gehört, keiner achtete auf ihn. Die Richtung ließ vermuten, dass er Annes Haus einen Besuch abgestattet hatte. Dabei musste auch einiges an Bier geflossen sein, denn sein Gang war so unsicher wie seine Stimme.

»*Rolling home!*«, brüllte er und rannte fast in Krischan hinein. Mit beiden Armen hilflos rudernd, wäre der um ein Haar im Straßendreck gelandet, wenn er sich nicht in letzter Sekunde gefangen hätte. Wütend rief er dem Verursacher des Beinahezusammenstoßes eine Verwünschung hinterher.

Margarethe war ebenfalls stehen geblieben. »Was ist los?«

Lene brachte kein Wort heraus. Um nichts in der Welt wollte sie diesem Mann begegnen.

»Ich hab was im Schuh«, flüsterte sie und ging in die Knie.

»Vatter?«

Lene zuckte zusammen. Auch das noch! Jann stolperte aus der gleichen Seitenstraße und rannte beinahe Margarethe über den Haufen. »Vatter!«

»Rolling home …«, klang es von irgendwoher.

Jann bog in die falsche Richtung ab. Nun saß Lene erst recht in der Falle. Da beugte sich Krischan zu ihr herab und fragte in breitestem Danziger Platt: *»Goaht et dem Marjellchen, uff de Beene zu koam?«*

Lene stand auf und hakte Margarethe wieder unter. Sie passierten die *Grete* in größtmöglichem Abstand, wo es Jörg erst nach mehreren Anläufen gelang, an Bord zu kommen. Glücklicherweise beschäftigte ihn der Aufstieg so sehr, dass er nicht darauf achtete, wer hinter ihm am Kai entlangspazierte.

»Ist alles in Ordnung?«

»Ja«, antwortete Lene schnell … geschafft. Vor ihnen lag die *Shady*, und ein Bootsmann pfiff danach, die Stelling[9] freizugeben. Fässer und Stoffballen wurden verladen, Maate, Matrosen und Tagelöhner verstauten die letzten Dinge. Der Wachhabende am Kai legte respektvoll die Hand an die Stirn.

Margarethe hatte schon den Mund geöffnet, um sich zu verabschieden, da sagte Lene: »Darf ich es mir anschauen?«

»Was?«, kam es verblüfft zurück.

»Das Schiff. Nur ganz kurz.« Sie warf einen schnellen Blick über die Schulter zur *Grete*. Der Abstand zwischen den beiden Schiffen war so gering, dass man ohne Weiteres von einem Deck zum anderen springen konnte. Ein letztes *Rolling home* schallte noch herüber.

»Das geht nicht.«

»Bitte! Ich möchte so gerne sehen, wie Ihr wohnt.«

Margarethe schüttelte hilflos den Kopf. »Das wird mein Mann nicht erlauben.«

»Ich warte gerne, bis er zurückkehrt.«

Die Kapitänsfrau zögerte. Einen Moment lang sah es so aus,

---

9 Fallreep, eine Art mobile Treppe, mit der man vom Schiff an Land gelangt.

als ob sie einwilligen würde. Aber dann war es ausgerechnet Krischan, der ihr in den Rücken fiel.

»Ju welle de Jiete!« Ihr habt die Güte! *»Eck moss zrück, unn du geihst mit!«* Seine Finger fuhren unter den speckigen Kragen. Nichts deutete darauf hin, dass er für seine Dienste auch nur einen rostigen Stuber erhalten würde. Also war jede Minute an Bord für ihn die reinste Zeitverschwendung.

Margarethe wandte sich, das Taschentuch ratlos erhoben, an Lene. »Was hat er gesagt?«

»Er muss zurück.«

Das war eine Antwort, die der Kapitänsfrau gefiel. »Dann wirst du ihn begleiten. Allein kannst du nicht durchs Hafenviertel zurück.«

Womit sie uneingeschränkt recht hatte. Aber Lene hatte das Gefühl, ihrem Traum noch nie so nah gekommen zu sein wie jetzt. Am liebsten wäre sie sofort die Stelling hinaufgerannt und hätte sich an den Klüverbaum gekettet. Es war unmöglich, einfach umzukehren. Nicht zu diesem Zeitpunkt, nicht so kurz vor dem Ziel.

In diesem Moment sprang jemand von einem Haufen Kisten hinunter und landete mit einem dumpfen Aufprall direkt vor Lene. »Ich kann sie bringen.«

»Tom!«

Margarethe trat mit einem kleinen, erschrockenen Schrei zurück. Tom hatte unzweifelhaft eine Gabe, immer im richtigen Augenblick aufzutauchen.

Er krempelte sich die Ärmel herunter und deutete einen Diener an. »Madam Boysen, nehme ich an? Ich bin Tom, seit heute Wiper[10] auf der *Shady*. Und wer ist Eure reizende Begleitung?«

---

10 Niederster Rang an Bord, hauptsächlich zuständig für das Wischen des Decks und andere einfache Arbeiten.

Margarethe hielt schon wieder das Taschentuch an die Nase. »Ein Schankmädchen aus der Kogge. Ich danke sehr für die Begleitung, aber es wird Zeit für mich, an Bord zu gehen.«

»Yes, yes, Mylady.« Es gelangen ihm zwei fast formvollendete Diener. »Wir laufen erst mit der Morgentide aus. Kein Problem, die kleine Dame rechtzeitig dort abzuliefern, wo sie hinmöchte. Wenn der Erste Offizier das gestattet.«

Margarethe sah die Bordwand hoch. Oben stand ein hochgewachsener Mann in dunkelblauer Uniform. »Ich weiß nicht …«

Sie traten zur Seite, weil ein Trupp Lastenträger mit schweren Säcken auf dem Rücken sie beinahe über den Haufen gerannt hätte. Tom nutzte die Gelegenheit, Margarethe seinen Arm anzubieten. »Darf ich Madam behilflich sein? Die Laufplanke ist steil, und Ihr könntet ausrutschen.«

»Ich … ich weiß nicht …«

Sie sah sich hilfesuchend um, als ob sie vom Danziger Krischan, der Kogge-Magd und einem jungen Holländer Ratschläge für Etikette erwarten könnte. Aber Tom lächelte sie so vertrauenerweckend an, dass sie schließlich mit einem kleinen Seufzer nachgab. Gemeinsam betraten sie die Stelling. Lene lief, ohne zu zögern, hinterher. Krischan brüllte: »Hä?«, wandte sich brummend ab und trollte sich. Tom warf ihr über die Schulter ein Augenzwinkern zu. Wahrscheinlich glaubte er, auf dem Heimweg würde es noch genug Gelegenheit zu einem tieferen Gedankenaustausch mit *der kleinen Dame* geben. Womit er sich genauso irrte wie mit seiner Annahme, die Reise nach Emden hätte in Lene mehr Gefühle als reine Dankbarkeit für ihn geweckt.

An Deck herrschte auf den ersten Blick ein heilloses Durcheinander. Leichtmatrosen und Tagelöhner wuselten herum. Der Koch, zu erkennen an seiner Mütze und der speckigen Lederschürze, beugte sich gerade mit skeptischem Gesicht über Körbe mit frischen Austern.

»Mehr Eis!«, brüllte er. »Oder wollt ihr uns umbringen?«

Von irgendwoher sprang ein barfüßiger Junge heran und schüttete gehacktes Eis über die Körbe. Ein Bäcker, dick wie ein Pfingstknödel, kam mit hochrotem Gesicht die Stelling hinaufgekrochen, keuchend unter der Last der Brote auf seinem Rücken. Er wurde vom Koch sofort weitergeschickt.

»In die Kambüse[11]! Wird's bald, ihr Faulenzer!«

Ein Matrose in abgerissenen Hosen und löchrigem Hemd stürmte auf den Offizier zu. »Der Ballast ist an Bord, Sand und Steine ebenso!«

Seeleute im Sonntagsstaat kehrten vom Landausflug zurück. Sie murrten über die *Bauernnacht* – ein Tag ohne Wache an Land, der in ihren Augen viel länger hätte sein können.

In der Takelage turnten die Rigger, beäugt und angetrieben vom Segelmacher, einem behänden Mann mit eleganten, fast tänzerischen Bewegungen, der nicht die geringste Nachlässigkeit duldete. Überall legte jemand Hand an, zurrte, verstaute, schleppte, hämmerte, was auch immer gerade anstand. Lene hätte dem Treiben stundenlang zusehen können. Genau hier wollte sie sein. Zwischen Chaos und Plan, Aufbruch und Ziel. Es war, als ob die Atmosphäre Funken schlug und jeder in Flammen stand von dieser fiebrigen Erregung vor etwas Großem.

Margarethe stand im Gespräch mit dem Ersten Offizier so ziemlich jedem im Weg, der an Deck zu tun hatte. Aber niemand wagte, etwas zu sagen. Sie war die Frau des Kapitäns.

»Ist die Wäsche schon gekommen, Mr Pauly?«

»*Yes, Madam. Welcome back.* Hatte Madam einen erholsamen Aufenthalt an Land?«

Pauly war ein hochgewachsener und erstaunlich bleicher Mann, mit Habichtsaugen in einem schmalen Gesicht, die er

11 Auch Kombüse, Schiffsküche.

nun über die Neuankömmlinge gleiten ließ. Sein Deutsch hatte eine seltsame Färbung, die mit Englisch nicht viel gemein hatte. Vermutlich ein Ire oder Schotte, die sprachen noch unverständlicheres Platt als die Engländer.

»Madam hat Besuch mit an Bord gebracht?«

Lene deutete einen Knicks an und öffnete den Mund, um zu antworten.

»Nein«, sagte Margarethe. »Ich wurde nur aus der Kogge herbegleitet. Ist mein Mann schon da?«

Pauly verzog seinen Mund, kaum ein Strich in diesem strengen Gesicht, was ihn noch mehr nach einer waagrechten Linie aussehen ließ. »Bedaure, Madam. Er wird in den Contoren aufgehalten worden sein. Oder er zeichnet noch die *Conossamente*. Die Frachtbriefe, meinte ich«, setzte er schnell hinzu. Lene wunderte sich mittlerweile nicht mehr darüber, dass diese Frau von der Handelsschifffahrt keine Ahnung hatte, obwohl sie an Bord lebte. Ihre Körperhaltung und ihr Auftreten ließen nur einen Schluss zu: Sie hegte eine tiefe innere Abneigung gegen die *Shady*.

»Oder er ist versackt im Haus mit der roten Laterne«, flüsterte Tom von hinten in Lenes Ohr. Er musste sich wieder angeschlichen haben. Ein scharfer Blick aus den Augen des Ersten Offiziers ließ ihn zwei Schritte zurücktreten.

»Ich kann den Damen einen Punsch bringen lassen, um sich aufzuwärmen.«

Margarethe steckte ihr Taschentuch in den Ärmel ihrer Jacke und zupfte sich anschließend die Handschuhe von den Fingern. Dann sah sie ratlos zu Lene.

»Einen Punsch … dagegen hätte der Kapitän doch nichts?«

»Das wäre wunderbar«, sagte Lene leise und schlug die Augen nieder. »Euer Wiper Tom sagte, dass er mich anschließend zurück zur Kogge bringen könnte.«

Pauly stieß einen Pfiff aus, und Tom trat in Habtachtstellung vor. »Spätestens um acht Glasen zur ersten Nachtwache bringst du sie zurück.«

»Aye, aye!«

Tom krempelte die Ärmel wieder hoch und eilte die Stelling hinunter auf den Kai. Bevor er aus Lenes Blick verschwand, warf er ihr noch ein zweideutiges Grinsen zu. Er ahnte nicht, dass sie alles tun würde, um dieses Schiff nicht mehr zu verlassen.

»Nun denn ...« Margarethe schien endlich einmal einen Entschluss getroffen zu haben. Etwas Gesellschaft an Bord schien doch sehr verlockend für sie zu sein. »Dann komm mit auf einen Punsch. Das ist ja nicht verboten.«

»Nein, Madam«, erwiderte Lene erleichtert. »Verboten ist das nicht.«

Übers Deck und zwei ausgetretene Stufen hinunter nach hinten gelangten Lene und Margarethe aufs Achterschiff, wo sich die Wohnung[12] des Kapitäns befand. Sie bestand aus einem Salon – einem rechteckigen niedrigen Raum mit einem schmalen Tisch, der überladen war mit Seekarten, Rechenbüchern, Federn, Lupen, Tabakkiste und anderem für die Seefahrt wichtigem Kleinzeug. Links und rechts des Tischs waren Kästen angebracht, in denen sich Tücher, Besteck und weitere Karten befanden.

In die Holzwand auf beiden Längsseiten waren Klappen und Türen eingelassen. Margarethe warf Handschuhe und Taschentuch auf den Tisch und öffnete eine.

---

12 In der Seemannssprache ist die Kajüte eine Kammer. Auf den alten Handelsschiffen, wo der Kapitän auch noch über einen Salon und mehrere Kammern verfügt, wird davon als Wohnung gesprochen. (Eugenie Rosenberger, *Auf großer Fahrt*, Berlin 1912)

»Die Proviantkammer.«

Neben- und aufeinandergestapelt standen in ihr weitere Kisten. »Und hier geht es zur Pantry, in der der Steward arbeitet und unsere Mahlzeiten zubereitet.«

Es war ein winziges Kämmerchen mit Vorräten, Geschirr und einem Petroleumkocher.

»Die Ofenkammer.« Margarethe öffnete eine Klappe zu einem Raum, der ganz mit Eisen ausgeschlagen war, und schloss ihn auch gleich wieder, bevor sie sich der nächsten Tür zuwandte. »Die Lotsenkammer benutze ich für meine eigenen Bedürfnisse. Wir sind ja nicht in exotischen Gewässern unterwegs, da braucht der Lotse keine Unterkunft.«

In dem kleinen Raum stapelten sich weitere Bücher, Nähkörbe, Stiefel- und Schuhsäcke. An Wandhaken hingen Strumpfsäcke und Kleider, und in die Längsseite war ein schmales Bett verschraubt, auf dem sich weitere Nachlässigkeiten türmten: zerknüllte Tisch- und Bettwäsche und feuchte Handtücher, die einen dumpfen Geruch verströmten. Lene gab sich Mühe, nicht die Nase zu rümpfen. Es roch penetrant nach Kampfer. Margarethe war das nicht entgangen.

»Wir haben eine Katze an Bord, aber gegen Ratten und all das Ungeziefer kommt sie nicht an. Deshalb muss alles sehr ordentlich aufbewahrt werden.«

Ordentlich waren die Kammern nicht gerade zu nennen. Es sah eher so aus, als ob Margarethe einfach alles hineinwarf und hoffte, dass bei hohem Seegang kein allzu großes Durcheinander entstand. Rensche hätte niemals so eine Unordnung geduldet.

»Und dies ist unsere Kajüte.« Die Kapitänsfrau führte Lene ans Ende des Salons, wo ein durchgesessenes Samtsofa stand. Die Tür daneben war so niedrig, dass Lene den Kopf einziehen musste. Sie führte in eine winzige Kammer, in der sich sagenhafterweise ein Bett, ein Waschtisch, ein Sekretär und eine Seemannskiste befanden. Alles war fest in den Boden und die Seitenwände gefügt, damit sich selbst bei hohem Seegang nichts verselbstständigen konnte. Zwei Bettpfosten reichten sogar bis zur Decke.

»Die brauchst du, wenn es da draußen so richtig hoch hergeht.« Margarethe ließ sich auf das Bett fallen. »Irgendwo muss man sich ja festhalten.«

Auch hier roch es ungelüftet und dumpf, obwohl genau wie im Salon kleine Oberlichter eingebaut waren.

»Es ist …« Lene fehlten die Worte. Von der Unterkunft eines Kapitäns hatte sie mehr erwartet. Sie setzte sich auf die Kiste und ließ die Behausung auf sich wirken. »… es ist anders, als ich dachte.«

Margarethe stieß ein kleines, verächtliches Lachen aus. »Nicht wahr? Da ist man Königin auf einem Schiff und lebt wie die Bettler.«

Offenbar hatte sie keine Ahnung, wie arme Leute wirklich lebten.

Der Schiffsboden schwankte sacht. Von draußen brüllte es: »Alle Mann auf! Alle Mann auf!«

»Das sind wir nicht«, sagte Margarethe und klopfte ärgerlich auf das klumpige Kopfkissen. »Mein Mann muss ja noch die halbe Nacht mit den Shipchandlern und Contoristen verhandeln. Dabei ist schon fast alles verladen. Ich verstehe das nicht. Was macht er nur so lange an Land?«

Lene zog es vor, nichtssagend die Schultern zu heben. »Er muss hart arbeiten, nehme ich an.«

»Ja, ja«, kam es unwirsch zurück. »Und in fünf Tagen sind wir dann in London, und er ist wieder die ganze Nacht weg. Und so geht das in einem fort.«

Das Hadern mit dem Schicksal war Lene seit jeher fremd

gewesen. *Wat mutt, dat mutt.* Entweder man raffte sich auf, um etwas zu verbessern, oder arrangierte sich mit der Lage. Aber man jammerte nicht. Schon gar nicht vor Fremden. Trotzdem war diese Vertraulichkeit, mit der Lene so unvermittelt konfrontiert wurde, nicht schlecht.

»Wir könnten gemeinsam handarbeiten«, kam es ihr in den Sinn. »Ich kann Euch etwas vorsingen. Und die Wäsche machen.«

In dem strengen Gesicht der Kapitänsfrau arbeitete es. Sie überschlug die Möglichkeiten, die ihr ein wenig Gesellschaft an Bord bieten könnte.

»Kannst du lesen?«

»Nicht gut, aber wenn ich übe, wird es gehen.«

Es war ein vorsichtiges Taktieren. Wann würde dieser Frau endlich klar werden, dass sie Lene brauchte? Wohl gar nicht, denn jetzt kam wieder ein abgrundtiefer Seufzer aus ihrer Brust.

»Mein Mann wird es nicht erlauben. Und bis er wieder an Bord ist, kannst du nicht bleiben.«

Es klopfte draußen an die Tür des Salons. »Punsch?«, fragte eine Männerstimme. »Für die Ladys?«

»Stell ihn auf den Tisch!«

Sie gingen in den Salon und nahmen auf dem durchgesessenen Sofa Platz. Der Punsch schmeckte köstlich: Rum und Zucker, aufgegossen mit heißem Wasser. Der Alkohol breitete sich in Lene aus wie ein wärmendes Feuer. Auch Margarethe bekam ein paar rote Flecken im Gesicht. Ihre Augen glänzten.

»Das tut gut.« Die Kapitänsfrau sah in ihr Glas, als ob sich auf dem Grund ein Orakel offenbaren würde. »Es wäre schön, Gesellschaft zu haben. Du scheinst ein kluges kleines Ding zu sein, flink und fleißig. Arbeitest du gerne in der Kogge?«

Lene trank einen Schluck, um Zeit zu gewinnen. »Ich würde lieber hier arbeiten. Es muss etwas Wunderbares sein, so frei über die Meere zu segeln.«

Das war wohl falsch gewesen. Margarethe stellte ihr Glas auf dem Tisch ab. »Du musst gehen.«

»Aber ... wenn Ihr Euren Gatten fragt? Ihr könnt doch nicht die ganze Arbeit hier allein machen!«

Margarethe strich mit den Fingern über die Tischplatte. »Die Wäsche wird im Hafen erledigt. Der Rest muss halt warten, bis wir wieder eine Maid bekommen.«

»Kann ich nicht diese Maid sein?«

»Du bist ein Schankmädchen aus dem Hafen. Willst du das nicht verstehen? Wir beziehen unser Personal über die Rehderei. Hast du einen Leumund? Referenzen?«

Lene schüttelte den Kopf und leerte das Glas mit einem Schluck.

»Und wenn ich Euren Gatten frage?«

»Untersteh dich!«

Margarethe stand auf. Ein klares Zeichen, dass die Unterhaltung beendet war. »Er hat schon genug zu tun und muss nicht auch noch durch dich aufgehalten werden!«

»Vielen Dank für alles, Madam.« Sie machte einen Knicks, den Margarethe mit einem huldvollen Nicken zur Kenntnis nahm. »Ich mache mich jetzt auf den Weg. Falls ich Euren Mann unterwegs treffe, und falls er mir eine Sekunde sein Ohr leiht, und falls ...« Der Plan war noch nicht einmal angedacht, gerade mal ein Gedankenspiel.

»Das tust du nicht!«

Aber Margarethe war zu langsam. Lene hatte schon die Tür erreicht und lief die Stufen zum Deck hinauf. Keine zwanzig Fuß entfernt rauschte ein Hoeker vorbei, die *Grete*.

Sie stürzte an die Bordseite, die dem Wasser zugewandt war, und hielt sich an der Reling fest. Das Schiff der Groths hielt auf die Hafenausfahrt zu und passierte dabei die *Shady* so nahe, dass Lene die Gesichter der Seeleute im Schein der Laternen erkennen konnte. Eines davon gehörte Jann. Und als ob er ahnte, wer ihn da nur einen Steinwurf entfernt mit atemloser Genugtuung beobachtete, wandte er sich um. Ihre Blicke kreuzten sich.

»Da ist sie!«, schrie er und wies mit ausgestrecktem Zeigefinger. »Da ist die Hure!« Er hob die Faust. »Du entkommst mir nicht, du verworfenes Flittchen! Du hast unser Haus entehrt, das wirst du bereuen!«

Seine Flüche und Verwünschungen trafen sie mitten ins Gesicht. Aber zu Lenes Erstaunen prallten sie von ihr ab. Je weiter die *Grete* sich entfernte, desto leichter wurde ihr ums Herz. Die Groths fuhren davon, zurück nach Hogsterwaard, wohin sie nie wieder einen Fuß setzen würde. Allein dieses Behagen war alles wert gewesen. Sie atmete tief durch, drehte sich um – und sah in Toms erstarrtes Gesicht.

Mit einer verlegenen Geste, die so gar nicht zu seinem bisherigen Auftreten passte, wischte er sich die nassen Haare aus dem Gesicht. Er musste bis eben geschuftet haben, denn der Schweiß hatte sein Hemd durchnässt, das nun an seinem Körper klebte und jeden seiner Muskeln hervortreten ließ. Diese plötzliche Nähe und die Scham, dass er Zeuge von Janns wüsten Beschimpfungen geworden war, trieben ihr die Röte ins Gesicht.

»Ich …«, begann er. Dann sagte er: »Du …« Und brach wieder ab.

Sie wollte zu einer Erklärung ansetzen, aber der Zeitpunkt war denkbar ungünstig. Deshalb sagte sie nur: »Du kannst mich jetzt zurückbringen. Ins Hurenhaus von Emden.«

Es war ein schweigsamer Weg. Lenes Holzschuhe klapperten auf dem Pflaster, als sie in die Seitengasse einbogen, die zu Annes Haus führte.

»Vorsicht!«

Ein Betrunkener lag mitten im Weg. Toms Griff um ihren Arm war fest, als er sie um den Mann herumgeleitete, der seinen Rausch gleich auf der Straße ausschlief. Kaum hatten sie das Hindernis passiert, ließ er sie wieder los. Sobald eine Frau Hure genannt wurde, war sie auch eine. Egal, ob das der Wahrheit entsprach oder nur der aufgepeitschten Wut eines düpierten Mannes.

»Es ist nicht so«, sagte sie.

Er hielt den Blick weiter auf den Boden geheftet. Das Licht der Petroleumlaterne streifte die Hauswände und warf zuckende Schatten auf den Weg. Sie versuchte, die richtigen Worte zu finden, aber das war schwieriger als gedacht.

»Es ist anders.«

»Ja?«, fragte er knapp. Alle Freundlichkeit war aus seiner Stimme gewichen.

»Ich arbeite dort als Dienstmädchen. Anne hat mir ein Dach über dem Kopf gegeben. Mir ist klar, dass das schon reicht, um mich mit den anderen Mädchen gemein zu machen.«

Aber ich bin nicht wie sie, wollte sie fortfahren. Nur, jede weitere Rechtfertigung war auch zugleich ein Verrat an den Menschen, die ihr in einer fast ausweglosen Situation die Hand gereicht hatten. Tom lief weiter, mit weit ausholenden Schritten und dem wiegenden Gang der Seeleute. An seiner Seite war sie sicher. Er würde nie zulassen, dass ihr etwas passierte. Aber er tat es nicht mehr aus Sympathie, sondern nur noch aus reinem Pflichtgefühl.

»Ich dachte, es wartet einer auf dich. Aber nicht, dass es so viele sind.«

Das tat weh. Warum fragte er sie nicht einfach danach, was sie in diese Situation gebracht hatte? Sie waren nur Reisegefährten gewesen, und doch fühlte es sich an, als hätte sie einen Freund verloren.

Sie erreichten das Haus. Hinter den Fenstern brannte noch rotes Licht. Gelächter drang hinaus auf die Straße, begleitet von den Klängen einer Mundharmonika und dem schrägen Gesang aus einigen Männerkehlen. Tom blieb stehen und leuchtete ihr mit der Laterne mitten ins Gesicht. Geblendet schloss sie für einen Moment die Augen.

»Ich dachte, du bist ein anständiges Mädchen.«

Er ließ die Lampe sinken. Lene öffnete die Augen wieder.

»Was macht es für einen Unterschied, ob ich hier oder in der Kogge die Betten mache?«

»Der Unterschied ist, wer darin liegt und für was bezahlt. Leb wohl.« Damit verschwand er.

Es war seltsam: Fast ihr ganzes Leben war sie der Verachtung der Leute ausgesetzt gewesen. Noch nicht einmal Jann Groths Beschimpfungen hatten ihr etwas ausgemacht. Aber Toms Blick und seine Reaktion bewirkten, dass sie sich miserabel fühlte. Zum einen, weil er sie für eine Hure hielt. Zum anderen, weil ihr das eigentlich egal sein konnte – und es verdammt noch mal nicht war.

Im Haus war es zu dieser vorgerückten Stunde fast so voll wie in der Kogge. Es summte und brummte wie im Bienenstock.

Anne stand mit mehreren Herren zusammen, die lachten, Punsch tranken, auf das nächste freie Mädchen warteten und ihr dabei gierig auf den Busen sahen. Sie trug die Haare wieder offen. Die glänzenden Locken rieselten wie ein Wasserfall über ihre Schultern und wippten in den Spitzen zu jeder ihrer Bewegungen mit. Ein Mann war vorwitzig genug, nach ihnen zu greifen, und bekam prompt mit dem Fächer die Quittung. Als sie Lene bemerkte, entschuldigte sie sich mit einem kehligen Lachen und machte ihr ein Zeichen, in die Küche zu gehen. Dort schloss sie die Tür hinter sich, damit sie beide allein waren.

»Was ist los?«

Sie trat auf Lene zu, nahm ihr Kinn in die Hand und begutachtete sie mit dem Blick eines Hütehundes, der ein verletztes Schäfchen zurück zur Herde geführt hatte.

»Nichts. Alles ist in Ordnung.«

Anne raffte den Rock ihres Kleids und setzte sich auf einen Schemel. Mit einem Nicken bedeutete sie Lene, ebenfalls Platz zu nehmen.

»Warum bist du nicht in der Kogge?«

»Die *Grete* hat den Hafen verlassen. Wenn sie das nächste Mal kommt, bin ich schon lange weg.«

Anne zog die nachgemalten Augenbrauen hoch, bis es aussah, als hätte sie zwei Vogelschwingen auf der Stirn. »Und wie willst du das anstellen?«

»Ist Kapitän Boysen hier?«

»Was willst du von ihm?«

»Ich könnte auf seinem Schiff als Maid arbeiten und mir so die Überfahrt nach London verdienen.«

»Nach London.« Anne nickte. »Du glaubst also immer noch, du kommst dorthin?«

»Natürlich.«

»Und dann willst du nach China und mit Tee handeln.«

»Ja.«

»Mit was?«

»Ich habe die Münze.« Lene zog sich einen Schemel heran und setzte sich ebenfalls.

»Die Münze, soso. Aber die wird nicht reichen. Von irgendetwas musst du den Tee kaufen. Vielleicht schaffst du es ums Kap der Guten Hoffnung. Das sind Monate auf See, und allein die Passage wird ein Vermögen kosten. Von was willst du leben?

Der Krieg ist vorbei, sie brauchen keine Pulverfrauen mehr. Als Mann verkleiden – kannst du vergessen. Sie finden es heraus, und dann gnade dir Gott. Wenn sie mit dir fertig sind, kannst du froh sein, wenn sie dich auf irgendeinem Felsen im Meer aussetzen. Und selbst wenn du es nach Kanton schaffst, ist dort Endstation.«

»Warum?«

Anne stand auf und holte zwei Becher. Dann schenkte sie Tee aus der Kanne ein, die immer auf dem Herd stand. Sie gab noch Zucker und Sahne hinzu, reichte einen an Lene, den anderen behielt sie und setzte sich wieder.

»Du wirst Monate in Kanton warten müssen. Denn Tee liegt nicht in Lagerhäusern. Er muss bei den chinesischen Händlern bestellt werden. Die schicken ihre Boten, und irgendwann kommt er auf den alten Karawanenwegen in Kanton an. Diese Zeit musst du im europäischen Viertel verbringen. Und glaube mir, nach allem, was man hört, ist mein Haus dagegen ein Hort des Friedens und der Stille.«

Im Salon wurde der »Magelahn« angestimmt, das Lied, das Jörg Groth auf seinem Heimweg gesungen hatte.

»Es ist kein Platz für Frauen, nirgendwo. Nicht auf den Schiffen und nicht in Kanton.«

Lene nahm den Becher und trank einen Schluck. Der Tee war warm und süß, wie eine innere Umarmung.

»Ich kann nicht bleiben. Ich muss weiter.«

Die Tür wurde aufgestoßen, und Paula stürzte herein. Das Haar hing ihr unordentlich ins Gesicht, und die roten Lippen waren verschmiert.

»Anne? Da will einer zwei Mädchen auf einmal, aber nur für eins zahlen.«

»Dann knöpf ihm hinterher das Dreifache ab. Wenn er Ärger macht, ruf mich.«

Paula griff sich Lenes Becher und stürzte den Tee hinunter. »Heißa, das ist aber mal wieder eine Nacht. Erst die *Grete*, dann die *Shady* …«

Mit wiegenden Hüften verließ sie die Küche, Anne sah ihr lächelnd hinterher. »Meine Beste. Irgendwann einmal wird sie den Laden hier übernehmen.« Sie angelte nach einer Flasche Rum, die gerade noch in Reichweite im Regal stand. »Und ich gehe zurück nach Middelstewehr. Ich kaufe mir ein Haus aus Stein, nicht so eine Kolonistenbutze. Was Richtiges, Anständiges. Und eine Kutsche. Ich werde eine Köchin haben und ein Dienstmädchen und einen Hausmeister. Ich habe gespart, all die Jahre, Stuber für Stuber, Taler für Taler. Ich werde leben wie eine Lady, und alle werden mich grüßen, wie es sich gehört. Das ist mein Traum.«

Sie entkorkte die Rumflasche und goss sich einen ordentlichen Schluck in ihren Becher. »Ich habe lange für ihn gearbeitet. Wie sieht es mit dir aus? Wie viel hast du schon unterm Kissen?«

»Nichts«, sagte Lene leise.

Sie sah sich in der Küche um. Warm und behaglich war sie, genau wie ihr Bett, das sie sich mit Paula teilte. Es war verlockend, einfach hierzubleiben. Im Hurenhaus von Emden. Sie hatte die Mädchen liebgewonnen, und alle schienen zu akzeptieren, dass sie die Einzige war, die ihren Körper nicht an die Männer verkaufte. Aber das Blatt konnte sich sehr schnell wenden.

»Woher weißt du das alles?«, fragte sie. »Was mit den Frauen passiert, die sich als Männer verkleidet auf ein Schiff schleichen?«

Anne leerte ihren Becher und setzte ihn schließlich auf dem Tisch ab. »Ich kannte mal eine.«

»Was ist passiert?«

»Sie ging als Matrose an Bord eines Segelschiffs auf große Fahrt. Nach Burma sollte es gehen, nach Rangoon, zum Flussdelta des Yangon. Aber sie kam noch nicht einmal bis zum Kap. Sie wurde entdeckt, denn sie war jung und dumm und glaubte doch tatsächlich, auf einem Schiff unerkannt arbeiten zu können. Aber spätestens im Unterdeck, auf der Latrine oder wenn du nass bist bis auf die Knochen, kommt die Wahrheit ans Licht. Das mögen sie gar nicht, die Seeleute. Frauen an Bord. Da muss ein Exempel statuiert werden, damit sich nicht gleich die nächste einschleicht.«

Annes Finger malten Kreise in einen Rest verschütteten Tees auf der Tischplatte.

»Der Kapitän war der Erste, der sie bestrafte. Dann kamen die Offiziere und schließlich die Matrosen an die Reihe. Es war ihr Glück, dass der Wind es erlaubte, in Jamestown auf St. Helena einzulaufen. Dort wurde das, was von ihr übrig war, an einen Händler übergeben, für ein kleines Fass Rum. Das ist es, was ein Frauenleben wert ist. Ein kleines Fass Rum.«

Anne stand auf, das untrügliche Zeichen, dass die Unterhaltung damit beendet war.

»Und wie kam sie zurück?«, fragte Lene entsetzt.

»Sie dachte sich: Wenn sie es bis St. Helena geschafft hatte, dann müsste sie es für den Rückweg einfach nur schlauer anstellen.«

»Sie konnte fliehen?«

Annes Lächeln war von einer unbestimmten Trauer begleitet, die ihre Stimme verdunkelte. »Ja. Sie kehrte zurück. Und sie beschloss, ihre Träume auf ein geringeres Maß zu reduzieren.«

Lene erhob sich ebenfalls. »Ein Haus aus Stein und eine Kutsche.«

Anne sah sie lange an. Dann wandte sie sich ab und ging zur Tür. Bevor sie sie öffnete, hielt sie inne. »Wenn Boysen sich über dich beschwert, bist du schneller auf der Straße, als du bis drei zählen kannst.«

Ohne einen Blick zurückzuwerfen, ging sie zurück in den Salon.

Lene nahm eine Schüssel mit Braten und einen Krug Bier mit nach oben und setzte sich auf die Truhe, in der die Bettwäsche aufbewahrt wurde.

Hinter den geschlossenen Türen ging es zur Sache. Kichern, lautes Stöhnen, rhythmisches Klopfen. Lene war von Rensche bibelfest erzogen und auch auf die Ehe vorbereitet worden. Von Lachen, lustvollem Gebrüll und Verführung war nicht die Rede gewesen.

Sie dachte an das, was Anne ihr erzählt hatte. Wie mutig diese Frau gewesen sein musste, und wie entsetzlich ihr Traum gescheitert war. Ihr würde das nicht passieren, redete sie sich ein. Sie musste Boysen einfach überreden, sie aufs Schiff zu lassen. Wobei einfach in diesem Fall das Schwierigste war …

Irgendwann wurde die Tür aufgerissen. Stine kam heraus, erhitzt und mit gelöstem Haar, das Kleid nachlässig übergeworfen, Strümpfe und Schuhe in der Hand.

»Bring es ihm rein. Ich hab keine Zeit mehr, das Haus ist voll.«

Damit lief sie die Treppe hinunter.

Lene nahm den Krug und die Schüssel und betrat das Zimmer. Es war ein kleiner gemütlicher Raum mit niedrigen Decken und einem Feuer im Kamin. Die Luft roch nach harzigem Holz, Ruß und etwas, was zwei Körper produzierten, die sich gerade heftig vereinigt hatten. Das Licht der Petroleumlampe fiel auf einen Mann, der nackt auf dem Bett lag. Himmel!

Lene schlug erschrocken die Augen nieder. Sie hatte nicht hinsehen wollen, und alles, was sich auf ihre Netzhaut brannte, war ein gewaltiger behaarter Bauch und zwei bleiche Beine. Den Rest verbargen gnädige Schatten.

»Aus der Kogge«, stammelte sie und stellte beides auf einem kleinen, wackeligen Tisch in der Nähe des Feuers ab. »Ein Krug Bier und Schweinsbraten.«

Vom Bett erklang ein wohliges Stöhnen, gefolgt von: »Wunderbar!«

Während sie das Besteck und das Leintuch arrangierte, hörte sie, wie er hinter ihrem Rücken aufstand und über die knarrenden Dielenbretter zu ihr kam. Dann fuhr eine breite Hand vor und nahm den Krug.

Lene wusste nicht, was sie tun sollte. Draußen auf der Truhe hatte sie überlegt, wie sie den Kapitän ansprechen sollte, aber nun fehlten ihr die Worte. Wie sollte sie mit einem Nackten reden? Plötzlich fühlte sie, wie sich seine Hand auf ihre Schulter legte.

»Wer bist du?«

Sie duckte sich weg und trat hastig zwei Schritte zurück. Immerhin hatte sich der Mann in das Laken gewickelt. Er war einen Kopf größer als sie, die dünnen Haare schweißnass an die Stirn geklatscht, sein feistes Gesicht war immer noch von der Anstrengung gerötet. Aber er war nicht böse. Eher an Unterhaltung interessiert, denn sein größter Hunger war gerade von Stine gestillt worden. Trotzdem lag etwas Herablassendes in seiner Ansprache.

»Lene«, sagte sie und machte einen kleinen Knicks. »Ich gehöre nicht zu den Mädchen.«

Die Augen des Mannes, hellgrau und halb verborgen hinter schlaffen Lidern, bekamen einen mitfühlenden Glanz. »Natürlich tust du das. Sieh dich an.« Seine Hand griff nach ihrem Kinn. Lene schluckte. Wenn sie jetzt frech wurde, konnte sie ihre Bitte in den Wind schreiben. »Du bist in einem Hurenhaus, also bist du was?«

»Ein anständiges Mädchen«, flüsterte sie.

Er ließ sie los, setzte den Krug an und leerte ihn in einem Zug. Das Bier tropfte links und rechts auf seine speckige Brust.

»Ich bin …«, begann sie. Aber es war sinnlos, sich vor diesem Mann zu rechtfertigen. »Ich möchte etwas anderes arbeiten. Ich habe gehört, Ihr habt kein Dienstmädchen mehr auf der *Shady*. Nehmt mich.«

Der Kapitän verschluckte sich und hustete zum Gotterbarmen. Ächzend wankte er zurück zum Bett und ließ sich darauffallen.

»Was?«

Lene griff sich die Schüssel und trug sie zu ihm. »Ich werde jede einzelne Seemeile abarbeiten.«

Er hob das Tuch, sah auf den Braten und ließ es wieder sinken. Dann nahm er Lene ins Visier. Mit erwachendem Interesse, was auf eine völlige Fehlinterpretation schließen ließ. »Was du nichts sagst.«

»Nicht so.« Lene zog den Stuhl heran und setzte sich ungefragt. Wenn es den Kapitän verblüffte, dann ließ er es sich nicht ansehen. »Für Eure Frau.«

»Meine Frau? Woher kennst du sie?«

Er sprach den Dialekt der Küste, mit einem leichten fremdländischen Zungenschlag, wie ihn die Engländer hatten.

»Ich habe sie in der Kogge getroffen. Sie hat da gegessen.«

»Das soll sie nicht!«, polterte Boysen. »Das habe ich ausdrücklich verboten!«

»Sie ist nicht Eure Gefangene.«

»Was erlaubst du dir? Mach, dass du rauskommst, du freches Ding! Ich werde mich bei Anne über dich beschweren!«

»Weiß Eure Frau, dass Ihr hier seid? Sie glaubt, Ihr kümmert Euch um die Geschäfte. Sie scheint mir eine sehr moralische

Person zu sein. Wie würde sie reagieren, wenn sie erfährt, wo Ihr Euch in Wirklichkeit herumtreibt?«

Boysen lehnte sich zurück. Aus seiner Brust kam ein schmerzhaftes Keuchen. Kurz bevor Lene begann, sich Sorgen zu machen, wandelte es sich in ein abgehacktes Lachen.

»Du?«, stöhnte er schließlich und wischte sich die Tränen ab, die über seine feisten Wangen liefen. »Du willst mich erpressen?«

»Nein«, antwortete Lene. Ihr Herz klopfte bis zum Hals. »Ich bitte Euch nur um Arbeit.«

Langsam kam Boysen wieder zu Atem. Er streckte den Arm aus und machte eine auffordernde Handbewegung, die sich aber glücklicherweise auf den Schweinsbraten und nicht auf Lene bezog. Sie sprang auf und brachte ihm die Schüssel und das Besteck ans Bett.

»Frauen an Bord bringen Unglück.«

»Warum ist Eure dann mit dabei?«

Er säbelte sich ein Stück Fleisch ab. Bevor er es in den Mund schob, hielt er kurz inne und nahm Lene ins Visier. Er wägte ab, ob ein vernünftiges Gespräch mit ihr möglich war, und entschied sich dann dafür, es einfach mal zu probieren. »Meine Gattin ist eines jener Geschöpfe, das nicht in Versuchung führt. Leider, sonst wäre ich nicht hier. Deshalb hat der Rehder eingewilligt, sie mitzunehmen. Allein an Land kommt sie nicht zurecht. Sie hat was da drin«, er klopfte sich mit dem Zeigefinger der freien Hand an die Schläfe, »das ihr nicht guttut.«

Er begann, mit herzhaftem Appetit zu essen.

»Vielleicht braucht sie nur Gesellschaft«, vermutete Lene.

»Schon möglich. Aber das wird nichts mit uns. Eine kleine Hure und Erpresserin… wer weiß, was du hinter meinem Rücken mit der Mannschaft anstellst?«

Das klang eher amüsiert als beleidigend.

»Nichts, ich schwöre es euch! Ich will nur mit nach London, dann gehe ich von Bord, und Ihr seht mich nie mehr wieder.«

»Nein.«

Lene stand auf. »Dann rede ich mit ihr.«

Er stellte die Schüssel auf dem Bett ab. »Das wirst du nicht tun.«

Seine Großmut war schlagartig verschwunden. Lene spürte, dass er Angst hatte. Erstaunlicherweise aber nicht vor ihr, sondern vor dem, was sie bei seiner Frau anrichten könnte. Mit einem Mal fühlte sie sich schlecht. Was machte sie hier eigentlich?

»Verzeiht«, sagte sie. »Es war ein Fehler und tut mir sehr leid. Ich werde Euch nicht kompromittieren.«

Damit eilte sie hinaus. Sie schlug die Tür hinter sich zu und blieb, nach Atem ringend, an das Holz gelehnt stehen.

Unten tobte das Leben. Anne schenkte ihr einen fragenden Blick, als sie die Treppe herunterkam, aber sie schüttelte nur den Kopf und verschwand in der Küche. Schüsseln stapelten sich aufeinander, die Tabletts waren voll mit benutzten Gläsern und Krügen. Sie schrubbte das Geschirr, als könnte sie sich selbst damit etwas von der Seele schrubben.

Wenig später war zu hören, wie schwere Schritte die Treppe hinunterstiegen. Durch die geöffnete Küchentür konnte Lene sehen, wie Anne den Kapitän nach hinten brachte, wo es einen zweiten Ausgang gab. Ihre Blicke kreuzten sich im Vorübergehen, aber Lene senkte hastig den Kopf und spülte die letzten Weinbecher aus. Einen Augenblick später kehrte Anne zurück.

»Das hat mir der Kapitän für dich gegeben. Wofür?« Sie warf einen Mariengroschen auf den Tisch. »Der wird auf den Knien verdient. Normalerweise. Arbeitest du hinter meinem Rücken?«

»Nein.« Ratlos nahm Lene das Geldstück in die Hand. »Vielleicht wollte er mir was Gutes tun. Hat er noch was gesagt?«

»Kein Wort.« Anne nahm ihr den Groschen ab. »Der kommt in die Gemeinschaftskasse.«

Als Lene endlich im Bett lag, graute schon der Morgen. Sie machte sich Vorwürfe. Sagte sich, dass sie die Daumenschrauben bei diesem Mann hätte anziehen müssen. Dann wieder redete sie sich ein, dass es besser für ihr Seelenheil gewesen war, darauf zu verzichten. Hätte sich im nächsten Moment dafür ohrfeigen können. Betete, bekam von Paula einen Rüffel, die sich schlaftrunken über das Gemurmel beschwerte. Stand auf und zog sich an. Schlich schließlich durch das eiskalte Haus hinunter in den Wohnraum, um sich eine Decke zu holen. Der Geruch nach kalter Asche und abgestandenem Schnaps schlug ihr entgegen. Sie ging ans Fenster und spähte hinaus.

Die letzten Zecher wankten durch die Gasse. Von Ferne war noch ein schiefer Schlachtgesang zu hören, wahrscheinlich die letzten Matrosen, die zurück auf ihr Schiff wankten. Ihr Herz zog sich zusammen bei dem Gedanken, dass die *Shady* ohne sie ablegen würde.

Doch der Druck in ihrer Kehle kam nicht von der verpassten Gelegenheit. Sie spürte den Strick, dem sie nur durch unglaubliches Glück entronnen war. Die Schlinge lag immer noch um ihren Hals, und irgendwann würde sie sich mit einem Ruck zuziehen. Sie musste weg von hier, so schnell wie möglich.

Die Hintertür ächzte in den Angeln, als sie sie vorsichtig öffnete. In dem kleinen Hof standen Mülleimer und der Abtritt. Die Decke um die Schultern gelegt, schlich sie sich bis zu der hölzernen Pforte, die hinaus auf die Gasse führte. Vorsichtig wollte sie den Riegel zur Seite schieben.

»Wohin des Wegs?«

Schockiert drehte Lene sich um. Anne saß auf einem Stapel Holz, eingehüllt in ein dickes Cape, eine lange Pfeife im Mund. Sie stieß eine Rauchwolke aus, Lene konnte das würzige Kraut riechen, das zu einem Zopf gebunden in der Küche hing und von dem sie für die Herren hin und wieder etwas abgeschnitten hatte.

»Ich wollte nur noch mal an die frische Luft.«

Anne nickte und paffte schweigend weiter. Die angemalte Schönheit, die perlende Verführung waren verflogen. Übrig blieb eine Frau, die Tag und Nacht eine Illusion verkaufte und der das mit dem Alter immer schwerer fiel.

»Und ich wollte der *Shady* hinterhersehen, wenn sie nach England segelt«, setzte sie hinzu. Sie war zu müde zum Lügen.

»Hol eine Flasche Wacholder. Und einen Krug Wasser. So schnell fährt sie nicht davon.«

Lene tat wie ihr geheißen und kehrte wenig später zu der Bordellwirtin zurück. Die klopfte gerade ihre Pfeife aus und steckte sie in ihren Hüftgürtel.

»Setz dich.«

Der Holzklotz war unbequem, aber Lene konnte die Decke so arrangieren, dass sie einigermaßen Platz nehmen konnte. Dann reichte sie Anne einen der beiden Becher, goss Gin ein und Wasser dazu, und probierte.

»Uh!« Das Zeug schmeckte furchtbar!

Anne prostete Lene zu. »Auf deine Zukunft.«

Lene seufzte.

»Was hast du dem Kapitän gesagt? Er ist ein Stammkunde, ich mag ihn. Immer korrekt, keine Schweinereien. Ein armer Hund. Seine Frau lässt ihn nicht ran. Und er ist einer von denen, die Frauen nicht zwingen. Wenn du ihn in Schwierigkeiten bringst, legst du dich auch mit mir an.«

»Ich habe ihn gefragt, ob er mich mitnehmen kann. Er hat

abgelehnt. Wahrscheinlich hat er dir den Mariengroschen gegeben, weil es ihm leidtat.«

»Glaubst du.«

»Ich weiß es nicht. Es ist …« Lene stellte den Becher ab und vergrub den Kopf in beiden Händen. Scheitern machte unendlich müde. Sie musste sich einen neuen Plan überlegen, aber sie hatte das Gefühl, dass in ihrem Kopf nur noch Steine umherrollten. »Zum Teufel, ich weiß, dass es schwierig ist! Aber warum nur für uns? Warum kann selbst der Dümmste morgen nach Amerika auswandern oder sich auf irgendeinem Schiff verdingen, um hier wegzukommen? Warum kann jeder versuchen, sein Glück zu machen, nur ich nicht?«

»Weil du ein Mädchen bist.«

Lenes Kopf ruckte hoch. Wütend funkelte sie Anne an. »Und das macht mich schwächer? Oder dümmer? Oder nicht fähig, mein Schicksal in die eigene Hand zu nehmen? Ich habe ein einziges Mal daran geglaubt, dass es so ist. Und das hat mich fast den Kopf gekostet.« Die ganze Wut über Birtes Verrat kam wieder hoch. Obwohl die Katastrophe erst ein paar Wochen zurücklag, hatte sie das Gefühl, seitdem um Jahre älter und klüger geworden zu sein.

»Ich weiß, dass ich es schaffen kann. Ich muss nur nach London und dann weiter bis China. Und wenn das vor mir noch kein Mädchen gemacht hat, dann werde ich die Erste sein. Ich muss hier weg, verstehst du das denn nicht?«

Anne stand mit einem Ächzen auf.

»Du wartest.«

Sie ging ins Haus. Lene wusste nicht, ob dieser Befehl für immer und ewig galt oder nur, bis Anne zurückkehrte.

Sie hörte die Haustür wieder quietschen.

Anne hatte sich einen Hut aufgesetzt und Handschuhe angezogen. Ihr Cape hatte sie mit einer Nadel sittsam vor der Brust geschlossen. In der einen Hand trug sie eine Lampe, in der anderen etwas, das Lene nicht erkennen konnte.

»Du willst nach China?«, fragte sie.

Es klang seltsam, Lenes eigene Worte aus dem Mund einer anderen zu hören. Sie schluckte und stand auf. Etwas geschah, von dem sie keine Ahnung hatte, was es sein könnte. Aber es schien wichtig zu sein. »Ja.«

»Und mit Tee handeln, weil du diese Münze hast?«

»Ja.«

Anne reichte ihr einen kleinen Beutel. Lene griff zu – er war schwer, und sein Inhalt klirrte leise.

»Das sind zehn Silbertaler.«

Ihr fiel vor Schreck der Beutel aus der Hand. »Was?«

»Zehn Silbertaler. Es wäre gut, wenn du sie nicht überall fallen lassen würdest.«

Hastig ging Lene in die Knie und rettete das Vermögen aus dem Dreck.

»Wofür?«

»Ich steige bei dir ein. Es wird nicht für viel reichen, ein Dutzend Kisten vielleicht. Beste Qualität, schwarz und stark. Für mich. Für Anne Michelsen.«

Lene schlug hastig den Dreck von dem Beutel ab. Er lag in ihrer Hand, schwer wie ein Schwur, von dem sie nicht wusste, ob sie ihn halten konnte.

»Das soll draufstehen: ›Anne Michelsen, Teehandel in Emden‹. Auf jeder einzelnen Kiste.«

Sie wartete, aber Lene wusste nicht, was sie sagen sollte. Anne interpretierte das Schweigen anders. »In Ordnung. Michelsen und Vosskamp.«

Lene räusperte sich. »Vosskamp und Michelsen?«

»Übertreib nicht, Mädchen! Es ist viel Geld, das ich dir anvertraue. Mein Haus und meine Kutsche sozusagen. Und du wirst das hier unterschreiben. Denn ich bin vielleicht blauäugig, an dich zu glauben, aber keine Närrin.«

Sie holte ein Stück Papier heraus, auf das sie bereits ein paar Zeilen gekritzelt hatte, und legte es auf den Holzstumpf. Die Lampe stellte sie daneben.

»Warum?«, fragte Lene und meinte damit: Warum vertraust du mir dieses Vermögen an? Aber Anne verstand die Frage anders.

»Ich bin und bleibe eine Hure. So sind sie, die Leute hier. Für sie gibt es nur zwei Dinge, die so kostbar sind wie Gold: Mädchen und Tee. Das mit den Mädchen will ich nicht mehr ewig machen, also ist es der Tee, den die Leute trinken werden. Egal, bei wem sie ihn gekauft haben. Wenn es der beste ist, den sie kriegen können, werden sie durch die Vordertür in mein Haus treten, und ich werde mehr Geld verdienen als mit hundert Huren. Bring mir diesen Tee, der gut genug ist, um auf der Tafel von Königen zu stehen, und du erhältst die Hälfte des Gewinns.«

»Anne …« Lene stockte der Atem. »Du weißt doch gar nicht, was ich damit mache!«

Die Frau legte beide Hände auf Lenes Schultern. »Doch, das weiß ich. Dir soll nicht dasselbe passieren wie mir. Du wirst mit dem zehnfachen Gewinn zurückkehren. Wenn du bei den Chinesen genauso hart verhandelst wie bei der Uthmarscherin.«

Sie grinste. »Bei der hab ich noch nie zwei Gurken für 'nen halben Groten gekriegt. Also, haben wir eine Abmachung?«

Lene wusste nicht, wie ihr geschah. In ihrer Hand lag ein Vermögen. Und Annes Zukunft. Und noch etwas, das sie so noch nie erfahren hatte: Vertrauen.

»Und … wenn ich es nicht schaffe? Wenn das Schiff untergeht? Wenn ich beraubt werde? Was ist dann?«

»Dann wirst du den Rest deines Lebens, falls du nicht ersoffen bist, unsere dreckigen Laken waschen und dir tagaus, tagein mein Gejammere anhören. Mädchen.« Anne nahm die Arme herunter. »Ich sehe mich in deinen Augen. Ich höre mich in deinen Worten. Ich will, dass du Erfolg hast. Für mich. Und für alle, die es vor dir versucht haben und gescheitert sind. Das wird dein Versprechen sein.«

Lene sah sie fragend an.

»Dass du alles tun wirst, was in deiner Macht steht, um mit diesem Tee zurück nach Friesland zu kommen. Und dann werden wir einen Handel gründen, du und ich. Vosskamp und Michelsen. Für den geschäftlichen Kram besorge ich uns Männer, mach dir darum keinen Kopf. Die werden Schlange stehen, um für uns in den Contoren die Verträge zu unterzeichnen.« In Annes Augen stand ein Leuchten, das Lene noch nie beobachtet hatte. »Ich will dich gewinnen sehen, Lene, und deshalb setze ich alles, was ich habe, auf Sieg.«

»Anne …«

»Still! Ich will nur eins hören: Hast du dich entschieden?«

Alles in Lene schrie: Ja! Sie steckte den Beutel ein. Dann nahm sie die Feder und unterschrieb. Kaum war sie fertig, riss Anne ihr auch schon das Papier weg, rollte es zusammen und steckte es in den Ausschnitt ihres Mieders.

»Los jetzt!«

Sie musste den Rock raffen, um Anne schnell genug durch die Pforte hinaus auf die Gasse zu folgen. »Wohin denn?«

»Zur *Shady*!«

Sie erreichten das Schiff in letzter Sekunde, bevor die Stelling hochgezogen wurde.

»Heda, hallo!«, keuchte Anne, ganz außer Atem von dem schnellen Lauf. Im Osten schoben sich nach der Dämmerung die ersten Vorboten der Morgensonne unter die Wolken. Die

Flut stand kurz nach dem Scheitelpunkt, die Ebbzeit hatte schon begonnen, und Lene hatte im Laufen ein Stoßgebet nach dem anderen gen Himmel gesandt, dass sie nicht zu spät kommen würden.

Pauly, der Erste Offizier, beugte sich über die Bordwand.

»Wer ist da?«

Anne baute sich unten am Kai auf. »Heda!«, schrie sie noch einmal. »Holt den Kapitän! Es ist dringend! Sagt ihm, die Anne muss ihn sprechen. Jetzt, sofort!«

Die Matrosen an Bord verließen ihre Arbeit und gesellten sich an das Schanzkleid zu Pauly, um zu sehen, welche Liebste da unten gerade offenbar schmählich verlassen wurde. Das vielsagende Grinsen auf ihren Gesichtern entging auch dem Ersten Offizier nicht.

»Too late«, erwiderte er ungerührt und gab das Kommando zum Einziehen der Stelling.

Aber er hatte nicht mit Annes Resolutheit gerechnet. Schon hatte sie den Fuß auf das erste Trittholz gesetzt und zerrte Lene hinter sich her. Begleitet wurde der Aufstieg von den Pfiffen und Rufen der Matrosen, die so eine Unterbrechung ihrer Arbeit wohl noch nicht erlebt hatten.

»Madam!«, schrie Pauly.

»Sagt Mr Boysen, dass ich nicht eher gehe, bis ich ihn gesprochen habe.«

Pauly gab einem der Matrosen ein Zeichen. Der huschte davon, und noch bevor Anne wieder zu Atem gekommen war, erschien der Kapitän. Die Wut über die Verzögerung des Auslaufens und den Anblick der Personen, die das verursacht hatten, ließ sein Gesicht verfinstern.

»Was zum Teufel wollen diese Weibsbilder hier?«

Pauly sah auffordernd zu Anne. Die legte die Hand auf den wogenden Busen. »Auf ein Wort. Unter vier Augen.«

Boysens Unterkiefer fuhr vor. Es sah aus, als ob er am liebsten sofort den Befehl gegeben hätte, beide über Bord zu werfen. Sein Blick fiel auf Lene, die sich am liebsten in den Ritzen der Planken verborgen hätte. Er wusste, was sie wollten. Lene hatte er noch abfertigen können, aber mit Anne stand eine gleichwertige Gegnerin vor ihm.

»Sir?«, fragte sie drängend.

Endlich nickte Boysen knapp. Der Erste Offizier scheuchte alle wieder auf ihre Posten und verschwand dann in Richtung Vorschiff. Sie waren allein, zumindest in einem Umkreis von drei Metern. Deshalb senkte Boysen auch die Stimme, als er gleich mit einem Fluch die Unterhaltung einleitete.

»Was zum Teufel soll das?«

»Ihr habt vergessen, das Mädchen mitzunehmen.«

»Ich habe gar nichts vergessen«, polterte er. Dann nahm er sich wieder zurück. »Ich lasse mich nicht düpieren und schon gar nicht zu etwas zwingen, das Ihr mir unterschieben wollt!«

Anne legte den Kopf auf die Seite und lächelte nachsichtig. »Ihr habt einen Mariengroschen für sie bezahlt. Also nehmt sie jetzt auch mit an Bord. Ihr wolltet doch ein Dienstmädchen?«

»Nein!«

»Aber Eure Frau … Hört zu, Kapitän Boysen. Ich riskiere auch gerade Kopf und Kragen. Denkt Ihr, es macht mir Spaß, Euch so unter Druck zu setzen?«

»Warum tut Ihr es dann?«

Anne zog Lene an sich. »Weil ich will, dass dieses Kind sicher nach London kommt. In Eurer Obhut wird ihr nichts geschehen. Aber wer weiß, auf was für einen Seelenverkäufer sie trifft, wenn sie sich eine andere Passage sucht? Ich kann Euch nicht zwingen, Boysen. Aber ich kann Euch versprechen, dass Eure Besuche in meinem Haus für lange Zeit die Freuden eines Gastes und nicht die eines zahlenden Kunden sein werden.«

Boysen fuhr sich nervös mit der Hand über den Mund und dann über die Wangen. »Anne«, sagte er schließlich. »Wenn ich mich nicht mehr auf deine Verschwiegenheit verlassen kann …«

»Das kannst du.«

Noch bevor Lene sich wundern konnte, warum die beiden sich mal ständisch anredeten und mal duzten, ließ Anne sie los. »Ich dachte nur, einmal im Leben kannst du mir eine Freude machen.«

»Das ist nicht fair!«

»Nein. Das ist das Leben nicht. Nimm sie mit. Sie hat viel vor. Vielleicht kauft sie in zehn Jahren dieses Schiff und macht dich zu einem freien Käpt'n?«

»Bist du närrisch?« Boysen sah sich hastig um. Jeder, der sich noch in Sichtweite befand, mied tunlichst diesen Blick und kümmerte sich eifrig um seine Aufgaben. Anne kam genau den einen Schritt näher, der die Grenze des Anstands noch nicht verletzte.

»Ich lege meine Hand für sie ins Feuer. Kapitän Boysen, bitte. Hattet Ihr denn nie einen Traum?«

Jetzt mahlte sein Unterkiefer, als ob er Steine zu Kieseln brechen wollte. Lene ahnte: Dies war einer dieser Jetzt-oder-nie-Momente.

»Es kostet Euch nichts, nur ein Nicken. In London geht sie von Bord, und Ihr werdet sie nie mehr wiedersehen.«

Boysen legte die Hände auf den Rücken und streckte seinen Bauch nach vorne. Für eine Zehntelsekunde blitzte in Lene das Bild des nackten Mannes auf, aber es gelang ihr, sich sofort wieder zu besinnen.

»In Ordnung.«

»Was?«, fuhr es aus Lene heraus.

Beide zischten: »Leise!«, und Lene schlug sich die Hand vor den Mund.

»Geh in die Lotsenkammer. Kost und Logis. Und wenn du nur einmal wagst, frech zu werden, werf ich dich über Bord.«

Lene nickte. Sie war vor Glück unfähig, etwas zu sagen. Dann nahm sie Anne in den Arm und flüsterte: »Danke.«

»Da nich für, Mädchen. Du weißt, was du versprochen hast.«

»Los jetzt!«, drängte der Kapitän.

Boysen nickte ihnen zum Abschied zu und verschwand. Bevor der Erste Offizier erneut auftauchen konnte, war Anne auch schon an der Stelling und schwang ein Bein über Bord.

»Warte!«

»Was ist denn noch?«

Lene griff nach ihrer Hand. »Kannst du in Leer im Armenhaus nach meinen Schwestern sehen? Hanna und Seetje Vosskamp aus Hogsterwaard. Bitte. Kannst du mir schreiben, wie es ihnen geht?«

Ein Brief! Lene hatte das Gefühl, in dieser Nacht in ein völlig neues Leben katapultiert worden zu sein. Sie reiste nach China, und sie bat um Correspondenz!

»Wohin denn, du Dummchen?«, zerpflückte Anne ihr Hochgefühl. »Es gibt die Deutsche Kanzlei in London, da kannst du fragen. Wenn ich was von den beiden höre. Und *wenn* ich mal nach Leer komme. Und wenn ich wirklich nichts anderes zu tun habe.«

»Danke!« In fast kindlichem Überschwang schlang sie die Arme um ihre Retterin und drückte ihr einen Kuss auf die Wange. »Du bist … ich wünschte, ich wäre wie du.«

»Nein, Lüttje.« Energisch befreite sich Anne aus dieser Umklammerung. »Dann würdest du Friesland nie verlassen. Adieu.«

Damit griff sie nach dem Halteseil und balancierte sich vorsichtig die breite Planke hinunter. Unten am Kai angekommen, drehte sie sich kein einziges Mal um. Lene wartete, bis die Gestalt mit dem flatternden Cape vom Dunkel der Hafengassen verschluckt worden war.

Die Uhr am Rathaus schlug fünf Mal. Der Erste Offizier scheuchte sie von der Stelling weg, die nun endlich eingezogen werden konnte. Die Pfeifen der Maate schrillten in ihren Ohren.

»Alle Mann auf!«, schrie es von überall her. »Alle Mann auf! Wind raumt! Fest holen! Hol weg! Hol weg!«

Von der Querreling des Achterdecks bis hinauf ins Toppsegel erscholl derselbe Ruf.

»Ankerspill bemannen! Kurzstag holen! Hiev auf! Hiev auf!«

Sie klammerte sich an der Reling fest. Holz knarrte, Eisen rasselte über Eisen, der Wind fuhr in die Segel, und der Boden wankte unter ihren Füßen. Sie konnte es kaum fassen, als sich die *Shady* langsam, ganz langsam vom Kai abdrehte und dem Emslotsen folgte.

»Du bist jetzt Achtergast! Verschwinde!«

Erschrocken drehte sie sich um. Pauly hatte ihr das zugerufen. Ein barsches Nicken in Richtung Achterschiff machte klar, dass es Zeit war, das Deck zu verlassen. Sie warf einen letzten Blick zurück zum Kai und der Silhouette dieser Stadt vor dem grauen Morgenhimmel.

Dann wandte sie sich ab und schlitterte über die Planken in Richtung Kapitänswohnung. Fast wäre sie ausgerutscht und konnte sich gerade noch an einem Pfosten festhalten. Der Schwung trug sie einmal im Kreis um ihn herum, und gerade als sie ihre Hände lösen wollte und die Balance wiederfand, tauchte Tom vor ihr auf. Mit beiden Armen rudernd, war ihr klar, dass er bei ihrem Anblick in schallendes Gelächter ausbrechen würde.

Er trug ein schweres Tau auf dem Rücken, und er wollte es gerade von einer zur anderen Seite hieven, während sie hilflos versuchte, wieder ins Gleichgewicht zu kommen.

»Tom«, sagte sie, aber der Wind und das Schiff waren einfach zu laut.

Und er lachte nicht. Es war, als ob sich ein Vorhang über sein Gesicht senken würde. Er sah durch sie hindurch und ging an ihr vorbei.

»Tom!«, rief sie ihm hinterher.

Jemand tippte ihr auf die Schulter. Es war Pauly, der hinter ihr wie aus dem Boden gewachsen stand und dem ihre Anwesenheit jetzt schon gegen den Strich ging.

»Wird's bald? Und kein Kontakt an Bord, zu niemandem, außer Madam Boysen. Verstanden?«

Diesen Augen blieb nichts verborgen. Sie nickte eifrig und raffte den Rock, dann tastete sie sich vorsichtig die Stufen hinunter zum Salon. Als sie noch einmal über die Schulter zurückblickte, sah sie, wie zwei Matrosen ihr breit grinsend hinterhersahen, bevor sie von Pauly mit je einer Kopfnuss bedacht wurden.

Im Salon war es nicht ganz so laut wie an Deck.

Lene rutschte mit dem Rücken an der Tür in die Knie und setzte sich dann einfach auf den Boden, die Beine weit von sich gestreckt. Erst jetzt traf sie die Erkenntnis mit voller Wucht: Sie war auf dem Weg nach London. London … Sie lehnte den Kopf nach hinten an die Tür und schloss die Augen. Es war, als ob sie durch den Rumpf die Wellen spüren konnte, durch die die *Shady* zügig pflügte. Kurs Nordnordwest mit vollem Wind in den Segeln und hinausgezogen auf die Nordsee vom Tidestrom der Ems. Sie würde an Rysum vorbeikommen, dem letzten Leuchtfeuer, von dem Lene gehört hatte, und dann … Richtung Borkum wahrscheinlich, übers Riff, von dem uralte Fischer mit brüchiger Stimme erzählt hatten, und hinein in die offene See. Und dann? Von der Klaverbank hatte sie gehört, auf halbem Weg nach England, von flandrischen und flämischen

Untiefen, von Alabasterküsten und Schiffswracks und Sandbänken und den gefährlichen Flats auf der Einfahrt in die Themse, von der Doggerbank und von einer Meerenge, an der die Insel und der Kontinent so nah beieinanderlagen, dass man beide Küsten sehen konnte … Oder war das alles nur Seemannsgarn gewesen? Ihre Handflächen pressten sich auf den schartigen Boden. Sie musste tief Luft holen, sonst wäre ihr der Atem weggeblieben. Es war so großartig, dass sie es kaum fassen konnte.

Eine Messingkapsel schepperte aus dem Regal zu Boden und rollte über die Bretter. Lene hatte sich kaum aufgerichtet, als aus der hinteren Tiefe des Raums das Geräusch einer knarrenden Holztür zu hören war und Margarethe verschlafen fragte: »Edward?«

»Ähm, nein, Madam.«

Margarethe kam aus ihrer Kammer. Sie sah aus wie ein Geist: Die Haare hingen ihr unter einer verrutschten Haube wirr auf die Schultern, sie trug ein Nachthemd und darüber einen feinen hellen Mantel, so zerknittert, als wäre sie gerade aus einer Gruft gestiegen. Ihre Augen weiteten sich, dann stieß sie einen theatralischen Schrei aus und stützte sich im Türrahmen ab, als würde sie gleich die Besinnung verlieren.

»Madam!«

Bis Lene sich an dem Tisch vorbeigezwängt hatte, war Margarethe schon auf das Sofa zugewankt und hatte sich fallen lassen.

»Lene? Wie kommst du auf die *Shady*?«

Es war schwierig, eine Erklärung dafür hervorzuzaubern, wenn einem das Glück geradezu aus den Augen sprang. Lene beließ es bei einer Zusammenfassung, die niemanden Kopf und Kragen kosten konnte. »Ich habe Euren Gatten gefragt, und er hat Ja gesagt.«

»Du hast … *meinen* Mann angesprochen?«

»Die Gelegenheit war günstig, und …«

»Die Gelegenheit? Welche Gelegenheit! Was erlaubst du dir hinter meinem Rücken? Hast du den Verstand verloren? Niemand spricht meinen Mann an. Niemand! Erst recht keine Schankmagd!«

In den Taschen des dünnen Mantels wühlte sie nach irgendetwas, konnte es aber nicht finden. Mit einem trotzigen Schnaufen stand sie auf, stieß Lene zur Seite und ging in ihre Schlafkammer.

»Du verschwindest, auf der Stelle. Und wag es nicht noch einmal, Master Boysen unter die Augen zu kommen!«

»Madam!«

Margarethe kehrte zurück, ein Taschentuch vor der Nase. Lene war versucht, an ihrer Kleidung zu schnuppern, aber einen schlimmeren Geruch als die Matrosen konnte sie auch nicht verströmen. Es war lächerlich, diese Anwandlung von Damenhaftigkeit. Vor allem in so einer schmutzigen, unordentlichen Kapitänswohnung.

»Das kann ich leider nicht, Madam«, erwiderte Lene. »Die *Shady* hat schon abgelegt, und es war der ausdrückliche Wunsch Eures Mannes, dass ich Euch zur Hand gehe und Gesellschaft leiste. Er hat dabei nur an Euch gedacht, glaubt es mir.« Sie kam näher. Margarethe zerknüllte das Tuch mit ihrer knochigen Hand und mied Lenes Blick. »Immer wieder hat er betont, dass Euer Wohlergehen für ihn an erster Stelle steht.«

»So?«

»Ja. Nur für Euch, hat er gesagt. Nur für Euch.«

Die Kapitänsfrau steckte das Tuch weg.

»Nun. Dann …« Sie sah sich um. »Dann räum auf hier und sag dem Steward, ich will mein Frühstück. Später kümmerst du dich um die Betten. Sie müssen frisch bezogen werden und – du kannst lesen, hast du gesagt?«

»Ja, Madam.«

»Dann ordnest du die Bibliothek, und zwar alphabetisch. Anschließend werden die Strümpfe gestopft. Sieh die gesamte Kleidung durch und bessere aus, wo es nötig ist. Der Salon muss geputzt werden, die Koje und die Kammern ebenfalls. Das Ofenloch muss gesäubert werden, ebenso die Latrine. Wenn du damit fertig bist, melde dich bei mir, ich werde dir dann weitere Aufgaben zuteilen. Und hol heißes Wasser, ich will ein Bad nehmen. Dort.« Sie wies auf eine weitere Klappe, hinter der einiges Unaussprechliches zu vermuten war.

»Sehr wohl, Madam.«

Lene deutete einen Knicks an und wollte am Tisch vorbei zurück zum Ausgang.

»Wo willst du hin?«

»Den Steward finden, Madam.«

Margarethe verdrehte die Augen, weil ihr offenbar noch nie so etwas Dämliches unter die Augen gekommen war. »Du ziehst dort an der Schnur, dann wird er auftauchen. Bis London wirst du dich nicht mehr an Deck zeigen. Du hast hier genug zu tun. Hast du mich verstanden?«

»Ja.«

Margarethe kehrte in die Schlafkammer zurück und schlug die Tür hinter sich zu. Lene musste sich mit den Handflächen auf der Tischplatte abstützten. Nach der Euphorie folgte die Müdigkeit. Sie hatte die Nacht nicht geschlafen, und die Aufregung forderte nun ihren Tribut. Aber es half nichts: Das war wohl die Buße für ihren Alleingang.

Die Tür wurde wieder aufgerissen. »Und du wirst mich frisieren. Genau so.«

Eine Zeitschrift landete vor Lene auf dem Tisch, aufgeschlagen auf einer Seite mit kolorierten Kupferstichen, die Frauen in Roben zeigten, wie Lene sie noch nie gesehen hatte. Die

Rüschen, Bänder, Raffungen und Spitzen erinnerten an Bilder in Märchenbüchern, die Damen trugen Blumen im Haar und Hüte mit Schleifen, wie sie noch nicht einmal der schönste Ochse von Hogsterwaard zu Pfingsten trug.

Margarethes Zeigefinger legte sich auf das Porträt einer Dame mit dünnem Hals und noch dünnerer Taille, die neben einem blauen Samtstuhl stand und eine Teetasse in der Hand hielt. Ihr dunkles Haar war in der Mitte gescheitelt und vor den Ohren zusammengerafft. Korkenzieherlocken fielen ihr auf die Schultern, und sie sah so aus, als ob sie ihr ganzes Leben stehend beim Teetrinken verbracht hätte.

»Kannst du das?«

Lene räusperte sich. »Ähm … also, ob es genau *so* werden wird, kann ich nicht versprechen.« Sie warf einen prüfenden Blick auf die dünnen Haarsträhnen, die unter Margarethes Nachthaube hervorblitzten. Sie hatte sich noch nie über Frisuren Gedanken gemacht. Man flocht sich Zöpfe, die älteren Frauen zwirbelten sich einen Knoten, alles kam unter Kopftuch oder Hut, mehr Zeit war nicht.

»Aber ich will mein Bestes tun.«

Der Steward war ein schweigsamer, vornübergebeugter Mann mit Kniebundhosen und einem grauen Hemd, das wohl irgendwann einmal weiß gewesen war. Trotzdem war es gut geschneidert und anständig geplättet. Und er roch angenehm nach etwas Holzigem, das Lene nicht kannte. Er hieß Mr Beard und sprach ein Englisch, das kaum noch etwas mit dem Küstenplatt zu tun hatte. Geboren in der Billingsgate unweit der London Bridge, »Im *alten* London«, wie er betonte, als nur eine Million Menschen in der Stadt lebten.

»Eine Million!«, entfuhr es Lene. »Das ist viel, nicht wahr? Wie viel?«

»Es ist die größte Stadt der Welt. Meine Güte!«

Mr Beard zupfte im Angesicht so viel bedauernswerter Dummheit mit einem leidenden Gesichtsausdruck sein Tuch zurecht, das er wie eine Serviette über dem linken Arm trug. Er war ein Mann, der sich gerne durch Manieren abgrenzte und Wert darauf legte, an Bord ein gepflegtes Erscheinungsbild zu bieten. Lene hatte keine Ahnung, wie das bei den Matrosen unter Deck ankam. Aber er war ja auch ausschließlich für den Kapitän, seine Frau und die Offiziere zuständig. Er trug Strümpfe, vom Seewasser etwas mitgenommene Schnallenschuhe, Kniebundhosen und ein stets zugeknöpftes Wams. Und eine der aberwitzigsten Frisuren, die Lene je bei einem Mann gesehen hatte: vom Nacken bis in die Stirn in der Mitte gescheitelt und über den Ohren in ein bauschiges Lockennest gelegt. Vielleicht war er einmal jung gewesen, aber sein längliches Gesicht und der leichte Überbiss verliehen ihm das Aussehen eines zeitlos alternden Schafes. Doch der harmlose Eindruck täuschte: Mr Beard, der anders als sein Name vermuten ließ, peinlich genau und glatt rasiert war – ebenso wie Boysen, an den er morgens als Einziger Hand anlegen durfte –, war ein durch und durch hintertriebener Lakai, der nichts mehr fürchtete, als dass ihn jemand von seinem Thron stoßen könnte.

Er sollte die einzige Person sein, die Lene in den nächsten Tagen zu Gesicht bekam. Aber ihre Unterhaltungen, von Missverständnissen aller Art durchwoben, halfen ihr, diese Sprache besser zu beherrschen.

Von ihm erfuhr sie auch, was sie in London erwartete: ein Moloch. Eine in allen Fugen ächzende Stadt, die die Menge ihrer Bewohner kaum noch fassen konnte. Rund um den Hafen waren Armenviertel entstanden, und was sich dort abspielte, war mit Hogsterwaard nicht zu vergleichen.

»Seuchen, Krankheiten. Immer wieder Feuer, widerlichste

Verbrechen.« Mr Beard wedelte mit seinem Tuch, als ob schon die Erwähnung dieses Sumpfes einen morastigen Gestank heraufbeschwören würde. »Sie kommen gar nicht nach mit dem Henken in Newgate. Plünderungen und Aufstände sind an der Tagesordnung. Skorbut und Ruhr grassieren, es gibt nicht genug sauberes Wasser für alle. Wie soll eine Stadt auch diese Flut von Menschen verkraften? Jetzt leben zwei Millionen dort, und es werden täglich mehr. Geh am besten gar nicht erst vom Schiff, wenn wir anlegen. Du würdest das Hafenviertel nicht lebend verlassen.«

»Warum nicht?«

»Weil sie da auf genau solche Landeier wie dich nur gewartet haben. Du endest schneller in der Gosse, als du bis drei zählen kannst.«

Mr Beards Warnungen verstörten Lene. Sie versuchte, sich zwei Millionen Menschen vorzustellen, und scheiterte kläglich. Aber viel Zeit, sich darüber Gedanken zu machen, blieb sowieso nicht. Das Arbeitspensum, das ihr Margarethe aufgetragen hatte und das genauestens von ihr kontrolliert wurde, ließ Ruhe gar nicht erst aufkommen. Gegen Abend wäre sie vor Erschöpfung fast aus ihren Pantinen gekippt, aber da stand ja noch die größte Herausforderung an: aus Strähnen etwas zu zaubern, das den Bildern in dem Journal entfernt ähnlich sah.

Dazu kam, dass Margarethe nicht zu den Geduldigsten gehörte. Ständig fielen die eisernen Lockenwickler aus den Haaren, und von einer Form konnte bei den Strähnen auch nicht die Rede sein. Je länger die Prozedur dauerte, umso nervöser wurde Margarethe, bis sie Lene schließlich den Kamm aus der Hand riss, alles zurückstrich und wieder unter der Haube verschwinden ließ.

Das Essen, Schweinebauch mit Erbsen, das Mr Beard aus

der Offiziersmesse holte, nahmen die beiden schweigend ein. Lene verzog sich in die Lotsenbutze, die so klein war, dass sie die Beine kaum ausstrecken konnte. Nachdem sie die Wäscheberge in die Proviantkammer gebracht und auch die restliche Unordnung beseitigt hatte, blieben eine Kerze, eine Kiste und eine Bibel. Da sie nichts besaß als die Kleider, die sie am Leib trug, reichte das völlig aus.

Nach dem Essen bekam Mr Beard sein Tablett mit benutztem Geschirr und Essensresten zurück, und der Kapitän verschwand in die Offiziersmesse. Margarethes Blick, mit dem sie ihm hinterhersah, war der eines ausgesetzten Hundes. Sogar Lene, die keine Ahnung von der Ehe hatte, war klar: Bei den beiden lief es nicht gut.

Von den Nächten kriegte sie kaum etwas mit, weil sie, sobald ihr Kopf auf dem harten Wollkissen lag, einschlief. Manchmal spürte sie die Bewegungen des Schiffes für ein paar glückselige Minuten, doch dann übermannte sie die Erschöpfung.

Denn Margarethes Einfallsreichtum, ihr keine Sekunde Ruhe zu gönnen, war wirklich außergewöhnlich. Sie musste die Lampen reinigen und polieren. Auch die rostigen Messer und sämtliche Messingkartuschen, den Boden sowieso, das Bett, die Matratzen lüften – die einzigen Momente, die sie draußen an der frischen Luft verbringen durfte und einen Blick auf den grauen Himmel und die unendlich weite See werfen konnte.

Der Anblick war atemberaubend. Weiße Schaumkronen tanzten auf den Wellen, der Wind blähte die Segel und riss ihr fast die Kissen aus der Hand. Der Bugspriet ragte wie ein riesiger Stachel erst hoch in den Himmel und dann bei Talfahrt wieder so tief hinunter, als ob die *Shady* direkt ins Meer abtauchen wollte. Der Wind zerrte an den Flaggen, und der Anblick der Matrosen, die in der Takelage herumkletterten, war beängstigend. Je länger Lene den Männern bei der Arbeit zusah, desto mehr bewunderte sie das Zusammenspiel der einzelnen Kräfte, die diesen Koloss auf Kurs hielten.

Jemand schüttete einen Eimer Wasser direkt vor ihren Füßen aus.

»Mach Platz, sonst werf ich dich über Bord!«

Der Mann sprach Brookmerländer Platt und wischte ihr mit seinem schmutzigen Lappen fast über die Füße. Ohne sich umzudrehen, die Kissen an den Leib gedrückt, stieg Lene eine der Stufen zur Kapitänswohnung wieder hinunter. Sie hatte ihn sofort erkannt: Es war Friedjof, der sie und Paula in der engen Gasse nicht hätte entkommen lassen, wenn die Ankunft der *Shady* ihn nicht überrascht hätte. Sie wandte sich ab, aber es war zu spät.

»Heda! Du! Ich kenn dich!«

Lene wollte in den Salon zurückkehren, aber der Mann stellte seinen Schrubber ab und folgte ihr.

»Ich hab dich schon mal gesehen!«

Noch bevor sie die Tür öffnen konnte, stellte er sich mit einem öligen Grinsen zwischen sie und ihre rettende Zuflucht. Hatte sie geglaubt, er würde sie nicht erkennen, änderte sich das schlagartig. Man konnte fast sehen, wie hinter seiner Stirn ein Licht aufging und sich die ordinäre Zudringlichkeit verwandelte in etwas, was auf verschlagene Weise gefährlich wurde. »Hier stinkt was auf diesem Schiff. Das sage ich mir schon die ganze Zeit. Und weißt du, was?«

»Nach dir? Lass mich vorbei.«

Aber er wich keinen Fußbreit von der Stelle.

»Nein.« Er beugte sich vor, sodass ihr *sein* Gestank in die Nase stieg: vergorener Alkohol, ungewaschene Kleider und ein Mundgeruch, der sogar Straßenköter in die Flucht geschlagen hätte. Seine Augen blinzelten tückisch. »Bist jetzt unter die feinen Damen gegangen, was? Aber das wäscht sich nicht weg.

Das bleibt, der Hurengestank.« Seine Hand fuhr vor und fasste an ihren Arm. »Aber wenn du ein bisschen nett zu mir bist…«

»Lass mich los!«

»So schöne Kissen hätt ich auch gerne.« Er zog sie noch näher zu sich heran, und Lene glaubte, ohnmächtig zu werden. Wie konnte ein Mensch nur so riechen! »Bring mir eins heut Nacht. Wir beide werden Spaß haben.«

»Verschwinde!« Mit aller Kraft versuchte sie, sich aus diesem Griff zu befreien. Eine Naht riss auf, mit Entsetzen dachte sie an den Beutel mit Annes Silber, den sie unter dem Rock an einem Strick um die Hüften trug. Ihre Gegenwehr stachelte Friedjof nur noch mehr an.

»Gib mir 'n Kuss, Kleine. Stell dich nich so an! Bist doch sonst nicht so!«

Eine harte Hand riss ihn herum, es folgte ein dumpfer Schlag, und Friedjof taumelte halb um seine Achse, bevor er mit verdrehten Augen und einem tiefen Grunzen in die Knie sank. Vor ihr stand Tom, die Rechte zur Faust geballt, die er jetzt mit einem leisen Stöhnen öffnete.

Friedjof lag mit offenem Mund ohnmächtig auf den Planken.

»Danke«, stammelte Lene.

»Da nich für.«

Mit einem beiläufigen Schulterzucken, als ob er täglich ein Dutzend Mal zudringlichen Matrosen einen Kinnhaken versetzte, drehte er ab und wollte die Stufen hinauf zum Oberdeck erklimmen.

»Warte!«

Mit dem Rücken zu ihr blieb er stehen, den Kopf gesenkt. Dann, als wäre es ein schwerwiegender Entschluss, den er nicht leicht gefällt hatte, wandte er sich wieder zu ihr um.

Die paar Tage an Bord hatten ihn verändert. Auf dem Lastkarren war er ein fröhlicher Hallodri gewesen. Auf der *Shady* war er ein hart arbeitender Matrose. Die Haare trug er am Hinterkopf zu einem Zopf gebunden, ein paar Strähnen fielen ihm in die Stirn. Leinenhemd und Hose waren dieselben, die er auch schon auf seiner Reise von Leer nach Emden getragen hatte, nur die Hosenbeine waren nun hochgekrempelt und mit Schnüren an den Knien befestigt, damit sie nicht hinunterrutschten. Sie starrten vor Schmutz, Teer und Dreck. Die Füße steckten in geschlitzten, ausgetretenen Lederschuhen, und das einzige Zugeständnis an den scharfen Wind an Deck war ein Schal, den er sich um den Hals geschlungen hatte. Ein *Matelot Hollandais* wie er im Buche stand, bis hin zu den blonden Haaren und den blauen Augen. Sein breites Gesicht, an Land noch halbwegs rasiert, wurde nun von etwas dunkleren Bartschatten konturiert.

»Manchmal sind die Dinge anders, als sie scheinen. Kannst du das nicht verstehen?«

»Eine Frau ist immer mit ihrer Arbeit gemein. Und mit dem Haus, in das sie ihren Fuß setzt.«

»Dann bin ich mittlerweile ziemlich ehrenwert«, sagte sie. »Oder ziehst du Kapitän Boysen und seine Frau moralisch in Zweifel?«

»Nein. Natürlich nicht.« Er sah über ihre Schulter zu Friedjof. »Er wird bald aufwachen. Besser, du bist dann nicht in seiner Nähe.«

Ein Pfiff ertönte von oben, grell und durchdringend. Getrappel und Rufe näherten sich, ein Matrose sprang direkt von der Rah an Deck und brüllte, als hätte er gerade einen neuen Kontinent entdeckt: »Ich hab's gesehen! Ganz deutlich! *With my very eyes!*[13]«

---

13 Engl.: Mit meinen eigenen Augen.

In Sekundenschnelle waren überall schreiende, grölende und wild gestikulierende Gestalten, die Tom an die Reling drängten. Einige beugten sich über Friedjof, einer kippte ihm einen Eimer Wasser ins Gesicht. Untermalt vom Gejohle seiner Mannschaftskollegen kam der Widerling wieder zur Besinnung. Erst auf allen vieren, schließlich, unterstützt von ein paar niederträchtig aussehenden Gestalten, gelang es ihm, sich torkelnd auf die Beine zu stellen und mit blutunterlaufenen Augen umzusehen.

»Platz da, Platz da!« Der Bootsmann keilte sich durch die Männer, ein verkniffen aussehender Geselle mit wettergegerbtem Gesicht unter dem breitkrempigen Hut. Dieses Stück hatte zwar schon bessere Tage gesehen, aber er wies ihn, zusammen mit der abgeschabten blauen Jacke und dem Degen an der Seite, als Ranghöchsten inmitten dieses wilden Haufens aus. Zudem hielt er eine Peitsche in der Hand, und auch die sah ziemlich benutzt aus. Die plötzliche Blässe in Toms Gesicht verhieß nichts Gutes.

»Was ist passiert?« Der Bootsmann ließ seine Augen über die Anwesenden wandern. Dabei schlug er mit der Peitsche leicht in seine linke Hand. Alle drängten zurück und bildeten, sich gegenseitig rempelnd, einen Kreis um Friedjof und Tom.

»Der da hat ihm eins über die Rübe gegeben!« Der Petzer von der Rah platzte fast vor Aufregung.

Die Peitsche schlug härter in die Hand des Bootsmanns. »Unter Deck mit euch!«

»Was?«, brüllte Friedjof. »Der hat mich aus dem Hinterhalt überfallen!«

»Unter Deck! Ihr da!«

Der Bootsmann wies mit der Peitsche auf zwei der kräftigsten unter den Maaten. »Zwei Dutzend Hiebe mit dem Stock für jeden der Raufer, nicht im Paket! Und dann gehen sie

Wache um Wache! Sie werden Teer kochen und kalfatern bis sie schwarz werden! Und ihr, ihr Gaffer: Marsch an die Arbeit!«

»Nein!«

Alle Köpfe fuhren zu Lene herum. Sie stieß einen baumlangen Matrosen zur Seite, hinter dem sie sich bis jetzt versteckt hatte. »Ihr könnt doch nicht einfach beide bestrafen!«

Der Bootsmann schlug noch einmal mit der Peitsche in seine Handfläche, als ob er üben wollte, wie sich das wohl auf Lenes Rücken anfühlen würde. Seine dunklen Augen waren kaum zu sehen, so schmal waren sie geworden.

»Ich kann nicht?«, fragte er mit leiser und gefährlicher Stimme.

»Halt den …«, begann Tom, doch eine blitzschnelle Geste mit dem Folterinstrument in seine Richtung ließ ihn verstummen. Der Bootsmann ging, während alle anderen noch mehr zurückwichen, auf Lene zu.

»Und wer sind Wir, dass Wir glauben, ich könnte nicht?«

Die Worte blieben ihr im Hals stecken. Sie sah, dass Tom hinter dem Rücken des Bootsmanns den Kopf schüttelte und ihr einen beschwörenden Blick sandte. Sie wollte zurücktreten – und stieg dem baumlangen Maat auf die Füße, der ein empörtes Zischen ausstieß. Der Bootsmann hob die Peitsche und strich ihr mit der Spitze über das Kinn, dann den Hals hinunter bis kurz über den Ausschnitt ihres Kleids. Lene wagte kaum zu atmen, auch die Matrosen schienen wie zu Salzsäulen erstarrt, während der Bootsmann diese Erniedrigung fast zu genießen schien. Plötzlich ließ er die Schlagwaffe sinken und drehte sich um.

»Was ist passiert?«

Tom wies auf Friedjof, der immer noch etwas benommen sein Gewicht von einem Bein auf das andere verlagerte. »Der da schuldet mir drei Pennys«, sagte er und spuckte ihm in tiefster

Verachtung vor die Füße. »Versäuft und verspielt und verhurt sie lieber, statt sich grade zu machen.«

»Hurensohn!« Friedjof strich die Ärmel hoch und präsentierte seine ungewaschene Faust. »Wag es noch einmal, mich Betrüger zu nennen!«

»Zahl deine Schulden!«

»Geh mir aus den Augen!«

»Schluss!« Der Bootsmann winkte die beiden Maate heran. »Fort mit den Übeltätern. Wären wir auf einem Kriegsschiff, ließe ich euch die Kanonenbraut umarmen!«

Ein ehrfürchtiges Raunen ging durch die Menge. Zu Lenes Entsetzen sah sie in einigen Gesichtern sogar Bedauern, dass dieses offenbar spektakuläre Ritual nicht angewandt wurde.

»Ich bin nicht schuld!«, schrie Friedjof mit vor Angst quiekender Stimme, obwohl er wissen musste, dass der Bootsmann nur auf Widerrede wartete, um das Strafmaß zu erhöhen. »Der hat angefangen!«

»Will Er drei Dutzend Peitschenhiebe?«

»Aber ...«

»Oder will Er an den Rahnocken hängen? In London geht Er von Bord, zusammen mit ihm.« Die Peitsche wies auf Tom. Die Muskeln in seinem Gesicht arbeiteten, aber er war klug genug, den Bootsmann nicht noch mehr zu provozieren. »Wenn einer von ihnen mir noch einmal unter die Augen kommt, dann gnade ihnen Gott!«

Lene ballte die Fäuste hinter dem Rücken. Sie war machtlos, jede weitere Einmischung würde noch mehr Schaden anrichten. Bei Friedjof war es ihr egal, aber bei Tom fühlte sie brennende Scham, dass er ihretwegen nun die ganze Sache mit ausbaden musste.

Beide wurden abgeführt, aber Friedjof hatte noch Gelegenheit, vor ihr ein: »Aufgeschoben ist nicht aufgehoben!« auszuspucken. Tom ließ sich wiederstrebend an den Armen packen und mitziehen, wobei sein versteinerter Gesichtsausdruck keinen Zweifel ließ, dass er sich am liebsten auf jeden einzelnen der feixenden Matrosen gestürzt hätte.

Der Bootsmann warf Lene einen scharfen Blick zu. Hinter seiner Stirn formierte sich der Gedanke, ihrer Beteiligung an dem Händel auf den Grund zu gehen. Doch dann schlug die Schiffsglocke zum Wachwechsel, und augenblicklich machte sich Unruhe unter den Männern breit. Er wandte sich ab und folgte der Schneise, die die Abgeführten hinterlassen hatten, und wie ein Schwarm gieriger Möwen drängelten und flatterten alle hinter ihm her, um so schnell wie möglich wieder an ihre Plätze zu kommen.

Lene atmete tief durch, bevor sie die Kissen einsammelte und wie benommen in den Salon stolperte. Erst jetzt ging ihr auf, dass Tom sie vor einer unfassbaren Schande bewahrt hatte, in dem er die Strafe für Friedjof mit auf sich genommen hatte.

Eine Dienstmagd aus dem Hurenhaus … Die Schmach wäre auch auf die Boysens übergesprungen.

Es zog ihr das Herz zusammen, als sie daran dachte, was Tom gerade durchmachen musste. Und das alles für die Ehre einer Hure, für die er sie offenbar immer noch hielt. Oder gab es Abstufungen in den Augen der Männer? Ehrlos? Nicht ganz so ehrlos? Wo stand sie denn seiner Meinung nach? Aus diesen widerstreitenden Gefühlen befreite sie erst Margarethe, die mit unzufriedenem Gesicht die Schlafzimmertür öffnete und sie anherrschte: »Ich will Tee!«

»Sofort, Madam.«

Die Kapitänsfrau stutzte und kam dann, die Neugier ins Gesicht geschrieben, näher.

»Wie siehst du denn aus?«

Lene sah an sich hinab und erschrak. Friedjofs Angriff hatte nicht nur ihren Rock, sondern auch ihr Hemd in Mitleidenschaft gezogen. Ein Flicken war fast ganz abgerissen, an der Schulter machte sich ein Riss breit und entblößte die Haut. Zudem hatten sich ihre Haare gelöst und fielen ihr wirr und ungeordnet ins Gesicht.

»So kannst du nicht rumlaufen!« Mit spitzen Fingern hob die Kapitänsfrau den Stoff an und begutachtete den Schaden. »Das ist schon so oft geflickt, da lässt sich nichts mehr machen.«

Der Diagnose folgte ein abgrundtiefer Seufzer. »Geh zum Segelmacher, er soll dir ein Matrosenhemd geben. Den Riss im Rock kannst du noch nähen. Wie ist das passiert?«

Lene griff nach einem Kienspan, um Feuer aus dem kleinen Ofen zu holen. Dabei hantierte sie so umständlich wie möglich, um Zeit für eine passable Ausrede zu finden.

»Zwei Matrosen haben sich geprügelt, auf den Stufen vor der Tür. Ich wollte schlichten, und dabei ist es passiert.«

»Du warst draußen?«

»Ich sollte die Kissen lüften und ausschlagen, Madam.«

»Hast du den Bootsmann gerufen?«

»Das war nicht mehr nötig.« Sie stand auf und schützte die kleine Flamme mit der hohlen Hand. Dann zündete sie den Petroleumbrenner an. »Sie wurden gestellt und bestraft.«

»So.« Margarethes Blick streifte über Lenes mitgenommene Gestalt. »Man mischt sich nicht ein, wenn Männer Händel haben.«

»Das wollte ich auch nicht. Ich wollte nur die Kissen retten, Madam.«

Margarethe ließ offen, ob sie ihr diese gewagte Version der Ereignisse glaubte oder nicht.

»Mach den Tee und hol dir dann ein Hemd. Er soll es auf unsere Faktur schreiben.«

Quinn, der Segelmacher, arbeitete normalerweise dort, wo seine Dienste benötigt wurden: in und unter der Takelage. Allerdings hatte er, genau wie der Kalfatmeister und der Quartiermacher, achtern eine eigene Kammer im Deck unter der Wasserlinie, wo auch die Matrosen untergebracht waren. An Tagen mit schwerer See arbeitete er dort an kleineren Ausbesserungen, von denen es an Bord immer genug gab. Zusätzlich zum Flicken der Segel kam es nämlich immer wieder zu der Situation, dass den Matrosen buchstäblich die Kleidung vom Leib fiel. Aus Tuch und Canvas schneiderte er dann einfache, robuste Hemden und Hosen, die den armen Schluckern natürlich von ihrer ohnehin schon kärglichen Heuer abgezogen wurden. Für Lene war der Auftrag eine willkommene Gelegenheit, sich, mit etwas Glück und Geschick, nach Toms Schicksal zu erkundigen.

Die *Shady* pflügte in beruhigender Gradlinigkeit durch die Wellen, aber weder der düstere Himmel noch das bleigraue Meer verrieten, wo sie sich gerade befanden. Boysen und die Offiziere trafen sich nicht im Salon, sondern in der Messe, und zu den wenigen Gelegenheiten, in denen er in der gemeinsamen Wohnung auftauchte, wagte sie nicht, ihn anzusprechen. Solange das Schiff auf Kurs blieb und keine schweren Unwetter oder eine Flaute drohten, würden sie irgendwann in London ankommen. Seltsamerweise fühlte Lene, je länger die Überfahrt dauerte, immer weniger Vorfreude. Die Ungewissheit, was sie dort erwarten würde, war von Mr Beard noch mit einer Prise Furcht angereichert worden. Seine Erzählungen wurden von Mal zu Mal düsterer, was er geradezu zu genießen schien.

Der Niedergang zum Logis, dem Quartier der Mannschaft, war so finster, dass sie froh war, die Lampe mitgenommen zu haben. Unten schlug ihr nicht nur ein beißender Gestank entgegen, als lägen hier fünfzig Friedjofs in den Hängematten, sondern auch ein vielstimmiges Schnarchen, in das sich hier und dort ein Grunzen und Furzen mischte. Das Eichenholz ächzte und knarrte im Seegang, und der Aufprall der Wellen an die Bordwände klang, um ein Vielfaches verstärkt, wie düstere Trommelschläge aus einer anderen Welt.

Der Obermaat hatte ihr gesagt, dass Quinn gerade Freiwache hatte und deshalb hinunter in seine Kammer gegangen war. Den linken Arm erhoben und angewinkelt vor die Nase gepresst, versuchte sie, den ausgestreckten Gliedmaßen auszuweichen und nicht gegen die Latrineneimer zu treten. Einmal schoss eine Hand vor und umklammerte ihren rechten Arm mit eisenhartem Griff. Lene blieb vor Schreck wie erstarrt stehen.

»Mama?«, flüsterte der Junge mit geschlossenen Augen. Er war kaum zwölf, mit schlafroten Wangen und wirren, schmutz- und salzstarrenden Haaren. Vorsichtig löste sie seinen Griff, und mit einem tiefen Seufzen rollte sich der kleine Leichtmatrose auf der anderen Seite ein – er hatte geträumt.

So arbeitete sie sich längs durch den Rumpf des Schiffs, bis sie achtern auf drei kleine Türen stieß. Vor einer stapelte sich ein Haufen feuchtes Segeltuch, dem ein modriger Geruch entstieg. Das musste Quinns Quartier sein. Daneben lag ein kräftiger rothaariger Mann in seiner Hängematte, der sogar im Schlaf noch aussah, als könnte er sie mit einer Hand zerquetschen. Es erschien ihr keine gute Idee, direkt neben seinen Ohren anzuklopfen, deshalb hob sie nur vorsichtig den Riegel und öffnete die Tür einen Spaltbreit. Sie wollte Quinn mit einem leisen Ruf vorwarnen, dass gleich eine Frau seine geheiligte Kemenate betreten würde. Stattdessen blieben ihr die Worte im Hals stecken.

Das Geräusch, das aus Quinns Kammer kam, war kein Schnarchen. Es war ein rhythmisches Schnaufen, begleitet von leisem

Stöhnen aus einer zweiten Kehle. Es klang nach Schwerstarbeit, bei der jedes verräterische Geräusch unterdrückt werden sollte, und dazu handelte es sich bei dieser Tätigkeit auch noch um eine, die genau die Taktzahl anschlug, die Lene aus Annes Haus bekannt war.

Ein Mann lag bäuchlings auf dem Tisch, ein zweiter, Quinn, stand mit geschlossenen Augen und einem Ausdruck höchsten Verzückens im Gesicht hinter ihm. Der Tisch bewegte sich keinen Zoll, obwohl der Ansturm gewaltig sein musste. Lene wollte sofort die Tür schließen, doch das verzogene Holz wehrte sich und sprang noch einmal auf. Als sie sie hastig ein zweites Mal zuziehen wollte, hob der Mann auf dem Tisch den Kopf, und sie sah in die entsetzten Augen von Mr Beard.

Rums, hatte sie die Tür zugezogen. Der Rothaarige in seiner Hängematte grunzte, als wäre er in direkter Linie mit einem Wildschwein verwandt. Um sie herum schnarchte, knarrte und stank es weiter, aber niemand schien von ihr Notiz zu nehmen.

Oh du lieber Himmel, schoss es ihr durch den Kopf. Die Rahnocken waren noch das Mindeste, was Beard und Quinn blühen konnte, wenn sie erwischt wurden.

»Was ist?«, grunzte jemand hinter ihr.

Erschrocken drehte sie sich um. Der Rothaarige war aufgewacht und sah sie mit genau der Mischung aus Abscheu und Hunger an, die es geraten schien, ihr Tuch noch enger vor der Brust zusammenzuziehen.

Mit einer geübten Bewegung schwang er die Hängematte backbord und stellte beide Beine auf den Boden. »Hast dich wohl verirrt, oder was? Soll ich dir den Weg zeigen?«

»Nein«, sagte sie hastig und schlug mit der Faust an die Tür des Segelmachers. Dahinter hörte sie unterdrücktes Flüstern, Fluchen und hastige Schritte, als ob jemand seine Siebensachen zusammensuchen würde. »Ich muss zu Quinn. Mr Quinn?«

Jetzt hämmerte sie auf das schartige Holz ein. Durch die Schläge erwachten weitere Matrosen.

»Mr Quinn!«

Die Tür wurde aufgerissen. Sie sah in Beards erhitztes Gesicht, der sich mit beiden Händen durch die Haare fuhr.

»Es ist die Maid von Mrs Boysen!«, rief er zurück in den Raum. Immer noch versperrte er den Zugang. Lene warf einen hastigen Blick über die Schulter. Der Rothaarige legte sich mit einem unzufriedenen Grollen in seine Hängematte zurück, was auch den Rest seines Rudels dazu brachte, sich murrend in die Waagrechte zu begeben.

Beards Blick flackerte. Er hatte Angst. Vielleicht hoffte er, Lene hätte nicht genug gesehen oder einfach nicht verstanden, was in der Kammer vor sich gegangen war, denn ein unangenehmes Lächeln zuckte um seine Mundwinkel.

»Was verschlägt dich denn hierher?«

Sie schob ihn zur Seite und trat ein. Beard schloss hastig die Tür hinter ihr und steckte einen Zipfel seines Hemdes in den Hosenbund. Dann griff er zu seiner Jacke, die noch auf dem Boden gelegen hatte. »Wir haben Maß genommen«, erklärte er in herablassendem Ton. »Alle zwei Jahre steht mir ein neues Wams zu.«

Aus dem Schatten einer mit Stoffballen, Kokosfaser, Schafwolle, Tauen und allerlei Gerätschaften vollgestopften Ecke kam ihr Quinn entgegen. Er war kleiner, als sie angenommen hatte, und sein schmales Gesicht wurde von zwei bemerkenswerten Eigenschaften dominiert: den Sommersprossen und einem Gebiss, dem sämtliche Backenzähne fehlten. Deshalb wirkte sein nervöses Lächeln auch eher wie die Grimasse eines Nagetiers.

»Mylady?«, fragte er und verbeugte sich diensteifrig. Auch ihm hing noch ein Zipfel Hemd aus der Hose.

Lenes deutlicher Blick auf diese Nachlässigkeit ließ ihn hastig an den Bund tasten. Unter stammelnden Entschuldigungen richtete er sich seine Kleidung.

»Ich bin keine Lady, nur die Maid. Mrs Boysen schickt mich, ich darf mir ein Hemd holen, und Ihr sollt es auf die Faktur schreiben.«

Sie hörte die Tür quietschen – Beard hatte sich ohne ein weiteres Wort verabschiedet und überließ das Ausbaden der unangenehmen Situation seinem Liebhaber.

»Ein … ähm … Hemd?« Quinn sah aus, als hätte er noch nie von diesem Kleidungsstück gehört. »Ein Hemd …« Seine Handbewegungen, mit denen er den Tisch wieder füllte und so die leere Stelle verschwinden ließ, auf der sich gerade das Unsägliche ereignet hatte, waren fahrig. »Aus, nun, welchem Stoff? Baumwolle? Leinen? Vielleicht Seide? Ich hätte noch ein kleines Stück, ein ganz kleines, Mylady. Ich habe es in Plymouth gegen ein Säckchen Tee eingetaucht, weil ich ahnte, dass es eines Tages … echte Seide! Aus China! An Euch würde es geradezu reizend aussehen!« Eine hölzerne Elle landete auf dem Boden, hastig hob er sie auf. »Verzeihung, ich bitte sehr um … ich habe nicht oft Damenbesuch.«

»Ja«, antwortete Lene. Ihr tat der Mann leid. Er starb fast vor Angst, dass sie seinen Fehltritt melden könnte. Lene hatte von dieser verbotenen Liebe gehört, die auch Frauen untereinander empfinden konnten. Eine fürchterliche Sünde, die nach dem unvermeidlichen Umweg über öffentliche Auspeitschungen und Hinrichtungen direkt ins ewige Höllenfeuer führte.

Es war ausgerechnet ihr Vater Henry gewesen, der solche Dinge mit einem Schulterzucken kommentiert hatte. Knudsens Hein, ein stiller, lieber Junge, mit dem sie den gleichen Weg zur Dorfschule hatte, war mit Stöcken und Steinen halb totgeschlagen worden, weil er mit einem durchreisenden Bürstenhändler erwischt worden war. Der Vorfall blieb Dorfgespräch für Wochen, so lange, bis Hein bei Nacht und Nebel verschwunden war. Nach Bremerhaven, flüsterten sie, und Lene hoffte, dass das stimmte und der Junge dem menschlichen Gericht, das unversöhnlicher erschien als das himmlische, entronnen war. »Wenn jeder Mann gehängt würde, der uffm Schipp die Hand anner annern Hose gehabt hat, gäb's keine Flotte mehr.«

Rensches empörten Widerspruch hatte er mit einer gleichmütigen Handbewegung gekontert. »Der Mensch ist das Ebenbild Gottes.«

»Willst du damit sagen …«, ihre Mutter hatte entsetzt nach Worten gesucht, »… dass Gott … dass Gott so etwas duldet?«

»Er duldet das hier.« Henry hatte auf sein Holzbein gedeutet und dann auf die Wände der ärmlichen Kate, die sie umschlossen. »Er duldet Kriege und Hunger, und dass es immer wir sind, die für alles zahlen. Da kann er auch dulden, wenn zweeje sich in den Arm nehmen.«

Tief in Lenes kindlicher Seele war der Gedanke geblieben an zwei, die sich in den Arm genommen hatten und dafür fast totgeschlagen worden waren. Und dass sie diesen seltsamen Gott vielleicht noch ein bisschen mehr fürchtete, dem man dankbar für alles Elend sein sollte, das er so unvorhersehbar über die Welt verteilte.

»Mr Quinn, wir müssen …«

Er ließ sich auf einen Schemel fallen, weil ihn seine Beine nicht mehr trugen, und wischte sich über die schweißnasse Stirn. »Bitte.« Er räusperte sich, weil ihm die Kehle eng geworden war. »Bitte verratet mich nicht. Mr Beard und ich, das ist nicht so, wie es aussieht. Es ist …«

Er sah hoch, in seinen wasserblauen Augen schwammen Tränen.

»Eine einzelne Verwirrung?« Lene setzte sich ebenfalls und

schob einige große Rollen Garn zur Seite, um die Lampe abzustellen.

»Ja. Gewissermaßen. Sozusagen.«

»Es steht mir nicht an, darüber zu urteilen.«

Die wässrigen Augen weiteten sich, er schluckte. Sein Adamsapfel hüpfte dabei den dünnen Hals hinauf und wieder hinunter. »Und … was, Mylady, stünde euch an?«

»Nichts, Mr Quinn. Gar nichts. Ich brauche ein Hemd aus Leinen, das robust ist und lange hält. Habt Ihr etwas, das mir passen könnte?«

Er schluckte noch einmal, dann wischte er die Hände an der Hose ab, stand auf und begann, in den bis unter die Decke vollgestopften Regalen zu suchen. »Ein Hemd, Mylady. Ihr seid von der Größe her vergleichbar mit den Vierzehnjährigen, denke ich, ohne Euch nahetreten zu wollen.«

Er zog etwas zuunterst aus einem Stapel heraus, der ihm um ein Haar auf den Kopf gefallen wäre. Mit beiden Händen stopfte er alles wieder zurück.

»Die Flecken an der Seite ließen sich nicht ganz beseitigen«, sagte er eifrig und breitete das Hemd auf dem Tisch aus. Lene sah auf den ersten Blick, dass es ihr passen würde. Es hatte ein paar dunklere Stellen, die man aber nur sah, wenn man darauf hingewiesen wurde. »Ich habe es aus einem zerfetzten Marssegel geschneidert, das nicht mehr zu retten war. Fasst es an: Der Stoff ist unverwüstlich. Vom Schnitt her vielleicht nicht gerade die neueste Mode, aber an Bord …«

Er brach ab.

»Verzeiht, ich wollte nicht, dass Ihr denkt, dass ich denke, dass Ihr …« Er verhedderte sich heillos und brach ab.

»Ich denke gar nichts«, wiederholte Lene sanft, aber bestimmt. »Können wir uns darauf einigen?«

Er nickte beflissen und faltete mit großem Geschick das

Hemd zusammen. Dann reichte er es Lene. »Danke«, sagte er leise.

»Aber ich habe eine Bitte.«

Der Segelmacher lächelte sie an, glücklicherweise mit geschlossenem Mund, was ihm um ein Vielfaches besser stand, und sagte dann: »Alles, was Ihr wollt, Mylady.«

»Zwei Mann wurden heute …«, Lenes Magen zog sich bei dem Gedanken schmerzhaft zusammen, »… bestraft. Mit Stockhieben. Ich will einen sehen. Sein Name ist Tom. Wo kann ich ihn finden?«

Quinns Lächeln verschwand und machte einer besorgten Miene Platz. »Nirgends, Mylady.«

»Was soll das heißen?« Hatte man ihn über Bord geworfen?

»Nirgends, wo Ihr Euren Fuß hinsetzen solltet. Er ist beim Kalfatern, das heißt, er dichtet den Rumpf des Schiffs ab. Das ist eine fürchterliche Arbeit.«

»Ist er verletzt?«

»Nach so einer Strafe? Der Rücken muss einiges aushalten. Wenn Ihr es gestattet, werde ich mich nach ihm erkundigen.«

»Das wäre sehr freundlich von Euch.« Lene rollte das Hemd zusammen und klemmte es sich unter den Arm.

»Darf ich etwas ausrichten?«

Sie dachte kurz nach. »Sagt ihm, es tut mir leid. Alles.«

Quinn nickte. Lene stahl sich leise hinaus, dankbar, dass er nicht nach den Gründen für ihre Entschuldigung gefragt hatte. Sie wurde von demselben Höllenkonzert empfangen, begleitet von sämtlichen Ausdünstungen des menschlichen Körpers, die man sich vorstellen konnte. Aber sie erreichte unbehelligt den Niedergang.

Als sie am Abend in ihre Kammer schlüpfte, stand eine kleine Holzschüssel auf dem Bett. Mr Beard hatte ihr Rühreier gebracht und dazu ein dick mit gelber Butter bestrichenes Brot.

Aber wenn sie sich im restlichen Verlauf der Reise begegneten, behandelte er sie genauso von oben herab, wie er das immer getan hatte.

Zwei Tage später wurde Lene durch das Trappeln von Füßen auf Deck geweckt. Es klang anders, auch die Bewegungen des Schiffs hatten sich verändert. Statt kraftvoll und mit weitem Schwung zu fahren, schien es langsamer geworden zu sein. Sie schlug die kratzige Wolldecke zurück und schlüpfte in ihre Pantinen, den gestopften Rock und das neue Hemd. Dann schaufelte sie sich hastig Wasser ins Gesicht und ordnete mit fliegenden Händen ihre Haare. Am liebsten wäre sie sofort aufs Deck gerannt, um Ausschau nach den ersten Seefeuern Englands zu halten. Aber sie zügelte ihre Ungeduld, und die Aussicht, an diesem Tag zum letzten Mal Margarethes Launen zu ertragen, zauberte ihr sogar ein Lächeln auf die Lippen.

Im Salon stand Boysen am Tisch, zusammen mit Pauly und weiteren Offizieren. Unter ihnen befand sich ein Mann, den Lene noch nie an Bord gesehen hatte. Seine knorrigen Finger legten sich mit großer Bestimmtheit auf die Seekarte und zeichneten dort eine Linie nach. Die feuerroten Haare waren von Grau durchzogen, seine Ausrüstung verriet bescheidenen Wohlstand: blaue Wolljacke, Ölzeug und kniehohe Lederstiefel, die allerdings schon einiges hinter sich hatten.

»Ah, Lene.« Boysen sah kaum hoch. »Bring dem Loots[14] einen Tee. – Oder wäre Euch ein Grog lieber nach der Fahrt, Mr Collum?«

Collum schüttelte den Kopf. »Nicht jetzt. Aber gegen einen guten Twinings hätte ich nichts einzuwenden.«

»Damit können wir leider nicht dienen. Wir hätten einen

14 Veraltete Bezeichnung für Lotse.

passablen Congou, einen roten Flowery Pekoe. Wäre das rechtens?«

Der Lotse hatte sich schon wieder über die Karte gebeugt. Boysen gab Lene ein Zeichen. »Die Maid macht auch die Kammer frei, dann könnt Ihr euch zwischendurch zurückziehen.«

Aber Collum schien nichts von derart verweichlichten Anwandlungen zu halten. »Keine Zeit. Ihr werdet zu den St. Katherines Docks geschleppt. East und West India sind voll belegt.«

Lene klingelte nach Mr Beard und schlich dann in die Schlafkammer, um Margarethe zu wecken. Anschließend servierte sie den Tee und belauschte, während sie das Frühstückstablett entgegennahm und in die Kammer brachte, auch noch eine Diskussion über die gestiegenen Tonnengelder. Sie bewunderte diese Männer heiß und glühend, deren Themen von einer viel lebenstüchtigeren Natur waren als die der Frauen. Manchmal hatten Boysen und Pauly sehr spät, wenn Margarethe schon schlief, am Tisch gesessen und sich Punsch nachschenken lassen. Sie hatte versucht zu verstehen, um was es ging, aber die Seemannssprache stellte sie vor größere Herausforderungen als es das gemeine Englisch je sein könnte. Es ging um die Vertiefung der Themse zwischen Woolwich und Tower, um die Ankunft der großen Handelsschiffe aus Indien und den Kolonien, um Shipchandler und Meilen pro Tag, um Ladung – Kohle, Zinn, Steine, Ballast –, um zerrissene Segel, Baken und Bojen, um immer dichter ausgelegte Fischernetze, die wohl die Einfahrt zur Themse zu einem echten Problem machten, und um so vieles mehr, dass man sich wundern musste, wie das alles in ein Leben und erst recht auf eine Fahrt passte.

Das war kein Seemannsgarn. Das war das tägliche Brot dieser Leute. Ein Schiff wie die *Shady* stets aufs Neue über die Nordsee zu fahren, mal nach Emden, mal nach Bremerhaven, mal nach Amsterdam, je nachdem, was der Rehder verlangte. Während sie abgerissene Litzen und Knöpfe wieder annähte, Strümpfe stopfte und darauf achtete, dass das Feuer unter dem Brenner nicht ausging und heißes Wasser für einen Grog parat war, breitete sich in ihr eine so nie gekannte Mischung aus Resignation und Sehnsucht aus.

Sie hatte erfahren, dass es sogar Leichtmatrosen durch Fleiß und Ausdauer bis zum Kapitän bringen konnten. Anders als in Hogsterwaard, wo man von der Wiege bis zur Bahre blieb, zu was man geboren worden war: Fischer, Köhler, Wagner, Schmied. Reich, einigermaßen auskommend, arm. Alles andere war *revolutionieren*. Aber in der Handels- und Kriegsmarine kam es auf andere Dinge an. Die Fähigsten wurden Bootsmann, Steuermann, dann Offizier und, mit Glück und Spucke, Kapitän eines Schiffs. Wer das erreichte, war ein gemachter Mann. Über ihm gab es nur noch den Rehder, dem das Schiff gehörte. Mancher hatte im Krieg sein Glück gemacht und die Prisengelder nicht verjubelt, sondern klug vermehrt und war eines Tages selbst Schiffseigner geworden.

Für Frauen blieb nur die Möglichkeit, einen Rehder oder Kapitän zu heiraten. Es gab Nächte, in denen Lene ihre Naivität, mit der sie auf diese Reise gegangen war, kaum fassen konnte. Sie fühlte sich dann wie in einer Nussschale auf dem Meer treibend, hilflos den Gezeiten und den Mächten des Schicksals ausgeliefert, und vor allem Letztere hatte sie wohl ziemlich provoziert. Der Teehandel war fest in der Hand der Trader, und das waren, wie sollte es anders sein, allesamt Männer. Johann Bünting aus Leer war der deutsche Platzhirsch. Thomas Twining hatte in England vor über hundert Jahren den Grundstein für den Teehandel seiner äußerst geschäftstüchtigen Familie gelegt. In den Niederlanden beherrschte Douwe Egberts den Markt. Aber nicht nur Tee, auch Kaffee, Gewürze, Pflanzen, Kolonialwaren – es waren ausschließlich Männer, die im Überseehandel ihr Glück machten.

Mr Beard hatte in seinem typisch nasalen Tonfall beim Abräumen des Geschirrs erklärt, dass vor Kurzem erst das China-Monopol der Britischen Ostindien-Kompanie gefallen war. Die größte Handelsorganisation der Welt, setzte er hinzu, als ob er die Brosamen seines Wissens ihr, der Lene mit dem Spatzenhirn, vor die Füße werfen musste. Was den Ostfriesen und Holländern der indische Diamantenrausch gewesen war, hatte sich nun bei den Engländern in eine unbändige Gier nach Tee verwandelt. Die Karten wurden neu gemischt. Jeder wollte dabei sein und seine Pfründe sichern. Es gab Gerüchte, dass Matrosen auf dem Landgang ermordet wurden, nur um ihren Platz auf dem Schiff einzunehmen. Oder, wenn nicht aus diesem Grund … Mr Beard hatte wirklich Furchterregendes zu erzählen:

»Die Körper der Erschlagenen werden den Leichenräubern verkauft, die diese den Ärzten am King's College oder dem University College verschachern.«

»Uh!« Lene fuhr entsetzt zurück.

»Aber Tee«, fuhr er fort, »Tee ist das Gold der Zukunft. Wenn ich Geld hätte, ich würde mich sofort in eine Handelsexpedition einkaufen.«

»Wie viel braucht man dafür?«

»Mehr als du in deinem ganzen Leben sehen wirst«, prophezeite der Steward. »Du wirst ziemlich bald heiraten, nehme ich an. Dann sind solche Überlegungen ja obsolet.«

»Nein! Ich will nach China.«

Der Mund blieb ihm offen stehen. »China?« Dann brach ein schallendes Lachen aus ihm heraus. Es schüttelte ihn geradezu, als hätte er noch nie etwas Witzigeres gehört. »China!«, keuchte er und wischte sich die Tränen aus den Augen. »Du?«

Lene funkelte ihn wütend an. Sie kannte sein Geheimnis und hatte sich nicht schenkelklopfend darüber lustig gemacht. Dann sollte er ihres gefälligst auch ernst nehmen. Irgendwann begriff er das, räusperte sich, schickte noch ein kieksendes Gekicher hinterher und sagte schließlich: »China.«

»Ja.«

»Dann Glück auf dem Weg.«

Sie hatten dieses Gespräch nicht wieder erwähnt, aber es kam ihr in den Sinn, als Boysen und der Lotse über die verschiedenen Möglichkeiten berieten, doch noch näher an die East India Docks zu kommen. Sie sprach Margarethe darauf an, aber die war keine große Hilfe.

»Ich kenne mich gar nicht aus. Außerdem würde ich dir nicht empfehlen, von Bord zu gehen. Wenn du etwas brauchst, kannst du es dir in Bremerhaven besorgen. Ich glaube, das ist unsere nächste Fahrt, und da ist es sicherer.«

Mehr als nur etwas verstört, fragte Lene: »Bremerhaven? Ich bin nur bis London auf der *Shady*.«

Die Kapitänsfrau, die sich sehr daran gewöhnt hatte, ihren Tee im Bett liegend zu sich zu nehmen, stellte erstaunt ihre Tasse ab. »Nur bis London? Nein, auf gar keinen Fall. Darauf hätte ich mich gar nicht eingelassen. Ich miete mir doch nicht jede Woche ein neues Mädchen und lerne es wieder an. Kommt nicht infrage. In einem Jahr reden wir noch einmal darüber. Und suche mir für heute Abend das hellblaue Kleid heraus. Es muss gelüftet werden, dazu die langen Handschuhe und den weißen Hut. Mein Mann und ich werden im Haus des Rehders zu Abend essen.«

In einem Jahr? Aber an eine Diskussion war nicht zu denken. Lene wurde mit einem knappen Nicken vor die Tür geschickt.

In den nächsten Stunden bekam sie nur durch die Geräuschkulisse von draußen mit, was gerade geschah. Die See wurde kabbeliger, nervöser. Kleinere Wellen schlugen an die Bordwand, sie höre die Schreie der Möwen, die sich mit den Kommandos der Maate und Matrosen vermischten. Einmal gelang es ihr, kurz nach draußen zu treten und im Windschatten der Kajütentür zu verweilen. Der Abend brach herein, und die Wolkendecke im Westen riss auf. Die letzten Strahlen der untergehenden Sonne durchstachen das Grau mit einer Kraft und einem so glühenden Farbenspiel, als hätte sie ihre Kräfte fast eine Woche lang für genau diesen Augenblick geschont. Back- und steuerbord glitt Englands Küste vorüber, die sie mit ausgebreiteten Armen empfing, um sie hinein in die Mündung der Themse zu leiten. Lenes Herz klopfte bis zum Hals. Dies war der aufregendste Moment ihres Lebens. Sie hatte einen Apfel mitgehen lassen und biss hinein. Der Saft tropfte auf ihre Hand, und der süße Geschmack mischte sich mit diesem Augenblick puren Glücks. Sie würde ihn nie vergessen.

Und dann sah sie Tom, der die Planken schrubbte, mit weit ausholendem Schwung, aufmerksam, gründlich. Ein wenig erinnerte er sie an die Schnitter, die das Korn einholten. Die Bewegungen verriet einen an schwere Arbeit gewohnten Körper, der trotzdem seine tänzelnde Leichtigkeit nicht verloren hatte.

Als jemand von der Brücke seinen Namen rief, richtete er sich auf, und ihre Blicke kreuzten sich. Mit einem Mal hatte sie das Gefühl, zu ihm zu wollen und das Lächeln noch einmal zu sehen, das er ihr auf der Reise nach Emden geschenkt hatte.

»Tom!«

Gleichgültig, als ob er sie nicht kennen würde, nahm er den Schrubber und drehte ab zum Brückendeck. Erst da sah sie, dass ihm das Hemd am Rücken in Fetzen hinunterhing und voller getrockneter Blutflecke war. Die Haut darunter war mit dunklem Schorf bedeckt, und jeder andere hätte mit diesen Verletzungen noch nicht einmal mehr einen Stock halten können.

Aber Tom ging aufrecht. Es gehörte offensichtlich mehr dazu, diesen Rücken zu beugen, als die sadistischen Anwandlungen eines Bootsmannes. Ohne zu überlegen, lief sie hinter ihm her. Mit ein paar Schritten hatte sie ihn eingeholt. Er wollte links an ihr vorbei, sie stellte sich ihm in den Weg. Er versuchte es rechts – und hatte auch kein Glück.

»Was willst du?«

»Du gehst in London von Bord?«, fragte sie.

Er fuhr sich mit der Hand über den Mund, als ob er erst einmal darüber nachdenken müsste, ob sie überhaupt eine Antwort verdiente.

»Es tut mir leid. Bitte glaube mir …«

»Ich weiß«, unterbrach er sie. »Das wurde mir bereits gesagt.«

Sie nickte. »Was hast du vor?«

»Auf einem anderen Schiff anheuern. Aber was Großes dieses Mal. Die Welt sehen, keine Ahnung. Und du?«

Dasselbe, hätte sie am liebsten gesagt. Aber die Kälte in seiner Stimme hielt sie davon ab.

»Nach China, das war es doch. Oder in die Karibik? Nach Amerika? Indien? Ich hab es vergessen.«

Ein greller Pfiff gellte über das Deck.

»Ich muss arbeiten.«

»Oh, ja.« Sie machte eilig den Weg frei, und er drehte sich noch nicht einmal mehr nach ihr um.

Sie hatte mehr als sein Lächeln verloren.

Aber sie kam nicht dazu, sich über den Rest Gedanken zu machen, denn im selben Moment schrie ihre Herrin »Lene?« aus dem Salon.

Sie warf den abgeknabberten Apfel über die Reling und ging wieder hinein.

Gossen und Paläste

Sie erreichten London bei strömendem Regen und einem so dichten Nebel, dass man kaum die Hand vor den Augen sehen konnte. Erst als riesige Silhouetten aus dem Dunst hervortraten, von schemenhaften Lichtern erhellt, erkannte Lene die gewaltigen Kräne und die noch beeindruckenderen Schiffe, an denen sie vorüberglitten. An Bord herrschte eine angespannte Wachsamkeit, Rufe schallten aus allen Richtungen, jeder war an seinem Platz und tat sein Bestes, die *Shady* sicher in den Hafen zu bringen. Gerade passierten sie den Dockyard von Woolwich und das größte Schiff, das Lene je zu Gesicht bekommen hatte: eine gewaltige Brigg, die *Royal Pride*. Dahinter tauchten die Colliers auf, behäbige Schwerlastschiffe, die zum Kohletransport verwendet wurden. Dann verbreiterte sich der Fluss, und der Nebel lichtete sich etwas. Rechter Hand erhoben sich die rauchenden Schlote der Fabriken, die sich brutal zwischen kleine Dörfer und einstmals liebliche Uferlandschaften gedrängt hatten. In das Knattern der Segel mischte sich vom Ufer her ein Rollen und Stampfen, untermalt von schrillen, metallischen Tönen – das monotone, kraftvolle Lied der neuen Zeit. Dazu tanzten die Lichter der Fischerboote wie irrlichternde Geister auf dem Wasser, kleinere Lastkähne und Fähren kamen hinzu. Es herrschte ein so unübersichtliches Treiben, dass es ein Wunder schien, wie die *Shady* ruhig und majestätisch ihren Kurs hielt.

»Segel reffen!«, erscholl es von vorne.

Männer rannten an Lene vorbei, sie konnte diesen Kanonenkugeln auf zwei Beinen gerade noch ausweichen. »Fest hieven am Spill!«

Das war Pauly, der Erste Offizier.

»Warp werfen zum Verholen!«

Mehrere Matrosen stürzten sich gleichzeitig auf das Gangspill, eine Drehvorrichtung für die Ankertaue. Viele Begriffe hatte Lene mittlerweile gelernt, aber ein hinterhältiger Stoß in den Rücken war in jeder Fachsprache eine Gemeinheit. Er traf Lene so heftig, dass sie das Gleichgewicht verlor.

»Aus dem Weg!« Friedjofs schmierige Grimasse tauchte über ihr auf. »Du bist Fischfutter, weißt du das?«

Lene rutschte, beim Versuch wieder aufzustehen, zweimal auf dem salzwasserverschmierten Deck aus. Beim dritten Anlauf trat ihr Friedjof auf die Hand, dass sie vor Schmerz aufschrie.

»Lass mich gehen, du Schmierlappen!«, zischte sie.

Plötzlich richtete er sich auf und trat einen Schritt zurück. Mit einem Stöhnen steckte sie die verletzte Hand unter den anderen Arm und kam endlich auf die Beine. Vor ihnen stand Quinn, der Segelmacher.

»Was wird das hier?«

»Oho!« Triumphierend flitzten Friedjofs kleine Augen von Quinn zu Lene. »Seit wann gefällt dir denn eine Frau?«

So schnell, dass Friedjof sich nicht mehr wegducken konnte, pfiff eine Leine durch die Luft. Sie knallte direkt vor ihm auf die Planken. Er sprang zurück, die Arme zum Schutz erhoben. Quinn holte die Leine wieder ein, geschickt wie ein Dompteur, und gleichzeitig war jede seiner Bewegungen eine Drohung.

»Du gehst von Bord. Deshalb lass ich dich dieses Mal davonkommen. Verschwinde.«

Mit eingezogenen Schultern rannte der Mann davon.

»Ist es schlimm?«

Lene schüttelte den Kopf. »Nein, es geht. Danke.« Die Hand brannte wie Feuer.

Der Segelmacher nahm sie am Arm und führte sie etwas weg von dem Gewimmel auf Deck.

»Was hast du vor?«, fragte er.

»Ich will in London das Schiff verlassen.«

»Hm.«

Er sah sich um, aber niemand achtete auf sie. Alle waren viel zu beschäftigt, ganz konzentriert auf dieses Anlegemanöver.

»Der Steward sagte mir, er soll dich einschließen, sobald wir anlegen. Order von Madam.«

»Was?«

»Hast du irgendwas ausgefressen? Gestohlen? Warst frech?«

»Nein!«

Langsam kristallisierte sich heraus, warum Mr Boysen der Meinung war, bei seiner Gattin wäre nicht alles richtig im Kopf. »Ich bin nur für diese Fahrt an Bord gegangen. Das hat Mrs Boysen wahrscheinlich falsch verstanden. Sie möchte, dass ich für ein Jahr bleibe.«

»Das ist doch ein gutes Angebot. Warum nimmst du das nicht an?«

»Weil ich …« Fast jedes Mal, wenn sie von ihrem Traum erzählt hatte, wurde sie ausgelacht.

»… weil ich weiterwill. Ich möchte nicht zurück nach Emden oder Bremerhaven, und ich will auch nicht ständig über die Nordsee und am Ärmelkanal haltmachen.«

»Wie viel weiter willst du denn?«

Sie schluckte. »Sehr viel weiter.«

Er nickte knapp. »Kennst du dich mit der Glasenuhr aus?«

Lene nickte. Das hatte sie an Bord ziemlich schnell gelernt.

»Wenn du um Mitternacht immer noch von Bord willst, klopf an die Tür. Jemand macht dir auf.«

Sie wagte kaum, ihn anzulächeln. »Danke!«

»Wenn alle Herzenswünsche so einfach zu erfüllen wären …«

Er tippte sich an seinen Südwester und wollte abdrehen, hielt dann aber inne und kam noch einmal zu ihr zurück. »Dein Freund, Tom ...«

»Ja?«

»Für was auch immer du dich bei ihm entschuldigen wolltest – er sagt, es ist vergeben und vergessen.«

»Ah ja. Danke schön.«

Quinn verschwand. Alles ist vergeben und vergessen ... Sie sollte erleichtert sein, aber stattdessen fühlte sie sich, als hätte Tom ihr noch einmal den Rücken zugedreht.

Sie bewegte die Finger. Es schmerzte, aber das würde vergehen. Genau wie die Erinnerung an den Holländer. Viel wichtiger war Quinns Warnung. Sie war doch nicht Margarethes Leibeigene! Als gäbe es Gedankenübertragung, hörte sie auch schon eine dünne, dafür äußerst scharf geschliffene Stimme durch den Lärm dringen: »Lene! Lene? Wo bist du?«

Mit einem Seufzer machte sie sich auf den Weg zurück in die Kapitänswohnung. Dort wurde sie von Margarethe empfangen, die ihr wütend ein beschriebenes Stück Papier entgegenhielt.

»Da. Sieh dir das an! Weißt du, was das ist?«

Das Papier war mehrfach gefaltet, also ließ es nur einen Schluss zu. »Ein Brief?«, fragte Lene vorsichtig. Sie versuchte, in Margarethes Gesicht einen Hinweis auf die Hinterlist zu entdecken, mit der sie sie daran hindern wollte, das Schiff zu verlassen. Aber sie sah nur Wut, Ärger und ein paar rote Flecken, die immer dann auftauchten, wenn sie mit irgendetwas heillos überfordert war. Das konnte genauso gut das Servieren einer Tasse Tee wie das Aufwickeln eines Knäuels Wolle sein, das ihr aus den Händen gefallen war.

»Natürlich ist das ein Brief, und zwar von unserem Rehder. Der, bei dem mein Mann und ich heute Abend dinieren. Der Loots hat ihn mitgebracht.«

»Eine Absage?«

»Nein! Eben nicht!« Mit einer theatralischen Geste ließ Margarethe sich auf einen Stuhl sinken. »Es wird kein Essen. Es wird eine Gesellschaft! Thomas Mayfair und Charles Maire kommen, ebenfalls mit ihren Gattinnen. Sie haben gerade am Orchard Place eine Werft übernommen. Glänzende, wohlhabende Menschen mit Geist und Esprit!«

Das klang so verzweifelt, dass Lene sich über jede Standeshürde hinweg einfach neben sie setzte.

»Wo …?« Sie suchte nach Worten. »Wo liegt denn das Problem?«

Margarethe zerknüllte den Brief und warf ihn in die hinterste Ecke des Salons. »Bei ihren Frauen. Die eine ist verwandt mit dem englischen Königshaus, die andere kommt aus einer der reichsten Handelsfamilien. Natürlich werden sie mit Kutschen kommen und mit ihren Zofen. Und wir?«

Lene nickte, als wären ihr diese Luxusprobleme bestens vertraut. »Hat Mr Boysen denn keinen Wagen bestellt?«

»Doch.« Margarethe suchte ihr Taschentuch, fand es schließlich und tupfte sich damit Augen und Nase ab. Ohne Haube, die dünnen Haare platt an den Kopf geklebt, sah sie aus wie ein aus dem Nest gefallener Vogel. »Eine Mietdroschke.«

»Aber Ihr seid eine Kapitänsfamilie. Ihr habt doch in London keinen eigenen Hausstand, niemand wird es Euch übel nehmen.«

»Da kennst du die Londoner schlecht«, kam es in grabestiefer Niedergeschlagenheit zurück. »Für sie sind wir heimatlose Herumtreiber. Ich bitte ihn seit Jahren, aber immer wieder heißt es: Erst müssen Kinder kommen. Aber …« Sie zerknüllte das Taschentuch. »Es kommen keine.«

Sie presste die Lippen zusammen, und in ihren hellen Augen standen Tränen. Lene begriff, dass die Wurzel aller Trauer, aller

Missverständnisse und Entfremdung in dieser Ehe fiel tiefer reichte. Vorsichtig und sehr sanft legte sie ihre unversehrte Hand auf Margarethes.

»Und wenn Ihr eins an Kindes statt annehmt?«

»Schluss!« Die Kapitänsfrau sprang auf. »Hast du dich um mein Kleid gekümmert? Und wie sieht es hier überhaupt aus! Das Geschirr vom *dejeuner* ist immer noch nicht abgeräumt.« Ihr Blick streifte durch den Salon auf der Suche nach weiteren Nachlässigkeiten. »Der Strickkorb muss verstaut werden, oder sollen wieder alle Knäuel durch den Raum fliegen? Was ist mit der Wäsche? Hast du sie schon zusammengepackt, damit sie abgeholt werden kann?« Margarethe zeigte mit ausgestrecktem dünnem Zeigefinger auf die Petroleumlampe. »Und die muss geputzt werden.« Sie ließ den Arm sinken und drehte sich zu Lene um. Dann betrachtete sie sie von oben bis unten. »Sie muss geputzt werden«, wiederholte sie nachdenklich. »Geputzt …«

»Ist alles in Ordnung, Madam?«

Statt eine Antwort zu geben, trat Margarethe auf sie zu, umfasste ihre Schultern und drehte sie einmal um sich selbst. Dann ging sie einen Schritt zurück, um das Gesamtbild ins Auge zu nehmen.

»Kannst du in der Ecke stehen und nichts tun?«

»Durchaus, Madam.«

»Mit geradem Rücken und sittsam verschränkten Händen?«

»Auch das, denke ich.«

»Komm mit.«

Sie zog Lene an der Hand in die Schlafkammer und öffnete dann die Kiste mit den Kleidern.

»Hier. Zieh das mal an.«

Es war ein einfaches dunkelblaues Baumwollkleid, hochgeschlossen, mit langen Ärmeln und einem kleinen weißen Kragen. Margarethe war etwas größer als sie und dazu noch dünner. Aber mit ein paar Schnürungen an den richtigen Stellen müsste es passen. Lene hatte noch nie so ein Kleid getragen.

»Ich, Madam?«

»Du, du Schaf. Beeil dich.«

Lene legte Rock und Hemd ab, darauf bedacht, den Beutel mit Annes Silbertalern so zu verbergen, dass Margarethe ihn nicht sah. Dann schlüpfte sie in das Kleid. Es fühlte sich an wie … wie eine zarte, fließende Berührung, die ihren ganzen Körper umschmeichelte. Ganz anders als das grobe Leinen und die kratzige Schafwolle.

»Sehr schön«, sagte Margarethe und beugte sich wieder über die Truhe. Dann nahm sie eine Kopfbedeckung nach der anderen heraus, prüfte sie, hielt auch mal eine an das Kleid, schüttelte wieder unwirsch den Kopf und fand schließlich etwas, das ihren Ansprüchen genügte: eine weiße Haube aus einem ganz feinen Stoff, die als einzigem Schmuck an den Kanten mit einem schmalen Streifen Spitze verziert war. Die reichte sie an Lene.

»Ich will, dass du heute Abend mitkommst, als meine Zofe. Hast du mich verstanden? Und danach geht es zurück aufs Schiff. Ich dulde keine Widerrede. Du bleibst für ein Jahr. Aber es soll dein Schaden nicht sein. Wenn du fleißig, treu und ehrlich bist, erhältst du Kleid und Haube zum Abschied geschenkt.«

»Madam, ich … ich habe keine Ahnung, was eine Zofe macht!«

»Genau das Gleiche wie du. Nur in einem großen Haus mit Köchin, Butler und Bediensteten. Dort tragen sie natürlich Dienstkleidung und Schürze, aber als Begleitung zu gesellschaftlichen Anlässen natürlich nicht. Da halten sie sich im Hintergrund.«

In diesem Moment erhielt die *Shady* einen so gewaltigen Stoß, dass Lene fast das Gleichgewicht verloren hätte. Margarethe hielt sich an dem Bettpfosten fest und lauschte auf die Geräusche, die durch die Kabinenwand von draußen zu ihnen hineindrangen.

»Fallen Anker!«, brüllte jemand, und vielstimmig kehrte der Ruf zurück: »Fallen Anker!«

Margarethe sah Lene an, und ein kleines, fast verzweifeltes Lächeln huschte über ihre Lippen.

»Welcome to London.«

Niemals, schwor sich Lene, niemals würde sie diesen Augenblick vergessen, wie sie sich krampfhaft an der Leine festhielt und Schritt für Schritt das Fallreep hinunterhangelte. Hinter ihr ging Margarethe, vor ihr waren Boysen und Pauly, die ihre Verwandlung zur Zofe mit keinem Wort kommentiert hatten. Der Bootsmann pfiff, und am Kai versuchten die Matrosen der *Shady*, den Ansturm der Menschen zu bewältigen.

Von Deck aus hatte es so ausgesehen, als ob die schreienden, jubelnden und brüllenden Menschen einfach nur zum Gaffen gekommen wären. Aber noch bevor Lene einen Fuß an Land setzte, stieg ihr ein entsetzlicher Geruch in die Nase. Sie war einiges gewohnt, aber diese Mischung aus Ammoniak, Verwesung, Kloake und menschlichen Ausdünstungen hatte sie bislang nie erlebt. Hafenarbeiter und Tagelöhner drängten sich zusammen, aber auch Bettler und Schwerstkranke, die sich, oft nur auf eine Krücke gestützt, hergeschleppt hatten. Manche von ihnen trugen die klassische Arbeitskleidung, einige waren auch als erfahrene Matrosen zu erkennen, die sich um einen Platz auf der *Shady* bis aufs Blut prügeln würden, aber viele waren nur in Lumpen gehüllt, und ein paar sahen so aus, als ob sie kaum den nächsten Tag erleben würden. Lene hatte noch nie so ein Elend gesehen. Dagegen erschien ihr die Armut in Hogsterwaard fast schon wie eine andere Welt.

»Aus dem Weg!«, brüllte Pauly.

Sofort bildete sich eine Schneise. Das ging einigermaßen zivilisiert ab. Was sich außerhalb ihres Sichtkreises abspielte, wollte sie lieber nicht wissen, denn das Gebrüll wurde immer lauter. Irgendwo knallte eine Peitsche, aber es war nicht die des Bootsmannes. Ein Kutscher versuchte, durch die Menge an den Kai zu kommen und drosch einfach auf alles ein, was ihm im Weg stand.

Ohne es zu wollen, krallte Lene sich an Margarethes Arm fest. Die reichte ihr wortlos ein mit Lavendel getränktes Taschentuch. Lene presste es sich unter die Nase. Sie sah den Neid und die Verzweiflung in den Augen der Männer. Manche versuchten, sich vorzudrängeln – und wurden von anderen zurückgerissen. Der Ansturm wirkte wie der Auftakt zu einer Massenschlägerei. Lene verstand Worte wie *work* und *job*. Sie suchen Arbeit, dachte sie.

»Das ist noch gar nichts«, flüsterte Margarethe. »Ich fahre nur noch mit geschlossenen Vorhängen durch die Stadt und habe immer eine Handvoll Kupfermünzen dabei, wenn wir mal gar nicht mehr durchkommen.«

Pauly und den Matrosen war es gelungen, den Platz um die Kutsche herum freizuhalten. Bevor Lene einstieg, warf sie noch einen Blick zurück.

Oben an Deck standen Quinn und Beard. Weit genug auseinander, um keinen Verdacht aufkeimen zu lassen. Sie hob die Hand zum Gruß, aber beide taten so, als ob sie sie nicht sähen. Aber sie spürte, wie sie sie ansahen, als sie ihnen den Rücken zuwandte. Es fühlte sich an wie ein Schubs in die richtige Richtung.

»Vorwärts!«

Margarethe saß schon im Wagen. Lene stieg ein und fand sich in einem einfachen Kasten wieder, mit gepolsterten, aber ziemlich durchgesessenen Bänken und Vorhängen aus grob gewebtem Stoff vor den Fenstern.

Lene hatte nicht vor, noch einmal auf die *Shady* zurückzukehren. Unter dem neuen Kleid hatte sie den Beutel mit Annes Silbertalern und Puyis Münze. Durch die aufspringenden Falten fiel das nicht auf. Es war alles, was sie brauchte. Sobald sich eine Gelegenheit zur Flucht ergab, würde sie sie ergreifen.

Aber erst einmal verging über eine Stunde, in der sie kaum im Schritttempo vorwärtskamen. Die Kutsche rumpelte und schaukelte bedenklich, der Kutscher fluchte und ließ die Peitsche knallen, aber er konnte nicht verhindern, dass sich immer wieder Scharen von Kindern an die Seitenwände warfen, schrien und klopften. Anfangs hatte Lene noch durch einen Spalt hinausgesehen, aber dann war auch ihr der Ansturm des Elends zu viel geworden. Margarethe saß steif in ihrer Ecke und hielt einen perlenbestickten Beutel fest in den Händen, wenn sie sich nicht gerade ihr Taschentuch vor die Nase presste. Pauly und Boysen saßen gegenüber, peinlich darauf bedacht, genug Abstand zu den Knien der Damen zu haben.

Das also war London. Mr Beard hatte nicht zu viel versprochen. Die Stadt war vor dem Ansturm der Bevölkerung in die Knie gegangen. Zwei Millionen Menschen kämpften um ihr Brot, und viele schafften noch nicht einmal das kleine bisschen Überleben. Lene sah eine Frau mit zwei Kindern an der ausgemergelten Brust, apathisch in einer Häuserecke, um sie herum ein zwei- und ein dreijähriges, zu schwach, um die Hand zum Betteln zu heben. Straßenjungen und Tagelöhner boten an jeder Kreuzung ihre Dienste an, und wer etwas bei sich trug, das essbar aussah, wurde von einer Schar bettelnder Kinder verfolgt. Die Häuser, rußschwarz und baufällig, mit dunklen Eingangshöhlen und blinden Fenstern, machten den Eindruck, als würden sie jeden Moment zusammenbrechen. Trotz des Nieselregens und der Abendstunde waren die verschlammten, löchrigen Straßen belebt wie zur Lichtmess. Händler und Gaukler waren von Scharen Schaulustiger umringt, die nur die Peitsche des Kutschers auseinandertreiben konnte.

Aber dann änderte sich das Bild. Lene merkte es daran, dass die Straße besser wurde und sie die Docks verließen. Und an den Laternen.

»Was ist das?«

Margarethe schreckte hoch, und Pauly, der gegenüber von Lene saß, schob seinen Vorhang ein Stück zur Seite und spähte hinaus.

»Das Licht! Die ganze Straße ist beleuchtet!«

Aufgeregt deutete sie auf eine kunstvoll geschmiedete Laterne, an der sie gerade vorbeifuhren. Der Schein war gleichmäßig und verbreitete im Abendnebel einen milchigen Hof.

»Das ist Gas«, antwortete Pauly. »Ganz London ist mittlerweile damit ausgestattet.«

»Oh ja, natürlich.« Lene erinnerte sich daran, wie Anne von England geschwärmt hatte. »Gas und die Eisenbahn.«

»Preußen und Hannover sind in dieser Hinsicht bedauerlicherweise etwas zögerlich. Hierzulande werden demnächst ganze Grafschaften mit dem eisernen Ross erschlossen. Und der Hafen zum Teil ebenfalls. Aber Deutschland glaubt ja, der Hände Arbeit sei besser als die der Maschinen.«

Er lachte, und Boysen stimmte mit ein.

Lene, die gesehen hatte, was aus den Menschen geworden war, die man ihrer Hände Arbeit beraubt hatte, schwieg.

»Die werden es auch noch lernen.« Boysen zog eine dünne Zigarre aus seinem Wams, dazu ein Päckchen Lucifers – eine ebenfalls glorreiche englische Erfindung, mit der Lene sich aber noch nicht anfreunden konnte. Ihr war der gute alte Kienspan lieber und nicht so ein sprühendes, stinkendes Zündholz, wie man das nannte. Er steckte seine Zigarre in Brand und reichte das Päckchen dann weiter an Pauly, der sich denselben Zeitvertreib gönnte. Den Rest der Fahrt verbrachten sie in einer grauen Rauchwolke, aus der sie erst die Ankunft vor dem Haus des Rehders erlöste.

»St. James' Street, Raleigh House!«, rief der Kutscher.

Ein dreistöckiger Bau aus Sandstein ragte vor Lene auf. Es war ihr gerade noch gelungen, ohne einen Stolperer die Kutsche zu verlassen, bevor sie mit vor Staunen offenem Mund die vielen Fenster mit ihren ausgeschmückten, in Weiß abgesetzten Giebeln bestaunte. Während Boysen seiner Gattin beim Aussteigen half, kamen die nächsten Gäste an. Kutsche um Kutsche fuhr vor, und ihnen entstiegen Märchengestalten, Prinzen, Königinnen oder was auch immer das für Fabelwesen waren, die sich nun gegenseitig auf die umständlichste Art begrüßten, die Lene je gesehen hatte, oder gleich in das Haus hineingingen. Sogar eine Sänfte tauchte auf – ziemlich altmodisch, wie Margarethe leise bemerkte. Die Männer trugen prächtige Röcke, die mit ihren Knöpfen und Litzen sämtliche militärischen wie wirtschaftlichen Erfolge repräsentierten. Die Damen wogten heran wie ein Blütenmeer – türkisgrün, liebesapfelrot, sonnengelb war die Seide ihrer Kleider. Schmuck funkelte im milden Licht der Laternen, die Pferde ihrer Kutschen waren prächtig aufgezäumt und die Karossen mit Zierleisten und Blattgold dekoriert. Was Lene am meisten erstaunte: Niemanden schien das zu interessieren. Allenfalls Dienstboten waren noch auf der Straße, und die wechselten diskret die Seite, um der Ankunft der Gesellschaft nicht im Weg zu sein.

Margarethe zischte ihrem Mann etwas zu, und der gab ihrem gemieteten Kutscher ein Zeichen, dass er so schnell wie möglich verschwinden möge.

Es war kühl, aber wenigstens regnete es nicht mehr. Lene hatte von Margarethe ein zum Kleid passendes Wolltuch und ein paar dünne Lederschuhe bekommen, die ihr zu klein waren und durch die bereits die Bodennässe stieg.

»Hier entlang.«

Boysen ergriff den Arm seiner Frau.

»Lene?«

Sie riss sich los und folgte Pauly und dem Ehepaar ins Haus. Die nächste halbe Stunde verstrich wie ein Fiebertraum. Jeder Blick traf etwas Außergewöhnliches: gewaltige schmiedeeiserne Kerzenleuchter, Gemälde von Jagdszenen und schönen juwelen- und pelzbehangenen Frauen, spiegelblanke Marmorfußböden, der gewaltige Kamin in einem Raum, der so groß und hoch war, dass die gesamte Hogsterwaarder Kirche hineingepasst hätte. Die Decken! Lene konnte sich nicht sattsehen an der reich verzierten Kassettierung, dem intensiven Grün und dem verschwenderisch aufgetragenen Gold. Die Wände waren mit rubinrotem Stoff bespannt, Seide, wie sie feststellte, als sie mit dem Finger darüberstrich.

Die Männer hatten ihre Zylinder abgesetzt, dafür übertrafen sich die Damen gegenseitig mit ihrem Kopfputz. In Falten gelegte Spitze, raschelnder Taft, bestickte, weit ausladende Röcke, irgendwie seltsam und unpraktisch aussehende Puffärmel, auf jeden Fall Kleider, die man zu Hochzeiten, Krönungsfeiern und Staatsbegräbnissen trug. Und zu einer Abendeinladung im Haus eines reichen Rehders.

Ein Blick zu Margarethe, und sie verstand, was diese Frau fürchtete. Sie wirkte wie ein Gänseblümchen unter Rosen. Boysen wurde überall erkannt und begrüßt, aber kaum einer redete mit ihr. Vielleicht lag es an dem verkniffenen Zug um ihren Mund und dem hellblauen Kleid, das an Bord noch so prächtig ausgesehen hatte, aber hier einfach unterging. Lene achtete darauf, stets zwei Schritte hinter ihr zu stehen und ab und zu die Falten des Kleids zu ordnen. Sie beobachtete die anderen Zofen und bemerkte, dass sie sich ebenfalls im Hintergrund hielten, aber ständig ihrer Herrschaft etwas ins Ohr tuschelten. Ziemlich oft musste es um Margarethe gehen, denn die begleitenden Blicke waren eindeutig. Lene konterte, indem sie hocherhobenen Hauptes zurücksah, bis ihr Gegenüber die Augen senkte und sich ein anderes Thema suchte.

Es waren mindestens fünfzig Personen, die sich eingefunden hatten, Zofen und Leibdiener nicht eingerechnet. Der Rehder, John Raleigh, ging von Paar zu Paar, von Gruppe zu Gruppe, begrüßte jeden Einzelnen persönlich und lachte dröhnend, wenn jemand etwas offenbar Geistreiches von sich gab. Er war ein kräftiger Mann mit dem Gesicht eines mit allen Wassern gewaschenen Nordseefischers. Sein kantiger Kopf steckte in einem engen Kragen, und auch der Rock schien ihn zu kneifen, zumindest saß er ziemlich stramm am Leib.

»Mein lieber Boysen!« Seine Pranke erfasste die ausgestreckte Hand des Kapitäns. Dann wandte er sich an Margarethe und machte eine so tiefe Verbeugung, dass Lene befürchtete, die Nähte seiner Hose würden platzen. »Und Madam Boysen, welche Freude, Euch gesund und wohlbehalten wiederzusehen!«

Er sprach ein anderes Englisch als das, das Lene an Bord gelernt hatte. Viel artikulierter, mit betonten Vokalen und deutlichen Endungen. Aber sie verstand alles, und das versetzte sie in ausgesprochen gute Laune. Sie würde sich unterhalten können, mit einfachen Leuten genau wie mit denen in Samt und Seide.

Margarethe lief rot an und machte einen Knicks. »Mein Gemahl und ich danken sehr für die Einladung.«

»Mr Pauly?«

Der Erste Offizier verbeugte sich.

»Und …« Der Rehder sah zu Lene.

»Meine Zofe«, sagte Margarethe schnell, und Lene ging so tief in die Knie, wie sie konnte. Jemand in der Nähe kicherte.

»Wenn man Herrin und Maid nicht mehr auseinanderhalten kann ...«

Das kam aus dem spitzen Mund der Kammerdienerin einer opulenten Frau, die aussah wie ein violettes Kanapee kurz vor der Explosion, so eng, berüscht und mit Schleifen behängt war ihr Kleid. Lene erhob sich wieder, aber Raleigh hatte sich schon längst wieder an Boysen gewandt. »Ich möchte Euch mit ein paar sehr interessanten Männern bekannt machen und bin gespannt, was Ihr von ihnen haltet. Ich bin schon länger am Abwägen, ob ich nicht in den Schiffsbau einsteigen sollte. Thomas Mayfair und Charles Maire sind führend auf diesem Gebiet. Ich frage mich, was dran sein könnte an ihren Überlegungen, Schiffe nicht mehr aus Holz, sondern aus Eisen zu bauen.«

Er sah hinüber zu einer Gruppe von Männern, die zusammenstanden und sich lebhaft unterhielten. Ihre Kleidung war exzellent und dem Anlass entsprechend ausgewählt. Umso auffälliger war der Kontrast zu den halblangen, sehr modern geschnittenen Haaren, die so gar nicht der Mode des Kontinents entsprach. Sie lachten, tranken und unterhielten sich prächtig. Einer, ein großer, kräftiger Mann mit Backenbart und Augenbrauen, buschig wie Kaminbesen, haute einem anderen gerade so fest auf die Schulter, dass der fast in die Knie ging.

Zu der Gruppe hatten sich einige Frauen in äußerster Selbstverständlichkeit hinzugesellt. Vor allem zwei fielen auf, offenbar die Gattinnen von Maire und Mayfair. Ihre Juwelen funkelten mit dem Kronleuchter über ihnen um die Wette. Haltung und Anmut verrieten eine exzellente Herkunft, aber sie wirkten weder steif noch arrogant. Eher wie biegsame Blumen, dachte Lene, so wie die eine sich an ihren Mann schmiegt ... Es wirkte locker und selbstverständlich und stand vielleicht deshalb in einem derart großen Kontrast zu der steifen, stets irgendwie beleidigt wirkenden Margarethe.

»Mayfair!«, rief der Rehder. Der Bärtige drehte sich zu ihnen um. »Und Maire, kommt mal her, ihr beiden Verrückten!«

Die Herren verabschiedeten sich mit formvollendeten Handküssen, die von ihren Frauen mit liebevoller Nebensächlichkeit quittiert wurden, bevor sie sich den anderen Gesprächspartnern in der Gruppe zuwandten.

»Eisen«, sagte Boysen in einem Ton, mit dem er wohl auch das Ansinnen kommentiert hätte, mit Papierschiffen den Atlantik zu überqueren.

»Ich weiß, ich weiß, alter Junge. Aber ich finde, wir sollten uns das mal ansehen, was die beiden in Blackwall hinter den East India Docks anstellen. – Ah, da seid ihr ja.«

Mayfair war der Mann mit Backenbart. Maire der, dem er gerade auf die Schulter geklopft hatte. Er trug einen Mittelscheitel, aber seine Locken waren trotz der Kürze nicht zu zähmen und sprangen in alle Richtungen, als wäre er gerade in eine heftige Bö geraten. Auch er trug einen Backenbart, der aber zum Kinn hin breiter wurde und seinem schmalen Gesicht etwas mehr Wucht und Gediegenheit verlieh. Sie waren jung, Mitte zwanzig vielleicht, aber sie strahlten ein Selbstbewusstsein aus, als gäbe es keinen Unterschied zu den doppelt so alten Herren.

»Mr Boysen, einer meiner besten Kapitäne, seine Gattin Margarethe und Mr Pauly, der Erste Offizier meiner *Shady*.«

Es wurden Artigkeiten und Komplimente ausgetauscht, und während sich alle langsam auf den Speisesaal zubewegten, kam Raleigh ohne Umwege zur Sache.

»Mein lieber Mayfair, nun erklärt mir mal, warum ein Schiff aus Eisen besser sein sollte als eines aus Holz.«

»Gewiss. Im Moment laufen uns ja die Chinesen im Schiffbau ziemlich den Rang ab. Aber in der Verhüttung von Eisen haben wir die Nase vorne. Wir wollen in unserer Werft ein Tall Ship bauen, einen Großsegler, vorwiegend mit Rahsegeln. Zunächst im Verbund mit Kupfer und Holz. Denn wenn wir die Entwicklung der Dampfschifffahrt betrachten, werden wir in absehbarer Zeit nicht darum herumkommen, uns maschinenbetriebene Schiffe vorzustellen, die die Strecke nach Amerika oder Indien in einem Drittel der Zeit …«

Mayfair und Maire hatten den mehr als skeptischen Boysen in ihre Mitte genommen und sanft zum Speisesaal geschoben. Dort war die größte Tafel aufgebaut, die Lene je gesehen hatte. Hunderte Kerzen spiegelten sich in silbernen Schüsseln und Aufsätzen. Die Krönung von allem war ein fast ein Meter großes Segelschiff aus getriebenem Silber, das in der Mitte der Tafel thronte. Es war, als wären all die Märchen, die man sich zu Hause in Friesland erzählte, wahr geworden. Sogar die Gäste kamen aus dem Staunen nicht heraus. Mit »Ohs« und »Ahs« wurde der Tisch umrundet, Damen wiesen entzückt auf die Details der Karaffen und Tafelaufsätze, aber die Krönung war zweifelsohne das Schiff.

»Augsburger Silber«, konstatierte das violette Kanapee. Die Dame hatte ungeniert einen Brotteller umgedreht und die Punzierung geprüft.

Lene, die den Boysens gefolgt war, wurde von Margarethe unsanft in die Wirklichkeit zurückgeholt. »Du gehst zum Gesinde! Domestiken haben hier nichts zu suchen!«

Keine einzige Zofe war mehr im Raum. Ein Diener bemerkte ihr Dilemma, nickte in Richtung Empfangshalle und wies dann auf eine offene Tür, die im Schatten der gewaltigen Treppe zum Obergeschoss lag. Sie schlüpfte hindurch und wurde von entgegenkommenden Lakaien, die Tabletts und Weinkrüge trugen, weitergeschickt. Es ging eine schmale Steintreppe hinunter in den Keller, wo sich die Küche des Hauses, Vorratsräume sowie eine Art Aufenthaltsraum für die Dienerschaft befanden. Dort traf sie auf die Zofen, zu denen sich nun auch die Kutscher und Leibdiener der Gäste gesellt hatten.

Bei ihrem Eintritt verstummten die Gespräche. Über dem Kamin brodelte es in einem Eisentopf, der Duft war so exotisch wie verlockend. Die Ersten hatten sich bereits eine Schüssel genommen und selbst bedient. Brot stand auf dem großen Holztisch, dazu einfache Steingutkrüge mit Wasser und Wein. Die Frauen hatten zum Essen die Schürzen angelegt, damit ihre Kleider keine Flecken bekamen. Ein junges Mädchen, das seine Schüssel schon geleert hatte und nun mit einem Stück Brot auswischte, grinste sie fröhlich an.

»Setz dich zu mir. Du bist neu, nicht wahr? Ich hab dich jedenfalls noch nirgends gesehen.«

Sie trug keine Haube, sondern nur ein kleines Band am Hinterkopf, das ihre rotblonden Locken kaum bändigen konnte. Lene bedankte sich, froh über die Einladung. Die anderen setzten ihre Gespräche wieder fort. Bald legte sich eine allgemeine Fröhlichkeit über die zusammengewürfelte Gemeinschaft. Krüge wurden herumgereicht, Brot aufgeschnitten, alte Bekanntschaften aufgefrischt. Lene bekam eine Schüssel mit dampfendem Eintopf gereicht.

»Stew«, sagte das Mädchen fröhlich und biss herzhaft in sein Brot. »Aus Mutton[15] mit ein bisschen Curry. Deshalb ist es so gelb.«

Lene kostete vorsichtig. »Was ist Curry?«

Zwei Zofen, die ihr gegenübersaßen, sahen sich vielsagend an.

»Curry ist eine Mischung aus verschiedenen Gewürzen, unter

---

15 Schaf.

anderem aus Gelbwurz, Kümmel und Bockshornklee. Mein Master handelt damit und ist mit dem Rehder schon lange befreundet. Ich bin Henrietta. Mrs Williams zweite Kammerzofe.«

Lene ignorierte die beiden Zicken, die jetzt die Köpfe zusammensteckten und tuschelten.

»Und du?«

»Ich bin Lene, Madam Boysens einzige Kammerzofe.«

Henriettas Augen leuchteten. »Natürlich. Du bist auf einem Schiff! Wie aufregend!« Dann senkte sie die Stimme zu einem verschwörerischen Flüstern. »Hör nicht auf das, was die anderen sagen. Mr Boysen steht sehr hoch in der Gunst des Rehders. In ein paar Jahren wird er sich irgendwo in der Nähe von Devonshire House niederlassen. Oder Londonderry. Oder Montague.«

Henrietta nickte, als wäre die glänzende Zukunft der Boysens beschlossene Sache, und stand auf, um sich einen Nachschlag zu holen. Wenig später saß sie wieder neben Lene.

»Die da«, sie deutete mit dem Löffel auf eine sehr schlanke, in elegantes Schwarz gekleidete Frau am Ende des Tisches, »gehört zu Colonel Berkeleys. Sie reist dauernd nach Florenz, weil sie dort noch einen Hausstand haben. Beneidenswert.« Henrietta seufzte, dann nahm sie die nächste Zofe ins Visier. »Das ist Cynthia, die ist nett. Muss sie auch sein, denn sie klaut wie eine Elster und wurde schon zweimal erwischt. Sie dient bei den Cavendishs, falls dir das was sagt.«

Cynthia war eine dralle Frau mit einem pausbäckigen Gesicht.

»Sagt mir nichts«, erwiderte Lene mit vollem Mund.

Henrietta nickte. »Bist du Holländerin? Du sprichst wirklich witzig.«

»Friesin. Aus den Nordmarschen.«

Henrietta grinste. »Verstehe. Mit ein bisschen Übung hast du es bald raus. Deine Herrschaft ist sehr nett, das muss ich schon sagen.«

Das war erstaunlich. Vorsichtig fragte Lene: »Warum?«

»Du bist ziemlich neu und hast wirklich keine Ahnung, wie man in Stellung auftritt.« Henrietta griff nach Lenes Hand und drehte die Innenfläche nach oben. »Ziemlich viele Narben hast du und ganz schöne Schwielen.«

Lene zog die Hand weg, als hätte sie sich verbrannt.

»Du hast noch vor kurzer Zeit ziemlich geschuftet. Hör zu, ich bin nicht so eine wie die da.« Sie wies mit einer verächtlichen Geste zu den anderen. »Ich brauche kein nobles Haus, um mich besser zu fühlen als der Rest. Mr Williams, mein Master, hat sich aus einem Elendsloch in Stepney hochgearbeitet, als achtes von sechzehn Kindern. Er sagt, er stinkt bis heute nach Abzucht, aber das Geld öffnet ihm die Türen in die besten Häuser. Was also ist Geld? Na? Was?«

Lene, die ihr Verhältnis zu Geld noch nie auf den Prüfstand gestellt hatte, hob fragend die Schultern. Geld entschied über Leben und Tod, über Elend und Sorglosigkeit. Sie trug zehn Silbertaler mit sich, Annes gesamtes Vermögen. Geld war Verantwortung. Vertrauen.

»Es ist nur ein Schlüssel.« Henrietta nickte, als ob sie selbst die Erfinderin dieser Lebensweisheit wäre. »Nichts weiter. Was war deiner? Wie bist du in diese Stellung gekommen?«

»Ich hab gefragt. Und hatte Glück.«

»Das hast du wirklich. Hunderte, Tausende würden sich eine Hand abhacken, um so eine Chance zu kriegen. Na ja, mit einer Hand kämen sie nicht weit. Oder?«

Mit einem Schulterzucken stellte Henrietta die leere Schüssel zurück auf den Tisch. »Mal sehen, ob es später noch Wein gibt. Einmal hatte ein Kutscher eine Mundharmonika dabeigehabt, da haben wir sogar getanzt.« Ihre Augen leuchteten. Aber das lag nicht an der Erinnerung, sondern an den Blicken eines jungen Mannes, der bei den Kutschern stand und immer wieder zu ihnen hinüberschaute. Henrietta kicherte und setzte sich richtig herum an den Tisch. »Gucken ja, alles andere – lass die Finger davon. London ist voll von Dienstmädchen, die dachten, sie wären eine zweite Georgiana.«

»Georgiana?«

»Du hast noch nie von ihr gehört? Von ... Georgiana Cavendish?«

Henrietta rückte näher an sie heran.

»Georgiana Cavendish wurde durch Heirat zur Duchess of Devonshire. Aber ihr Schicksal wurde ein anderer Mann. Na, weißt du jetzt, was ich meine?«

Lene schüttelte den Kopf, was zu einem fast verzweifelten kleinen Seufzen bei Henrietta führte.

»Charles, der 2nd Earl Grey?«

»Kann sein, dass ich den Namen schon mal ...«

»Unser Premierminister! Damals, als er die Affäre hatte, war er das natürlich noch nicht. Das sind alles Geschichten hinter vorgehaltener Hand, aber nach Georgianas Tod konnten einige den Mund nicht halten ... er muss umwerfend gewesen sein. Voller Geist und Esprit! Ein bisschen was davon steckt immer noch in ihm, sonst hätte er nicht zusammen mit Wellington die Korngesetze durchgekriegt. Da kann er sich noch so sehr für die Katholiken einsetzen, das war und ist eine Schweinerei.«

Lene vermutete, dass auch das Politik war. Ihr wurde bewusst, wie wenig sie sich bisher um solche Dinge gekümmert hatte. Aber wie auch? Nachrichten aus den großen Städten kamen erst mit wochenlanger Verzögerung in Hogsterwaard an. Die Zeitungen erreichten nur die, die sie sich leisten konnten. In der Kate der Vosskamps war der tägliche Kampf ums Überleben wichtiger gewesen als der von Königen und Politikern, die doch nur über die Köpfe ihrer Untertanen hinweg regierten.

Henrietta hingegen erzählte von diesen Dingen, als hätte sie selbst dabeigesessen und *revolutioniert.*

»Jedenfalls wurde er vor vier Jahren Premierminister und hat das Monopol der Ostindien-Kompanie aufgehoben. Und die Sklaverei in den britischen Kolonien. Er gehört zu den Whigs. Schon mal gehört?«

Lene schüttelte den Kopf.

»Das sind die, die alles anders machen wollen. Die Torys wollen, dass alles so bleibt.«

»Was ist besser?«

Henrietta dachte nach. »Wahrscheinlich eine Mischung aus beidem«, sagte sie schließlich.

»Woher weißt du das alles?«

»Meine Madam, Mrs Williams, spricht viel darüber. Sie ist für die Torys, weil sie meint, all die Reformen würden die Stützen des Empire angreifen.« Henrietta lachte, Lene stimmte etwas verunsichert mit ein. »Und Mr Williams ist ein Trader, deshalb ist er für die Whigs. Er will den Freihandel, das mit der Religionsfreiheit oder der Sklaverei interessiert ihn nicht besonders. Die beiden führen oft Streitgespräche, und abends regt sie sich dann immer vorm Zubettgehen über ihn auf, wenn er zu lange im Reform Club geblieben ist. Ich sag's dir, Männer … Aber du wolltest ja mehr über Georgiana erfahren. Meine Mutter hat sie mal von Weitem gesehen, da war sie schon über vierzig und immer noch eine schöne Frau. Sie ist viel zu jung gestorben.«

»Oje. Und sie hatte eine Affäre mit dem jungen Earl?«

»Ich sehe schon, bei dir muss man ganz von vorne anfangen. Also: Charles Grey, unser Premierminister, war in jungen Jahren befreundet mit dem Prince of Wales. Die beiden waren so eng.« Zwei aneinandergelegte ausgestreckte Zeigefinger bezeugten das Verhältnis. »Dann wollte der Prince, dass Charles für ihn … ähm …« Sie sah sich um und senkte dann noch mehr die Stimme. »Er sollte ihm in einer ziemlich ehrlosen Sache aus der Patsche helfen.«

Klatsch und Tratsch vom Allerfeinsten! Lene spitzte die Ohren.

»Und?«

»Der Earl hat es abgelehnt. Seitdem ist das Verhältnis etwas abgekühlt.«

Lene hätte gerne gewusst, um was für eine *Sache* es dabei mit dem Thronfolger gegangen war, aber Henrietta hüpfte bereits zum nächsten Skandal. »Dann lernte er Georgiana Cavendish kennen. Unglücklicherweise verheiratet mit dem Duke of Devonshire. Oh mein Gott, die Frau war unglaublich! Es gab keine, die so den Mund aufgemacht hat in der Politik und so viel Geist und Esprit hatte. Und …« Henrietta rieb sich nachdenklich über den Nasenrücken. »Man darf ja nicht drüber reden, und für unsereins ist das nicht unbedingt ein Vorbild, aber sie hat dann, obwohl sie verheiratet war, nicht nur eine … ähm …«

»Ja?«, fragte Lene ungeduldig. Sie wollte mehr von dieser Cavendish hören, der es gelungen war, mit mehr als einer guten Partie in Erinnerung zu bleiben.

»Also, sie führte eine Ehe zu dritt. Mit, ähm, einer anderen Frau.« Henrietta schien dieser Frevel nicht sonderlich zu stören. »Und dann, es ist unfassbar!, hatte sie auch noch ein Verhältnis mit Charles Grey, und von dem bekam sie ihre Tochter Eliza.«

»Wie lange ist das her?«

»Über vierzig Jahre. Georgina starb hoch verschuldet. Sie glänzte auf jedem Parkett. Nur nicht am Spieltisch.«

Lene nickte, zog ihren Becher zu sich heran und trank einen

Schluck Wasser. »Wie schade. Und warum glauben so viele Londoner Dienstmädchen, eine zweite Georgiana zu sein?«

»Weil sie denken, es würde reichen, sich einen wohlhabenden und gerne auch verheirateten Liebhaber zu suchen und ihm ein Kind zu schenken …« Henrietta kicherte.

»Wie wächst man denn hier auf als uneheliches Kind?« Lene konnte sich kaum vorstellen, dass dieses Stigma irgendwie ausgelöscht werden konnte. Aber die Gesellschaft machte durchaus Unterschiede, wie Henrietta wusste.

»Nicht anders als überall auf der Welt. Es sei denn, du hast reiche Verwandte. Eliza kam zur Familie der Greys. Dort wuchs sie sorgenfrei auf und hat dann ehrenhaft geheiratet, General Robert Ellice. Beide sind heute Abend hier.«

Henrietta sah in die Runde, angelte dann nach dem nächsten Krug und goss sich nach. »Für viele von uns sind sie wie Schmetterlinge, diese Earls und Dukes und Baronets, und wir glauben, wenn wir ihre Flügel berühren, bleibt auch ein Hauch von ihrem Glanz an unseren Fingerspitzen kleben.«

Ein Lakai erschien an der Tür und rief: »Lady Bessborough? Ist Lady Bessborough hier?«

Zu Lenes Erstaunen erhob sich eine dunkel gekleidete Dame.

Henrietta beugte sich zu Lene. »Das ist natürlich die Zofe der Lady. Sie merken sich unsere Namen nicht. Für sie gehören wir zum Hausstand wie Pferd oder Kutsche. Wie …« Sie suchte nach dem richtigen Begriff.

Lene sah sich in diesem Raum sitzen, satt vom Stew und den Geschichten, die Henrietta erzählt hatte. War das nicht ein Leben, das so viel schöner war als alles, was sie sich je in Hogsterwaard erträumt hatte? Sie könnte es für immer haben. An Margarethes Seite über die Nordsee schippern und ab und zu in London einen Blick auf eine Gesellschaft erhaschen, wie sie der Rest der Welt gerade mal in Modezeitschriften zu sehen bekam, und irgendwann würde sie das Kleid, das sie gerade trug, als Geschenk erhalten. Es war, verglichen mit dem Gefängnis von Leer, das Paradies. Aber irgendetwas störte.

»Wie ein kleines Fass Rum.«

»Was?«, fragte Henrietta, die schon wieder vielversprechende Blicke mit dem jungen Mann am anderen Ende des Raumes wechselte.

»Mrs Boysen?«, rief ein Lakai.

Lene stand hastig auf und warf Henrietta ein entschuldigendes Lächeln zu, die ihre leeren Becher gespielt verzweifelt in ihre Richtung hob und ihr hinterherrief:

»Husch, husch! Ich trinke für dich mit!«

Die Kapitänsfrau erwartete Lene nicht im großen Speisesaal, sondern am Eingang eines anderen Salons, der von der Empfangshalle abging. Dort hatten sich die Herren und einige wenige Damen an Spieltischen zusammengefunden, und Lene erkannte mit einem Blick auf die Vierergruppen, dass der Leidenschaft für Whist gehuldigt wurde. Margarethe erwürgte gerade ihr Taschentuch mit beiden Händen. Sie hatte rote Flecken im Gesicht und trat nervös von einem Fuß auf den anderen.

»Madam?«, fragte Lene, als sie bei ihr angelangt war.

»Wir müssen zurück an Bord.«

»Und …«

Im Salon herrschte angespannte Ruhe, nur unterbrochen durch das leise Schnappen der Karten beim Mischen oder dem Fauchen eines Lucifers, wenn eine Zigarre angezündet wurde.

Boysen saß am ersten Tisch rechts, zusammen mit zwei Herren und einer schlanken Frau mittleren Alters, die die gewaltigste Haarpracht trug, die Lene jemals auf dem Kopf einer Dame gesehen hatte: wildes Gewölle, zu einem Tuff zusammengesteckt, aus dem die hellbraunen Locken wie ein Wasserfall über ihre Schultern und das tief ausgeschnittene Dekolleté rieselten. Vermutlich eine Mischung aus echtem und falschem Haar.

Ihr Kleid war aus flaschengrüner Seide, einfach geschnitten, aber mit detailreichen Stickereien verziert, und für die Juwelen, die smaragdgrün an ihrem Hals, den Ohren und sogar in den Haaren schimmerten, hätte sich halb Friesland zu Fuß übers Meer nach Indien aufgemacht. Sie saß, wie Boysen, mit dem Rücken zur Tür, und die Bewegungen, mit denen sie die Karten warf, zeugten ebenso von Eleganz wie Routine. Alle vier waren höchst konzentriert, sodass Lene nicht lange überlegen musste, warum Margarethe so außer sich war.

»... er will nicht«, stellte sie fest.

Die verschmähte Gattin warf einen Blick voller Verachtung in den Raum. »Er sagt, das muss er tun, das machen alle. Aber wenn er Pech hat, verspielt er an einem Abend dreißig Pfund!«

»Ist das viel?«

Margarethes Augen hätte kochendes Wasser zu Eisbrocken gefroren. »Der Halbsold eines Offiziers für ein Jahr! Oder so viel, wie der da verdient.«

Der Butler der Raleighs, ein in Ehren ergrauter steifer Mann, stolzierte schon den ganzen Abend durch die Räume und sah nach dem Rechten.

Lene wusste, dass das Spiel, wenn man vom ihm beherrscht wurde, statt es zu beherrschen, gefährlich werden konnte. Henry war einmal nachts betrunken nach Hause gekommen, und erst am nächsten Tag hatte er unter Tränen gestanden, dass er den ganzen Wochenlohn fürs Krabbenfischen auf den Kopf gehauen hatte. Rensches Reaktion darauf war, dass sie ihn drei Nächte draußen im Hof schlafen ließ und jedes Mal, wenn er in ihrem Gesichtskreis aufgetaucht war, ein Donnerwetter über ihn erging, das bis Middelstewehr zu hören sein musste. Welche Daumenschrauben sie sonst noch bei ihm angezogen hatte, wusste Lene nicht. Nur, dass er danach nie wieder um Geld gespielt hatte. Aber dafür mit dem Gerber und seinen Jungs, und bei diesen Gelegenheiten war Lene auch eine begeisterte Spielerin geworden. Und eine gewiefte dazu.

»Ihr wollt zur *Shady*?«

»Natürlich«, kam es gallenbitter zurück. »Aber ich muss ja warten, bis er fertig ist!«

Aus einer geöffneten Tür auf der gegenüberliegenden Seite der Empfangshalle drangen Stimmen und helles Gelächter. Hunderte Kerzen erhellten den Raum, und Musik, fröhlich und getragen zugleich, klang zu ihnen herüber.

»Wollt Ihr nicht zu den Damen gehen? Einige sahen doch ganz nett aus.«

»Nein.« Margarethe reckte trotzig das Kinn. »Ich bleibe hier. Irgendwann wird er ja mal hochsehen und mich bemerken.«

Lene glaubte das nicht. Wer im Spiel gefangen war, schaute nicht hoch. Jeder Blick weg vom Tisch konnte die Aufmerksamkeit zerstreuen, mit der man sein eigenes Blatt und die Abwürfe der anderen in Einklang brachte. Deshalb war es umso seltsamer, dass Boysens Gegenüber, ein Mann mit feistem Gesicht und borstigem Backenbart, den Diener immer wieder in Augenschein nahm.

Der junge Mann in senfgelber Livree und hellen Kniebundhosen stand mit einem Tablett neben der Tür, auf dem er eine Rotweinkaraffe balancierte. Strategisch gesehen genau der Platz, von dem aus man den gesamten Raum überschauen konnte. Dabei konnte er aber auch ganz wunderbar in Boysens Karten und in die der Lady linsen. Lene fiel auf, dass seine behandschuhten Finger immer wieder die Position wechselten. Man hätte diese kleinen Fingerspiele für den Zeitvertreib eines gelangweilten Domestiken halten könnte, der lieber im Keller gewesen wäre, wo es beim Punsch richtig fröhlich wurde. Aber etwas war seltsam an diesem Blickkontakt. Das Glas des Herrn am Spieltisch war nur noch halb voll, und der Diener rührte sich auch nicht, um nach anderen Wünschen des Gastes zu fragen.

Die Runde ging ihrem Ende zu. Schließlich warf Boysen die letzte Karte. Er und die Dame hatten verloren. Während sie mit einem Lächeln einen Ring vom Finger streifte, wurde Boysen offenbar der Kragen eng. Er winkte den Diener heran, um etwas zu trinken zu ordern – und sah seine Frau am Eingang stehen, Sinnbild abgrundtiefster Verachtung.

Mit einer gemurmelten Entschuldigung stand er auf und kam zu ihnen.

»Liebes, du weißt …«

»Wie viel?«

»Es gehört sich nun einmal, einen solchen Abend …«

»Wie viel? Ich dachte, du wolltest eines Tages mal auf große Fahrt, statt immer und ewig über die Nordsee zu schippern wie ein Heringsfänger!«

In ihre blassblauen Augen traten Tränen der Wut. Boysen ignorierte Lene, die so tat, als sei sie plötzlich ertaubt.

»Liebes, nur noch eine Runde, dann wendet sich das Blatt. Ich verspreche es dir!«

Die flaschengrüne Dame stand auf und kam zu ihnen. Das Kleid schmeichelte ihrer Silhouette auf eine Art, wie es Lene noch nicht gesehen hatte: Es betonte die Schulter- und Nackenlinie und floss ab der Taille sanft aufgebauscht in sehr schmalen Falten bis zu den Knöcheln hinab. Es war … frivol, fast. Beinahe. Denn es kam darauf an, wer es trug. Keine andere Frau, die Lene kannte, hätte ihre Figur mit einer solchen Anmut zeigen können. Ein paar Locken waren aus dem gewaltigen Tuff in die Stirn gefallen und verliehen ihr eine übermütige Lebendigkeit, die sich auch in ihren Augen spiegelte. Die Aufregung des Spiels hatten ihre Wangen erhitzt. Sie schlug ihren Fächer auf, ein Meisterwerk aus Elfenbein und Federn, und wedelte sich etwas Luft zu.

»Mrs Boysen, wie schön! Wir hatten noch gar keine Zeit gehabt, miteinander zu plaudern!«

Ihre Stimme klang warm, und in ihrem Blick lag nicht die Spur von Argwohn.

»Mrs Ellice«, kam es etwas gezwungen aus Margarethe Mund. »Wenn Ihr es erlaubt, so würde ich mich gerne zurückziehen.«

Lene hielt den Atem an. *Das* war die berühmte Eliza! Die uneheliche Tochter der Duchess of Devonshire und des Earl Grey! Vergebens versuchte sie, in den Zügen dieser Frau etwas von dem unkonventionellen Lebenswandel ihrer Mutter zu entdecken, aber Eliza war einfach nur eine schöne, sehr reiche und selbstbewusste Frau, die offenbar ungeduldig darauf wartete, das Spiel fortzusetzen.

»Das ist doch gar keine Frage, meine Liebe.« Eliza schenkte ihr ein verstehendes Lächeln. »Aber wir würden gerne dem Pech, das uns schon den ganzen Abend verfolgt, einen Tritt in den Allerwertesten geben. Was meint Ihr, mein hochgeschätzter Käpt'n?«

Margarethe gab einen Laut von sich, der entfernt an einen Schluckauf erinnerte.

»Ihr habt verloren?«, fragte sie und schnappte nach Luft.

»Ja, und nicht zu wenig. Euer Gatte auch. Wir sitzen sozusagen in einem Boot, und das wollen wir wieder flottkriegen.«

Eliza lächelte. Keine Falte in ihrem sorgenfreien Gesicht würde sie am nächsten Tag daran erinnern, dass sie gerade dem borstigen Backenbart ihren Smaragdring gegeben hatte. Bei Boysen hingegen würde der Haussegen für Wochen schief hängen. Die Eheleute hatten schon zu viele Probleme miteinander, da musste nicht auch noch Whist dazukommen.

»Entfernt diesen Lakaien«, sagte Lene und sandte ein angedeutetes Nicken in Richtung des jungen Dieners, der gerade an einem anderen Tisch nachschenkte. Als Boysen sich umdrehen wollte, flüsterte sie: »Nicht! Ihr dürft nicht verraten, dass Ihr sie durchschaut habt. Er und Euer Mitspieler mit dem seltsamen Bart, direkt gegenüber, stecken unter einer Decke. Der Vierte an Eurem Tisch ist harmlos.«

Der »Vierte« war ein blasser, etwas blutarm wirkender junger Mann. Er tupfte sich gerade die Stirn mit einem Seidentuch ab. Wenn Lene sein besorgtes Gesicht richtig interpretierte, überschlug er wohl ebenfalls die Summe seiner Verluste. Nur der Borstige sah fröhlich aus. Kein Wunder, denn vor ihm lagen Schmuck, Schuldscheine und … Lene traute ihren Augen nicht, die Taschenuhr des Käpt'ns, ein Geschenk des Rehders.

»Der Fischkopp da hat auch verloren«, wandte Boysen sich an Eliza. »Wir alle drei sind abgezockt worden?«

Die ihres Ringes beraubte Dame wandte sich an Lene. »Das ist eine ziemlich schockierende Anschuldigung. Wie kommst du dazu, so etwas zu behaupten? Wer bist du eigentlich?«

Es fehlte nicht viel und Margarethe würde aus Scham über dieses Versäumnis ohnmächtig werden. »Meine Zofe, Mylady. Verzeiht ihre Ungehörigkeit, sie ist noch nicht lange in Diensten …«

Eliza schüttelte unwillig den Kopf, was die Kapitänsfrau sofort zum Verstummen brachte.

»Was hast du gesehen?«

Lene ging mit anmutiger Verbeugung in die Knie. »Verzeiht meine Anmaßung.«

»Nein. Nein!« Eliza zog sie mit sanftem Griff wieder hoch. »Was genau hast du beobachtet?«

»Sie haben eine Geheimsprache über Fingerzeichen. *Singleton* ist der Zeigefinger, *Doubleton* Zeige- und Mittelfinger. Ass ist der Daumen der linken Hand, die Eins der rechte Zeigefinger. Die Hofkarten werden mit drei Fingern angezeigt, Bube ist Daumen, Zeige- und Mittelfinger links, Dame ist …«

Alle drei starrten sie an.

Lene räusperte sich. »Ähm … Ich kenne diese Zeichen.«

In Hogsterwaard wurde mit harten Bandagen gespielt.

Boysen wischte sich über die Stirn. Margarethe sah ihre seltsame Zofe an, als sähe sie sie zum ersten Mal. Nur Eliza ließ nun ein kleines, ziemlich wissendes Lächeln um ihre Lippen spielen und klappte mit einer eleganten Bewegung ihres Handgelenks den Fächer ein.

»Oh ja, ich habe davon gehört … Das scheint mir eine ziemlich präzise Erklärung für unser Unglück zu sein. Wie heißt du?«

Lene ging tiefer in die Knie. »Lene Vosskamp, Mylady.«

Eliza wandte sich an Margarethe. »Und dieses bemerkenswerte Geschöpf ist Eure Zofe?«

»Ja«, antwortete die Kapitänsfrau verunsichert, weil sie noch nicht wusste, wohin der Hase lief.

Eliza wandte sich wieder an Lene. »Könntest du uns jetzt noch sagen, wie wir diesen Diener loswerden? Nichts läge mir ferner, als Mr Raleigh zu düpieren, indem wir Anschuldigungen gegen seine Gäste und die Dienerschaft unterbreiten.«

Als ob der Lakai ahnte, dass von ihm die Rede war, sah er zu ihnen und kehrte langsam zu seinem Platz zurück.

»Lasst mich das machen«, sagte Lene.

Sie deutete einen Knicks vor Eliza an, nickte den Boysens zu und ging dann mit sittsam gesenktem Kopf zu dem Diener.

»Sir«, sagte sie, wohl wissend, dass das nicht die passende Anrede war. »Meine Herrschaft würde gerne wissen, welchen Wein Ihr serviert?«

Der junge Mann würdigte sie keines Blickes. »Einen Franzwein. Es ist ein Bordelais aus dem Médoc.«

»Darf ich?«

Ohne eine Antwort abzuwarten und ohne dass der junge Mann Zeit gehabt hätte, das Manöver zu registrieren, hatte Lene die Karaffe schon hochgehoben. Sie sah noch seine schreckgeweiteten Augen und den fassungslosen Ausdruck in seinem Gesicht, als sie den gesamten Inhalt auf seine gelbe Livree kippte und die Karaffe dann mit einem »Oh Gott!« fallen ließ. Sie zerschellte auf dem Parkettboden in tausend Splitter. Alle im Raum drehten sich um, erkannten dann aber, dass es sich um nichts Weiteres als ein Malheur unter Domestiken handelte. Es gab ein paar Lacher, ein wenig Kopfschütteln, dann konzentrierten sie sich wieder auf das Spiel.

»Es tut mir so leid!« Lene ging in die Knie und begann, die Scherben aufzusammeln, während der Diener einen Schritt zurücktrat, das Tablett sinken ließ und fassungslos mit der anderen Hand den klitschnassen Stoff von seinem Leib zog. Aus den Augenwinkeln bemerkte Lene, dass der Borstige aufstehen und den Tisch verlassen wollte. Sie warf Eliza einen auffordernden Blick zu. Die nickte unmerklich und schwebte auf ihre beiden verlassenen Spielpartner zu.

»Ihr wollt doch nicht etwa gehen?«

»Nun …« Der Borstige strich sich über seinen Bart und sah zur Tür, wo der Diener endlich geruhte, nun auch ein paar Scherben einzusammeln. »Ich denke, es wird Zeit.«

»Aber nicht doch! Ich habe Euch versprochen: Einmal gewinne ich noch an diesem Abend. – Mr Boysen?«

Der Kapitän eiste sich von seiner Gattin los und nahm ebenfalls wieder an dem Tisch Platz. Die Karten wurden neu gemischt.

»Was war das?«

Der Diener sprach leise und voll unterdrückter Wut. Er hielt eine besonders große Scherbe in der Hand und richtete die

Spitze auf Lene. »Du willst wohl auf dem Grund der Themse landen!«

Lene zuckte mit den Schultern. »Macht ihr halbe-halbe?«, fragte sie ebenso leise zurück. »Du und der Mann, der so aussieht wie ein barbiertes Borstenschwein?«

»Erstens: Ich weiß nicht, von was du redest. Zweitens: Das ist Lord Penpillick.«

»Ein Lord.« Lene legte noch eine Scherbe auf das Tablett und wischte sich dann eher symbolisch die Handflächen ab. »Keine Ahnung, wie sehr er es nötig hat, beim Spiel zu betrügen. Aber du bist bei Mr Raleigh in Stellung. Nicht mehr lange, wenn er erfährt, was ich gesehen habe.«

Jetzt sah er aus wie ein Straßenjunge, der ihr am liebsten mit der Scherbe die Kehle durchgeschnitten hätte. Die Livree wirkte wie eine Verkleidung, und mit dem blasierten Gesichtsausdruck war es auch vorbei, als es aus ihm herausplatzte: »Wenn er was erfährt? Was willst du eigentlich? Ich schwör dir, ich bring dich um!«

Lene wollte etwas antworten, als es in die dunkelrote Pfütze auf dem Boden tropfte, aber es war kein Wein. Es war Blut. Mit einem Stöhnen öffnete der Diener die Faust. In seiner Wut hatte er die Scherbe so tief durch den weißen Handschuh in den Handballen gejagt, dass sie zur Hälfte darin verschwunden war. Er zog sie mit schmerzverzerrtem Gesicht heraus, woraufhin das Blut noch stärker strömte. Mit der unverletzten Hand packte er den Knöchel und kam wankend auf die Beine. Niemand im Salon nahm von ihnen Notiz. Nur Margarethe, die biblische Salzsäule im Türrahmen, sah in unverhohlener Ratlosigkeit zu ihnen.

Lene schnappte sich den jungen Mann und zog ihn zu der Kapitänsfrau. »Euer Taschentuch, schnell!«

Margarethe gab es ihr. Lene half in Windeseile, den kaputten

Handschuh abzustreifen, und drückte das Tuch auf die Wunde. »Das muss genäht werden.«

»Was?«, ächzte der Diener. Und wie aus dem Boden gewachsen stand auf einmal der Butler hinter ihnen. Unter den buschigen Augenbrauen glommen zwei kalte Augen in einem herrischen Gesicht.

»Mr Collins, es tut mir leid ...« Der junge Diener hatte sichtlich Schmerzen. »Ich bin ausgerutscht.«

»Es war mein Fehler«, kam ihm Lene zu Hilfe. »Ich bin gestolpert, als ich zu Mrs Boysen wollte.«

Die Kapitänsfrau, ihres Taschentuchs beraubt, knetete nervös die Hände.

Der Butler deutete Margarethe einen steifen Diener an. »Ich entschuldige mich für den Anblick, dem Ihr ausgesetzt seid.« Dann wandte er sich an seinen Untergebenen. »Verbinden, umziehen. Du nimmst den alten Rock von Charles.«

»Sehr wohl, Mr Collins. Zu Diensten.«

Er presste das Handtuch auf die Wunde und lief auf die Tür unter der steinernen Treppe zu. Collins schnippte in die gleiche Richtung, und im Handumdrehen erschienen zwei Dienstmädchen, die sich um die Bescherung auf dem Parkettboden und die Scherben kümmerten.

Lene sah zu dem Spieltisch. Der Borstige geriet ins Schwitzen, Boysen hatte einen undurchdringlichen Gesichtsausdruck. Aber Mrs Eliza drehte sich wie beiläufig zum Eingang um und zwinkerte Lene dabei kurz zu.

»Diese Partie gewinnen sie«, flüsterte Lene mit Blick auf den Butler, der sich würdevoll entfernte. »Und ich glaube, Ihr habt eine neue Freundin.«

Margarethe versuchte ein dünnes Lächeln.

»Madam, darf ich nach dem Diener sehen? Er hat sich geschnitten, und ich habe deshalb ein schlechtes Gewissen.«

Die Kapitänsfrau schien langsam aus ihrer Starre zu erwachen. »Ja. Mach das. Ich gehe dann wohl zu den anderen Damen … jetzt gewinnt er aber, nicht wahr?«

»Wenn er ein guter Spieler ist, bestimmt.«

»Lene…« Margarethe wusste nicht mehr, wohin mit ihren Händen. Nachdem sie kurz an ihren Hut und dann über ihren Rock gewandert waren, faltete sie sie schließlich. »Wenn mein Mann den Verlust wieder aufholt, dann …«

»Ja?«, fragte Lene höflich nach.

»Dann würde das meine Laune doch etwas heben.«

Großartig. Sie rettete ihrem Dienstherrn den Hals, und alles, was seiner Gattin einfiel, war, etwas bessere Laune zu haben. Lene machte einen kleinen Knicks und überließ die Boysens ihrem Glück – oder Unglück. Sie eilte in den Gang hinter der Treppe und fand im Essraum des Gesindes ein Zimmermädchen, das sie auf ihre Frage nach dem verletzten Diener mit sich in einen kleinen Raum zog. Vermutlich verbrachte hier das höhergestellte Personal seine Pausen, denn vor dem Kellerfenster hing ein gehäkelter Vorhang.

»Pete?«, sagte das Mädchen. »Da ist jemand für dich.«

Der junge Diener saß vornübergebeugt auf einem Stuhl. Die Livree hatte er ausgezogen. Sie hing über der Lehne, aber auch sein Hemd hatte einiges von dem Wein abbekommen. Die Wunde blutete immer noch. Als er Lene sah, stieß er einen ärgerlichen Laut aus.

»Lass mich in Ruhe.«

Lene kam näher und ging in die Knie. Dann ergriff sie sanft die verletzte Hand und betrachtete sie genauer.

»Gibt es einen Wundarzt in der Nähe?«

»Wofür? Das ist nur ein kleiner Kratzer.«

»Er wird nicht heilen. Dafür bewegst du die Hand viel zu sehr. Du musst das nähen lassen. Ist ein Arzt in der Nähe?«

Er befreite sich aus ihrem Griff und strich sich mit der unverletzten Hand wütend die Haare aus der Stirn. »Nicht für uns. Du hast Collins gehört. Umziehen, und wieder an die Arbeit.«

Lene stand auf. Das Zimmermädchen drückte sich immer noch an der geöffneten Tür herum. Sie war ein blasses, farbloses Wesen.

»Wie heißt du?«

Die Kleine fuhr zusammen. »Cecily, Madam.«

»Ich bin keine Madam, sondern Mrs Boysens Zofe. Hol Nadel und Faden. Und Rum. Oder irgendetwas anderes, das brennt.«

Lene hatte oft genug gesehen, wie Rensche Verletzungen behandelt hatte. Vor allem, wenn das Heu gemäht wurde, war Henry mehr als einmal die Sense abgerutscht. Vielleicht ging man in der Stadt anders mit Unfällen um, schmierte eine Salbe darauf und alles heilte im Handumdrehen. Auf dem Land gab es so etwas nicht. Ärzte kamen nur zu den Reichen, die meisten Gebrechen ließ man beim Bader behandeln. Wer sich noch nicht einmal den leisten konnte, legte selbst Hand an. Jede Wunde musste ernst genommen werden. Wenn man das nicht tat, konnte das schwerwiegende Folgen haben.

»Mach schon!«

Das Mädchen stob davon.

»Hör zu, Pete.« Sie nahm einen Stuhl, stellte ihn direkt vor dem Jungen ab und setzte sich. »Ich werde das in drei, vier Stichen nähen. Danach musst du den Verband wechseln, so oft es geht, und die Wunde sauber halten. Hast du mich verstanden?«

»Mr Collins …«

»Überlass Mr Collins mir.« Sie würde Eliza bitten, ein gutes Wort für den Diener einzulegen. »Wie kamst du dazu, mit Lord Penpillick gemeinsame Sache zu machen?«

»Das habe ich nicht!«

Lene schwieg.

»Nicht so, wie du denkst«, schob er hastig hinterher.

»Ach ja? Du verrätst ihm das Blatt seiner beiden Gegenspieler. Ich kenne diese Zeichensprache. Abgewandelt zwar, aber sie wird offenbar überall auf der Welt angewandt.«

Pete schüttelte den Kopf. Er war etwas älter als Lene, aber ohne seine Livree wirkte er jetzt wie ein kleiner Junge, der etwas ausgefressen hatte und nicht mehr wusste, wie er aus dieser Situation wieder herauskommen sollte.

»Was willst du?«, fragte er schließlich.

Der Gedanke war so plötzlich aufgetaucht, dass Lene innerlich erst einmal vor ihm zurückschreckte. Aber er war da und ließ sich nicht mehr verdrängen. Sie musste aufhören, bescheiden an ihrem Platz zu bleiben, sondern Schritt für Schritt weitergehen. Auch wenn es Überwindung kostete.

»Ich suche einen Platz in London, an dem ich ohne Gefahr für Leib und Leben ein paar Wochen verbringen kann.«

»Du musst untertauchen?«

»Ja.«

»Warum?«

Lene versuchte, eine ziemlich gefährliche Miene aufzusetzen. »Das willst du lieber nicht wissen. Also? Kennst du jemanden?«

Pete bekam langsam das Gefühl, eine Komplizin und keine Gegnerin vor sich zu haben. »Ich denke schon. Das kostet aber was.«

»Eben nicht, Dummkopf. Was ist dir deine Stellung hier wert?«

Er seufzte abgrundtief, und Lene beschlich auf der Stelle ein schlechtes Gewissen. Dieses Mal bleibst du hart, schwor sie sich.

»Wenn ich den Mund halte, erwarte ich dafür, dass du mir hilfst. Ich muss noch heute Nacht verschwinden.«

»Heute Nacht? Das … das ist unmöglich!«

Sie deutete auf die verletzte Hand. »Falls du es immer noch nicht verstanden hast – wenn ich dir nicht helfe, stehst du so oder so auf der Straße. In einer Woche ist deine Hand so dick wie ein Ball, danach wird sie schwarz und fällt ab. Wird Mr Raleigh auch einen Diener beschäftigen, der nur noch mit einer Hand arbeiten kann?«

Pete funkelte sie wütend an. »Du erzählst mehr Mist als alle Ärzte zusammen.«

»Gut, dann kann ich ja gehen.«

»Nein!«

Er legte den Kopf in den Nacken und schnaubte vor Wut. Dann hatte er sich wieder in der Gewalt und fixierte sie mit einem Blick, der ziemlich entschlossen wirken sollte.

»Okay. Was willst du?«

»Die ganze Geschichte von dir und Lord Penpillick. Und ein Versteck.«

»Ziemlich viel.«

»Du kriegst ja auch 'ne Menge dafür.«

»Ich bin öfter in der King's Hall in St. Mary, zwischen Harp Lane und Tower Street. Ein Whist-Club, in dem viele vom Hafen verkehren. Aber auch viele, die in anderen Clubs nicht mehr so gerne gesehen werden.«

»Wie Lord Penpillick.«

Pete nickte. »Ich kenne alle Tricks, und der Lord suchte jemanden als Aide, aber nicht am Spieltisch, sondern … nun ja.«

»Als sein Passmann irgendwo im Raum, der ihm steckt, welches Blatt seine Mitspieler haben.«

»*Oll correct.*« Pete griff wieder an den Knöchel seiner verletzten Hand. »Ich bekomme für jeden gewonnenen Rubber zwei Shilling.«

»Und er?«

»Steckt den Rest ein.«

»Das ist aber kein fairer Handel.«

»Er ist der Herr, ich bin nur ein Domestik.«

Vom Flur näherten sich hastige Schritte, und dann tauchte Cecily mit einem kleinen Nähkorb, mehreren Streifen Baumwollstoff und einer braunen Rumflasche auf.

»Danke«, sagte Lene.

»Kann ich sonst noch etwas tun?«

Die Sorge um Pete hatte etwas, was über die normale Kollegialität hinausging. Er lief klatschmohnrot an, und sie nestelte länger an dem Verschluss des Korbes, als es nötig war.

Lene lächelte. »Jetzt nicht. Wenn ich fertig bin, achte darauf, dass er den Verband regelmäßig wechselt und Rum über die Wunde gießt.«

Cecily nickte eifrig. »Die Flasche ist aus unseren … ähm … Beständen. Sie taucht nicht in den Büchern auf. Mrs Shilton hat gesagt, für medizinische Zwecke ist es okay. Aber nicht zum Trinken!«

Sie warf Pete einen mahnenden Blick zu.

»Mrs Shilton ist …«, fragte Lene.

»Die Erste Hausdame, Madam.« Cecily knickste.

Lene zog den Korken aus der Flasche und roch an dem Inhalt. Ein anständiger karibischer Rum, wie ihn Anne ihren auserwählten Kunden anbot.

»Das scheint mir ein Haus zu sein, in dem man gut mit seinen Leuten umgeht.«

»Oh ja, Madam. Wir würden alle für die Herrschaft durchs Feuer gehen. Bis auf Mr Collins vielleicht …« Sie hob erschrocken die Hand vor den Mund. *»En ess!«*

Lene sah sie fragend an.

»Oh, *nuff said* wollte ich sagen. Genug davon. Wir kürzen seit Neuestem alles ab. Das ist witzig! Aber Mrs Shilton will es uns wieder abgewöhnen. Okay, also dann – ich meine, *oll correct*… ähm … ich geh dann mal.«[16]

Englisch war schon schwierig genug, aber mit dem Slang klarzukommen, dürfte wohl eine noch größere Herausforderung sein. Lene schüttete etwas Rum in eine kleine Schüssel und legte Nadel und Faden hinein.

»Oh … kay«, wiederholte sie, und das Mädchen verschwand. Zu Pete gewandt sagte Lene: »Du solltest das alles nicht aufgeben.« Sie ließ offen, ob sie damit seine Stellung oder das Mädchen meinte, aber sie hatte das Gefühl, dass Pete verstand.

Sie schüttete Rum über den Schnitt und hörte nur, wie er mit zusammengebissenen Zähnen die Luft einsog. Die Scherbe hatte keine Splitter hinterlassen, und die Blutung war ins Stocken geraten. Doch schon bei den ersten Stichen ging sie wieder los. Es war eine glitschige und nicht sehr angenehme Sache. Neben der Schüssel hatten einige saubere Handtücher gelegen, die sie sich zum Schutz auf den Schoss gelegt und vor die Brust gebunden hatte. Aber die waren nach wenigen Momenten schon blutbefleckt.

»Wie lange denn noch?«, stöhnte Pete und schielte zu der Rumflasche.

»Ich hab's gleich.«

Endlich war alles so vernäht, wie sie es bei Rensche gesehen hatte. Sie verknotete den Faden und biss ihn anschließend einfach ab, weil sie mit ihren blutigen Fingern nicht auch noch nach einem Messer oder einer Schere suchen wollte.

»Fertig!«

Alles wurde ein weiteres Mal mit Rum abgespült, die Blu-

---

16 Oll correct: alles in Ordnung. Aus dieser Abkürzung entstand das bis heute gebräuchliche »okay«.

tung war gestillt. Dann wusch sich Lene Hände und Gesicht und wickelte die Baumwollstreifen um Petes Hand.

»In zwei Tagen musst du die Fäden ziehen«, bläute sie ihm ein. »Es kann noch einmal bluten, und es wird schmerzhaft sein, aber sonst entzündet sich die Wunde.«

Pete nickte und rollte den Ärmel seines Hemdes wieder hinunter. Der Rotwein darauf war mittlerweile getrocknet.

»Geh zur King's Hall und sag, du kommst von Smilin' Pete.«

»Ich soll in einen Whist-Club?«

»Sie haben einen Boden unterm Dach. Da kannst du erst mal bleiben.«

Margarethes Kleid war halbwegs von Flecken verschont geblieben. Die Verlockung war groß, gar nicht mehr zu den Boysens zurückzukehren. Einfach durch den Dienstboteneingang hinaus auf die Straße und in London untertauchen. Aber das hätte bedeutet, dass den Boysens ihre Zofe während eines Empfangs bei Raleigh abhandengekommen war. Raleigh würde sie vielleicht suchen lassen, und auf jeden Fall wäre es eine gehörige Aufregung und genau die Sorte Klatsch, die Margarethe als Letztes gebrauchen konnte. Seltsam, dass ihr dieses unglückliche Geschöpf voller Selbstzweifel doch ans Herz gewachsen war.

»Ich hab kein Geld«, sagte sie. »Vielleicht hätte ich das erwähnen sollen.«

Als Pete schwieg, drehte sie sich um. In der Tür stand Collins, der Butler, und betrachtete mit eisigem Blick das, was die Operation aus seinem Rückzugsort gemacht hatte.

»Was ist denn hier los?«, fragte er und rümpfte die Nase.

Pete sprang auf, Lene machte einen Knicks. »Ich habe mir erlaubt, Petes Wunde zu nähen.«

»So.« Collins kam näher, nahm die Rumflasche hoch und hielt sie gegen das Licht. »Und was ist das?«

»Medizin«, erwiderte Lene. »Zum äußerlichen Gebrauch. Von Mrs Shilton.«

Der Butler stellte die Flasche ab und begutachtete nun Petes Aufzug. »Du hast noch immer keine saubere Livree an?«

»Sofort, Mr Colins. Sofort!«

Der Junge machte einen Kratzfuß und verschwand. Collins wandte sich an Lene.

»Für was hast du kein Geld?«, fragte er drohend. »Ich weiß, dass die Spielsucht grassiert und anständige Menschen in den Ruin treibt. Lass die Finger von ihm!«

»Ja, Sir.« Lene ging wieder in die Knie.

»Und jetzt raus hier! Die Herrschaften brechen auf.«

Er wies zur Tür. Lene raffte das Kleid und lief, so schnell sie konnte, wieder nach oben.

Sie kam gerade noch rechtzeitig, um sich in der Empfangshalle zu Margarethe und Boysen zu gesellen. In die allgemeine Aufbruchsstimmung mischten sich letzte Umarmungen, aufmunternde Grüße und zugeworfene Verabredungen, untermalt vom Getrappel der Hufe vor der Tür und dem Rasseln der anfahrenden Kutschen. Die Federhüte wogten, und mit Capes und Mänteln beladene Footboys suchten die Besitzer der Garderobe.

»Wo warst du denn so lange?«, herrschte Margarethe sie an, erwartete aber keine Antwort. Das klang nicht gerade nach guter Laune. Boysens verschlossenes Gesicht verriet nicht, wie der Abend am Spieltisch ausgeklungen war. Auch Eliza war nirgendwo zu entdecken. Dafür tauchte ein paar Meter vor ihnen die Halbglatze von Lord Penpillick auf. Er drängelte sich durch die Leute und verschwand, ohne sich zu verabschieden.

Lene überlegte fieberhaft, wie sie den buchstäblichen Absprung schaffen konnte. Sie musste wohl oder übel erst einmal mit in die Droschke steigen. Und selbst wenn Mr Beard sie um Mitternacht aus ihrem Gefängnis auf der *Shady* befreite, könnte der Erste Offizier sie beobachten, wenn sie heimlich das Weite suchte. Wo war er eigentlich?

»Wo ist Mr Pauly?«

Missmutig antwortete Margarethe: »Auf dem Weg zu seiner Familie, nach Peckham. Seine Eltern leben dort in einem kleinen Haus, zusammen mit seiner Frau und den Kindern. Er kümmert sich rührend, und welche Erleichterung es für eine Mutter ist, wenn der Vater ihrer Kinder alles daransetzt, ein eigenes Dach über den Köpfen …«

»Ich hoffe, diese verdammte Droschke ist schon unterwegs«, polterte Boysen dazwischen. Er wusste genau, welches Thema seine Frau schon wieder anschnitt.

Am Ausgang stand Raleigh mit seiner Gattin, einer hageren, huldvoll wirkenden Erscheinung in silbergrauem Taft, und verabschiedeten die Gäste mit launigen Worten. Lene rückte etwas näher an Margarethe heran.

»Und … also … wenn ich fragen darf, wie ist es gelaufen?«

»Gut«, antwortete Margarethe. »Er konnte den Verlust wettmachen.«

»Das ist doch sehr erfreulich.«

»Erfreulich?« Die Kapitänsfrau hob die Stimme, damit ihr Gatte sie auch sicher nicht überhören würde. »Und was ist, wenn er das nächste Mal zu einer Partie Whist eingeladen wird? Die Häfen sind voll mit diesen Spelunken, in denen ehrlichen, hart arbeitenden Männern der letzte Shilling abgeknöpft wird! Glaub ja nicht«, jetzt wandte sie sich offen an Boysen, »dass ich nicht wüsste, was du in Emden treibst!«

»Ich weiß nicht, wovon du redest.« Boysen, der bereits seinen Hut erhalten und aufgesetzt hatte, nahm ihn noch einmal ab und strich sich über die Stirn. Dabei warf er einen nervösen Blick auf Lene, die kaum merklich den Kopf schüttelte.

»Das weißt du ganz genau! Du spielst. Du bist ein Spieler. Das ist fast so schlimm wie ein Trinker, weißt du das?« Margarethe war offenbar nicht mehr sie selbst, wenn sie kein Taschentuch hatte.

Lene räusperte sich. »Madam …«

Und da tauchte wie ein rettender Engel Eliza auf. Es war, als ob sich im biblischen Sinne das Meer teilen würde, denn alle traten zur Seite, um ihr Platz zu machen.

»Entschuldigt bitte vielmals!«

Eliza kam direkt vor Margarethe zum Stehen. »Mrs Boysen, Mr Boysen! Ich muss mich doch noch von Euch verabschieden!«

Margarethe, plötzlich im Mittelpunkt des Interesses, wusste gar nicht, wie ihr geschah.

»Und ich muss mich bei Eurer Zofe bedanken«, flüsterte ihr Eliza ins Ohr.

Sie hakte sich bei Margarethe ein, und gemeinsam ging es wieder ein paar Schritte weiter.

»Lene, nicht wahr?«

Lene knickste und sagte: »Ja, Mylady.«

Ohne sie anzusehen, sprach Eliza leise weiter. So merkte niemand von all den Leuten, die sie beobachteten, dass dies eine etwas seltsame Unterhaltung war: Eliza Ellice, Tochter der berühmten Georgiana Cavendish und des britischen Premierministers Charles Grey, im Gespräch mit einer friesischen Dienstmagd.

»Wir haben dem Herrn – wie sagt man so schön? – das letzte Hemd ausgezogen. Mr Boysen hat sogar noch einen netten Gewinn gemacht. Nicht wahr?«

Der Kapitän brummte nur.

»Lene, ich muss Euch danken. Ihr habt uns aus einer peinlichen Situation befreit. Spielschulden sind Ehrenschulden, und ich hätte mich gar nicht mehr auf diese letzte Partie einlassen dürfen.« Sie hob die Hand, an der der Smaragdring schimmerte. »Der Schmuck ist von meiner Mutter, und die hatte ihn von … ach, lassen wir das. Ihr seid mit erstaunlichen Gaben gesegnet, mein Kind.«

Lene brauchte einen Moment, um zu begreifen, dass sie mit dieser Feststellung gemeint war. Bisher hatte Eliza sie angesprochen, wie höhere Damen das mit Dienstmädchen taten. Nun aber benutzte sie die ständische Anrede, als wäre sie, Lene, die gesellschaftliche Leiter ein paar Stufen hinaufgefallen.

»Ich weiß nicht, Mylady …«

»Jedenfalls«, Eliza wandte sich mit einem Lächeln, das mit ihrem Schmuck um die Wette strahlte, an Margarethe. »Wie lange seid Ihr noch in London?«

Die zuckte wie ertappt zusammen. »Das kommt auf die Geschäfte meines Mannes an. Edward?«

»Drei oder vier Tage, Mylady«, sagte er.

»Dann müsst Ihr zu mir zum Tee kommen! Sagen wir morgen?«

Die letzten Sätze hatte Eliza so laut hinausposaunt, dass auch andere Paare sie mitbekamen.

»Das …« Margarethe suchte nach Worten. »Ich weiß nicht …«

Lene hätte um ein Haar die Augen verdreht. Wie dumm konnte ein Mensch eigentlich sein? Da bot Eliza dieser Frau die Eintrittskarte zur Londoner Society auf einem Silbertablett an, und die *wusste nicht*? Lene hätte sie am liebsten geschüttelt.

»Oder – kommt doch eine Stunde früher! Vielleicht gegen drei? Meine Schneiderin ist da mit den neuesten Zeitschriften und Schnitten aus Paris. Ich finde, Kleider kann eine Dame nie genug haben.«

Boysen wirkte immer noch wie jemand, der in letzter Sekunde einer ziemlichen Heimsuchung entronnen war.

»Tu das doch, meine Liebe. Es wird dich ablenken, während

ich mit den Shipchandlern zugange bin. – Das ist sehr freundlich von Euch. Meine Frau fühlt sich immer etwas verloren in London.«

»Aber dem sollte doch abzuhelfen sein, oder?«

Nun begriff Margarethe endlich, dass die Einladung ernst gemeint war.

»Dann …« Ein Lächeln erschien auf ihrem Gesicht, wie Lene es noch nie gesehen hatte. Es ließ Margarethe strahlen und verwandelte sie von einem Moment zum anderen in die Frau, in die sich Boysen vielleicht vor langer Zeit einmal verliebt hatte. »Dann komme ich sehr gerne! – Edward, hast du gehört?«

Boysen nickte zustimmend. »Ich werde versuchen, dich persönlich vom Schiff zu holen und hinzubringen. Wäre dir das recht?«

»Natürlich!« Margarethe umfasste seinen Arm und zog ihn an sich. Es war eine so spontane Gefühlsaufwallung, dass Boysen ihr gerührt die Hand tätschelte. Lene kam in den Sinn, dass die Menschen wahrscheinlich genauso dringend wie Brot auch noch etwas anderes brauchten: Anerkennung. Margarethes Augen strahlten, und es war ihrem Mann anzusehen, dass er sich über die plötzliche Verwandlung seiner Frau freute.

»Und bringt Eure Zofe mit«, sagte Eliza.

»Das … ähm … weiß ich noch nicht, Mylady.« Das Lächeln verschwand, und Lene, die Margarethe eben noch am liebsten in den Arm genommen hätte, verspürte die spontane Anwandlung, sie zu packen und durchzuschütteln.

Aber dann fuhr sie fort: »Das muss meine Zofe selbst entscheiden.«

Mit einem verwunderten Blick wandte Eliza sich an Lene. Die glaubte, sie hätte sich verhört. Selbst entscheiden?

»Ihr erstaunt mich, Mrs Boysen.« Auch Eliza wusste nicht,

was sie von dieser Aussage halten sollte. »Das sind ja sehr moderne Ansichten, die Ihr habt.«

»Sie ist nur für diese Überfahrt auf die *Shady* gekommen. Und ich glaube nicht, dass sie noch länger in meinen Diensten bleiben wird. Obwohl ich sie nur ungern ziehen lasse.«

Lene blieb fast der Mund offen stehen. Dann sah sie in Margarethes Augen, die feucht schimmerten. Ihre Lippen formten das Wort »Danke«.

Lene ging tief in die Knie.

Die Lady war nun noch neugieriger geworden, was es mit diesem seltsamen Dienstmädchen auf sich hatte. Sie wandte sich direkt an Lene.

»Habt Ihr denn schon eine neue Stellung?«

»Nein, Mylady. Aber ich werde schon etwas finden.«

»Mein Hausstand ist leider vollzählig, und für den Fall, dass eine Stellung frei würde, stehen längst sehr viele Kinder und Verwandte meines Dienstpersonals bereit, um sofort einzuspringen. Es sind harte Zeiten. Ich kann versuchen, mich umzuhören. Aber im Moment sieht es so aus, als ob das Gebot der Stunde eher die Bewahrung und nicht die Erweiterung der Entourage ist.«

Lene kannte die Bedeutung dieses Wortes nicht, aber sie wusste, was damit gemeint war. Eine gute Arbeit zu finden war schwer.

Elizas Zofe tauchte auf, ein pelzverbrämtes Cape über dem Arm, und flüsterte ihrer Lady etwas ins Ohr. Diese nickte und schlug den Fächer in ihrer Handfläche zusammen.

»Meine Kutsche steht bereit, ich muss mich verabschieden. Mrs Boysen, Mr Boysen, wir sehen uns morgen.«

»Gewiss!« Margarethe strahlte wieder.

»Und Ihr, Miss Vosskamp … Was kann ich denn sonst für Euch tun?«

Lene ging noch einmal in die Knie. »Danke, Mylady.«

Ihr Herz raste. Sie war frei, sie konnte gehen, wohin sie wollte! Sie würde ins Nichts stürzen, sobald sie dieses Haus verlassen hatte, aber das war egal.

»Nun, ich möchte trotzdem nicht in Eurer Schuld stehen. Ich gebe euch einen Trumpf. Einen einzigen. – Carol?«

Die Zofe knickste und reichte Eliza einen perlenbestickten Beutel. Aus dem zog die Lady ein französisches Kartenspiel und daraus wiederum das Pik-Ass. Sie betrachtete es kurz und sagte dann: »Ihr dürft eine Bitte an mich richten, und sie wird Euch erfüllt werden. Viel Glück, mein Kind.«

Damit rauschte sie davon, und es entstand ein Moment der Stille unter den drei Zurückgebliebenen, die sich innerlich noch die Augen rieben über das, was gerade geschehen war.

Lene sah auf die Spielkarte in ihrer Hand. Boysen räusperte sich.

»Nun denn, dann trennen sich hier unsere Wege. Können wir dich noch irgendwo absetzen?«

Lene steckte die Karte in den Ärmel ihres Kleids.

»Ja. Ich muss zu St. Mary, zur King's Hall.«

»Zur King's Hall? In diesen *pleasure garden*?« Boysen verschluckte sich fast. »Dort willst du deinen Fuß hineinsetzen? Und dann auch noch mitten in der Nacht?«

Ein Whist-Club, das war doch nichts Ungesetzliches? Wo zum Teufel wollte Pete sie hinschicken, das sogar einen Kapitän entsetzte?

»Was ist ein *pleasure garden*?«, fragte Margarethe und wurde mit einem unwirschen »Das willst du nicht wissen!« abgefertigt.

»Wir können dich an der Tower Street absetzen. Den Rest des Weges musst du zu Fuß gehen.«

Damit zog er Margarethe zurück in die Warteschlange, wo sie gnadenlos zurück auf den letzten Platz gebissen wurden.

Die Rückfahrt verlief schweigend. Es waren widerstreitende Gefühle, die Margarethe und Edward Boysen in Lene hervorriefen. Ohne sie wäre London nur ein Traum geblieben, aber wirklich schön war die knappe gemeinsame Woche auch nicht gewesen. Als der Kutscher hielt und »Tower Street!« brüllte, hörte sie ein seltsames Ächzen und sah in der schummrigen Dunkelheit, dass Boysen sich seltsam verrenkte. Dann flüsterten die Eheleute miteinander.

»Hier«, sagte Boysen schließlich schnaufend.

Er hielt ihr ein Stück Papier entgegen, das Lene noch nie gesehen hatte. Als sie sich nicht rührte, sagte er: »Das ist ein Pfund Sterling. Es entspricht ungefähr zehn Talern.«

»Zehn Taler?«, brachte Lene gerade noch heraus.

»Du musst es wechseln.« Er drückte ihr den Schein in die Hand. »Das sind 20 Schillinge zu je 12 Pence. Damit müsstest du zwei Wochen auskommen.«

Sie rieb mit ihren Fingern über das Papier. Es fühlte sich glatt und fest an. Ihre erste Geldnote. Ein Pfund Sterling! An Annes Taler dachte sie nicht, die waren ja nur geliehen, und Boysens Mariengroschen war wohl eher Schweigegeld gewesen. Aber das hier war ihr erstes richtiges selbst verdientes englisches Geld.

»Als Dank für deine Dienste.« Das klang vielsagend und schloss wohl auch ihre Begegnung in Emden mit ein. Margarethe, die seit Elizas Einladung in anderen Sphären schwebte, bekam diesen Unterton nicht mit. Aber zurückstehen wollte sie auch nicht.

»Das Kleid kannst du behalten«, sagte sie. »Ich ziehe es sowieso nicht mehr an. Und das ist für dich.« Sie reichte ihr das wollene Cape, mit dem sie das Schiff verlassen hatte.

Lene wusste nicht, was sie sagen sollte. Es war ein gewirkter Wollstoff. Dicht genug, um bei dem ständigen Nieselregen eine Weile trocken- und warmzuhalten, aber trotzdem leicht und so gut wie neu. Es duftete sogar ein wenig nach Margarethes Kampfer.

»Danke«, stammelte Lene. »Das ist … das ist sehr großzügig.«

»Da nich for«, konterte Margarethe nicht auf Englisch, sondern in fast akzentfreiem Friesisch. »Was machst du denn jetzt? Kennst du jemanden in London? Willst du nicht doch wieder mit uns zurück an Bord?«

Lene faltete die Note zusammen und steckte sie zu der Spielkarte in ihrem Ärmel.

»Ich danke Euch vielmals für Eure Güte. Aber ich muss weiter. London ist nicht die Endstation.«

»Wohin geht denn die Reise?«, klang Boysens Stimme aus der Dunkelheit. Es war das erste Mal, dass er eine interessierte Frage an sie richtete.

»Weit fort«, erwiderte Lene. »Leider nicht über eine Eurer Routen. Ich danke Euch für Eure Güte. Lebt wohl.«

Sie stieg aus, und die Kutsche schwankte wieder, als sie in den Straßenmatsch sprang.

»Lene!«

Margarethe beugte sich vor. Irgendetwas musste ihr auf der Seele brennen, denn sie warf noch einen scheuen Blick auf den Gatten, der im Dunkel der Kutsche verborgen blieb.

»Ja?«

»Welches Kleid soll ich denn morgen anziehen? Ich habe keine Ahnung, was die Lady erwartet!«

Das waren natürlich die wahren, existenziellen Fragen.

»Nehmt das indigofarbene, wäre meine Empfehlung. Dazu den hellen Hut und die Saffianhandschuhe, das wird zauberhaft aussehen. Und …«, Lene trat noch einmal näher an die Kutsche, »… lasst Euch die Gelegenheit nicht entgehen, Euch von einer Schneiderin aus Paris ausstaffieren zu lassen. Macht

Euch wegen der Kosten keine Sorgen. Ich glaube, Euer Gatte ist heute guter Laune, wenn ich das bemerken darf.«

Margarethe hielt geziert die Hand vor den Mund und kicherte. »Ich glaube auch.«

»Und Ihr müsst mehr lachen.«

Sie nickte dem Kutscher zu und warf sich das Cape über die Schultern. Margarethe verschwand im Inneren des Wagens, die Pferde zogen an, und mit einem schweren Rasseln holperte das Gefährt davon.

Lene sah ihm hinterher, bis es hinter der nächsten Biegung verschwunden war.

Nein, sie hatte keinen Fehler gemacht. Es war gut, jetzt weiterzugehen. Und es war noch besser, eine echte Pfundnote und ein Ass im Ärmel zu haben.

Die Glocken schlugen Mitternacht, als Lene in die Harp Lane einbog, eine schmale Straße, gesäumt von eng aneinanderstehenden schiefen Fachwerkhäusern. Es roch nach Unrat, und man musste aufpassen, nicht in tiefe Löcher zu fallen, die urplötzlich vor einem auftauchten und wahrscheinlich zu genau diesem Zweck existierten: Ortsfremde spurlos verschwinden zu lassen. An der Ecke zur Tower Street stand noch eine Gaslaterne, die einen fast geisterhaften Schein durch den aufziehenden Nebel sandte. Aber je weiter es in die Gasse hineinging, desto dunkler wurde es.

Lene hatte die Kapuze des Capes tief ins Gesicht gezogen und achtete sorgsam auf jeden ihrer Schritte. Ratten huschten über den Weg, ab und zu verfolgt von fauchenden, struppigen Katzen. Betrunkene torkelten ihr entgegen, mehrmals musste sie über Körper steigen, bei denen nicht ganz klar war, ob sie nur auf der Straße schliefen oder schon gänzlich das Zeitliche gesegnet hatten. Die meisten Passanten waren Gruppen von jungen Männern oder angeheiterte Paare, die nicht auf Lene achteten. Aus den Häusern drang trotz der späten Stunde Gebrüll und Gezeter, vermischt mit dem Schreien von hungrigen Säuglingen. Kinder stromerten immer noch um die Ecken oder lagen einfach in Hauseingängen. Offenbar hatten sie niemanden, der sich um sie kümmerte, und noch nicht einmal ein Dach über dem Kopf.

»Es ist nicht mehr weit, Liebes. Ich bitte dich. Nur noch ein paar Schritte!«

Die Stimme des Mannes kam aus einer noch engeren Seitengasse. Er redete Deutsch, mit diesem harten, preußischen Akzent, wie ihn die Brandenburger sprachen.

»Nur einen Moment ausruhen.« Eine Frau antwortete, die zu Tode erschöpft sein musste. Lene trat näher und spähte in die Gasse, die kaum mehr war als eine Lücke zwischen zwei Häusern. Auf dem Boden saß eine Gestalt, der es wirklich schlecht gehen musste, sonst würde man sich dort nicht niederlassen. Sie hatte den Kopf auf die Knie gelegt und in ihren Armen vergraben. Ihre Haube war fleckig ebenso wie der helle Mantel, und der Saum ihres Rocks war nass und zerrissen. Über sie gebeugt stand ein Mann und streichelte ihre Schulter. Von den beiden ging keine Gefahr aus, das spürte Lene sofort.

»Kann ich helfen?«, fragte sie und versuchte, ihrem friesischen Platt etwas Hochdeutsch einzuhauchen, wie sie es bei Anne gelernt hatte.

Erschrocken sah die Frau hoch. In diesem schummrigen Dunkel war ihr Gesicht nur ein heller Fleck. »Werner?«

Auch der Mann richtete sich auf.

»Ihr sprecht Deutsch?«

Reflexartig wollte Lene in die Knie gehen, wie immer in den letzten Wochen, wenn sie direkt angesprochen worden war.

Aber sie war keine Dienstmagd mehr, deshalb sagte sie einfach nur: »Ja.«

Der Mann trat zwei Schritte auf sie zu. Er war einen halben Kopf größer als sie, und als er den Hut abnahm, sah sie in ein markantes Gesicht mit klaren, offenen Zügen. Das dunkle Haar trug er länger, als es Mode war. Dazu fiel es offen und zerzaust auf die Schultern, was ihm ein verwegenes Aussehen gab. Aber das täuschte, denn der Blick aus seinen braunen Augen war durch eine Mischung aus Verzweiflung und Ratlosigkeit getrübt. Er ergriff ohne weitere Umstände ihre Hand.

»Euch schickt der Himmel. Wir irren seit Tagesanbruch durch diese Stadt. Wir haben alles verloren und kommen nicht mehr weiter. Wir suchen …«

Er ließ sie unvermittelt los. Eigentlich wirkte er wie ein Mann, der wusste, was er tat. Aber seine Jacke war von Staub und Dreck bedeckt, die Schuhe schmutzig, und seine Bewegungen wirkten fahrig. Er zog einen Packen Papier aus der Jacke, das ebenfalls so aussah, als sei er unter die Räder einer Kutsche geraten, und blätterte darin herum. An seinen Händen waren blutverkrustete Abschürfungen zu sehen.

»Wo sind sie denn?« Verwirrt tastete er noch einmal seine Jacke von außen ab und holte dann ein Paar Augengläser heraus, von denen ein Glas gesprungen war.

Lene spähte an ihm vorbei zu seiner Begleiterin. Sie war aufgestanden und stützte sich mit einer Hand an der Häuserwand ab, um nicht das Gleichgewicht zu verlieren. Langsam wie eine alte Frau, setzte sie Fuß vor Fuß, bis sie bei ihrem Mann angekommen war. Der kämpfte gerade damit, die Gläser aufzusetzen.

»Hier, Werner.« Sie zog ein Blatt aus dem zerrupften Stapel heraus und reichte es Lene mit einem entschuldigenden Lächeln. Ihre Hand zitterte, und ihr schmales, blasses Gesicht ließ vermuten, dass sie am Ende ihrer Kräfte war. »Wir haben einen Vertrag mit einem Passenger Broker bei der Sutton Mail Packet Company. Wir sind heute in aller Herrgottsfrühe aus Bremen eingetroffen und sollen hier auf unser Schiff warten. Der Kutscher hat versprochen, uns sicher dort abzuliefern, aber dann kam er vom Weg ab, irgendwo in den Docks, ich weiß es nicht mehr, und dann tauchten diese Männer aus dem Hinterhalt auf und überfielen uns ...«

Unvermittelt schluchzte sie auf und krallte sich an der Jacke ihres Mannes fest. Der streichelte ihr die zuckenden schmalen Schultern, während Lene das Blatt hochhob und damit zum Eingang eines Hauses ging. Im Schein der Petroleumlampe erkannte sie, was sie in den Händen hielt: Das Zertifikat der S.M.P.C., das war wohl diese Sutton Mail Packet Company, über eine Passage für Werner Brennicke, Pfarrer aus Bellin in Brandenburg, und seine Frau Sophie. Und zwar von London nach ... Rangoon, British Burma.

Sie ließ das Blatt sinken und atmete tief durch. Dann kehrte sie zurück zu den beiden, die sie keine Sekunde mit diesem kostbaren Stück Papier aus den Augen gelassen hatten.

»Da steht, die Agentur hat zwei Adressen: Eine in Millwall und eine in der Fleet Street. Am besten ist es, Ihr wendet Euch morgen an Euren Broker, er wird Euch weiterhelfen. Die Passage ist ja bezahlt, also müsst ihr Euch nur eine neue Ausrüstung für die Überfahrt kaufen und warten, bis Ihr einen Platz auf einem Schiff bekommt.«

Sophie hatte sich gefangen und rieb sich die Tränen aus den Augen. »Ist das noch weit von hier?«

Lene gab Werner das Papier, der es sorgsam faltete und zurück zu den anderen steckte.

»Ich weiß es nicht. Ich bin genau wie Ihr erst heute angekommen. Aber Ihr könnt hier nicht bleiben.«

Sophie nickte. Sie mussten schon den ganzen Tag durch London gestolpert sein. Die Verzweiflung, dass sie ihrem Ziel keinen Schritt näher gekommen waren, schien sie fast wieder in die Knie zu zwingen.

»Gibt es vielleicht ein Gasthaus in der Nähe?«, fragte der junge Pfarrer. »Irgendetwas, in dem wir die Nacht zubringen können?«

»Ich bin unterwegs zum St. Mary *pleasure garden*«, antwortete Lene. »Wenn Ihr wollt, könnt Ihr Euch gerne anschließen. Vielleicht ist dort etwas für Euch zu finden.«

Die beiden sahen sich an und nickten. »Sehr gerne.«

Überraschenderweise hakte Sophie sich bei Lene und ihrem Mann ein, und wenige Schritte später kannte Lene den Grund: Die Frau humpelte stark.

»Was ist passiert?«

»Es ist nicht schlimm. Ich bin nur irgendwo umgeknickt.«

Lene erfuhr schnell die ganze tragische Geschichte, die das junge Paar in diese Situation gebracht hatte. Aufgebrochen waren sie aus ihrem kleinen Kirchspiel in Brandenburg, um in British Burma eine Mission aufzubauen. Alles war vorbereitet und in Kisten verpackt. Die Überfahrt von Bremen nach London war in Maßen ereignislos verlaufen, dann waren sie an den St. Katherines Docks unweit der City of London angekommen und sollten sich eigentlich nur zu der Agentur begeben, die sie auch für die Wartezeit untergebracht hätte. Auf dem Kai hatten sich eine Vielzahl von Schleppern auf sie gestürzt, und Werner, sparsam wie immer, hatte das günstigste Angebot angenommen: eine Mietdroschke für fünf Pence.

»Dabei haben sie uns schon an Bord gesagt, dass das mindestens zwei Shilling kostet.« Sophie blieb stehen und zog den verletzten Fuß hoch.

»Ich bin angehalten, mit den Mitteln der Kirche sparsam

umzugehen«, verteidigte sich ihr Mann. Aber das schlechte Gewissen über diesen Handel stand ihm ins Gesicht geschrieben.

Der Kutscher hatte auch genickt, als sie ihm die Adresse genannt hatten. Doch dann waren sie in einen Teil des Hafens gekommen, in dem Kohle und Steine verladen wurden, und hinter einer der gewaltigen Halden war die Droschke plötzlich von einer Horde wüst aussehender Männer angehalten worden.

»Mein Mann hat sich gewehrt bis aufs Blut, aber er wurde zusammengeschlagen, und mir sagten sie, ich solle froh sein, dass … dass …«

Wieder mussten sie innehalten, da Sophie erst einmal die Fassung wiederfinden musste.

»Dass Euch nichts an Leib und Leben passiert ist?«, fragte Lene sanft und dachte kurz an Paulas Stilett. Sophie nickte. Sie war ein zartes Wesen mit einem fein gezeichneten Vogelgesicht, fast noch ein Kind, obwohl sie älter als Lene sein musste.

»Dann ließen sie uns stehen. Wir haben versucht, jemanden vom Hafen zu finden, aber wir wurden nur ausgelacht. Dann sind wir zur Polizei. Aber wir konnten die Männer nicht beschreiben. Sie waren abgerissen und zerlumpt und hatten die Gesichter mit Kohle geschwärzt.«

Sophie schauderte bei der Erinnerung.

»Komm, mein Schatz«, sagte Werner und zog sie weiter. »Ich glaube, da vorne könnte es sein!«

Kaum hatten sie die Harp Lane verlassen, verschwand auch die düstere Enge und machte einer überraschend lebendigen Szenerie Platz. Kutschen und Reiter waren in einer Vielzahl unterwegs, als wäre es nicht mitten in der Nacht. Dazu kamen all diese Menschen zu Fuß auf dem Weg von oder zu der Zerstreuung, die der *pleasure garden* bot.

Am Ufer lagen Hunderte beleuchtete Boote, Lichtergirlanden hingen wie Perlenschnüre in den Bäumen und wiesen den

Weg zu einem großen Gelände, auf dem Pavillons, Buden und offene Stände jede erdenkliche Art von Zeitvertreib boten. Durch die Menge drängten sich Feuerschlucker, Stelzengänger, Musikanten und fliegende Händler, die Süßkram und Spielzeug anboten.

Es war ein überwältigender Anblick, der im krassen Gegensatz zu dem Elend stand, das sich nur einen Steinwurf entfernt hinter Lenes Rücken abspielte. Waren ihr die Nächte im Hafen von Emden schon vorgekommen wie ein Feuerwerk, so war das hier eine Explosion. Wie geblendet blieb sie stehen und konnte sich kaum sattsehen an diesem fast taghellen Spektakel.

»Ist es das?«, fragte Sophie entsetzt, die sich unter einem Garten des Vergnügens wahrscheinlich klösterliche Kräuterbeete vorgestellt hatte.

»Ich glaube, ja«, antwortete Lene.

Sie merkte, wie die beiden sie musterten, und der Vertrauensvorschuss verpuffte wie das Feuerrad eines Artisten, der mit flammenden Füßen einen Salto nach dem anderen schlug.

»Kommt.«

Sie fasste Sophie wieder unter den Arm und marschierte los. Werner, der ein Gesicht zog, als wäre er in Sodom und Gomorrha gelandet, folgte. Sie gingen an mehreren Bühnen vorbei, auf denen Boxkämpfe, Theaterstücke mit grell geschminkten Charakteren oder Tänze dargeboten wurden – Salomes Schleiertanz zum Beispiel, bei dem sich eine üppige Dame in wallendem Gewand in gewagten Verrenkungen erging. Ständig traten Schlepper an sie heran, um sie in eines der bunten Zelte zu locken, wo noch größere Fantastereien auf sie warten würden. Dann gelangten sie an einen lang gestreckten, hölzernen Bau, der wie eine überdachte Veranda wirkte. In abgesperrten Kojen dinierten Paare und Gästegruppen, die, etwas erhöht, den besten Blick auf die vorüberziehende Menge hatten. Hier roch es dezenter. Livrierte Diener eilten hin und her, und der Zugang war durch grimmig dreinblickende Wächter versperrt. Sie machten nur Platz, wenn erkennbar solvente Kunden herantraten, und davon waren erstaunlich viele unterwegs.

»Da hinten ist es schon!«, rief Lene.

Auf einem großen Holzgebäude, das an eine Scheune erinnerte, prangte der Name »King's Hall«. Der Bau war vor langer Zeit vielleicht ein Bootsschuppen gewesen. Links und rechts vom Eingang prasselte Holz in großen Feuerkörben, denn die Gaslaternen brannten nur auf den Straßen und kamen mit ihrem Schein auch gar nicht gegen die vielen bunten Lichter an.

Vor der King's Hall standen keine Wächter. Stattdessen herrschte am Eingang, riesig wie ein Scheunentor, ein wuseliges Kommen und Gehen. Männer und Frauen jedes Alters und jeder Gesellschaftsschicht drängten sich in der rauch- und biergeschwängerten Halle. Von der Decke hingen Leuchter, mächtig und rund wie Wagenräder, an dicken Ketten herab. Unter jedem Leuchter stand ein Spieltisch. Um sie herum hatten sich mehr oder weniger launige Gruppen versammelt, die den Spielern beim Whist, Roulette oder Würfeln ihre Kommentare zuwarfen. Es wurde gebrüllt, gerempelt, getrunken und geraucht. Wie in der Kogge, nur hundertmal lauter, größer und stickiger. Sophie und Werner blieben entsetzt stehen.

An der Wand befanden sich einige Holzbänke, auf denen Zecher ihren Rausch ausschliefen. Ohne zu zögern, ging Lene auf die nächste zu und rüttelte den Schlafenden an der Schulter.

»Könnt Ihr bitte etwas Platz machen?«, schrie sie ihn an, denn anders hätte sie sich in dem Lärm nicht Gehör verschaffen können.

Der Mann lag mit offenem Hemd und verrutschtem Tuch auf dem Rücken und fügte der Geräuschkulisse auch noch ein herzerfrischendes Schnarchen hinzu.

»Platz da!«

Sie schob seine Beine weg.

»Hier, Sophie!«

Die junge Frau humpelte zu Lene und ließ sich mit einem Stöhnen nieder. Dann beugte sie sich herab und strich über ihr Bein. Normalerweise müsste sie liegen und kalte Umschläge machen, aber was war in dieser Umgebung schon normal?

»Wir lassen dich kurz allein und suchen den Patron. Ist das … *okay*?«

Allein dieses kleine Wort machte es, dass Lene sich schon fühlte wie eine halbe Londonerin. Sie schien diesem lebensfremden Paar an Erfahrung und Slang um Jahre voraus zu sein.

Sophie nickte. Werner wollte sich neben sie setzen, aber Lene hielt ihn zurück.

»Wir müssen einen Schlafplatz für Euch finden.«

»Hier?«, fragte er entsetzt.

Lene streifte das Cape ab und drückte es Sophie in die Hände. Man hätte die Luft in Würfel schneiden können, so stickig war sie.

»Schließ dich mir an.«

Es kam ihr nicht einen Augenblick in den Sinn, die beiden ihrem Schicksal zu überlassen. Sie wären hoffnungslos verloren gewesen. Smilin' Pete wurde gerade, ohne dass er es wusste, zum Retter der christlichen Mission in Burma.

Gemeinsam bahnten sie sich den Weg durch die lange Halle. Lene vermutete, dass dort, wo das Bier ausgeschenkt wurde, auch derjenige sein musste, der es verkaufte. Also heftete sie sich an die Fersen des nächsten Schankknechts, der die leeren Krüge abräumte und sich damit durch die Menge drängte. Als der Pfarrer begriffen hatte, welche Richtung sie einschlugen, ging er voran und schwamm quasi im Fahrwasser des Knechts mit, bevor sich hinter dessen breitem Rücken die Menge wieder schloss.

»Was ist Euer Plan?«, rief sie und wich gerade noch dem ausschwingenden Arm eines Spielers aus, der sich unter großer Anteilnahme einen Krug Bier einverleibte.

»Die Agentur muss an das Konsistorium schreiben.«

»An was?«

»An das lutherische Oberkonsistorium Preußens. Das ist die Kirchendirektion, von der die Kirchenprovinz Mark Brandenburg die Auslagen für unsere Mission erhält. Sie müssen noch einmal Geld senden, und bis dahin bleiben wir in London.«

»Warum fahrt Ihr nicht zurück? Ist das nicht schneller und sicherer?«

»Wir können uns die Passage nicht leisten. Wir haben nichts mehr.«

»Und wenn Ihr Eure Plätze nach Rangoon verkauft?«

»Das können wir nicht. Sie sind namentlich und persönlich ausgestellt, samt den anderen Reisepapieren.«

»Reisepapieren?«

»Unsere Pässe. Wir müssten sie neu beantragen, wenn diese Reise nicht stattfindet. Das kann Monate dauern.«

»Ich verstehe.« Sie hatten die Halle fast durchquert, aber jetzt gab es kaum noch ein Durchkommen. Vor einem langen hölzernen Tresen warteten die Gäste darauf, bis sie an der Reihe waren und aus den Fässern, die an der Stirnwand des Hauses gelagert waren, ihr Bier kriegten.

»Und … ohne einen Pass kommt man nicht auf das Schiff?«

»Nein.«

»Und wer stellt so etwas aus?«

Sie standen so eng beieinander, dass der Stoff seines Hemdes ihren Unterarm streifte. Einmal hatte er sie am Arm gepackt und durch ein Menschenknäuel gelotst. Sie spürte diesen Griff immer noch. Ein seltsames Gefühl beschlich sie: Wie anders doch alles wäre, wenn sie einen Mann an ihrer

Seite hätte. Keinen Gerber oder Totengräber, sondern jemanden wie ... ihn? Sie sah hoch. Das Kinn energisch vorgereckt, versuchte er gerade mit erhobenem Arm, die Aufmerksamkeit des Personals auf sich zu ziehen. Er musste gespürt haben, dass sie ihn anschaute, denn jetzt blickte er zu ihr herab und lächelte.

»Seid Ihr sicher, dass wir hier richtig sind?«

Lene sammelte ihre Gedanken und sah sich eher pro forma um. »Ja. Achtung! Da wird was frei!«

Gemeinsam schoben sie sich durch die letzten Reihen und gelangten schließlich an den grob gezimmerten Tresen. Hinter ihm stand ein Dutzend Schankknechte und Mägde, die das Bier in die Becher laufen ließen, die Pennys kassierten und ihre Kundschaft immer wieder zur Ordnung rufen musste.

Lene wandte sich an eine rundliche Frau mittleren Alters, die ein einfaches Kleid aus Leinen und eine Schürze trug. Im Eifer des Gefechts war ihre Haube nach hinten gerutscht. Zerzauste graubraune Locken klebten an ihrer Stirn, kleine Schweißtropfen standen über ihrer Oberlippe.

Ihr Zeigefinger deutete zufälligerweise direkt auf Lene, die sofort die Chance ergriff. »Ich muss den Patron sprechen!«

Die Frau stemmte beide Hände in die molligen Hüften und musterte ihre seltsame Kundin streng, aber nicht unfreundlich. »Und warum? War was nicht recht?«

»Das sage ich ihm lieber persönlich!«

Lene musste schreien, um gegen den Lärm anzukommen.

»Persönlich is nich!« Die Frau wollte sich wieder abwenden.

»Ich komme von Smilin' Pete!«

»Ach ja?«

»Bitte! Es ist wichtig!«

»Hierher, Maggie!«, rief jemand zwei Meter weiter. Es dauerte eine Weile, bis die Frau sich wieder an Lenes Platz zurückgearbeitet hatte. Währenddessen blickte Werner immer wieder sorgenvoll über die Schulter zurück.

»Es wird ihr nichts passieren«, beruhigte ihn Lene. Sie spürte seine Ungeduld fast körperlich. Er wollte diesen Ort so schnell wie möglich verlassen und Sophie in Sicherheit wissen.

»Wassn nu?« Maggie, wie die Schankfrau wohl hieß, baute sich wieder direkt vor ihnen auf. »Trinken oder gehn!«

»Der Patron«, wiederholte Lene. »Bitte.«

Ein ärgerlicher Seufzer hob den Busen ihres Gegenübers. »Sam!«, schrie sie Lene direkt ins Gesicht, die daraufhin zurückzuckte. »Samuel!«

In die Bretterwand hinter dem Tresen war eine Tür eingelassen, die sich nun öffnete. Heraus kam ein bulliger Mann mit spiegelblank polierter Glatze. Was ihm auf dem Schädel fehlte, machte sein Bart wieder wett: rotbraun und weiß gesprenkelt hing er fast bis auf die Brust. Er trug eine speckige Weste über dem Kittel, dessen Ärmel hochgekrempelt waren und eine Reihe schauerlicher Tätowierungen erkennen ließen. Werners Gottergebenheit bekam bei diesem Anblick den nächsten Dämpfer.

»Die da«, erklärte Maggie, womit aus ihrer Sicht alles gesagt war.

Der Pfarrer schluckte, als der Mann mit wiegenden Schritten und gesenktem Stiernacken auf ihn zukam. Nur der Tresen trennte ihn von dieser geballten Muskelkraft, die offenbar nur darauf wartete, einmal richtig herausgefordert zu werden.

»Hä?«, brüllte er ihm entgegen. »Hä?«

Lene drängte sich vor. »Ich bin es. Lene Vosskamp. Ich wollte Euch sprechen. Ich komme von Smilin' Pete. Er hat gesagt …«

Sam legte seine Pranken auf den Tresen und beugte sich vor. Ihm fehlte an beiden Händen der kleine Finger, und es sah nicht nach einem bedauernswerten Unfall aus.

»Hä?«

»Er hat gesagt, ich kann hierbleiben.«

Sam hob die Augenbrauen. Lene drängte sich etwas dichter an Werner.

»Und dies hier ist ein Pfarrer aus Brandenburg, ein Mann Gottes, der mit seiner Frau auf dem Weg nach Burma ausgeraubt wurde. Wir brauchen ein Obdach für die Nacht oder so lange, bis die Kirche ihnen Geld schickt.«

Sam war von der Fülle der Informationen überfordert. Er öffnete den Mund, aber Lene kam ihm zuvor.

»Pete schuldet mir was.«

»Wer ist dieser gottverdammte Pete?«

Sam brüllte das in Werners Richtung, der sich erschrocken zu Lene wandte.

»Ein Diener aus dem Haus der Raleighs«, antwortete sie. Dieser Abend würde nicht gut ausgehen, wenn Pete ihr etwas vorgemacht hatte.

Lene beugte sich vor. Sie schützte den Mund mit der hohlen Hand, damit niemand der Umstehenden hören konnte, was sie nun sagte. »Das ist der, der beim Whist noch mit allen Fingern spielt. Falls Ihr versteht, was ich meine.«

Sam zog die Hand vom Tresen.

»Ach so. Sag das doch gleich.«

Der Wirt ging ein paar Schritte ans Ende des Tresens, klappte ein Brett hoch und machte eine Kopfbewegung, dass die seltsamen Bittsteller ihm folgen sollten. Hinter ihnen ließ er es mit einem lauten Knall wieder fallen.

»Da rein.« Er deutete auf die Tür.

Werner ging voran, und Lene folgte ihm in eine Art Lagerraum, in dem sich Fässer, Tische, Stoffballen und Kisten stapelten. Als Sam die Tür schloss, wurde es still. Jedenfalls stiller als draußen in der Halle. Es klang, als stünden sie im Inneren eines Bienenstocks.

»Also«, begann Sam und streifte symbolisch die Ärmel seines Kittels weiter hoch. Damit präsentierte er einen irgendwie seltsam gestochenen Totenschädel auf seinem rechten Oberarm, der aussah, als ob er von einem Schaf stammen würde. »Du kennst Pete?«

Lene riss sich von dem Bild los und nickte. »Wir haben uns übers Whist kennengelernt, um es mal so zu sagen. Er meinte, bei Euch gäbe es einen Platz für mich. Zumindest so lange, bis ich …«

Sie sah zu Werner, der schweigend die Arme vor der Brust verschränkt und sich wohl entschlossen hatte, dies alles als Prüfung im Weinberg des Herrn aufzunehmen. Sprach er eigentlich Englisch?

»Bis ich wieder wegmuss«, schloss sie lahm.

Sam rieb sich über den Bart. »Das is aber sehr ungenau. Wir sinn hier nich das Hospiz der gnädigen Schwestern.«

»Zwei Wochen«, sagte Lene. »Vielleicht drei. Nicht länger.«

»Was kannste denn außer Whist?«

»Alles. Putzen, Nähen, Waschen.« Sie sah sich um. »Ratten jagen.«

Ein minimales Grinsen huschte in die Mundwinkel des bärbeißigen Wirts. Er wandte sich an Werner. »Und der da?«

»Werner Brennicke. Wir suchen nur einen Platz für diese Nacht, bis wir unsere Schiffsagentur aufsuchen können. Dort wird uns weitergeholfen.« Lene atmete auf. Der Pfarrer sprach mit einem deutlichen Akzent, aber er konnte sich verständigen.

»Ihr habt eine Passage?«

Lene schüttelte kaum merklich den Kopf und hoffte, dass Werner das richtig interpretierte. Das Zertifikat in seiner Tasche war Gold wert.

»Nein«, antwortete er. Ein schneller Blick zurück zu Lene:

Sie waren Komplizen. »Wir wollen erst eine kaufen, aber wir wurden ausgeraubt. Wir besitzen nichts, gar nichts.«

Ein enttäuschtes Schnaufen war der einzige Kommentar, zu dem sich Sam hinreißen ließ.

»Und da kommt Ihr hierher? Zusammen mit der da?«

Lene nickte. »Ich habe sie in der Harp Lane getroffen. Sie sind den ganzen Tag durch London geirrt mit nichts als dem, was sie am Leib haben.«

»Sie?« Sam senkte wieder den Kopf. Es sah aus, als ob er gleich seine Hörner ausfahren würde. »Da is noch wer?«

»Ja, meine Frau Sophie«, sagte Werner schnell. »Ihr würdet uns eine große Freundlichkeit erweisen, die sicherlich nicht unvergolten bleibt.«

Sam stieß ein fragendes Grunzen aus.

»Wenn es ums Heil Eurer Seele geht«, stellte Werner klar, bevor Missverständnisse über den Lohn Gottes aufkamen. »Ihr seid doch getauft?«

»Seh ich aus wie ein Heide?«

»Nein, ganz gewiss nicht.«

»Also.« Sam drehte seinen Bullenschädel zu Lene. »Du willst hierbleiben und dich durchfressen und ein Dach überm Kopp?«

»Ganz genau.«

»Und du«, der Stiernacken wandte sich an Werner. »Willst hier die Nacht bleiben für lau?«

Werner schickte einen hilflosen Blick zu Lene, die wieder nickte.

»Ja.«

Mit einem ärgerlichen Schnaufen ging Sam zu einem der Stapel, der sich als Haufen verdreckter Schürzen und Kittel entpuppte. Er nahm die erste Schürze von oben weg und warf sie zu Lene, die sie gerade noch auffing.

»Geh zu Maggie. Die sagt dir, was zu tun ist. Und du«, ärgerlich geblähte Nase, »gehst zu deiner Frau. Ihr könnt in der Halle bleiben, die ist bis morgens geöffnet. Legt euch auf eine Bank und schlaft, wenn ihr könnt. Mehr is nich drin beim Rest von meinem Seelenheil.«

Er stapfte hinaus und warf die Tür hinter sich zu, dass die Bretterwand wackelte. Lene streifte sich die Schürze über. Sie würde Margarethes Kleid ruinieren und die Schuhe dazu, aber das war egal. Sie hatte einen Platz in London gefunden, und von hier aus würde es weitergehen. Sie fühlte sich so dankbar, dass ihr völlig entging, wie Werner reagierte. Erst als sie hochblickte und ihn auf den Kisten sitzen sah, war ihr klar: Die beiden mussten denken, in der finstersten Ecke der Hölle gelandet zu sein.

»Alles okay?«, fragte sie. »Das sagen sie alle hier. Das heißt, in Ordnung, korrekt oder so.«

»Nun«, er löste den Knoten seines verschwitzten Halstuchs und ließ die Enden hängen. »Besser als in der Kloake, nicht wahr?«

»Genau. Ich muss jetzt arbeiten.« Es würde eine lange Nacht ohne Schlaf werden, aber Aufregung und Freude vertrieben die Müdigkeit. »Ich werde zwischendurch nach Euch sehen.«

Werner stand auf. »Danke. Darf ich fragen, was Euch nach London geführt hat?«

Sie ging zur Tür. »Das ist eine lange Geschichte. Ich erzähle sie, wenn sich dafür eine bessere Gelegenheit bietet.«

»Gut.«

Gemeinsam traten sie hinaus ins Inferno. Noch lange nachdem Werner in der Menge untergetaucht war, blieben ihr diese Worte im Gedächtnis. Es klang danach, als ob sie eines Tages tatsächlich darüber reden würden. Als ob dies mehr gewesen wäre als eine reine Zufallsbekanntschaft.

Den Rest der Nacht wurde Lene von Maggie kreuz und quer durch die Halle gejagt. Sie sah das Ehepaar oft nur von Weitem: er, an die Bretterwand gelehnt, mit geschlossenen Augen, sie, halb liegend, den Kopf in seinem Schoß. Gegen Morgen konnte sie einen Krug Bier und ein paar Stücke Brot mit kaltem Braten ergattern und stellte beides neben den Schlafenden ab. Als die letzten Spieler und Zecher die Halle verließen, war auch die Bank leer, und der Teller ebenfalls.

Sie waren gegangen, ohne ein Wort des Abschieds.

Sie dachte in den kommenden Tagen und Nächten öfter darüber nach, was sie daran so traurig machte. Schließlich fand sie sich damit ab, dass es Frauen wie Sophie gab, die ohne eigenes Zutun, nur mit dem richtigen Mann an ihrer Seite, bis nach British Burma kommen würden. Und dass sie, Lene, niemals zu ihnen gehören würde. Das war nicht die ganz korrekte Antwort, aber sie genügte. Für den Augenblick.

Es war ein paar Tage später, an einem Sonntag, als Pete auftauchte. Er lümmelte an den Whist-Tischen herum und kiebitzte, hatte aber keinen reichen Passmann, dem er seine Dienste anbieten konnte.

»Wie geht es deiner Hand?«, fragte sie ihn, nachdem sie sich hastig begrüßt hatten, denn Maggie gefiel es nicht, wenn ihre Mädchen länger als unbedingt nötig ihre Gäste vom Trinken abhielten.

»Gut!« Er hob den Arm. Nur noch eine schmale Binde erinnerte daran, was geschehen war. »Heilt prächtig. Sind sie okay zu dir?«

Lene setzte die Bierkrüge kurz ab und strich die verschwitzten Haare zurück unter die Haube. Es war früher Abend, der große Ansturm wurde erst später erwartet

»Alles in Ordnung. Ich schlafe auf dem Dachboden mit dreißig anderen, aber Männer und Frauen getrennt. Alles Leute, die im *garden* arbeiten.«

»Okay. Klingt so, als wären wir pari miteinander.«

»Klingt so.«

Er grinste zum Abschied und robbte sich an einen sichtbar Ortsfremden heran, der zwar begehrlich zu den Spieltischen schielte, aber sonst so tat, als wäre er nur durch Zufall in die King's Hall geraten.

Es war eine zusammengewürfelte Schicksalsgemeinschaft, die sich oben auf dem Dachboden gefunden hatte. Nicht immer klappte das reibungslos. Wenn die Musikanten nach einer guten Nacht noch einmal zu den Instrumenten griffen, beschwerten sich die Handwerker und Näherinnen, die früh rausmussten, um Vorhänge und Kostüme auszubessern, Brot zu backen und die Bühnen und Fahrgeschäfte in Schuss zu halten. Es gab Liebesdramen und Gezänk, heimliche Besuche auf der anderen Seite, viel Gestöhne, Gehuste und andere Leibesmusik, die sich zusammen mit ungewaschenen Kleidern und Körpern zu einem Geruch entwickelte, den zu ertragen ein Dutzend von Margarethes lavendelgetränkten Taschentüchern nötig gewesen wäre. Dazu krabbelte, stach und biss es immerzu, sodass Lene bei der ersten Gelegenheit eine Wechselstube aufsuchte und das Pfund in Münzen tauschte. Für acht kostbare Pennys erstand sie in einer Apotheke ein Fläschchen Eau de Cologne und eine Flohfalle, die sie täglich mit etwas Honig tränkte. Den Strohsack schüttelte sie so häufig wie möglich vor der Tür aus, aber es war klar, dass keine dieser Vorkehrungen die Plagegeister davon abhalten würde, sie wieder anzuspringen.

Die Arbeit war anders als bei Anne. Grober, härter. Sie laugte aus. Der Lärm die ganze Nacht, die unzähligen Hände, die sie begrapschten, das Bier, der Zigarrenrauch, die schweren Krüge und Becher. Frühmorgens fiel sie, kaum dass sie nach oben gekrochen war, in einen todesähnlichen Schlaf, aus dem sie erst am späten Vormittag erwachte.

Das Essen war allerdings gut und reichlich. Viele Bohnen, oft mit etwas geräuchertem Speck, ordentliches Brot und genug Tee für alle. Die Engländer tranken ihn mit Milch und weißem Zucker, der allerdings portionsweise zugeteilt wurde: ein Teelöffel pro Woche. Manche sammelten ihn in kleinen Säckchen, um ihn nach ein paar Monaten auf dem Markt zu verkaufen.

Die besten, flinksten Schankknechte kamen auf einen Wochenlohn von acht bis neun Shilling. Davon wurde ihnen die Hälfte für Kost und Logis abgezogen, was bei den Brotpreisen von zehn Pence für einen Vier-Pfund-Laib absolut korrekt war. Viele wanderten dennoch nach ein paar Wochen ab, weil auf dem Bau mehr zu verdienen war. Sogar in den Kohlegruben wurde besser bezahlt, auch wenn die Streiks immer wieder zu einer Verschlechterung des Einkommens führten.

»Reisende soll man nicht aufhalten«, brummte Maggie nur, wenn ihr schon wieder einer den Kittel vor die Füße warf.

Es gab aber auch ein paar Gesichter, die blieben. Das waren die, die wussten, wie man es anstellte, dass ein paar Kupfermünzen in die offene Hand fielen. Sie kannten die Kunden, wiesen ihnen die besten Plätze zu, sorgten aufmerksam für ihr Wohl und raunten ihnen »Schon viermal Rot hintereinander am Roulette« zu.

Lene war von diesen Posten weit entfernt. Sie wischte, schrubbte, spülte Teller und Becher und bekam am Ende der Woche – nichts.

»So war's ausgemacht«, konterte Sam ihre Beschwerde. »Heul dich bei Pete aus oder geh.«

Lene tat beides nicht. Dies war eine Zwischenstation, gut genug, um sich zu sortieren und einen Plan zurechtzulegen. Die Pässe der Brennickes bereiteten ihr Kopfzerbrechen. Wie sollte sie an Papiere gelangen?

Die *Times*, eine der Zeitungen mit mehreren Büros in der

Stadt, hängte ihre Seiten in Schaukästen aus. Darunter auch die Schiffsmeldungen: Wer war wo wann angekommen oder wurde erwartet? Wer würde wo wann abfahren, und wohin? Lenes Versuche, sich an die Weltkarte in der Schule zu erinnern, scheiterten kläglich. Macao, Batavia, Port Royal, Wamphoa, Boston, Singapore, Bassein, Rio de Janeiro – sie hatte eine vage Vorstellung, auf welchen Kontinenten sich diese Ziele befinden könnten, mehr nicht. Aber sie flüsterte diese Namen, bevor sie einschlief, und sie klangen exotisch und tröstlich zugleich. Als sie eines Tages auf dem Weg zur Deutschen Kanzlei wieder die Listen studiert hatte, fiel ihr ein neuer Name auf. Rangoon. Ein Dreimaster der East India würde am Abend die Docks verlassen.

Sie versuchte, den kleinen Stich in ihrem Herzen zu ignorieren und den beiden alles Glück der Welt zu wünschen, aber es war schwerer als gedacht. Sophie und Werner waren die ersten Weltreisenden gewesen, die sie kennengelernt hatte. Und sie hatten Pässe.

Wann immer es möglich war und sie es geschafft hatte, früh genug auf den Beinen zu sein, machte sie sich quer durch die Stadt auf den Weg zu einer Zimmerflucht im St. James' Palace. In einem Seitenflügel des riesigen Gebäudes, das an eine aus den Fugen geratene mittelalterliche Burg erinnerte, befand sich die German Chancery, oder auch Hanoverian Chancery, oder Deutsche Kanzlei. Je nachdem, wer hinter der bewachten, zweiflügeligen Riesentür auftauchte und nach ihrem Begehr fragte. Hier wurden die Geschäfte des Königreichs Hannover in London abgewickelt, und der Kanzleiminister, Ludwig von Ompteda, gehörte wohl zu den einflussreichsten Diplomaten am Hofe König Williams. Natürlich sah Lene keinen von beiden jemals in St. James' Palace. Aber das Gefühl, im selben Haus dieselbe Luft zu atmen wie Monarchen, Minister und Prinzen, war überwältigend. Das musste sie Hanna und Seetje erzählen: dass sie Eliza Ellice kennengelernt hatte, die den Prince of Wales kannte! Dass sie an Grenadiergarden vorbei in eine steinerne Burg ging, in der Könige gewohnt hatten! Natürlich durfte Lene nicht denselben Eingang nehmen, aber sie hatte davorgestanden, als die Garde ihre Wachablösung zelebriert hatte. Es war ein seltsames, fast überwältigendes Gefühl, so nah am Zentrum der Macht zu sein. Unglaublich, dass sie erst vor ein paar Wochen beinahe den Henkerstrick um den Hals gespürt hatte …

Noch immer war sie eingeschüchtert vom Inneren des Palasts, auch wenn sie die Repräsentationsräume gar nicht zu Gesicht bekam und die Kanzlei für die Bittsteller einen eigenen Bereich hatte. Aber es gab spiegelnde Marmorböden, gewaltige Aufgänge und kostbare Möbel, die einfach nur so herumstanden. Sekretäre in dunklen Anzügen rannten vorbei, Mappen und Papiere unter dem Arm, und würdigten die Besucher kaum eines Blickes. Die saßen nebeneinander auf samtgepolsterten Stühlen und warteten darauf, aufgerufen zu werden. Es waren Kaufleute, Rehder, Adelige auf Durchreise, und als Lene sich auf einen der letzten leeren Plätze setzen wollte, hatte ein Kanzleimitarbeiter sie in einen anderen Raum gescheucht, in dem die Dienstleute der Hochwohlgeborenen warten durften. Hier glänzte das Parkett nicht ganz so sehr, und die Eichenvertäfelung an den Wänden war in den letzten zweihundert Jahren nachgedunkelt. Die hölzernen Stühle schienen nicht gerade dafür gedacht, es sich auf ihnen bequem zu machen. Außerdem gab es zu wenige davon. Hier ging es auch nicht ums große Geld oder diplomatische Beziehungen, sondern um den lästigen Kleinkram, mit dem sich die Kanzleimitarbeiter herumschlagen mussten: ungenaue Frachtpapiere, abgelaufene Einfuhrlizenzen, aber auch Korrespondenz zwischen London und Hannover für Leute auf der Durchreise. Dienstmägde aus einem *pleasure garden*, die auf einen Brief aus dem Emdener Hurenhaus warteten, waren nicht vorgesehen. Annes Beziehungen waren ebenso weitreichend wie verblüffend, doch lange sah es so aus, als ob sie nicht bis in den St. James' Palace reichten.

Lenes Frage, ob ein Brief an sie eingetroffen wäre, wurde jedes Mal mit einem klaren Nein beantwortet. Der Kanzleimitarbeiter, Mr Gillespie, war ein korrekt gescheitelter, kleiner Mann. Die Kragenspitzen waren so gestärkt, dass sie ihn fast erdolchen mussten. Er duldete weder Vordrängeln noch schlechte Manieren, und wen der eisige Blick aus seinen Habichtsaugen beim Spucken, Rempeln oder dem Verteilen von Anzüglichkeiten erwischte, konnte den Raum gleich verlassen.

Nach dem dritten Mal kannte er sie und ersparte ihr das Anstehen zwischen Boten und Dienstmädchen, indem er nur knapp den Kopf schüttelte.

Es war an einem Vormittag Mitte Juni, Lene trug wie immer, wenn sie in die Stadt ging, Margarethes Kleid, das sie sorgsam ausbürstete und so knitterfrei aufbewahrte, wie man das unter einem Strohsack nur tun konnte.

Mr Gillespie erspähte sie, kaum dass sie den Raum betreten hatte, und nickte ihr zu. Lene hielt die Geste erst für einen Gruß und reihte sich hinter einem baumlangen Footman in Livree ein. Es ging nur langsam vorwärts, denn für jede Frage wurde ein vom Alter gebeugter Lakai in ein Hinterzimmer geschickt, wo er erst nach einer halben Ewigkeit mit einem Packen oder einzelnen Briefen zurückkehrte. Dann musste der Erhalt quittiert werden, was manchen Bittsteller vor größte Herausforderungen stellte, und erst, wenn alles in den Körben oder Ledermappen verstaut war, kam der Nächste an die Reihe.

»Miss Vosskamp«, sagte Gillespie und wanderte mit seinem Zeigefinger über die Zeilen des Eingangsbuchs. Lene kannte die Prozedur, ihr war nur mit Geduld zu begegnen. Bevor sie sich fragen konnte, warum er sie an diesem Tag so auf die Folter spannte, feuchtete er den Zeigefinger auf einem kleinen Kissen an und wendete das Blatt so achtsam, als könnte es unter seinen Händen zu Staub zerfallen.

»Da war doch was ...«

»Ja?«, fragte sie und konnte ihren Ohren kaum trauen.

»Hier. – Lancelot?«

Das Faktotum kam um die Ecke geschlurft.

»Ein Brief für Miss Vosskamp.«

Lancelot verschwand wieder.

»Darf ich fragen, von wem Ihr ihn erwartet? Nur, um der Korrektheit Genüge zu tun.«

»Von Mrs Anne Michelsen aus Emden.«

Mr Gillespie beugte sich über sein Buch und nickte. »Dann darf ich Euch als recogniert eintragen. Wenn Ihr bitte unterschreiben würdet?«

Lancelot kehrte zurück. Lene nahm die Feder so hastig, dass ein kleiner Spritzer Tinte das Papier verunzierte. Mr Gillespie seufzte hörbar auf – sie hatte ihm damit wohl den Tag verdorben. Zur Strafe musste sie warten, bis er den Spritzer mit Sand gelöscht und das Papier auch davon wieder gereinigt hatte. Dann endlich hielt sie das Schreiben in den Händen.

Sie bedankte sich mit einem tiefen Knicks und rannte hinaus. Mit klopfendem Herzen betrachtete sie den Brief von allen Seiten. Dick war er, aus cremefarbenem Papier, tatsächlich fast ein dünnes Paket. Anne hatte ihn versiegelt, und der Lack brach mit einem leise knackenden Geräusch, das verheißungsvoll und beängstigend zugleich war.

Langsam öffnete sie ihn. Er war groß und nicht sehr eng beschrieben, und sie musste ihn einmal drehen, damit die Schrift nicht auf dem Kopf stand. Ihr Herz klopfte wie rasend. Ihr erster Brief! Doch das Lächeln auf ihren Lippen erstarb schon nach den ersten Worten.

Meine liebe Lene,
ich habe keine gute Nachricht für dich. Zu Misericordias Domini nahm ich die Kutsche nach Leer. Im Armenhaus daselbst sagte mir eine Nonne, dass Seetje von uns gegangen ist. Das Mädchen starb, ein paar Tage nachdem du sie verlassen hast. Nach kurzer und schwerer Krankheit, die wohl ein zehrendes Fieber war. Hanna ist ein kräftiges Kind, wohl nicht von Statur, aber im Herzen. Sie spricht nicht, seit ihre Schwester gestorben ist. Nur bei den Herzensgrüßen von dir lächelte sie und trug mir auf, dich gleichfalls aufs Liebevollste zu grüßen. Sie ist wohlgefällig und arbeitsam. Die Nonnen sind voll der Zuversicht, sie bald als Magd in gute Hände zu geben. Ich sende dir mein tiefes Mitgefühl und weiß, dein Herz wird zerreißen. Seetjes letzte Worte galten der Mutter, und es mag dir ein Trost sein, dass sie wieder mit ihr vereint ist.

Ich hoffe, diese Zeilen erreichen dich. Gottes Wege sind unergründlich. Möge der deine nicht von diesem Unglück überschattet bleiben. Leider kann ich Hanna nicht aufnehmen, da mein Haus ihrem Seelenheil nicht zuträglich ist und Mädchen unter vierzehn Jahren der Zutritt verboten wurde. Aber vielleicht kann ich vermitteln und etwas bewirken. Nun bleibe stark und zuversichtlich und verliere dein Ziel nicht aus den Augen. Anne.

Erst verstand sie nicht. Dann traf sie die Nachricht wie ein Schlag und betäubte jede andere Empfindung außer Schmerz. Sie las den Brief wieder und wieder, aber nichts änderte sich, nichts wurde besser oder verständlicher. Seetje, die süße kleine Seetje, war tot.

Sie hätte sie beschützen müssen. Stattdessen hatte sie sich aus dem Staub gemacht und ihre Schwestern im Stich gelassen. Wie einsilbig und dünn Seetje bei ihrem letzten Wiedersehen gewesen war, sie hätte wenigstens die Boromäerin anhalten sollen, auf das Mädchen zu achten. Zu spät, zu spät …

Ihre Hand zitterte, als sie den Brief zusammenfaltete und in ihren Ärmel schob. An diesem Abend unterliefen ihr so viele Fehler wie noch nie zuvor. Becher gingen zu Bruch. Bestellungen brachte sie an die falschen Tische. Sie stolperte über ihre eigenen Füße, und als ihr auch noch der Eimer mit dem Putzwasser umkippte, winkte Maggie sie hinter den Tresen in den Lagerraum.

»Wassn los?«

Lene schüttelte den Kopf. Sie wollte nicht darüber reden.

»Hat ein Junge dir schöne Augen gemacht und dich sitzen lassen?«

»Nein.«

Maggie trat auf sie zu, nahm ihr Kinn in die Hand und zwang sie so, ihr ins Gesicht zu sehen.

»Du hast geheult. Das macht sich nicht gut draußen. Also raus mit der Sprache, sonst setzt es was!«

Lene presste die Lippen zusammen, doch dann kamen die Tränen. Und noch bevor sie sichs versah, lag sie an Maggies gewaltigem Busen und heulte sich die Augen aus dem Kopf.

»Is ja gut«, brummte die überraschte Wirtin und klopfte ihr kräftig auf den Rücken. »Is ja gut, meine Kleine. Nu sag schon, was ist passiert?«

»Meine kleine Schwester ist gestorben.«

Nun legten sich Maggies Arme wie Schraubzwingen um sie. »*Oh my dear!* Du Armes! Friede sei ihrer Seele, das arme Täubchen! Warum hast du denn nicht gleich was gesagt?«

So ging es noch eine Weile weiter, und erstaunlicherweise tat es gut, in diesen weichen, mütterlichen Armen zu liegen und sich einfach mal ein paar Augenblicke fallen zu lassen. Kurz bevor Lene erstickte, wurde sie losgelassen. Maggie hielt sie aber immer noch an den Oberarmen fest. »Bleib hier, bis es dir besser geht. Wie alt war sie?«

»Acht.«

»Der Herr hat's gegeben, der Herr hat's genommen, der Name des Herrn sei gelobt.«

»Ja. Sicher.«

Lene befreite sich aus dem Griff, indem sie einen Schritt zurücktrat und sich mit der Schürze über die Augen wischte.

»Ich hab auch drei begraben müssen. Für eine Mutter ist das noch schwerer, glaub es mir. Und weißt du, was hilft?«

Lene schüttelte stumm den Kopf.

»Arbeit.«

Und erstaunlicherweise hatte Maggie recht. In den nächsten Tagen schuftete Lene so viel, wie nie zuvor. Sie half sogar dabei, die Bierfässer heranzurollen und fegte die ganze Halle allein. Pete schaute ein paar Tage später kurz vorbei, auf dem Weg zu einer Besorgung für die Raleighs. Sie hatte den Verdacht, dass er einen Tipp bekommen hatte, denn er brachte ihr von hinten Bier und Schüsseln mit den besten Bratenstücken, die Lene kaum anrührte. Mittlerweile wusste sie, dass er Maggies vierter Sohn war. Eine undankbare Stelle in der Erbfolge, aber die drei anderen schienen entschlossen, ihren eigenen Weg zu machen und hatten jeder eine eigene Bude im *pleasure garden*.

Sie ahnte, dass Pete drauf und dran war, sich bei ihr in etwas zu verrennen. Sie erkundigte sich so oft wie möglich nach Cecily, aber seine Antworten zu diesem Thema wurden immer einsilbiger. Lene erinnerte sich an das Gefühl, als sie neben Werner gestanden und Sophie glühend beneidet hatte. Nichts davon spürte sie bei Pete, eher eine sanfte Ungeduld, wann er wieder seiner Wege gehen und sie in Ruhe lassen würde. Sie wusste auch, dass Maggie wahrscheinlich zart berankte Blütenträume hegte, in denen Pete und Lene und die King's Hall vorkamen. Aber ein Leben an der Seite eines Trickbetrügers und Spielhallenbesitzers konnte sie sich beim besten Willen nicht vorstellen. Also ging sie nicht auf seine Avancen ein, und nachdem er mehrfach bei ihr abgeblitzt war, fing er ein Techtelmechtel mit der drallen Tochter des Zuckerbudenbesitzers an, die aus einem Bauchladen heraus Liebesäpfel verkaufte. Das passte.

Nachdem sich sein schwacher Versuch erledigt hatte, wurden auch Sam und Maggie wieder zu normal bärbeißigen Wirtsleuten. Damit kam Lene wesentlich besser zurecht, als mit Maggies zuckersüßen Hintergedanken.

Einmal wurde sie wach, weil jemand im Halbdunkel um ihr Lager strich. Danach versteckte sie Annes Silbertaler unter einem Brett neben dem Eingang der Halle und wartete dafür das Ende der nächsten Schicht ab. Als der Morgen graute und endlich der letzte Gast hinaus in einen unfreundlichen Tag getaumelt war, hebelte sie die Latte mit Sams schwerem Küchenbeil hoch. Auch Puyis Münze und die Spielkarte legte sie dazu und nagelte dann das Brett darüber fest. Zuvor hatte sie, so gut es ging, eine Kopie der Schriftzeichen abgepaust, auf den Rand einer alten Anordnung gegen Trunkenheit, für die sich kein Mensch interessierte. In den nächsten Tagen ließ sie die Stelle am Boden nicht aus den Augen, aber niemandem schien etwas aufzufallen.

Nach vier Wochen stellte sie fest, dass sie kein einziges Mal mehr geweint hatte. Irgendwann musste sie neunzehn geworden sein, aber es war ein Tag wie jeder andere gewesen und bedeutete nichts. Rensche hatte die Geburten in ein kleines Hausbuch eingetragen, und die Zeichen mehrten sich, dass diese Dinge – nicht nur, um eine Reiseerlaubnis zu bekommen – wichtiger werden würden. Lene war klar, dass sie sich langsam darum kümmern musste, und fragte schließlich den einzigen Menschen, dem sie durch seinen Umgang eine gewisse Kenntnis auf diesem Gebiet zutraute.

»Ist doch kein Problem«, sagte Smilin' Pete mit dem Grinsen, das er für unwiderstehlich hielt. Die Liebesapfelverkäuferin hatte er mittlerweile abserviert. Im Moment umwarb er die Tochter eines Kutschers. Ihr Verhältnis hatte sich weitestgehend normalisiert. »Kriegste überall.«

»Überall?«, fragte Lene erstaunt.

Sie hatte die Papiere der Brennickes nur einmal gesehen, aber das reichte aus, um sie als ein Produkt äußerst komplizierter Vorgaben zu erkennen.

»Na ja, nich überall.«

Es war wieder Sonntag. Drückend, schwül, mal ein kurzer Regenguss, dann strahlende Sonne, die das nasse Pflaster dampfen ließ. Lene konnte die Tage kaum noch auseinanderhalten, weil sie sich in ihrem Rhythmus so ähnelten: aufstehen, arbeiten, essen, schlafen. Und wieder von vorne, ohne nennenswerte Abwechslung. Nur Petes Besuche sagten ihr, dass zwei weitere Wochen vergangen waren. In der Halle waren nur wenige Spieltische besetzt. Obwohl Maggie ihr einen eiskalten Blick quer durch den Raum zuschoss, setzte sie sich kurz neben den jungen Mann, der zur Feier seines freien Tages ein frisch gewaschenes Hemd trug.

»Du musst mit den richtigen Leuten reden. In der Catherine Street, in der Strand. The Strand war eine Straße im Zentrum Londons, die für ihre Buchhandlungen und Druckereien bekannt war. »Da gibt's genug, die wissen, wie man so was macht.«

»Ich brauche aber eine deutsche Reiseerlaubnis.«

»Da gibt's auch Deutsche.«

»Ist das teuer?«

Petes Straßenjungengesicht verzog sich. »Hm, ja. Ist teuer. Zehn Pfund mindestens.«

»Zehn Pfund!«

Das war aussichtslos. Selbst wenn sie jeden der Pennys sparte, die sie selten genug zwischen den Ritzen der Holzbohlen herausfegte, würde sie nie auf diesen Betrag kommen.

»Gutes hat seinen Preis. Für was brauchste denn so was? Willste weg, nich?«

»Ich will zumindest nicht für immer hierbleiben.«

Ihr Englisch war gut geworden. Der Dialekt von St. Mary schliff sich ein, und langsam kam sie auch mit dem Slang besser zurecht. Während die Männer bei den Karten und am Roulette kiebitzten, belauschte Lene, so oft es ging, die besser gestellten Herren. Welche Redewendungen sie benutzten, wie sie sie aussprachen und welche Themen im Moment diskutiert wurden. Meist waren es die gewaltigen Summen, unter denen das Königreich ächzte, seit Charles Grey die Sklaverei aufgehoben hatte. Dazu kamen das Wahlrecht für alle Männer und neue Armengesetze, oft zusammen debattiert mit den Kontrollen von Frauen- und Kinderarbeit, gegen die vor allem die Wohlhabendsten energischen Widerstand leisteten. Diese Gespräche waren oft aufschlussreicher als die *Times*.

Lene saugte alles in sich auf: Wie man Dinge machte oder besser nicht tat. Wie man mit hochgestellten Menschen redete und mit denen, die oben auf dem Dachboden schliefen. Sie begriff, dass neue Gesetze keine spontanen Einfälle waren, sondern Auswirkungen auf das Leben aller hatten. Besonders interessiert war sie an allem, was mit Handel und Tee zu tun hatte. Die aktuellen Tagespreise einer Kiste im Hafen gehörten genauso dazu wie die Gewinnspannen der Händler, die das kostbare Gut grammweise verkauften. Oft kamen Matrosen, und zwischen all dem Seemannsgarn gab es auch Einblicke in das harte Leben auf See und immer wieder dieselbe Einsicht: Als Frau gelangte man nur auf ein Handelsschiff, wenn man mit einem Trader oder einem Kapitän verheiratet war. Beide Spezies tauchten selten genug in der King's Hall auf. Man fand sie eher in den vornehmen Vauxhall Gardens, aber auch dort würden sie wohl kaum auf eine Dienstmagd warten. An diesem Punkt stoppte Lene ihre Gedanken, denn zum einen würde sie sicher nicht für eine Schiffspassage heiraten, und zum anderen lauerte, ganz weit hinten am Rande ihres Gewissens, Casper Groth und das unsägliche Versprechen, das sie sich gegeben hatten.

»Wo willste denn hin?«, fragte Pete neugierig. Er holte eine halb gerauchte Zigarre aus seiner Westentasche und zündete sie sich mit einem Lucifer an. Dann pustete er den Rauch in Richtung Hallendecke und fühlte sich dabei so offensichtlich weltmännisch, dass Lene sich nur mit Mühe ein Grinsen verkneifen konnte.

»Ich würde gerne was von der Welt sehen. Ohne gleich zu heiraten.«

Lene stand auf und nahm den Besen wieder in die Hand. Als sie sich umdrehte, stand Werner Brennicke vor ihr.

Die Begegnung war ein Schock. Nicht nur, dass sie so wenig mit ihm gerechnet hätte wie mit einem Bischof am Whist-Tisch. Er sah schmaler aus, mit dunklen Ringen unter den Augen und einem Schmerz, der sich tief in seine Mundwinkel gegraben hatte. Dennoch versuchte er ein Lächeln, um die Überraschung abzumildern.

»Herr Brennicke? Ich … ich dachte, Ihr seid in Rangoon.«

Er fuhr sich durch die struppigen Haare und schaute sich um, als könnte er nicht begreifen, wie es ihn noch einmal an diesen Ort verschlagen hatte. Pete tat so, als ob er die Rauchwolken beobachten würde, die er produzierte. In Wirklichkeit platzte er vor Neugier.

»Das dachte ich auch. Bekomme ich was zu trinken?«

»Ja. Ja, natürlich. Sofort. Setzt Euch.«

Da alle Stühle an den Spieltischen standen, nahm er wohl oder übel neben Pete auf der Bank Platz, der ausgesprochen freundlich zur Seite rückte. Lene stellte den Besen ab, lief zum Tresen, wo heute Sam die Stellung hielt, und holte einen Becher Bier.

»Verschwinde«, herrschte sie Pete an. Mit einer beschwichtigenden Handbewegung, als hätte sie ihn mit dem Besen bedroht, stand er auf und lehnte sich keine fünf Fuß entfernt an die Holzwand. Dort paffte er weiter und ließ sie keine Sekunde aus den Augen.

Werner stürzte den Inhalt des Bechers hinunter, fuhr sich mit dem Handrücken über den Mund und stieß einen abgrundtiefen Seufzer aus.

»Was ist passiert?«

Er holte tief Luft und heftete seinen Blick auf den leeren Becher. »Ich kann es immer noch nicht fassen.«

»Was?«

Er hob den Kopf und starrte auf die gegenüberliegende Bretterwand. »Ich sehe sie noch dort sitzen. Uns alle sehe ich, als wäre es gestern gewesen. Wie sie auf meinem Schoß lag und schlief, während um uns herum schon längst die Welt in Trümmern lag.«

Lene schwieg. Sie spürte, dass er reden wollte, aber die Worte nicht fand. Sie konnte ihm dabei nicht helfen, denn sie ahnte, dass etwas Schreckliches passiert sein musste.

»Sie war ein Engel, weißt du das?« Er riss sich los und sah wieder auf seine Hände.

»Sophie?«

Er nickte schwach. Lene schickte einen wütenden Blick zu Pete, der sich nun endlich dazu herabließ, sie allein zu lassen.

»Was um Himmels willen ist denn passiert? Ihr wolltet doch nach British Burma. Das Schiff hat schon längst abgelegt. Ich dachte, Ihr wärt an Bord, und ich würde Euch nie wiedersehen.«

Er nickte, und seine Hand umklammerte den Becher so fest, dass seine Knöchel weiß hervortraten. »Das war der Plan. Aber was soll ich dir sagen? Der da oben hat anders entschieden. Sie ist tot. Sophie ist tot.«

Es war, als ob eine eiskalte Hand nach Lenes Herz griff. »War es ein Unfall? Oder seid Ihr wieder … wieder in die Hände …«

Sophie … die kleine, zarte Sophie. Wie hatte sie sie beneidet … Lene fühlte sich grauenhaft. Als sie in der Nacht ihres Kennenlernens nebeneinandergestanden hatten und sie für einen Moment mit dem Gedanken gespielt hatte, wie es wäre, wenn sie an Sophies Stelle … Sie hätte ihr Spiegelbild anspucken und sich selbst ins Gesicht schlagen können.

»Sie hatte sich doch am Fuß verletzt, erinnerst du dich?«

Lene nickte. Er duzte sie, und das konnte nur bedeuten, dass er Vertrauen zu ihr hatte. In den Schock schlich sich eine kleine, wilde Freude. Er ist zu dir gekommen, dachte sie, und im gleichen Moment: Wie kannst du dich nur darüber freuen?

»Das war keine Verstauchung. Sie ist in einen rostigen Nagel getreten oder etwas Ähnliches, als wir im Hafen überfallen wurden. Die Wunde hat sich entzündet, und sie hat versucht … sie hat …«

Er brach ab. Seine Kiefer arbeiteten, bis er sich wieder in der Gewalt hatte. »Sie hat es verheimlicht, um unsere Abreise nicht zu gefährden. Aber es wurde immer schlimmer. Als sie es mir endlich zeigte, führte ein roter Strich über ihr Bein bis zur Leiste. Es war zu spät. Sie starb in meinen Armen.«

Er rieb sich mit der Hand über die Augen. »Ich habe sie vor zwei Wochen begraben und danach jede Nacht Wache gehalten, damit Leichenräuber sie nicht wieder ausgraben und ihren Körper an die Anatomien verkaufen.«

Lene schauderte. »Es tut mir so leid. Ich verstehe …«

Sie brach ab, weil er sich zu ihr umdrehte und ihr einen ebenso wütenden wie verächtlichen Blick zuwarf. »Du verstehst das nicht! Wie kannst du auch nur im Ansatz versuchen, mich zu verstehen?«

Lene biss sich auf die Unterlippe. »Ich habe auch erst vor Kurzem erfahren, dass meine kleine Schwester gestorben ist. Entschuldige, ich wollte dir nicht zu nahe treten.«

Sein Gesichtsausdruck verwandelte sich schlagartig. »Oh Lene, mein Gott.« Er sah sie fast liebevoll und um Verzeihung bittend an. »Der Kummer macht mich egoistisch. Ich denke nur an mich.« Er stellte den Becher auf dem Boden ab und sah sich in der halb leeren Halle um. »Da sitzen wir nun, wir beiden Betrogenen.«

Sie legte ihre Hand auf seinen Arm. »Sag das nicht. Wir hatten ihre Liebe, und ihr Lachen, und das hat uns reicher gemacht, nicht wahr?«

Er nickte, und überraschenderweise spielte ein kleines Lächeln um seine Mundwinkel. »Genauso ist es. Weißt du, dass sie oft von dir gesprochen hat?«

»Von mir?«, fragte Lene verblüfft.

Werner nickte. Sein Blick wurde weicher, und seine Augen bekamen einen warmen Glanz. »Sie hat dich bewundert. Dafür, wie du deinen Weg gehst und ganz allein zurechtkommst. Du weißt, was du willst. Und du wartest nicht darauf, dass dir jemand den Weg ebnet. Du marschierst einfach los.«

»Na ja, es ist nicht ganz so einfach, wie es von außen aussieht.«

»Du bist ein außergewöhnlicher Mensch, Lene. Das hat Sophie gleich erkannt. Einmal sagte sie sogar …«

Die Erinnerung musste sehr schmerzhaft sein, denn er presste die Lippen zusammen und starrte düster auf den Boden. Lene wagte kaum zu atmen.

»Was sagte sie?«

»Sie meinte, ich wäre besser beraten mit jemandem wie dir an meiner Seite.« Er lachte bitter auf. »Sie empfand sich als Last, verstehst du?«

Lene verstand nicht, aber sie nickte.

»Deshalb wollte ich noch einmal zu dir kommen und dir das sagen. Du hast großen Eindruck auf sie gemacht. Und auf mich.«

»Danke. Das ... das bedeutet mir sehr viel.«

Sie wusste nicht, was sie darauf antworten sollte. Zwei Frauen, und jede wünschte sich, am Platz der anderen zu sein ... Sie hätte gerne mehr erfahren, aber Werner war mit seinen Gedanken schon wieder ganz woanders.

»Für mich bedeutet das aber, dass ich sämtliche Pläne meiner Mission begraben kann. In meinem Pfarrhaus in Brandenburg lebt nun ein anderer. Die Kirche wird mich dorthin schicken, wo ich am meisten gebraucht werde, aber wahrscheinlich nicht nach Rangoon. Eher in die Magdeburger Börde oder in die Lausitz. Es war alles umsonst, unsere ganzen Pläne und all die Hoffnung auf ein anderes Leben. Dabei waren es *meine* Pläne und *meine* Hoffnung. Ich habe Sophie hineingezogen, und das kommt zu allem anderen noch mit in die Waagschale. Manchmal frage ich mich, wie ich unter der Last dieser Schuld überhaupt noch atmen kann.«

Sie legte die Hand auf seine Schulter und spürte, wie sich seine Muskeln anspannten. »Sophies Vater ist Probst des Kirchenkreises Merseburg. Er ist gut bekannt mit dem Oberkonsistorialrat im märkischen Konsistorium. Ohne seine Fürsprache hätte ich niemals diese Gelegenheit erhalten. Das ist ...« Er suchte nach Worten.

»Politik?«, fragte Lene vorsichtig. Sie zog ihre Hand weg.

Werner nickte, überrascht, dass Lene so schnell begriff. »Die Missionsarbeit ist mein Lebenstraum. Ich komme aus einem guten, aber sehr einfachen Elternhaus. Ohne die entsprechenden Beziehungen wird man nie mit einer so verantwortungsvollen Aufgabe betraut. Ich habe immer wieder Gesuche eingereicht, Bittbriefe, Referenzen … bis ich eines Tages eine Einladung nach Merseburg ins Haus des Probstes erhielt. Ich fuhr natürlich hin, und es war eine Prüfung auf Herz und Nieren, die selbst am Abendbrottisch nicht aufhörte.«

Wieder strich er sich die Haare aus der Stirn. »Der Probst hatte neun Kinder, unter ihnen vier Mädchen, und eines davon war Sophie. Sie war eine schüchterne und ganz liebreizende junge Frau, und ich wunderte mich, warum sie bislang nicht verheiratet war mit ihren zweiundzwanzig Jahren. Es stellte sich heraus, dass ein Mann um ihre Hand angehalten, es sich dann aber anders überlegt hatte. Und das auch noch direkt vor dem Altar.«

»Wie furchtbar …« Die arme Sophie. Lenes Herz tat weh, denn sie ahnte, dass es danach nicht allzu viel Glück im Leben dieses zarten Wesens gegeben hatte. »Also hat man dich gebeten, diesen Makel auszulöschen?«

Werner nickte grimmig. »Ich mochte Sophie. In meinem Leben gab es keine andere Frau, sie war jemand, dem man nicht wehtun konnte. Nicht auf diese Weise, wie es dieser Schuft getan hat.«

Seine Hand ballte sich zur Faust. »Ja, ich wollte es wiedergutmachen. Vielleicht aus Eitelkeit, um mich als besserer Mensch zu fühlen? Vielleicht aber auch nur, damit ihr Vater ein treffliches Wort für mich einlegt? Ich habe sie zur Frau genommen, um meinen eigenen Ehrgeiz zu befriedigen.«

Er schloss die Augen und atmete tief durch. Sein Kopf lehnte sich zurück an die Bretterwand. »Warum hat Gott sie zu sich geholt und nicht mich?«

»Aber … Du kannst doch nichts dafür!«

»Wenn ich diese Kutsche nicht genommen hätte …«

»Woher solltest du das wissen? Du wolltest Geld sparen …«

Er öffnete die Augen. Sein Kopf kam wieder vor, und er funkelte sie wütend an. »Geiz. Habsucht. Neid. Zorn.« Er schlug sich mit der Faust an die Brust. »Ich trage sie in mir. Ich bin ein Sünder, und ich werde niemals Frieden finden!«

Er stand auf und suchte in seiner Hosentasche nach ein paar Pennys. Lene erhob sich ebenfalls. Sie ahnte, dass noch mehr hinter diesem Ausbruch von Selbstzerfleischung stecken musste, aber das war weder Ort noch Stunde, um mehr zu erfahren.

»Wo wohnst du?«

Er drückte ihr das Geld in die Hand. »Wir hatten ein Zimmer beim Pfarrer von Wapping. Wir haben sogar das Geld erhalten, mit dem wir unsere Reise hätten fortsetzen können. Nach Sophies Tod bin ich in einen Pub namens Three Tides gezogen. Sobald alle Formalitäten erledigt sind, nehme ich das nächste Schiff nach Bremen.«

Lene kannte den Namen des Gasthauses, es war eine ziemlich bekannte und berüchtigte Unterkunft.

»Kommst du wieder?«, fragte sie ihn.

Er sah sich ein letztes Mal um. »Ich glaube nicht. Leb wohl.«

Damit ging er hinaus. Sie blieb wie betäubt stehen, die Pennys und den Becher in der Hand, und sah ihm hinterher, bis seine hohe Gestalt verschwunden war.

»Verlorne Liebesmüh.«

Pete war zu ihr getreten und kaute auf dem kalt gewordenen Rest seiner Zigarre herum. »Der is nich ganz richtich im Kopp.«

»Wie kannst du so was sagen? Er hat gerade seine Frau verloren!«

Pete schnippte den Stummel auf den Fußboden. »Aber sie iss noch bei ihm, irgendwo, oder?«

Mit diesen Worten wandte er sich ab und begann seinen Rundgang vorbei an den Whist-Tischen, immer auf der Suche nach Opfern, die sich von ihm übers Ohr hauen lassen würden.

Lene kehrte zurück an die Arbeit. Aber Petes letzter Satz sollte sie nicht mehr loslassen. Er verfolgte sie durch den Tag und die Nacht, und so machte sie sich an ihrem nächsten freien Mittag auf zum Three Tides.

Das Wirtshaus lag im Herzen von Wapping, einem Viertel in London, das von Lagerhäusern und billig hochgezogenen Häusern durchzogen war und durch die Hinrichtungsstätten am Ufer der Themse zu trauriger Berühmtheit gelangt war. Vor allem Piraten waren hier gehängt worden, und die Leichname hingen in eisernen Käfigen so lange im Wasser, bis dreimal Ebbe und Flut über sie hinweggegangen waren. Daher auch der Name des Wirtshauses, drei Gezeiten. Lene war bisher nicht einmal am helllichten Tag durch dieses Viertel gegangen. Dass Piraterie immer noch ein Thema war, hatte sie ja selbst am eigenen Leib erfahren.

Die Piere und die neuen Gebäude am Hafen gaben dem Viertel einen Hauch von Aufbruchsstimmung und Zuversicht. Lene blieb am Eingang zu den Docks stehen und erhaschte einen Blick auf den Fluss, auf dem sich eine Vielzahl von Schiffen und Booten tummelte. Sie mochte den geschäftigen Lärm, der den Herzschlag Londons auf ganz eigentümliche Weise taktete. Das Quietschen der Kräne, das Klappern der Hufe, die Glocken der Schiffe und die Rufe und Schreie der Arbeiter, in die sich das Kreischen der Möwen mischte. Ein seltener strahlend blauer Himmel wölbte sich über der Stadt. Die Luft am Fluss schmeckte salzig und feucht wie das Meer.

Von der Weite des Hafens und seinen lockenden Versprechungen war abseits der High Street nichts mehr zu spüren. Das ganze Leben in den engen Gassen spielte sich im Freien ab. Dicht an dicht drängten sich die Stände mit Fisch und Gemüse. Händler mit derben Gesichtern priesen ihre Waren an, dazwischen saßen alte Frauen in der Gosse, die Lene welke Blumen mit flehender Geste entgegenhielten. An manchen hingen noch die Trauerschleifen, und Lene schauderte bei dem Gedanken, welches Grab sie wohl noch vor Kurzem geschmückt hatten. Laufburschen und Dienstmägde drängelten sich aneinander vorbei, und ein Handkarren führte zu einem Verkehrskollaps, der von wütendem Gezeter begleitet wurde. Aus den verstopften Abzuchten erhob sich ein unsäglicher Gestank, der sich mit dem von verdorbenem Fisch und Fleisch mischte. Lene trug einen Kittel, aber auch der schützte nicht vor den begehrlichen Blicken all jener Geschöpfe, die kaum mehr als die Lumpen besaßen, die sie am Leib trugen.

Der Pub lag glücklicherweise nicht weit vom Hafen entfernt. Drei Wellen zierten das bunte Schild über dem Eingang, das schon von Weitem zu sehen war. Als Lene in die niedrige Gaststube eintrat, war es so dunkel, dass sich ihre Augen erst daran gewöhnen mussten. Es roch nach abgestandenem Bier und Brühe, was im Vergleich zu der Herausforderung auf der Straße fast schon eine paradiesische Kombination war. Soweit sie es erkennen konnte, waren die Tische einigermaßen sauber. Das Stroh auf dem Boden wurde wohl auch des Öfteren gewechselt. Die Brennickes hätten es zweifellos schlimmer treffen können.

Eine mürrische Alte ohne Zähne wies ihr den Weg über eine versteckte Stiege nach oben in den ersten Stock. Dort befanden sich vier winzige Gastzimmer, kaum größer als die Betten, die in ihnen standen. In einem hauste eine Familie mit einem halben Dutzend Kinder. Die Türen standen offen, um den engen Flur noch als Ausweichmöglichkeit zu nutzen. Er war vollgestopft mit einem Sammelsurium aus Kisten, Eimern und Holzbrettern, an dem sich Lene nur mit Mühe vorbeizwängen konnte. Das zweite Zimmer war leer. Im dritten saß ein alter Mann vor einem winzigen Fenster, durch das ein wenig frische Luft kam. Mit pochendem Herzen erreichte Lene die vierte Tür – sie war als einzige geschlossen. Sie nahm all ihren Mut zusammen und klopfte an.

»Ja?«

Vorsichtig drehte sie den Knauf und trat ein. Werner lag ausgestreckt auf dem Bett, richtete sich aber hastig auf, als er sie erkannte.

»Lene?«, fragte er völlig verunsichert.

Er trug nur eine leichte Kniebundhose. Hastig griff er nach seinem Hemd, das an einem Nagel an der Tür hing, und stieß dabei fast mit ihr zusammen. Es war so eng, dass man sich kaum umdrehen konnte. Zwei Koffer standen an der Wand, und auf dem Fensterbrett befand sich ein Tintenfass, daneben lagen eine Feder und ein Bogen Papier. Auf dem Boden davor versammelten sich einige zerknüllte Versuche.

»Was machst du denn hier?«

Während er versuchte, sich das Hemd über den Kopf zu ziehen und dabei nicht mit ihr zusammenzustoßen, war sie quasi dazu verurteilt, ihn anzusehen. Für einen Pfarrer war er erstaunlich kräftig. Die breiten Schultern hätten eher zu einem Arbeiter gepasst, und wenn die Haut auch blass war, so spannte sie sich straff über das Spiel seiner Muskeln und brachte Lene dazu, die Augen niederzuschlagen.

Kaum war er bekleidet, fuhr er sich mit beiden Händen

durch die Haare, um sie wenigstens etwas zu ordnen. Die Verwirrung über ihr Auftauchen war nun einer gelinden Betretenheit gewichen. »Ich bin gar nicht auf Besuch eingestellt.«

»Das macht nichts.« Es gab keinen Stuhl, also setzte sie sich aufs Bett und legte die gefalteten Hände in den Schoß. Die Tür war offen geblieben, damit niemand auch nur den Hauch eines Verdachts hegen konnte, dass ihre Anwesenheit mehr bedeuten könnte. »Ich bin ja froh, dass du noch hier bist.«

Er ging die drei Schritte zum Fenster und hob die Papierknäuel auf. »Ich habe es bisher nicht übers Herz gebracht zu schreiben. Wahrscheinlich ist es am besten, ich sage es ihnen persönlich. Aber allein der Gedanke, bei Sophies Vater in Merseburg aufzutauchen und zu gestehen, dass wir es gerade mal bis London geschafft haben …«

Er sah sich um und stopfte das Papier dann einfach unter seine Jacke, die er zusammengefaltet als Kissen genutzt hatte. Lene atmete innerlich auf. Ihr Plan, so ungeheuerlich er war, konnte nur funktionieren, wenn Sophies Schicksal noch einige Zeit im Dunkeln blieb.

»Deshalb bin ich hier«, sagte sie. »Es gibt nämlich eine Möglichkeit für dich, doch noch nach Rangoon zu kommen.«

»Allein? Nein, das geht nicht. Sophie und ich sind zusammen in den Reisedokumenten eingetragen. Ich kann nicht ohne sie an Bord gehen. Das würde man mir niemals verzeihen. Ich muss zurück und alles erklären, und das wird nicht einfach werden. Der Probst wird es mich spüren lassen, dass ich seine Tochter nicht schützen konnte. Er wird alles daransetzen, dass ich nie wieder ein Bein auf die Erde kriege.«

Er setzte sich neben sie in gebührendem Anstand auf das Bett. Sein Blick hatte sich verdüstert.

Lene fasste sich ein Herz. »Und wenn es doch anders ginge?«

Er sah sie an, eine steile Falte bildete sich über seiner Nasenwurzel. Sie gab seinem markanten Gesicht einen Ausdruck von Strenge, den Lene zuvor nicht bemerkt hatte.

»Anders? Ich weiß nicht, was du meinst.«

»Nimm mich mit. An Sophies Stelle.«

Seine Augen verengten sich. Er musterte sie wie ein Wesen, bei dem er sich noch nicht darüber im Klaren war, ob er es zerquetschen oder laufen lassen sollte. »Bist du von Sinnen?«

»Nein. Nein! Ich will dir nicht zu nahe treten, niemals. Aber es ist mein größter Wunsch, endlich von hier wegzukommen. In den Papieren steht doch nur eine ungefähre Beschreibung. Und du bist ein Pfarrer. Eine Respektsperson! Wenn ich als deine Frau mit an Bord gehe …«

»Als meine Frau?«

»Und wir zusammen nach Rangoon fahren und du erst dort schreibst, dass Sophie …«

Werner sprang auf. Im Zimmer gab es keinen Platz, also lief er hinaus auf den Flur, der aber auch zu klein war für die Rage, in die ihn Lenes Ansinnen versetzt hatte.

»Meine Frau?«, brüllte er sie an. »Du wagst es allen Ernstes mir vorzuschlagen, Sophies Platz einzunehmen?«

Lene biss sich auf die Lippen. Sie hatte mit dieser Reaktion gerechnet, aber nicht damit, dass sie sie wie ein Faustschlag in die Magengrube treffen würde. »Ich meine doch nur so als ob!«

»*Als ob?* Weib! Weißt du eigentlich noch, was du sagst? Sophie ist gerade mal zwei Wochen tot, und du denkst …« Er brach ab, weil er die Ungeheuerlichkeit dieser Vorstellung nicht in Worte fassen konnte.

Lene stand auf. »Sophie hätte es sich gewünscht. Es wäre nicht in ihrem Sinne gewesen, dass zwei Menschen durch ihren Tod ihre Träume verlieren.«

»Deine Träume?«, schäumte er. »Was haben wir mit deinen Träumen zu tun? Du bist unglaublich, Lene. Verschwinde, und tauche nie wieder hier auf. Ich werde für dich beten, und für mich, damit ich diesen Besuch so schnell wie möglich vergesse.«

Er trat überdeutlich zur Seite. Lene verließ das Zimmer, blieb aber im Flur stehen. Ihre Knie zitterten, und sie hatte das Gefühl, beim nächsten Wort von ihm in Tränen auszubrechen. Aber sie schaffte es trotzdem, ihre Stimme fest klingen zu lassen.

»Sie hat mich bewundert für das, was ich bin. Und ich sie für das, was sie hatte. Alles, was ich wollte, war, unserer Zukunft eine Chance zu geben. Ich weiß, dass das in Sophies Sinn ist. Sie hat ihre Heimat verlassen, um dich glücklich zu machen. Es gab keinen anderen Grund für sie. Denkst du wirklich, es würde sie freuen, wenn du wie ein geprügelter Hund zurückkehrst?«

Er verschränkte die Arme, als ob er sich gegen ihre Argumente panzern wollte.

»Nimm nicht noch einmal in meiner Gegenwart ihren Namen in den Mund.«

Lene nickte. »Ich wünsche dir alles Gute in deinem märkischen Kirchspiel. Und vor allem, dass du es nicht bereust, wenn du eines Tages alt und lahm geworden bist. Dass du nicht ein Mal in deinem Leben den Mut gehabt hast, dich gegen deine Obrigkeit zu behaupten.«

Sie rannte die Stiege so schnell hinunter, dass sie um ein Haar gefallen wäre. Erst draußen auf der Straße wagte sie, tief durchzuatmen. So schnell sie konnte, lief sie zurück zur Themse. Die Segel der Schiffe knatterten im Wind, und auf den Holzterrassen der Bassins saßen wohlhabende Kaufleute und Auswanderer und sahen auf das bunte Treiben am Ufer. Sie blieb stehen und steckte sich wütend die Haarsträhnen unter die Haube, die sich gelöst hatten. Was war nur in sie gefahren, dass sie es gewagt hatte, Sophies Platz einnehmen zu wollen? Als sie sich die Worte zurechtgelegt hatte, wieder und wieder, hatten sie wie ein guter Vorschlag geklungen, wie eine Lösung für Werners und ihr Problem. Aber seine Reaktion hatte eine Zumutung daraus gemacht. Scham und Wut ließen ihre Wangen brennen. Sie sah kaum, wohin sie stolperte, weil ihr immer wieder Tränen in die Augen stiegen.

»Lene?«

Halb blind drehte sie sich um. Werner stand auf der anderen Seite der High Street und wartete ungeduldig darauf, dass die Lastkutschen und Droschken ihm die Chance gaben, mit heiler Haut die Straße zu überqueren.

Er trug seinen zerdrückten Hut und die dunkle Jacke. Der Wind riss an seinen Haaren und ließ ihn abenteuerlicher aussehen, als es gut für Lenes Seelenheil gewesen wäre. Bis er endlich schwer atmend bei ihr angekommen war, hatte sie die Tränen getrocknet und ihre Wangen mit dem Handrücken gekühlt. Nervös strich sie den Kittel glatt, aber Werner bemerkte ihre desolate Verfassung gar nicht. Er riss sich den Hut herunter und zerquetschte ihn ungelenk in den Händen.

»Wie genau hast du das gemeint?« Er war immer noch wütend auf sie. Aber er stand nicht mehr unter Schock. »Du willst an Sophies Stelle mit mir auf das Schiff?«

»Es war nur so eine Idee. Es tut mir leid, ich wollte dich nicht verletzten und schon gar nicht Sophies Andenken in den Schmutz ziehen.«

Er winkte unwirsch ab und sah sich um. Sein Blick fiel auf eine Schankwirtschaft an der Swan Wharf, einem der kleinsten Docks, an dem Kohle verladen wurde. Die Tagelöhner trugen von der Arbeit geschwärzte Jacken, und der Ruß hatte sich in die Falten ihrer Gesichter eingegraben. Es war windig, die Sonne hatte sich wieder hinter den Wolken verschanzt. Werner deutete auf einen Tisch, der gerade frei geworden war.

»Nimm das.« Er zog seine Jacke aus und legte sie ihr um die

Schultern. Dann ging er in die Wirtschaft, um Bier zu holen, das einzige Getränk, das hier ausgeschenkt wurde.

Die Jacke war noch warm von seinem Körper. Lene setzte sich, atmete tief durch und versuchte, ruhig zu bleiben. Als er mit zwei Bechern zurückkehrte, betrachteten sie gemeinsam das Panorama vor ihren Augen. Masten und Segel drängten sich dicht aneinander bis weit hinaus auf den Fluss.

»Sophie und ich haben Passpapiere, die uns die Reise nach Rangoon gestatten«, begann er nach einer Weile, in der Lene darauf gewartet hatte, dass er das Wort ergriff. »Die Fahrkarten sind bislang nicht umgeschrieben, die Agentur wollte das machen, sobald klar ist, wann das nächste Schiff ablegt und ob noch Platz für uns gewesen wäre.«

Seine Stimme klang ruhig, er hatte sich wieder in der Gewalt.

»Das würde die Agentur problemlos ändern können. Ich weiß nicht genau, wann das nächste Schiff fährt.«

»Am Montag«, sagte Lene leise. »Ich gehe sooft ich kann zu den Aushängen und lese die Schiffsmeldungen. Und Rangoon ist mir euretwegen im Gedächtnis geblieben.«

»Am Montag…« Er wandte sich ihr zu. Seine Augen blickten entschlossen, als er sagte: »Und du willst mit an Bord?«

Ihr blieb fast die Luft weg. Sie konnte nur nicken.

»Alle Achtung, Lene. An Mut fehlt es dir nicht.«

»Es wäre doch nur für die Überfahrt. In Rangoon trennen sich unsere Wege. Du schreibst nach Merseburg und…«

»Und schreibe ihnen, dass Sophie nicht mehr lebt«, setzte er ihren Gedanken fort. »Es ist eine Lüge.«

»Aber es wird niemandem damit geschadet.« Lene roch an dem Bier – ein dunkles Gebräu, schwarz wie die Kohle, die hier verladen wurde. Sie stellte den vollen Becher ab und drehte sich zu ihm um, damit er ihr ins Gesicht sehen musste. »Du kannst deine Mission fortsetzen. Niemand wird dich verurteilen. Dass dein Gewissen dich wegen Sophies Tod plagt, musst du mit Gott ausmachen. Aber sicher nicht mit ihrem Vater.«

Er nickte schwer, als ob die Bürde ihm wie ein Ziehholz im Nacken läge.

»Alles, was du tust, ist die Nachricht so lange zurückzuhalten, bis du in British Burma bist. Dann kann dich auch keiner mehr zurückholen.«

»Aber sie werden wissen wollen, wo sie begraben ist.«

Lene löste den Blick von ihm und schaute auf das bleigraue Wasser. »Auf See gibt es kein Grab.«

»Ich soll ihnen verschweigen, dass sie in London liegt? Nein. Auf gar keinen Fall.«

Er griff nach seinem Bier, trank ein paar tiefe Züge und stellte den Becher dann mit einem heftigen Knall ab.

»Dann schreib es ihnen, wenn du in Rangoon bist. Sie hat es doch gewollt, dass du dorthin fährst. Oder?«

»Nein, das wollte sie nicht. Sie wäre glücklich gewesen mit einem kleinen Pfarrhaus in der märkischen Heide, einem Rosengarten und vielen Kindern. Ich war es, der sie mit seinem Ehrgeiz gedrängt hat. Mir war diese Welt immer zu klein. Allein die Vorstellung, in einer dunklen Feldsteinkirche zu predigen … ich fühlte mich schon bei dem Gedanken wie lebendig begraben.« Er seufzte. »Ich wollte die Welt, und sie wollte den Rosengarten.«

Lene nickte vorsichtig. Sie verstand, wie ungleich dieses Paar gewesen war und welche unterschiedlichen Sehnsüchte es zu dieser Ehe getrieben hatten.

Werner leerte seinen Becher in einem Zug. Sie hatte kaum an ihrem genippt. Das dunkle englische Bier schmeckte ihr nicht.

»Den meisten Männern wäre das egal«, sagte sie. »Eine Frau macht das, was ihr Mann will.«

»Und was willst du?«

»Ich?«

»Warum willst du weg?«

»Schau dich doch um.« Sie wies mit dem Kopf auf das Hafenpanorama. »Mehr als ein Leben als Dienstmagd ist für mich nicht drin.«

»Bist du verheiratet?«

»Sehe ich so aus?«, fragte sie zurück, um einen Pfarrer nicht zu belügen.

Er lächelte. »Ehrlich gesagt, nein.«

»Wie dann?«

Es interessierte sie brennend, was Werner von ihr dachte. Vermutlich hielt er sie für eine berechnende, eiskalte Person, die sich nicht scheute, aus dem Tod seiner Frau ihren Vorteil zu ziehen. Für die einen war sie eine Hure, für die anderen ein herzloses Biest. Er ließ seinen Blick über sie wandern, und zum ersten Mal spürte sie ein schwaches Interesse an ihr, und wenn es auch nur der Suche nach einer Antwort auf ihre Frage galt.

»Wie jemand, der ziemlich genau weiß, was er will. Was ist das, Lene? Was hast du vor? Rangoon, das ist doch kein Lebensziel. Wenn sich dort unsere Wege trennen, musst du einen Plan haben, wie es weitergeht.«

Ich werde Tee kaufen. Ich werde reich werden. Ich werde zurückkommen und einen Teepalast bauen. Mein Traum wird mein Wegweiser sein und keine Fantasie, an der man sich in kalten Hungernächten wärmt.

Sie wandte sich der Themse zu, um zu verbergen, was sich offenbar in ihrem Gesicht abgespielt hatte. Zu spät.

»Du hast ausgesehen, als wäre ich der Erste, der dich das gefragt hatte«, sagte er sanft. »Wenn du keinen Plan hast, Lene, dann werden wir die Reise nicht machen können.«

»Doch.« Sie atmete tief durch. »Ich habe einen Plan.«

»Und der wäre? Ich muss das wissen. Ich will nicht noch jemanden ins Unglück stürzen. Hast du Verwandte dort? Freunde, Familie?«

Lene schüttelte den Kopf. »Nein. Aber Rangoon liegt in meiner Richtung.« Mittlerweile hatte sie den Kartengeschäften in der Strand mehrfach einen Besuch abgestattet. Sie wusste jetzt, welche Route sie einschlagen musste. Von Rangoon nach Singapore, und von dort aus nach Hongkong oder Macao. Dann war es nur noch ein Katzensprung nach Kanton, wo sie den Tee kaufen konnte.

»In deiner … Richtung«, wiederholte er verblüfft. »Das heißt, du willst weiter? Wie weit?«

»Bis China.«

»China?«

Sie schob ihm ihren Becher zu. Er nahm ihn und trank einen tiefen Schluck. Dann setzte er ihn ab und fuhr sich mit dem Handrücken über den Mund. Immerhin lachte er sie nicht aus, so wie Tom das getan hatte. Tom … der leise, ziehende Schmerz in ihrem Herzen verriet ihr, dass sie langsam darüber hinwegkam, wie der holländische Matrose sie behandelt hatte.

»Was willst du da?«

»Ich will mit Tee handeln.«

»Mit Tee handeln. Alle Achtung.« Der Blick, mit dem Werner sie jetzt musterte, verriet nicht, ob er sie für verrückt oder naiv hielt. »Du weißt, dass du als Frau noch nicht einmal auf ein Handelsschiff kommst.«

»Immerhin werde ich es mit Gottes Hilfe nach Rangoon schaffen.« Es war nie verkehrt, ihn an seine oberste Instanz zu erinnern. Wenn man so wollte, hatte ja schließlich der Herr sie zusammengeführt, wenn auch auf entsetzlich tragische Weise.

»Ja, aber für mich ist dort das Ende der Reise. Spätestens dann stehst du nicht mehr unter meinem Schutz. Wie soll es danach weitergehen?«

Lene zuckte mit den Schultern. Im Gefängnis von Leer war es nur darum gegangen, den Kopf aus der Schlinge zu ziehen. In Emden hatte sie kaum einen anderen Gedanken gehegt, als nach London zu kommen. Und nun bot sich ihr die Chance, sich bis British Burma durchzuschlagen. »Das werde ich sehen, wenn es so weit ist.«

»Nein. Das wirst du nicht. Niemand kommt nach China hinein. Noch nicht einmal die Händler. Sie liegen alle mit ihren Schiffen vor Kanton, und die Verhandlungen werden im europäischen Viertel geführt. Das sind ein paar staubige Straßen, in denen die Handelsvertretungen sogenannte Faktoreien haben. Dort treffen sie die Chinesen und schließen ihre Verträge. Dann müssen sie Wochen und Monate warten, bis die Ware geliefert wird. In dieser Zeit ist es ihnen verboten, das Viertel zu verlassen. Wenn Frauen nicht auf Schiffe dürfen, dann ist ihnen der Zugang nach Kanton gänzlich verboten. Noch nicht einmal Chinesinnen dürfen sich dort aufhalten. Es ist ein verrufenes Viertel, wie jeder Ort, an dem sich nur Männer mit zu viel Zeit aufhalten. Und ein gefährlicher noch dazu.«

»Warum?« Sie sog jedes Wort in sich auf, auch wenn es eigentlich das Ende ihrer Träume bedeutete.

»Opium. Die Briten machen ein Vermögen damit. Sie bringen es nach Kanton, wo es ihnen aus den Händen gerissen wird und sich wie eine Seuche verbreitet. Das ging lange gut, aber mittlerweile haben Korruption und Opiumhandel ein Ausmaß erreicht, dass der chinesische Kaiser zu härteren Methoden greift. Hinrichtungen, Gefängnisstrafen, Auspeitschungen. Auch Ausländer bleiben davon nicht verschont. Und die Briten? Zucken mit den Schultern und schmuggeln weiter das Gift ins Land, weil es ihnen sagenhafte Gewinne beschert. Das alles passiert in Kanton. Ein Pulverfass. Und da willst du hin?«

Jetzt griff Lene doch nach ihrem Bier. »Woher weißt du das?«

»Ich lese außer der *Times* auch noch andere Zeitungen.«

»Okay.« Sie trank ein paar Schlucke. »Ich wusste, dass es nicht einfach werden wird.«

»Warum ausgerechnet Tee? Wenn du handeln willst, dann fang doch hier an. Kauf ein paar Kisten, bring sie nach Friesland oder Hannover, und bau dir ein Geschäft auf.«

»Das ist mir zu wenig«, sagte sie. »Ich will nicht mit Waage und Tüte auf dem Markt stehen. Ich will mehr. Ich will mein eigenes Handelshaus. Ich will …« Sie brach ab. Von dem Palast, dem Teehaus nach britischem Vorbild, wollte sie ihm nichts erzählen.

Er nickte beschwichtigend. »Der Teehandel ist in den Händen einiger weniger Familien in China. Wie willst du denn mit denen eine Geschäftsbeziehung aufbauen?«

Sie dachte an Puyis Münze. »Das schaffe ich schon.«

»Lene«, stöhnte er. »Du hast keine Vorstellung.«

»Aber du, ja? Du weißt, wie es läuft im Leben! Und wohin hat es dich gebracht?«

Im selben Moment hätte sie ihre Worte am liebsten zurückgenommen. Sein Gesicht verdüsterte sich wieder. Er überlegte einen Moment, dann stand er auf.

»Ich kümmere mich um die Passage. Wir sehen uns am Montag.«

Er setzte den Hut auf und verließ die Terrasse.

Ein Gedanke, zart wie ein Vogel, breitete seine Flügel in Lene aus: Ich fahre nach Rangoon.

Den ganzen Weg zurück zum *pleasure garden* konnte sie an nichts anderes mehr denken. Am Abend sagte sie Sam und Maggie, dass der Sonntag ihr letzter Arbeitstag sein würde. Die beiden nahmen das wortlos zur Kenntnis. Aber als sie nach einer schweren Schicht auf ihren Strohsack kriechen wollte, spürte sie eine Unebenheit unter dem löchrigen Laken. Sie zog ein in Wachspapier gewickeltes Päckchen hervor, in dem eine Pfundnote lag. Zusammen mit den Resten vom Lohn der Boysens und den gesammelten Kupferpennys betrug ihre Barschaft nun zwei Pfund und drei Shilling.

In den Schiffsmeldungen der *Times* hieß es, dass die *Lord of Sandringham,* ein Toppsegelschoner, mit der Flut am Montagnachmittag auslaufen würde. In dieser Nacht machte sie kein Auge zu. Nachdem die letzten Gäste frühmorgens die King's Hall verlassen hatten und es ruhig geworden war, zog sie Margarethes Kleid an, holte Annes Brief, Elizas Ass und das englische Geld aus dem Versteck und schlich dann hinaus in die erwachende Stadt.

Im ehemaligen Sumpfgebiet der Themse, den Plaistow Marshes, hatte man vor dreißig Jahren zeitgleich mit dem aufstrebenden Handel die Hafenbecken der West und East India Company angelegt. Rund um die Isle of Dogs siedelten sich daraufhin an den vielen kleineren Bassins Pfeffermühlen, Handelshäuser, Schiffsausrüster und Industriebetriebe an. Gesäumt wurden die Docks von Lagerhäusern mit Weinkellern, von Werkhallen und Handwerksbetrieben, und vor dem Zollamt stapelten sich schon in den frühen Morgenstunden Gebirge von Kisten, Fässern, Säcken und Körben.

Lene fand nach mehrmaligem Fragen das Eastern Dock. Es war ein atemberaubender Anblick: Bestimmt dreißig große britische Segelschiffe lagen dort vor Anker. Das Becken war umrahmt von Lagerhäusern, und auf dem Kai blieb nicht allzu viel Platz, deshalb herrschte auf den ersten Blick ein heilloses Durcheinander. Auf den zweiten offenbarte sich die effiziente Choreografie des Seehandels: Beladen, Entladen, Einfahren, Ausfahren. Prüfen, Wiegen, Berechnen, Versiegeln. Am Zollamt fand sie einen Anschlag mit der Liste der Liegeplätze: Die *Lord of*

Sandringham war zwischen Tabak, Öl und Rum auf dem vierten Platz links hinter dem North Quay vor Anker gegangen.

Die letzten hundert Meter wollten nicht enden, und dann stand Lene endlich atemlos und mit jagendem Herzen vor dem Schiff, das sie von London nach Rangoon bringen würde. Es war riesig im Vergleich zu allem, was sie jemals gesehen hatte: Die Masten ragten fast in den Himmel, die lang gestreckte Bordwand aus dunklem Holz wollte nicht enden. Mehrere gewaltige Ladeluken waren geöffnet. Über breite Rampen wurden gerade Fässer von den Glücklichen gerollt, die an diesem Tag Arbeit gefunden hatten. Dahinter warteten auf dem Kai schon die Lastkutscher mit ihrer Fracht: Kisten über Kisten, die alle im Bauch der Brigg verschwinden sollten.

Lene wandte sich an einen Matrosen, der die Gangway bewachte. Sie musste tief Luft holen und sich bemühen, nicht zu stottern. »Ich gehöre zu den Passagieren und will nach Rangoon.«

»Bagage?«, fragte der Mann, ein krummbeiniger Seebär mit misstrauischen, schmalen Augen.

»Das Gepäck hat mein … mein Mann.«

Sie sah sich um. Von Werner war weit und breit nichts zu sehen. Wahrscheinlich war es noch zu früh.

Der Matrose trat zur Seite. »Beim Quartiermeister melden, der hat die Liste. Papiere?«

»Die hat auch mein Mann.«

Die schmalen Augen wurden zu Schlitzen. Er fuhr sich mehrmals mit der Pranke über die kurz geschorenen Haarstoppel.

»Kommse ma mit, Misses.« Mit wiegendem Gang erklomm er die Stelling. Lene folgte ihm. Oben angekommen verschwand der Matrose auf der Kommandobrücke und kehrte wenig später mit einem besorgt aussehenden Mann zurück, der eine Rolle unter dem Arm trug.

»Euer Name, bitte?«

»Brennicke«, sagte Lene. Sie spürte, wie ihre Haarwurzeln brannten, und hoffte, nicht knallrot anzulaufen. »Sophie Brennicke. Mein Mann ist Pfarrer und soll eine Mission in Rangoon aufbauen. Er müsste eigentlich schon an Bord sein.«

Der Quartiermeister entrollte das Papier und studierte es sorgfältig. Je länger das dauerte, desto angespannter wurde Lene.

»Tut mir leid.«

Die Rolle schnurrte wieder zusammen.

»Was, ähm, tut Euch leid?«

»Er steht nicht auf der Passagierliste.«

»Aber …«, Lene sah sich hilflos um. »Das muss ein Irrtum sein. Er hat die Tickets und die Reisepässe. Und eine Anweisung von seinem Konsistorium.« Glücklicherweise war ihr noch das Wort eingefallen. »Das ist doch die *Lord of Sandringham?*«

Der Quartiermeister nickte und schickte den Matrosen mit einer knappen Kopfbewegung zurück auf seinen Posten. »Wann wolltet Ihr Euren Mann denn treffen?«

»Hier«, sagte Lene tonlos. »Heute.«

»Die letzten Plätze sind vergangene Woche reserviert worden. Habt Ihr Kontakt zu Eurer Agentur aufgenommen?«

Lene schüttelte den Kopf. Sie begriff das nicht. Oder, besser gesagt: Sie begriff, dass gerade etwas grauenhaft schieflief.

»Kann ich irgendwo warten?«

Der Mann schüttelte bedauernd den Kopf. »Ihr müsst leider von Bord. Auch wenn Euer Gatte noch auftaucht, so hätten wir jetzt keinen Platz mehr für Euch.«

In seinem Blick stand aufrichtiges Bedauern. Für Lene war es unerträglich, sich dem noch länger auszusetzen.

»Danke.«

Sie hangelte sich am Reep entlang die Gangway hinunter und schlug die hilfreiche Hand des Matrosen aus.

Die nächsten Stunden verbrachte sie damit, den Lastkutschern und Hafenarbeitern möglichst wenig aufzufallen oder im Weg zu stehen, dabei aber den Zugang zum Schiff nicht aus den Augen zu lassen. Es wurde Mittag, es wurde Nachmittag. Werner tauchte nicht auf. Die Laderampen wurden eingezogen und die Luken verschlossen.

Die Schauerleute am Kai gingen zu den Pollern, um auf Befehl die Taue zu lösen. Schließlich nahmen alle Mann ihre Plätze ein, und die Stelling wurde hochgezogen. Die Ankerkette rasselte, das ganze Schiff ächzte, als ob es, von seinen Fesseln befreit, aufatmen würde. Die Segel entfalteten sich, und langsam, ganz langsam, legte die *Lord of Sandringham* ab.

Noch nie in Lenes Leben war eine Enttäuschung so bodenlos gewesen. Mit brennenden Augen starrte sie dem Schiff hinterher, das sich durch das schmale Tobacco Dock ins West-Bassin schlängelte. Es war, als ob es mitsamt ihren Träumen im Laderaum grußlos davonfuhr. Sie trat in den Seiteneingang eines Lagerhauses und ging in die Knie, weil sie das Gefühl hatte, ihre Beine würden sie nicht mehr tragen.

Was nun? Zurück in den *pleasure garden*? Mit ihrer Trumpfkarte bei Eliza auftauchen und um eine Stelle betteln? Wut, Verzweiflung und Enttäuschung ballten sich in ihrem Magen. Sie musste über einen neuen Plan nachdenken, aber sie konnte keinen klaren Gedanken fassen. Sie war beraubt und betrogen worden. Vielleicht nicht absichtlich, aber dann hätte Werner wenigstens den Mut haben müssen, ihr seinen Rückzieher zu erklären.

Arbeiter, Matrosen und Händler hasteten, ohne auf die zusammengesunkene Gestalt im Schatten des Torbogens zu achten, vorbei. Als eine Droschke heranfuhr und hielt, dachte Lene sich nichts dabei.

»Lene?«

Mit tränenblinden Augen sah sie hoch. Werner stieg aus der Droschke und kam auf sie zu. Dabei grinste er sie hilflos an wie ein Schuljunge, der seine Hausaufgaben nicht gemacht hatte. Ohnmächtige Wut flammte in Lene auf.

»Es tut mir leid! Ich konnte nicht früher kommen!«

Sie sprang hoch.

»Wo bist du gewesen?«, schrie sie. »Sie ist weg! Die *Lord of Sandringham* ist weg!«

»Ich weiß. Ich wollte dich an der King's Hall treffen und mit dir darüber reden, aber du warst schon fort.«

»Mit mir reden?« Sie hob die Fäuste und schlug hilflos auf ihn ein. Überrascht von diesem Angriff, ging er zwei Schritte zurück. »Du hast mich sitzen lassen! Einfach sitzen lassen! Sie ist weg! Sie fährt ohne uns!«

Er fing ihre Fäuste ein und hielt sie fest. Wütend wollte Lene sich losreißen, aber sein Griff war eisenhart.

»Beruhige dich.«

»Ich kann nicht! Das war unsere einzige Chance, nach Rangoon zu kommen! Und du lässt sie einfach ziehen! Ich habe gewartet! Ich habe ihr hinterhergesehen! Weißt du, wie ich mich gefühlt habe? Verschwinde!«

Endlich konnte sie sich befreien. Sie stolperte ein paar Schritte zurück und schlug mit der Faust an die Wand. Aber mehr als ein zusätzlicher Schmerz kam nicht dabei heraus.

»Kehr zurück nach Brandenburg und heul der Chance deines Lebens nach, die gerade um die Ecke gesegelt ist!«

»Lene …« Er kam vorsichtig näher. »Kannst du mir einen Moment zuhören?«

»Nein!« Es gab keine Entschuldigung für das, was geschehen war. Sie raffte den Rock und wollte an ihm vorbei. Aber er stellte sich ihr in den Weg. »Lass mich. Ich will dich nie mehr wieder sehen!«

Werner griff in die Innentasche seiner Jacke und holte einen Stapel Papiere hervor, die Lene vage bekannt vorkamen: Briefe, die Reiseerlaubnis und die Tickets der Agentur.

»Weißt du, was das ist?«

»Wertloses Zeug. Du hast dein Schiff zum zweiten Mal verpasst. Fahr nach Hause, Werner. Das Reisen ist nichts für dich.«

Unbegreiflicherweise stahl sich ein Lächeln auf seine Lippen. Wollte er sie auch noch verspotten, nach allem, was er ihr gerade angetan hatte?

»Ich würde es vielleicht noch auf einen dritten Versuch ankommen lassen.«

Er sah zum Kutscher seiner Droschke und machte ein Handzeichen zum Wenden. Dann wandte er sich wieder an Lene.

»Wir fahren nicht mehr nach Rangoon.«

»Welche Überraschung.« Lene verschränkte die Arme vor der Brust und blitzte ihn wütend an. »Das ist mir offenbar klarer als dir.«

»Wir fahren nach Bintan.«

Lene ließ die Arme sinken. »Was?«

»Nach Bintan, eine Insel vor Singapore. Das brandenburgische Konsistorium hat das entschieden, unmittelbar nachdem klar war, dass wir unser erstes Schiff verpasst haben. Ich soll dort eine Krankenstation gründen und meine Arbeit aufnehmen.«

»Singapore?«

Seine Augen leuchteten, als er sie an den Schultern packte und an sich zog. Sie spürte wieder seine Wärme, atmete seinen Geruch, fühlte sich gehalten und getragen in diesen Armen, und wäre vor Erleichterung fast ohnmächtig geworden.

»Ich kann das kaum glauben«, flüsterte sie.

»Ich auch nicht.« Er wiegte sie in seiner Umarmung wie ein Kind, das er gerade noch zur rechten Zeit verirrt gefunden hatte. »Ich war nach unserem Treffen in der Agentur, um die Tickets umschreiben zu lassen, dort erreichte mich der Brief. In Rangoon wird jetzt ein Holländer eingesetzt. Es gab wohl ein ziemliches Hin und Her um die Posten, aber Bintan ist nun mein neuer Einsatz. Ach Sophie …«

Er seufzte und drückte sie an sich. Lene vereiste. Auch Werner begriff, was er gerade gesagt hatte. »Verzeih mir. Es ist … wenn man sich so an den Namen gewöhnt hat! Er ist mir herausgerutscht.«

Er ließ sie los. Verlegen strich sie sich übers Gesicht und dann, nicht wissend, wohin mit ihren Händen, über das Kleid.

»Das macht nichts«, sagte sie schließlich. »An Bord wirst du mich ja wohl so nennen müssen, damit es nicht auffällt.«

Das Strahlen in seinem Gesicht war verschwunden. Mit entschlossenem Blick steckte er die Papiere ein und reichte ihr die Hand.

»Komm. Das Schiff liegt schon im West India Dock und legt in den ersten Morgenstunden ab. Hast du Gepäck?«

Sie schüttelte stumm den Kopf. Immer noch verwirrt, ließ sie sich von ihm zu der Droschke ziehen und schlüpfte hinein. Werner folgte ihr, schloss die Tür und klopfte an die Decke. Mit einem Ruck zogen die Pferde den Wagen an. Das Gefühl, dass etwas Großartiges begann, schnürte ihr fast die Luft ab.

»Danke«, sagte sie leise.

Werner summte eine Melodie vor sich hin, in der Lene vage Anklänge an »Jesus, meine Zuversicht« erkannte. Er brach ab.

»Da nich für«, antwortete er mit einem Lächeln.

Zu fremden Ufern

Das Schiff hieß *Victoria* und war eine zweimastige Brigg mit einem scharf geschnittenen, relativ schlanken Rumpf.

In dem Moment, in dem Lene ihren Fuß auf die Planken gesetzt hatte, wusste sie: Dies war der große Moment ihres Lebens. Werner übergab dem Quartiermeister die Papiere. Während der kleine, drahtige Mann mit einem gewaltigen Seehundschnauzer sie prüfte, berührten ihre Hände den Mast und wanderten über das schartige, von Salzwasser angefressene Holz. Sie schloss die Augen und atmete tief durch: Sie war auf dem Weg. Von diesem Tag an würde sie niemand mehr aufhalten können.

Ihre winzige Kabine lag im zweiten Unterdeck. Sie war kaum größer als das Bett, das Lene mit gemischten Gefühlen betrachtete. Die kleine Luke ließ sich nur unter größter Kraftanstrengung öffnen. Außer ihnen befand sich noch ein indischer Händler mit an Bord, Mr Amrith, und ein Modellbauer aus Liverpool, William Hubbard, der mit seinen maßstabsgetreuen Nachbildungen von Paris und London um die Welt zog. Die Mahlzeiten würden sie in der Offiziersmesse einnehmen, aber daran war in den nächsten zwei Tagen nicht zu denken. Hatte Lene sich noch gewundert, für was die beiden Lederriemen an den Außenwänden ihrer Koje gedacht waren, erfuhr sie es spätestens mit ihrer Einfahrt in den Ärmelkanal: zum Festhalten.

Die Ausfahrt am Abend hatte Lene aus zwei Gründen an Deck erlebt: zum einen, um sich von London zu verabschieden, das gut zu ihr gewesen war. Sie dachte an ihre Ungeduld und das Gefühl von Ohnmacht, sie dachte an Seetje und Hanna und an Annes Brief, und hörte noch einmal Maggies Stimme:

Der Herr hat's gegeben, der Herr hat's genommen … Keine drei Monate waren nach ihrer Ankunft in London vergangen – und sie segelte auf der Themse davon. Als die letzten Lichter der Leuchtfeuer verschwanden und das Lotsenboot abdrehte, hielt sie Puyis Münze in der Hand und spürte die lodernde Vorfreude auf dieses Abenteuer. Sie wanderte zurück in den Beutel, den sie weit unter das Bett schob.

Der zweite Grund war: Werner. Das Bett war schmal. Natürlich kein Vergleich zu ihrer Butze in Hogsterwaard, aber sie würden eng beieinanderliegen müssen. Von Vorfreude war beim Gedanken daran keine Spur. Es war eher eine ängstliche Unsicherheit, wie es weitergehen sollte. Sie hatte noch nie mit einem Mann geschlafen, weder im wörtlichen noch im biblischen Sinn. Er war attraktiv, und mehr als einmal hatte sie gespürt, dass eine Verlockung von ihm ausging, der sie sich nur schwer entziehen konnte. Wenn er sie berühren würde, wenn er mehr wollte – wie würde sie sich entscheiden?

Doch als sie zurück unter Deck kehrte, schlief er tief und fest. Sein Atem ging ruhig, und ab und zu entrang sich ihm ein leises Schnarchen. Ohne sich auszuziehen, schlüpfte sie zu ihm unter die Wolldecke und drehte ihm den Rücken zu.

Als sie den Ärmelkanal erreichten, begriff Lene, auf was sie sich eingelassen hatte. Ein Sturmtief braute sich vom Atlantik her zusammen und warf die *Victoria* von einer auf die andere Seite. Geschrei und Getrappel über ihnen verriet, dass auch die Freiwache an Deck geordert worden war. Beim nächsten Brecher rollte Werner beinahe über sie und erwachte.

»Was …« Verwirrt sah er sich um. »Was um Himmels willen?«

Die nächste Welle drehte den Schiffsrumpf backbord. Werner rollte zurück, und jetzt wäre es um ein Haar Lene gewesen, die von dieser Wucht auf ihn geschleudert worden wäre, wenn sie nicht in letzter Sekunde den Lederriemen erfasst hätte. Trotzdem rutschte sie so nah an ihn heran, dass sie sich berührten. Sein Oberkörper war nackt, und er trug nur eine knielange Hose aus einem dünnen Stoff. Sie hatte das Gefühl, noch nie in einer so verfänglichen Situation gewesen zu sein.

»Es tut mir leid«, flüsterte sie. Scham und Verwirrung waren grenzenlos. Doch er nahm sie nur in den Arm und hielt sie fest.

Lene war so überrascht von dieser Geste, dass sie erst einmal nichts tat. Auch als er sich über sie beugte und ihr sanft die wirren Haare aus dem Gesicht strich.

»Du wirst doch nicht seekrank?«

Ihr Herz hämmerte gegen ihre Rippen. Sie schüttelte den Kopf.

Mit einem Aufatmen ließ er sie los und setzte sich auf. In dem kleinen Raum war gerade noch so viel Platz, dass zwei Kisten und mehrere Säcke links und rechts aufeinandergestapelt worden waren. Aber die Wucht der Elemente reichte, dass die Kisten auf dem Boden hin- und herschlitterten. Werner stand auf und begann, sie ordentlich festzuzurren.

»Ein Glück«, sagte er. »Das könnte in dieser Enge sehr unangenehm werden.«

»Ja«, pflichtete Lene ihm bei, weil ihr sonst nichts Besseres einfiel. Diese kleine Zärtlichkeit von ihm – hatte sie ihr oder Sophie gegolten? Nichts in seinem Gesicht deutete auf eine Antwort hin. Mit entschlossenen Griffen vertäute er die Kisten und stopfte danach die Säcke unter das Bett. Einen behielt er zurück und betrachtete ihn nachdenklich.

»Du hast nur das, was du gerade trägst?«

Lene nickte. Er reichte ihr den Sack, der aus grobem Leinen gewebt war. »Das ist Wäsche. Such dir was aus.«

»Nein!«

Er ging vor ihr in die Knie und zwang sie so, ihn anzusehen.

In seinem Gesicht spiegelten sich Entschlossenheit und Trauer. »Entweder oder. Das war uns beiden klar.«

»Ich kann mir auch was beim Segelmacher schneidern lassen.«

»Lene, wir müssen uns einig sein.« Die nächste Welle brachte ihn aus dem Gleichgewicht. Er ließ sich aufs Bett fallen. Sie zog die Knie an, um ihm nicht im Weg zu sein. »Wenn wir diese Scharade durchziehen wollen, dann musst du auch aussehen wie die Frau eines Pfarrers. Du kannst dieses Kleid nicht rund um die Uhr tragen.«

Sie nickte. »Und wie hast du ...« Es war so schwer, dieses Thema anzusprechen. In diesem Moment hätte sie am liebsten alles wieder rückgängig gemacht. »Wie stellst du dir vor ... ich meine, hier, in dieser Kabine. Wir beide ...«

Ein Glück, dass ihr Gesicht im Schatten lag. Aber sie konnte erkennen, dass er sich die Haare aus dem Gesicht strich. Es war eng und stickig, aber es lag noch etwas in der Luft, das Lene so noch nie empfunden hatte: ein ziehendes Begehren, eine Sehnsucht nach etwas, das sie nicht zu benennen wagte und das sie schon bei ihrer ersten Berührung in der King's Hall gespürt hatte. Sie waren schon über eine Grenze gegangen. Eine weitere durfte nicht überschritten werden.

Werner rieb sich verlegen das Kinn. Wahrscheinlich war er sich gar nicht bewusst, welche Wirkung seine körperliche Nähe auf Lene hatte.

»Wie wir hier als Mann und Frau die nächsten Monate verbringen?«

Er sah sich um.

»Mit viel Rum, um schnell einzuschlafen, nehme ich an.« Er lachte leise. »Du wirst es nicht glauben, aber man kann sich daran gewöhnen, nebeneinanderzuliegen wie Bruder und Schwester.«

Es lag Lene auf der Zunge zu fragen, ob das auch zwischen ihm und Sophie so gewesen war. Sie sah bereits eine Zukunft als Trinkerin vor sich.

»Du hast nichts von mir zu befürchten. Das verspreche ich dir. Ich kann aber herausfinden, ob es noch eine Hängematte bei den Matrosen gibt. Wäre dir das lieber?«

Lene antwortete nicht. Sie war von solchen Entscheidungen schlichtweg überfordert.

»Es wäre dir lieber.« Mit einem Seufzen zog er die Decke über sich und nahm sie in den Arm. »Aber das gibt nur Gerede. So ist es besser, wir geben uns gegenseitig Halt.«

Erstaunlicherweise war er ein paar Minuten später wieder eingeschlafen. Der Seegang beruhigte sich etwas, und Lene lag mit dem Kopf auf seiner Brust. Sie brauchte Zeit, um sich zu entspannen. Oder Rum. Doch irgendwann fühlte es sich an, als wäre dies der Platz auf der Welt, an den sie gehören würde. Sie lauschte dem Wind und dem Klopfen seines Herzens, und sie wusste nicht, was sie mehr beunruhigte.

Lene hatte sich nach einigem Zögern entschieden, aus Sophies Wäsche ein paar Stücke auszuwählen. Alle waren neu und unbenutzt und offenbar nur für die Reise genäht worden. Das konnte sie gerade noch mit ihrem Gewissen vereinbaren.

Aber weder Mr Amrith noch Mr Hubbard, der Modellbauer aus Liverpool, waren sonderlich gesprächig und erst recht nicht diesen Dingen gegenüber aufmerksam. Die Offiziere hielten sich von den wenigen Passagieren fern und sprachen fast ausschließlich über nautische Angelegenheiten. Den Matrosen lief sie kaum über den Weg. Niemandem fiel auf, dass das Ehepaar Brennicke nicht besonders zärtlich miteinander umging, aber das wurde von Missionaren wohl auch nicht erwartet.

Als sie schließlich den Ärmelkanal hinter sich ließen, hatte sich die See beruhigt. Lene stand an Deck, als Werner sich zu ihr gesellte. In der Hand einen Gedichtband von August von Platen aus der Schiffsbibliothek, aus dem er ihr ab und zu vorlas, was nicht selten zu Lachanfällen führte.

Nächtlich am Busento lispeln bei Cosenza dumpfe Lieder…

Nachdem Lene mehrmals kläglich gescheitert war, diese Zungenbrecher vorzutragen, hatte Werner entschieden, ihr Nachhilfeunterricht im Lesen und Schreiben zu geben.

»Nicht von Platen!«, stöhnte sie.

»›Oh wonnigliche Reiselust, / An dich gedenk ich früh bis spat!‹«, deklamierte er. »›Der Sommer naht, der Sommer naht, / Mai, Juni, Juli und August…‹«

Lene schnappte das Buch und tat so, als ob sie es ins Meer werfen wollte.

»Gib her!«

Er wollte danach greifen, aber, ohne nachzudenken, versteckte sie es hinter dem Rücken und lief davon. Natürlich achtete sie nicht auf die Taue, die mittschiffs ausgelegt waren, und noch bevor sie sich mit einem Salto auf die Nase legen konnte, hatte Werner sie auch schon mit festem Griff gepackt.

»Gib es mir.« In seinen Augen funkelte etwas, das man durchaus als Antwort auf ihre Provokation sehen konnte. Er hielt sie fest, sie gab ihm das Buch, sie standen so eng beieinander, dass kein einziges von Platens Gedichten mehr zwischen sie gepasst hätte. Das Funkeln wurde intensiver. Sein Schatten fiel auf ihr Gesicht, und sie hatte das Gefühl, seinen Herzschlag zu spüren. Ihre Hände trafen sich um das Buch, und sie fühlte, wie sie seine Berührung ersehnte wie jedes Mal, wenn sie sich nahekamen und seine Gegenwart zu etwas Körperlichem wurde.

»Danke«, sagte er heiser.

Dann kehrte er zurück zur Reling und blieb dort, mit dem Rücken zu ihr gewandt, stehen. Lene kletterte über die Taue und stellte sich neben ihn. Er sah sie nicht an. Sein Blick war in die Ferne gerichtet.

Vorsichtig hob sie den Kopf und betrachtete sein Profil. Es wirkte angespannt, und seine Wangenmuskeln arbeiteten. »Gott hat das alles erschaffen«, sagte er. »Jede Welle, jeder Windhauch ist sein Werk.«

Lene nickte. Das zu wissen, sollte eigentlich auch für ihre Situation eine Erleichterung sein, aber das Gegenteil war der Fall.

In dieser Nacht wurde das Einschlafen zur Qual. War das normal, dass eine Frau so fühlte? Dass sie geradezu Hunger nach jemandem verspürte? War das auch Gottes Werk oder eher das des Teufels? Ihre Hand wollte sich auf seine nackte Brust legen, die sich im Schlaf hob und senkte. Sie kannte fast alle Details seiner Gestalt: die langen, kräftigen Beine, die eher an einen Läufer als an einen Pfarrer erinnerten. Die schmalen Hüften, die Präzision seiner Bewegungen. Sie verbot es sich weiterzudenken, denn dieser Mann gehörte einer anderen. Sie hatte ihn sich nur geborgt.

Mit einem Stöhnen drehte sie sich auf die andere Seite und musste ihn dabei aus Versehen geweckt haben. Denn ein paar Atemzüge später hörte sie ein Flüstern.

»Kannst du auch nicht schlafen?«

Sie hielt vor Schreck den Atem an. Hatte er ihre Gedanken gespürt? Ahnte er, welche Kämpfe in ihrem Innersten tobten?

Sie musste sich räuspern, weil ihre Kehle wie zugeschnürt war. »Ja.«

Sein Arm kam von hinten und legte sich über ihre Taille. Eine ganz normale, platzsparende Geste in diesem engen Bett, die Lene an die Grenzen ihrer Beherrschung brachte.

»Bist du …«

Er brach ab.

Ihr Herz klopfte so heftig, dass er es spüren musste.

»Hast du schon einmal …?«

Seine Hand lag ruhig auf ihrem Bauch. Nicht wandernd und suchend, dass sie sie hätte wegschlagen müssen. Sie lag da, als hätte sie schon immer dorthin gehört.

»Nein«, antwortete sie so leise, dass er es kaum hören konnte. Er veränderte seine Position, und dann spürte sie seinen warmen Atem in ihrem Nacken. Es war, als ob Frost und Hitze gleichzeitig über ihre Haut strichen. Um nicht aufzustöhnen, biss sie sich auf die Lippen.

Seine Hand strich ihr eine Haarsträhne aus der Stirn. Dann glitt sie ihren Hals entlang und legte sich auf ihre Schulter. Es war, als ob seine Fingerspitzen eine glühende Spur hinterließen.

»Schlaf.«

Er drehte sich um, und wenig später drang nur noch leises Schnarchen an Lenes Ohren.

Das Wetter verschlechterte sich zusehends. Erst blieb Mr Amrith unter Deck, dann Mr Hubbard. Der Koch servierte Sauerfleisch zum Frühstück, zu Mittag und zum Abend. Die einzige Abwechslung war die Soße: morgens weiß und pampig, abends braun und pampig.

»Wir kreuzen«, sagte der Kapitän, ein vierschrötiger Walliser mit roten Wangen. Wann immer es das Wetter zuließ, gesellte er sich zu den Offizieren und den Gästen, wenn auch meist nur für ein paar Minuten. Er hieß John Beacon, und er knallte jedes Mal seine triefende Öljacke vor Lene auf den Tisch, wenn er auftauchte. Nach dem dritten Mal schob sie sie einfach zur Seite, statt sie, wie erwartet, auszuschütteln und aufzuhängen. »Wolln ja nich in den Golf von Biskaya abdriften.«

Lene verbrachte viel Zeit mit dem Studium der Schiffskarten. Der Golf lag vor der Küste Frankreichs und Spaniens. Die

Victoria machte an guten Tagen neun Seemeilen pro Stunde, das war eine fast atemberaubende Geschwindigkeit, auch wenn das Meer keinerlei Anhaltspunkte bot und der Horizont der gleiche blieb. Aber auf den Karten konnte sie sehen, welche Strecke sie bereits zurückgelegt hatten. Am nächsten Tag blieb sogar Werner unter Deck, und Lene bewunderte aufs Neue das Geschick und den Einfallsreichtum, mit dem alles, was nicht niet- und nagelfest war, so verstaut wurde, dass es niemandem um die Ohren flog. Die Offiziersmesse war halb leer, und das Sauerfleisch wurde ihr kalt serviert. An Deck hatte sie nichts mehr verloren. Mehrere Wasserfässer waren über Bord gespült worden, ein herber Verlust, wie sie langsam begriff. Einmal gab es so einen fürchterlichen Krach, dass sie vor Schreck doch zur Tür lief und sie gegen den Sturm aufstemmte. Eins der Beiboote war von einem der gewaltigen Brecher zertrümmert worden und hatte einen Matrosen erwischt, der sich schreiend und blutend auf dem Boden wälzte. Schon kam die nächste Welle angerollt und stürzte aufs Deck. Ein ohrenbetäubendes Brausen, ein Heulen und Brechen und Klirren tobte über das Schiff, dann kam der Koch und brüllte alle an, den Proviantraum zu sichern, in dem das Wasser schon hüfthoch stand.

Es dauerte mehrere Tage, bis der Sturm sich legte. Als die Verletzten versorgt waren, wurden die Verluste zusammengerechnet. Zucker und Kaffee hatte es am schlimmsten erwischt. Da es immer noch regnete, konnten nun alle möglichen Behälter an Deck aufgestellt werden, um das Wasser aufzufangen und so den Verlust der drei Fässer wenigstens etwas wettzumachen. Lene begriff, dass Regenwasser ein kostbares Gut war, weil man es nicht nur zum Trinken, sondern auch zum Waschen brauchen konnte. Und dann, endlich, kam der erste schöne Tag.

Der Himmel war blau wie gemalt. Neben dem Schiff tummelten sich Delfine und Fliegende Fische, und zum Frühstück hatte es die letzten Eier gegeben.

»Nachschub erst in Canarien«, hatte der Steward lakonisch erklärt und so zumindest die nächsten Sauerfleischwochen schon einmal angekündigt. Die Mannschaft hatte einen freien Tag und nutzte ihn zum Wäschewaschen. Der Quartiermeister putzte die Äxte, die Gewehre und die Sprachrohre, die an den Wänden des Logis hingen. Der Segelmacher besserte aus, was der Sturm zerrissen hatte. Auf dem ganzen Deck war ein Hämmern und Sägen zu hören, um die zersplitterten Trümmer zu reparieren und vor allem das Beiboot wieder zusammenzufügen. Die *Victoria* war Schlimmeres gewohnt, und Mr Amrith bekam bei seinem ersten Auftauchen seit Tagen zu hören, dass dies noch gar nichts gewesen wäre, was ihn unter seiner dunklen Haut erbleichen ließ.

Lene und Werner suchten sich einen windgeschützten Platz achtern aus, sie las mehr oder weniger stockend vor, er korrigierte hie und da, und irgendwann verabschiedete sich der Tag mit einem unfassbar schönen Sonnenuntergang.

Sie ertappte sich dabei, wie sie Werner heimlich beobachtete. Sie mochte es, wie er sich vorbeugte und seine schlanken Finger die Buchseiten umlegten. Wie seine Haare dabei ihre Stirn kitzelten. Wie er sich entspannt zurücklehnte und die Augen schloss, das Gesicht den letzten Sonnenstrahlen entgegenhaltend. Sie mochte sein Profil: die hohe, klare Stirn, die gerade Nase, den schmalen Mund, das energische Kinn. Noch nie war sie so lange und so eng mit einem Mann zusammen gewesen und hatte deshalb keine Erfahrung mit dem, was diese Nähe in ihr auslöste. War sie verliebt? All das hatte nichts mit den schwärmerischen Anwandlungen zu tun, die sie dem einen oder anderen Hogsterwaarder Dorfjungen entgegengebracht hatte. Dies war ernster, ruhiger. Eine Entwicklung, ein

Fluss mit zwei Armen, die irgendwann zusammengeführt wurden …

»Einen Penny für deine Gedanken.«

Er hatte die Augen immer noch geschlossen. Also musste er gespürt haben, dass sie ihn ansah. Lene klappte das Buch wieder auf und suchte hektisch nach der Zeile, bei der sie aufgehört hatte.

Nun löste er seine Haltung und sah sie an. »Was ist los?«

»Nichts«, antwortete sie und holte Luft, um mit der Lektüre fortzufahren. Er hatte sich ausgerechnet die *Ilias* von Homer ausgesucht, und Lene war es bisher nicht gelungen, auch nur einen Vers fehlerfrei vorzulesen. Aber er unterbrach sie noch vor dem ersten Wort.

»Eigentlich sollten alle Paare vor der Hochzeit eine Reise unternehmen.« Er blinzelte in die untergehende Sonne. In den letzten Tagen hatten sich die kleinen Falten um seine Augen vertieft, und auf seinen bis dahin glatt rasierten Wangen zeigte sich ein Bartschatten, der ihm eine Kühnheit verlieh, die nichts mehr mit einem Prediger zu tun hatte. »Man lernt sich so erst richtig kennen. Ich weiß zum Beispiel, dass du ziemlich nervös bist.«

»Ach ja?«

»Das ist doch völlig normal. Keiner Frau würde es anders ergehen. Du stehst vor etwas Neuem, etwas Unabsehbarem. Das ist doch kein Wunder, dass du davor Angst hast.«

Lene schluckte. Offenbar war ihr alles ins Gesicht geschrieben, was sie dachte und fühlte. Sie merkte, wie ihre Wangen anfingen zu brennen und sich das glühende Feuer auch auf ihrem Hals ausbreitete.

»Und …« Sie nahm all ihren Mut zusammen. »… du?«

Er zuckte mit den Schultern. »Warum sollte ich mich vor etwas fürchten, was ich doch mit brennender Ungeduld herbeisehne? All meine Wünsche und Träume werden wahr. Und deine auch, Lene.«

Von was zum Teufel redete er? Bestimmt nicht von denselben Wünschen und Träumen, die Lene nachts neben ihm verfolgten.

»Ja«, antwortete sie vorsichtig. »Und was kann ich gegen meine Unruhe tun?«

»Wir sollten weniger Dichtung und mehr in der Bibel lesen.« Er grinste sie an. »Ich hatte die Idee, abends eine Andacht für die Seeleute zu halten. Was denkst du darüber?«

»Das klingt gut. Sehr gut.« Die Schiffsglocke begann zu läuten. Zeit für das Abendessen. Sie stand auf und reichte ihm das Buch. »Sie werden begeistert sein.«

Sie musste sich endlich wieder in die Gewalt bringen, sonst würden die Monate, die ihnen noch bevorstanden, unerträglich werden. Nachts lagen sie in geschwisterlicher Eintracht nebeneinander, tags begann sie, ihm aus dem Weg zu gehen. Und so war es eine willkommene Abwechslung, als die gezackte Küstenlinie von Las Palmas am Horizont auftauchte. Käpt'n Beacon wollte vor allen Dingen den verlorenen Kaffee und Zucker ersetzen, dazu sollten Orangen, Eier und frisches Gemüse an Bord gebracht werden. Zu Lenes Freude kamen auch noch zwei Ferkel hinzu, die ihnen in den nächsten Wochen viel Freude und Abwechslung bieten sollten, bis sie in den Kochtopf wanderten.

Graue Felsen und rötliche Berge, dazu ein kleiner Hafen und die aufsteigenden Häuserreihen einer Stadt: Das war Lenes erste Begegnung mit ferner Exotik. An Land allerdings stellte sie schnell fest, dass die kanarischen Schauerleute und die Marktfrauen genauso geschäftstüchtig und auf gute Kunden erpicht waren wie in London oder Emden. Horden von barfüßigen Kindern sprangen herum und verlangten *»Una groscha! Una groscha!«* von den Neuankömmlingen. Zum ersten Mal sah Lene Melonen und Bananen. Werner kaufte ihr eine dieser gelben kleinen Früchte, die aussahen wie zu kurz gekommene Gurken. Mit sichtlichem Vergnügen beobachtete er ihre Bemühungen, die Frucht zu schälen und zu verspeisen.

Und die Luft war anders: wie Samt und Seide. Viel feuchter und wärmer als zu Hause, wo auch die Sommer empfindlich kalt sein konnten. Statt Pferden wurden Esel vor die Karren gespannt. Auf dem Weg zur Kathedrale konnte Lene sich kaum sattsehen an den Stickereien, den Fächern und den Kleidern, die überall angeboten wurden. Manche Frauen trugen prächtige Schultertücher und schwarze Schleier, die hier Mantilla genannt wurden. Während Werner sich in die Altarbilder vertiefte, vertrieb sie sich die Zeit, auf dem Platz vor der Kirche an einem Brunnen zu sitzen, dem bunten Treiben zuzusehen und dem Singen der kleinen Vögel zuzuhören, die überall zum Kauf angeboten wurden.

Das Glück war wie ein Ballon, der immer größer und größer wurde und kurz vor dem Platzen war. Ich bin in Canarien, dachte sie. Ich bin frei. Ich muss nicht mehr in einem Käfig sitzen. Ich bin Lene Vosskamp, Teehändlerin auf dem Weg nach China.

Sie hätte heulen können vor Freude, und gleichzeitig lag ihr die Situation, in der sie sich befand, wie Blei auf der Brust. Würden sie sich wirklich trennen in Singapore? Gab es eine Chance, ihre Ziele zu verfolgen und dennoch … seine Frau zu bleiben? Jedes Mal, wenn sie mit Mrs Brennicke angesprochen wurde, spürte sie einen kleinen Stich. Und gleichzeitig eine frevelhafte Freude, an seiner Seite zu sein, unter seinem Schutz, und nachts in seinen Armen … Sie wusste, dass sie schneller in Sophies Rolle geschlüpft war, als sie geahnt hatte. Sie trug ihre Kleider. Sie machte ihre Reise. Und sie hatte ihren Mann. Es war falsch, abgrundtief falsch. Und trotzdem für diesen Moment das einzig Richtige.

Als sie am Abend sonnendurchglüht aufs Schiff zurückkamen, hatte Werner eine Überraschung für sie: eine Korbflasche mit spanischem Wein. Dazu zauberte er zwei Gläser aus den Taschen seiner Jacke hervor, die er unter den Augen des Stewards aus der Messe entwendet haben musste.

»Probier mal.«

Der Wein funkelte tiefrot in den Gläsern. Ihre Finger berührten sich, als er ihr das Glas reichte. Es war, als ob tausend brennende Lucifers über ihre Haut strichen. Vorsichtig nippte sie. Es schmeckte herb und süß zugleich. Er beobachtete ihre Reaktion, und als sie lächelte, stieß er einen erleichterten Seufzer aus.

Sie saßen nebeneinander auf dem Bett. Das Schiff schaukelte sacht, deshalb konnte er sein Glas auf der nächsten Kiste abstellen, ohne ein Unglück zu befürchten.

»Lene …« Seine Stimme klang heiser. Hastig trank sie noch einen Schluck. »Ich glaube, ich nehme mir doch eine Hängematte bei den Matrosen.«

»Warum?«, fragte sie erschrocken. »Habe ich dich verärgert? Störe ich dich?«

Er fuhr sich mit den Händen durch die zerzausten Haare.

»Nein, das tust du nicht. Oder doch, ja. Du bringst mich durcheinander. Ich habe vor Sophie schon bei einigen Mädchen gelegen, wenn du verstehst, was ich meine.«

Lene leerte das Glas, aber sie wagte nicht, den Kopf zu wenden und ihn anzusehen. Der Wein war schwerer als der, den sie von Anne und aus der Kogge kannte. Sie spürte, wie er sie wärmte auf eine leichte, schwerelose Art, die solche Gespräche vielleicht einfacher machte.

»Ich verstehe«, sagte sie und hielt ihm, immer noch den Blick gesenkt, das leere Glas entgegen. Als er ihr einschenkte, roch sie das Meer und das Salz an ihm. Seine Hand legte sich auf ihren

Unterarm. Reflexartig zog sie sie zurück und verschüttete den Wein auf ihrem Kleid.

»Das – oh, das tut mir leid«, stammelte sie. »Es ist Sophies Kleid, und ich habe kein Recht es zu tragen und geschweige denn …«

Er nahm ihr das Glas ab und stellte es auf den Boden. Dann küsste er sie.

Es war ein scheuer Kuss, wie eine Frage, bei der man sich der Antwort nicht sicher war. Doch dann, als kein Nein kam, wurde er fordernder. Länger. Atemloser. Seine Hände wanderten unter ihr Kleid, von ihren Knöcheln die Beine hinauf und dann über den Bauch zu ihren Brüsten. Sanft und fiebernd zugleich erkundeten sie ihren Körper – oder besser gesagt die Raffinessen einer Kleidung, deren einziger Zweck die Verhinderung genau dieser Nähe zu sein schien.

Schwer atmend ließ er sie los.

»Es tut mir leid. Ich wollte dich nicht bedrängen.«

Lene wusste nur eins: Es sollte nicht aufhören. »Hast du nicht«, flüsterte sie. Dann nahm sie die Flasche und setzte sie gleich an den Mund.

Werners lächelte. »Du willst es?«

Sie wischte sich mit dem Handrücken den Mund ab und nickte. Es war dunkel in der Kajüte, nur durch die Luke drang ein letzter Rest des Abendlichts und vergoldete die Umrisse seines Körpers. Sie trank noch einen tiefen Schluck und reichte ihm die Flasche zurück. Sie müsste Angst haben oder alles tun, um ihre Jungfräulichkeit zu bewahren. Aber jede Faser in ihrem Körper sehnte sich danach, ihn zu berühren. Er beugte sich zu ihr und küsste ihren Hals, was Lene fast um den Verstand brachte.

»Ich werde vorsichtig sein«, versprach er leise. Dann stand er auf und stellte die Flasche auf dem Boden ab. »Komm her.«

Er reichte ihr die Hand. Mit schier unendlicher Geduld suchte und fand er die Knöpfe, die Schleifen und Knoten, und löste sie geschickter, als Lene das mit ihren zitternden Händen vermocht hätte. Das Tuch um ihren Ausschnitt glitt herab, dann streifte er das Kleid von ihren Schultern. Lene schloss die Augen, als es auf den Boden fiel und sie nur noch in dem dünnen Unterhemd vor ihm stand. Sie fröstelte mit einem Mal, und gleichzeitig war es, als ob eine innere Flamme sie verzehren würde.

»Jetzt du.«

Er nahm ihre Hand und legte sie auf seine Brust. Fast wäre sie zurückgezuckt, wenn er sie nicht festgehalten hätte. Sie spürte sein Herz unter dem dünnen Stoff pochen und hörte, wie er ein Stöhnen unterdrückte. Er begehrte sie, und dass er sich Zeit ließ, sie zum allerersten Mal auf diese ganz andere Reise mitzunehmen, gab ihr den Mut, einen Knopf nach dem anderen zu öffnen.

Schließlich zog er sein offenes Hemd aus der Hose und streifte es ab. Dann drückte er sie an sich. Ihre Wange lag an seinem Hals, zum ersten Mal fühlte sie die nackte Brust eines Mannes, der sie begehrte. Vorsichtig umarmte sie ihn, dabei verhärteten sich seine Muskeln unter ihrer Berührung.

Seine Hände strichen sanft über ihren Rücken und schoben den Stoff des Unterkleids hoch. Als er sie an sich presste, konnte er sein Stöhnen nicht mehr unterdrücken. Auch Lene entging nicht, dass ein ganz spezieller Teil seines Körpers ein enormes Eigenleben entwickelte.

»Du weißt, wie es geschieht?«, fragte er leise, den Mund ganz nah an ihrem Ohr.

Lene nickte und flehte innerlich, dass er sie nicht fragen würde, woher genau. Dies hatte nichts, aber auch gar nichts mit dem zu tun, was bei Anne gang und gäbe war. »Ist noch was von dem Wein da?«

Er ließ sie mit einem Lachen los, angelte nach der Flasche und reichte sie ihr. »Für eine Ohnmacht wird es nicht reichen.«

»Nein.« Lene griff sie sich und trank. Erst als die Flasche leer war, setzte sie sie ab. Ihr war klar: Dies war nicht die Verführung einer wehrlosen Frau. Sie, Lene Vosskamp, war drauf und dran, eine falsche Ehe zu vollziehen. Im Vollbesitz ihrer geistigen und körperlichen Kräfte. Das Einzige, was daran erschreckend war, war die Kompromisslosigkeit, mit der sie ihn wollte.

Zärtlich löste Werner ihren Haarknoten und ließ die Strähnen durch seine Finger gleiten. Als er sich vorbeugte und seine Lippen über ihren Hals hinunter in die Kuhle zwischen ihren Brüsten wanderten, begannen ihre Knie zu zittern. Er spürte das und ließ von ihr ab. Seine Augen nahmen einen entschlossenen Ausdruck an.

»Komm ins Bett.«

Lene nickte. Sie kroch zuerst auf die Laken, er streifte sich die Hose ab, folgte ihr, umarmte und küsste sie wieder. »Ich werde sehr sanft sein.«

Sie löste sich aus seiner Umarmung und drehte sich so, dass sie, halb über ihn gebeugt, sein Gesicht mehr erahnen als sehen konnte. War es der Wein, der sie so mutig machte? Oder der besorgte Blick aus seinen Augen, der ihr verriet, dass er … nicht ganz so selbstsicher war, wie er sie glauben machen wollte? Sie beobachtete ihre Finger, die der Linie seiner Wangenknochen und seines Kinns folgten, und fragte sich, wann sie gelernt hatten, so zärtlich zu sein.

»Sei einfach du«, flüsterte sie und küsste ihn.

Es war nicht einfach, die Geschehnisse der vergangenen Nacht an Bord geheim zu halten. Mr Amrith, der die Kajüte direkt neben ihnen hatte, wich ihrem Blick aus. Mr Hubbard hingegen fiel auf, dass sie Zucker mit Salz verwechselte und selbst der einfachsten Unterhaltung nicht folgen konnte. Während Werner beim Frühstück so aufgeräumt wirkte wie immer, hatte sie das Gefühl, ihr stünde dieses überwältigende Ereignis auf der Stirn geschrieben.

Jede freie Minute, eigentlich fast jede Sekunde glitten ihre Gedanken ab zu den Bildern, die wieder und wieder vor ihrem inneren Auge auftauchten. Ihre ineinander verschlungenen Leiber, der Moment, in dem er den Kopf zurückwarf und aufstöhnte. Ihr ungläubiges Entsetzen, als er, noch ermattet von seiner Anstrengung, begann, ihren Körper zu erforschen und …

»So schlecht, Misses Brennicke?«

Der Steward näherte sich besorgt mit der Teekanne, weil sie, die Tasse in der Hand, ein Aufstöhnen kaum hatte unterdrücken können.

»Gut, sehr gut«, erwiderte sie hastig.

Der Kapitän erläuterte gerade seine Hoffnung, den Passat zu erwischen. Ein Matrose hatte einen Schweinsfisch harpuniert. Jemand hatte in Las Palmas eine Kiste kondensierte Milch gestohlen. Lene hörte zu, sagte mechanisch Ah und Oh und lag im nächsten Moment gedanklich wieder mit Werner im Bett.

Wenn sie geglaubt hatte, diese Nacht hätte ihre Sehnsucht endlich gestillt, sah sie sich einem fatalen Irrtum erlegen. Sie war erst recht angefacht. Den kleinen Blutfleck hatte sie schon in aller Frühe ausgewaschen, aber eine viel deutlichere Spur hinterließ diese Begegnung in ihrem Herzen.

Das schlechte Gewissen machte ihr zu schaffen. Manchmal hatte sie das Gefühl, in zwei Hälften zerrissen zu werden: Da war Lene Vosskamp, die klar und deutlich erkannte, dass sie und Werner nie eine Zukunft haben würden. Und da war Sophie Brennicke, die Frau des Missionars, die an seiner Seite in Singapore eine Krankenstation aufbauen und viele Kinder haben würde.

Beim Stichwort »Kinder« wurde ihr jedes Mal heiß und kalt. Ihr war bewusst, dass die Nacht mit Werner Folgen haben konnte. Als er seinen Rundgang auf Deck machte, ging sie hinunter in die Kajüte und holte Puyis Münze hervor, die sie mit Annes Silbertalern unter dem Bett versteckt hatte. Ihr Geheimnis. Ihr Versprechen. Ihre Mission. Sie schloss die Hand um das runde Metall in ihrer Hand und war wieder Lene Vosskamp. Sie hatte ein Ziel: Tee in Kanton kaufen und damit zurückkehren. Vielleicht reichte es nicht beim ersten Mal, um den ganz großen Wurf zu schaffen. Aber sie könnten genug Gewinn einfahren, um ein zweites Mal loszufahren. Dann aber mit richtigen Papieren und einem Ticket auf ihren Namen.

Doch als die Münze wieder in ihrem Beutel verschwunden war und es Nacht wurde, war sie Sophie. Eine verheiratete Frau mit einem Ehemann, der sie mehr und mehr mit den Geheimnissen ihres Körpers vertraut machte.

»Woher weißt du das alles?«, fragte sie ihn in der dritten Nacht hintereinander, in der an Schlaf nicht zu denken gewesen war. Werner, von anderen Dingen erhitzt als den steigenden Temperaturen, denen sie ausgesetzt waren, je näher sie dem Äquator kamen, tauchte mit einem Grinsen wieder unter dem Laken auf.

»Ich habe dir doch gesagt, dass ich schon bei anderen Frauen gelegen habe.«

»Aber das?«

Mit gespieltem Entsetzen zog sie den Stoff zu sich heran und bedeckte die unteren Regionen ihres Körpers. »Du bist ein Pfarrer. Steht das in der Bibel?«

Er zuckte mit den Schultern und legte sich neben sie. Ihre Körper rochen nach Liebe, und als er sie küsste, war sein Mund nass.

»Dein Hals ist wie der Turm Davids, deine Brüste sind wie

zwei Rehkitze, die unter Rosen weiden. Lass dich ihre Liebe allweil sättigen und ergötze dich allewege an ihrer Liebe. Denn durch ihre Liebe wirst du immerdar in Taumel geraten.«

»Das steht in der Bibel?«

»So ungefähr, je nach Übersetzung.« Er griff nach dem Punsch, der in hohen Bechern ausgeschenkt wurde. Wein oder Bier gab es nicht an Bord, nur Rum, der weniger Platz einnahm. »Im Hohelied, in den Sprüchen. ›Dein Schoß ist wie ein Becher, dem nimmer Getränk mangelt. Rund sind deine Schenkel wie zwei Spangen …‹«

Er war durstig und trank so schnell, dass es von seinem Kinn auf die Brust tropfte. Inzwischen war ihm ein Bart gewachsen, die Haare reichten ihm bis zur Schulter, und die Gelehrtenblässe war einer gesunden Bräune gewichen. Er beugte sich über sie, sein Kuss schmeckte nach Punsch und Sünde. Es war, als hätten sie gemeinsam ein Tor aufgestoßen, durch das sie niemals hätten gehen dürfen. Irgendwann später, als schon das erste Morgengrauen durch die schmale Luke schien, fragte sie: »Betest du noch?«

Die Andachten waren das Einzige, das ihn noch an seinen Beruf zu erinnern schien.

»Jeden Tag. Jede Stunde. Jeden Augenblick.« Er nahm ihre Hand und führte sie an seinen Mund. »Ich bete, dass diese Reise nie zu Ende gehen wird.«

»Aber sie wird enden.« Als er anfing, ihre Hand zu küssen, zog sie sie fort. »Wir werden in Singapore ankommen, und dann?«

Seine Augenbrauen zogen sich zusammen. Mit einem unwilligen Brummen warf er sich zurück aufs Bett. »Dann sind wir da.«

»Und dann?« Die Unbefangenheit bekam einen haarfeinen Riss.

»Dann bauen wir eine Krankenstation auf und bekehren die Heiden. In ein paar Jahren kann ich versuchen, mich versetzen zu lassen.« Er setzte sich wieder auf und stützte sich auf seinen angewinkelten Arm. Die Muskeln traten hervor, die er täglich an Deck stählte, indem er Klimmzüge und Liegestütze machte. Was ihn dazu gebracht hatte, sich dem Bibelstudium hinzugeben, darauf gab er jedes Mal nur ausweichende Antworten. »Dann können wir nach British Burma, oder Batavia. Oder nach China.«

»Und Sophie?«

Draußen wurde es heller, sodass der Unwillen deutlich zu erkennen war, der sich über sein Gesicht legte. »Wollen wir das nicht entscheiden, wenn wir da sind?«

»Das können wir nicht mehr, wenn das, was wir tun, Folgen hat.«

Er legte seine Hand auf ihren Bauch. Sie war warm, und es fühlte sich an, als ob er sie vor allem beschützen würde, was ihr auf dem Herzen lag. »Dann ist es Gottes Wille.«

Sophie gab sich damit zufrieden, aber Lene nicht. Irgendetwas in den hinteren Regionen ihres Bewusstseins wehrte sich. Sie konnte nicht genau sagen, was, aber die absolute Gewissheit und Ruhe in seiner Stimme hatten auf sie den genau gegenteiligen Effekt.

»Entschuldige bitte, aber wenn ich nach China will, um Tee zu kaufen, kann ich das nicht mit einem Kind.«

Er zog die Hand zurück. »Hast du diese Idee immer noch nicht aufgegeben? Du bist meine Frau. Du kannst mich nicht einfach verlassen.«

Sie zog das Laken hoch. Nicht weil ihr kalt war – selbst nachts kühlte es kaum noch ab, sondern um ihre Blöße zu bedecken, die sie mit einem Mal beschämte.

»Ich bin nicht deine Frau«, sagte sie leise. Sie hatten das

Thema lange Zeit gemieden, aber jetzt stand es wie ein ungebetener Besucher im Raum und beharrte darauf, endgültig hinein- oder hinausgebeten zu werden. »Ich mache diese Reise an deiner Seite, und in Singapore werden sich unsere Wege trennen.«

Es tat unendlich weh, diese Worte zu sagen. Sie zerschnitten ihr das Herz, erst recht, als ein Schatten über sein Gesicht glitt und seine Augen sich verdüsterten.

»Es gibt keinen anderen Weg«, fuhr sie mit belegter Stimme fort. »Du wirst deinen Dienstherren schreiben müssen, was in London geschehen ist.«

Er schüttelte den Kopf, trotzig und aufgewühlt zugleich.

»Aber danach kann ich dich doch heiraten! Siehst du denn nicht, dass das, was wir haben, Schicksal ist? Ich habe immer eine Frau an meiner Seite gewollt, die so ist wie du. Erinnerst du dich noch an unser Kennenlernen?«

»Natürlich.«

»Als wir in dieser Spielhölle waren und gemeinsam am Tresen standen, du neben mir … bei Gott.« Er stöhnte auf. »Ich dachte: Was passiert mit mir? Wie kann es sein, dass ein Mensch, den ich gar nicht kenne, in mir ein solches Gefühl von Vertrautheit hervorruft? Ich wünschte mir damals, du wärst an meiner Seite und nicht sie.«

»Hör auf!«

»Sophie hielt mich fest. Aber du verleihst mir Flügel! Lene, ich …«

»Hör auf!«, schrie sie. »Ich will das nicht hören! Du hast dir die falsche Frau ausgesucht? Dann hättest du nach der richtigen suchen und nicht die nächstbeste nehmen sollen, die für dich nichts anderes war als eine Fahrkarte nach Rangoon oder Singapore!«

Er ließ sich nach hinten fallen und starrte an die niedrige, schartige Decke. »Das war nicht möglich«, erwiderte er bitter. »Ich bin der dritte Sohn. Der erste kriegt Haus und Land. Der zweite darf studieren. Der dritte macht, dass er unter die Rockschöße von Mutter Kirche kommt. Einen freien Willen gab es nicht für mich. Genauso wenig wie für dich.«

»Du hättest Matrose werden können und dann Offizier. Vielleicht sogar Kapitän eines Schiffs.«

»Nicht gerade die naheliegendste Überlegung, wenn man in Brandenburg aufgewachsen ist.«

»Und warum bist du nicht ausgewandert? Nach Amerika oder in die Karibik?«

»Verdammt!« Er schlug mit der flachen Hand an die Wand der Koje. »Weil Preußen mich nicht hätte gehen lassen! Die Kirche war die einzige Möglichkeit. Und für dich ist sie das auch.«

Er zog sie an sich, ohne auf ihre schwache Gegenwehr zu achten. Sie hörte, wie heftig er atmete. »Lene, nimm doch Vernunft an. Du wirst allein nicht weiterkommen. Aber zusammen können wir so viel erreichen!«

Er küsste ihre Stirn, ihre Augen und schließlich ihren Mund. Alles in ihr sehnte sich danach, zu vergessen und nie wieder dieses Bett zu verlassen. Seine Hände fanden ihren Weg zu ihren Brüsten, wanderten tiefer. Sie stöhnte auf, als er die Region erreichte, die durch ihn gerade erweckt worden war.

»Nein«, flüsterte sie und schob sich weg von ihm. Noch nie hatte sie so ein Gefühl gespürt: Etwas mit aller Macht zu wollen und es gleichzeitig von sich zu stoßen. »Ich werde dich in Singapore verlassen.«

»Lene…«, keuchte er und wollte wieder nach ihr greifen. Hastig schlüpfte sie aus dem Bett und ignorierte seine ausgestreckte Hand.

»Ich danke dir für alles, was du für mich getan hast.«

Er starrte sie ungläubig an. Lene fühlte sich, als würde sie ihm ein Messer ins Herz stoßen.

»Dank?«, fragte er mit heiserer Stimme. »Dann war das alles … ein Dank?«

»Ja«, sagte sie kalt. Das war die einzige Lösung: Ihn so sehr zu verletzen, dass es keinen Weg zurück mehr gab. »Ich habe dir das Kostbarste gegeben, was ich hatte. Damit habe ich genug gezahlt für die Passage.«

»Du hast gezahlt? Du hast …«

Der Glanz in seinen Augen erlosch schlagartig und machte einer Kälte Platz, die Lene noch nie bei ihm gesehen hatte. Sie drehte sich um, weil sie diesen Blick nicht ertrug. Um irgendetwas zu tun, schlüpfte sie in ihr Unterhemd und hob dann seine Schuhe, das Hemd und die Hose vom Boden auf. Bis dahin war es ihr gelungen, sich eine unbeteiligte Miene aufs Gesicht zu zwingen. Sie warf alles neben ihn aufs Bett. »Nimm dir eine Hängematte und sag dem Quartiermeister, wir hätten einen fürchterlichen Streit gehabt. Du musst noch nicht einmal lügen.«

Wortlos nahm er das Hemd und streifte es sich über. Dann stand er auf, und Lene drückte sich an die Wand, um jede Berührung mit ihm zu vermeiden. Als er angezogen war, wandte er sich ihr noch einmal zu.

»Ich habe mich getäuscht in dir.« Die Verachtung in seiner Stimme war nicht zu überhören. »Du wirst alles erreichen, was du dir vornimmst.«

Er wollte noch etwas sagen, überlegte es sich dann aber anders und ging hinaus. Lene lauschte mit angehaltenem Atem, bis sich seine Schritte entfernt hatten. Dann warf sie sich aufs Bett und biss sich in den Handknöchel, um nicht laut aufzuschreien. Genauso schlimm wie dieser Verlust war ein anderer: den Glauben, je einen Mann zu finden, der sie so lieben würde, wie sie war.

Die Wochen auf See zogen sich zu einer unendlich scheinenden Ewigkeit. Lene und Werner gingen sich aus dem Weg, bei Tisch setzten sie sich ans jeweils andere Ende. Sie freundete sich mit Mr Amrith an, soweit das möglich war, denn dem Inder war an einer zu engen Reisebekanntschaft nicht gelegen, solange Werner in der Nähe war und aussah, als würde er jeden anfallen, der ein falsches Wort an ihn richtete. Von Mr Hubbard war kaum etwas zu sehen. Er machte vor Morgengrauen seine Runden über Deck, aß hastig und redete kaum. Er roch etwas streng, ganz im Gegensatz zu Mr Amrith, der einen Duft nach Kardamom und Patschuli verströmte und ab und zu nach einer Substanz, die Lene nicht kannte, von der sie aber einiges gehört hatte.

Er war Parse und unterwegs nach Kanton. Es war aufregend, in ihm jemanden gefunden zu haben, der die Verbotene Stadt schon mehrmals besucht hatte. Im Großen und Ganzen bestätigte er, was Werner schon erzählt hatte: China hatte den Handel mit dem Rest der Welt weitgehend aus dem Land verbannt und fast gänzlich in das europäische Viertel von Kanton verlagert. Dieses Viertel war offenbar wie ein großer Gefängnishof und durfte nicht verlassen werden. Es bestand aus ein paar Straßen am Ufer des Perlflusses, gesäumt von Hongs, wie die Faktoreien der handeltreibenden Nationen genannt wurden. Diese mit der englischen, holländischen, dänischen oder portugiesischen Flagge geschmückten Häuser waren eine Art Handelsbotschaft oder Niederlassung, in der sich die Kaufleute aufhalten durften. In ihnen empfingen sie die chinesischen Trader, wickelten Geschäfte ab, trafen sich zu mehr oder weniger opulenten Festen (bei denen Männer mit Männern tanzen sollten!) und wohnten dort auch. Der Zugang zum Rest der Stadt wurde streng bewacht.

»Warum?«, fragte Lene eines Mittags, als Werner nach einer

in düsterem Schweigen verzehrten Mahlzeit – Schweinebraten, das erste Ferkel hatte sein Leben ausgehaucht – das Logis verlassen hatte.

»Die Zeit der Neugier aufeinander ist vorüber«, erläuterte Mr Amrith in seinem sehr gepflegten Englisch. »Die Chinesen haben sich dazu entschlossen, die Märkte nicht mehr aus der Hand zu geben. Wer es dennoch wagt, sich in andere Häfen des Landes zu begeben, für den kann es gefährlich werden.«

Er war um die fünfzig, ein etwas fülliger Mann, der stets einen hohen, randlosen Hut trug und sehr darauf achtete, dass seine Kleidung sauber blieb. Meist trug er ein knielanges, reich besticktes Hemd mit dazu passender Knöchelhose. Bemerkenswert waren die tiefen Schatten unter seinen Augen und ein rascher Wechsel von Stimmungen: mal schien er nervös, mal fast schon schläfrig. Vielleicht lag das an dem Räucherwerk, das er mehrmals täglich abbrannte. An der Tür zu seiner Kajüte hatte er einen Perlenvorhang angebracht, und das leise Geräusch, wenn die Stränge mit den Glaskügelchen aneinanderstießen, begleiteten Lene jede Nacht in den Schlaf. Der seltsame Klang war wie ein Glockenspiel aus der Zukunft, begleitet von einem Duft, der schläfrig machte und seltsame Traumgespinste anlockte.

»Gefährlich?«, hakte sie nach und nahm eines der letzten Orangenstücke. Auf St. Helena hatten sie noch einmal frisches Wasser und Vorräte an Bord genommen, aber Lene war nicht mit den anderen ins Boot gestiegen, als sie gesehen hatte, dass Werner bereits Platz genommen hatte.

»China und Großbritannien haben verschiedene Ansichten darüber, was Freihandel bedeutet. Die Fronten haben sich verhärtet. Ich hoffe, noch rechtzeitig anzukommen, bevor …«

Der Steward räumte die Teller ab und unterbrach seine Ausführungen. Mr Amrith wartete, bis er außer Hörweite war. »Ihr seid sehr interessiert, Mrs Brenny.« Er kürzte den Namen ab, da er in seiner ganzen Länge ein echter Zungenbrecher für ihn sein musste. »Wie kommt das, wo Ihr doch die Frau eines Pfarrers seid?«

»Wieso sollte ich das nicht sein?«

»Nun, Handel ist etwas für Männer.«

Lene lachte. »Da solltet ihr mal die Marktfrauen in Emden sehen. Aber was genau befürchtet Ihr, wenn Ihr in Kanton ankommt?«

Mr Amrith war schon im Aufstehen begriffen, was ein fast so sorgsames Arrangement seiner Kleider erforderte wie das Sitzen. »Schlechtes Wetter, Ratten, diebische Schauerleute ...«

Er wandte sich zur Tür.

»Mr Amrith!« Lene sprang hastig auf und folgte ihm. Unter seinem fast entsetzten Blick griff sie in ihren Ausschnitt, wo sie die Kopie von Puyis Münze bei sich trug. Sie faltete das Papier auseinander und wollte es ihm reichen, aber er hob die Hände und wich einen Schritt zurück. Offenbar brachte ihn allein die Gewissheit, wo sich die Zeichnung die ganze Zeit befunden hatte, an den Rand seiner sittlichen Toleranz.

»Erkennt Ihr das?« Sie hielt es ihm entgegen, aber er schüttelte nur den Kopf.

»Das habe ich von einer Münze abgezeichnet. Könnt Ihr mir sagen, was das ist?«

Seine dunklen Augen flitzten auf das Papier und sofort wieder zurück an die Holzdecke. »Nein.«

»Aber schaut doch einmal genau hin! Man hat mir gesagt, mit so einer Münze könnte ich Tee handeln. Ich weiß natürlich nicht, ob das stimmt. Ist es wahr, dass ich damit zu einer chinesischen Familie Kontakt aufnehmen kann?«

Mr Amrith beugte sich mit auf den Rücken gelegten Händen vor, um sie ja nicht zu berühren. Und dann veränderte sich sein

Gesichtsausdruck. Seine Augen flackerten, und über seine Züge huschte ein Ausdruck von kaum beherrschbarer Gier, den er aber sofort wieder unter Kontrolle hatte.

»Woher habt Ihr das?«

»Von einem Chinesen.«

»Und die Münze? Es ist ja eindeutig, dass eine Münze die Vorlage war.«

Langsam faltete Lene die Zeichnung wieder zusammen. »Mir hat er gesagt, das hier würde reichen.«

Nun umspielte ein fast verächtliches Lächeln Mr Amriths Lippen. »Dann hat er Euch, mit Verlaub gesagt, einen Bären aufgebunden. Tatsächlich erkenne ich die Schriftzeichen und kann auch sagen, dass solche Münzen Zugang zu den Familien gewähren. Sie werden an ausgewählte Handelspartner vergeben, mit denen man einen vertrauensvollen Umgang pflegt. Aber dieses Papier ist wertlos. Das ist, als würde jemand eine Guinee auf ein Papier malen und glauben, es hätte dann denselben Wert.«

»Welchen Wert hätte denn die Münze?«

»Unschätzbar. Nicht mit Gold aufzuwiegen. Vor allem nicht in diesen Zeiten. Sie kann Leben retten, wenn es hart auf hart kommt, und je mehr die Lage sich zuspitzt, desto wichtiger sind Verbindungen zu den richtigen Familien.«

»Was genau passiert denn gerade in Kanton?« Sie kam einen Schritt näher. »Ist es das Opium?«

Mr Amrith suchte nach einem Ausweg, aber Lene hatte sich geschickt zwischen ihn und die Tür gestellt. Er tupfte sich die Stirn ab.

»Handelt Ihr damit? Habt Ihr ein Schiff aus Indien in Singapore liegen, mit dem Ihr Opium nach China bringt?«

»Nein«, brach es aus ihm heraus. »Natürlich nicht!«

»Wenn Ihr mich mitnehmt …«

Er stieß sie zur Seite, riss die Tür auf und jagte über das Deck zum Niedergang, als wäre der Teufel hinter ihm her.

Lene steckte das Papier zurück. Der schwere Duft, der aus seinem Zimmer drang, seine Schweißausbrüche, die flackernde Nervosität, die sich mit fast schläfriger Ruhe abwechselte – Lene hatte einige Süchtige in der King's Hall erlebt. Das Gift kam mit den Matrosen in die Stadt und breitete sich in atemberaubender Geschwindigkeit aus. Zusammen mit dem, was Werner ihr über die Absicht des Empire erzählt hatte, China mit Opium zu überschwemmen, ergab dies ein ziemlich genaues Bild all dessen, was Mr Amrith in Kanton vorhatte: Er war ein als Händler verkleideter Schmuggler.

In den nächsten Wochen ging er ihr ebenfalls aus dem Weg. Sie hatten glücklichen Wind, sodass das Kap der Guten Hoffnung Ende September, zwei Monate nach ihrer Abreise, umsegelt wurde.

Fliegende Fische und Albatrosse waren ihre einzigen Gefährten. Werner grüßte sie beim Essen und wenn sie sich an Deck trafen. Ab und zu kam es zu zähen Unterhaltungen über das Wetter oder die eintönige Kost, die allen zu schaffen machte. Die Matrosen stopften ihre zerschlissenen Segelschuhe mit Stroh aus, spielten Schach, rannten bei Regen sogar in der Nacht an Deck, um das kostbare Nass aufzufangen, und schlingerten zwischen Müßiggang, Langeweile und Lagerkoller hin und her.

Lene hatte die Bücher aus der Offiziersmesse schon zweimal gelesen. Beim ersten Mal hatte sie sich noch durch die Buchstaben und Sätze gekämpft, beim zweiten Mal aber traf sie das Wunder des Lesens mitten ins Herz. Gedichte von Byron und Keats, Naturbeschreibungen von Humboldt, Fieldings *Tom Jones*, eine uralte, zerfledderte Ausgabe von *Gullivers Reisen*. Gewöhnliche Reiseberichte, Abenteuerromane, Briefwechsel.

Die Welt öffnete sich vor ihren staunenden Augen. Sie verschlang alles, was sie über Asien finden konnte, Flora, Fauna, Geografie. Es verbesserte ihr Englisch enorm, aber noch wertvoller war der Trost, den sie nachts allein im Bett mit einem Buch fand.

Weitere Wochen vergingen, bis endlich die Sumatra-Berge am Horizont auftauchten. Mit ihnen kamen die Haie, und sie achtete noch mehr als sonst darauf, auf dem schlüpfrigen Deck nicht auszurutschen. Das Essen bestand nur noch aus Bohnen, Speck und Zwiebeln. Morgens gab es ein paar verschrumpelte Pellkartoffeln, aber allen war klar, dass diese Reise schneller zu Ende gehen musste als die Vorräte.

Immerhin redete Werner in einem etwas freundlicheren Ton mit ihr. Und auch Mr Amrith schien irgendwann ihre Unterhaltung vergessen zu haben, oder er floh nicht rechtzeitig genug, als er ihr an einem etwas stürmischeren Abend im Gang zu den Kabinen fast in die Arme lief.

Er schloss gerade seine Tür, doch die Duftwolke um ihn war eindeutig.

»Guten Abend, Mr Amrith.«

Er stockte. Jeder auf dem Schiff wusste, dass sie und Werner nicht mehr zusammen schliefen. Sie waren allein, und das gefiel dem indischen Händler gar nicht. Sie hätte zur Seite gehen und ihn durchlassen müssen, aber sie blieb in der Mitte des Gangs stehen. Hinter seiner Tür spielten die Glasperlen ihr träumerisches Lied.

»Habt Ihr über meine Frage nachgedacht?«

Er fuhr sich mit der Zunge über die fleischigen Lippen, was eher den Eindruck einer unbestimmten Ratlosigkeit als den eines eindeutigen Verlangens vermittelte. »Welche Frage?«, kam es vorsichtig zurück.

»Ob Ihr mich mit nach Kanton nehmt.«

»Das ist ausgeschlossen, Mrs Brenny. Keine ausländische Frau darf Kanton betreten, erst recht nicht Fanqui[17] Town.«

»Fanqui Town?«

»So heißt die Ausländerexklave. Verzeiht ...«

Er stand mit dem Rücken zur Wand und versuchte nun, sich an Lene vorbeizudrängeln. Die trat ihm wieder in den Weg. Mr Amriths Augen suchten verzweifelt nach einer Möglichkeit zur Flucht.

»Und wenn Ihr mich als Euren Diener mitnehmt? Als Sekretär? Als Butler?«

»Nein! Das geht nicht. Auf gar keinen Fall! Ihr seid eine verheiratete Frau! Was wollt Ihr eigentlich?«

»Ich will Tee kaufen, viel Tee.«

»Dann müsst Ihr Euch mit anderen Händlern zusammentun und ein eigenes Schiff erwerben. So geht das nicht!«

»Ihr habt ein Schiff, Mr Amrith. Ihr bringt Opium nach Kanton und Seide und Gewürze zurück nach London. Ich will nichts weiter als ein paar Staumeter auf Eurem Schiff.«

»Für was?«

Lene holte tief Luft und hätte ihm das Wort am liebsten buchstabiert. »Für *Tee.*«

»In Ordnung. In Ordnung, Mrs Brenny.« Er hob die Hände, als ob er sich ergeben wollte. »Ich verstehe Euch. Habt Ihr Geld?«

»Ja.«

»Habt Ihr ... die Münze?«

Lene schwieg. Mr Amrith sah nun aus einem anderen Grund zum Niedergang, den Lene versperrte. Er wollte sich vergewissern, dass sie keiner belauschte.

»Wo ist sie?«

---

17 Chinesischer Slang für »fremde Teufel« = Europäer.

Entweder hatte Lene gerade den größten Fehler ihres Lebens gemacht, oder es offenbarte sich in diesem Moment eine winzige, eine aberwitzig winzige Chance.

»Irgendwo«, antwortete sie.

»Wir …«, Mr Amrith suchte nach einem Seidentuch, fand es in der Tasche seines Hemdes und tupfte sich die Schweißperlen von der Stirn, »… wir könnten uns zusammentun.«

»Das könnten wir«, antwortete sie vorsichtig.

»Wenn Ihr die Münze habt, kann ich Euch zu der Familie bringen und den Handel einfädeln. Wie viel wollt Ihr investieren?«

»Die Hälfte.«

Er sah sie verständnislos an.

»Ich will die Hälfte von dem, was Ihr einkauft.«

Mr Amrith zitterte. Es begann bei seinem Bauch und stieg dann hoch in seine Kehle, wo sein Doppelkinn zu vibrieren begann. Dann verzogen sich seine Lippen zu einem breiten Grinsen, und ein Lachen brach aus ihm heraus, das er kaum noch beherrschen konnte.

»Die Hälfte!«, keuchte er und wischte sich die Tränen aus den Augen. »Madam, Ihr seid verrückt geworden!«

»Keinesfalls.«

Es kamen noch ein paar Gluckser nach, dann hatte sich der Opiumhändler wieder in der Gewalt. Seine Augen blickten klar und kalt. »Ihr wollt mit mir nach Kanton, in Männerkleidern, wollt meine Reputation und meine Ortskenntnis, um dann die Hälfte meiner Ladung zu beanspruchen?«

Lene blieb bei einem undurchdringlichen Gesichtsausdruck, auch wenn es ihr schwerfiel. Sie hatte zu hoch gepokert, das war ihr klar.

Er steckte das Tuch wieder ein. »Ich bringe Euch zu der Familie, mehr ist nicht drin.«

»Ich habe die Münze. Da sollte schon noch etwas für mich herausspringen, wenn Ihr Euch unter meinen Schutz begebt.«

Wieder lauerte ein gefährliches Glitzern in seinen dunklen Augen. Vielleicht war es ein Fehler gewesen, ihm von ihrem Schatz zu erzählen. Andererseits konnte sie kaum hoffen, dass Werner ihr in Singapore weiterhelfen würde. Irgendwann musste sie sich neue Verbündete suchen und ihr Geheimnis lüften.

»Nun, ich kann Euch etwas Platz auf meinem Schiff zurück nach London anbieten. Aber Euren Tee kaufen müsst Ihr schon selbst.«

»Und Ihr nehmt mich mit?«

Ein abgrundtiefer Seufzer entrang sich Mr Amriths Brust. »Ich bin Kaufmann. Ich habe mein Leben lang mit dem Risiko gehandelt. Könnt Ihr schreiben?«

»Ja.«

»Lesen wohl auch?«

»Ja.«

»Englisch?«

»Ja, und Deutsch.«

»Hm. Vielleicht als *munshi* … Ihr seid europäisch, das könnte gehen.«

Sein Blick glitt an ihr hinab, aber nicht, um sich irgendwelchen Fantasien hinzugeben – wenn er sie hatte, verbarg er sie erstaunlich gut –, sondern eher, um ihren Körperbau zu studieren. Sie war immer noch dünn, wenn auch nicht mehr ganz so mager wie in Hogsterwaard. Mit einem weiten Hemd, einer engen Weste und einer Jacke müsste es gehen. Dazu Hut, Hose, Stiefel, die Haare zurück, das Gesicht jung genug, um keinen Bartwuchs zu haben.

»Was ist ein *munshi*?« Es hörte sich in Lenes Ohren alles andere als seriös an.

»Ein Schreiber. Jemand, der die Korrespondenz führt. Viele indische Kaufleute haben Engländer in ihren Diensten.«

Lene atmete heimlich auf. »Oh ja. Natürlich.«

»Ich werde darüber nachdenken.«

Lene trat zur Seite. »Tut das. Mit Tee zu handeln scheint mir in diesen Zeiten sicherer zu sein als mit Opium.«

Er verschwand in einer duftenden Wolke von Patschuli und Hoffnung.

Sie glitten an Sumatra vorüber, und schon am nächsten Tag kamen die ersten Schiffe in Sicht, die sich wie sie vorbei am Mount Formosa Richtung Singapore hielten. Die freudige Erwartung machte vor niemandem halt, jeder hatte seine eigenen Vorstellungen davon, wie er den ersten Tag an Land verbringen wollte. Der Liverpooler wollte so schnell wie möglich Singapore kartografieren. Der Steward schwärmte von den Schneidereien und der Qualität der Manschettenhemden und weißen Hosen, die man dort wohl trug. Sogar Mr Amrith wurde nun von etwas Ähnlichem wie Ungeduld erfasst und fragte sich, ob sein Schiff wohl schon im Hafen liegen und auf ihn warten würde. Nur Werner blieb still. Einmal kreuzten sich ihre Blicke, aber sein Gesicht blieb verschlossen.

Inseln und Bergketten tauchten auf und verschwanden wieder. Boote hielten auf sie zu, beladen mit Früchten und Fischen. Am nächsten Abend servierte der Steward einen stachligen Ball mit gelbem süßem Fleisch, und Lene kostete ihre erste Ananas. Die Luft war feucht und warm, tagsüber konnte man sich kaum noch an Deck aufhalten. Zwischendurch ballten sich Gewitterwolken und schütteten so viel Regen aus, dass er ziemlich schnell von einer Kostbarkeit zu einer Plage wurde. Die Matrosen fischten Sepiaknochen, Fackeln erhellten das Schiff. Chinesische Kohlekähne und immer mehr *bumboats* begleiteten sie, dazu die Rufe der Einheimischen, mit denen sie die Waren auf ihren Decks anpriesen. Und dann tauchte sie auf, die Stadt am Fuße der Hügel. Mit klopfendem Herzen beobachtete Lene, wie immer mehr Details aus dem Dunst hervortraten: Hafengebäude, Flaggentürme, Hügel und Gärten.

»Stamford Raffles' Traum.«

Lene fuhr herum. Werner stand hinter ihr. Er hatte die Ärmel seines Hemdes hochgekrempelt und die oberen Knöpfe geöffnet. Der Wind fuhr ihm durch die Haare. Seine Haut hatte einen dunklen Bronzeton angenommen. Er strahlte eine Männlichkeit aus, die Lene immer noch zutiefst verwirrte. Sein Blick ruhte auf ihr, aber sie konnte nicht erkennen, was er dachte.

»Die Löwenstadt. Vor fünfzehn Jahren lebten hier gerade mal ein Dutzend Fischerfamilien. Jetzt ist es die Hauptstadt der britischen Kronkolonien.«

Er kam näher und stellte sich neben sie an die Reling. Das Schiff war in kabbelige See geraten, die die Einfahrt in den Hafen erschwerte. »Raffles hat dem Sultan von Johor die Insel abgekauft und eine Goldgrube daraus gemacht. Friede seiner Seele. Er ist recht jung gestorben.«

»Das tut mir leid«, sagte Lene, um überhaupt etwas von sich zu geben. Seine Nähe brachte ihre Wangen zum Glühen. Die Hände, die er jetzt auf die Reling legte, hatten ihren Körper an den intimsten Stellen berührt. Plötzlich war alles wieder gegenwärtig: die Angst vor dem, was geschehen würde. Wie er sie ihr genommen hatte. Zu welcher Leidenschaft sie fähig gewesen war …

»Nun trennen sich also unsere Wege. Was wirst du tun?«

Sie musste sich räuspern, um die Kehle freizubekommen.

»Ich gehe auf ein Opiumschiff, das nach Kanton fährt.«

»Amrith?«

»Ja.«

»Wie soll das denn funktionieren?«

»Ich werde so eine Art Schreiber oder Sekretär.«

»Das heißt, du willst dich diesem Rauschgifthändler ausliefern?«

Er zog die Hände von der Reling zurück und drehte sich zu ihr um. In seinem Gesicht wechselten sich Ärger und Verblüffung ab. »Wann hast du das mit ihm ausgemacht?«

Lene zuckte mit den Schultern. »In den letzten Tagen. Er hat durch mich die Chance, ins Teegeschäft einzusteigen. Und ich durch ihn. Er weiß, dass die politische Situation alles andere als erfreulich ist und er so nicht weitermachen kann.«

»So. Weiß er das.«

»Ich hoffe es für ihn.«

»Dann bist du also wieder Lene Vosskamp?«

Sie nickte und schlang die Arme um sich, weil sie plötzlich in dem warmen Wind fröstelte. Immer mehr Boote tauchten auf, beladen mit allen erdenklichen Waren. Die Rufe wurden aufdringlicher, und der Geruch von den kleinen Kochbooten war verlockend und fremd zugleich.

»Und du der Witwer Werner Brennicke.«

Er atmete tief durch. »Ich werde sofort nach meiner Ankunft an das Konsistorium und an Sophies Vater schreiben. Ich werde gestehen, dass ich aus reinem Egoismus diese Reise angetreten habe und hoffe, dass die Kirche mir meine Anmaßung verzeiht.«

»Nein!« Impulsiv berührte sie seinen Arm und zog sofort die Hand zurück, als hätte sie sich verbrannt. »Das … das solltest du nicht tun.«

»Ach ja? Was denn dann? Soll ich schreiben, dass meine Frau über Bord gegangen ist? Oder dass ich es war, der sie einer Situation ausgesetzt hat, die letztendlich zu ihrem Tod geführt hat?«

Da war sie wieder, die Bitterkeit in seiner Stimme. Sie zerschnitt Lenes Herz, als er fortfuhr.

»Und dass ich dann eine andere an ihrer Stelle mitgenommen habe, die mich noch in Singapore verlassen wird, weil sie mit einem Opiumhändler auf und davon geht?«

»So ist das nicht.«

Er trat auf sie zu. Seine Augen wurden dunkler, als er sich zu ihr herabbeugte. Einen Moment lang sah es so aus, als ob er sie küssen würde. Doch der entschlossene Zug um seinen Mund wirkte eher, als hätte er vor, sie für irgendetwas zu bestrafen.

»Mr Amrith verachtet mich. Denkst du, ich spüre das nicht? Meine Frau schläft allein und will mit ihm fort, aus welchen Gründen auch immer. Ich sage dir: Für Männer wie Amrith gibt es nur einen Grund.«

Sie sah sich hastig um. Ein paar Matrosen turnten in den Segeln herum, sonst war niemand in der Nähe. Weiter unten stießen die Boote an den Schiffsrumpf, Rufe und Schreie in einer fremden Sprache waren zu hören, dann das Rasseln einer schweren Kette. Es fiel ihr immer noch schwer zu begreifen, dass sie am anderen Ende der Welt angekommen war.

»Ich kann nicht anders.« Wenn er sie doch nur nicht so ansehen würde! »Und du auch nicht. Du würdest doch niemals gegen den Willen deiner Kirche handeln. Du hast gedacht, du wärst frei? Du wirst für immer ihr Gefangener bleiben.«

Er zog sie an sich und küsste sie, hart und fordernd. Noch nie hatte sie etwas so viel Kraft gekostet, sich diesem Verlangen zu entziehen und ihn von sich zu stoßen.

Er taumelte zwei Schritte zurück und wischte sich den Mund ab.

»Ich verstehe.«

»Fallen Anker!«, schrie der Kapitän. Aus Dutzenden rauen Kehlen drang Jubel hervor. »Fallen Anker!«

Sie, Lene Vosskamp, war in Singapore angekommen.

Es war gut, dass sie Werner nicht noch einmal begegnete. Nach der Ewigkeit auf See schien es, dass das nahe Land alle um den Verstand brachte. Fast gab es eine Prügelei unter den Matrosen, weil sich einige um ihre Freiwache betrogen sahen. Flinke Malaien in braunen Kitteln kamen an Bord, um mit den ausgehungerten Männern direkt über ihre Kostbarkeiten auf den *bumboats* zu verhandeln. Post wurde für Kapitän Beacon, die Offiziere und die Passagiere gebracht. Der Lotse erschien, ein düster dreinblickender Engländer, der sofort mit dem Kapitän im Kartenraum verschwand. Der Liverpooler mühte sich mit seinen Kisten und Pergamentrollen ab, und Lene legte wehmütig die letzten von Sophies Kleidern zusammen, als es klopfte.

»*Yes please?*«

Die Tür wurde von Mr Amrith geöffnet. Er sah aus, als würde er etwas Verbotenes tun, was durchaus auf die Situation zutraf.

»Mrs Brenny«, begann er und schloss sorgfältig die Tür. »Morgen früh erreichen wir die Docks. Ich habe mir die Sache überlegt und biete Euch an, in Singapore auf meine Rückkehr zu warten. Ich kenne englische Familien von größter Reputation, bei denen Ihr wohlbehütet sein werdet.«

»Ich bin nicht auf diese Reise gegangen, um wohlbehütet zu sein«, sagte sie abwartend.

»Sicher, sicher, Mrs Brenny. Ich verstehe Euch. Aber versteht auch mich. Das Risiko ist zu groß. Wenn herauskommt, dass ich eine europäische Frau nach Kanton eingeschmuggelt habe …«

Lene unterdrückte einen unwilligen Seufzer. »Ihr wollt mir doch nicht sagen, dass das ein schwereres Verbrechen wäre als der Rauschgifthandel?«

Sein hilfloses Lächeln bestätigte genau das. Lene räumte den Kleiderstapel von der Kiste. »Setzt Euch. Wir müssen reden.«

»Ihr seid verheiratet!«

»Nicht mehr lange.«

Er riss in größter Verblüffung die Augen auf. »Was soll das heißen?«

»Wir trennen uns.«

»Trennen?«

»Er bleibt in Singapore, ich gehe nach Kanton.«

»Und das ist beschlossene Sache und hat nichts mit mir zu tun?«

»Nein«, antwortete sie bestimmt. »Ganz sicher nicht.«

Er hob sein langes Hemd an und nahm vorsichtig Platz. Dann fuhr seine weiche Hand in eine Seitentasche und kam mit einem Brief wieder heraus.

»Dies ist ein Schreiben von der britischen Faktorei in Kanton. Es gibt sehr schlechte Neuigkeiten. Es hat ein Gefecht an der Perlflussmündung gegeben. Lord Napiers Schiffe wurden festgesetzt, und Schmuggler werden hart bestraft. Der chinesische Kaiser wird einen unbestechlichen Mann zum Provinzgouverneur bestimmen, Deng Tingzhen. Opiumkonsum soll mit der Todesstrafe geahndet werden, die Händler werden verhaftet.«

Er war bleich geworden und suchte nun in seiner anderen Hemdtasche nach einem Tuch, um sich den Schweiß vom Gesicht zu wischen. Seine Augen flackerten nervös.

»Ich muss die Ladung nach Kanton bringen und verkaufen, sonst bin ich ruiniert. Versteht Ihr jetzt, dass ich kein Risiko eingehen kann?«

Lene setzte sich auf die andere Seite des Bettes. »Warum tut Ihr das?«

»Weil es ein lukratives Geschäft ist. Fragt Eure Regierung, warum sie zwanzigtausend Kisten Opium in Kanton zu liegen hat, im Gegenwert des gesamten Jahreshaushalts der Krone!«

»So viel?«, fragte sie entsetzt. Sie wies auf den Brief in seiner

Hand, der schon ganz feucht und zerknittert war. »Das klingt, als würden die Chinesen einen Krieg gegen das Opium beginnen. Und Ihr begebt Euch direkt an die vorderste Front.«

»Ich weiß, Mrs Brenny.« Mit einem gequälten Seufzen faltete er das Papier wieder zusammen und steckte es zurück. »Aber ohne den Erlös dieser Fahrt kann ich keine neue Ware kaufen.«

Lene erinnerte sich an die verwahrlosten Gestalten der Opiumsüchtigen in der King's Hall. Mit so einem Menschen wollte sie sich gemein machen? Aber es gab keine andere Möglichkeit, wenn sie sich nicht allein in Singapore auf die Suche nach einem Schiff machen wollte. Er stand auf und wollte die Tür öffnen, hielt aber in der Bewegung inne.

»Zeigt sie mir.«

»Die Münze?« Sie hatte die Frage erwartet und sich eine Antwort zurechtgelegt. »Die ist nicht hier.«

»Wo ist sie dann?«

»In Kanton.«

In seine Augen trat ein kalter, berechnender Glanz. »Soso. Ihr wart noch nie dort und wollt sie ausgerechnet dort versteckt haben?«

»Nicht ich. Jemand, der mir einen Gefallen schuldet. Und der nicht weiß, was er für mich aufbewahrt.«

»Einen Gefallen für was?«

»Mr Amrith, Ihr geht zu weit.« Lene stand auf, was sie in der Enge der Kabine näher aneinanderbrachte, als sie wollte. »Wenn Ihr Euch nicht auf meine Bedingungen einlasst, suche ich mir ein anderes Schiff. Das wird in Singapore nicht so schwer sein.«

Sein Blick wanderte wieder an ihr hinab. Dieses Mal aber mit einem durchaus zweideutigen Interesse. »Ihr seid nicht die Frau eines Pfarrers. Ihr habt den armen Mann genauso erpresst wie mich. Was habt Ihr ihm für die Passage geboten?«

Seine Hand packte sie mit einem erstaunlich festen Griff am Arm. Lene wollte sich losreißen, aber er war stärker, als seine verweichlichte Statur vermuten ließ. Sie roch seinen Atem, als er sie an sich zog.

»Darüber können wir auch reden«, keuchte er. Seine Lippen pressten sich auf ihren Mund. In der nächsten Sekunde stieß er einen Schrei aus und krümmte sich mit schmerzverzerrtem Gesicht zusammen. Lene hatte ihm das Knie zwischen die Beine gerammt, wie Paula es ihr einst gezeigt hatte. Sie trat den einen Schritt zurück, der noch Platz blieb, und richtete sich voller Verachtung ihre Kleidung.

Mit einem unterdrückten Lächeln kam er wieder hoch. »Verzeiht, Mrs Brenny. Das ist nicht meine Art. Aber Ihr habt mich doch ziemlich provoziert.«

»Ich?«, fauchte sie empört. Sie musste auf der Hut sein. Dieses Mal hatte ihr das Überraschungsmoment geholfen. Besser, es würde kein nächstes Mal geben.

Beschwörend hob er die Hände. »Verzeiht mir, ich bin ein schwacher Mensch und nicht gewohnt, mit Frauen, nun, dass Frauen, also ... jemand wie ...«

Er verlor den Faden und griff sich in den Hemdkragen, um ihn zu lockern.

»Das gibt Euch nicht das Recht, es einfach zu versuchen. Ich habe kein Interesse an Euch, Mr Amrith. Ich will nur nach Kanton.«

Er machte einen hastigen, ungeschickten Diener. »Ich habe verstanden, Mrs Brenny. Und verzeiht. Darf ich Euch gewissermaßen einen Rat geben?«

Lene war nicht im Mindesten erpicht darauf, was ein indischer Opiumhändler, der ihr gerade gezeigt hatte, was er von ihr hielt, noch mit auf den Weg geben wollte.

»Aber gerne doch«, antwortete sie mit eisigem Lächeln.

»Sagt lieber, Ihr seid verwitwet. Das verschafft Respekt. Sonst kommt es bedauerlicherweise immer wieder zu Missverständnissen.«

Damit verschwand er in seiner Kajüte. Das Klingen der Glasperlen begleitete diesen Abgang und ein geflüsterter Fluch, mit dem Lene die Tür wieder hinter sich zuwarf.

Am nächsten Morgen, in aller Frühe, erreichte das Schiff seinen Liegeplatz im Hafen von Singapore. Sie trug ein dünnes Leinenkleid, das sie als einziges von Sophies Besitz behalten hatte. Margarethes wollene Abschiedsgeschenke hatte sie in einer von Sophies Kiste gelassen, sie würden sie bei ihrem Vorhaben nur behindern. Werner stand schon mit seinem wenigen Gepäck am Kai und war, ebenso wie Hubbard, von bettelnden Kindern umlagert.

In dem englischen Freihafen lagen neben den großen Segelschiffen auch Hunderte kleine Dschunken, die mit ihren zeltähnlichen Aufbauten schwimmenden Hütten glichen. Überall stieg Rauch empor und schwängerte die feuchte Luft mit dem Geruch von Holzkohle und geröstetem Fleisch. An Land herrschte eine geschäftige Betriebsamkeit. Tagelöhner mit breitkrempigen Hüten, langen Zöpfen und weiten Kitteln, manche sogar halb nackt, zogen fragile Karren, die mit allen möglichen Lasten beladen waren. Dazwischen tauchten Männer mit bunten Turbanen und jenen Röcken auf, die Sarongs hießen und von denen Lene gelesen hatte, aber auch viele in Weiß gekleidete Europäer.

Ein Pfiff, und aus dem Nichts stürzten sich unzählige Arbeiter in Richtung Laderampe. Während Lene sich die Gangway hinunterhangelte, wurde schon mit Feuereifer begonnen, die Ladung zu löschen.

Werner trat auf sie zu und hielt ihr für die letzten, steilen

Schritte die Hand entgegen. Als sie auf sicherem Boden stand, hatte sie das Gefühl, alles um sie herum würde sich drehen.

»Das geht schnell vorbei«, sagte er mit einem Blick auf ihr Gesicht, das wohl ziemlich blass geworden war. »Man muss sich wohl erst einmal wieder ans Land gewöhnen.«

»Ja«, sagte sie, zog ihre Hand zurück und sah sich unauffällig um. Mr Amrith war nirgendwo zu entdecken. Der Liverpooler trat auf sie zu und reichte ihr seine Pranke.

»God be wy ye«, sagte er feierlich. »Mögen Ihre Wege gesegnet sein. Ich mache mich gleich auf zum Government House. Ich kann dort meine Pläne für ein Modell vortragen.«

Seine Augen blitzten unternehmungslustig, und auf seinen runden Wangen zeigte sich eine gesunde Frische. Die Seekrankheit hatte allerdings sein ehemals stattliches Gewicht um einiges reduziert. Er wies auf einen Hügel, der sich über den westlichen Teil des Hafens erhob. Auf ihm stand ein lang gestrecktes Gebäude, das auf den ersten Blick so aussah, als ob es nur aus seinem hochgiebeligen Dach bestehen würde.

»Viel Glück«, sagte Lene herzlich. Hubbard war offenbar ein netter Mann, wenn er nicht gerade mit grünem Gesicht über der Reling hing.

»Und Ihr?« Er wandte sich an Werner.

»Ich werde abgeholt«, war die knappe Antwort. Hubbard nickte ihnen noch einmal freundlich zu. Zwei drahtige Männer mit kaffeebrauner Haut und spitzem Hut hoben seine Rollen und Kisten auf eine *rik-shaw*. Das Letzte, was sie von dem Modellbauer sahen, war sein hoch aufragender dunkler Hut, der in der Menge verschwand.

Lenes Ungeduld stieg. Ein halbes Dutzend Holzkisten und Koffer, reich verziert mit Messingleisten und bunten Ornamenten, warteten am Kai auf ihre Besitzer. Was machte Amrith so lange an Bord?

»Ich glaube, da sind sie.«

Ein Wagen mit hohen Rädern teilte die Menge der Arbeitenden und Flanierenden. Auf ihm saßen zwei Männer, Europäer, wie unschwer an ihren blonden Bärten und den weißen Anzügen zu erkennen war. Gezogen wurde das Gefährt von einem schweißglänzenden, kräftigen Jungen, der sich, kaum hatte er angehalten und seinen Kunden beim Absteigen geholfen, auch schon ans Aufladen von Werners Kiste machte. Die beiden Fahrgäste traten auf ihn zu und zogen freudestrahlend die Hüte.

»Herr Brennicke! Endlich! Ludwig Angermüller, und das ist Herr Zeisig. Wie war die Reise?«

Werner schüttelte freundlich die Hände. »Danke.«

Beide sahen zu Lene. »Und das ist Eure werte Gemahlin?«

»Nein. Das ist Lene Vosskamp, ebenfalls aus deutschen Landen.«

Lene deutete einen flachen Knicks an. Es war seltsam, vor anderen wieder ihren eigenen Namen zu hören, und das auch noch aus seinem Mund. Es gab diesem Abschied etwas so Endgültiges, dass sie am liebsten angefangen hätte zu weinen. Aber es gelang ihr, aufgerichtet und mit steifen Schultern stehen zu bleiben und so zu tun, als würde man mit einer oberflächlichen Reisebekanntschaft plaudern.

Wie sie erfuhr, war Zeisig eine Art Konsul der in Singapore lebenden Deutschen, Angermüller sein Sekretär.

»Meine Frau … Sophie …« Werner sah zu Boden. »Sie ist in London unmittelbar vor der Abfahrt an einer Blutvergiftung verstorben.«

Angermüller nahm den Hut ab. »Unser herzlichstes Beileid.« Die Miene des Konsuls zeigte ehrliches Mitgefühl. »Das muss entsetzlich für Euch gewesen sein.«

Werner nickte. »Ich hatte in London keine Zeit gehabt, der Familie zu schreiben. Es ist das Erste, was ich machen muss.«

»Selbstverständlich! Unser Contor steht Euch jederzeit zur Verfügung.«

Das Gepäck war verladen. Lene sehnte den Moment des Abschieds herbei, um es endlich hinter sich zu haben.

»Ach, da fällt mir noch etwas ein.« Werner griff sich an die Stirn. »Frau Vosskamp hat in einem fürchterlichen Sturm an Deck ihre Papiere verloren. Könnt Ihr da etwas machen?«

Ihr Herz schlug fast schmerzhaft gegen ihre Rippen. Am liebsten wäre sie Werner um den Hals gefallen.

Angermüller musterte sie mit einer Mischung aus Skepsis und Wohlwollen. »Wo kommt Ihr denn her, junge Frau?«

»Aus Hogsterwaard«, antwortete sie. Und dann, als ihr einfiel, welch einen Riesenfehler sie gerade gemacht hatte: »In Friesland.«

Angermüllers Stirn runzelte sich in bedauernde Falten. »Das ist nun das Königreich Hannover, nicht wahr? Das wird schwierig, junge Dame. Ich könnte allerhöchstens etwas über die Niederlassung der preußischen Kaufleute machen, aber versprechen kann ich nichts, und es wird auch einige Zeit dauern.«

Lene schenkte ihm ihr naivstes Lächeln. Sie hatte keine Ahnung, wie sich die Dinge in der Heimat entwickelt hatten. Vielleicht wurde sie schon wieder gesucht – den Groths war alles zuzutrauen. Je weniger Aufsehen eine Anfrage erregen würde, desto besser. »Ich werde schon irgendwie weiterkommen.«

Angermüller und Zeisig wechselten einen Blick, der besagte, dass sie nicht zum ersten Mal mit diesem Problem konfrontiert waren. »Wohin geht die Reise denn?«

»Nach China.« Und dann, als sie das befremdete Erstaunen in Zeisigs Gesicht sah: »In eine Mission der Boromäerinnen. Ich möchte mich ihnen dort anschließen, für ein, zwei Jahre. Und dann vielleicht in die Heimat zurück.«

Angermüller nickte. Das war ein Ziel, mit dem er zweifellos etwas anfangen konnte.

»China … nun, ohne Papiere kommt Ihr noch nicht einmal auf ein preußisches oder britisches Schiff. Ich werde sehen, was ich machen kann. Beehrt uns doch morgen Nachmittag zum Tee. Wir haben eine Niederlassung im britischen Regierungspalast auf dem Government Hill. Sagt dem Coolie[18], der Euch bringt, dass Ihr zum Bukit Larangan wollt. Er weiß dann Bescheid.«

»Danke!«

Lene wandte sich mit einem glücklichen Lächeln an Werner.

»Und Euch danke ich auch. Für alles.«

Er reichte ihr die Hand, einen Augenblick länger, als es schicklich gewesen wäre.

»Lebt wohl«, sagte er mit heiserer Stimme. Es war, als ob ein tiefer Schmerz seine Augen verdunkeln würde. Am liebsten hätte sie ihn nie wieder losgelassen.

Zeisig und Angermüller schienen zu ahnen, dass dieser Abschied nichts für fremde Augen und Ohren war. Sie gingen zu der *rik-shaw* und prüften, ob das Gepäck auch richtig festgezurrt war.

Werner strich ihr eine Haarsträhne aus dem Gesicht, eine Geste von so großer Zärtlichkeit, dass sie sich kaum noch zurückhalten konnte. Es war, als ob alle Zwistigkeiten nie gewesen wären. Komm mit, wollte sie sagen. Aber sie wusste, was die Antwort gewesen wäre und wollte den Moment nicht mit einer letzten Zurückweisung verderben.

»Alles Glück der Welt«, murmelte er. »Und dass du findest, was du suchst.«

---

18 Kuli = ungelernter Tagelöhner.

Lene nickte. Es fiel ihr schwer zu sprechen. Sie hatte keine Augen für die exotische Landschaft und das nie gesehene Treiben um sie herum. Sie sah nur Werners Gesicht, in dem sich ihre unendliche, kaum beherrschte Trauer spiegelte.

»Das wünsche ich dir auch«, sagte sie schließlich und trat einen Schritt zurück, um aus seinem Bannkreis zu kommen. »Von ganzem Herzen.«

Er biss die Zähne zusammen und strich sich noch einmal durch die Haare. Wie sie diese Geste liebte! Sie hatte sich verboten, daran zu denken, was sie beide verbunden hatte. Es war so einfach gewesen, ihn als Komplizen auf einer großen Abenteuerreise zu sehen. Aber in diesen Minuten begriff sie, dass es mehr gewesen war.

Viermal wirst du dich verlieben, dreimal wirst du es verspielen… Er drehte sich um und ging zu dem Karren. Zeisig und Angermüller stiegen auf, Werner folgte ihnen, und der junge Coolie setzte sich, allen Gesetzen der Schwerkraft zum Trotz, in Bewegung.

»Oh!«, schnaufte es hinter ihr. »Ich bin zu spät. Ich hätte mich gerne noch verabschiedet.«

Mr Amrith war, ohne dass sie es bemerkt hatte, die Gangway heruntergekommen und stand nun neben ihr. »Nun, Mrs Brenny, was machen wir jetzt mit Euch?«

Sie hatte Mühe, ihre Gefühle unter Kontrolle zu bringen.

»Ihr macht mich jetzt zu Eurem *munshi*, Mr Amrith. Und dann werden wir auf Euer Schiff gehen und nach Kanton fahren.«

»Ja, ja«, brummte er und pfiff die nächste *rik-shaw* heran. In einer Sprache, die Lene nicht verstand, gab er barsche Anweisungen. Zwei weitere Karren tauchten auf, auf denen sein Gepäck verladen wurde. Dann forderte er Lene auf, ihm zum ersten zu folgen.

»Wir fahren zum *pakaian pasar*, dem Kleidermarkt in Kampung Chulia. Es ist billig, und keiner will genau wissen, woher das Zeug kommt. Manches hat man direkt aus Gräbern geraubt. Mein Sekretär wird natürlich etwas Besseres tragen. Aber nichts Teures. Keine Angarkhas, nur ein paar Hosen und Hemden, einen Rock und wahrscheinlich auch einen Hut. Nehmt die Haare aus dem Gesicht.«

Das Letzte war ein Befehl. Amrith gefiel sich jetzt schon in der Rolle des Masters. Lene strich sich die Strähnen zurück.

»Hm. Wir müssen sehen, wie es wirkt, wenn Ihr umgezogen seid. Wir werden am Abend auf die *Maddie* gehen, da sieht man Euch nicht. Und sobald wir auf See sind …« Sein Gesicht verzog sich zu einem unangenehmen Lächeln. »… fragt sowieso kein Mensch mehr.«

»Wann wird das sein?«

»Auch heute Abend.«

»Aber …«

Mit einer übertriebenen Verbeugung wies er auf den ersten Karren. Lene raffte schweigend den Rock und stieg auf. Sie würde sich bei ihrer Rückkehr aus China um ihren Pass kümmern. Der Opiumhändler sah nicht so aus, als ob er Zeit und Lust auf eine Teestunde im Gouverneurspalast hätte.

Als er sich neben ihr niederließ, ächzte das fragile Gefährt in allen Fugen. Der Coolie spannte die Muskeln an, und langsam setzten sie sich in Bewegung. Lene sah auf die vielen Menschen, die Palmen, die Markstände, die sich unter Waren bogen, die sie noch nie gesehen hatte. Sie roch den warmen Duft eines nie endenden Sommertags am Meer, die Gewürze, die in offenen Säcken am Straßenrand gestapelt wurden. Ihr entging kein Detail an den weißen Fassaden der Lagerhäuser mit ihren Kolonnaden und den dunkel gestrichenen Fensterläden. Ihr Herz eilte voraus in die geraden Straßen, die die Briten nach dem

Vorbild europäischer Städte gebaut hatten. Sie wunderte sich laut, warum so viele Männer unterwegs waren, aber keine europäischen Frauen.

»Die kommen erst nach fünf Uhr nachmittags«, beantwortete Amrith unwirsch ihre Frage.

Sie betrachtete schweigend die Boote im Hafen und die Schiffe, die von hier aus in alle Welt hinausfuhren.

Der Coolie zog den Karren im Laufschritt nach links, wo die Straße am Bassin entlang zu weiteren Anlegestellen führte. Weg von der Stadt, weg von der *Victoria*, weg von allem, was sie noch mit ihrer Vergangenheit verband.

Die *Maddie* war ein wendiger Dreimaster, in Bombay nur zu dem Zweck gebaut, Opium auf dem schnellsten Weg nach China zu bringen. Dazu, und das lernte Lene schon am ersten Tag, brauchte es gefälschte Ladepapiere, falsch beschriftete Kisten und eine Mannschaft, die, bis auf die Offiziere, in fast jedem Hafen ausgetauscht wurde.

Die Matrosen waren auf dieser Fahrt fast alle Laskaren – dunkle, zähe Gestalten mit grimmigen Mienen, einige fast ausgezehrt von den monatelangen Entbehrungen auf See. Ihre Heimat lag am Fuß der Höhen des nördlichen Bengalen und in Assam. Amrith stieg zumindest wieder etwas in ihrer Achtung, als sie erfuhr, dass die Männer wenigstens genug zu essen bekamen, bevor sie am Ziel der Reise wieder auf die Straße gesetzt wurden.

Seine Gemächer auf dem Achterdeck waren das Luxuriöseste, das sie seit dem Haus des Rehders Raleigh in London gesehen hatte. Zierliche, holzgeschnitzte Möbel mit Perlmuttintarsien standen überall herum, egal, ob sie gebraucht wurden oder nicht. Kissen und Vorhänge leuchteten in prächtigen Farben, Teppiche lagen übereinander, als ob man nicht gewusst hätte, wohin mit ihnen. Aber es waren nicht die edelsteinverzierten Lampen oder die opulenten Schnitzereien, die Lene beeindruckten. Auch nicht das fein gearbeitete Schreibgerät, die goldene Feder, das Tintenfass aus Kristall.

Es waren Hemd und Hose.

Der Markt außerhalb von Singapore war das Einzige, das Lene in bleibender Erinnerung behalten würde – viel mehr hatte sie nicht von der Stadt gesehen.

Er lag am Ufer eines schmutzig braunen Flusses, einem Seitenarm des Sungai River. Hier waren Elendsquartiere entstanden, die denen von London in nichts nachstanden. Hütten und Pfahlbauten drängten sich dicht an dicht, Camps und ganze Zeltstädte nahmen diejenigen auf, die sich noch nicht einmal einen Platz unter einem löchrigen Palmendach leisten konnten. Draußen am Fluss lebten die, die Singapore, die Löwenstadt, belieferten, aufbauten, sauber hielten, in gewaltigen Strömen der Stadt zustrebten oder aus ihr zurückkehrten. Sie waren in die bunten Kaftane Afrikas gekleidet, trugen die weißen Kurtas der Bengalen oder die knielangen Hosen der Malaien. Frauen hatten Sarongs um sich gewickelt oder waren einfach in die Baju Kurung geschlüpft, ein weit geschnittenes Kleid, während die einheimischen Männer meist den Cekak Musang trugen – langes Hemd und schmale Hose. Amrith erklärte ihr das alles mit großem Widerwillen. Oft antwortete er auch gar nicht auf ihre Fragen, sondern verdrehte nur die Augen über ihre Dummheit.

Der Markt lag am flach abfallenden Ufer, über dem sich der Rauch von Holzfeuern sammelte. Amrith schlug sich, gefolgt von Lene, durch das dichte Gewirr von Buden, Ständen und einfach auf dem Boden aufgeschichteten Kleiderstapeln. Es gab zerrissene Soldatenuniformen, alte Öljacken und abgetragene Matrosenkleidung, seltsam schmutzig aussehende europäische Frauengewänder, ausgeblichene Sarongs und fleckige Seidentücher, löchrige Schuhe und brüchige Gürtel, Taschen, Beutel, Bänder, sogar afrikanische Baströcke und Brokatkimonos. Alles sah aus, als wäre es bereits über Generationen getragen worden, aber man konnte auch relativ neuwertige Stücke finden, wenn man nur lange genug suchte.

»Hier.« Amrith hielt ihr eine Hose entgegen, die er aus einem seltsam riechenden Stapel herausgezogen hatte. »Die müsste passen.«

Dem folgten mehrere Hemden und eine schlichte Jacke, dazu ein kaum getragener Hut und schließlich ein Paar Schnallenschuhe. Hinter hastig hochgehaltenen Tüchern konnte sie sich umziehen.

Als sie wieder unter Amriths strenge Augen trat, betrachtete er sie ganz ähnlich wie damals auf dem Schiff: prüfend, ob die Kleidung saß und die Scharade glücken konnte, aber an allem anderen desinteressiert.

»Hat die Hose Löcher?«, fragte er.

»Nein, ich glaube nicht.« Sie musste einem recht wohlhabenden Europäer gehört haben, denn die Nähte waren gut ausgeführt, und der Stoff schmiegte sich angenehm an ihre Beine. Noch nie zuvor hatte sie Hosen getragen. Es war, als ob sie mit einem Mal um einen halben Kopf gewachsen wäre. Es gab nur ein Problem: Sie trug den kleinen Beutel, in dem sie ihre Schätze aufbewahrte, immer bei sich. Es war nicht einfach, ihn vor neugierigen Blicken zu verbergen. Glücklicherweise hatte die Hose mehrere Taschen. Wenn sie das Hemd lose darübertrug, würde die Ausbuchtung nicht auffallen.

»Wie …« Lene räusperte sich, rückte den Hut auf ihrem Kopf zurecht und hoffte, dass sein Vorbesitzer ein langes, glückliches Leben geführt hatte. »Wie sehe ich aus?«

»Für den Anfang reicht es«, sagte Amrith. »Wie wäre es jetzt mit einer köstlichen Fischsuppe?«

Zwei Tage war Lene krank. In dieser Zeit hatte die *Maddie* den Hafen verlassen und war ins Südchinesische Meer und die Straße von Malakka ausgelaufen. Sie bekam Hühnerbrühe und Reis und hatte viel Zeit, sich darüber klar zu werden, dass ein neues Kapitel ihres Lebens begonnen hatte, aber ihr Magen dieser Erkenntnis um einiges hinterherhinkte.

Auf der *Maddie* war alles fremd. Das Essen, die Sprache, und ihr Leben als Mann. Sie versuchte, ihre Stimme tiefer zu drücken, und übte, anders zu gehen: breitbeiniger, raumgreifender. Einmal beobachtete Amrith sie dabei, wie sie an Deck auf und ab stiefelte.

»Lasst das bleiben«, herrschte er sie an. »Was soll denn die Besatzung denken? Ihr seid einfach ein kleiner, dünner Engländer mit weibischen Zügen. Davon gibt es jede Menge.«

»Oh. Ja.« Lene nickte. Klein, dünn, weibisch. Sie hätte nicht gedacht, dass Männer sich mit solchen Attributen auseinandersetzen mussten.

Vielleicht lag es an der mangelnden Loyalität der Mannschaft, die wusste, dass sie im nächsten Hafen ausgetauscht wurde. Vielleicht auch an den vielen Motten und den Mückenschwärmen, die aus den Wasserfässern stiegen. Vielleicht an den Blicken des Steuermanns, die von Neugier zu einer Art herablassender Verachtung wechselten, wie Männer sie offenbar den zarteren und schwächeren unter ihnen entgegenbrachten. Sie fühlte sich unsicher. Nachts verschloss sie die Tür zu ihrer Kajüte und schob eine Kommode davor. Zu Recht, denn mehr als einmal versuchte jemand, sich Zugang zu verschaffen. Sie sollte nie herausfinden, wer.

Auch in Amriths Nähe wurde es nicht besser. Die Arbeit war einfach. Er diktierte Briefe, die in Kanton an die Vertreter der dortigen Hongs, also der Faktoreien geschickt werden sollten. Er kündigte seine Ankunft an, bat um Unterredungen oder schmeichelte einfach nur. Manchmal rauchte er eine Pfeife Opium und schlief wenig später ein. Einmal begleitete sie ihn hinunter in den Laderaum, wo er die Kisten inspizierte und ihr eine der schwarzen schweren Kugeln zeigte, zu denen das Rauschgift gepresst wurde.

»China will es, China bekommt es«, war sein lapidarer Kommentar. »Es gibt keine Ware, nach der dieses Land so sehr hungert wie nach Opium.«

Im Licht der Petroleumlampe glänzte sein Gesicht in seliger Vorfreude. »Wir ankern vor Whampoa, einer Insel im Perlfluss. Näher dürfen ausländische Schiffe nicht an Kanton heran. Sie schicken uns schnelle Boote, beladen mit Silber. Der Handel wird noch an Bord abgeschlossen.«

Vorsichtig legte er die Kugel zurück in die Kiste. »Mit diesem Silber gehe ich mit Euch an Land und nehme Kontakt zu den Teehändlern auf, um mir die besten Pflückungen der nächsten Ernte zu sichern. Ich brauche die Münze. Damit werde ich prüfen, ob das, was Ihr mir erzählt habt, stimmt. Oder ob Eure Reise hier ein unrühmliches Ende findet.«

Er ließ offen, was er damit meinte. Aber sie erweiterte ihre Vorsichtsmaßnahmen, indem sie bei der nächsten Gelegenheit ein kleines Briefmesser einsteckte und nachts griffbereit neben sich aufs Kissen legte.

Zwei Nächte später wurde Lene von einem heftigen Schlag an die Bordwand geweckt, gefolgt von unterdrückten Rufen und dem Getrappel nackter Füße an Deck. Hastig schlüpfte sie in Hemd, Hose und Jacke, band sich die Haare zum Zopf, setzte sich den Hut auf und vergaß nicht, den Beutel mit ihrem Schatz einzustecken.

Amrith stand an Deck und gab mit scharfer Stimme Anweisungen. Männer rannten, beladen mit Kisten, an ihm vorbei und verluden sie in ein schmales Ruderboot, das backbords festgemacht war. In der Ferne brannten Feuer, und eine fahle Morgendämmerung enthüllte die gezackte Uferlinie. Schwere Wolken verdeckten den Mond, die Luft war feucht und warm wie kurz nach einem Gewitter.

Lene hielt sich im Schatten, den die Fackeln warfen, und beobachtete, wie für das Opium mehrere Kisten mit Silber an Bord gebracht wurden, gefolgt von einem hochgewachsenen Mann, der in dunkles Grau gekleidet war und unter dessen Hut ein Zopf baumelte. Unter dem Arm trug er etwas, das im Dunkeln aussah wie ein Brettspiel.

»Mr Brenny?«, schallte Amriths Stimme über das Deck.

»Yes, Amrith-ji?« Amrith wollte so vor anderen angesprochen werden. Er wandte sich an seinen Besucher, einen Chinesen, der Lene um Haupteslänge überragte und sie mit durchdringendem Blick musterte. Sein Alter war schwer zu schätzen. Er war hager, mit schmalen, fast eingefallen wirkenden Zügen, was aber eher auf Askese denn auf Rauschgift zurückzuführen war, denn er wirkte hellwach und ruhig.

Amrith machte eine theatralische Kehrtwendung und ging voran in seinen Salon.

Es brannte nur die Lampe auf seinem Schreibtisch. Mit einer unwirschen Handbewegung befahl er Lene, für mehr Licht zu sorgen, während er die falschen Frachtpapiere hervorholte und vor sich ablegte.

»Mr Shang, wenn Ihr mir hier den Empfang quittieren wollt?«

Mr Shang legte das, was Lene für die Schatulle eines Spiels gehalten hatte, auf dem Schreibtisch ab. In Wirklichkeit war es ein Miniatursekretär, in dem sich Federn, Tinte, Siegellack und Petschaften befanden. Während Mr Shang sich daranmachte, die gefälschten Papiere mit gefälschten Stempeln zu versehen, holte Amrith die Kopie von Lenes Münze hervor.

»Könntet Ihr auch hierauf einen Blick werfen?«

Mr Shang sah hoch und nahm das Papier entgegen. Seine Augen wurden noch schmaler, und er stieß einen leisen Überraschungslaut aus.

»Ja?«, fragte Amrith lauernd. Sein Besucher setzte sich. Lene kam mit einer Lampe dazu und stellte sie neben dem Schmuggler ab. Der lehnte sich zurück und hielt das Papier näher ans Licht.

»Woher Weißmann haben?«

»Mein *munshi* hat diese Kopie angefertigt. Das Original befindet sich in meinem Besitz.«

»Original?« Der Schmuggler ließ das Blatt sinken. »Weißmann Münze haben?«

Amrith hob vielsagend die Schultern. »Ich will wissen, was sie wert ist.«

»Schwer«, antwortete Mr Shang und strich sich nachdenklich über das Kinn. »Münze nicht für *cohong*, Handel mit chinesische Kaufmannsgilde. Münze gut für Mandarin, kommt aus Haus Máh in Guangdon. Ist … Zutritt.«

Mr Shang grinste anerkennend.

»Zutritt?«, fragte Lene. Amrith schoss zwar einen ärgerlichen Blick auf sie ab, aber sie wollte endlich etwas Genaueres wissen.

»*Yes, yes.* Mandarine nur Briefe annehmen, nur auf Chinesisch. Münze ist Zutritt für Person. Für Handel. Máh Yi machen Tee, viel Tee. Bester Tee von Kanton. Bester Tee für König von Weißmann.« In seiner Stimme schwangen Ehrfurcht und Respekt. »Máh Yi nichts Opium. Ist Freund von Kaiser, kämpft gegen Briten. Will Opium raus aus China. Münze nur gut für Tee. Woll kaufen Tee?«

Amrith rang sich ein Lächeln ab. »Direkt von Máh? Sein Tee ist eine Legende. Und so teuer, dass er lange Zeit nur den besten Kreisen vorbehalten war. Leute wie ich kamen da gar nicht heran. Aber mit dieser Münze, dreihundert Kisten …«

»Dreihundert?« Shang riss die Augen auf. »Dann Opium fertig?«

»Opium fertig, zu Ende, wenn ich an Máh herankomme. Könnt Ihr uns führen?«

Wieder strich der Chinese nachdenklich über sein Kinn. »Schwer, schwer. Gefährlich Weg. Über viel Berg und schmal Pfad.«

»Ich werde Euch bezahlen.«

Shang nahm einen Stempel und presste ihn in ein Tintenkissen. Dann setzte er ihn vorsichtig auf das oberste Blatt der Frachtpapiere. »Kommen morgen Abend zu Garküche auf Boot von Haitao. Dann wir gehen. Nacht ist Freund.«

Er klappte die Schachtel zu, stand auf und verbeugte sich erst vor Amrith und dann vor Lene.

»Einen Moment.« Lene sprang auf. »Wer ist Puyi?«

»Puyi … Puyi sein Sohn von Máh Yi. Sein gefährlich für Opium und sehr, sehr böse.«

»Er ist gegen den Schmuggel?«

Shang seufzte abgrundtief. »Menschen wollen Opium. Kaiser will nicht. So Opium wird …« Er suchte nach Worten. »… zu Frage: für oder gegen Kaiser? Wer gegen Kaiser, nicht gut lebt und nicht lange. Darum, schnell-schnell fertig hier. *Chin-chin.*«

Das war wohl eine Art Abschiedsgruß.

»Danke.«

Er verließ den Raum leise und gleitend, als würden seine Füße kaum den Boden berühren. Amrith stand auf und kam wütend auf sie zu. »Wer hat Euch erlaubt, den Mund aufzumachen?«

»Ich wollte nur …«

»Ich wollte? Niemand hat hier etwas zu wollen außer mir! Und jetzt ist Schluss mit den Ausreden. Gebt mir die Münze!«

»Nein!«

Er griff ihren Arm und zog sie an sich. »Ich habe mir lange genug auf der Nase herumtanzen lassen. Glaubst du wirklich, du musst nicht zahlen?«

Er wollte seinen Mund auf ihre Lippen pressen. Lene schaffte es gerade noch, den Kopf wegzudrehen. »Mr Amrith! Was soll das?«

Sie versuchte, sich aus seinem Klammergriff zu befreien. Aber genau das schien ihn nur noch mehr anzustacheln. »Stell dich nicht so an. Warum sonst bist du mitgekommen? Du willst es doch auch!«

»Nein!« Endlich konnte sie ihn wegstoßen. »Ich habe nicht das geringste Verlangen nach Euch!«

»Ihr seid eine alleinstehende Frau ohne männliche Begleitung. Natürlich wollt Ihr den Schutz meines starken Armes.« Er schenkte ihr ein öliges Lächeln. »Und den meiner Männlichkeit.«

Lene schüttelte den Kopf. »Ganz sicher nicht. Ihr braucht mich, um zu Máh zu kommen. Ich würde Euch raten, sich an meine Spielregeln zu halten.«

»Sonst?«

Es sollte abfällig klingen. Aber sie hatte ihn in seiner Ehre gekränkt.

»Sonst könnte es sein, dass ich Euch verloren gehe«, sagte sie etwas sanftmütiger. Sein Überfall auf sie war ein zu schwacher Versuch gewesen. Wahrscheinlich wollte er sich nur selbst seine *Männlichkeit* beweisen. »Wann sind wir in Kanton?«

Amrith kehrte zu seinem Schreibtisch zurück und begann, immer noch durcheinander und düpiert, die Papiere zu ordnen. »Bei Tagesanbruch«, erwiderte er barsch. Lene nickte und huschte hinaus.

Fanqui Town, das europäische Viertel von Kanton, bestand aus einigen wenigen Straßenzügen direkt am Hafen. Kein einziges fremdes Schiff lag dort, aber Hunderte, wenn nicht gar Tausende Boote. Sie hatten eine schmale, schnittige und schnelle Dschunke genommen, die Amrith aus der Vielzahl der Bewerber herausgewinkt hatte. Wie ein Schwarm hatten sie um die *Maddie* herumgepaddelt.

Damit fuhren sie direkt in den Sonnenaufgang. Die Stadt lag, umgeben von Festungsmauern im Morgendunst, auf einem Hügel. Palmen säumten die Ufer, und Lene konnte Tempel, Pagoden und prächtige Häuser erkennen, gegen die die Kolonialbauten der Europäer fast schon schlicht wirkten. Aber auch Lagerhäuser und niedrige Baracken mit Geschäften und Garküchen.

Kaum hatten sie an der für Ausländer zugelassenen Stelle angelegt, eilte Amrith schon voraus auf eine staubige Hauptstraße, angesprungen von Schleppern, Bettlern und Zuhältern, die auch Lene eindeutige Angebote machten. Die dunklen Gassen, in die sie sie ziehen wollten, sahen nicht vertrauenerweckend aus. Und dennoch fühlte Lene sich hier mehr zu Hause und willkommen als an Bord von Amriths Schiff, das sie nie wieder betreten wollte. Vielleicht lag es am Geruch, dieser Mischung aus Salzwasser, Fisch und glühender Holzkohle? Oder an dem Stimmengewirr, dem Quietschen der Handkarren und dem Gekreisch der Möwen?

Fanqui Town war winzig. Keine dreihundert Meter war die Hauptstraße lang, aber gesäumt von Läden und Galerien, die Teppiche, Kunsthandwerk, Seide, Gewürze und Tee anboten. Vor Licht und Regen geschützt wurden sie durch Vordächer, über die Strohmatten gelegt waren und an denen weitere exotische Dinge baumelten: Glaskugeln, Räucherstäbchen, Elfenbeinschnitzereien, bestickte Stoffbahnen, Windspiele. Dazwischen saßen fliegende Händler, die ihre Waren direkt auf der Straße ausbreiteten, und Handwerker wuselten umher, die mit Schellen, Glocken und Rufen ihre Dienste anboten: Schleifer, Kesselflicker, Schneider. Pferdewagen und Kutschen rollten vorüber, es war ein Wunder, dass in diesem engen Durcheinander niemand unter die Räder kam.

Je mehr sie sich den Faktoreien näherten, desto teurer wurden die angebotenen Waren. Silberschmuck, Jadesteine, europäische Raritäten: Regenschirme, Wein, stockfleckige Bücher. Die Gesichter der Händler trugen indische, malaiische, armenische, chinesische Züge, es herrschte ein babylonisches Sprachgewirr, dessen einziger gemeinsamer Nenner das Pidgin-Englisch war, das Opiumhändler und Zuhälter ebenso gut beherrschten wie die Briten.

»Was ist das?«, fragte Lene und deutete auf einen Doppeladler über dem Eingang eines Hauses.

»Die kaiserliche Faktorei der Habsburger«, kommentierte Amrith hastig, während er einem entgegenkommenden Lastenträger auswich, der einen unfassbar hohen Stapel Brote auf seinem Kopf balancierte. »Das da hinten ist das *consoo*, wie sie es hier nennen, das Council House, der Sitz der chinesischen Präfektur. Da müssen wir hin, wenn wir den Tee haben.«

Das Haus wirkte groß und einladend, doch seltsamerweise schien es von den Händlern und Passanten gemieden zu werden. Keine kleinen Garküchen vor der Mauer, keine Straßenhändler, keine Besucher. Ganz anders war es vor der dänischen und britischen Faktorei. Die weißen Bauten wurden belagert von Händlern und Kunden. Die chinesische Präfektur hingegen sah fast unbewohnt aus, stünden nicht ein halbes Dutzend leere Kutschen auf dem Vorplatz. Sie waren breiter als die, die Lene aus Europa kannte. Dafür offen, mit einem leichten Verdeck aus Stoff und farbenprächtig bemalt. Neben ihnen standen chinesische Diener, aufgereiht wie Zinnsoldaten, mit ihren flachen Rundhüten und den langen Kitteln.

»Brenny?«, brüllte Amrith von der anderen Straßenseite, auf die er gewechselt war, während Lene noch die prächtigen Kutschen bewunderte. Das Mr oder Mrs schenkte er sich mittlerweile.

Sie eilte zu ihm.

»Hier.« Amrith stoppte vor einem weißen Gebäude schräg gegenüber des Council House. Es war das größte und prächtigste Gebäude in der Straße, dazu das einzige mit eigenem Glockenturm und einem Vorgarten, in dem ein Fahnenmast stand. Unter der britischen Flagge holte Amrith sein Taschentuch heraus und tupfte sich das Gesicht ab. Die Faktorei sah aus wie ein Herrenhaus, hinter dem sich eng zusammengewürfelt Lagerhallen, Wohngebäude und Contore befanden – alles offenbar im britischen Herrschaftsbereich. Die breite, sorgsam geharkte Auffahrt führte zu mehreren Steinstufen und einer gewaltigen holzgeschnitzten Tür, hinter der tatsächlich ein Butler in Livree auftauchte und nach ihrem Begehr fragte.

Amrith ließ sich die Mappe von Lene reichen. »Ich bin mit Mr Elliott verabredet.«

Der Butler nickte hoheitsvoll und ließ sich eine Visitenkarte auf das silberne Tablett legen.

»Was ist denn da drüben los?« Amrith wies auf die chinesische Präfektur. »Gibt es wieder einmal einen Kriegsrat?«

Der Butler las den Namen auf der Karte. »*Yes, Mr Amrith.* Die Handelsbeziehungen zwischen China und Großbritannien verschlechtern sich täglich. Die Mandarine verlangen höhere Zölle auf einige Güter des täglichen Bedarfs. Wenn Ihr versteht, was ich meine.«

Amriths Miene verdüsterte sich. »Ich verstehe wohl.«

»Und sie sind gerade da drüben?«, fragte Lene.

Der Butler nickte und gab den Weg frei. Amrith stieg zwei Stufen hoch und drehte sich dann zu ihr um.

»Ihr habt etwas zu erledigen, Brenny?«

Lene nickte. *»Yes, Amrith-ji.«*

»Wohin des Wegs?«

Sie hatte sich schon eine Ausrede zurechtgelegt. »In den holländischen … die holländische …«

»Faktorei«, half er ihr ungeduldig. »Dann sehen wir uns mittags im britischen Club. Kommt nicht zu spät.« Er überlegte kurz und kam dann noch einmal zu ihr hinunter. »Und wehe, Ihr führt mich an der Nase herum. Ohne mich und meine Kontakte werdet Ihr Kanton nicht lebend verlassen.«

Lene nickte. *»Yes, Amrith-ji.«*

Der Opiumhändler folgte dem Butler in das schattige, kühle Haus. Lene wartete, bis sich die Tür geschlossen hatte. Wieder ein Abschied.

Sie überquerte die Straße und steuerte auf das *consoo* zu. Die Pferde standen mit gesenktem Kopf und dösten oder schlugen mit dem Schweif die Fliegen weg. Sie trat auf eines zu und wollte gerade die Hand heben, um ihm den Hals zu klopfen, als sie hinter sich ein Zischen hörte.

»Stopp!«

Einer der Kutscher tauchte neben ihr auf. »Was woll *I-say*?«

Lene verstand kein Wort. »Wie bitte?«

»*I-say*?« Er deutete mit ausgestrecktem Zeigefinger auf sie. »*I-say* ist Englisch Mann. Du komm von englisch Hong. Ich sehen.«

»*No.* Nein. Ich bin deutsch, *german.*« Sie versuchte, ihr Englisch so einfach wie möglich zu halten, denn das Pidgin, das hier gesprochen wurde, war noch um einiges unverständlicher als alles, was sie bisher gehört hatte. Sie deutete auf die Kutsche. »Wem gehört die *rik-shaw*?«

»*No rik-shaw!*« Der Mann schüttelte energisch den Kopf. »*Mâché*, ist groß Wagen von groß Mann!«

Lene nickte anerkennend und ließ die Hand sinken. »Wie heißt er?«

»Shunfu Bo t'ing«, sagte der Kutscher, legte die Handflächen vor der Brust aufeinander und verbeugte sich. Vermutlich aus Respekt vor seinem abwesenden Herrn.

»Ein Mandarin?«

»*Yes, yes! Lâoye*, ist werter Herr. Nix fahren *rik-shaw*!«

»Und … kennt Mr Shunfu auch die anderen werten Herren, die gerade da drinnen sind?«

Der Kutscher nickte. Er öffnete einen Kasten unter dem Sitz und holte einen Striegel hervor. Die anderen Männer standen immer noch wie angewurzelt neben ihren Fuhrwerken. Keiner wagte es, sich in den Schatten zu setzen oder sich, wie Lene es kannte, zu den anderen zu gesellen und zu plauschen, bis die Herrschaft wiederkam. Nur Dienst am Pferd war offenbar erlaubt. Der Kutscher begann, mit Hingabe zu striegeln, und Lene machte so lange bewundernde Bemerkungen über Ross und Wagen, bis ihr die Komplimente ausgingen. Schließlich fragte sie:

»Kennt Ihr den ehrenwerten Mr Máh?«

Der Mann zuckte zusammen, als hätte sie ihm Schläge angedroht. »Nix wiss, Sir.«

»Er ist auch ein Mandarin. Wo kann ich ihn finden?«

»Nix wiss.«

Er striegelte, als ginge es um sein Leben. Mit einem Seufzen wandte sie sich ab und ging auf den nächsten Kutscher zu.

»Der ehrenwerte Mr Máh? Wo kann ich ihn finden?«

Wildes Kopfschütteln. Auch beim nächsten: dieselbe Reaktion. Und beim übernächsten auch. Niemand wollte mit ihr reden, keiner gab ihr Auskunft. Resigniert verließ sie den Hof der chinesischen Handelskommission und folgte der Straße bis zu einer belebten Kreuzung. Den Schildern nach waren es die Old China Street und die New China Street, und der Platz, den sie bildeten, war der Maidan. Von ihm gingen einige kleine Gassen ab, in denen auch um diese frühe Stunde ein heilloses Gedränge herrschte. Der köstliche Duft von gebratenem Fleisch stieg ihr in die Nase. Alle paar Meter lockte eine der Garküchen mit den exotischsten Genüssen: brodelnde Eintöpfe, eigenwillig gewürzte Suppen, Drehspieße über Holzkohle. Schließlich ließ sie sich auf einem Holzschemel nieder, orderte etwas Essbares und bekam im Handumdrehen von einem freundlichen Inder Schüsseln mit Reis, gebratenes Gemüse und kleine Klöße in Soße serviert. Sie probierte vorsichtig, und es schmeckte köstlich. Allerdings auch so scharf, dass sie nach wenigen Bissen glaubte, ihr würde die Kehle verbrennen.

Der Inder hatte es geahnt und brachte ihr Wasser und Fladenbrot. Sie aß, beobachtete das Treiben um sich herum und wusste zum ersten Mal auf dieser Reise nicht mehr weiter.

Die Exklave war klein. Viel kleiner, als sie sie sich je vorgestellt hatte. Amrith würde sie finden. Er musste nur herumfragen nach einem jungen, dünnen Deutschen ohne Bart, und dann wäre sie ihm ausgeliefert. Von hier aus gab es keine Chance für sie, ins Landesinnere zu kommen. China war für Ausländer gesperrt, und das hatte zweifellos wenig mit den Chinesen, aber viel mit den Ausländern zu tun, die das Land mit Opium überschwemmt hatten.

Sie sah hoch, als sich in die Straßengeräusche das rhythmische Klingen von Schellenbäumen mischte. Die meisten Passanten machten ehrerbietig Platz, nur einige Franzosen, Dänen oder Briten ließen sich nicht stören und wurden sogar absichtlich langsamer, als sich die chinesischen Kutschen näherten. Es war ein prächtiger Anblick: die schönen Pferde, die bunt lackierten

Wagenkästen. Hinter den Kutschern saßen Männer in einer dunklen, traditionellen Tracht, die unbeteiligt auf das Treiben zu ihren Füßen sahen. Der vorderste Wagen verlangsamte, weil drei Männer, offenbar betrunken, nicht aus dem Weg gingen.

Das war Lenes Chance.

Sie warf ein paar Pennys auf den Tisch, sprang auf und drängte sich durch die Passanten.

»*Lâoye! Sir! Please!*«

Der Wagen hielt an, aber nicht ihretwegen. Mit steinernem Gesicht blickte der Mandarin über die Menge, als ob schon ihr Anblick die reinste Zumutung wäre. Er trug einen runden Hut, der nach oben hin breiter wurde, eine schlichte, knielange Jacke und mehrere lange Ketten aus dunkler Jade. Sein rundes Gesicht mit den schmalen Augen war das eines strengen Mannes. Er stieß einen ungeduldigen Seufzer aus, bevor er mitbekam, dass sich ein junger Europäer gerade Gehör verschaffen wollte.

»Sir! Bitte!« Lene holte den Beutel aus der Hosentasche. »Kennt Ihr den ehrenwerten Mr Máh? Ich muss ihn sprechen!«

Endlich hatte sie die Münze gefunden, aber da waren die drei Betrunkenen auch schon auf die Seite getaumelt, und der Zug konnte seinen Weg fortsetzen.

»Sir! Bitte!« Lene lief neben dem Wagen her. Der Mandarin wendete noch nicht einmal seinen Kopf. »Ich kennen seinen Sohn, Puyi. Ich muss ihn sprechen!«

Sie hielt die Münze hoch, aber da wurde sie schon von hinten gepackt. Zwei kräftige Chinesen in schwarzen Jacken und knöchellangen Baumwollröcken zerrten sie von der Kutsche fort. Einer klopfte ununterbrochen auf das Schwert an seiner Seite und brüllte sie an. Der Tonfall war nicht misszuverstehen: »Weg da, scher dich fort, und wage es nie wieder!«

»Ja, ja!« Lene riss sich los und stolperte zurück. Die Kutschen erreichten das Tor und verschwanden in der verbotenen Stadt.

»Netter Versuch.«

Ein Mann war neben sie getreten und sah, genau wie sie, der Delegation hinterher. Braune Haare mit von der Sonne ausgebleichten Spitzen, dunkler Backenbart, schottischer Akzent. Seine Kleider sahen so aus, als hätte er darin geschlafen, aber der Blick aus seinen blauen Augen war hellwach. Er glitt an Lenes Gestalt hinab.

»Mit dieser Verkleidung könnt Ihr vielleicht die Asiaten an der Nase herumführen, für die alle Europäer gleich sind. Aber keinen schottischen Kerl, der weiß, wie ein Mädchen aussieht.«

Lene wandte sich ab, um die Münze verstauen.

»Was habt Ihr da?«

»Nichts«, sagte sie hastig und ließ den Beutel in der Hosentasche versinken.

Der Mann sah sich um. »Wenn es das ist, was ich vermute, seid Ihr hier Eures Lebens nicht sicher. Kommt.«

Ohne auch nur den geringsten Widerstand zu erwarten, zog er sie von der Straße.

»Halt!«, protestierte sie. »Was soll das?«

Er nahm an dem Tisch Platz, an dem Lene gerade noch gesessen hatte. Sogar ihr Teller stand noch dort, mit gut der Hälfte der Mahlzeit, die übrig geblieben war.

»Ihr erlaubt?« Er nahm Platz, riss sich ein Stück Fladenbrot ab und machte sich über die Reste her.

»Setzt Euch. Robert Stirling. Aus Berwick-upon-Tweed. Müsst Ihr nicht kennen, ist nur ein winziges Kaff. Und Ihr?«

»Brenny«, antwortete sie und setzte sich vorsichtig, wie auf dem Sprung, um jederzeit verschwinden zu können. »Einfach nur Brenny.«

»Brenny«, wiederholte er, tunkte sein Brot in die Soße und zog den Teller mit dem Gemüse heran. Sie traute ihren Augen nicht, als er den Inder herbeirief und sich von ihm noch mehrere kleine Schüsseln mit lebensgefährlich aussehenden Gewürzpasten bringen ließ.

»Ich habe Euch beobachtet, seit Ihr Euch an diesen Tisch gesetzt habt. Es ist Euch nicht aufgefallen.«

Lene starrte ihn an.

»Ihr seid neu hier. Wahrscheinlich erst heute Nacht angekommen. Ihr benehmt Euch wie die Axt im Walde.«

»So«, sagte sie spitz.

»Ihr müsst lernen, Euch anzupassen. Unterzutauchen. In der Menge zu verschwinden. Denn Ihr wollt ja nicht erkannt werden, oder?«

Sie nickte widerwillig.

»Dachte ich es mir doch. Woher des Wegs?«

»Aus Hogsterwaard in Friesland.«

Er hob die Augenbrauen und kaute mit vollen Backen weiter.

»Dann über London und Singapore hierher.«

Er sagte etwas, das Lene nicht verstand, woraufhin er zur Wasserflasche griff und den letzten Bissen hinunterspülte.

»Und was war das? Dieses unwürdige Schauspiel, einen Mandarin auf offener Straße anzuspringen?«

Mit einem Kopfnicken wies er auf das Gewimmel in der Old China Street. Er war nicht mehr ganz jung, vielleicht Anfang dreißig, und die Falten um seine Augen verrieten, dass er entweder viel an der frischen Luft war oder viel lachte, oder beides. Kein unsympathisches Gesicht, das außerdem durch den ungetrimmten Bart etwas Draufgängerisches bekam. Breit, mit kräftigen Wangenknochen und einer etwas schiefen Nase, die aussah, als hätte er vor langer Zeit einen Boxkampf verloren. Eine schmale Narbe zerteilte seine rechte Augenbraue. Er hatte einiges erlebt, das Spuren hinterlassen hatte. Das Gesicht eines Landarbeiters oder Matrosen, aber sicher nicht das eines Opiumhändlers. Wobei sie das nicht so genau abschätzen konnte, denn sie hatte ja erst einen kennengelernt.

Dennoch war Vorsicht angeraten.

»Wonach sah es denn aus?« Sie verschränkte die Arme und lehnte sich zurück, in der Hoffnung, männlich und entschlossen genug zu wirken, um ihn nicht auf dumme Gedanken kommen zu lassen. Sie war kein hilfloses Mädchen. Sie wusste, was sie wollte. Nur das *Wie* war noch unklar.

»Hm. Ihr hattet eine Handelsmünze, nicht wahr? Und Ihr wollt zu Máh. Wahrscheinlich, um Tee zu kaufen und nach Europa zu bringen. Und Ihr kennt seinen Sohn.«

Lene rührte sich nicht.

»Ihr habt es herausgeschrien und quasi jedem unter die Nase gerieben, der im Umkreis von hundert Metern nichts Besseres zu tun hat, als auf gute Gelegenheiten zu warten.«

»Gute Gelegenheiten«, wiederholte sie, um Zeit zu gewinnen. Ihr Herz pochte, sie mobilisierte ihre Fluchtreflexe. Die Münze und Annes Silber waren alles, was sie besaß.

»Máh hat den besten Tee der Welt. Manche gäben ein Vermögen dafür, auch nur eine Pflanze aus seinem Garten zu bekommen. Es ist kein Geheimnis, dass das Monopol der Chinesen nur noch eine Frage der Zeit ist. Es geht vielmehr darum …« Er beugte sich vor und senkte die Stimme. »Wer ist der Erste, der außerhalb Chinas Tee anpflanzt?«

»Ich will handeln, nicht stehlen.«

»Die Horticultural Society würde ein Vermögen für ein paar Teepflanzen bezahlen. Und die Britische Ostindien-Kompanie ebenso. Was Ihr da bei Euch habt, ist ein Schlüssel zu einem Reich, für das unsereins der Zugang verwehrt ist. Woher habt Ihr sie?«

»Was?«

Er rückte noch ein Stück näher. »Diese Münze. Sie wird nur

zwölfmal für eine Familie geprägt und nur an die vertrauenswürdigsten Personen übergeben. Noch nie hat sie die Hand eines Weißen berührt. Und erst recht nicht…« Er fuhr vor und packte ihren Arm. »Die einer Frau.«

Lene wollte aufspringen, aber sein Griff wurde zu einer Klammer aus Eisen. »Ich will es wissen.«

»Lasst mich los!«, fauchte sie.

Der Schotte nahm die Hand weg. Lene rieb sich über die schmerzende Stelle. »Ich habe sie, das muss ja wohl reichen.«

»Tut es leider nicht. Diebstahl, Raub, Mord… es gibt einige Möglichkeiten, in den Besitz der Münze zu kommen, die seinem ehemaligen Besitzer gar nicht gefallen würden.«

»Keine Sorge. Nichts von dem trifft zu.«

»Was dann?«

Sein Blick glitt tiefer, von ihrem Gesicht über den Hals zu dem kleinen Ausschnitt, den der obere offene Knopf des Hemdes sehen ließ.

»Das auch nicht«, sagte Lene kalt und schloss den Knopf.

»Okay.« Er nahm das letzte Stück Brot und wischte damit den Teller aus, bevor er es in den Mund steckte.

»Ich erhielt die Münze als Dank. Mehr müsst Ihr nicht wissen.«

Der Mann nickte, kaute, schluckte und wischte sich dann die Hände an den Oberschenkeln ab.

»Hör zu. Wir sollten einen Plan schmieden.«

»Wir sollten aufstehen und gehen. Und zwar in verschiedene Richtungen.«

Von irgendwoher drang der Ruf: »Brenny? Brenny!« an ihre Ohren. Sie zuckte zusammen und sah sich hastig um. Es war Amrith, der auf der anderen Seite der Straße stand, seine Kleider raffte und verzweifelt auf die nassen Schlaglöcher starrte, durch die er auf dem Weg zu ihr gehen musste.

»Wer ist das?«, fragte Robert.

Lene sah ihn verzweifelt an. »Ich muss weg. Sofort!«

Robert verstand. Er reichte ihr die Hand, sie ergriff sie, und schon waren sie aufgesprungen.

»Brenny!«, keifte Amrith. »Haltet sie! Haltet diese Frau!«

Robert zog sie in die nächste dunkle Gasse, die von Unrat übersät war. Ein übler Geruch schwängerte die Luft und machte das Atmen schwer. In brusthoch gespannten Seilen hingen Betrunkene oder anderweitig Betäubte, aus Fenster- und Türhöhlen reckten sich Hände und Klauen und griffen nach ihnen. Worte wurden geflüstert, gerufen, geraunt.

»*Shamshoo?*«, hieß es immer wieder, während sich Lene enger, als ihr unter normalen Umständen lieb gewesen wäre, an Robert presste. »Sing-sang-Girl? Gut Preis, gut Preis!«

Männer torkelten ihnen entgegen, und sie konnten nur ausweichen, wenn sie sich eng an die verschimmelten Wände pressten.

»Wo um Himmels willen sind wir?«, fragte Lene entsetzt.

»In der Black Lane. Keine Sorge, ich …«

»Brenny!«, schallte es in die Gasse. »Ich lasse dich festnehmen! Haltet sie, das Miststück!«

Robert zog sie durch eine niedrige Öffnung, vor der ein löchriger Perlenvorhang hing. Der Geruch, der Lene entgegenschlug, übertraf alles, was sie bisher erlebt hatte. Es war eine Mischung aus Opium, Erbrochenem, Gewürzen und einem leichten Hauch Verwesung.

Eine winzige Lampe blakte in der Ecke. Die Umrisse von Leibern waren auf dem Boden zu erkennen. Ob lebende oder tote, sie hätte es nicht zu sagen gewusst. Ihre Finger krallten sich noch fester in Roberts Arm. Sie betete, dass ihr Instinkt sie richtig geleitet hatte und er ihr hier kein Messer an den Hals setzen würde.

»Brenny!« Amriths Stimme überschlug sich fast, kam aber nicht näher. Vermutlich fürchtete er sich, allein in diese schlimmste aller Gassen einzutreten. »Du bist tot, hörst du? Tot! Niemand hintergeht mich!«

Ein Gerippe wankte auf sie zu, ausgehöhlt, bleich, mit glühenden Augen.

»*Shamshoo?*«, flüsterte es.

Robert griff in seine Hosentasche und gab der Gestalt ein paar Pennys. Die zog sich zurück und kehrte wenige Augenblicke später mit einer Pfeife wieder.

»Willst du?«

»Was? Nein!« Lene ließ Roberts Arm los. Dann zerrte sie ihr Hemd aus der Hose und presste den Saum an die Nase. Sie hatte das Gefühl, in dieser sumpfigen, verrotteten Luft zu ersticken.

Zu ihrem Erstaunen ließ Robert die Pfeife zurückgehen, ohne sie anzurühren. Das Gerippe entblößte einen zahnlosen Mund. Mit diesem schauerlichen Grinsen taumelte es zurück in die Dunkelheit.

»Ist das eine Opiumhöhle?«

»Eine der schlimmsten. Es ist eine Schande, was wir mit diesen Menschen machen.« Seine Stimme klang ehrlich erzürnt. Lene stand immer noch unter dem Schock, den dieses abgrundtiefe Elend in ihr ausgelöst hatte. Sie fanden einen Stehplatz in der Ecke, von wo aus sie den Eingang im Blick behalten konnten.

»Wer ist das da draußen?«, fragte er.

»Ein Opiumhändler. Er hat mich mit nach Kanton genommen. Er will auch auf Tee umsatteln und wollte mit mir zusammen zu Máh.«

»Ein Opiumhändler? Wie konntest du dich darauf einlassen!«

»Das habe ich nicht. Sonst wäre ich nicht hier.«

»Es gibt Krieg. Die Chinesen lassen sich das nicht mehr lange gefallen. Man sagt, der Kaiser hat einen seiner strengsten Beamten hergeschickt, um aufzuräumen. Das Opium hat nicht nur die Menschen, sondern auch den Staat zerfressen. Sie werden ein Exempel statuieren. Und Großbritannien wird sich wehren. Du bist zur falschen Zeit am falschen Ort. Du musst Kanton so schnell wie möglich wieder verlassen, am besten zurück Richtung Europa.«

»Das kann ich nicht.« Sie dachte an Anne, an Seetje und Hanna. An die Versprechen, die sie gegeben hatte, und wie weit sie schon gekommen war. »Ich muss zu Máh.«

»Kein Europäer darf dieses Viertel verlassen, es sei denn, er kehrt auf sein Schiff vor der Küste zurück. Selbst wenn ausgerechnet du das Unmögliche schaffen solltest, wie willst du dich weiter durchschlagen? Máhs Plantagen sind einen Tagesritt entfernt. Du brauchst Pferde und einen Scout, der dich hinführt. Und dann? Willst du Tee kaufen?«

In der letzten Frage vibrierte ein eigenartiger Unterton.

»Das hatte ich vor. Warum?«

Das schummrige Halbdunkel verwandelte seine Augenfarbe in ein dunkles Aquamarin. Er wirkte abwesend, als ob er über ein ziemlich großes Problem nachdachte. Lene war es gewohnt, Steine in den Weg gelegt zu bekommen. Sie wartete darauf, tiefsinnige Schlüsse zu hören wie »Du bist eine Frau« oder »Handeln ist Männersache«.

Aber dann sah er ihr direkt ins Gesicht.

»Da wirst du Pech haben. Die dritte Ernte ist vorbei, und die wenigen Kisten, die nicht an den Kaiser gehen, haben sich schon längst die Händler untereinander aufgeteilt. Geh in die britische Faktorei, vielleicht kannst du dich da an einer Ladung oder einem Schiff beteiligen. Aber viel wird nicht dabei herausspringen, fürchte ich.«

Roberts Worte zogen ihr fast den Boden unter den Füßen weg. Sie war zu spät gekommen, weil sie sich keine Gedanken über Ernte- und Verkaufsabläufe gemacht hatte. Sie war und blieb eine blutige Anfängerin.

»Ich werde jetzt rausgehen und nachsehen, ob die Luft rein ist.« Er stieß sich von der Wand ab und drängte sich, näher, als es die Höflichkeit gestattet hätte, an ihr vorbei. »Dann hole ich dich. Wo wohnst du?«

»Nirgends.«

Er stieß ein überraschtes Schnaufen aus. »Du hast keinen Platz?«

»Nein.«

»Hast du Geld?«

Vielleicht war es falsch, ausgerechnet in der finstersten Opiumhöhle von Fanqui Town einem Fremden etwas über ihre Situation zu erzählen, aber aus irgendeinem Grund vertraute sie ihm.

»Zwei Pfund Sterling, ein paar Shillinge und Pennys.«

»Damit kommst du nicht weit.«

»Ich hatte nicht vor, ewig hierzubleiben.«

»Das wirst du aber müssen, wenn dir nichts Besseres einfällt. Warte. Ich bin gleich wieder zurück.«

Und damit verschwand er.

Die nächste Viertelstunde versuchte sie, so flach wie möglich zu atmen und nicht jedes Mal vor Entsetzten aufzuschreien, wenn eine Hand ihre Knöchel berührte oder jemand sich im Vorbeitorkeln an ihr festhielt. Was um Himmels willen sollte sie tun, wenn Robert nicht zurückkehrte? Sich doch wieder Amrith anschließen? Ausgeschlossen. Er wusste von der Münze, und auch wenn sie ihm keinen Mord zutraute, so hatte er doch alle Möglichkeiten, Puyis Geschenk in seinen Besitz zu bringen.

»Brenny?«

Vorsichtig stieg sie über die Körper am Boden und kam zum Eingang. Robert schob ihr den Perlenvorhang zur Seite.

»Er treibt sich noch immer auf der Old China Street herum und bietet jedem, der dich ausliefert, zehn Pfund.«

»Zehn Pfund!« Sie trat hinaus in die Gasse des Elends. »Noch nicht mal ein kleines Fass Rum.«

Robert sah sie verständnislos an und ließ den Vorhang fallen. »Du kommst mit zu mir. Es ist ein kleines Zimmer über einem Lagerhaus im britischen Hong. Wir können uns von hinten zum Hafen schleichen, dann müssen wir nicht über die Hauptstraße.«

»Und … was willst du dafür?«

Er ließ einen dreisten Blick über sie wandern. »Nur ein wenig Unterhaltung.«

»Tut mir leid.«

Sie drehte sich um und marschierte los, aber schon nach wenigen Schritten war er bei ihr und hielt sie am Arm fest.

»Andere Richtung.«

»Ach so.«

Sie machte kehrt.

»Unterhaltung muss ja nicht immer …« Er brach ab und suchte nach Worten. Hatte sie ihn etwa in Verlegenheit gebracht? Fast klang es so. »Also, sie muss ja nicht immer körperlich sein. Man kann ja auch reden.«

»Reden«, sagte sie spöttisch und lief schneller.

»Hör zu, Brenny. Warte doch! Ich habe eine Idee. Wenn wir beide uns zusammentun …«

»Zusammentun?«, fauchte sie. »Ich danke dir, dass du mir aus der Klemme geholfen hast. Aber wir kennen uns nicht, und egal was du von mir denkst, ich gehöre nicht zu den Menschen, die sich nach einer halben Stunde mit einem Wildfremden zusammentun!«

»So habe ich das doch gar nicht gemeint! Brenny!«

Nur noch ein paar Meter und sie stünden wieder auf der belebten Straße. Robert stellte sich vor sie.

»Warte! Was hast du vor?«

»Ich werde mir einen Führer mieten und zu Máh gehen.«

»Und dann? Du bist neu hier. Du sprichst die Sprache nicht. Du hast weder vom Handel noch vom Tee eine Ahnung, sonst wärst du nicht außerhalb der Saison hier gelandet. Wie willst du mit zwei Pfund ein halbes Jahr in Kanton klarkommen?«

Sie dachte an Annes Silber, und dass es eine Niederlage wäre. Ein Versagen, von dem sie sich vielleicht nie wieder erholen würde.

»Aber du«, antwortete sie spöttisch. »Du kannst das alles.«

»Ja«, sagte er und trat zur Seite. Einfach nur: Ja.

»Du sprichst Chinesisch?«

»Mandarin, Pidgin und Kanton, den hiesigen Dialekt.«

»Und du warst schon mal … außerhalb?«

»Mehrmals.«

»Und du hast Ahnung vom Tee?«

»Ich weiß, wie die Pflanzen aussehen, und dass man ohne chinesische Gärtner nicht weit mit ihnen kommt.«

Sein Blick war klar und aufrichtig. Er hatte etwas an sich, was es Lene leicht gemacht hatte, sich ihm anzuvertrauen. Er hätte sie in dieser Gasse auch berauben und töten können. Stattdessen hatte er sie beschützt.

»Warum?«, fragte sie. Er wusste genau, was sie meinte.

»Ich bin pleite«, gestand er. »Und du hast einen Schatz. Du weißt nicht, was du damit machen sollst, ich weiß es, habe aber die Möglichkeiten nicht.« Ein Lächeln stahl sich auf sein Gesicht. Es ließ ihn mit einem Mal um Jahre jünger aussehen. »Ich finde, wir zwei passen gut zusammen.« Er hob die

Hände. »Nicht körperlich, natürlich. Du bist mir zu klein und zu dünn. Ich mag echte Frauen lieber.«

»So.« Warum ärgerte sie das jetzt schon wieder? War sie etwa keine echte Frau?

»Wir sollten hier verschwinden. Der Kerl, der dich sucht, sah aus, als ob er eine ganze Bande von Spitzeln auf dich ansetzen könnte. Also?«

Sie holte tief Luft. »Ja. Das sollten wir.«

Wilde Chrysanthemen

Der Hafen von Kanton war nicht für die großen Schiffe gedacht, die alle draußen bei Whampoa auf Reede liegen mussten. Wie sie erfuhr, ankerte die kaiserliche Flotte ein ganzes Stück flussabwärts. Aber der Hafen war ein Handelsplatz, ein riesiger Markt auf dem Wasser, voll mit Booten, Dschunken und Sampans[19], die zum Kochen, Schlafen und Geschäftemachen genutzt wurden. Sie lagen dicht an dicht, kaum eine Handbreit Wasser dazwischen, und es mussten Hunderte, Tausende, Millionen sein, denn man konnte von Deck zu Deck trockenen Fußes zum anderen Ufer des Perlflusses gelangen. Es herrschte ein reges Kommen und Gehen, die Menschen balancierten über fremde Boote und Holzplanken. Es wurde gewaschen, gekocht, Netze geflickt, die Bordwände geschrappt, gestrichen, gehämmert, geschrien, gelacht. Es gab sogar Straßen auf dem Wasser – schmale Fahrrinnen, durch die sich die schlanken Dschunken bewegten. Riesige Augen waren rechts und links auf den Bug gemalt, damit das Boot selbst Ausschau nach Piraten, Riffen und schweren Wettern halten konnte.

Am Ufer spielten Kinder, standen Körbe mit Fischen und Krabben, boten Arbeiter, Wahrsager, Laternenträger und Zauberer ihre Dienste an. Feuerwerk versprühte in knatternden Explosionen, um zum Kauf zu verführen.

Lene folgte Robert, der mit schlafwandlerischer Sicherheit seinen Weg durch ein Labyrinth von Bootswracks, aufgehängten Netzen, Garküchen und Holzbuden fand. Wann immer er

19 Sampan: flaches, breites Ruderboot.

angesprochen wurde, antwortete er auf Chinesisch. *Shi* hieß ja, *méiyou* nein. Oder umgekehrt – denn ein Nicken bedeutete offenbar kein Ja. Es war verwirrend. Grüße flogen hin und her, Scherzworte und kurze Unterhaltungen über die Boote hinweg. Er musste bekannt sein wie ein bunter Hund, zumindest unter den Leuten, die mit den Ausländern in Fanqui Town zu tun hatten. Schließlich erreichten sie eine Ansammlung von Hütten und Baracken, hinter denen sich die Lagerhallen des britischen Hongs befanden. Wenig später standen sie im zweiten Stock eines heruntergekommenen Gebäudes vor einer einfachen Tür – Roberts Zuhause.

Es war ein enges Zimmer, nur mit dem Nötigsten ausgestattet. Ein Stuhl, ein wackeliger Tisch, ein schmales Bett. Sehr einfach und sehr abgenutzt.

»Sehr billig«, ergänzte er ihre Gedanken mit einem entschuldigenden Heben der Hände und schloss die Tür hinter ihnen.

»Aber ich brauche diese Absteige nur zum Schlafen. Und keine Sorge«, fügte er hastig hinzu und strich das zerknüllte, fleckige Laken glatt. »Ich schlafe auf dem Boden, falls es nötig sein sollte.«

»Wie kommst du auf die Idee?«, fragte sie scharf. Zur Not hatte sie immer noch das kleine Messer bei sich, aber man musste ja sein Schicksal nicht herausfordern. »Ich will nicht hier wohnen. Ich will weg.«

»Nun, dann sollten wir uns bei Einbruch der Dunkelheit auf den Weg machen. Ich packe nur noch meine Sachen zusammen. Du hast alles dabei?«

Lene sagte nichts. Die Ereignisse des Tages drohten sie zu überrollen. Am Morgen erst hatte sie Amriths Schiff verlassen, nun sollte es schon weitergehen, auf die letzte Etappe ihrer Reise. Sie müsste misstrauisch sein. Vorsichtig. Durfte sich nicht auf das verlassen, was er sagte. Aber der Optimismus, mit dem er nun durchs Zimmer ging und seine wenigen Habseligkeiten einsammelte, musste einen Grund haben.

»Hast du dein Geld dabei? Und die Münze?«, fragte er.

Wieder begann Lenes Herz zu pochen. Ihre Augen huschten zur Tür, aber der Fluchtweg war abgeschnitten, weil er direkt davorstand und gerade zwei zerknitterte Kleidungsstücke in einen Beutel stopfte. Ihm war ihr Blick nicht entgangen.

»Du hast nichts zu befürchten.«

»Sagte die Katze zur Maus, bevor sie sie verschlang.«

Sie ging zum Fenster. Zweiter Stock. Bei einem Sprung würde sie sich die Beine brechen.

Sie hörte, wie er hinter ihrem Rücken näher kam und dann stehen blieb. »Ich habe dir doch schon gesagt, dass wir nur zu zweit etwas erreichen können.«

Sie drehte sich um. Er trat zur Seite und machte ihr den Weg frei. »Also?«

»Erst will ich wissen, zu welchen Bedingungen.«

Er nickte. »Ich bringe dich zu Máh, du stellst mich ihm vor.«

»Ist das alles?«, fragte sie verblüfft. »Warum willst du Zugang zu Máhs Plantage, wenn du keinen Tee kaufen willst?«

Er rieb sich über den Bart und überlegte. Wahrscheinlich wusste er auch nicht, wie tief er sie ins Vertrauen ziehen konnte. »Ich will die Pflanzen«, sagte er schließlich.

»Teepflanzen?«, fragte sie verständnislos. »Für was denn? Die Winter in England sind viel zu kalt. Sie würden schon auf der Überfahrt eingehen.«

»Nicht für England.« Er warf den Beutel aufs Bett und trat auf sie zu. Seine Augen begannen zu leuchten. »Für Indien. Die klimatischen Bedingungen dort sind ideal. Es gab schon mehrere Versuche mit gestohlenen Pflanzen, aber es fehlt das Wissen, wie sie zu kultivieren sind. Ich bin Gärtner. Ich habe viel gesehen, aber eine echte Teepflanze ist mir in all den Jahren nur ein paarmal untergekommen. Stell dir vor, man könnte die erste Teeplantage außerhalb Chinas anlegen! Dann wäre es egal, ob Großbritannien mit China Krieg führt. Das Monopol wäre gebrochen, und die Welt erhielte endlich so viel Tee, wie sie braucht! Es wäre kein Luxus mehr für reiche Leute. Jeder könnte ihn sich leisten.«

Er setzte sich aufs Bett, lehnte sich mit dem Rücken an die Wand und sah zur Decke, als ob sich dort seine Träume zu einem farbenprächtigen Gemälde zusammensetzen würden.

»Assam wäre ideal. Ich war im letzten Jahr dort und habe es mir angesehen. In Calcutta wird schon an Züchtungen geforscht. Sie verkaufen die Acres dort für Shillinge, und Arbeiter gibt es genug.«

»Du willst sie stehlen?«

Er wandte den Blick von der Decke und sah sie an. »Ich will etwas, das Zukunft hat. Das bleibt. Das nicht nur für mich, sondern auch für spätere Generationen eine Bedeutung hat. Ihr Krämerseelen könnt das nicht verstehen. Ihr kauft den Tee zu den Preisen, die euch diktiert werden. Ihr verschifft ihn und hofft, dass die Ladung gut im Heimathafen ankommt und ihr euren Gewinn machen könnt. Es ist der Profit, der euch antreibt. Das kurze, schnelle Geschäft. Ich denke in Jahrzehnten, Brenny. Ich will eines Tages auf meiner eigenen Plantage stehen und Tee verkaufen, den sich jeder leisten kann. Vielleicht ist es nur ein kleiner Schritt auf dem Weg zu mehr Gerechtigkeit. Aber sollten die guten Dinge des Lebens nicht allen zugänglich sein?«

Sie nickte zögernd. Es war ein kühner Gedanke, gar nicht so weit weg von ihren eigenen Plänen. Als er mit der Hand auf den Platz neben sich schlug, ließ sie sich nieder.

»Ich habe ein Messer.« Sie tastete an die Körperstelle, an der es verborgen war, und spürte die beruhigenden Konturen des

Schafts. »Nicht dass du denkst, nur weil ich mich zu dir aufs Bett setze …«

Er stöhnte unwirsch auf und rückte noch ein Stück an die Wand. »Ich habe dir schon mal gesagt, du kommst für mich nicht infrage.«

Klar. Sie war ja keine echte Frau, und eine Krämerseele noch dazu.

Mit unter dem Kopf verschränkten Armen blickte er wieder zur Decke.

»Nun leg dich schon hin. Wir müssen ausgeruht sein, wenn wir heute Abend loswollen.«

Zögernd, bereit, beim kleinsten Annäherungsversuch aufzuspringen, legte sie sich neben ihn. Das Bett roch ungewaschen, und der Mann, bei näherem Beschnuppern, auch. Trotzdem dauerte es nicht lange, bis sich ihre angespannten Nerven beruhigten und sie sich eine bequemere Position suchte.

»Was willst du?«, fragte er.

Lene fuhr zusammen. Was um Himmels willen meinte er? Sie lag fast auf der Bettkante, mit zusammengepressten Beinen und bereit, ihre Tugend mit dem Messer zu verteidigen.

»Mit dem Tee, meine ich. Wenn du ihn billig kaufst und teuer verkaufst. Und wieder billig kaufst und teuer verkaufst, immer wieder, Jahr um Jahr. Geht es dir ums Geld?«

Darum ging es also. Sie atmete unmerklich auf.

»Ich will einen Teepalast.«

»Einen was?«

Sie spürte an der Bewegung der Matratze, dass er sich umdrehte und hoch auf die Ellenbogen kam.

»Einen Teepalast. Als Kind habe ich mir vorgestellt, dass dort die Kannen aus Gold sind und die Tassen aus Edelstein.« Ihr Herz zog sich zusammen, weil sie an Seetje und Hanna denken musste und die vielen Geschichten, die sie sich in der Butze erzählt hatten. »Dabei sind es nur Teehäuser für die bessere Gesellschaft.«

Sie legte die Hand unter den Kopf und rollte etwas zur Seite. Unglücklicherweise war die Matratze so durchgelegen, dass sie ihn mit ihrem Allerwertesten berührte.

»Entschuldige!« Sofort rückte sie wieder weg und hörte ein prustendes, kaum unterdrücktes Lachen.

»Du versuchst es wohl auf allen Wegen«, kam es amüsiert zurück.

Empört wollte sie sich aufsetzen, aber schon hatte sich ein starker Arm um ihre Schultern gelegt und sie sanft niedergedrückt.

»Ich will nichts von dir«, sagte er leise an ihrem Ohr.

Ihr rieselte eine Gänsehaut den Rücken hinunter. Aber es war keine Angst, es war etwas anderes. Und durchaus mindestens ebenso besorgniserregend, denn die Reaktion ihres Körpers war alles andere als die einer in die Enge Getriebenen.

»Das will ich hoffen.«

»Sonst?«

»Sonst bring ich dich um.«

Wenn ihn diese Ankündigung schockierte, so ließ er es sich nicht anmerken. Viel wahrscheinlicher war, dass sie ihn nicht im Mindesten beeindruckte. Aber immerhin rollte er von ihr weg, zurück an die Wand. »Du willst also ein Teehaus für die bessere Gesellschaft.«

Unwillig drehte sie sich jetzt auch auf den Rücken und starrte an die Decke.

»Nein. Ich will, dass alle hingehen können. Niemand soll abgewiesen werden. Im Winter gibt es Tee mit Rum und im Sommer Tee mit Eis. Und keiner soll draußen bleiben und sich die Nase am Fenster platt drücken müssen.«

»Dein Teepalast.«

Sie konnte hören, wie er sich über die Brust kratzte.

»Dann brauchst du natürlich auch was Robustes, Einfaches. Oolong ist zu teuer, und ein Großteil der Ernte geht direkt an den Kaiser. Pu-Erh ist schon besser, die Ziegel lassen sich einfach transportieren und lange lagern. Aber du musst ewig darauf warten, drei oder vier Monate mindestens, denn er kommt vom Mekong und muss erst mal hierhertransportiert werden. Den kriegst du in Calcutta günstiger.«

»Calcutta?«, fragte sie ungläubig nach. »Welcher Tee wird denn in Kanton gehandelt?«

»Wenn du an welchen rankommst, dann meist Grüner Tee. Lung Ching aus dem Süden, oder die Jadegrünen Schnecken des Frühlings.«

»Die was?«

Er drehte den Kopf in ihre Richtung. Im Licht des Nachmittags waren seine Augen fast hellblau und standen in einem starken Kontrast zu seinen dunkelbraunen Haaren. Die schiefe Nase zuckte etwas, als ob er sich ein Lachen verkneifen müsste.

»Quianlong, der vorletzte Kaiser der Qing-Dynastie, in der wir gerade leben, war auf dem Weg von der Verbotenen Stadt in Peking in den Süden. Dort, in Suzhou, war er begeistert vom intensiven Aroma des Tees. Die Bauern nannten ihn Schrecklicher-Duft-Tee, aber der Kaiser fand das zu profan und wollte ihm gerne einen poetischeren Namen geben.«

»Jadegrüne Schnecken des Frühlings.«

»Ja. Aber ich kann dich beruhigen, er schmeckt nicht so.«

»Und welchen Tee verkauft Máh, der Mandarin?«

Das Schweigen war kurz, aber wieder erfüllt von etwas, was er ihr verheimlichte.

»Es ist ziemlich teures Zeug. Du musst ganz schön was auf den Tisch legen.«

»Was kostet eine Kiste?«

»Keine Ahnung. In Silber?«

Sie dachte nicht daran, ihm zu verraten, dass sie zehn Silbertaler am Leib trug. »Für die Münze.«

In seinem Gesicht breitete sich Bedauern aus. »Das weiß ich nicht.«

Er stützte sich auf den Unterarm und blickte zum Fenster. »Schlaf jetzt, Brenny. Du weißt nie, wann du wieder dazu kommst.«

Sie rollte sich zusammen, achtete aber peinlich darauf, ihm nicht noch einmal zu nahe zu rücken. Im Halbschlaf spürte sie, wie er sich bewegte, und dann wurde sie von einer kratzigen Decke umhüllt.

Es war ein seltsames Gefühl. Das letzte Mal hatte das Rensche getan, und es war so lange her, dass sie sich gar nicht mehr richtig daran erinnern konnte. Nur an die Geborgenheit und die wohlige Empfindung, wie ein Kind behütet und beschützt zu sein, bis die Gefahren der Nacht vorüber waren.

Was sie auch nicht vergaß, war seine Lüge. Er wusste genau, was die Münze wert war. Und sie würde ihn in Versuchung führen. Ob zum Guten oder zum Bösen, das würde sich noch herausstellen. Sie tastete nach ihrem Messer und war wenig später eingeschlafen.

Lene erwachte von einem scheppernden Geräusch und einem Fluch in einer Sprache, die sie nur bei den rauesten Seeleuten in der King's Hall gehört hatte: Gälisch. Das Zimmer war in tiefe Dunkelheit getaucht, nur vom nahen Markt am Ufer drang ein schwacher Widerschein, und durch die geöffneten Fenster drang der Geruch, der allen Hafenstädten eigen ist: Salz, Fisch, Holzkohle, Verwesung, Teer.

Robert zündete ein Lucifer an, und der Schein blendete ihre Augen so sehr, dass sie noch minutenlang glühende Punkte sah.

»Ah, du bist wach.«

»Wie spät ist es?«

Robert trug nur seine Hose, und die klopfte er ab und sah sie dann um Entschuldigung heischend an. »Ich fürchte, ich habe meine Taschenuhr verloren.«

»Du hast nie eine besessen«, konterte sie und schlug die Decke zurück. Mit fahrigen Strichen versuchte sie, ihr Haar zu bändigen. Die Schleife fand sie erst, nachdem sie jede Falte des fleckigen Lakens abgesucht hatte. Der Anblick seines nackten Oberkörpers machte sie nervös. Er war über und über mit wilden Tätowierungen bedeckt, seltsamen Zeichen und Fabelwesen, die bei seinen Bewegungen ein seltsames Eigenleben entwickelten.

»Kurz nach sechs. Die Turmuhr Ihrer Majestät geruhte gerade zu schlagen.«

Die Kerze brannte. Robert blies das Holz aus und warf es aus dem Fenster. Dann schlug er Seife in der kleinen Schale auf, die ihm gerade auf den Boden gefallen war, und versuchte, sich zu rasieren.

»Das wäre aber nicht nötig gewesen«, sagte sie spöttisch und atmete tief durch. Sie wollte an Werner denken, den sie vermisste und der für sie, wenigstens vorübergehend, ein Fels in der Brandung gewesen war. Aber die Präsenz dieses halb nackten Mannes mit den wilden Tätowierungen verdrängte jede Erinnerung.

Er hob nur die linke Augenbraue und zog sich die Wange straff, um mit dem Messer darüberzuschaben. »Man nähere sich der Lichtgestalt mit Zittern und Staunen und einem reinlichen Antlitz.«

Lene kicherte etwas gezwungen. »Endlich erkennt jemand meine wahren Werte.«

»Damit meine ich Máh, nicht dich.«

»Verstehe. Zittern und Staunen während es Rasierens könnte auch gefährlich werden.«

»Das ist …«, er schabte sich wieder über die Wange, »… eine der vielen protokollarischen Vorschriften am Hof, die ja gerne übernommen werden.«

Sie versuchte, ihn nicht zu offensichtlich anzustarren. Er war schlank, was eher den hiesigen Lebensumständen als einer Veranlagung zu verdanken war, denn Schultern und Arme waren kräftig und der gesamte Knochenbau schwerer, als es seine flüssigen und leichten Bewegungen vermuten ließen.

»Geht das so?«

Die Rasur hatte sein Gesicht verändert: Es hatte mehr Kontur, und die Kante seines Kinns zog sich scharf gezeichnet in einem kräftigen Schwung zu den Ohren. Als er die Haare zurückstrich und zusammenband, war alles Weiche, Runde verschwunden. Vielleicht lag es auch daran, dass seine schiefe Nase nun umso dominanter hervortrat. Die Wirkung jedenfalls hätte nicht durchschlagender sein können: Aus dem windigen Tagedieb war ein Abenteurer geworden.

»So schlimm?«, fragte er erschrocken.

Lene wandte sich mit einem inneren Kopfschütteln über sich selbst ab. »Nein. Máh wird begeistert sein.«

Er lachte erleichtert auf. »Man kann sich seine Lichtgestalten nicht aussuchen. Auch wenn ich das in diesem Fall sehr gerne täte.«

Er erläuterte nicht genauer, was er damit meinte, und schob die Schüssel einfach unters Bett.

Während er sich das Hemd zuknöpfte und in die Hose steckte, faltete sie die Decke zusammen und legte sie am Fußende des Bettes ab. Etwas brannte ihr noch auf der Seele, und es war besser, das jetzt gleich ein für alle Mal zu klären.

»Du bringst mich also zu Máh.«

Er nickte zerstreut, weil einer der Knöpfe sich gegen seine nicht gerade feingliedrigen Hände sperrte. »*Seadh leannan*«, sagte er, was auch immer das bedeuten konnte. Wenigstens nickte er dazu.

Sie trat zu ihm und erlöste ihn aus seinem Dilemma, indem sie den Knopf schloss. Das war ein Fehler, denn im gleichen Moment legte er seine Hände auf die ihren. Irritiert zog sie sie Hände zurück.

»Ich will erst mal mit ihm in Kontakt kommen. Dann sehen wir weiter.« Auf dem Weg zum Bett schnappte er sich seine Stiefel, setzte sich und schlüpfte mit einiger Mühe hinein.

»Und nur deshalb bringst du mich zu ihm?«

»Das werde ich wohl in Kauf nehmen müssen.«

Mit einem Grinsen stand er auf. »Also. Ich besitze noch sagenhafte vier Pfund. Damit können wir uns zwei Pferde mieten, aber wir brauchen noch einen Führer.«

»Wie viel kostet der?«

Er überlegte. »Auch zwei Pfund. Mit Pferd.«

Das Leuchten seiner blauen Augen wurde intensiver. Und mit einem Mal sah sie einen Mann vor sich, dessen Pläne ihr gefielen. Das war neu. Robert war kein Muttersöhnchen wie Casper. Kein Matrose wie Tom, dessen einzige Sehnsucht das Meer war. Kein Pfarrer ohne Berufung, und erst recht kein Opiumhändler.

Aber er war dennoch ein Dieb. Oder er hatte zumindest vor, es zu werden. Wenn sie sich darauf einließ, konnte das ihr Verderben sein. Oder …

»Okay«, antwortete sie.

Er nahm seinen Beutel, riss die Tür auf und machte eine auffordernde Handbewegung.

»Dann los.«

Sie fanden Han-Han am Hafen von Fanqui Town. Robert und er kannten sich »von einer anderen Sache«, wie der Dieb ihr mit einem charmanten Lächeln erklärte und dem Chinesen dabei so herzhaft auf die Schulter schlug, dass der fast in die Knie ging.

Han-Han war ein junger Mann, wahrscheinlich genauso alt wie sie. Wie viele Bewohner der schwimmenden Stadt musste er von Kindesbeinen an schwerste Arbeit gewohnt sein, denn seine Hände waren voller Schwielen, und an der linken fehlten zwei Finger.

Trotz aller Entbehrungen, denen Han-Han unübersehbar ausgesetzt gewesen war, hatte sein Gesicht etwas Kindliches bewahrt. Rund, mit großen dunklen Augen und einer kleinen Stupsnase. Roberts Grinsen erwiderte er mit einem fast schüchternen Lächeln, bei dem er sich die Hand vor den Mund hielt – ihm fehlten einige Zähne. Aber er bewegte sich trotz eines leichten Hinkens elegant wie ein Tänzer über die schwankenden Bretter, die die Boote miteinander verbanden.

Der Blick, mit dem er ihnen schließlich seinen Kahn präsentierte, stand dem des reichsten Londoner Rehders in nichts nach.

»Das ist deine Dschunke?«, fragte Robert entgeistert.

Das Ding sah aus, als würde es jeden Moment untergehen. Ein halb zersplittertes, stark vermodertes, vier Meter langes Boot mit einem winzigen Aufbau, das eigentlich nur noch durch den Wasserdruck von außen zusammengehalten wurde. Fahnen und Wimpel hingen verblichen und traurig herab.

»Gut Schiff«, entgegnete Han-Han und rief dann einem Nachbarn zwei Boote weiter, der beim Ausnehmen von Fischen neugierig herüberlugte, ein paar beruhigende Worte auf Chinesisch zu.

»Gut Schiff«, wiederholte er und sprang an Bord. Dann reichte er Lene die Hand, die noch nicht einmal Zeit hatte, Robert einen hilflosen Blick zuzuwerfen.

Erstaunlicherweise trug die kleine Dschunke sie alle drei, zumindest so lange, wie nicht zu viel Wasser über die Bordwand an Deck schwappte. Han-Han entzündete die Laternen an Heck und Bug. Dann löste er geschickt die Knoten der Leinen und führte den kleinen Seelenverkäufer mit kräftigen Ruderschlägen in die Mitte des Flusses, auf dem auch am Abend reger Verkehr herrschte.

»Wir fahren stromaufwärts durch die verbotene Stadt«, sagte Robert, der kurz im hinteren Deckaufbau verschwunden war und mit einem Hut und einer Jacke zurückkehrte. »Also zieh dir das an.«

Ohne Widerrede schlüpfte sie in die Jacke und setzte den runden Hut auf. Mit gebeugtem Rücken hockten sie sich auf das Deck und hofften, von niemandem beachtet zu werden.

»Sobald wir Kanton hinter uns haben, müssen wir an Land. Máhs Plantage liegt am Fuß des Báiyún Mountain, des Bergs der Weißen Wolken. Dort kennt Han-Han Leute, die uns ein Pferd geben.«

Der Junge hatte seinen Namen gehört und grinste.

»Han-Han alle kenn«, bekräftigte er in bestem Pidgin-Englisch.

»Auch Máh Yi?«, fragte Lene.

Han-Hans Grinsen wurde noch breiter. »Seien großer Herr, großer Mann. Schwester arbeiten dort.«

»Auf Máhs Plantage?«

Der Junge nickte eifrig und warf einen hastigen Blick über die Schulter, um dann die Fahrtrichtung etwas zu korrigieren. Schon hatten sie Fanqui Town rechts liegen lassen. Am Ufer breitete sich die Stadt mit ihren Lichtern aus wie ein Märchenteppich voll glitzernder Diamanten.

»Es ist wunderschön, nicht wahr?«

Robert war ihrem Blick gefolgt. »Kanton war einmal die gastfreundlichste Stadt, die man sich vorstellen kann. Von hier aus fuhren die Schiffe über die ›Seidenstraße auf dem Meer‹ nach Indien und Arabien. Der Sage nach erschienen einst, als Hunger und Elend herrschten, fünf Unsterbliche aus den Wolken und schenkten den Menschen Getreideähren. Sie ritten auf Ziegen, und auch die ließen sie da. Und als sie wieder zurück in die Wolken schwebten, begann die Blütezeit Kantons. Der Handel machte die Stadt unermesslich reich. Und nun droht er, nicht nur sie, sondern ein ganzes Reich zu zerstören.«

»Ich weiß«, sagte Lene leise. »Wird Máh uns anhören?«

Robert zuckte mit den Schultern. »Vielleicht. Kommt darauf an, wie glaubhaft du deine Geschichte mit der Münze vorträgst.«

Lene sah zu Han-Han. Er ruderte mit gleichmäßigen Zügen und hörte aufmerksam zu, sagte aber nichts.

»Ich vertraue ihm«, sagte Robert, der offenbar Gedanken lesen konnte. »Er sitzt buchstäblich mit uns in einem Boot. Schließlich schafft er zwei Ausländer aus der verbotenen Stadt heraus. Das allein kann ihm schon das Genick brechen. Und er bringt uns zu einem Mandarin, was genauso verboten ist. Das Einzige, das uns schützt, Brenny, ist deine Münze. Ich hoffe, du hast sie dabei.«

Das klang sorgenvoll und ehrlich. Sie nickte. Etwas anderes blieb ihr auch nicht übrig. Wenn die beiden sich entschließen sollten, ihr hier und jetzt die Kehle durchzuschneiden und sie zu berauben, hätten sie es wahrscheinlich schon längst getan.

»Deshalb will ich jetzt wissen, wie du in ihren Besitz gekommen bist. Unser Leben hängt davon ab. Also erzähle deine Geschichte so, dass ich sie glaube. Und Han-Han auch.«

Der Junge nickte ernst. Lene holte tief Luft.

»Ich habe sie von Puyi, Máh Yis Sohn.«

Han-Han stieß einen überraschten Laut aus. »Puyi?«

»Ja. Was ist mit ihm?«

Der junge Bootsführer spuckte ins Wasser, sagte aber nichts. Beunruhigt wandte sich Lene an Robert. »Hast du eine Ahnung?«

»Nein. Warum sollte dir Puyi eine solche Kostbarkeit anvertraut haben?«

»Weil ich ihm das Leben gerettet habe.« Lene tastete unbemerkt nach dem Beutel in ihrer Hosentasche. »Ich komme aus Hogsterwaård, einem Nest von Fischern und Piraten. Eines Nachts haben sie das Seefeuer gelöscht. Ich war mit meinem Vater draußen. Er hat es gesehen und kehrtgemacht, weil er nichts damit zu tun haben wollte.«

Sie suchte nach Worten, um das, was danach geschah, so einfach wie möglich zu beschreiben. Sie hatte lange nicht mehr an diese Nacht gedacht. Roberts Frage schien die ganze begrabene Trauer wieder ans Licht zu bringen.

»Ein britisches Schiff geriet in Seenot. Puyi war wohl auf dem Weg nach Bremen gewesen. Er konnte nicht schwimmen, also habe ich ihn gerettet.«

»Und dein Vater?«

»Er ist ertrunken in dieser Nacht. Der Herr hat's gegeben, der Herr hat's genommen«, schloss sie bitter.

Robert seufzte. »Das tut mir leid.«

Auch Han-Han schickte ihr einen mitleidsvollen Blick. Lene konnte das geballte Mitgefühl kaum ertragen. Sie hatte diese Sache mit sich allein ausgemacht. Sie jetzt vor zwei Wildfremden auszubreiten, widerstrebte ihr.

Dennoch sagte sie: »Danke. So kam ich also an die Münze. Puyi hat sie mir zum Abschied geschenkt. Er hat es nach London geschafft und sich an die britische Admiralität gewandt, um ein Zeugnis über diese Nacht zu geben. Das hat dann mein Leben gerettet.«

Während sie den Blick auf die vorübergleitenden kleinen Wellen heftete, spürte sie, dass Robert sie ansah. Um seiner Frage zuvorzukommen, holte sie so weit aus, wie sie es ertragen konnte.

»Sie haben mich wegen Strandpiraterie dem Drosten ausgeliefert.« Sie hatte das deutsche Wort benutzt und suchte nun eine entsprechende Erklärung auf Englisch. »Dem Amtmann. Ich wurde zum Tode verurteilt. Puyis Aussage kam in letzter Sekunde, fast schon auf dem Weg zum Galgen. Aber es war klar, dass ich in meinem Dorf des Lebens nicht mehr froh sein würde. Ich musste fort. Und als ich erfahren habe, was der wahre Wert der Münze ist, war das meine einzige Chance.«

»Ich verstehe.« Roberts Stimme klang warm. »Was ist mit dem Rest deiner Familie geschehen?«

Lene schluckte. »Nur meine Schwester Hanna lebt noch. Sie ist im Armenhaus. Der Handel mit Tee ist meine einzige Chance, sie da rauszuholen.«

Ihr entging nicht der schnelle Blick, den Han-Han und Robert tauschten.

»Was ist?« Sie setzte sich auf. »Was stimmt nicht?«

Robert streckte seine Beine aus. Ein leichter Wind fuhr ihm in die Haare und ließ die Strähnen, die nicht von einem dünnen Strick im Nacken zusammengehalten wurden, tanzen.

»Du bist sehr mutig für ein Mädchen.«

»Ich wurde nicht so geboren. Ich wurde dazu gemacht.«

»Wie alt bist du?«

»Das weiß ich nicht.« Es war das erste Mal, dass sie ihn anlog. Aber sie wusste, dass man umso verwundbarer für andere wurde, je jünger man schien. »Irgendwas zwischen fünfzehn und fünfundzwanzig.«

»Das weiß du nicht? Ihr lebt ganz schön … wie sagt man? Hinterm Deich?«

»In den Nordmarschen«, sagte sie eisig. Egal, was ihre Heimat ihr angetan hatte, man durfte sie nicht beleidigen. »Und wie sieht es in Berwick-upon-Tweed aus?«

»Es ist eine kleine Stadt direkt an der Grenze von Schottland zu England. Ein Spielball der Geschichte, aufgerieben von Kriegen und Hunger. *But not within England*, das stand im Vertrag zwischen Heinrich VII. und König Jakob IV. von Schottland. Politisch sind wir Engländer, aber im Herzen Schotten. Die Reformgesetze 1832 haben unsere Unabhängigkeit von der englischen Krone noch weiter beschnitten. Obwohl es in allen Gesetzen immer noch heißt: England, Schottland und Berwick-upon-Tweed sind wir nichts anderes als Untertanen derselben Krone.«

»Du magst die Engländer nicht besonders.«

»Hm. Sagen wir so: Meine Sympathien für ihre Art von Kolonialisierung halten sich in Grenzen. Nun geht es also gegen China, und ihre Kriegsführung kann kein Gesetz der Welt mehr moralisch legitimieren.«

»Rauschgift.«

»Viel effektiver als Kanonen, und niemand muss sich die Hände schmutzig machen. Es zwingt ein Kaiserreich in die Knie.«

Er sah über sie hinweg in die Dunkelheit. Nicht, weil es dort etwas zu entdecken gäbe – außer den Lichtern der Dörfer am Ufer gegenüber der großen Stadt. Eher, weil sich eine Erinnerung aus dem Schatten formte und er dort etwas sah, was allen anderen verborgen blieb. »Ich hatte ein Mädchen.«

Seine Hand ballte sich zur Faust, aber er öffnete sie sofort wieder und atmete tief durch. »Sie starb als Greisin mit vierundzwanzig Jahren. Ihr Name war Chen Lu, Morgentau. Ich konnte sie nicht retten. Wer einmal in den Fängen dieses Giftes ist, den lässt es nicht mehr frei.«

In der Ferne glitzerte die Stadt wie ein Diamantteppich, den ein nachlässiger Riese über einen Berg geworfen hatte.

»Das tut mir leid«, sagte sie leise. »Gehst du wieder zurück?«

Robert brauchte einen Moment, um aus seiner Erinnerung wieder in die Gegenwart zu kommen. »Nein.«

»Was genau hast du vor?«

Er zog die Knie an, wandte sich ihr zu und fixierte sie, als ob gerade ein Gedanke in seinem Kopf Gestalt annahm, der bei genauerem Nachdenken durchaus seine Reize hätte.

»Ich will mein Glück machen.«

Durch die Dunkelheit erhielten seine Augen eine verwirrende Farbe: Tiefblau, fast Violett. Ein reizvoller Kontrast zu den ausgebleichten Haarspitzen und der fleckigen Bräune seiner Haut, denn dort, wo er sich den Bart abrasiert hatte, schimmerte sie hell.

»Genau wie du. Und sagt man nicht, geteiltes Glück ist doppeltes Glück?«

»Wie meinst du das?«, fragte sie alarmiert.

Er stellte fest, dass er zu weit gegangen war, zumindest für diesen Moment. Mit einem Grinsen, als habe er nur einen Scherz gemacht, lehnte er sich vorsichtig wieder zurück.

»Das kannst du dir aussuchen, Brenny.«

Der Rest der Fahrt verlief schweigend. Irgendwann ließen sie die letzten Lichter Kantons hinter sich, und der Fluss wurde schmaler. Schließlich löschte Han-Han hinter einer Biegung die Laternen und ruderte an Land.

Das Wasser, durch das sie anschließend waten musste, war kühl. Aus dem Dickicht klangen Geräusche, die Lene noch nie gehört hatte: Vogelstimmen, Tierschreie, das Rascheln und Reiben der Baumzweige. Die Luft roch erdiger. Süßer.

Während Han-Han seine Dschunke vertäute, erreichten sie einen Pfad, der durch den Dschungel bergauf führte. Mond und Sterne lagen hinter einer dunstigen Wolkendecke verborgen, sodass nur ein diffuser, kaum wahrnehmbarer Glanz die Wipfel der Bäume streifte. Sie waren riesig, gewaltig, und ihre Wurzeln bildeten mannshohe, verknäuelte Ballen, in denen sich offenbar jede Menge Kleintiere versteckten. Lene war heilfroh, keinen Rock mehr zu tragen. Sie wäre damit hoffnungslos verloren gewesen.

»Hier, hier«, flüsterte ihr Führer und schlüpfte an ihnen auf dem engen Pfad vorbei. Ohne ein Wort zu sprechen, folgten sie ihm.

Das steile Ufer ging über in ein etwas ebeneres Gelände. Der Pfad verbreiterte sich, und nachdem mehrere Waldwege in ihn gemündet hatten, kamen sie in den Spurrillen der Wagen besser voran, die hier tagsüber wohl in Mengen verkehrten.

Dann ließen sie den Wald und den Weg hinter sich und schlugen sich durch Gebüsch und rasiermesserscharfes Gras.

»Ist es noch weit?«, flüsterte Lene.

»Nix viel Weg«, kam es zurück.

Plötzlich wehte von irgendwoher der Klang eines Glöckchens durch die Luft. Mehrere andere gesellten sich hinzu, und wenig später auch das unverkennbare Meckern von Ziegen und ihr strenger Geruch. Die Tiere gehörten zu einem Weiler, der aus wenigen Hütten bestand. Sie waren so klein wie die Kolonistenhäuser in den Nordmarschen, nur ihre Dächer hatten eine andere Form: Sie bogen sich an den Enden nach oben, was ihnen trotz ihrer Einfachheit ein exotisches Aussehen verlieh. Vor einer der Hütten hielt Han-Han an und hob die Hand.

»Schschsch.«

Lene wagte kaum zu atmen. Der Junge klopfte so leise an, dass man es drinnen kaum hören konnte. Trotzdem näherten sich Schritte. Ein Holzriegel wurde zurückgeschoben, und mit einem Quietschen, das sich Lene in Mark und Bein fräste, öffnete sich die Tür. Die dunkle Silhouette eines Mannes erschien, mehr war nicht zu erkennen.

Es begann eine im Flüsterton geführte Diskussion. Der Mann wollte nicht, Han-Han hingegen bedrängte ihn, verhandelte, bot, bot noch mehr. Das alles war unschwer aus dem Tonfall der beiden herauszuhören. Lene sah sich um und fröstelte. Das Dorf wirkte dunkel und abweisend.

»Er will mehr Geld, als wir haben.« Roberts Stimme, so leise sie auch war, ließ sie zusammenfahren. »Verdammt. Uns fehlt genau ein Pfund.«

Han-Han drehte sich zu ihnen um und zischte. Dann redete er weiter auf den Mann ein.

»Ich dachte, Han-Han bringt uns ans Ziel?«

Robert sah sich um. »Er braucht jemanden, der uns auf Máhs Land lässt. Es ist verboten, sich den Plantagen zu nähern.«

Han-Han und die finstere Gestalt sahen sie abwartend an.

»Ich hab noch eins«, flüsterte sie. Sie griff in den Hosenbund. In der Innentasche hatte sie ihre letzte Barschaft versteckt. Die zog sie heraus und gab sie an Robert weiter.

»Danke.«

Hastig griff er nach dem Papier und reichte es an Han-Han weiter. Die Tür öffnete sich eine Handbreit weiter, und sie traten ein in einen niedrigen, dunklen Raum, der nur von einer rußenden Talgkerze erhellt wurde. Auf dem Holzboden lagen löchrige Reismatten, darauf verstreut einige strohgefüllte Kissen.

Ihr Gastgeber war ein Mann in mittleren Jahren. Sein breites Gesicht war durchzogen von Falten, die sich wie Felsklüfte in einem karstigen Gebirge eingekerbt hatten. Die Haare waren von dichtem Grau durchzogen und im Nacken zusammengebunden. Der Pferdeschwanz fiel zerzaust bis zur Hüfte, und ab und zu warf ihn sein Träger mit einem ärgerlichen Laut zurück, wenn er bei der Arbeit störte.

Er hantierte an einer Feuerstelle herum und brauchte einige Zeit, bis er sie in Gang gebracht hatte. Wasser in einem Kessel sollte zum Kochen gebracht werden, während der Rauch die Hütte erfüllte und nicht richtig abzog. Schließlich warf der Mann eine Handvoll Kräuter ins Wasser hinein, von denen Lene inständig hoffte, dass es sich dabei um Tee handeln möge. Die ganze Zeit über redeten er und Han-Han miteinander. Der Tonfall glich dem, mit dem man sich übers Wetter oder die schlechte Ernte austauschte. Ab und zu grunzte Robert zustimmend.

»Was sagen sie?«, fragte Lene flüsternd.

»Sie verhandeln noch darüber, ob sie dir vertrauen oder dir lieber gleich die Kehle durchschneiden.«

»Was?«, fragte sie entsetzt.

Han-Han drehte sich zu ihr um und legte den Zeigefinger auf die Lippen. Ihr Gastgeber holte einige kleine Schalen von einem Wandbrett herunter und stellte sie auf eine Kiste, die er aus dem Dunkel der Hütte geholt hatte. Eine Teekiste. Alt, abgeschabt, aber – eine Teekiste.

»Han-Han setzt aufs Vertrauen.«

»Sehr beruhigend«, flüsterte sie und schoss einen ärgerlichen Blick auf den Jungen ab.

»Aber Gaidong, das ist unser Führer, ist noch nicht ganz überzeugt.«

Gaidong brummte etwas, während er den Sud in die Schalen füllte und sie dann mit einer ungelenken Armbewegung aufforderte, sich zu bedienen. Seine Hände waren knorrig wie Eichenwurzeln. Der ganze Mann erinnerte an einen Baum: braun, rissig, von den Jahren harter Arbeit gekrümmt. Seine dunklen Augen blickten misstrauisch, als hätte er gelernt, dass Fremde nie etwas Gutes brachten. Aber er ließ sich erstaunlich gelenkig im Schneidersitz nieder, fasste nach seinem Tee und schlürfte einen Schluck.

Robert, Han-Han und Lene setzten sich ebenfalls auf die Reismatten. Gaidong blinzelte sie über den Rand seiner Schale an, sagte aber nichts. Alle schienen auf etwas zu warten, und das war – das Rasiermesser, das Robert aus seiner Hosentasche zog und vor dem Hausherrn auf den Boden legte.

Der stellte die Tasse ab und griff nach dem Geschenk. Mit ungeschickten Handbewegungen versuchte er, das Messer zu öffnen, bis er Robert nach einer höflichen Nachfrage erlaubte, ihm zu helfen. Als er auch noch den Sinn des Instruments begriff, weiteten sich seine Augen in Staunen und Bewunderung.

»Sheffield«, erklärte Robert und wandte sich an Lene. »Nur versilbert. Aber wir brauchen etwas, damit unser Anliegen eine Gefälligkeit unter Freunden ist und kein schnödes Geschäft. Was es natürlich dennoch ist, aber Geschenke machen die Angelegenheit etwas subtiler.«

Lene wusste nicht genau, was subtil bedeutete, aber wenn es das war, was sie vermutete, gehörte es mit Sicherheit nicht zu Roberts hervorstechendsten Charaktermerkmalen. Auch Gaidong wirkte wenig *subtil*, aber dem Zeremoniell tat es keinen Abbruch.

Gaidong wollte das Messer an seine Wangen setzen, wurde aber von Robert davon abgehalten, der ihm die korrekte Handhabung erklärte, bevor es zu ernsthaften Verletzungen kam. Der Mann nickte eifrig und wies dann noch einmal auf die anderen Teeschalen.

Robert reichte ihr nun auch eine. Sie war aus braunem Ton gebrannt und unregelmäßig geformt. Vorsichtig schnupperte Lene an dem Duft, der aus ihr aufstieg, und war überrascht: zart und blumig, mit einem Bukett von weißen Blüten und einem Hauch Moos.

»Was ist das?«

»Tee«, sagte Gaidong. Offenbar verstand er mehr Englisch, als er zugeben wollte.

»Das ist die billigste Sorte«, erklärte Robert. Er nahm die Schale hoch und roch nun ebenfalls daran. »Die Arbeiter werden in Naturalien bezahlt. Ab und zu gelangt einmal etwas davon auf die Märkte.«

»Die billigste Sorte? Wie sind dann erst die anderen?«

Der Tee war sensationell. Viel heller als der, den sie aus Ostfriesland kannte, und trotzdem kräftig im Geschmack. Dazu rund und weich wie ein sanftes Streicheln.

»Woher kommt er?«

Gaidong antwortete etwas, das Robert übersetzte. »Die Sorte ist neu. Eine wilde Pflanze aus den Bergen des Tai-Mu-Shan-Gebirges. Teemeister haben sie zu dem ehrenwerten Herrn Máh gebracht. Er versucht, sie zu kultivieren.«

Robert stellte eine Frage, die Gaidong, ohne zu zögern, beantwortete. »Der Tee kommt also ursprünglich aus der Provinz Fujian und ist von den Meistern noch nicht hinreichend untersucht.«

»Er ist wunderbar!«, sagte Lene, und ihre Augen leuchteten. »Wie wird er genannt?«

»Pai Mu Than, weiße Rose. Es sind die Blüten des Tees, die getrocknet und kaum fermentiert werden.« Roberts Stimme wurde zu einem Flüstern. »Wahrscheinlich ist er nicht für uns geeignet. Wir sollten robustere Sorten in Betracht ziehen.«

»Verdammt, Robert!« Lene hätte ihn am liebsten geohrfeigt. Sie wollte diesen Tee kaufen, nicht stehlen. »Ich will ihn. Und zwar ordentlich gepflückt, fermentiert, getrocknet und in Kisten verpackt.«

»Okay, okay.« Mit einem treuherzigen Nicken wandte er sich wieder an Gaidong und fragte ihn etwas. Es war seltsam, diese

Sprache aus seinem Mund zu hören. Wie er die Vokale dehnte, Akzente setzte, die unwahrscheinlichsten Zungenbrecher und Zischlaute von sich gab. Am seltsamsten aber war: Gaidong verstand Robert. Zwar mit einigem Nachfragen und der Hilfe von Han-Han, der mehr Erfahrung mit radebrechenden Ausländern hatte, aber irgendwann war die Absicht hinter den blumigen Umschreibungen des Schotten ersichtlich. Und erntete barsche Ablehnung.

»Kein Tee, und schon gar nicht dieser. Ich hab es dir gesagt, du bist zur falschen Zeit gekommen. Ich an deiner Stelle würde jetzt nach Kanton zurückkehren und es mir dort ein paar Monate lang gemütlich machen.«

»Nein!«

»Oder du steigst gleich ein mit den Pflanzen. Das ist zwar noch niemandem gelungen, aber warum solltest du nicht die Erste sein? Im letzten Jahr erst haben sie einen Erlass wegen Reisen in Verkleidung verabschiedet. Es ist jetzt streng verboten.«

Gaidong sagte etwas, und es war unschwer zu verstehen, dass er damit Lenes Aufzug meinte.

»Und vor Kurzem«, fuhr Robert fort, »ist eine bewaffnete britische Exkursion aufgeflogen, die in Fujian den Teeanbau ausspionieren wollte. Das chinesische Militär hat sie beschossen, verhaftet und des Landes verwiesen.«

Han-Han hob seine Schale und trank den Rest seines Tees. Gaidong stand ebenso gelenkig auf, wie er sich gesetzt hatte, holte den Kessel und goss heißes Wasser nach.

Lene wusste nicht, was sie antworten sollte. »Aber … Himmel! Wo soll ich die denn anpflanzen? Und mit wem? Ich kenne mich überhaupt nicht aus damit! Ich will handeln. Das war meine Absicht, als ich hierherkam.«

Robert reichte Gaidong seine Schale. »Du musst einen Teemeister gewinnen, mit dir zurückzukehren. Das lässt sich über

Geld regeln. Am besten einen, der korrupt ist und opiumsüchtig.«

Lene sah unauffällig zu Gaidong, aber Robert runzelte die Stirn.

»Der kommt schon mal nicht infrage. Er ist ein Bauer, kein Meister.«

Gaidongs dunkle Augen unterzogen sie nun einer eingehenden Musterung. Dabei blickte er über den Rand seiner Tasse und verengte die Augen, als ob der aufsteigende Dampf seinen Blick trüben würde. Er stellte eine Frage.

Han-Han wandte sich nun erstaunlicherweise direkt an Lene. »Gut Freund Gaidong will Münze seh.«

Bis eben noch war die Atmosphäre von Misstrauen und Achtsamkeit geprägt gewesen. Nun kam eine neue Dimension hinzu: eine Spannung, die auf Lenes Haut ein Prickeln verursachte. Sie sah fragend zu Robert, aber der tat so, als ob er sich nur für seinen Tee interessieren würde. Dabei spürte sie genau, wie sein Körper sich anspannte, als ob er bereit wäre, sofort aufzuspringen und fluchtartig diesen Raum zu verlassen. Sie hoffte, er würde sie mitnehmen.

»Okay«, sagte sie langsam. »Dann müssten die Herren sich aber umdrehen und die Augen schließen.«

Robert übersetzte. Alle drei stellten die Tassen ab, standen auf und wandten ihr den Rücken zu. Lene nestelte nach dem Beutel und holte die Münze heraus. Sie lag genauso schwer und geheimnisvoll in ihrer Hand wie zu Beginn ihrer Reise.

»Ihr könnt euch wieder umdrehen.«

Robert und Gaidong stießen mit den Köpfen zusammen, so hastig waren sie vorgeschnellt. Noch bevor der Teebauer danach greifen konnte, hatte sie die Hand geschlossen und hinter ihren Rücken geführt.

»Langsam, meine Herren. Immer einer nach dem anderen.«

Gaidong öffnete den Mund ließ eine Kaskade von Wörtern heraussprudeln, die Lene nicht verstand. Han-Han fiel ein, schließlich hob Robert die Hand und sprach ebenfalls. Dann wandte er sich an Lene.

»Zeig sie uns.«

»Ich will sie nicht verlieren. Nicht so kurz vor dem Ziel.«

»Niemand nimmt sie dir weg. Du hast sie von Puyi, und kein anderer als du selbst darfst damit bei Máh auftauchen. Die Münze schützt dich. Wer sie dir raubt, kann nichts mit ihr anfangen und bringt sich nur selbst an den Galgen. Das macht sie so wertvoll und wertlos zugleich.«

»Aber warum geraten dann alle so außer sich?«

»Weil sie nicht wissen können, ob deine Geschichte stimmt. Stell dir vor, du hast sie einem Händler während des Beischlafs geraubt.«

»Ich muss schon sehr bitten!«

Robert legte den Kopf auf die Seite und lächelte sie spöttisch an. »Solche verwerflichen Handlungen soll es tatsächlich gegeben haben.«

»Aber nicht von mir!«

»Dann gibst du also zu, ohne verwerfliche Handlungen mit Händlern den Beischlaf…«

»Gar nichts gebe ich zu!«, zischte sie. »Ich habe sie von einem Jungen, der sich Puyi nannte. Als Dank für seine Lebensrettung. Er hatte keine Papiere bei sich, und unsere Begegnung war zu kurz, zu nass und zu kalt für jede Art von Schlaf!«

Er hob lachend die Hände. »Beruhige dich! Ich glaube dir ja. Und Han-Han, soweit ich das verstanden habe, auch.«

Der Junge nickte eifrig und leerte seine Tasse.

»Und Gaidong?«

Der knorrige Mann streckte die Hand aus. Widerwillig reichte Lene ihm die Münze. Er drehte und wendete sie, holte die Kerze, hielt sie ans Licht, brummte, grunzte und biss schließlich hinein. Dann reichte er sie ihr zurück und sagte etwas. Han-Han nickte bedeutungsschwer wie ein Schlächter beim Schätzen des Gewichts einer Kuh. Beunruhigt wandte Lene sich an Robert und erschrak: Sein Gesicht hatte sich verdüstert, und die Hand, eben noch lässig auf dem Knie abgelegt, ballte sich zur Faust.

»Was ist los?«, fragte sie.

Roberts Mund wurde zu einem Strich. Alle Leichtigkeit, mit der er selbst diese schweren Verhandlungen geführt hatte, war von ihm abgefallen. Etwas hatte sich rasant verändert – zu ihren Ungunsten.

Er räusperte sich, um die Kehle freizubekommen. »Puyi ist in Ungnade gefallen.«

»In Ungnade? Warum denn?«

Robert fragte, aber selbst Lene bekam mit, dass Gaidong nur ausweichend antwortete.

»Es gibt offenbar ein Zerwürfnis zwischen Vater und Sohn«, lautete die knappe Übersetzung.

»Und was für ein Zerwürfnis?«

»Darüber sagen sie nichts. Aber es hat wohl mit dem Opium zu tun.« Er ließ die Teeschale nachdenklich in seiner Hand kreisen. »Alles hat im Moment damit zu tun. Vielleicht hat er damit gehandelt.«

»Das glaube ich nicht.« Lene spürte, dass ihr Optimismus gerade einen ziemlichen Dämpfer erlitten hatte. »Wir haben wirklich nicht viel miteinander zu tun gehabt. Aber…« Der Strandvogt. Der Überfall. Der Griff. Der Schmerz. All das schoss im Bruchteil einer Sekunde wieder hoch. Robert stellte die Schale ab.

»Was hast du?«

»Nichts.«

»Du wirkst, als hättest du gerade einen Geist gesehen.«

Lene zuckte mit den Schultern und hoffte, dass es beiläufig genug wirkte, um keine weiteren Fragen zu provozieren. »Es ist wirklich nichts. Ich habe Puyis Leben gerettet, und er hat mir anschließend aus einer ziemlich dummen Situation herausgeholfen. Ich bin mir sicher, dass er von Bremen nach London wollte, um dort Verhandlungen für sein Haus zu führen.«

»Es wäre nicht schlecht zu wissen, welcher Art sie gewesen sein könnten.« Robert stellte eine Frage, die ihm mit spürbarer Unlust beantwortet wurde. »Wahrscheinlich war seine Mission nicht sehr erfolgreich. Er ist erst seit ein paar Wochen wieder hier, und unmittelbar nach seiner Rückkehr ist es passiert.«

»Was genau? Wie muss ich mir das vorstellen, wenn hier jemand in Ungnade fällt?«

Robert senkte die Stimme. »Tu das lieber nicht.«

Eine eiskalte Hand griff nach Lenes Herz. »Ich muss zu ihm. Ich schulde ihm das.«

»Du schuldest niemandem etwas. Im Gegenteil, du würdest ihn in noch größere Schwierigkeiten bringen und, was noch schlimmer wäre, seinen Stolz beleidigen. Nein, ich sehe bessere Chancen darin, sich an seinen Vater zu wenden. Er hat den Tee, zu ihm musst du mit der Münze. Sie ist ein Versprechen, egal ob Vater und Sohn sich entzweit haben oder nicht. Die Ehre Máhs will es, dass er sich zumindest mit dir trifft.«

»Dann wird uns Gaidong führen?«

Alle sahen auf den Mann, der nun sorgsam das Feuer mit dem übrig gebliebenen Wasser aus dem Kessel löschte. Er griff nach der Kerze und machte eine auffordernde Kopfbewegung.

»Okay.« Lene atmete tief durch. »Umdrehen.«

Es musste kurz nach Mitternacht sein, als sie endlich aufbrachen. Doch die erwarteten Pferde erwiesen sich zu Lenes Verblüffung als Esel. Zwar waren sie größer und langbeiniger als ihre europäischen Artgenossen, und das Fell schimmerte statt graubraun in einem hellen, struppigen Beige, aber es blieben – Esel.

Roberts Gesicht beim Anblick der Tiere sprach Bände.

»Das ist ein Scherz, oder? Han-Han?«

Er drehte sich um. Der Junge war verschwunden.

»Han-Han!«

Er stürmte an Lene vorbei in die Dunkelheit. Seinen Rufen und Flüchen nach zu urteilen, musste er ein ganzes Stück zurück in den Urwald laufen. Gaidong begann währenddessen in aller Seelenruhe, Sattel und Zaumzeug zusammenzusuchen. Wenig später tauchte Robert wieder auf.

»Er ist abgehauen!«

Lene hatte das fast schon vermutet. Der Junge hatte sein Geld erhalten, sie an den nächsten Dummen weitergereicht und die Beine in die Hand genommen.

»Dann sind wir also zu dritt«, sagte sie. »Wird es dadurch billiger?«

»Leider nicht«, knurrte er.

»Wie weit ist es eigentlich?«

Gaidong brummte etwas in sich hinein.

»Er sagt, bis zum Abend wären wir da.«

Die Aussicht, den Rest der Nacht und den kommenden Tag auf dem Rücken eines Esels zu verbringen, hob Lenes Laune nicht gerade.

»Sind die denn zugeritten?«

Das Tier, das Lene am nächsten stand, schüttelte wild den Kopf und versuchte gerade, Sattel und Halfter wieder loszuwerden.

»Gaidong sagt, sie brauchen nur eine starke Hand.«

»Gaidong sagt.« Lenes Ton ließ keine Zweifel daran, was sie

von dieser Exkursion hielt. Aber ihr Führer setzte sich an die Spitze, Robert ans Ende. Und irgendwie schaffte sie es, auf den Rücken dieses bockenden und austretenden Tieres zu kommen und hineinzureiten in den dunklen Wald, der sich direkt hinter ihnen schloss.

Im Morgengrauen machten sie die erste Rast.

Gaidong steuerte seinen Esel zu einer moos- und flechtenbewachsenen steinernen Böschung. Sie bildete einen natürlichen Schutzwall gegen die Gefahren, die hinter ihrem Rücken auf sie lauern konnten. Bis dahin hatte Lene sich gefühlt wie bei einem Ritt durch ein Geisterlabyrinth. Blätter raschelten links und rechts, als ob sich dort Menschen mit finsteren Absichten auf die Lauer gelegt hätten. Nasse, glitschige Lianen streiften ihre Wangen, Ranken zerrten an ihren Knöcheln, und immer wieder erklangen leise Schreie von Tieren. Dazu ein Scharren und Zischeln, ein Zirpen und Brummen, als seien die Bäume lebendig und würden sich gerade laut Gedanken darüber machen, was sie mit den Eindringlingen anstellen sollten.

»Wie geht es dir?«, fragte Robert und ließ sich stöhnend neben ihr nieder.

»Gut«, log sie. Ihr Hinterteil und die Innenseiten der Schenkel brannten wie Feuer. Zudem hatte sie das Gefühl, für sämtliche Mücken und Blutsauger ein gefundenes Fressen zu sein. »Und dir?«

»Mir bricht gleich der Rücken durch«, stöhnte er. »Han-Han ist geliefert, wenn ich ihn wiedersehe.«

Gaidong reichte ihnen eine mit Wasser gefüllte Kalebasse. Während die Esel sich an dem Gestrüpp zu ihren Hufen zu schaffen machte, trank Lene in tiefen Schlucken und reichte das Behältnis dann an Robert weiter.

»Wo sind wir?«

Er richtete die Frage an ihren seltsamen Führer, der sie wortreich beantwortete.

»Am Fuße des Báiyúns. Der Berg der Weißen Wolken. Im Frühjahr steigen sie auf und verschleiern die Gipfel, was ein wirklich schöner Anblick sein soll.«

Gaidong nickte. Es war immer noch dunkel, doch über den Wipfeln schimmerte schon der Abglanz von Morgenröte, der den Schatten ihren Schrecken nahm. Auch die Geräusche hatten sich verändert. Vogelstimmen vereinten sich zum Frühkonzert, Insekten summten, und die raschelnden Geräusche verwandelten sich in das Platschen von dicken Wassertropfen, die aus den Wipfeln herunterregneten. Die Luft war so feucht, dass man beinahe darin schwimmen konnte. Ein betörender Duft entfaltete sich, eine schwere Süße, gemischt mit frischen Hölzern und Farnen.

»Und wo genau liegen die Plantagen des ehrenwerten Herrn Máh?«

Nach einigem Hin und Her auf Chinesisch gab ihr Robert die Antwort. »Am Nordhang des Gebirges, in einem Tal. Auf der Straße wären wir in ein paar Stunden dort, aber so ...«

Er wies auf ihre verdreckten Hosen. Lene nickte. Ihr Magen knurrte, doch es sah nicht so aus, als ob Gaidong außer Wasser noch etwas anderes für sie hatte. Aber Robert musste ahnen, wie es in ihr aussah.

»Hier, nimm das. Das sind Datteln. Kennst du sie?«

Er reichte ihr eine Handvoll, die er aus seinem Bündel gezogen hatte. Lene griff zu, vielleicht etwas zu hastig, denn sie hörte ihn leise auflachen, als sie eine verlor und sie verzweifelt auf dem Boden suchte.

»Von Weihnachten«, erklärte sie und gab es schließlich auf. »Als ich klein war. Apfel, Nuss und Mandelkern ... mein Vater hat sie mitgebracht, vom Markt in Leer. Und getrocknete Feigen und Gewürze, mit denen meine Mutter ein Brot gebacken hat.« Sie steckte sich die erste Dattel in den Mund. Es war eine Explosion der Erinnerung. Sie sah sich wieder zusammen mit Hanna und Seetje, aneinandergekuschelt im Schein der Kerzen, und Henry, über die Bibel gebeugt und die Weihnachtsgeschichte lesend. Stockend, nach Worten, Buchstaben und dem Verständnis suchend, das sie zusammenfügen würde. Es war warm, Holz brannte im Herd, und der Duft von etwas Fettem, Gebratenem lag in der Luft.

Robert legte die Arme hinter den Kopf und ließ sich ins Moos sinken. »Erzähl mir, Brenny, warum willst du mit Tee handeln?«

Sie spuckte den Kern aus. »Ich will nicht länger arm sein. Ich sagte dir doch, ich will einen Teepalast. So wie die Engländer, nur in Friesland.«

»Dann heirate.«

Sie stopfte sich die nächste Dattel in den Mund, um nicht zu antworten.

»Verstehe.« Er setzte sich wieder auf, griff sich seinen Hut und klopfte ihn an seinen Stiefeln aus. »Es muss der Richtige kommen. Wie sieht er denn aus?«

»Jung«, antwortete sie, um ihm gleich den Wind aus den Segeln zu nehmen. Wenn sie zu klein und zu dünn für ihn war, dann war er zu alt. »Gut und klug soll er sein. Und am besten wäre, wenn er ein Händchen fürs Geschäft hat.«

»Eine Krämerseele.«

Sie spuckte den nächsten Kern aus. »Und du?«, fragte sie. »Bist du verheiratet?«

»Das weiß ich gar nicht so genau. In manchen Kulturen bist du es, sobald du mit einem Mädchen unter demselben Dach wohnst. Aber wenn du wissen willst, ob ich je vor einen Altar getreten bin – nein. Ich glaube, ich bin noch zu haben.«

Er grinste sie an, als ob das eine Leistung wäre.

»Und wie soll sie deiner Meinung nach beschaffen sein?«

»Hmmm ...« Er setzte sich den Hut wieder auf. »Reich. Ich glaube, sie müsste sehr reich sein. Das wird also nichts mit uns beiden, Brenny. Zumindest jetzt noch nicht.«

Er stand auf und machte sich daran, die Esel wieder einzufangen. Lene hätte ihn am liebsten laut ausgelacht, wenn sie sich nicht gleichzeitig so über ihn geärgert hätte. Was bildete sich dieser Dieb eigentlich ein? Dass sie allen Ernstes erwog, sich auf einen Tagedieb wie ihn einzulassen? Sie nutzte einen umgestürzten Baum als Aufsteighilfe, und wenig später trotteten sie wieder hintereinander durch den Dschungel.

Mit Sonnenaufgang schien die Welt zu erwachen. Die Geräusche und Tierlaute erschreckten Lene nicht mehr, stattdessen genoss sie den Anblick der unbekannten Pflanzen und Blüten und das satte Grün. Sie passierten verwunschene Wasserfälle und Lichtungen von betörender Schönheit, auf denen Blumen wuchsen, die sie noch nie gesehen hatte.

»Bocksdorn«, erklärte Robert und wies auf Sträucher mit lila Blüten und roten Beeren.

Ein paar Minuten später stieß er einen Pfiff aus und stieg ab. »Chrysanthemen.« Er pflückte ein paar der Blüten, die wie riesige Gänseblümchen aussahen, und reichte sie Lene. »Riech daran. Daraus wird auch Tee gemacht.«

Sie zerrieb eine und schnupperte. Ein würziger, frischer Duft stieg ihr in die Nase.

»Hier.«

Er rieselte ihr den Rest der Blüten in die Hand. »Damit du dich an mich erinnerst, wenn du sie in vielen Jahren vertrocknet irgendwo wiederfindest.«

Er griff nach dem Zügel seines Esels, aber sie merkte, dass er aus den Augenwinkeln beobachtete, ob sie die Blüten wirklich einsteckte. Sie ließ sie in der Brusttasche ihres Hemdes verschwinden.

Langsam verließen sie die Bergregion, der Urwald wurde lichter, und immer wieder mussten sie anhalten, weil Robert ihr unbedingt eine Pflanze zeigen wollte. Vor allem die Chrysanthemen hatten es ihm angetan.

»Für die alten Griechen war sie der Inbegriff der Blume schlechthin. Ihr Name bedeutet ›Goldene Blüte‹. Kennst du Carl von Linné?«

»Nein.«

Er lief nun neben ihr her, und mit etwas Fantasie hätte man ihre Exkursion fast für einen Ausflug in ein verborgenes Märchenland halten können.

»Nicht? Nun ja, er war Schwede. Und Naturforscher. Und er hat die Pflanzen taxonomiert. Also, er hat ihnen Namen gegeben und sie Familien zugeordnet. Du hast wirklich noch nie von ihm gehört? Aber du bist in die Schule gegangen, oder?«

»Nein«, antwortete sie eisig. »In Friesland leben wir noch auf Bäumen.«

»Wenn ihr welche hättet.«

Sie holte weit aus, aber schon hatte er sich lachend gebückt und wieder eine Blüte gepflückt.

Sein Gesicht spiegelte eine so tiefe Liebe und Freude, dass sie seltsam berührt davon war. Es war eine andere Seite, die er ihr gerade zeigte. Aber kaum hatte er die Blüte in sein Bündel gestopft, wo sie zweifellos verwelken und zerbröseln würde, war er auch schon wieder ganz der Alte.

»Chrysanthemen bringen nichts ein. Was wir brauchen, sind echte Teepflanzen.«

»Wir?«

Er stieg wieder auf seinen Esel und ritt nun, da es wieder möglich war, neben ihr. Gaidong hatte geduldig auf sie gewartet und gab seinem Reittier die Sporen, damit sie den Zeitverlust aufholten.

»Wir, Brenny. Ich finde, wir ergänzen uns großartig. Rein geschäftlich natürlich.«

Lene teilte diese Meinung ganz und gar nicht. Roberts einziges Ziel war der Diebstahl von Teepflanzen. Sie glaubte nicht, dass ihr Auftauchen den Anstoß gegeben hatte. Vermutlich trug er sich schon lange mit dem Gedanken und hatte nur auf eine passende Gelegenheit gewartet. Dass das ausgerechnet sie sein sollte, brachte sie in eine schwierige Situation. Ohne ihn hätte sie die letzte Etappe nicht geschafft. Mit ihm war sie sich nicht ganz sicher, ob es danach noch eine Rückkehr geben würde …

»Schschsch!«

Gaidong hob die Hand und brachte seinen Esel zum Stehen. Robert glitt ohne einen Laut aus seinem Sattel und reichte Lene die Zügel. Dann schob er eine Blattgirlande zur Seite, die den Blick darauf versperrte, was ihr Führer gerade sah.

Es war ein weites Tal, das sich zu ihren Füßen ausbreitete, und es leuchtete im sattesten Grün, das Lene je gesehen hatte. Wie ein Band aus Seide legte es sich an den Fuß der Berge, und der hügelige Urwald, durch den sie bis jetzt geritten waren, verwandelte sich in locker stehende Gruppen von Bäumen, Gestrüpp und Büschen.

Lene gab ihrem Esel einen sanften Tritt in die Weichen. Er schloss auf zu Gaidong, und so standen sie zu dritt nebeneinander und schauten auf das, was sich ihnen zu ihren Füßen offenbarte.

Hunderte Männer und Frauen durchstreiften das Grün. Lene konnte nicht erkennen, was sie taten, aber es schien, als ob sie die Pflanzen prüften.

»Máhs Teeplantagen«, sagte Robert leise. »Wir sind am Ziel.«

»Nicht ganz.« Sie stieg ebenfalls ab. Nicht so elegant wie Robert, eher etwas umständlich und darauf bedacht, die schmerzenden Stellen ihres Körpers nicht weiter zu strapazieren. »Erst einmal müssen wir an ihn herankommen.«

Robert beriet sich in leisem Ton mit Gaidong. Der nickte ein paarmal, was aber genauso gut heißen konnte, dass er nicht mit dem einverstanden war, was ihm gerade vorgeschlagen wurde. Schließlich drehte sich der schottische Dieb zu ihr um und nahm sie mit seinen blauen Augen ins Visier.

»Gaidong verlässt uns.«

»Was?«

»Schschsch!«, zischte ihr treuloser Führer sie böse an. Lene zuckte zusammen.

»Das kann er nicht!«, protestierte sie leiser. Ihr kam die Vorsicht übertrieben vor. Sie standen vor Blicken gut geschützt. »Er soll mich zu dem ehrenwerten Herrn Máh bringen!«

Robert begann eine Diskussion, auf die sich Gaidong nun, selbst für Lene ersichtlich, nicht einlassen wollte. Er sammelte die Zügel seiner Tiere ein und trat den Rückzug an.

»Gaidong!«

Ihr Ruf stieß auf taube Ohren. Der Mann machte sich einfach auf und davon! Hilflos wandte sie sich an Robert, der nur mit den Schultern zuckte.

»Reisende soll man nicht aufhalten.«

»Aber wir wissen doch gar nicht, wie wir zum Haus des Mandarins kommen!«

Robert warf einen Blick ins Tal und auf die Strecke, die noch vor ihnen lag. Seine Stirn runzelte sich. »Er sagt, wir sollen einfach fragen.«

»Glaubst du das?«

Er riss sich von dem Anblick los und wandte sich wieder an sie. »Mir gefällt das auch nicht. Aber wir haben keine andere Möglichkeit.«

In diesem Moment geschahen mehrere Dinge gleichzeitig. Ein fürchterlicher Schrei ließ Lene zusammenfahren. Die Esel kamen mit nervenzerfetzendem Gebrüll aus dem Urwald zurückgerannt, ohne Gaidong, und verschwanden im Dickicht. Von mehreren Seiten flogen Gestalten auf sie zu, die in den Bäumen gelauert haben mussten. Ein Mann landete direkt vor Lene. Er war klein, sehnig und definitiv nicht als Schönheit auf die Welt gekommen. Nun aber glich sein Gesicht mit den weit aufgerissenen Augen und dem von Rage und Triumph verzerrten Mund einer Fratze. In seiner Hand blitzte ein Messer.

Augenblicklich war Robert unter einem brüllenden, zuckenden Haufen von Leibern verschwunden. Noch beängstigender als das war sein Schrei, der mittendrin abbrach.

Lene stolperte nach hinten und spürte den Stamm eines Baumes in ihrem Rücken. Immer mehr Männer kamen brüllend aus dem Dickicht gestürzt. Die einen warfen sich auf Robert, die anderen auf Lene. Sie hatte das Messer noch nicht einmal in der Hand, da wurde es ihr auch schon mit Triumphgeheul weggerissen. Mit aller Kraft versuchte sie, sich gegen den Zugriff von Dutzenden gieriger Hände zu wehren, die sie mit sich zerren wollten.

»Hilfe!«, schrie sie, in der sicheren Gewissheit, dass niemand unten im Tal sie hören würde. »Lasst mich los!«

Drei der Gestalten drehten ihr die Arme auf den Rücken und stießen sie ein paar Schritte vor. Der Haufen auf Robert löste sich auf, ein Angreifer nach dem anderen kam auf die Beine. Lene glaubte ein Stöhnen zu hören, aber ihr Weggefährte lag reglos auf dem Boden und rührte sich nicht. Etwas Eisiges griff nach ihrem Herzen. Sie hatte Mühe, die Bilder um sich herum in Einklang zu bringen, weil sie das genaue Gegenteil von dem waren, was eigentlich in diesen Minuten hätte passieren sollen. Sie spürte einen Stoß in ihrem Rücken und Hände zwischen ihren Beinen. Die Männer wussten, dass sie eine Frau vor sich hatten. Das war kein normaler Überfall. Jemand hatte ihn geplant.

Raue Rufe und wütende Antworten brachten so etwas wie Ordnung in die Meute. Der Anführer baute sich vor Lene auf. Er war nicht viel größer als sie und erstaunlicherweise auch nicht viel älter. Der uralte löchrige Kittel hatte zusammen mit der Hose eine Tarnfarbe angenommen, die ihn fast mit dem Wald verschmelzen ließ. Er war, wie alle hier, barfuß, und seine von eitrigen Pusteln und Flecken übersäte Haut und die Magerkeit ließen darauf schließen, dass er in größter Armut lebte. Was ihn nicht daran hinderte, ihr ins Gesicht zu spucken und in den Kragen ihres Hemdes zu greifen. Er legte den Kopf schief, entblößte eine Reihe schwarzer Zähne und zischte etwas. Dann riss er den Stoff auf.

»Finger weg!«, schrie Lene.

Das Hemd stand offen und bot freien Blick auf ihre Brust. Ein böses Grinsen erschien auf dem Gesicht des Mannes. Das stachelte seine Leute erst recht an. Sie rempelten sich gegenseitig aus dem Weg, um besser die Unterhaltung verfolgen zu können, die ihnen zweifellos in Kürze geboten werden würde. Lene versuchte mit aller Kraft, sich aus den eisenharten Griffen zu befreien, aber das begeisterte Grunzen hinter ihr verriet, dass sie damit höchstens zur weiteren Belustigung beitrug.

»Ich will zum ehrenwerten Mr Máh!«, schrie sie verzweifelt. »Wenn ihr mir etwas antut …«

Der Mann holte aus und verabreichte ihr eine Ohrfeige. Lenes Kopf schlug zurück. Ihre Wange brannte wie Feuer, und auf ihrer Zunge lag der Geschmack von Blut.

Der Anführer trat noch näher und stand nun direkt vor ihr. Ihm entstieg ein überwältigender Geruch nach Schweiß, altem Urin und nie gewechselter Kleidung. Er sagte etwas, und sein Mundgeruch war fast so schlimm wie die aufputschenden Schreie seiner Leute.

»Ich gehöre zum ehrenwerten …«

Der Schlag kam nun mit der linken Hand und warf ihren Kopf auf die andere Seite. In ihr breitete sich ein Dröhnen aus, das das wüste Gebrüll um sie herum dämpfte und ihr Denken lähmte. Sie wollte sich noch einmal aufbäumen, aber jemand riss ihr die Beine weg, andere stießen sie zu Boden, und schon spürte sie das Gewicht mehrerer Männer auf sich. Einer fand ihren Beutel und präsentierte ihn der johlenden Meute. Die Leibesvisitation wurde fortgesetzt, mit einer gierigen Lust, sie zu erniedrigen.

»*Ting!*«

Der Ruf kam aus dem Urwald.

»*Ting tschi!*«[20]

Der Ruf veränderte alles. Das Gebrüll hörte schlagartig auf. Die Männer sahen sich mit einer Mischung aus Furchtsamkeit und Verwirrung an, dann senkten sie alle zusammen respektvoll den Kopf.

»*Ting!*«

Das Gewicht auf Lenes Körper verlagerte sich, einer nach dem anderen wälzte sich von ihr herunter, und sie bekam wieder Luft. Mühsam und keuchend kroch sie auf die Knie, raffte ihr Hemd vor der Brust zusammen und spuckte den Dreck aus, der in ihrem Mund gelandet war.

Im Schatten des Waldes stand ein hochgewachsener Mann. In der Hand hielt er ein Seil, an dem ein Ball befestigt war. In der anderen ein blutiges Rasiermesser. Den Ball warf er in ihre Richtung. Er rollte aus und blieb im Gras liegen, und die toten Augen Gaidongs starrten blicklos in den Himmel.

---

20 Stopp! Aufhören!

Das Bild war noch gar nicht in ihrem Hirn angekommen, da hob sich bereits ihr Magen. Sie konnte sich nur noch zur Seite drehen und erbrach einen Schwall bittere Galle. Die Umstehenden sprangen zur Seite, aber mehr als eine zischende Beschwerde brachten sie auch nicht heraus. Hustend, spuckend, nach Gleichgewicht ringend, richtete Lene sich wieder auf und fuhr sich mit dem Handrücken über den Mund. Sie hatte Tränen in den Augen, aber die konnten eine Menge Ursachen haben: Zorn, ohnmächtige Wut, Schock und Entsetzen. Gaidong musste seinen Mördern direkt in die Arme gelaufen sein. Und ihr Anführer war nicht der Mann, der eine Bande von Mördern unter sich hatte und der nun mit gebeugtem Kopf vortrat, um den Mann im Schatten des Waldes zu begrüßen. Er übergab den Beutel mit der Münze und Annes Silber an …

»Mr Shang«, krächzte sie heiser.

Der Schmuggler, der Amriths Opium gekauft hatte, öffnete ohne jede Hast Lenes Beutel und untersuchte den Inhalt. Auf seinem hageren Gesicht breitete sich ein selbstgefälliger Ausdruck aus.

»Mrs Brenny.«

Er schnippte mit den Fingern, und sofort bildeten die Männer einen undurchdringlichen Halbkreis um sie, der ihr jede Fluchtmöglichkeit nahm.

»Du lüg. Ich seh: *munshi* nicht Weißmann. *Munshi* Weißfrau.« Mit Zeige- und Mittelfinger wies er erst auf seine Augen und dann auf Lene.

»Wo ist Mr Amrith?«, keuchte sie. »Habt Ihr ihn auch getötet?«

Shang grinste breit. »Nicht töten Huhn legt Eier. Amrith böse sein. Sehr böse auf *munshi*. Amrith will töten *munshi*. Geb Geld für Weißfrau-Kopf und Münze.«

Sie wagte nicht, zu Gaidongs Kopf zu sehen, der auch ihrer

hätte sein können. Ihre Knie zitterten und konnten sie kaum noch tragen.

»Dann bringt Ihr mich jetzt zurück nach Fanqui Town?«

Das war nicht die beste Lösung, aber allemal besser als die, der Gaidong zum Opfer gefallen war. Vielleicht konnte sie mit Amrith verhandeln. Ihn doch noch beteiligen. Die Sache irgendwie wieder ins Lot bringen.

Aber Shang hatte andere Pläne. Er ließ den Beutel unter seinem breiten Gürtel verschwinden, in dem neben Roberts Rasiermesser auch noch eine antiquiert aussehende Pistole und eine Peitsche steckten. »*No. No Mr Amrith.* Nicht viel Geld geb.« Jetzt rieb er die Finger in Höhe seiner Ohren, als wolle er Münzen zählen. »Ehrenwert Herr Máh sein Freund. Gut Freund, wenn du Geschenk.«

Er streckte seine Hand aus und wollte sie berühren. Ohne nachzudenken, trat Lene zurück und einem der Räuber auf den Fuß. Sofort hatte sie eine Klinge am Hals und eine Hand an der Kehle. Shang trat näher.

»Leute wie Shang und I-say, Weißmann.« Ein knochiger Zeigefinger fuhr vor und strich über ihre Wange. Lene presste die Lippen aufeinander und versuchte, so flach wie möglich zu atmen. »Máh nicht reden mit uns. Wir sein …« Er spuckte aus. »Dreck. Aber mit Münze, Máh reden und handeln. Máh mag Weißfrau viel.«

Mit dieser Drohung stieß er einen Pfiff aus und gab mehrere Anweisungen. Die Männer stoben auseinander. Zwei führten die Esel heran, die sie irgendwo eingefangen haben mussten. Lene wurden die Hände von einem Jungen gebunden, der keine zehn Jahre alt war, aber einen großen Spaß daran hatte, sie zu beschimpfen. Nur als ihr Hemd wieder auseinanderklaffte, schluckte er. Ein Kind, das man mit dem Versprechen, ein Mann zu sein, zum Mörder gemacht hatte.

»Wie heißt du?«, flüsterte sie.

Doch der Junge antwortete nicht. Schweiß lief ihm über das Gesicht, als er die Knoten der Halfter anzog und prüfte.

Jemand rief etwas, Shang bellte einen Befehl. Doch dann brach eine Art panische Ratlosigkeit aus. Der Anführer der Bande versuchte, sich zu rechtfertigen. Worte und Gebrüll flogen hin und her, und schon hatte Shang seine Peitsche aus dem Gürtel gerissen und prügelte auf den Räuberhauptmann ein.

Der Grund war Robert.

Der Platz, auf dem er gelegen hatte, war leer.

Eine unendliche Erleichterung durchflutete Lene. Aber nur so lange, bis sie den dunklen, feuchten Fleck auf dem niedergedrückten Gras sah. Er musste viel Blut verloren haben, und das verriet auch, in welche Richtung er geflohen war. Mehrere Männer untersuchten den Boden und einige abgeknickte Farne und Zweige, um dann aufgeregt in Richtung des Tals und der Teeplantage zu deuten.

Shangs Gesicht verfinsterte sich. In zwei Schritten war er bei Lene und stieß den Jungen zur Seite. Er packte sie am Hals und schüttelte sie, wobei er ihr die Kehle zudrückte. Mit ihren gefesselten Händen konnte sie sich kaum wehren, und erst kurz bevor sie das Bewusstsein verlor, ließ er schwer atmend von ihr ab.

Sie brach vor seinen Füßen zusammen. Die Tritte, die auf sie einprasselten, nahm sie kaum noch wahr. Irgendjemand riss ihr schließlich den Kopf zurück. Kurz, wie ein Gespenst aus einem Albtraum, tauchte die Fratze des Räuberhauptmanns vor ihr auf. Er würde wütend zur Seite geschoben. Dann beugte sich Shang über sie und nahm ihre Hand.

»Erst ein Finger.«

»Nein!«

Sie versuchte zu schreien, aber ihre Kehle war wie zugeschnürt. Er holte das Rasiermesser heraus und setzte es an.

Ein schneidend scharfer Schmerz fuhr in ihre Hand. Blut rann herab und versickerte in ihrem Hemdsärmel.

»Wo Weißmann?«, brüllte Shang sie an. »Wo I-say, Weißmann?«

»Ich weiß es nicht!« Entsetzt starrte sie auf das Messer, das sich tief in ihre Haut gekerbt hatte. »Ich weiß nicht, was er vorhat. Er will vielleicht als Erster bei Máh sein und ihn warnen!«

Shang zog das Messer zurück. Lene riss ihre Hand weg und begann sofort, die Wunde auszusaugen. Es schmeckte süß und metallisch zugleich, und erstaunlicherweise schien es ihr Kraft zu geben. Das war *ihr* Blut, das Arm und Gesicht verschmierte, aber für einen Moment fühlte es sich an wie eine Kriegsbemalung.

»Er wird Máh auf euch hetzen und euch alle töten!«

Den Schlag spürte sie kaum noch. Es war, als hätte jemand eine Kerze ausgepustet. Es wurde dunkel, und sie fiel ins Nichts.

Lenes Augen, verschwollen und verklebt, wollten sich nicht öffnen. Als sie mit den Händen über ihr Gesicht fahren wollte, ließen sie sich nicht voneinander lösen – sie war immer noch gefesselt, und die Stricke schnürten ihr fast das Blut ab. Der Druck auf ihrem Magen war kaum noch auszuhalten, und er rührte daher, dass man sie einfach über den Rücken eines Esels geworfen hatte. Arme und Kopf baumelten auf der einen Seite herunter, die Beine auf der anderen. Sie hatte keine Ahnung, wie lange sie ohnmächtig gewesen war. Aber die Erinnerung an die Ereignisse im Dschungel waren sofort wieder da.

Sie ließ sich in dem wiegenden Gang weitertragen, ohne den Kopf zu heben oder erkennen zu lassen, dass sie aufgewacht war. Jemand lief neben ihr. Barfüßig und starrend vor Dreck, am linken Fuß fehlte der kleine Zeh. Die Hosenbeine schlackerten um magere Beine, der Saum zerfetzt und löchrig.

Sie schlugen sich durch schilfartiges, mannshohes Gestrüpp mit messerscharfen Blättern. Dann ging das unwegsame Gelände über in einen Trampelpfad. Lene wagte es, den Kopf leicht nach rechts zu wenden und einen Blick auf das zu werfen, was sich vor ihr abspielte.

Ein halbes Dutzend der abgerissenen Gestalten arbeitete sich mit gezückten breiten Messern durch das Dickicht. Unter ihnen auch der Räuberhauptmann und Shang, beide auf den Eseln, die eigentlich zusammen mit Gaidong schon längst zurück in ihrem Dorf sein sollten.

»Schschsch«, zischte es neben ihr. Sie hob mühsam den Kopf.

Der Junge führte ihren Esel am Zügel und warf nun einen vorsichtigen Blick über die Schulter nach hinten.

»Wie heißt du?«, flüsterte sie.

Er antwortete nicht. Sie ließ den Kopf wieder sinken und spähte dabei vorsichtig auf die Nachhut. Drei Männer, finster und angriffslustig, schlugen mit ihren Messern auf die Büsche ein.

»Name?«, fragte sie. Woher sollte der Junge auch Englisch können? Vermutlich sprach er nur ein paar Worte Pidgin. »Ich bin Lene. Lene.«

»Schschsch«, kam es zurück.

Und dann, als sie schon die Hoffnung aufgegeben hatte: »Dschihu.«

»Du … Dschihu?«

Sie konnte nicht sehen, ob der Junge nickte. Aber sie hatte das Gefühl, eine Verbindung zu ihm zu haben, seit sie seinen Namen kannte.

»Wohin gehen wir?«

Wieder ließ er sich mit der Antwort Zeit. Die Männer hinter ihnen unterhielten sich in dem Tonfall, der überall auf der Welt der gleiche war, wenn Verbrecher Zeit totschlagen mussten: raues Lachen, vermutlich zotige Witze, immer kurz vorm Kippen in etwas, was brutal und gefährlich war.

»Gehen zu Máh. Gibt Tee und Silber für … für Lene.«

Lee-nie sprach er das aus. Die kurze Freude, dass er sie verstand und mit ihr redete, wurde von der erschreckenden Erkenntnis getrübt, dass sie als Beute einer Mörderbande vor Máh treten musste – ohne die Münze, ohne Annes Silber.

»Kennst du Puyi?«

Der Junge stolperte, und der Esel versuchte daraufhin, in die Büsche zu verschwinden. Aber schon war der Zügel wieder straff gezogen. Vielleicht war es eine Wurzel, die ihren jungen Bewacher aus dem Tritt gebracht hatte. Vielleicht aber auch Lenes Frage. Er bekam von vorne eine Kaskade von Schimpfwörtern an den Kopf geworfen, die er unterwürfig entgegennahm. Ein magerer Junge mit nacktem, braun gebranntem Oberkörper und so schmutzigen Haaren, dass sie beinahe Grau wirkten. Die Rippen konnte man zählen, und die Arme waren so dünn, dass es ein Wunder war, mit welcher Kraft und Ausdauer er die buchstäbliche Halsstarrigkeit des Esels beherrschte.

Sie wartete, bis sich das Unwetter über seinem Haupt verzogen hatte und hob den Kopf, um ihm in die Augen zu sehen. Er marschierte neben dem Esel her und strengte sich sichtlich an, seinem Gesicht einen mürrischen und verschlossenen Ausdruck zu geben.

»Das sind Mörder. Du wirst mit ihnen am Galgen enden.«

Dschihu runzelte die Stirn und presste die Lippen zusammen. Er war ein hübsches Kind, das viel zu früh den Ernst des Lebens kennengelernt hatte. Die weit auseinanderstehenden Augen und eine kecke Stupsnase ließen ihn offen und vertrauenswürdig erscheinen. Vielleicht hatte Shang ihn deshalb zu seiner Bande geholt: als Lockvogel oder hilfloses Opfer, während die Räuber schon in den Büschen auf der Lauer lagen.

»Ich kann dir helfen. Lass mich frei, und wir verschwinden zusammen.«

»Shang uns töten«, sagte er leise.

»Nicht, wenn wir uns gegenseitig helfen, Dschihu.«

Sie hatte nicht gesehen, dass Shang abgestiegen und auf sie zugekommen war. Plötzlich stand er vor ihnen und riss dem Jungen die Zügel aus der Hand, der sich gar nicht so schnell ducken konnte, als er damit nach ihm schlug wie mit einer Peitsche.

»Was sagen Weißfrau?«, schäumte er. Dann schrie er ihn auf Chinesisch an, dass seine Spucke wie Regen über ihnen niederging.

Der Junge hob die Arme, um sich gegen die niederprasselnden Hiebe zu schützen. Er schrie und wimmerte, bis Shang endlich von ihm abließ und Lene ins Visier nahm. Langsam rutschte sie vom Rücken des Esels und blieb, die gefesselten Hände vor die Brust gehoben, hinter dem Tier stehen. Dschihu mied ihren Blick. Wahrscheinlich hatte er alles verraten, was sie ihm gesagt hatte.

Shang steckte schwer atmend die Peitsche zurück in seinen Gürtel. Er musterte sie mit einem feindlichen Blick von oben bis unten. Sein Gesicht war von Abscheu und Genugtuung verzerrt.

»Weißfrau *pee*, wenn alle *pee-pee*.«

Damit stapfte er zurück zu seinem Platz in der Reihe.

Dschihu hatte behauptet, dass sie pinkeln müsste. Sie warf ihm einen dankbaren Blick zu, den er wohlweislich ignorierte. Die Kolonne setzte sich wieder in Bewegung. Dschihu nahm die Zügel des Esels wieder auf, während Lene hinter ihm herlaufen musste und dabei versuchte, mit gefesselten Händen das Hemd vor der Brust zu verknoten.

Eine Weile ging es noch über den Pfad durch die Teefelder.

Wann immer einer der Arbeiter sie aus der Ferne sah, drehte er sich weg oder duckte sich hinter die Pflanzen. So erreichten sie ungehindert einen breiteren Weg, der an den Zugang zu Gaidongs Dorf erinnerte. Auch hier verrieten tiefe Spurrillen, dass er von schweren Karren genutzt wurde. In der Ferne, am Rande der Plantage und eingebettet in das Tal, tauchten Holzpalisaden auf, an jeder Seite von Wachtürmen überragt. Hinter ihnen erhoben sich die gebogenen Dächer einer Gruppe von Häusern. Größere, kleinere, offenbar ein chinesischer Gutshof mit Wohngebäuden und Lagerhallen.

Shangs seltsamer Zug blieb so lange unbeachtet, bis er den Plantagenpfad verließ und die Kreuzung vor dem Tor erreichte. Zwei kleinere Unterstände aus Holz waren besetzt. Dort wurden mehrere helle Glocken geläutet. Rufe drangen zu ihnen herab, und noch bevor sie das weit offen stehende Tor erreicht hatten, standen schon mehrere Männer vor ihnen. Sie trugen spitze Hüte, Speere und weite, gegürtete Jacken aus gegerbtem und genietetem Leder. Die Hosenbeine steckten in derben Stiefeln, deren Spitzen nach oben gebogen waren.

Offenbar kam es nicht jeden Tag vor, dass eine Räuberbande energisch den Zutritt ins Haus eines Mandarins verlangte. Der Disput war heftig, wurde aber abgekürzt durch Shang, der dem obersten Wachmann Puyis Münze zeigte.

Lene reckte den Hals, um besser sehen zu können, was sich weiter vorne abspielte. Dann wandte sie sich hastig an Dschihu.

»Verschwinde. Lauf weg. Versteck dich.

Der Junge sah sie ratlos an.

»Du musst weg! Lauf!«

Seine Finger verkrampften sich um die Zügel des Esels.

Máhs Leute diskutierten heftig miteinander, dann ertönte ein Pfiff, gefolgt von einem gebellten Befehl aus Shangs Kehle. Der Mann, der ihr den ganzen Weg über weitere Stöße verpasst hatte, packte sie am Arm und zerrte sie nach vorne. Shang und sein Räuberhauptmann nahmen sie in die Mitte. Sie spürte die Pranke des Anführers in ihrem Nacken, der sie zwang, vor den Wachleuten eine mehr oder weniger geglückte Verbeugung auszuführen.

»Ich muss zu Puyi!«, rief sie. »Bringt mich sofort zum Sohn des ehrenwerten Máh!«

Sie hatte noch nicht ausgesprochen, als sie den Stoß spürte und sich auf dem Boden im Dreck wiederfand.

Shang beugte sich zu ihr herab. »Weißfrau nicht still? Zunge weg.«

Lene nickte. Sie hatte verstanden. Mühsam kam sie auf die Beine und zerrte das verrutschte Hemd wieder an Ort und Stelle. Unter den Wachleuten erhob sich ein leidenschaftlich geführter Disput, dieses Mal aber zweifellos mit Lene als Gegenstand der Diskussion. Shang schaltete sich ein. Mit öligem Grinsen wies er auf seine Gefangene und beschrieb, dem Tonfall nach zu urteilen, die gesamte Verworfenheit ihres Charakters bei gleichzeitigem Lob ihrer körperlichen Vorzüge.

Immerhin musste er etwas gesagt haben, was den ranghöchsten der Wachleute veranlasste, mit einem Knurren zur Seite zu treten. Lene wurde an zwei Torsoldaten übergeben, während die abgerissenen und zerlumpten Gestalten der Räuber hereingebeten wurden.

»Und ich?«, schrie sie der Truppe hinterher.

Keiner drehte sich um.

»Ich muss zu Puyi! Führt mich zu ihm!«

Die Männer waren noch jung, mit einigen wenigen Barthaaren auf den glatten Wangen. Der eine hatte ein entsetzlich vernarbtes Gesicht, das nach einer überstandenen Blattern- oder Pockeninfektion aussah. Der andere hatte dafür einen exorbitanten Überbiss und dazu auch noch ein längliches Kinn, was ihm einen schafähnlichen Ausdruck gab. Er stieß einen Befehl aus, den Lene nicht verstand, der aber überall auf der Welt irgendwie gleich klang: »Abmarsch!«

Sie wurde an Arm und Schulter gepackt und so quer über den Hof abgeführt. Die Räuber verschwanden in einem Haus, das eigentlich nur dem Plantagenbesitzer gehören konnte. Es war ein Prachtbau: mehrere Stockwerke, jedes einzelne mit Balkons und Gesimsen, die reich mit Holzschnitzereien verziert und bunt angestrichen waren. Den Eingang flankierten zwei steinerne Löwen, und eine breite Terrasse zog sich um das ganze Gebäude herum, was ihm eine weite, luftige Anmutung gab. Glockenspiele und Lampions verzierten die Veranden, in kleinen Käfigen zwitscherten Vögel. Zwei Frauen standen zusammen, gekleidet in farbenfrohe Gewänder, und verbargen ihre Gesichter hinter aufgeklappten Fächern. In ihren hoch aufgetürmten Frisuren steckten Stäbe. Sie tuschelten miteinander, griffen aber nicht ein.

»Hilfe!«, schrie sie. »Um Himmels willen! Helft mir doch!«

Die beiden Frauen wandten sich ab und trippelten ins Haus. Lene hingegen wurde in ein riesiges Lagerhaus gebracht und in einen Verschlag gestoßen. Noch bevor sie sich umdrehen konnte, war auch schon der Riegel vorgelegt.

»Lasst mich raus!« Sie hieb mit den Fäusten auf das Holz und zog sich einen Splitter zu, aber spätestens als das Tor der Lagerhalle geschlossen wurde, war klar: Sie war und blieb eine Gefangene.

Schwer atmend, außer sich vor Wut und Angst, lief sie in dem kleinen Käfig auf und ab. Immer wieder rüttelte sie an den Holzbrettern, aus denen der Verschlag gebaut war. Schließlich setzte sie sich auf den Boden, der aus festgestampfter Erde bestand, und lehnte sich erschöpft mit dem Rücken an das rissige Holz.

Sie schnupperte. Es roch dumpf, feucht und süßlich. Wenn Máh hier Tee lagerte, wäre er in kürzester Zeit verschimmelt. Der Geruch erinnerte Lene an Amriths Schiff und die Fracht in seinem Bauch. Es war nicht schwer, den richtigen Schluss zu ziehen: Sie war vom Regen in die Traufe gekommen. Máh mochte Tee anbauen, vielleicht den besten und teuersten der Welt. Aber seinen Hofstaat und den prächtigen Landsitz finanzierte er durch den Handel mit Opium. Hier landeten also die Kugeln, um auf verschlungenen Schmugglerpfaden weiter ins Land zu gelangen. Amrith hatte sie belogen: Er wollte mit Máh ins Geschäft kommen, aber sicher nicht, um Tee zu kaufen. Vermutlich kontrollierte der Chinese einen großen Teil der Handelswege, und es war natürlich um ein Vielfaches lukrativer, wenn man nicht als Zulieferer, sondern als direkter Partner einsteigen konnte.

Aber Amrith war nicht mehr im Spiel. Shang hatte ihn ausgetrickst. Mit der Münze hätte er Zugang zu Máhs Imperium und konnte sich an dem lukrativen Handel beteiligen.

Die Wunde, die Shang ihr zugefügt hatte, war von Schorf bedeckt, schmerzte aber immer noch. Ihr ganzer Körper fühlte sich wie zerschlagen an von dem langen Ritt und dem, was sie während des Überfalls einstecken musste. Was wohl aus Robert geworden war? Hatte er fliehen können? Oder war er von seinen Verfolgern eingeholt worden und …? Sie verbot sich, weiter zu denken. Robert war ein Dieb. Aber er hatte sich ihr gegenüber anständig verhalten. Sie hatte ihn gemocht, und ein paarmal war es wohl auch bei ihm so gewesen, dass der Blick aus seinen blauen Augen sich verändert hatte, wenn er auf Lene gefallen war.

Sie wollte weinen, aber das ging nicht mehr.

Das Licht, das durch die Ritzen der Wände fiel, wurde weicher, bekam einen Schimmer ins Goldene. Durch einen Spalt zwischen den Holzbrettern konnte sie sehen, wie der Staub in den letzten Strahlen tanzte. Von weit her hörte sie die Stimmen der Arbeiter und die Befehle der Wachsoldaten. Das Rumpeln von Karren, das leise Spiel der Glocken im Wind …

»Schschsch.«

Erschrocken fuhr Lene hoch. Sie musste eingeschlafen sein, denn mittlerweile war es fast völlig dunkel geworden. Aber jemand stand vor der verschlossenen Tür des Verschlags.

»Dschihu?«

»Still, Madam.«

Sie rappelte sich hoch und tastete sich zurück zu dem Spalt zwischen den Brettern, kaum breiter als ihr Daumen.

»Was ist passiert?«, fragte sie leise.

»Viel schlimm, Madam.« Der Junge hatte seinen Kopf an die andere Seite des Spalts gelegt. »Madam tot.«

»Was?«

»Madam verrat Máh und Shang. Besser tot.«

»Aber ich bin nicht tot!«

»Morgen, Madam. Morgen tot. Galgen im Hof, fast fertig.«

Sie merkte, dass ihre Beine sie nicht mehr trugen. Sie ging in die Hocke und umschlang ihre Knie, damit das Zittern endlich aufhören würde. Es war die zweite Todeszelle, in der sie saß.

»Puyi«, flüsterte sie. »Wo ist er?«

»Nicht weiß.«

»Aber er ist Máhs Sohn! Er kann doch nicht verschwunden sein!«

Ein metallisches Geräusch ließ sie aufmerken. Das Tor der Lagerhalle öffnete sich mit dem unheilvollen Quietschen nicht geölter Angeln. Dschihu musste es irgendwie anders geschafft haben, hier einzudringen. Denn jetzt drang Licht vom Hof herein, das offenbar von vielen großen Feuerstellen herrührte.

»Dschihu?«

Ein kaum hörbares Scharren, dann kamen auch schon die Soldatenschritte näher. Er musste sich versteckt haben, denn niemand rief oder nahm die Verfolgung auf. Stattdessen wurde der Riegel zu ihrem Verschlag zurückgeschoben und die Tür geöffnet. Der Pockennarbige hielt eine Fackel hoch und leuchtete in den Raum. Dann bellte er:

»Lai! Lai ba!«[21]

Das Schaf tauchte hinter ihm auf und zerrte Lene vom Boden hoch. Sie hatte kaum Zeit, die Kleidung zu ordnen, da wurde sie schon hinaus auf den Hof geführt. Der Anblick, der sich ihr bot, ließ ihr das Blut in den Adern gefrieren: Die Feuerstellen markierten einen großen Kreis, in dessen Mitte, erleuchtet von flackernden Flammen, ein Galgen errichtet wurde.

Die Schläge der Zimmerleute hallten über den Platz. Trotz der späten Stunde herrschte immer noch ein reges Treiben. Menschen trugen Reisigbündel und Körbe, andere schleppten Wasserkrüge mit einem Querholz auf den Schultern, das wie eine große Waage aussah. Aber nur einer wagte es, in den Kreis zu treten. Er trug ein Seil, in das eine Schlinge geknotet war, und reichte sie dem Zimmermann auf der Leiter. Die schlagartige Erkenntnis, dass es ihr Kopf war, der darin landen sollte, zog ihr die letzte Kraft aus den Beinen. Aber bevor sie wieder auf der Erde landete, hatten die beiden Soldaten sie untergehakt und schleiften sie auf das Haupthaus zu.

Über die prächtige breite Treppe mit den beiden Steinlöwen gelangten sie zu einer schweren Holztür, die sperrangelweit geöffnet war. Dahinter lag eine große Halle. Sie war, bis auf wenige aufwendig geschnitzte Stühle an den Wänden leer. Ein gewaltiger Kronleuchter aus Holz und Pergament hing von der

---

21 Komm! Komm schon!

hohen Decke, kleinere Lampions erhellten die Ecken und die Flure, die von der Halle abgingen. Die Wandvertäfelungen hätten jeden englischen Salon in den Schatten gestellt, und die Schnitzereien, die die Treppenläufe und die Deckensimse verzierten, zeugten von einer Handwerkskunst mit größter Liebe zum Detail.

Aber Lene nahm das alles eher beiläufig wahr. Die Schläge des Zimmermanns waren immer noch zu hören und frästen sich in ihren Kopf. Sie fuhr zusammen, als ein Lufthauch ihren Nacken streifte.

Fast unhörbar waren zwei weitere Männer mit gezückten breiten Säbeln hervorgetreten. Das Schaf und der Pockennarbige wechselten ein paar Worte mit den beiden und verließen die Halle, um sich direkt am Eingang zu positionieren.

»Wo bin ich?«

Lene sah von einem zum anderen. Aber in den steinernen Gesichtern regte sich kein einziger Muskel. Sie trugen dunkelblau gefärbte Stirnbänder und Lederkappen und, im Gegensatz zu den Wachsoldaten, eine Art genieteten Kragen, der in einen Brustpanzer überging. Zusammen mit den Säbeln ergab das ein furchteinflößendes Bild, das seine Wirkung auf Lene nicht verfehlte.

»Wo bringt ihr mich hin?«

Sie nahmen Lene in die Mitte. Es war aussichtslos, an Flucht zu denken. Die Klingen blitzten im Licht der Lampions wie frisch geschliffen. Keiner ließ sich herab, sie auch nur anzusehen. Im Gleichschritt durchquerten sie die Halle und hielten nach links auf einen breiten Flur zu. Die Lampions dort waren kleiner als die in der Halle, aber in allen brannte Licht und erhellte die Zeichnungen, mit denen sie verziert waren: Landschaften und Personen, Blumen und Blüten, Vögel und Wolken. Zu jeder anderen Zeit hätte Lene staunend davorgestanden und jedes einzelne Bild bis ins Detail betrachtet. Genau wie die Perlmuttintarsien der Wandschränke, das kostbare Porzellan, die uralten Tröge, Töpfe und irdenen Vasen, die die Wandregale füllten und sich in ihrer Vielzahl gegenseitig die Schau stahlen.

Sie durchschritten ein Portal, das mit Vorhängen aus sonnengelber bestickter Seide geschmückt war. Der größere der beiden, ein kräftiger Mann mit muskulösen Oberarmen, sagte etwas zu ihr, das in Lenes Ohren wie eine Folge unverständlicher Zischlaute klang.

»Ich verstehe Euch nicht! Bitte! Kann ich mit Puyi sprechen?«

Die Antwort war nur die Wiederholung des Befehls.

»Ich muss zu Puyi!«

Der größere wandte sich mit einem ärgerlichen Laut an seinen Kameraden. Der verdrehte die Augen.

»Du«, sagte er. »Du warten.«

»Warten? Aber auf wen denn?« Lene wandte sich flehend an den Mann, der wenigstens ein paar Brocken Englisch sprach und hoffentlich auch verstand. »Ich muss zu Puyi, Máhs Sohn! Wenn er erfährt, wie man mich hier behandelt …«

Ihr blieben die weiteren Worte im Hals stecken. Der Mann hatte nämlich den Zeigefinger gereckt und war sich damit seitlich über die Kehle gefahren. »Puyi«, sagte er und stieß ein meckerndes Lachen aus. Der kleinere fiel ein.

»Er ist nicht mehr mein Sohn.«

Die Worte hatte jemand hinter ihrem Rücken gesagt. Das Grinsen der Wachleute erlosch, sie präsentierten die Klingen und nahmen Haltung an. Lene drehte sich um.

Der Raum führte in eine Zimmerflucht, die sich über den ganzen Flügel des Hauses erstrecken musste. Im Türrahmen stand ein mittelgroßer Mann mit halb geschorenem Schädel, was seine Stirn unnatürlich vergrößerte. Die verbliebenen

Haare am Hinterkopf hatte er straff zu einem Zopf gebunden. Sein Gesicht war von einem dünnen schwarzen Schnurrbart zerteilt, der fast bis auf seine Brust fiel. Es wirkte sanft und weich in diesem pergamentgedämpften Licht, aber seine dunklen Augen schienen sie zu durchbohren.

»Wie …«, stammelte Lene. »Er ist nicht mehr Euer Sohn?«

Der Mann legte seine Fingerspitzen vor der Brust zusammen und schickte ihr ein kaltes Lächeln. Er war vielleicht Mitte, Ende vierzig, mit einem kleinen Bauch, der sich unter seinem bodenlangen Gewand spannte. Auf der Brust prangte ein aufgesticktes Seidentuch mit einer Löwendarstellung, die Schulterpatten waren aus Brokat. Es war ein prächtiger Aufzug, der Eindruck schinden sollte und diese Wirkung auch auf Lene nicht verfehlte.

»Ihr seid der ehrenwerte Herr Máh?«

Ein Wink mit der Hand, und die beiden Soldaten drehten sich auf der Ferse um und verließen den Raum.

»Wer wagt es, mich so zu nennen?«

Sein Englisch war hervorragend. Lene straffte die Schultern.

»Lene Vosskamp aus Hogsterwaard in Friesland.«

Sie lauschte dem Klang der Worte nach und konnte sich nicht erinnern, wann sie sie zum letzten Mal so stolz und laut gesagt hatte.

»Friesland … das ist Hannover? Oder Preußen? Frankreich? Holland? Die Zeiten ändern sich so schnell. Meine Zeichner kommen kaum nach, die Landkarten den neuesten Zeitläufen anzupassen.«

Er klatschte in die Hände. Die zwei Frauen erschienen, die Lene schon am Nachmittag auf der Veranda gesehen hatte. Beide trugen jetzt knöchellange seidene Jacken und Hüte, die wie groß gebundene Schleifen mit abstehenden Enden aussahen. Ihre Füße steckten in Seidenschuhen mit Holzklötzchen unter den Sohlen. Das gab ihrem Gang ein trippelndes Balancieren. Sie starrten Lene mit großen Augen an. Von dem kichernden Selbstbewusstsein war in Gegenwart ihres Herrn und Meisters nichts zu spüren.

»Und was führt Euch zu mir?«

Lene räusperte sich, weil ihr die Kehle eng geworden war.

»Ich habe Eurem Sohn Puyi das Leben gerettet. Er gab mir zum Dank eine Münze. Mr Shang hat sie mir gestohlen, ebenso wie zehn Silbertaler, und meinen Reisegefährten ermordet. Ich wollte Tee kaufen. Euren Tee.«

Sie ging in die Knie und machte einen Knicks, obwohl sie nicht ganz sicher war, ob das den chinesischen Gebräuchen entsprach. Dem entsetzten Aufstöhnen der beiden Damen nach zu urteilen wohl nicht.

»Ihr wollt mit … Tee handeln?«

Die minimale Pause vor diesem Wort sprach Bände.

»Tee«, antwortete Lene mit fester Stimme. »Nur Tee.«

Máh musterte sie. Er fuhr mit der Hand über seinen dünnen Schnurrbart und ließ sich dabei offensichtlich einiges durch den Kopf gehen. Lene hoffte inständig, dass er dabei mehr an seinen Gewinn als an ihre Hinrichtung dachte. Schließlich sagte er etwas zu den beiden Damen, die sich in begeisterter Zustimmung gegenseitig übertrafen.

»Meine Tochter wird Euch baden und Euch etwas geben, in dem Ihr mir unter die Augen treten könnt. Dann erzählt Ihr, was geschehen ist. Dann werde ich entscheiden.«

Lene machte einen zweiten, noch tieferen Knicks. Das klang nach einem Aufschub. Nach einer minimalen Chance, das Blatt noch wenden zu können. Als sie wieder hochkam, war Máh verschwunden. Die beiden Frauen standen in der Ecke und tuschelten sich Bemerkungen zu, die zweifellos auf Lenes Männerkleider abzielten. Sie zwang sich zu einem Lächeln.

»Nun. Wo finde ich das Badezimmer?«

Der Vorgang fand in einer Hütte statt, die an das Herrenhaus angebaut worden war und die beiden jungen Frauen mit Stolz erfüllte. Zu Recht. Heißes, dampfendes Wasser sprudelte aus mehreren Kupferrohren in einen Holzbottich. Lene erinnerte sich gerade noch rechtzeitig daran, wie es vonstattenging. Man zog sich bis auf die Unterwäsche aus, stieg in den Bottich und seifte sich ein.

Umso erstaunter war sie, dass die chinesischen Frauen darauf bestanden, dass sie sich ganz entkleidete. Zwei andere Frauen, stumme Dienerinnen in bodenlangen dunklen Baumwollkitteln, brachten Tabletts mit Salzen, Ölen und duftenden Kräutern. Dann wurde Lene eingeseift und abgespült. Erst danach durfte sie in die Wanne und ließ das heiße Wasser aus den Rohren auf ihre Haut prasseln. Ihre Muskeln entspannten sich, und die Schmerzen, die sie bis jetzt ignoriert hatte, kamen zurück. Ihre Haut war wundgescheuert vom Reiten, ihr Körper übersät mit blauen Flecken, und die Schnittwunde an ihrer Hand, die Shang ihr zugefügt hatte, schien sich zu entzünden.

Die kleinere der beiden hieß Li. Sie war ein dralles, entzückendes Mädchen mit Grübchen in den Wangen und schmalen Augen, die immer wieder aufblitzten, wenn sie neue, erstaunliche Details an Lenes Aufzug entdeckte. Die Hosentaschen, die Knöpfe, schließlich auch das zerrissene Hemd mit dem Knoten. Kopfschüttelnd wurde alles an die Dienerinnen übergeben.

Die ältere war eher zurückhaltend. Etwas größer als die kichernde Li und wesentlich ruhiger. Sie betrachtete Lenes Wunde und gab dann ebenfalls Anweisungen, die die Dienerinnen umgehend befolgten.

»Kaiwen«, erwiderte sie, nachdem Lene auf sich gedeutet und ihren Namen gesagt hatte.

»Du heißt Kaiwen?«

Das Mädchen nickte.

»Und das ist deine Schwester?«

Kaiwen warf einen seltsam kühlen Blick auf Li, die gerade etwas ins Badewasser schüttete, was nach einer Mischung aus Honig und Milch roch und das Lene am liebsten getrunken hätte, statt sich darin zu räkeln.

»Die zweite Konkubine meines Vaters.«

»Die …«

»Sie ist seine Geliebte, so sagt man doch in Europa, nicht wahr?«

Li sah aus, als hätte sie gestern noch mit Puppen gespielt. Sie verstand hoffentlich kein Englisch, aber sie spürte, dass von ihr die Rede war.

»Ähm, ja«, sagte Lene und versuchte, das Thema zu wechseln. »Was ist das?«

Eine der Dienerinnen war zurückgekehrt und hatte einen Tiegel aus Ton mitgebracht. Kaiwen ließ sich Lenes Hand geben und begann, sie mit einem Tuch sanft trocken zu tupfen.

»Eine Salbe für deine Hand. Die Verletzung ist nicht tief, in ein paar Tagen merkst du nichts mehr davon.«

Lene hätte den Zuber am liebsten nie wieder verlassen. Die Dienerin hatte gerade Öl in ihre Haare gegossen und begonnen, es sanft einzumassieren. Sie lehnte sich zurück und schloss die Augen. Das besänftigte nicht das Herz, das immer noch wie wild klopfte, und auch nicht die Verzweiflung beim Gedanken an das, was sie erwarten könnte. Aber es war eine Atempause. Sie musste wieder zu Kräften kommen.

»Du kennst Puyi?«

Lene blinzelte. Li stand in der Ecke der Badehütte vor einem Regal und suchte in den vielen Tiegeln, Körben und Schüsseln offenbar nach etwas Bestimmtem, das sie partout nicht finden konnte. Oder wollte. Denn es war klar, dass das, was Kaiwen gerade geflüstert hatte, niemand hören sollte.

»Du sprichst sehr gut Englisch«, sagte Lene ebenso leise.

Kaiwen nickte und legte das Tuch beiseite. Dann griff sie nach dem Tiegel, den ihr eine der Dienerinnen gebracht hatte.

»Ich hatte gute Lehrer. Leider sind alle fort. China ist jetzt verboten für Ausländer.«

»Ich weiß.«

»Puyi …« Kaiwen öffnete den Tiegel und schnupperte an seinem Inhalt. Er musste etwas Außergewöhnliches sein, denn sie verzog angewidert das Gesicht. »Puyi fiel in Ungnade.«

»Warum?«

Die Tochter des Mandarins holte mit einem Holzspatel etwas von der zähen Masse heraus. »Er hat das, was mein Vater tut, verurteilt.«

»Den Opiumhandel?«

Eine zarte Röte stieg in die Wangen des Mädchens, die glänzten, als würde ein Licht von innen heraus strahlen. Kaiwens Haare waren in der Mitte gescheitelt und spiegelglatt. Ihr kleiner Mund schimmerte natürlich rosa, alles an ihr war lieblich gerundet, bis auf die Nase: Sie war klar und scharf geschnitten, aber erstaunlicherweise machte sie dieses Gesicht nicht hart. Eher entschlossen. Ihre Stimme war leise und hoch, fast wie die eines Kindes. Aber die Worte aus ihrem Mund klangen präzise und gut durchdacht.

»Mein ehrenwerter Vater tut, was er tun muss. Puyi wollte das auch.«

Die Röte intensivierte sich. Lene wurde ein Eimer Wasser über die Haare gekippt, tauchte unter und kam prustend wieder hoch. Sofort schlang die Dienerin ein warmes Baumwolltuch um ihren Kopf und zurrte es mit wenigen Handgriffen fest. Kaiwen nickte ihr zu, und die Frau verschwand mit einer tiefen Verbeugung.

Li hatte gefunden, wonach sie gesucht hatte, und brachte

einen kleinen Flakon aus geschliffenem Glas. Ihr neugieriger Blick verriet, dass sie sich brennend dafür interessierte, was Kaiwen mit dem seltsamen Gast in ihrem Badezuber zu besprechen hatte. Aber sie wurde fortgeschickt. Das ging nicht ohne Widerspruch und einiges Hin und Her, bei dem sich die Mädchen fast in die Haare bekamen. Schließlich fauchte Li etwas und verließ die Hütte.

»Was hat sie gesagt?«, fragte Lene, der dieser Abgang gar nicht gefiel.

Kaiwen seufzte. »Ich bin älter, und deshalb muss sie mir gehorchen, wenn mein Vater nicht in der Nähe ist. Aber sie tut es nicht gerne.«

Kaiwen nahm wieder Lenes Hand und betrachtete sie genauer. »Du hast viel gearbeitet.«

»In letzter Zeit nicht mehr. Aber zu Hause habe ich schon früh mit anpacken müssen.«

Kurz führten ihre Gedanken sie zurück in die kleine Kate. Sie dachte an Hanna und Seetje, an Henry und an Rensche. An das, was ihre Familie gewesen war.

»Puyi ist dein Bruder?«, fragte sie.

»Er ist der Sohn meines Vaters, aber kein Erbsohn.«

»Also der zweite oder dritte?«

»Er war der Sohn eines Landarbeiters. Eines Tages wollte meine Mutter mit uns in die Berge. Es war ein schöner Tag, ich war noch sehr klein und dumm und unvernünftig.« Kaiwen zwinkerte, weil ihre Augen feucht wurden. »Ich lief weg, einem Schmetterling hinterher. Der Schmetterling flog davon, aber ich fand den Weg zurück nicht mehr. Plötzlich hörte ich ein Brüllen, und als ich mich umdrehte, stand eine Tigerkatze da. Ich musste aus Versehen zu nahe an ihren Wurf geraten sein. Sie war wütend, sehr wütend. Und groß. Ich schrie, wie ich noch nie in meinem Leben geschrien hatte. Die Tigerin brüllte zurück, mit erhobenem Kopf und weit aufgerissenem Maul. Ich konnte ihre Fangzähne sehen, und sie kam langsam näher, während ich wie gelähmt stehen blieb. Sie setzte zum Sprung an, und da schoss ein Pfeil durch die Luft und traf sie mitten ins Herz. Das war Puyi.«

Lene hatte noch nie eine so abenteuerliche Geschichte gehört. Zumindest keine, die wahr gewesen wäre. »Er hat einen Tiger getötet? Mit einem Pfeil?«

»Er war ein Vogeljäger. Ein flinker schöner Junge mit langen Haaren und brauner Haut. Er wollte Tauben schießen und hatte meinen Schrei gehört. Der Pfeil durchbohrte das Herz der Tigerin, und ihr Fell liegt noch heute in meinen Gemächern.«

Kaiwen schauderte.

»Puyi war Waise, und so hat mein Vater beschlossen, ihm einen Platz in unserer Familie zu geben. Er wurde an Sohnes statt angenommen, doch bis zum Tod meiner Mutter hegte mein weiser Vater den Wunsch, sie möge ihm einen Stammhalter gebären. Denn Puyi trägt zwar unseren Namen, aber er gehört nicht zu unseren Ahnen. Er leistet den Herrendienst und hat sein Pfand erbracht, indem er mein Leben rettete. Doch er wird nicht Oberhaupt der Máh, so wenig wie ein Ochse ein Ministeriale.«

Das Letzte klang, als hätte Kaiwen es so lange hören müssen, bis sie es auswendig aufsagen konnte.

»Das sagt dein Vater.«

Das Mädchen nickte und öffnete den Flakon.

»Und was sagst du?«

Erschrocken sah sie hoch. »Ich? Ich werde nicht gefragt.«

»Puyi ist kein Kind mehr und du kein Mädchen.«

Es war, als hätte jemand Kaiwen einen Eimer blutrote Farbe über den Kopf gekippt. In Sekundenschnelle brannten ihre Wangen lichterloh.

»Was ist mit ihm passiert?«

Kaiwen seufzte. »Er hat die Pflicht, die ein Sohn seinem Vater gegenüber hat, verletzt. Er hat ihm widersprochen.«

»Und dann?«

»Er wurde verstoßen.« Die Worte kamen wie ein Hauch über die Lippen des Mädchens.

»Und wo ist er jetzt?«

»Das weiß ich nicht.«

»Wann ist das passiert?«

»Kurz nachdem er von seiner Reise nach England zurückkehrte. Er hat von dir erzählt.«

Kaiwen strich etwas von der Salbe auf die Wunde. Instinktiv wollte Lene ihre Hand zurückziehen, aber Kaiwen hielt sie fest und begann, einen Verband anzulegen.

»Was hat er denn erzählt?«

»Dass er für dich getötet hat. Tut es weh?«

»Ja«, antwortete Lene durch zusammengebissene Zähne. Das Zeug brannte wie ein Höllenfeuer, und sie hatte den Verdacht, dass die Hälfte davon durchaus genügt hätte. »Aber eigentlich hat er uns beide damit gerettet.«

Kaiwen ließ ihre Hand los. Lene hätte sich am liebsten den Verband abgerissen, aber sie wollte sich keine Blöße geben.

»Er wollte, dass ich herkomme. Weiß dein Vater davon?«

»Ich denke, ja. Die Frage ist eher, ob er deiner Geschichte glaubt.«

»Ich wäre wohl kaum hier, wenn Puyi mir nicht die Münze gegeben hätte.«

Kaiwen stand auf. Sie drehte Lene den Rücken zu, sodass nicht zu erkennen war, was sie gerade empfand. Sie ging zu einem Ständer aus Bambusrohren, über den mehrere Tücher gehängt waren, nahm eines und kehrte damit zurück.

»Was willst du?«, fragte sie kalt und reichte ihr das Tuch.

»Ich will Tee kaufen. Mehr nicht. Sogar mein Silber hat mir diese Bande abgenommen. Sie haben meinen Führer getötet und …«

Lene brach ab. Sie durfte Máhs Tochter nichts von Robert erzählen. Vielleicht war er entkommen. Da durfte sie ihm nicht gleich die nächsten Häscher auf den Hals hetzen. »… und nun steht das Wort der Räuber gegen meins.«

Sie stieg aus dem Zuber und trocknete sich ab. Kaiwen schlug die Augen nieder und reichte ihr ein Unterkleid aus Seide. Es fühlte sich an, als ob man gewirktes Wasser in den Händen halten würde.

»Für mich?«

Kaiwen nickte. »Wir erwarten noch weitere Gäste. Der neue Provinzgouverneur stattet uns einen Besuch ab, Deng Tingzhen. Ihm soll ein interessantes Schauspiel geboten werden.«

Diesen Namen hatte Lene schon einmal gehört, und es war kein sehr angenehmer Zusammenhang gewesen. Sie stieg in das Unterkleid. »Eine Hinrichtung«, sagte sie bitter. Was fanden die Leute eigentlich daran, anderen beim Sterben zuzusehen?

»Ja. Aber nicht deine. Mein Vater hat die Verbrecher gefasst. Opiumhändler und Räuber, ein widerliches Gesindel. Er wird sie dem Gouverneur präsentieren.«

Lene löste das Tuch, das um ihre Haare geschlungen worden war, und bekam von Kaiwen einen grobzinkigen Kamm gereicht. Er war mit Halbedelsteinen und Silberintarsien verziert – eine Kostbarkeit, die sie kaum wagte, richtig anzufassen.

Dann war es Shangs Galgen, der dort draußen errichtet wurde. Obwohl dieser Mörder die Todesstrafe mehr als verdient hatte, konnte sie keine Freude empfinden. Nur eine unendliche Erleichterung, dass es sie nicht treffen würde. Vorerst.

Kaiwen klatschte in die Hände, und sofort erschien die ältere der beiden Dienerinnen und brachte einen dieser seltsamen Mäntel, die wie geschnürte Kleider getragen wurden. Er war schlichter gehalten als die anderen, aber immer noch das Kostbarste, das Lene jemals getragen hatte. Dunkelgrüne matt schimmernde Seide. Eine breite Bordüre verzierte die Ärmel und reichte vom Hals bis hinunter zu den Knöcheln.

»Für mich?«, fragte Lene verblüfft.

Kaiwen nickte. »Das ist ein Hanfu[22]. Unser traditionelles Gewand. Ich zeige dir, wie du ihn anlegst. Und dann müssen wir uns beeilen. Mein Vater wartet nicht gerne.«

Die Halle lag im anderen Flügel des Hauses und war von einer Pracht, die Lene den Atem verschlug. Seidene Fahnen und Wimpel hingen von der Decke. Aus kunstvoll geschmiedeten Räuchergefäßen stieg ein aromatischer Duft. Riesige bemalte Vasen, reich verzierte Säbelschreine, Jade- und Korallenschnitzereien, die prächtiger waren als alle Bilder in den Büchern, die sie je gesehen hatte – in einer solchen Fülle vorhanden und hier so arrangiert in den offenen Schränken und Regalen, dass jedes seinen eigenen Raum für sich hatte, um den anderen nichts von ihrem Glanz zu stehlen.

Soldaten mit gezückten Säbeln standen an den Eingängen und der hinteren Wand. Davor aufgereiht der Hofstaat des Mandarins: ernst dreinblickende Männer in dunklen bodenlangen Gewändern mit kleinen runden Mützen. Manche trugen noch eine Jacke darüber, andere wieder spitz zulaufende Hüte. Viele hatten Bärte, manche lang und dünn, andere wild und kraus. Ihre Gesichtszüge wirkten fremd auf Lene, undurchschaubar und verschlossen.

Die Frauen befanden sich auf der anderen Seite. Sie trugen helle Gewänder – meist waren es die gegürteten Hanfus, mit

22 Chinesische Seidenrobe.

reich verzierten Kragen und breiten Ärmelaufschlägen. Ihre Haare waren in der Mitte streng gescheitelt und im Nacken zu einem Knoten gelegt. Genauso hatte es die Dienerin auch mit Lenes Haar gemacht und auch noch perlenverzierte Stäbchen hineingesteckt. Sie fühlte sich zu etwas herausgeputzt, was sie nicht war.

Der Raum wurde dominiert von einer riesigen runden Tafel aus poliertem Holz. In der Mitte stand ein blumengeschmückter Aufsatz, hoch wie eine halbe Tür. Der süße Blütenduft stieg in Lenes Nase und ergab, zusammen mit dem Räucherwerk, eine fast betäubende Mischung. Alle Gäste flüsterten und tuschelten miteinander, sodass eine gedämpfte Geräuschkulisse über dieser Zusammenkunft lag.

Kaiwen stellte sich zu den anderen Frauen und führte die Hände so zusammen, dass sie völlig unter den weiten Ärmeln verschwanden. Lene suchte sich ebenfalls einen Platz mit dem Rücken zur Wand. War das ein Gastmahl für Räuberbanden? Wurden so Mörder und Totschläger willkommen geheißen? Und wenn sie schon eine Gefahr für Máh und Shang war, warum zum Teufel war sie hier?

Mit einem Mal verstummte das Flüstern, und ein gewaltiger Gong wurde geschlagen. Alle senkten den Kopf, als Máh eintrat, gefolgt von einer Prozession von Männern, die allesamt nicht so aussahen, als wären sie zu ihrem Vergnügen hier. Auch Máh schien nicht sonderlich begeistert zu sein. Seine versteinerte Miene ließ keinen Zweifel, dass er sich den Abend wohl anders vorgestellt hatte und diese Gäste nur bedingt zu seiner Zerstreuung angereist waren.

Der wichtigste von ihnen schritt direkt hinter Máh: ein blasser, streng blickender Mann mittleren Alters, dessen Bart schon von erstem Grau durchzogen war. Sein Hanfu war schlicht, ein dunkles Braun mit schwarzen Ärmelaufschlägen. Die Haare am

Oberkopf hatte er wegrasiert, was sein Gesicht unter dem runden, nach oben breiter werdenden Hut vergrößerte. Es wirkte sehr *chinesisch*, wie Lene fand, obwohl sie nicht hätte sagen können, woran genau das festzumachen war. Vielleicht an den flacheren Zügen und den mandelförmigen Augen. Bei Kaiwen und Li sahen sie geheimnisvoll aus, bei diesem Mann furchterregend.

Shang und seine Bande hatten von diesen Augen keine Gnade zu erwarten, das war Lene sofort klar. Irgendetwas musste das Blatt gewendet haben, und es hatte mit der Ankunft dieser Delegation zu tun.

Plötzlich stieß Kaiwen einen unterdrückten Schrei aus. Unter den Frauen machte sich Unruhe breit. Das Mädchen schlug die Hand vor den Mund und starrte mit einem Ausdruck grenzenlosen Erschreckens auf die Delegation.

»Was ist?«, flüsterte Lene.

»Puyi!« Kaiwens Gesicht nahm wieder die Farbe von Klatschmohn an. »Er ist unter den Leuten von Deng Tingzhen!«

Leise und zischelnd wie eine Schlange machte die Nachricht ihre Runde. Wer weiter hinten stand, reckte den Hals. Die Vorderen steckten die Köpfe zusammen und tuschelten.

Puyi war als einer der Letzten gekommen. Hätte Kaiwen ihn nicht erwähnt, wäre Lene der Junge mit der Fellmütze und dem bodenlangen gegürteten Mantel nicht aufgefallen. Er sah Jahre älter aus, als hätten die Ereignisse der letzten Monate aus dem Jungen einen Erwachsenen gemacht. Sein Blick glitt über die Anwesenden und blieb an Kaiwen hängen. Sie konnte hören, wie das Mädchen den Atem anhielt.

»Er ist es!« Kaiwen sprach so leise, dass sie sie kaum verstehen konnte. »Er ist zurück! Und er ist ein *Shengyuan*[23]!«

---

23 Kaiserlicher Beamter, Bachelor.

Kaiwens Hand umklammerte Lenes Arm, die nur mit Mühe einen Schmerzensschrei unterdrücken konnte. Sofort ließ das Mädchen sie los. »Entschuldige bitte, ich wollte dir nicht wehtun.«

Es war, als wäre die Sonne in Kaiwens Gesicht aufgegangen. Puyi verzog keine Miene, aber seine Mundwinkel zuckten, als ob er nur mit Mühe ein Lächeln unterdrücken konnte. Dann sah er Lene, und das brachte seine Beherrschung doch etwas ins Wanken. Glücklicherweise achtete niemand auf ihn, denn seine Verblüffung bei ihrem Anblick war bemerkenswert. Auch Kaiwen fiel das auf. Sie rückte einen halben Schritt weg von Lene, das Leuchten verschwand.

War das Mädchen eifersüchtig? Wahrscheinlich hatten die beiden kaum Zeit oder Gelegenheit gehabt, sich einmal unter vier Augen zu sehen, bevor der Junge in Ungnade gefallen war. Er hatte den Opiumhandel des Vaters abgelehnt und war dafür des Hauses verwiesen worden. Jetzt kehrte er zurück, im Gefolge des unbestechlichen Deng Tingzhen, der dem Rauschgift den Kampf angesagt hatte. Máh ging, wie Smilin' Pete gesagt hätte, der Arsch auf Grundeis. Hatte er deshalb Shang und seine Bande festgesetzt und wollte nun, vor den Augen des Gouverneurs, ein Exempel statuieren?

Der Plantagenbesitzer wartete, bis alle in die Halle eingetreten waren. Wenn er seinen Ziehsohn erkannt hatte, so ließ er es sich nicht anmerken. Er hob die Hände und klatschte mehrmals, woraufhin es so still wurde, dass man eine Nadel hätte fallen hören können. Dann trat er ans Kopfende des Tischs und begann eine Rede, die immer wieder von Scharren, Zischeln und bewundernden Ausrufen begleitet wurden.

»Was sagt er?«, flüsterte Lene.

Kaiwen wandte nicht den Kopf und verzog keine Miene. So leise, dass sich ihre Lippen kaum bewegten, antwortete sie:

»Der Herr des Hauses Máh entbietet dem vornehmen und ehrenwerten Gouverneur Deng Tingzhen seine Grüße und lobt dessen erfolgreiches Streben und Handeln in Redlichkeit. Mit großem Respekt gelobt der Ministeriale des Hauses Máh im Namen der Ahnen und des Klans seine Gefolgschaft und Loyalität, ebenso im Namen der Söhne und der Geschlechter, die folgen.«

Dengs Gesicht verriet noch nicht einmal im Ansatz, was er über den Wasserfall an Lobpreisungen dachte. Er ließ seinen Blick über die Anwesenden gleiten und blieb kurz an Lene hängen.

Sofort begann ihr Herz zu jagen. Es schien, als ob durch den ganzen Raum hinweg eine eiskalte Welle auf sie zuschwappte. Plötzlich war die Angst wieder da. Niemand war hier, der sie beschützte. Hilfe gab es allenfalls in Kanton, und das war mehrere Tagesritte entfernt. Sie musste fliehen, am besten noch in dieser Nacht …

Aber der Blick glitt weiter, und Lene, die den Atem angehalten hatte, holte tief Luft. Endlich gelangte Máh zum Ende und nahm am Kopf der Tafel Platz. Der Provinzgouverneur bekam den Stuhl zu seiner Rechten zugewiesen, dann setzte sich das Gefolge. Alle anderen blieben, zum Zuschauen verdammt, an der Wand stehen.

Und das war eine besondere Herausforderung. Speisen wurden aufgetragen, eine schien köstlicher als die andere. Wobei Lene nicht genau erkannte, um was es sich genau handelte. Aber es roch derart appetitanregend, dass es kaum noch auszuhalten war.

»Wie lange wird es dauern?«

»Bis in die Nacht«, lautete Kaiwens geflüsterte Antwort.

Anfangs dachte Lene, das Mädchen würde übertreiben. Aber das Gelage nahm kein Ende. Ständig wurden neue Gerichte hereingebracht. Der Gouverneur rührte kaum etwas an, dafür schaufelte Puyi so viel in sich hinein, wie er kriegen konnte. Immer wieder spähte er zu Kaiwen und Lene hinüber.

Es musste gegen Mitternacht sein und Lene einer Ohnmacht nahe, als die Tafel endlich aufgehoben wurde. Máh und der Gouverneur verließen den Saal, die Männer folgten ihnen.

»Und jetzt?«

Kaiwens dunkle Augen blitzten verschwörerisch. »Jetzt sind wir dran.«

Kaum war der Zug verschwunden, stürzten sich alle auf die Reste der Mahlzeit. Wer Glück hatte, erwischte eine Schüssel, der Rest bediente sich mit den Händen. Lene kostete Dinge, die sie noch nie gegessen, geschweige denn geschmeckt hatte: Süßes, Saures, Gebackenes, Gesottenes.

»Das sind Hühnerfüße«, erklärte ihr Kaiwen, als es Lene partout nicht gelang, die knorpeligen Sehnen zu zerkauen. »Hier. Probier das mal.«

Sie reichte ihr ein Klößchen, das von einer dunkelbraunen zähen Soße umhüllt war. Es schmeckte nach Schwein, seltsamen Gewürzen und einer milden zimtigen Süße. Ihr ausgehungerter Magen hatte sich wohl schon an die neuen Herausforderungen gewöhnt. Er rebellierte nicht, sondern sandte nach den ersten wilden Hungergefühlen eigentlich nur noch die Nachricht: nicht aufhören.

Plötzlich tippte ihr jemand auf die Schulter. Es war einer der Soldaten, die sie zu Máh geführt hatten. Lene verschluckte sich fast vor Schreck.

»Weißfrau. Kommen jetzt.«

Erschrocken sah sie zu Kaiwen. Die wischte sich die Hände an einem der Tücher ab, die die Diener herumreichten. Sie wechselte ein paar Worte mit dem Soldaten und sagte dann zu ihrem Gast: »Ich begleite dich.«

»Okay.«

Mit Bedauern säuberte Lene sich ebenfalls mit einem der duftenden, warm-feuchten Baumwolllappen. Schlagartig signalisierte ihr Magen, dass sie es ziemlich übertrieben hatte, aber darauf konnte sie jetzt keine Rücksicht nehmen. Der entscheidende Moment war da. Sie hatte kein Geld, sie hatte keine Münze. Sie war mit Räubern und Mördern als Mann verkleidet ins Haus eines Opiumhändlers gekommen und musste nun erklären, dass sie nichts weiter wollte, als Tee zu kaufen und als reiche Frau nach Hogsterwaard zurückzukehren.

Es ging direkt nach nebenan in einen kleineren, aber mindestens ebenso prächtigen Raum. Den Boden bedeckten Matten, zarte Malereien schmückten die Wände. Kraniche, wolkenverhangene Berggipfel, Kirschblütenzweige. Verzierungen und Intarsien, unterlegt mit Blattgold, Perlmutt und einem grünen Stein, der schimmerte wie der Grund eines Sees im Sonnenschein: Jade. Auch hier stieg aus großen Räuchergefäßen ein würziger Duft, der bis unters Dach schwebte. Unzählige Lampions verbreiteten gedämpftes Licht und das Gefühl, Teil eines Märchens mit ungewissem Ausgang zu sein, bei dem Lene zum ersten Mal begriff, woher all die Geschichten und Legenden kamen, die man sich zu Hause erzählte. Máh musste unermesslich reich sein.

In der Mitte stand ein Podest aus Bambus, zu dem zwei Stufen hinaufführten. Dort waren Polster ausgelegt, auf denen es sich die Herren gemütlich gemacht hatten. Sofern in Deng Tingzhens Anwesenheit so etwas überhaupt möglich war. Der Provinzgouverneur machte den Eindruck, dass ihm Máhs Haus und erst recht sein Besitzer ziemlich zuwider waren. Aufrecht wie ein Bronzekrieger saß er auf seinem Kissen, die Beine gekreuzt, den Rücken kerzengerade. Unbestechlich und wahrscheinlich auch unbarmherzig, ging es Lene durch den Kopf. Als er bei ihrem Eintreten den Kopf wandte und sie mit seinen harten schmalen Augen musterte, wurde ihr klar, dass es um eine Prüfung ging. Ihre Glaubwürdigkeit stand auf dem Spiel, und die von Máh ebenfalls. Es war mehr als ärgerlich, nein, es war schon beinahe fatal, dass der Zufall sie jetzt mit dem Opiumhändler unter eine Decke steckte.

Kaiwen machte ein paar trippelnde Schritte und verbeugte sich dann. So blieb sie und wartete, bis der Gouverneur ihr mit einem kurzen Winken erlaubte zu sprechen.

Und das tat sie. Immer noch tief gebeugt, in einem hohen, unterwürfigen Tonfall, auf den Lene sich keinen Reim machen konnte. Ab und zu drehte sie den Kopf kurz in Lenes Richtung, dann ging es also um sie.

Schließlich kam Kaiwen zum Ende und schwieg. Es war nichts zu hören im Raum, nur das Zischen der Dochte in den Lampen, in denen das Öl verbrannte. Lene fiel auf, dass die Schläge des Zimmermanns verebbt waren. Irgendjemand würde heute Nacht da draußen baumeln. Máh? Shang? Sie selbst? Sie schluckte und hatte das Gefühl, nie wieder in ihrem Leben etwas essen zu wollen. Ihr Herz schlug wieder schneller, und ohne es zu wollen, ballte sie ihre Hände hinter dem Rücken zu Fäusten.

Wieder eine winzige, fast müde Handbewegung des Gouverneurs. Kaiwen nickte beflissen und trippelte, immer noch gebeugt, im Rückwärtsgang zu Lene zurück. Erst dort richtete sie sich auf und blieb mit reglosem Gesicht stehen.

»Was hast du gesagt?«, flüsterte Lene, ohne die Lippen zu bewegen. Sie erhielt keine Antwort, denn jetzt forderte der Gouverneur den Hausherrn auf, seine Sicht der Dinge darzulegen.

Und das tat Máh. Anders als seine Tochter benutzte er weit ausholende Armbewegungen und Gesten. Er hob die Stimme und wurde laut, vor allem wenn er dabei auf Lene deutete, der das gar nicht gefiel. Puyi saß mit zusammengepressten Lippen und düsterem Blick auf seinem Platz, die Beine angewinkelt, und hatte noch kein einziges Mal in ihre Richtung gesehen.

»Mein Vater sagt: Er dankt dem ehrenwerten Deng Tingzhen für seinen Besuch und die Gelegenheit, Zeuge zu werden, wie er Gerechtigkeit walten lässt.«

Die Worte waren kaum zu hören, so leise sprach Kaiwen sie aus.

»Er sagt, die weiße Frau wäre zusammen mit Mördern und Opiumhändlern bei ihm aufgetaucht. Sie war im Besitz einer Münze aus seiner Prägung, die ihn verpflichtet, dem Träger sein Haus zu öffnen. Die weiße Frau soll die Münze aus der Hand seines Sohnes Puyi erhalten haben. Aber …«

Kaiwen brach ab. Tränen traten in ihre Augen. Sie schluckte und versuchte, die Fassung nicht zu verlieren.

»… Máh sagt, er hat keinen Sohn.«

Puyi starrte finster zu Boden.

Der Gouverneur unterbrach den Wortschwall erneut mit diesem minimalen Anheben der rechten Hand. Máh brach irritiert ab. Er räusperte sich und schlug, sichtlich verärgert, die Falten seines Gewands glatt.

Puyi sah irritiert hoch, als hätte er nicht damit gerechnet, zu Wort kommen zu dürfen. Er sagte etwas, nicht mehr als einen Satz, und verfiel wieder in brütendes Schweigen.

»Was … war das alles?«

Lene sah aus den Augenwinkeln, dass Kaiwens Unterlippe zitterte. Eine Träne löste sich aus den Augen und rollte die Wange herab. »Er sagt, der weise Máh hatte recht, ihn zu verstoßen. Denn er hat sich gegen ihn gewandt.«

Wieder legte sich eine unheilvolle Stille über die Anwesenden. Schließlich drehte sich der Gouverneur eine Winzigkeit zu

Puyi um, was wohl eine ziemlich vehemente Aufforderung war, sich klarer zu äußern.

Puyi wagte nicht, den Blick zu heben. Er sprach, aber nicht sehr laut und nicht sehr lange.

»Er bekam die drei Münzen von seinem ehrenwerten Vater, der ihn nach England schickte. Das Schiff sank, und eine weiße Frau rettete ihn vor dem Ertrinken. Zum Dank gab er ihr eine Münze. Er glaubte, sie würde sich davon etwas zu essen oder Kleidung kaufen. Er gab dies auch bei der britischen Admiralität zu Protokoll, die die Schuldigen für den Schiffbruch suchten.«

Lene hatte nicht in Erinnerung, dass sie damals so bedürftig auf ihn gewirkt haben musste. Aber bitte, dann sollte es so sein. Von irgendeinem Zweck war nie die Rede gewesen.

Puyi setzte noch einen Satz dazu.

»Er hätte nie geglaubt, dass die weiße Frau nach China käme. Aber dem Brauch nach muss ihr Wunsch zum Handel erfüllt werden.«

Lene atmete auf. Immerhin: Puyi sagte die Wahrheit. Nicht sehr ausführlich und auch nicht mit einem Hauch von Sympathie, aber sein Wort hatte Gewicht. Leider nicht so viel wie das von Máh. Er war während Puyis Äußerungen hin und her gerutscht und bekam nun durch ein minimales Kopfnicken das Wort erteilt. Zusammengefasst ergab das eine Tirade, die Kaiwen nur ansatzweise übersetzen konnte.

»Er verdammt Puyi ein zweites Mal, weil er sein Haus und Konfuzius nicht achtet, denn der sagt, der Dienst am Nächstverwandten ist der größte, und der Sohn achte den Vater und der Herr den Lehnsherrn, aber …«

Sie brach ab. Lene, die nichts von den komplizierten Dienst- und Familienhierarchien verstanden hatte, erschrak.

»Was?«

»Er hat seinen Vater schon wieder beleidigt!«

»Er hat doch nur gesagt, dass dem Brauch nach …«

»Das ist es doch! Wie kann er sich anmaßen, seinen Vater daran zu erinnern?«

Der Soldat hinter ihnen stieß ein warnendes Zischen aus. Dann stieß er Lene so heftig in den Rücken, dass sie zwei Schritte vorstolperte und noch in dem Moment, in dem sie versuchte, das Gleichgewicht zu halten, eine schwere Hand auf ihrer Schulter fühlte. Sie ging unter dem Gewicht in die Knie – genau die Haltung, die man hier von ihr erwartete.

Und da tat Deng Tingzhen etwas Ungeheuerliches. Vielleicht nicht in Lenes Augen, aber in denen von Máh, Puyi und den vier anderen Männern, die sich in respektvollem Abstand auf den Polstern niedergelassen hatten.

Er stand auf und kam die zwei Stufen hinunter zu Lene. Aus der Nähe betrachtet war er ein kräftiger, willensstarker Mann, der sich selbst wohl nicht sehr viel Freude gönnte. Sein ausdrucksloses Gesicht wurde von einem Schnurrbart gekreuzt, der, wie es wohl der hiesigen Mode entsprach, sehr dünn zusammengezwirbelt worden war. Er reichte bis zur Brust hinab und wurde von einem zum Dreieck geschorenen Kinnbart begleitet. Der Mund wirkte streng, und die scharfe Nase war ein dominanter Teil des Gesichts, das aber eindeutig von seinen Augen beherrscht wurde. Sie waren dunkel und kalt und schienen Lene durchbohren zu wollen. Er sagte etwas mit einer seltsam hohen, fast flüsternden Reibeisenstimme, die ihr eine Gänsehaut verursachte.

Kaiwen trat, unter mehreren Verbeugungen, zu ihr und hockte sich neben sie auf den Boden.

»Der ehrenwerte Deng Tingzhen möchte wissen, wie du an die Münze gekommen bist.«

»Ich habe Puyi aus dem Wasser gezogen.« Lene versuchte, einen Blick auf den Jungen zu werfen, aber der Gouverneur verstellte ihr den Blick. »Ich habe erst später erfahren, was es mit ihr auf sich hatte. Ich will Tee kaufen. Warum werde ich behandelt wie eine Gefangene?«

Sie war sich sicher, dass Kaiwen den zweiten Teil ihrer Aussage nicht übersetzen würde. Aus ihrem Mund klangen die Worte lieblich wie das Zwitschern eines Vogels im Blütenzweig. Der Gouverneur hörte sich alles an. Dann griff er an seinen Kinnbart und strich ihn gedankenverloren glatt. Schließlich stellte er eine Frage.

»Wie kam es, dass die weiße Frau in Männerkleider mit Mördern, Räubern und Brandschatzern diese Schwelle übertrat?«, übersetzte Kaiwen.

»Ich war ihre Gefangene.« Lene bemühte sich, so klar und einfach wie möglich den Sachverhalt zusammenzufassen. Sie musste nun mit Roberts Existenz herausrücken, sonst würde ihr niemand glauben. »Ein Brite hat mir geholfen. Ich traf ihn in Kanton, nach der Überfahrt aus Singapore.« Amrith ließ sie wohlweislich aus, in der Hoffnung, dass niemand Genaueres über ihren Reiseweg erfahren wollte. »Er sammelt Pflanzen für die botanischen Gärten in seiner Heimat. Ich wollte zum ehrenwerten Herrn Máh, um von dem weißen Tee zu kaufen. Ich hatte zehn Silbertaler, die mir die Räuber abgenommen haben. Unseren Führer, Gaidong, aus einem kleinen Dorf am Ufer des Perlflusses …«

Ihre Stimme versagte. Es war so still, als wären die Menschen im Saal zu steinernen Statuen geworden.

»Er wurde von Shangs Leuten enthauptet. Der Engländer ist wahrscheinlich auch tot.«

»Lene?«, flüsterte Kaiwen. Aus ihrem Mund klang es wie *Lini*, wie ein Kosename, der ihr das Gefühl gab, nicht ganz allein zu sein. Dschihu hatte ihren Namen ähnlich ausgesprochen. Hoffentlich war wenigstens ihm die Flucht gelungen.

Sie strich sich schnell über die Augen und atmete tief durch. »Mich wollten sie versklaven und dem ehrenwerten Herrn Máh anbieten als …«

Máh sein Freund. Gut Freund, wenn du Geschenk.

»… als Geschenk«, schloss sie den Satz. Das war noch viel zu freundlich ausgedrückt für das, was dieser Verbrecher wirklich mit ihr vorgehabt hatte.

Kaiwen kam zu ihren letzten Worten und stolperte ebenfalls. Sie lief wieder knallrot an, dieses Mal vor Peinlichkeit. Sie war in einer schlimmen Lage. Einerseits sollte sie den Vater ehren, andererseits musste sie die Wahrheit sagen. Viele Möglichkeiten, Shangs Absichten zu verschleiern, gab es nicht.

Lene konnte nicht sehen, was sich gerade hinter Deng Tingzhens Rücken abspielte, aber sie hörte ein leises Zischeln und Scharren. Das Leder der Soldatenrüstung knarrte. Der Gouverneur verzog keine Miene, hob aber den Arm und gab den Wachen ein Zeichen. Sie verschwanden so lautlos wie Wind über Gras.

Dann stellte er wieder eine Frage.

Kaiwen neigte den Kopf noch tiefer und schlang nervös die Finger ineinander.

»Ob du …« Das Mädchen schluckte und begann zu zittern. »Ob du gewusst hast, was der ehrenwerte Herr Máh in seinen Lagerhallen versteckt?«

Kaiwen hatte Angst, fürchterliche Angst, während Lene eigentlich nur noch Wut verspürte auf diese Männer, die nicht nur mit ihrem eigenen, sondern auch mit dem Leben ihrer nächsten Angehörigen spielten. Nicht zu vergessen die vielen anderen im Land, die dieser entsetzlichen Sucht verfallen waren. Sie konnte Deng Tingzhens Haltung verstehen, der diesen Sumpf trockenlegen und das Übel mit Stumpf und Stiel ausrotten wollte. Blieb nur zu hoffen, dass er Lene nicht gleich mit entsorgen würde.

Der Gouverneur wiederholte seine Frage. Leise, scharf und schleifend wie Uferschilf.

»Nein«, antwortete Lene mit fester Stimme. »Ich habe es erst gesehen, als ich hier gefangen genommen wurde.«

»Thank you«, sagte Deng Tingzhen. Er musste jedes ihrer Worte auf Englisch verstanden haben. Wahrscheinlich hatte er Kaiwen und Lene auf die Probe gestellt, ob die Übersetzung auch sinngemäß ausgeführt worden war. Kaiwen wurde noch bleicher. Jeder Tropfen Blut war aus ihrem Gesicht gewichen.

Wieder ein Wink mit der Hand. Der Soldat zerrte sie beide an den Armen hoch und stellte sie vor dem Gouverneur auf. Kaiwen zitterte am ganzen Leib. Lene konnte einen Blick auf das Podest werfen. Máh starrte sie hasserfüllt an. Puyi hatte sich wohl entschieden, das Ganze als Salzsäule auszusitzen. Er rührte sich nicht und sah zu Boden.

Schreie waren zu hören. Wütende, gurgelnde Töne, als würde man jemandem den Hals zudrücken und der sich erbittert dagegen wehren. Die Männer auf dem Podest wurden unruhig, auch die Wachen hoben die Säbel. Ein Ton, wie von schleifendem Eisen auf Stein, näherte sich. Dann wurde ein Bündel durch die Tür geschoben, wobei es wohl eher ein Werfen war. Im ersten Moment erkannte Lene nicht, um wen es sich handelte. Aber dann setzte sich aus dem Wimmern, Würgen und Keuchen die Ahnung einer Stimme zusammen, die nichts mit dem blutig geschlagenen, verkrümmten, zuckenden Leib mehr zu tun hatte, der sich auf dem Boden wand.

»Shang?«

Entsetzt sah Lene auf das, was von dem Opiumschmuggler übrig geblieben war. Sie hatten ihm die Hände abgehackt. Blutgetränkte Lumpen verbargen die Stümpfe. Er musste Höllenqualen leiden, und die Töne aus seiner Kehle waren das Schlimmste, das Lene jemals gehört hatte. Sie packte Kaiwen am Arm, um Halt zu haben und nicht noch einmal die gleiche Reaktion zu zeigen, die Gaidongs Kopf in ihr ausgelöst hatte. Aber das Mädchen war keine große Hilfe. Es zitterte wie Espenlaub und konnte sich kaum noch auf den Beinen halten.

Shangs Gesicht war eine blutverkrustete Masse. Ein Auge war nur noch eine schwarze Höhle, das andere war völlig zugeschwollen. Am schlimmsten war sein Mund. Ein dunkles Loch, aus dem immer noch Blut sickerte. Für einen fürchterlichen Moment glaubte Lene, sie hätten ihm die Zunge abgeschnitten. Aber dann kam ein von Qual und Schmerz verbogenes, kaum noch zu verstehendes Wort aus diesem Loch.

»Rette ...«

Dieser zuckende, gemarterte Leib, ein fast zu Tode geschundenes Etwas, wand und krümmte sich und kam unerbittlich auf sie zu.

Kaiwen schrie auf und riss sich los. Sie wollte wegrennen, aber der Soldat fing sie ein und hielt sie fest. Was sie schrie, konnte Lene nicht verstehen. Aber die reine, pure Verzweiflung und die Angst klangen überall auf der Welt gleich. Kaiwen sah gerade, was ihrem Vater blühte, und ihr vielleicht auch.

»Rette mich ...«

Shang versuchte, sich aufzurichten. Ein zweiter Soldat trat dazu und setzte ihm den Stiefel in den Nacken. Shang brach zusammen und blieb zuckend liegen. Aus seinem Mund kamen nur noch unzusammenhängende, unverständliche Wortfetzen.

»Euer Ehren«, stammelte Lene.

»Ist er das?«, fragte der Gouverneur in exzellentem Englisch, das er an einer der besten Schulen des Empire gelernt haben musste.

Lene konnte nur nicken. Egal, auf welche Seite sie sich schlagen würde – sie wäre verloren.

Der Gouverneur machte wieder eine Handbewegung. Die

zwei Soldaten, die ihn hereingeschleift hatten, packten den wimmernden Mann. Der Schmuggler heulte auf, blutiger Speichel tropfte aus seinem Mund.

»Rette mich!« Der Ruf wurde zu einem kreischenden Heulen, das unmittelbar, nachdem die Wache mit dem Gefangenen verschwunden war, abbrach. Vielleicht war Shang ohnmächtig geworden.

Deng Tingzhen sprach wieder Chinesisch. Nur ein paar Worte, aber sie reichten, dass der Saal von weiteren Soldaten gestürmt wurde, die Máh und seine Männer auf dem Podest gefangen nahmen. Máh wehrte sich verzweifelt, genau wie seine Freunde, und in ihr wütendes Gebrüll mischte sich Todesangst.

»Bàba!«, schrie Kaiwen. Ihre Stimme schrillte in Lenes Ohren. Verzweifelt wehrte sich das Mädchen gegen den Griff ihres Wächters. *»Bàba!«*

Vor ihren Augen wurden Máh und seine Gefolgsleute abgeführt. Kaiwen brach wimmernd zusammen. Nur Puyi war übrig geblieben. Er war aufgestanden, hatte aber keinen Finger gerührt. Mit gesenktem Kopf wartete er das Urteil ab, das der Gouverneur über ihn sprechen würde.

Es war nicht mehr als ein Nicken. Lene wurde von dem Soldaten gepackt und gemeinsam mit Kaiwen Richtung Ausgang gestoßen.

»Méiyou!«, schrie Kaiwen. *»Méiyou!«*[24]

»Was soll das?« Lene wand sich unter dem eisenharten Griff des Mannes. »Wo kommen wir hin? Was habt Ihr vor? Ich wollte nur Tee kaufen!«

Puyi folgte ihnen mit gesenktem Kopf. Sie konnte noch sehen, wie der Gouverneur hoch aufgerichtet in dem leeren

---

24 Nein.

Saal stand, umgeben von all der Pracht, die mit einem Mal zu Asche geworden war.

In ihrer Verzweiflung wandte sie sich an den Jungen. »Puyi! Ich habe dich gerettet!«

Er sah hoch. Ein wütender Blick traf sie. Seine schmale Nase blähte sich in mühsam zurückgehaltener Wut.

»Still sein!«, herrschte er sie an.

»Puyi«, flehte Kaiwen. Tränen strömten ihr übers Gesicht. Chinesische Worte sprudelten aus ihr heraus. Auch wenn Lene nichts verstand, wusste sie: Das Mädchen flehte um sein Leben.

Der große Raum, in dem die Tafel gestanden hatte, war menschenleer. Teller und Geschirr stapelten sich wild durcheinander, Schüsseln und Gläser lagen zerbrochen auf dem Boden. Es sah aus, als sei eine Abendgesellschaft mitten im Gelage aufgesprungen und geflohen. Hatte Deng Tingzhen vielleicht Máhs ganzen Hofstaat festgenommen?

Draußen, auf dem großen Platz vor den Lagerhallen, sah es anders aus. Arbeiter in zerschlissenen Kutten und Frauen mit harten Gesichtern standen zusammen. Das Feuer in den Eisenkörben beleuchtete Gesichter, in denen Furcht und eine gespannte Vorfreude geschrieben stand.

Lene spürte die Blicke wie Hände, die sie überall berührten. Sie schloss die Augen und versuchte, sie zu ignorieren, während die Wachen sie mehr über den Platz schleiften als geleiteten. Es hatte keinen Sinn, sich zu wehren. Kaiwen war kaum noch bei Sinnen. Sie schluchzte und flehte, aber Puyi reagierte nicht. War das wirklich der gleiche Mann, der den Strandvogt niedergeschlagen hatte, um sie zu beschützen? Was zum Teufel war in ihn gefahren? Als sie die Lagerhalle erreichten, die gleichzeitig als Gefängnis diente, nahm er eine Fackel und ging voran.

Sie wurden in das Verlies gestoßen, und während Lene sich still in eine Ecke setzte, warf Kaiwen sich gegen das splittrige Holz der Tür, die viel zu schnell geschlossen wurde.

»Puyi!«, schrie sie.

Er drehte sich noch nicht einmal mehr um.

Es dauerte, bis Kaiwen sich beruhigte und zusammengekauert auf dem Boden lag, die Fäuste vor den Mund gepresst und in ein leises Wimmern versunken, das ihr hoffentlich half. Lene war ein paarmal zu ihr gegangen und hatte sie sacht an der Schulter berührt, aber nur ein wütendes Abschütteln geerntet.

Sie schloss die Augen und zwang sich, ruhig zu atmen und Bilder heraufzubeschwören, in denen weder der Galgen noch der grausame Gouverneur eine Rolle spielten.

Von draußen klangen fremde Stimmen an ihr Ohr, und wenn sie blinzelte, konnte sie im schwachen Widerschein der Fackeln, der durch die Ritzen der Bretter fiel, die Kisten erkennen, die auf der anderen Seite gestapelt waren. Sie stellte sich vor, dass es ihre Kisten wären. Nicht Opium, sondern Tee wäre in ihnen verpackt, und viele Eselskarren würden sie am Fuß der Berge und am Ufer des Perlflusses entlang nach Kanton bringen. Dort würde ein Segelschiff auf sie warten, mit Kurs auf London. Sie dachte an das Salzfleisch und die Pellkartoffeln und sehnte sich danach, noch einmal eine in den Händen zu halten und hineinzubeißen. Die Wochen an Bord würden im Flug vergehen. Lene Vosskamp aus Hogsterwaard würde zurückkehren nach Friesland mit dem feinsten chinesischen Tee, der je importiert worden wäre.

Kaiwen hatte zu schluchzen aufgehört.

»Was machen sie mit uns?«, fragte sie mit hoher, verängstigter Stimme.

»Ich weiß es nicht«, sagte Lene so sanft, wie es in dieser Situation möglich war. Es hatte keinen Sinn, sie noch mehr zu beunruhigen. »Ich nehme an, wir warten jetzt auf einen Prozess.«

»Aber ich habe doch gar nichts getan!«

»Ich auch nicht.« Die Bitterkeit über das, was sie gerade erlebt hatte, ließ sich auch nicht durch Träumereien verdrängen. »Was ist eigentlich mit dir und Puyi? Ich dachte, ihr wärt … ich dachte, er würde uns helfen.«

Das Schweigen dauerte lange. So lange, dass Lene eigentlich nicht mehr mit einer Antwort rechnete. Vor allem nicht mit der, die dann kam.

»Er ist mein Bruder.«

»Danach sieht es aber nicht aus.«

»So? Wie sah es denn aus?«, kam ein Piepsen aus der Dunkelheit.

»Jedenfalls nicht nach Bruder und Schwester«, antwortete Lene. Jede Unterhaltung war gut, wenn sie davor schützte, wahnsinnig zu werden. »Aber so, wie er sich heute verhalten hat … Was ist mit deiner Mutter passiert? Wo ist sie?«

»Sie ist bei der Geburt eines Sohnes gestorben. Der Kleine auch.«

»Wann war das?«

»Es ist sehr lange her. Ich kann mich kaum daran erinnern.«

»Und dein Vater hat nie wieder geheiratet?«

Das Seufzen neben ihr klang ziemlich abgeklärt. »Er hat Konkubinen und Mätressen. Er hätte sie heiraten sollen, dann wären sie nicht so unzufrieden gewesen.«

»Alle gleichzeitig?«

»Natürlich nicht«, kam es ernsthaft zurück. »Erst die Hauptfrau, damit alle wissen, wo ihr Platz ist. Es ist schwierig, wenn sich die Hauptfrau nicht mit den Nebenfrauen versteht.«

»Ah.« Das war alles, was Lene dazu einfiel. »Und Li?«

»Li?« Kaiwens süße Stimme klang verächtlich. »Wenn sie

klug war, ist sie in dem Durcheinander geflohen, zurück zu ihrer Familie. Ihr Vater ist Teemeister. Vielleicht kann er für einen neuen Besitzer arbeiten. Dann hätte sie wieder Aussicht auf ein neues Konkubinat.«

Von draußen waren immer wieder Stimmen zu hören gewesen, Rufe, das Rollen von Handwagen. Dazu gackernde Hühner, quiekende Schweine und spielende Kinder. Aber dann änderte sich etwas. Die Stimmen wurden aufgeregter, als ob sich gerade etwas ereignen würde, was die Routine unterbrach.

Lene beugte sich vor und lauschte.

»Was ist da los?«

Erst klang es entfernt nach dem Jaulen eines Hundes. Dann wurde es lauter, und mit Entsetzen erkannte Lene die gequälten Schreie Shangs.

»Sie hängen ihn«, flüsterte Kaiwen. »Er hat es verdient.«

Das hatte er, zweifellos. Und trotzdem war er ein Mensch, dem sie im Angesicht des Todes keine weiteren Qualen wünschte, sondern Beistand und einen Moment Ruhe zum Bereuen seiner Sünden.

»›Gelobt sei Gott, der Vater unseres Herrn Jesus Christus, der Vater der Barmherzigkeit und Gott allen Trostes, der uns tröstet in all unserer Bedrängnis, damit auch wir trösten konnen …‹«

Sie hörte ihre leise Stimme, die die Worte des uralten Korintherverses murmelten. Sie war ins Friesische verfallen, und der heimatliche Klang, den sie so lange weder gehört noch gesprochen hatte, war mit einem Mal wieder so vertraut.

»Hast du gebetet? Zu deinen Vorfahren?«

»Nein. Zu Gott.«

»Zu welchem Gott?«

Erst dachte Lene, dass das eine ziemlich dumme Frage war. Aber gerade noch rechtzeitig erinnerte sie sich an Amriths Schrein und die vielen Altäre, die sie überall gesehen hatte.

»Zu meinem. Ich habe nur einen. Der ist für alles zuständig.«

»Auch für Verdammte, Mörder und Diebe?«

»Ja. Auch für die.«

Kaiwen schwieg. Von draußen gesellten sich nun Trommel- und Schellenschlag zu den erregten Stimmen. Es entstand so etwas wie eine Volksfeststimmung, aber mit einem angespannten Unterton.

»Und… gilt so ein Gebet auch, wenn du es für jemanden sprichst, der nicht an deinen Gott glaubt?«

»Ich denke schon.« So genau wusste Lene das nicht. Gott und sie, das war ein distanziertes Verhältnis. Er war ständig da und hielt alle unter Beobachtung, griff aber selten ein, wenn man ihn am nötigsten brauchte. War das schon Gotteslästerung?

»Vielleicht beten wir ja in Wirklichkeit gar nicht für die anderen, sondern nur für uns«, fuhr sie fort. Shangs schreckliche Schreie hallten immer lauter, immer verzweifelter. Sie mussten sich ablenken, um nicht verrückt zu werden. »Wir hoffen, dass mehr in uns ist als Hunger und der ewige Kampf ums Überleben.«

»Die Liebe?«

»Die Liebe und etwas, das uns zu Menschen macht. Ein Wille. Ein Streben. Irgendwas, das uns sagt: Wir bleiben nicht stecken in dem Sumpf, in den wir hineingeboren wurden.«

Kaiwen schnaufte leise. In ihrer Familie ging es eher darum, das zu behalten, was einem in die Wiege gelegt worden war. Lene konnte ihn noch riechen, den feinen Duft des Öls. Sie spürte die Seide auf ihrer Haut und das Gefühl, frisch gewaschen zu sein. Aber schon drang auch der beißende Geruch von Angstschweiß hindurch.

Die Rufe draußen wurden zum Gebrüll, das abrupt endete. Über allen schwebte die hohe, rasiermesserscharfe Stimme des Gouverneurs.

»Was sagt er?«

Kaiwen lauschte. »Es ist das Urteil, glaube ich. Opiumschmuggel, Raub, Mord.« Sie fuhr zusammen.

»Was noch?«

»Er hat deinen Namen genannt.«

Ein bitterer Geschmack lag auf Lenes Zunge. Es konnte, es durfte nicht wahr sein, dass ihre Reise ausgerechnet hier ein so brutales Ende finden würde.

Sie spürte, dass Kaiwen unruhig wurde. Das Mädchen stand auf und lief an die Tür des Bretterverschlags. In der nächsten Sekunde schon setzte Lenes Herz aus, um direkt danach in wilden Sprüngen weiterzuschlagen.

»Brenny?«

Die Stimme traf sie wie ein Pfeil ins Herz.

Sie sprang hoch, und gleichzeitig begann alles um sie herum, sich zu drehen. Gerade noch konnte sie sich mit der Hand an der Wand abstützen.

»Robert! Um Himmels willen!«

Ein großer, breiter Schatten tauchte hinter den schmalen Latten auf. Ein dunkles Tuch, das vom Kopf auf seine Schulter fiel, verhüllte sein Gesicht. Er trug die lange, einfache Kutte eines Landarbeiters. Leider musste der arme Kerl, dem er sie geraubt hatte, zwei Köpfe kleiner gewesen sein, denn noch während er sich an den Riegeln und dem Schloss zu schaffen machte, konnte sie die Risse unter den Ärmeln erkennen und das Spannen des Stoffs über seiner Brust.

»Wie bist du hierhergekommen?« Sie stürzte zur Tür. Ihre Finger umklammerten die Holzlatten, und dann spürte sie die Berührung seiner Hand. Erst da wurde ihr klar, dass sie nicht träumte: Er war hier. Der Retter, den sie am wenigsten erwartet hätte.

»Lange Geschichte, Brenny.«

Er zog die Hand weg. Draußen brandete Jubel auf, in dem Shangs Schreie untergingen.

»Geht ein paar Schritte zurück.«

Lene nahm Kaiwen und zog sie zur Seite. Denn der Lärm bot auch Schutz für das, was Robert nun tat: Er brach die Tür auf. Mit einem Knall sprang der erste Riegel aus seiner Verankerung, dann folgte der zweite und der dritte. Die Tür wurde geöffnet, ein Stück Eisen fiel auf den Boden, und Lene flog in seine Arme. Überrascht von dem plötzlichen Angriff, taumelte er zwei Schritte zurück und drückte sie dann an sich – ein wenig zu eng und mit der Hand mehr an ihrem Allerwertesten denn an der Schulter, aber das war in diesem Moment egal.

»Ich dachte, du wärst tot!«

»Das dachte ich auch«, sagte er heiser. »Raus jetzt, bevor sie euch auch noch holen.«

Er setzte sie auf der Erde ab. Diese Begegnung war so überraschend gekommen, dass Lene nicht mehr wusste, was sie mehr verwirrte: die Rettung oder diese mehr als deutliche Umarmung. Sie beschloss, es als Überschwang ehrenhafter Gefühle hinzunehmen. Auch, dass er jetzt einfach ihre Hand nahm und sie durch einen schmalen Gang führen wollte, dessen Seiten aus hohen Stapeln mit Opiumkisten bestanden.

»Wo warst du so lange?«

»Nicht jetzt. Wir müssen fort.«

»Warte.« Lene drehte sich irritiert um. »Kaiwen?«

Das Mädchen stand in der aufgebrochenen Tür und rührte sich nicht.

»Komm!«

»Ich … ich kann nicht. Das wäre ungehorsam.«

Lene hörte, wie Robert scharf einatmete. »Nach den Räubern ist Máh an der Reihe«, sagte er nur. »Und dann ihr.«

Lene löste sich aus Roberts Griff und eilte zurück.

»Kaiwen!« Sie berührte eine eiskalte und seltsam leblose Hand. »Wir müssen fort!«

»Wenn ich das tue, bringe ich Schande über mein Haus.«

»Es gibt dein Haus nicht mehr.«

Sie versuchte, das Mädchen hinter sich herzuziehen, aber es wollte nicht. Die Füße stemmten sich in den Boden, und sie klammerte sich mit aller Kraft an den einfachen Türrahmen.

»Kaiwen!« Lene konnte nicht glauben, dass das geschah. Ihr einziges Heil lag in der Flucht, und dieses störrische Kind weigerte sich? »Bitte! Ich flehe dich an!«

»Lass sie«, kam Roberts Stimme aus der Dunkelheit. Draußen hatte das Spektakel gerade den Höhepunkt erreicht. Ein Schrei aus vielen Kehlen erhob sich, und es war nicht eindeutig auszumachen, ob er etwas mit Entsetzen oder Begeisterung zu tun hatte.

Sie packte das Mädchen an den Schultern und schob es in Roberts Richtung. Ein Glück, dass er den Mund hielt und sich wortlos abwandte. Dann machten sie sich auf den Weg durch das Labyrinth der Gänge zwischen den Kistenstapeln. Der schwere, süße Geruch raubte ihr fast den Atem, und die Flucht wurde auch dadurch nicht leichter, dass sich ihre Füße mit den seltsamen Schuhen immer wieder in dem bodenlangen Stoff verhakten. Einmal fiel sie hin und rappelte sich, getrieben von höchster Eile und Verzweiflung, wieder auf. Die Zöpfe hatten sich längst gelöst, sodass ihr die Haare wirr ins Gesicht fielen und die Sicht zusätzlich erschwerten. Draußen war es ruhiger geworden. Deng Tingzhens Stimme durchstach das Gemurmel, aber sie war selbst für Kaiwen nicht mehr zu verstehen.

Ein Arm schoss vor und zerrte sie nach links. Sie wollte schreien, aber schon legte sich Roberts Hand auf ihren Mund.

»Hier entlang. Es gibt ein Loch unter der Wand, das Diebe gegraben haben. Wir müssen es nur finden.«

Sie spürte etwas Kaltes an ihrer Wange – die Klinge eines Messers. Noch bevor sie sich fragen konnte, was das zu bedeuten hatte, ließ er sie los.

»Nimm das.«

Er reichte ihr die Waffe, die sie dankbar in den Gürtel ihres Gewands steckte.

»Wo ist Kaiwen?«

»Verdammt!«, zischte er.

Lene drängte sich an ihm vorbei. Ihre Körper berührten sich, und wahrscheinlich war es diese explosive Mischung aus Todesgefahr und plötzlicher Rettung, die wie eine Stichflamme in ihr hochraste. Sie musste nach Atem ringen, so plötzlich hatte sie dieses Gefühl erfasst.

»Kaiwen?«

»Hier!«

Das Mädchen hatte die Außenwand der Lagerhalle erreicht und tastete nun auf allen vieren den Boden ab. »Ich glaube, ich habe es entdeckt!«

Lene ging neben ihr in die Knie. In fast völliger Dunkelheit, mehr zu fühlen als zu sehen, befand sich eine Grube, kaum größer als ein Kleiderkasten. Hinter ihr tauchte Robert auf.

»Um ein paar Opiumkugeln nach draußen zu bringen, reicht es allemal.«

»Ein Schlupfloch für Rauschgiftdiebe?«

»Am Tee werden sie wohl kaum Interesse gehabt haben, obwohl der im Wert auch nicht zu verachten ist. Ihr zuerst.« Roberts Hand legte sich auf ihre Schulter. Es war, als würde sich diese Berührung durch den Stoff brennen. Entschlossen verdrängte sie jeden Gedanken, der sie in dieser Situation noch mehr verwirren würde.

»Ich gehe als Erste.« Ihre Stimme klang rau. »Dann Kaiwen. Und zum Schluss du.«

»Aye«, kam es aus der Dunkelheit zurück. »Wenn Madam dann die Güte hätte?«

»Leeniee?«

Sie fuhr zusammen. Alle froren mitten in der Bewegung ein, als hätte der Herr sie in Salzsäulen verwandelt. Lene tastete nach ihrem Messer.

Aus dem Gang zwischen zwei riesigen Stapeln von Opiumkisten löste sich eine schmale Gestalt.

»Dschihu!«

Der Junge kam auf sie zugerannt und wurde noch im Lauf von Robert eingefangen. Er hob ihn hoch und presste die Hand auf den Mund des Kindes, das in der stahlharten Umarmung verzweifelt strampelte und gepresste Töne voller Angst ausstieß.

»Wer zum Teufel ist das?«

Kaiwen sprang auf. »Das ist einer aus Shangs Bande! Ich habe ihn gesehen! Was macht er hier? Wir sind alle verloren!«

Dschihu strampelte noch mehr.

»Ich dreh ihm lieber gleich den Hals um.«

»Nein!« Lene schüttelte energisch den Kopf. »Er kommt mit.«

Dschihus Augen verdrehten sich vor Angst und Luftknappheit so, dass fast nur noch das Weiße zu sehen war.

»Lass ihn. Er wird nichts sagen.«

»Bist du sicher?«

Robert setzte den Jungen auf dem Boden ab und schüttelte ihn ordentlich durch. Dschihu ließ das mit klappernden Zähnen über sich ergehen.

»Was ist da draußen los? Rede!«

Der Junge keuchte und griff sich mit einem Röcheln an die Kehle. »Viel Mann an Galgen«, brachte er schließlich heraus. »Erst Shang, dann … wir.«

»Wir!«, schnaubte Kaiwen und funkelte den Burschen wütend an. »Ich hab es doch gesagt!«

»Dann …« Dschihu sah flehend zu Lene. »Máh und Weißfrau. Dschihu Kleider von Teeplantage nehm.« Er sah an sich hinab. Erst jetzt fiel Lene auf, dass er einen einfachen, mit einer Schnur gegürteten Kittel trug. »Menschen viel aufgeregt, keiner achten auf Dschihu. Aber kann nicht bleiben. Wird entdeckt. Bitte, Leeniee, bitte mitnehmen.«

Sie sah zu Robert. Der verschränkte ablehnend die Arme.

»Er kommt mit.«

»Nein!« Kaiwens Flüstern klang fast panisch. »Wenn wir gemeinsam mit einem Räuber entdeckt werden …«

»Niemand wird etwas erfahren.«

Robert schob das Kinn vor, was seinem düsteren Gesicht mit den Bartschatten einen noch grimmigeren Ausdruck verlieh.

»Wir brauchen jemanden, der sich auskennt. Sonst schaffen wir es nie nach Kanton.«

»Guangzhou?« Der Junge verwendete die chinesische Bezeichnung der Stadt. Er machte einen Diener, der in Roberts Richtung fast bis zum Boden reichte. »Sein Ehre für Dschihu! Kennen Kanton gut, sehr gut!«

Robert löste die Arme und machte eine knappe Kopfbewegung, die vage in die Dunkelheit wies. Dschihus Augen leuchteten auf.

»Raus hier!«

Schnell wie ein Wiesel schlüpfte der Kleine durch das Loch unter der Wand. Lene raffte den Seidenstoff ihres Hanfus zusammen und schob sich, die Beine zuerst, hinunter in die Grube. Sie machte sich so klein wie möglich, um unter der Wand durchzukriechen. Nur mit allergrößter Mühe konnte sie sich durch den Spalt zwängen und erreichte keuchend und nach Luft ringend die andere Seite. Dschihu wartete in respektvollem Abstand und spähte angestrengt die Außenwand der Lagerhalle und dann die umgrenzende Mauer entlang.

Sofort kniete sie sich hin und streckte den Arm in den Spalt. »Kaiwen!«

Das Mädchen, viel schmaler und kleiner als sie, und definitiv gelenkiger, hatte nicht so große Schwierigkeiten.

Robert, zu groß, um wie die Mädchen in die Freiheit zu schlüpfen, hatte sich auf den Rücken gelegt und war kopfüber und rücklings in die Grube geglitten. Sein Gesicht erschien als Erstes, verkrustet von Dreck und getrocknetem Blut. Sie griff ihm unter die Achseln, und mit vereinten Kräften gelang es ihm schließlich herauszukriechen. Sein Kopftuch blieb dabei auf der Strecke, und erst jetzt, in einem diffusen, schwach gestreuten Licht, das der Nachthimmel reflektierte, sah sie die verkrusteten Narben und blauen Flecke auf seinem Gesicht.

Sie wollte die Hand heben und ihm durch die verfilzten Haare streichen, ließ es dann aber lieber bleiben. Aber er musste es gespürt haben, denn er hielt in der Bewegung inne, mit der er den Dreck von seinem zerschlissenen Kittel klopfen wollte. Aber er sah sie nicht an, er sagte auch nichts, und einen Atemzug später war der Moment vorüber.

Die Lagerhalle war direkt an die Einfriedung von Máhs Gut gebaut worden, hinter der ein fast undurchdringliches Gestrüpp in dichten Mischwald überging. An den Ecken der langen Mauer ragten Wachtürme empor.

Robert spähte in beide Richtungen. Die Sicht war schlecht. Der Rauch der vielen Feuer und ein feiner Nebel verwoben sich zu einem dunstigen Schleier. Wer auch immer da oben Wache halten sollte, er war wohl abgelenkt durch das fürchterliche Schauspiel im Hof, das gerade in seine zweite Runde ging.

Wieder erhob sich ein Stimmengewirr, das zu johlendem

Beifall anschwoll. Obwohl es viel leiser klang, wurde Kaiwen noch blasser.

»Vater …«, flüsterte sie und schlug die Hände vors Gesicht.

Lene und Robert wechselten einen schnellen Blick. Dschihu hielt sich in respektvollem Abstand.

»Das ist Máhs Tochter?« Robert musterte Kaiwen von oben bis unten. Nichts in seinem Blick verriet, was er dachte. »Warum hast du mir das nicht gesagt?«

»Weil wir keine Zeit hatten«, fuhr sie ihn an. »Wollen wir jetzt darüber reden oder lieber machen, dass wir davonkommen?«

»Das dürfte schwierig werden.«

Er wies auf ihre chinesischen Schuhe und machte eine auffordernde Handbewegung. Lene schlüpfte aus ihnen heraus und reichte ihm die seltsamen Konstruktionen. Mit zwei beherzten Griffen hatte er die Holzklötze abgerissen, die ein normales Fortkommen unmöglich gemacht hätten. Dann übernahm er auch noch Kaiwens Paar. Die Klötze warf er ins Gebüsch.

»Danke«, sagte Lene, raffte den Saum ihrer Seidenrobe und versuchte, ein paar Schritte zu gehen. Das Schuhwerk war aus dünnem Leder gefertigt und mit Seide überzogen. Lange würde es nicht halten, auch der Hanfu war nicht unbedingt erste Wahl, wenn man es eilig hatte. Der Stoff hatte durch die Gefangenschaft und die Flucht durch das Erdloch schon sehr gelitten. Mit den unpraktischen Ärmeln würde sie überall hängen bleiben. Sie versuchte, sie hochzukrempeln, aber der glatte Stoff rutschte augenblicklich hinunter.

»Hast du noch einen Strick?« Vielleicht konnte man sie damit umwickeln. Sie sah hoch, direkt in Roberts Augen.

»Nein. Nur noch mein Leben.«

Der Blick verunsicherte sie. »Immerhin«, gab sie zurück.

»Du siehst aus wie eine chinesische Prinzessin«, sagte er leise. »Wie eine blonde, dreckige chinesische Prinzessin.«

»Immerhin«, wiederholte sie die dämlichste Antwort, zu der sie offenbar in der Lage war. »Was ist mit deinem Hals passiert?«

»Sie haben mich übel erwischt.« Er trat zur Seite und spuckte aus, was die seltsame Stimmung zwischen ihnen zerriss.

Ein leises Knacken, irgendwo im Gebüsch hinter ihrem Rücken, ließ sie nervös zusammenfahren.

»Wohin jetzt?«

In Roberts Augen stahl sich ein siegessicheres Glimmen. »Ich bin sofort wieder da.«

Er wollte sich abwenden, aber das war der Moment, in dem Lene die Selbstbeherrschung verlor.

»Was soll das? Wir müssen fort, auf der Stelle!«

Er trat auf sie zu und legte seine Hände auf ihre Schultern.

»Gib mir nur einen Augenblick.«

Sein Halstuch war verrutscht. Unter all dem Dreck war ein noch viel schlimmerer, kaum getrockneter Schnitt zu erkennen, der von einem Ohr unter dem Kinn zum anderen führte.

»Oh mein Gott«, flüsterte sie. »Wie hast du das überlebt?«

»Später.«

Er wandte sich ab und wurde umgehend von den hohen Büschen verschluckt.

Kaiwen schob sich neben sie. Sie sah so verzweifelt aus, dass Lene sie einfach in den Arm nahm und beschützend an sich drückte.

»Mein Vater …«

»Ich weiß.«

Kaiwens Schultern bebten. Sie weinte und versuchte verzweifelt, dabei so leise wie möglich zu sein. Während Lene das Mädchen streichelte und zu beruhigen versuchte, wurde das Gefühl, auf brennenden Kohlen zu sitzen, immer stärker. Sie waren noch längst nicht in Sicherheit.

»Pst«, flüsterte Dschihu. Er kauerte auf dem Boden und spähte in den Wald, angespannt und bereit zum Sprung.

Die trockenen Blätter raschelten leise. Wieder ging ein Zittern durch die Wipfel.

»Er kommt zurück.«

Kaiwen löste sich aus Lenes Umarmung und wischte sich die Tränen ab. Gespannt sah sie auf die grüne Wand. Das Rascheln kam näher. Aber es wurde von einem Stöhnen begleitet, von einem unterdrückten Laut, als wenn jemand unter allen Umständen versuchte, seinen Schmerz nicht hinauszuschreien.

Die Zweige teilten sich. Heraus trat ein großer, breitschultriger Wachsoldat. Es war der, den sie schon von Deng Tingzhens Verhör kannte. Sein Säbelmesser schimmerte fleckig und hinter sich schleifte er etwas, das wie ein großer Sack aussah. Er blieb in respektvollem Abstand stehen und blickte dann über seine Schulter zurück.

Es raschelte lauter. Robert kam aus dem Wald gestolpert. Noch bevor Lene auch nur den Versuch starten konnte, den Wachsoldaten, den Sack und Robert unter einen Hut zu bringen, tauchte Puyi auf, eine langläufige Waffe in der Hand, die er direkt auf Robert gerichtet hatte.

»Go. Go!«

Er stieß seinem Gefangenen das Gewehr zwischen die Rippen. Robert stolperte noch zwei Schritte vor und ging dann in die Knie. Mit Entsetzen sah Lene den großen, dunklen Fleck, der sich auf seinem Kittel ausbreitete. Das Nächste, was sie mitbekam, war Kaiwen, die mit einem leisen Laut zu Boden fiel und reglos liegen blieb. Vielleicht war das in dieser Situation der einfachste Fluchtweg: in Ohnmacht fallen und, wenn überhaupt, erst aufwachen, wenn sich die Dinge wie auch immer gefügt hatten.

Dschihu ging hinter ihr in Deckung.

»Puyi«, sagte Lene nervös und fuhr sich mit der Zunge über die trockenen Lippen. Sie hatte das Gefühl, schlagartig zu verdorren. »Bitte.«

Der Sohn des Máh hob das Bein und gab Robert einen Tritt von hinten an die Schulter. Er kippte nach vorne und blieb zusammengekrümmt mit einem Stöhnen liegen. Lene achtete nicht auf den barschen Ruf des Soldaten. Sie kniete sich neben den Schwerverletzten und nahm seinen Kopf vorsichtig in beide Hände.

Die kaum verheilte Wunde hatte sich wieder geöffnet. Robert musste schon vor ihrer Rettung eine erhebliche Menge Blut verloren haben. Die linke Schlagader war unverletzt, aber die rechte hatte etwas abbekommen. Mit mehr Glück als Verstand hatte er die Blutung wohl stillen können, aber jetzt musste er sich mit dem Soldaten einen Kampf geliefert haben, bei dem er eindeutig den Kürzeren gezogen hatte.

Puyi richtete den Lauf seines Gewehrs auf Lene, dann auf Dschihu, der vor Angst schlotterte. Er sagte ein paar Worte. Der Junge warf sich vor ihm auf die Erde und kroch zitternd auf ihn zu, die absolute Geste der Unterwerfung. Zufrieden mit der Reaktion wandte sich Puyi wieder an Lene.

»Steh auf.«

Mit beiden Händen riss sie ein Stück Stoff aus ihrem Unterkleid und rollte es zu einer Art Verband. Robert stöhnte auf und tastete nach seinem Hals.

»Ich werde ihn erst verbinden. Er verblutet sonst noch.« Sie sah hoch. »Und du willst ihn doch am Galgen sehen, nicht wahr?«

Puyis schmale Augen wurden noch kleiner, während er auf Lene zielte. Schließlich ließ er die Waffe sinken und reichte sie dem Soldaten. Der wusste nicht, wohin mit Säbel und Sack und ließ die schwerere Last zu Boden fallen. Dann nahm er Puyi das Gewehr ab.

»Was ist da drin?« Lene warf einen wütenden Blick auf den Sack und riss ein weiteres Stück Stoff aus der Seide, das sie zu einer Kompresse wickelte. »Opium? Tee?«

Sie sah, dass ihre Hände zitterten und dass das auch Puyi nicht verborgen blieb. Ein resigniertes Lächeln kräuselte seine Lippen. Er ging in die Hocke und faltete die Hände.

»Samen«, sagte er. »Ihr seid Diebe.«

Blitzschnell fuhr Puyis Hand vor an ihren Gürtel, und im nächsten Moment hielt er ihr das Messer triumphierend vor die Nase, das Robert ihr gegeben hatte. Er reichte es an den Soldaten weiter.

»Teesamen?« Lene versuchte, so ruhig wie möglich zu bleiben. Das Messer war ein herber Verlust. Sie presste die Kompresse auf die Wunde und legte Roberts Hand darauf, damit er sie festhielt. Er stöhnte auf, seine Lider flatterten.

»Lene«, röchelte er. »Ich wollte nur …«

Sie schlang die Stoffbahn um seinen Hals und versuchte dabei, genug Druck auszuüben, um die Blutung zu stillen.

»Sei still.«

»Ich wollte nur das Gewehr und ein paar Sachen holen.«

»Natürlich.« Wütend zurrte Lene den Knoten fester, als es nötig gewesen wäre.

»Willst du mich umbringen?«, röchelte er.

Sie wischte sich die Hände am Stoff ihres Hanfus ab, der, vollgeblutet, verdreckt und zerrissen mittlerweile, kaum besser aussah als die Lumpen vom Markt am Sungai River.

»Ich?«, fragte sie mit beißender Ironie zurück. »Das schaffst du ganz allein.«

Robert hob mühsam den Kopf und sah an ihr vorbei auf etwas, was sich hinter ihrem Rücken abspielte. Lene folgte seinem Blick. Kaiwen kam wieder zu sich und sah, halb aufgerichtet auf ihre Arme gestützt, benommen zu ihnen.

»Puyi«, sagte sie leise. Bleich wie der Mond, mit dunklen, glühenden Augen schaute sie ihn an. »Puyi!«

Aus dem Mund des jungen Mannes drang ein leises Ächzen. »Kaiwen!« Die folgenden Worte sprach er auf Chinesisch.

Lene rieb sich erschöpft mit dem Handrücken den Schweiß von der Stirn. Es war ein typisches Überraschungsmoment, wie gemacht, um aufzuspringen und in den Urwald zu laufen. Mit viel Glück würde sie entkommen. Aber Robert nicht, der seinen Kopf wieder in ihren Schoß sinken ließ und zu ihr hochblickte. Ein kleines Lächeln huschte über seine blutleeren, spröden Lippen.

»Nicht jetzt«, flüsterte er, als ob er ihre Gedanken lesen könnte.

Puyi ging zu seiner Angebeteten, reichte ihr die Hand und zog sie hoch. Und dann sah Lene mit offenem Mund, wie er sie in den Arm nahm und an sich drückte. Er streichelte ihre Haare, hielt ihr Gesicht in den Händen und flüsterte ihr Worte zu, die Lene nicht verstand.

»Das darf doch nicht wahr sein«, flüsterte sie nervös. Puyi neigte den Kopf und küsste Kaiwen, die scheu und mit geschlossenen Augen die ziemlich keusche Berührung erwiderte. »Was tun die beiden da?«

Robert kämpfte sich auf die Ellenbogen hoch.

»Sie küssen sich«, gab er trocken zurück. »Eigentlich hatte ich so etwas in der Art auch von dir erwartet.«

»Uns erwartet noch einiges andere«, erwiderte sie gereizt.

»Sicher. Aber warum nicht mit dem Angenehmen beginnen?«

Kaiwen wandte den Kopf und sah zu ihnen.

»Puyi wollte mich befreien!«, stieß sie hervor. Ein Lächeln verzauberte ihr blasses Gesicht, in das wieder Blut und Leben zurückkehrten. »Er ist gekommen, um mich zu retten!«

»Dich«, wiederholte Lene tonlos.

Puyi flüsterte ihr etwas ins Ohr.

»Und dich natürlich auch.« Sie strahlte ihren Liebsten an. »Er hat geglaubt, dass der ehrenwerte Mr Robert ein Dieb ist und wollte ihn nicht im Weg haben, wenn er uns rettet.«

»Okay«, krächzte Robert und hob seinen Arm. Lene ergriff die dargebotene Hand, und gemeinsam schafften sie es, dass er wieder auf die Beine kam. »Dann würde ich sagen, dass wir das jetzt geklärt haben und verschwinden.«

Puyi löste sich von dem Mädchen und nahm den Hut ab. Darunter präsentierte er eine makellos geschorene Halbglatze und einen dünnen, langen Zopf, der aus den restlichen Haaren geflochten worden war. Er verbeugte sich in ihre Richtung und stammelte einige Sätze auf Chinesisch.

»Mein Bruder Puyi möchte uns an einen sicheren Ort geleiten.«

»Ihr Bruder?«, knurrte Robert überrascht an Lenes Ohr.

»Ich erkläre dir das später«, gab sie hastig zurück.

»Aber er weiß nicht, wo dieser Ort ist«, fuhr Kaiwen fort. »Jedenfalls, müssen wir fort.«

»Fort«, wiederholte Dschihu und nickte eifrig. Offenbar hatte er in Puyi einen neuen Bandenchef gefunden, dem er sich bedingungslos unterordnen konnte.

Lene spürte Roberts Arm um ihre Schultern. Er stützte sich auf sie und konnte sich kaum noch halten, auch wenn er so tat, als würde er sie lässig umarmen. Sie spürte die fiebrige Hitze seiner Haut durch die feuchte Seide, als wäre sie nackt. Er würde keine zehn Schritte gehen können. Sie blickte Puyi flehend an, der jetzt erst begriff, dass einer seiner zukünftigen Fluchtgefährten kurz davor war aufzugeben.

»Lái ba!«[25], rief er dem Soldaten zu.

---

25 Los jetzt!

Der schien nur darauf gewartet zu haben, in dieser mehr als undurchschaubaren Situation eine klare Anweisung zu bekommen. Er schulterte das Gewehr und schlug sich in die Büsche. Dschihu folgte ihm wie eine Katze auf Raubzug.

Das Gewicht auf ihren Schultern wurde schwerer.

»Robert?«

Sie wandte den Kopf, um in sein Gesicht zu sehen. Er blinzelte ihr zu. Das sollte albern aussehen, aber in Wirklichkeit verbarg es, dass er kaum noch die Augen offen halten konnte.

»Hör zu, *leannan*[26] …«

Langsam glitt sein Arm von ihrer Schulter. In den wenigen Minuten, die seit diesem völlig unnötigen und ungleichen Kampf mit Puyis Soldaten vergangen waren, hatte sein Gesicht an Fülle verloren und wirkte, als hätte man ihm alles Leben herausgesaugt. Die Wangenknochen standen spitz hervor, und unter den tief in den Höhlen liegenden Augen bildeten sich dunkle Schatten. Seine Lippen hatten denselben blassen Marmorton wie seine Haut angenommen.

»Oh nein«, antwortete Lene bestimmt. Sie hoffte, dass er ihr den Schock nicht anmerken würde. »Robert Stirling aus Berwick-upon-Tweed. Du bleibst hier.«

Sie ließ ihn sanft zu Boden sinken und beugte sich über ihn.

»Das hast du dir gemerkt?«, flüsterte er mit steifen Lippen.

»Das und jede einzelne deiner Unverschämtheiten. Außerdem schuldest du mir zehn Silbertaler. Die wirst du bei mir abarbeiten.«

»Ist das ein Versprechen?«, hörte sie ihn, leise wie ein Hauch.

»Nein«, erwiderte sie und konnte nicht verhindern, dass sie liebevoller klang, als sie sollte. »Das ist eine Drohung.«

Aus dem Dickicht näherte sich ein Geräusch, das anders

26 Gäl.: Schatz.

klang als das Anschleichen von Gegnern, die nicht entdeckt werden wollten. Es war ein rhythmisches, raumgreifendes Auftreten ohne jede Rücksicht darauf, was es auslösen konnte. Lene sah zu den Wachtürmen, und wieder kam von weit her ein Schrei aus hundert Kehlen.

Der Nächste am Galgen…

Die Büsche zitterten, und heraus traten Dschihu und der Soldat mit je einem Esel am Zügel. Die Tiere begannen auf der Stelle, Zweige und Gras abzurupfen und malmend zu verspeisen.

Zwei Esel, das reichte nicht. Sie versuchte, sich zu erinnern, wie viele Männer zu Shangs Bande gehört hatten. Mehr als ein Dutzend, weniger als zwanzig. Nicht mehr lange und Deng Tingzhens Urteil an ihnen war vollstreckt. Dann würden sie Kaiwen und die weiße Frau aus ihrem Gefängnis holen wollen und die Flucht entdecken. Ihnen blieb nicht mehr als eine, vielleicht zwei Stunden.

Hastig riss sie einen weiteren Streifen Stoff aus den Fetzen, die sie am Leib trug, und wickelte einen neuen Verband um Roberts Hals. Durch den vorherigen sickerte bereits das Blut. Jemand berührte sie an der Schulter. Lene war so verzweifelt in ihre Tätigkeit vertieft, dass sie erschrocken zusammenzuckte.

Es war Kaiwen. In den Augen des Mädchens spiegelten sich Mitgefühl und Resignation.

»Wir müssen aufbrechen.«

»Ich weiß.«

»Wenn wir ihn mitnehmen, kommen wir nur langsam voran. Zu langsam.«

Sie verstand, was Kaiwen damit sagen wollte, aber sie wollte es nicht akzeptieren.

»Er hat uns gerettet! Er wird mitkommen. Er kann vielleicht nicht laufen, aber ich.«

»Wir werden sterben, wenn wir das tun. Ich verspreche, dass wir sein Opfer in Ehren halten und dass ihn seine Ahnen in ihren Kreis aufnehmen werden, aber wir können ihn in diesem Zustand nicht mitnehmen.«

Lene hatte Mühe, Kaiwen nicht anzuschreien. Sie senkte wieder den Blick auf das, was jetzt wichtig war: Roberts Verband. »Wir werden niemanden opfern.«

Sie verknotete die Enden und strich ihm dann durch die dreck- und blutverkrusteten drahtigen Locken. Er reagierte nicht. »Ohne ihn wären wir noch immer auf der anderen Seite der Mauer.«

Kaiwen ging in die Knie und versuchte, Lenes Blick einzufangen. »Das würde ich so nicht sagen. Puyi war auf dem Weg zu uns.«

Was sollte das werden? Ein Wettkampf, welcher von den beiden Männern sie als Erster befreit hätte? Nicht zum ersten Mal erkannte Lene, dass es unterschiedliche Auffassungen von Überleben gab. Für die einen war es, die Schwächeren ihrem Schicksal preiszugeben. Für die anderen bedeutete es, genau dies nicht zu tun.

Kaiwen seufzte ungeduldig. »Er ist ein Dieb. Hätten sie ihn erwischt …«

»Und was war dein Vater?«

Im selben Moment hätte Lene die Worte am liebsten zurückgenommen. Aber Kaiwen ertrug diese Anspielung mit ziemlich erwachsenem Gleichmut.

»Er wird immer mein Vater sein und ich seine Tochter. Familie ist stärker als alles. Aber was ist der da?«

Ohne zu überlegen, antwortete Lene: »Ich bin seine Frau.«

Kaiwens Mund öffnete sich, um einen leisen Überraschungslaut auszustoßen. »Warum hast du mir das nicht gesagt?«

Sie sprang auf und lief zu Puyi. Die beiden begannen heftig, aber glücklicherweise leise miteinander zu streiten. Zu Lenes Erstaunen warf der Soldat die Zügel der beiden Esel über einen Busch, was den beiden wohl reichen sollte, sich nicht allein auf Streifzüge zu begeben. Das Leder seiner Brustwehr knarrte, als er auf der anderen Seite von Roberts leblosem Körper in die Knie ging und ihn aufmerksam musterte.

»Wie heißt du?«, fragte sie.

Er streckte seine Hand aus, um an Roberts Kehle zu greifen. Lene beobachtete ihn mit Argusaugen, denn in dieser Situation war alles möglich. Auch, dass der Soldat das Problem Robert, das sie an der Fortsetzung ihrer Flucht hinderte, mit einem beherzten Würgegriff aus der Welt schaffte.

»Feng Bao«, kam es leise zurück. Sein breites Gesicht verschwand fast unter seinem Hut. Er zog die Hand zurück und überlegte lange. Endlich hob er den Kopf, um sie anzusehen.

»Hilf.«

»Bei was?«, fragte sie misstrauisch zurück.

Feng Bao sah zu den Eseln, die sich jetzt an dem Gebüsch gütlich taten.

»Du meinst, er soll reiten? Das ist ausgeschlossen.«

Der Mann zuckte mit den Schultern, was wieder von einem leisen Knarren begleitet wurde. Er stellte erst ein Knie auf, stützte sich dann mit beiden Händen ab und hievte sich wieder hoch. Die kurzen Worte, die er mit Puyi wechselte, konnte Lene nicht verstehen. Sie sah nur, dass Kaiwen beflissen nickte. Puyi war zweifellos ihr neues Familienoberhaupt. Was auch immer er beschloss, würde sie ohne Zögern akzeptieren.

Der junge Chinese entwand sich sichtlich ungern aus ihrer Umarmung und richtete das Wort an Lene. Kaiwen blieb hinter ihm und übersetzte mit ihrer zwitschernden Stimme, als hätte sie niemals auch nur im Traum daran gedacht, Robert seinem Schicksal zu überlassen.

»Der ehrenwerte Dieb wird auf dem Esel reiten.«

Lene ließ noch einmal den Blick über den leblosen Körper wandern. »Dann wird es so sein«, brachte sie schließlich hervor. Erst an der Erleichterung, die sie durchflutete, erkannte sie, wie angespannt sie gewesen war. »Helft mir.«

Gemeinsam schafften sie es, Robert hochzuhieven und zu dem verdutzten Esel zu schleifen, der nur mäßiges Interesse an der Neunzig-Kilo-Fracht zu haben schien.

Glücklicherweise fanden sich Seile in der Satteltasche. Damit banden sie den Ohnmächtigen fest, damit er nicht herabrutschte. Es war ein mühseliges, von deftigen Flüchen in verschiedenen Sprachen begleitetes Unterfangen. Aber wenig später sammelte Feng Bao den Sack mit Roberts gestohlenen Teesamen ein und wuchtete ihn dem anderen Esel auf den Rücken. Dann übernahm er, das Gewehr in der Hand, die Führung. Lene folgte ihm, den Esel mit Robert an den Zügeln, dahinter liefen Puyi und Kaiwen mit dem zweiten Langohr. Dem Geflüster nach zu urteilen, hatten sie sich eine Menge zu erzählen.

Aber Lene lauschte mehr auf die Geräusche aus Máhs Palast, die leiser und leiser und schließlich ganz vom Wald verschluckt wurden. Die Luft verlor ihren Geruch nach Holzfeuer und menschlichen Behausungen, sondern duftete nach Wildnis. Wasser tropfte auf ihr Gesicht, nach einer halben Stunde war sie völlig durchnässt. Sie versuchte, in die Fußstapfen des Soldaten zu treten, der in stoischem Gleichmut wieder seinen Säbel herausgeholt hatte und die Blätter und Zweige vor ihnen scheinbar mühelos zur Seite schlug. Aber er schritt schnell, und immer wieder verhedderte sie sich in Schlingpflanzen oder rutschte auf nassen, vermodernden Blättern aus. Nun veränderten sich auch die Geräusche. Die Tiere des Waldes warnten sich gegenseitig vor den Eindringlingen, die sich unbeirrt eine

Schneise durch ihr Territorium schlugen. Das Schreien, Zirpen, Knarren und Quieken war Aufmerksamkeit heischend, im Umkreis von einer Meile würde jeder wissen, egal, ob Mensch oder Tier, dass hier etwas geschah, was die Ruhe störte.

Aber langsam gewöhnten sich ihre Augen an die Dunkelheit, und ihre Füße fanden sichereren Halt. Immer wieder berührte sie Roberts Schultern, tastete nach seinem Körper, den Beinen, den Armen, um sicherzustellen, dass er nach wie vor nicht Gefahr lief, vom Esel zu fallen. Es war wie eine Vergewisserung, dass noch nicht alles verloren war, solange er oben blieb. Ab und zu wurden kleine Tiere aufgestört und verschwanden mit einem Rascheln im Unterholz.

Die rhythmischen Schläge des Säbels, das Schnauben der Esel und ihre Schritte, mal im Matsch, mal auf trockenem Boden, gaben irgendwann den monotonen Takt ihrer Reisegeschwindigkeit vor. Einmal fuhr etwas zischelnd vor ihren Füßen in die Büsche und verschwand. Ihre Hände verkrampften sich um die Zügel, denn in den dünnen, völlig durchnässten Schuhen und dem zerfetzten Hanfu fühlte sie sich schutzlos allem ausgeliefert, das sich stechend, beißend, blutsaugend und vergiftend über sie hermachen wollte.

»*Bamboo snake.*« Puyi hatte sich angeschlichen und tauchte an ihrer rechten Seite auf. »Beißen Mann. Nie Frau. *Immer left hand, left foot.*«

»Tatsächlich«, gab Lene in ihrem feinsten Englisch zurück. Puyi sollte nicht glauben, dass er immer noch das Fischermädchen aus Hogsterwaard vor sich hatte. »Das beruhigt mich sehr.«

»Gut für essen. Suppe, gut. Spieß, gut.«

»Nur für Männer nicht gut.« Offenbar eine wählerische Gattung, auch was die Angriffsrichtung betraf. »Vor was sollte ich mich noch hüten?«

»Besser nicht wissen.«

Er achtete sehr darauf, sie trotz der Enge des Pfads, den Feng Bao schlug, nicht zu berühren. Lene erinnerte sich daran, wie sie ihn aus dem Wasser gezogen hatte. Da hatte Etikette keine Rolle gespielt. Vielleicht dachte er auch gerade an diese seltsam dunkle Stunde, die ihrer aller Leben verändert hatte, denn irgendwann sagte er: *»Long time no see.«*

»Das stimmt«, pflichtete sie ihm bei und warf einen schnellen Blick auf sein Profil, das in der grünen Dunkelheit seltsam ernst und erwachsen wirkte. »Wie ist es dir ergangen?«

»Breemääh schnell weg, London gehen. Viel Papier schreiben. Ladung und Schiff verloren. Nicht gut.«

»Hattet ihr Anteile an der *Lady Grey*?«

Puyi nickte grimmig und duckte sich unter einem Zweig weg, der von Feng Bao aus Versehen in seine Richtung gepeitscht worden war.

»Puyi lange fort von China. Ehrenwerter Vater Máh Yi viel falsche Freunde. Puyi zurück komm und red, immer wieder. Dann ehrenwerter Vater wütend. Sag, Kaiwen nicht werd meine Frau. Kaiwen sehr traurig. Nicht mehr leben woll. Ich Kaiwen hol, aber gefangen. Ehrenwerter Vater Máh strafen, mich und Kaiwen.«

»Dann ist das nicht eure erste Flucht?«

Puyi schüttelte entschlossen den Kopf.

»Und jetzt? Was habt ihr vor?«

»Ich gut Trader. Viel weg, London, Calcutta. Gut Gewinn. Handel mit Tee, Opium bald vorbei.«

»Wegen Deng Tingzhen?« Lene streckte den Arm nach Robert aus. Seine Stirn fühlte sich heiß an, und seine Haare waren nass von Wasser und Schweiß.

»Kaiser, Sohn des Himmels, will kein Opium. William, König von England, will. Gut Opium, viel Silber. China wenig Silber hab. China Hunger, nicht gut.«

»Nein«, sagte sie ehrlich. »Das ist wirklich nicht gut.«

Puyi ging ein paar Schritte voraus, und Lene sah sich nach Dschihu um. Der Junge tauchte mal an der Spitze, mal am Ende des Zuges auf. Gerade steckte er sich etwas in den Mund, das aussah wie das Ende einer Wurzel, und kaute darauf herum. Als er Lenes Blick bemerkte, bot er ihr ein Stück an.

»Was ist das?«

»Taro.« Die kleine braune Knolle in seiner Hand erinnerte sie entfernt an eine Kartoffel. »Schmecken wie Yams. Komm von Pflanze mit Ohr wie Elefant.«

Lene nahm die Wurzel und biss ein Stück ab. Sie schmeckte frisch und leicht süßlich. Als sie den Rest an Dschihu zurückgeben wollte, winkte er ab und verschwand wieder hinter einem Busch mit gewaltigen Blättern, die tatsächlich eine entfernte Ähnlichkeit mit Elefantenohren hatten.

Puyi kehrte zu ihr zurück. Er sah den Rest der Wurzel in Lenes Hand und schüttelte den Kopf.

»Ist das giftig?«, fragte sie erschrocken.

»Nein. Aber kochen, sonst schlecht für Bauch.«

Lene spuckte sofort die Reste aus und ließ die Knolle fallen. »Glaubst du, dass es Krieg geben wird zwischen Großbritannien und China? Aber dein Land ist so groß, ihr könntet den Engländern doch ohne Probleme die Stirn bieten.«

»Groß sein, ja. Korruption zerfressen alles, Opium zerfressen alles. China viel gut zu Weißmann, aber Weißmann nicht viel gut zu China.«

Er nahm Lene die Zügel ab und schlüpfte mit einer behänden Bewegung auf die andere Seite des Lasttiers. Dann, nachdem er seine Gedanken so geordnet hatte, dass sie seinen ehemaligen Ziehvater nicht zu sehr beschuldigten, fuhr er fort. »Máh fahren auf zwei Schiffen. Symbol … symbolisch.«

Lene nickte.

»Aber was ich nicht verstehe: Es ist der beste, teuerste Tee der Welt. Und Máh ist ein reicher Mann. Warum lässt er sich darauf ein?«

»Máh brauchen Geld für Konkubinen und viel gut Leben.«

»Mein ehrenwerter Vater hat nicht gut gewirtschaftet«, zwitscherte es hinter ihnen. Kaiwen hatte jedes Wort mitgehört. »Und er rauchte selber dieses Zeug. Alle sind korrupt, jeder nimmt, was er kriegen kann. Wir werden von Europa vergiftet, und jetzt müssen wir uns wehren.«

Puyi nickte und schob galant für seine Liebste ein paar spitz zulaufende, messerscharfe Blätter zur Seite.

»Und da hast du dich Deng Thingzhen angeschlossen?«

Die Frage war eigentlich an Puyi gerichtet, aber Kaiwen antwortete an seiner Stelle.

»Erst nachdem er mehrmals von Haus und Hof gejagt wurde. Ich durfte noch nicht einmal seinen Namen erwähnen. Wir haben versucht, gemeinsam zu fliehen, aber das ging schief. Als ich Puyi dann gestern in der Gefolgschaft des ehrenwerten Deng Tingzhen sah, wusste ich, dass wir es noch einmal wagen müssen. Unglücklicherweise bist du aufgetaucht, und dein Mann hatte dieselbe Idee. Aber es war nicht Feng Bao, der ihn so zugerichtet hat. Was ist passiert?«

Lene fröstelte trotz der feuchten Hitze, die auch in der Nacht kaum erträglicher wurde.

»Ich wollte mit deinem Vater handeln. Ich wusste nicht, dass Puyi mir damals die Münze nur gegeben hat, damit ich mir etwas zu essen davon kaufen konnte.«

»Du dünn und nass wie Katze von Straße«, kam es aus dem Dickicht zurück.

Lene unterließ es, ihn daran zu erinnern, warum sie in jener Nacht so nass geworden war. Sie griff in die struppige Mähne des Esels, der diese überraschende Berührung mit einem irritierten Schnauben quittierte. Es war gut, sich festzuhalten. Der Weg und die Erinnerungen waren nicht leicht. Doch das Tier geriet aus dem Takt und brachte dadurch Kaiwens Esel ins Stolpern. Er stieß einen markerschütternden Schrei aus, der hoffentlich sämtliche angriffslustigen Bestien um sie herum in die Flucht schlug.

»Lái ba!« Wütend hieb das Mädchen dem armen Tier mit dem Zügel über den Kopf. *»Bén lü! Lái ba!«*

Die gequälte Kreatur schnaubte, keuchte und gab so klagend röhrende Töne von sich, dass Lene es nicht länger ertrug.

»Lass das!«

Sie riss Kaiwen die Zügel aus der Hand. Das Mädchen hob beschwichtigend die Hände, als ob sie Lene genauso beruhigen müsste wie das Tier, das mit rollenden Augen scheute und hinkend zurückwich. Dabei schüttelte es den Kopf und brüllte noch lauter.

»Ruhig, ganz ruhig.«

Lene hob die Hand, aber etwas schien ganz und gar nicht in Ordnung zu sein. Der Esel knickte mit den Vorderläufen ein, wollte sich aber partout noch halten und geriet in Panik.

»Er hat sich verletzt! Siehst du das nicht?«

Wahrscheinlich war er in eine dieser tückischen Gruben getreten, die das Vorwärtskommen so mühsam machten. Mäuse, Kaninchen – Lene hatte keine Ahnung, ob sie sich auch in China tummelten. Unter fürchterlichem Röhren und Geschrei versuchte der Esel noch, auf den Hinterbeinen zu bleiben. Aber selbst die rutschten weg. Er fiel auf die Seite und riss ihr die Zügel aus der Hand. Erst jetzt erkannte sie, dass der linke Vorderlauf in einem unnatürlichen Winkel abstand. Während sie versuchte, den strampelnden Hufen auszuweichen, war auch schon Feng Bao bei ihr.

Ein Blick, ein Nicken zu Puyi, und Lene sah nur noch das

Blitzen des Säbels, der herunterfuhr. Augenblicklich hörte das fürchterliche Schreien auf und ging in ein Röcheln über, das fast noch schlimmer war. Die Läufe zuckten und strampelten ins Leere, dann war es vorbei.

Mit einem erstickten Schrei taumelte Lene zwei Schritte zurück und ging in die Hocke. Sie versuchte, ihren Atem und ihr Blut zu beruhigen, das aufgepeitscht durch ihre Adern pulsierte. Sie hatte viel gesehen und erlebt, aber das Sterben in China war einfach zu schnell und zu brutal. Egal, ob es sich dabei um Mensch oder Tier handelte.

Der Soldat und sein Anführer wechselten ein paar Worte. Sie klangen ärgerlich und nervös, während Lene, wie alle Friesen mit einer großen Tierliebe im Herzen aufgewachsen, erst langsam begriff, was sich gerade abgespielt hatte.

Feng Bao schnitt die Seile durch, die den Sack gehalten hatten. Dann wuchtete er ihn sich ohne ein weiteres Wort auf die Schulter und stapfte an Lene und Puyi vorbei. Kaiwen trat zu ihr.

»Besser ein schnelles Ende, als langes Leiden.«

So wie mit Robert, dachte Lene mit einer Bitterkeit, die sie nur schwer zurückdrängen konnte. Hastig strich sie sich die Haare, die nass in ihrem Gesicht klebten, zurück.

Es gelang ihr nicht, das Gespräch dort fortzusetzen, wo es unterbrochen worden war. Sie schleppten sich schweigend voran, und als über dem hohen Dach der Wipfel die Vorboten der Morgendämmerung zu erahnen waren, sehnte sich alles in ihr nach einer Rast.

»Wohin gehen wir eigentlich?«

Sie hatte das Gefühl, schon seit Ewigkeiten hinter Feng Bao herzutrotten. Der zweite Esel war am Ende seiner Kräfte und geriet immer häufiger ins Straucheln. Sie betete, dass nicht noch ein weiteres Unglück geschah, was das endgültige Aus für Roberts Entkommen bedeutet hätte.

»Zum Fluss«, sagte Kaiwen hinter ihr.

Puyi war zu seiner Liebsten zurückgekehrt, aber ihr Flüstern und Tuscheln hatte schon lange aufgehört. Ab und zu stieß er einen Ruf aus, mit dem er sie auf Gefahren aufmerksam machte, aber alles in allem blieb es eine stille Prozession.

Und dann ging die Sonne auf.

Erst war der Himmel hell geworden, danach wurden die Geräusche der Nacht langsam abgelöst vom Konzert der Frühaufsteher: ein Zwitschern, Rufen, Summen und Brummen, verstärkt durch hohle, glucksende Zwischenrufe und girrende Locktöne. Es war, als wären alle tagaktiven Bewohner des Dschungels gleichzeitig erwacht und riefen sich Grüße zu, um sich des eigenen Überlebens und das der Nächsten zu vergewissern. Der Nebel verdichtete sich wieder zu Regen, der von überall heruntertropfte. Nachdem sie sich mal bergauf, mal bergab gekämpft hatten, schien das Gelände nun sanft zu verflachen.

Blüten öffneten sich und verströmten einen betörenden, sinnlichen Duft. Die Geburt eines neuen Tages hatte Lene noch nie in so einer Intensität erlebt. Es wurde heller und heller, und neben den überwältigenden Eindrücken drängte sich unbarmherzig eine weitere Erkenntnis auf: Es war nicht mehr zu übersehen, in welchem Zustand sich alle befanden.

Feng Bao war mit Abstand in der besten Verfassung. Er war Soldat, gekleidet in Lederrüstung und robuster Hose, dazu gut eingefettete Stiefel, und solche Expeditionen gewohnt. Immer noch schlug er ihnen den Weg frei, aber er hatte längst nicht mehr so viel zu tun wie in dem Dickicht, das sie hoffentlich überwunden hatten.

Puyi hatte seinen Hut verloren. Auf der glatt rasierten, vorderen Hälfte seines Kopfs erschienen bereits die ersten dunklen Schatten der nachwachsenden Haare. Sein Zopf musste geteert sein, denn kein Härchen stand ab. Dafür war der feste Baumwollstoff seines groben Hanfus durchnässt und an verschiedenen Stellen eingerissen, aber auch er hatte den Gewaltmarsch bisher gut überstanden. Kaiwen hingegen bot ein ähnlich trauriges Bild wie Lene: Die zerrissene Seide ihres Mantelkleids klebte an ihrem Körper, die Haare hingen klatschnass und wirr herab, und hätten sie nicht die Unterkleider getragen, würden sie halb nackt durch den Dschungel taumeln.

Robert hing immer noch über dem Esel und rührte sich nicht. Einmal glaubte sie, ein Blinzeln zu sehen, aber wahrscheinlich hatte sie sich getäuscht. Doch er lebte, und das war es, was zählte.

Dschihu war verschwunden. Das letzte Mal hatte sie ihn gesehen, als er versucht hatte, sie mit einer rohen Wurzel zu vergiften. Wahrscheinlich nicht absichtlich, denn er hatte ja selbst davon gegessen, aber sein Magen war diese Kost eher gewohnt als ihrer. Sie sehnte sich nach madigem Schiffszwieback und dicker Grütze.

Es ging weiter bergab. Feng Baos Hilfe sah immer häufiger so aus, dass er ihnen über die bemoosten Steine und abschüssigen, rutschigen Pfade die Pranke reichte. Zuerst glaubte Lene, Tiere hätten diese Schneisen geschlagen, aber dann erkannte sie einzelne Fußabdrücke im Matsch, und in ihre Nase stieg, kaum wahrnehmbar, der Geruch von Holzfeuer. Kurz darauf erreichten sie eine Senke, die in eine Lichtung überging und Platz für rastende Reisende bot. In der Mitte befand sich eine Feuerstelle, und das Gras rund um einige mittelgroße Findlinge war platt getreten. Der Soldat bedeutete ihr, stehen zu bleiben. Dann legte er den Sack mit dem Saatgut ab und verschwand hinter einem mannshohen Busch.

Kaiwen ging zu einem Stein, groß wie ein liegendes Kalb, und setzte sich. Mit einem Stöhnen streckte sie die Beine aus und suchte ihre Vorderseite nach etwaigen Blößen ab, die sie dann unter wütendem Gezerre mit den bescheidenen Überresten ihrer Kleidung bedeckte. Puyi band den Esel an den Zweig eines Baums. Sofort begann das Tier, die erreichbare Umgebung nach Fressbarem abzusuchen.

Lene trat zu Robert. Das Zittern ihrer Hände ließ sich kaum kontrollieren. Sie überprüfte die Knoten und sah nach, ob der Verband immer noch korrekt saß. »Ich brauche Wasser.«

Puyi ließ sich auf den Waldboden fallen und streckte alle viere von sich. Wütend ging Lene zu ihm hinüber.

»Wasser. Und etwas zu essen. Sag mir, wie es weitergeht!«

Statt zu antworten, sah Puyi zu Kaiwen. Sie stand mürrisch auf, und gemeinsam mit ihr löste Lene die Verschnürung, dann legten sie den Verwundeten auf der Erde ab.

Robert atmete. Der Eisbrocken, der ihr die ganze Zeit im Magen gelegen hatte, schmolz. Seine Lider flatterten, und der Atem kam stoßweise, aber er hatte diese mörderische Flucht überlebt. Zumindest bis jetzt.

»Wir machen kurz Rast«, sagte Lene zu ihm. Es war ihr egal, ob er sie hören konnte oder nicht. Der Verband war etwas verrutscht, und es dauerte, bis sie den Knoten gelöst hatte. Sein Gesicht war immer noch totenblass und eingefallen. Aber sein Zustand hatte sich gebessert, denn als sie den Stofffetzen von der verkrusteten Wunde löste, zuckte sein Mund.

»Puyis Soldat ist vorausgegangen. Wenn er zurückkommt, hat er bestimmt Wasser und etwas zu essen dabei.«

Robert blinzelte sie an. Sein Blick war von Schmerzen und Schwäche getrübt, aber Lene glaubte, dass er sie erkannt hatte. Dann sank sein Kopf mit einem Seufzen zur Seite.

Irgendwann tauchte auch Dschihu wieder auf. Kauend, eine Handvoll seltsam aussehender Nüsse in seinem Kittel, den er wie eine Schürze zusammenhielt, um seine Beute darin zu sammeln. Er setzte sich abseits und zerschlug die Schalen mit einem Stein.

Puyi und Kaiwen saßen nebeneinander im Gras und tuschelten. Diese Geheimnistuerei fiel Lene mehr und mehr auf die Nerven. Die gemeinsame Flucht hätte sie zusammenschweißen müssen, aber stattdessen spürte sie eine unausgesprochene, unterschwellige Distanz.

Sie wollen uns loswerden, dachte sie. Wir sind ihnen ein Klotz am Bein.

Kaiwen hob den Kopf und starrte in die Richtung, in der Feng Bao verschwunden war. Puyi griff nach dem Gewehr. Langsam, ohne den Blick auf das Dickicht zu verlieren, stand er auf, spannte den Hahn und legte an.

Es war Feng Bao, und vor sich her schubste er ein Kind. Einen kleinen Jungen mit einem winzigen, hochgezwirbelten Zopf, einer Weste und in einem hellen knöchellangen Kittel, vielleicht sechs oder sieben Jahre alt. Die dunklen Augen blitzten vor Neugier und Abenteuerlust in einem runden, pausbäckigen Gesicht. Sie flitzten schnell von einem zum anderen und blieben fasziniert an Lenes blondem Haarschopf hängen, bevor er sich, keuchend vor Anstrengung, direkt an Puyi wandte.

Dabei deutete er immer wieder in die Richtung, aus der er gekommen war, und zupfte Puyi am Ärmel. Es klang äußerst dringend und fordernd.

Lene stand auf und wischte sich die Hände an ihren Lumpen ab. Auch Dschihu unterbrach sein Hämmern und warf einen sorgenvollen Blick auf Lene.

»Was ist los?«

Puyi warf sich das Gewehr wieder auf den Rücken. »Soldaten am Fluss. Suchen Weißmann und Weißfrau.«

»I-say!«, trompetete der Junge den Spitznamen für Engländer heraus.

»Suchen auch Kaiwen und Puyi. Versteck nicht sicher. *Klein Jung* uns führen. Anderer Platz.«

»Wohin?«, fragte Lene scharf. »Mein Mann braucht Wasser. Wir alle müssen etwas essen und trinken.«

Puyi sprach ein paar Worte, die wie eine Initialzündung auf den *Klein Jung* wirkten. Er flitzte zurück ins Gebüsch und kam wenige Augenblicke später mit einem Beutel zurück, den er Puyi überreichte. In ihm war eine einfache hölzerne Wasserflasche, wie sie wohl bei der Feldarbeit genutzt wurde, und einige in Blätter eingewickelte Reisfladen.

»Nicht viel.« Er reichte ihr die Flasche.

Sein Kopfnicken wies zu Robert. Der hatte seine Lage kaum verändert, als sie zu ihm zurückkehrte.

Lene zwang sich ein Lächeln auf die Lippen. »Wir haben es fast geschafft. Aber wir sind hier nicht sicher.«

Robert richtete sich auf und trank in tiefen Zügen. Der kleine Junge stand in respektvollem Abstand, ließ sie aber mit einer Mischung aus Faszination und Neugier nicht aus den Augen.

»Ein Freund von Puyi«, sagte sie nur und streckte die Hand aus. Widerwillig ließ der Knirps sich von Puyi einen Fladen geben und reichte ihn an Lene weiter.

Sie vermischte das lockere Brot mit etwas Wasser und wartete, bis es weich genug war, um Robert damit zu füttern. Er hielt genau zwei Bissen durch, dann knurrte er unwillig und hob die Hand.

»Lass das.«

»Wir müssen uns verstecken.« Sie reichte Robert ein festeres Stück des Fladens, das er sich langsam in den Mund steckte und kaute, als wäre es das reine Stroh. »Máhs Soldaten suchen uns. Wir waren wohl zu langsam.«

Robert ließ sich die Flasche geben und spülte den Bissen hinunter. Die Blutergüsse, die Shangs Leute ihm zugefügt hatten, changierten gerade von Violett zu Gelb. Die Wunde an seiner Kehle schien wieder verkrustet zu sein, doch der Teil, den der Verband nicht abdeckte, war an den Rändern gerötet. Seine Hände waren dort, wo die scharfen Blätter und Dornen sie gestreift hatten, geschunden und zerkratzt. Er sah halb tot, gemeingefährlich und gleichzeitig auch noch äußerst beunruhigend aus, aber immerhin schien Leben in ihn zurückzukehren. Dschihu konnte den Blick nicht von ihm wenden und streckte schließlich eine Hand zu ihm aus, in der die Überreste seiner geknackten Beute lagen.

»Was ist das?«

»Che-Tau«, sagte der Junge. Er pickte eifrig einen kleinen Brocken aus seiner Hand, steckte es in den Mund und bot den Rest dann Lene und Robert an. »Wilde Nuss.«

Robert nahm ein Stück und betrachtete es. »Das sind Walnüsse. Finde mehr davon.«

Dschihu nickte und flitzte davon.

Kaiwen hatte neugierig zu ihnen hinübergesehen und wandte nun schnell den Blick ab, als Lene es bemerkte. Eine ungute, misstrauische Stimmung baute sich auf, die sogar Robert nicht verborgen blieb.

»Was denkst du? Was haben sie vor?« Seine blauen Augen, dunkel, aber um einiges klarer, wanderten hinüber zu der kleinen Gruppe auf dem Felsen.

Sie nahm die Flasche und trank einen Schluck. Es war, als ob das Leben wieder in ihre Glieder zurückkehrte. Und gleichzeitig übermannte sie eine grenzenlose Schwäche und Müdigkeit. Sie mussten weiter, sonst würde sie auf der Stelle einschlafen.

»Ich weiß es nicht«, sagte sie und schlug den Pfropfen auf den Flaschenhals.

Vorsichtig, mit einem unterdrückten Stöhnen, streckte er sich wieder auf dem Boden aus.

Kaiwen und Puyi teilten sich gerade einen Fladen, als sie die Flasche zurückbrachte.

»*Klein Jung* bringt uns zu einem Versteck.« Kaiwen lächelte sie an. »Dort können wir warten, bis die Soldaten wieder abgezogen sind. Dann nehmen wir uns ein Boot und fahren den Fluss hinauf bis Kanton.«

»Okay.«

Lene setzte sich neben sie. Puyi rückte hastig von ihr weg, um nicht den Anschein zu erwecken, zu viel Gefallen an ihrer Gesellschaft zu finden.

»Was macht ihr dann?«

»Puyi ist Händler. Wir heiraten und nehmen uns ein kleines Haus am Hafen.« Ihre Augen leuchteten, und das Lächeln, mit dem sie ihn streifte, sprach Bände.

»Und von was wollt ihr das bezahlen?«

»Puyi hat ein *conto courant* in der chinesischen Faktorei.«

Lene beugte sich interessiert vor. »Was ist das?«

»Du hinterlegst dein Geld bei einem Verwahrer und bekommst ein Papier über den Wert. Wenn du dieses Papier vorlegst, zahlt man dir das Geld überall wieder aus. Du musst es nicht immer mit dir herumtragen.«

»Überall?«

»Da, wo Vertreter der Gesellschaft sitzen. In London, Singapore, Kanton. Und Amster… Amster…«

»…dam«, ergänzte Lene. »Und wenn der Verwahrer es stiehlt? Oder wenn er das Papier nicht mehr anerkennt?«

Puyi sagte etwas.

»Dann ist der Mann des Todes«, übersetzte Kaiwen mit ihrer Zwitscherstimme. »Immer mehr Händler machen Geschäfte mit Papier. Es ist wirklich Geld wert. Die Italiener haben damit angefangen, und mittlerweile wird schon vieles damit bezahlt.«

»Mit Papier?« Lene konnte sich das nicht vorstellen. »Ich kenne Geldscheine, Banknoten. Aber einfach nur ein Zettel? Der ist doch nichts wert.«

»Wenn Tael[27] oder Britische Pfund draufsteht, verbürgt von einer Bank, hat er den.«

»Aber es bleibt doch Papier! Wie kann es denn dann auf einmal etwas wert sein, nur weil man es draufschreibt?«

Das kam ihr völlig absurd vor. Man zahlte mit Stubern, Pennys oder Shilling. Mit Silbertalern und alten Guineen, mit Geldscheinen, ja, aber doch nicht mit … Papier?

»Jedenfalls«, fuhr Kaiwen fort, die keine weitere Lust hatte, mehr ins Detail zu gehen, wenn man sie sowieso nicht verstand, »hat Puyi Papiergeld und ein *conto* in der Faktorei.«

»Okay.« Lene ließ sich noch einmal die Wasserflasche geben. Sie war fast leer. »Und da sucht keiner nach euch?«

»Wir haben ein Sprichwort. ›Vögel singen nicht, weil sie eine Antwort haben. Sie singen, weil sie ein Lied haben.‹«

Feng Bao ging ein paar Schritte auf sie zu. Suchend blickte er über die Lichtung, kratzte sich am Kopf und fand dann, was er vermisste hatte: den Sack mit dem Diebesgut, der hinter dem Felsen in direkter Nähe zu Puyi und Kaiwen gelegen hatte. Aber Lene war schneller. Sie schnappte ihn dem Soldaten vor der Nase weg.

»Gib her«, sagte Feng Bao ungerührt und hielt ihr die Hand entgegen.

»Er gehört uns.«

Es war, als ob etwas in der Luft mitschwang, flirrend wie ein Sonnenstrahl durch zitternde Blätter und genauso wenig zu fangen. *Klein Jung* sah gebannt zu ihnen hinüber.

»Uns«, wiederholte sie und schwang ihn sich über die Schulter. Er war schwerer, als sie gedacht hatte. Und wesentlich unhandlicher.

»Wir sollten darüber reden, wenn wir am Ziel sind«, schal-

---

27 Chinesische Währung im 19. Jahrhundert.

tete Kaiwen sich ein, nachdem sie einen kurzen Blick mit Puyi gewechselt hatte. »Schließlich retten wir euch gerade.«

Feng Bao bewegte auffordernd die Hand. Lene ließ den Sack wieder sinken.

»Das muss Robert entscheiden.«

»Später. Gib das Feng Bao. Du kannst dich nicht auch noch damit abschleppen.«

Lene reichte ihm den Sack, und in dem Moment, als sich ihre Finger von dem groben Stoff lösten, hatte sie das Gefühl, etwas unwiederbringlich aus der Hand zu geben. Sie hatte einen Fehler gemacht und konnte nur hoffen, dass sich das nicht rächen würde. Als ob nichts geschehen wäre, stand auch Puyi auf. Die Pause war vorüber.

Lenes Schatten fiel auf Roberts Gesicht.

»Geht es weiter?«, fragte er mit seiner heiseren Stimme und öffnete die Augen.

Schwankend kam er auf die Beine und stützte sich wieder auf sie. Er roch nach Schweiß, Blut und Urin, den er in der Nacht verloren haben musste, was sie geflissentlich ignorierte. Er musste sich hassen in diesem Zustand, aber der war nicht zu ändern.

Klein Jung führte den Esel heran, der bei Roberts Anblick zurückwich und wild den Kopf schüttelte. Mit vereinten Kräften gelang es ihnen, den Verwundeten auf den Rücken des widerspenstigen Tiers zu schieben. Endlich saß er, und der Anblick seiner langen Gestalt mit den fast auf den Boden reichenden Beinen musste ein gemeines Grinsen in ihr ausgelöst haben.

»Lachst du mich etwa aus?«

Lene zwang sich, ernst zu bleiben, auch wenn es ihr schwerfiel. »Nie im Leben.«

Sie griff nach den Zügeln. Der Esel setzte sich in Bewegung, sein Reiter versuchte, das Gleichgewicht zu halten. Die Anstrengung, aber auch die Schmerzen, die die Anspannung seiner verletzten Muskeln verursachten, ließ ihm den Schweiß auf die Stirn treten.

»Geht es?«

»Gibt es eine Alternative?«, gab er gepresst zurück. »Wenn mir jemals zu Ohren kommst, dass du das herumerzählst…«

»Kein Wort!«

Aber das Grinsen kehrte zurück.

»Wo ist Dschihu?«, fragte sie und sah sich um. »Er wollte Nüsse suchen.«

»Er wird schon wiederauftauchen. Wir können nicht warten. Er wird uns finden, wenn er dem Pfad folgt«, sagte Kaiwen.

Klein Jung lief voran, ihm folgte Feng Bao, das Diebesgut geschultert, das Robert von seiner schwankenden Warte aus nicht aus den Augen ließ. In der Mitte liefen Puyi und Kaiwen, die Nachhut bildeten Lene, Meister Langohr und Robert. Ab und zu flogen leise Wortfetzen des verliebten Paars herüber. Zusammen mit dem lauten Schnaufen des Lasttiers und dem Knacken und Brechen der Zweige unter ihren Füßen, wurde Lene das Gefühl nicht los, ziemlich laut zu sein für eine Flucht. Aber kaum hatte sich das dichte Grün wieder hinter ihnen geschlossen, verflogen ihre Befürchtungen. Der Wind rauschte von den Bergen herab, und der Wald selbst schien zu atmen und seine Arme schützend um sie zu legen. Irgendwann schwiegen auch Puyi und Kaiwen, und die Karawane verschmolz mehr und mehr mit ihrer Umgebung.

Als die Bäume wieder lichter wurden, überließen sie ihren Platz mannshohen Büschen. Der Pfad wurde breiter, was Lene gar nicht gefiel, denn das hieß, dass sie entgegenkommenden Menschen begegnen könnten. Irgendwann schimmerte es silbern durch die Blätter, und Puyi hob etwas die Stimme, damit sie ihn besser verstehen konnten.

»Shiziyang, das Löwenmeer. Das sein großer Fluss aus Norden, gemacht aus Wu River und Zhen River. Kommen zusammen bei Sanshui, bei Sieben-Sterne-Felsen. Dort wir haben Versteck am Fuß von Weiße-Wolken-Berg.«

Robert straffte die Schultern. »Sanshui?«, fragte er nur, aber da hatte sich Puyi schon abgewandt.

Lene wickelte sich den Zügel fester um die Hand. »Kennst du die Stadt?«

»Ja. Ein Handelsplatz am Perlfluss. Ganz nett.«

»Kann man da untertauchen?«

»Wenn man die richtigen Leute kennt …« Er heftete seinen Blick auf Puyis Rücken mit dem baumelnden Zopf.

»Du misstraust ihm«, sagte Lene leise. »Aber warum nimmt er uns mit? Er könnte ohne uns schon viel weiter sein.«

»Vielleicht hat Deng Tingzhen ein Kopfgeld auf uns ausgesetzt, und er macht einen Handel mit ihm, um seine Schwester, oder wie man dieses Verhältnis auch nennen will, zu retten.«

»Das wäre kein Wunder«, antwortete sie kühl.

Er zog die Zügel an, um den hungrigen Esel davon abzuhalten, einigen saftigen Grasbüscheln am Weg zu viel Beachtung zu schenken. Sie stapfte neben ihm, mit nagenden Zweifeln im Herzen, wohin sie dieser Weg führen würde. Robert verlagerte sein Gewicht etwas auf die andere Seite. »Hast du dein Messer noch?«

»Das wurde mir abgenommen.«

Er zerbiss einen Fluch zwischen den Zähnen. Dann redete er leise und erstaunlich freundlich weiter. »Meines ist auch verschwunden. Wir sind unbewaffnet. Ich habe nicht viel mitbekommen, aber ein paar Brocken von dem, was sie miteinander tuscheln, habe ich verstanden.«

»Und über was reden sie?«

»Über uns. Wir sind eine Gefahr für sie, weil du mit Shangs Bande in Verbindung gebracht wirst.«

»Die beiden sind mit einem korrupten Mandarin verwandt, der letzte Nacht am Galgen geendet hat! Sie sind für uns genauso gefährlich wie wir für sie.«

Er beugte sich vor und kam dabei ihrem Gesicht so nahe, dass seine Lippen fast ihre Schläfe streiften.

»Lass sie nicht aus den Augen«, flüsterte er. »Und vor allem mein Saatgut nicht.«

Was er zu tun gedachte, wenn alles zusammen verschwände, behielt er allerdings für sich.

»Was willst du mir damit sagen?«, fragte sie, obwohl sie es eigentlich schon wusste.

»Du kannst weder diesen Baum von einem Soldaten noch Puyi angreifen. Ich bin keine Hilfe, und dein Nüsse suchender kleiner Räuberhauptmann ist offenbar abgehauen. Wenn es hart auf hart kommt, schnapp dir das Kind und nimm ihm das Messer weg.«

»Ich weiß nicht, ob ich das schaffe.«

»Sie oder wir.«

»Und dann?«

Roberts Lippen wurden zu einem schmalen Strich.

»Und dann?«, wiederholte sie.

»Dann hast du ein Messer«, presste er in männlicher Logik hervor.

Das Gelände wurde unebener und führte an einigen Stellen steil bergab. Immer häufiger war das Ufer des Flusses zu erkennen, und ab und zu klang es, als wären weit entfernt Stimmen zu vernehmen, die sich auf dem Wasser gegenseitig etwas zuriefen. Das Tempo verlangsamte sich, nun wurde nicht mehr auf zügiges Fortkommen geachtet, sondern eher darauf, nicht entdeckt zu werden.

Es war am späten Nachmittag, als Puyi den Arm hob und den Zug stoppte. Dann lauschte er angestrengt.

»Patrouille«, sagte er leise und nahm den Arm herunter. »*Klein Jung* vorausgelaufen, sieht Männer von Gouverneur.«

Lenes Herz begann zu hämmern. »Das kann eigentlich nicht sein.« Roberts Flüstern zog den Graben zwischen ihnen und dem Rest der Gruppe noch tiefer. »Selbst wenn sie uns durch den Wald gefolgt sind, müssten sie hinter uns sein und nicht vor uns.«

»Wie geht es dir?«

Er beugte sich mit einem Ächzen wieder nach vorne.

»Als hätte ich mit einer Bärin getanzt.«

»Einer Bärin?«

»Und der Bär hat uns dabei erwischt.« Er stieß ein kurzes keuchendes Lachen aus und griff sich dann an den Hals, um den Verband zu lockern. »Heiliger Himmel! Ich dachte, wenn ich mal den Kopf verliere, dann aus einem anderen Grund.«

Er schickte ihr einen prüfenden Blick, ob der Bärenwitz und die anschließende Zweideutigkeit bei ihr angekommen wären. Als sie nicht reagierte, wies er mit einem Nicken auf Kaiwen. Die näherte sich ihr mit einem schuldbewussten Ausdruck im Gesicht, der Lene sofort in erhöhte Alarmbereitschaft versetzte.

»Seht ihr die Stufen dort?«

Verborgen im Schatten führte eine bemooste, unregelmäßig in den Stein gehauene Treppe den Felsen hinauf. Sie musste uralt sein, denn an vielen Stellen war sie kaum noch zu erkennen, weil die Erosion der Jahrhunderte tiefe Spuren hinterlassen hatte und aus den Rissen Gebüsch und Bäume wucherten. Kein Fremder würde sie entdecken, nur das geschulte Auge derjenigen, die von ihrer Existenz wussten.

»Ihr müsst euch verstecken. Am besten irgendwo da oben. Dort sind Höhlen, sagt Feng Bao, in denen die Menschen Schutz suchten vor fremden Eroberern.«

»Und der Esel?«, fragte Lene.

Kaiwen seufzte, als hätte sie geahnt, dass es noch Diskussionen geben würde. Sie betrachtete das Tier mit unverhohlenem Widerwillen. Dem Esel ging es in umgekehrter Weise ähnlich. Er rollte mit den Augen, schnaubte und versuchte, auf dem schmalen Pfad zurückzuweichen.

»Wir nehmen ihn mit.«

Lene strich sich nervös die verklebten Haare aus dem Gesicht. »Ihr geht weiter? Ohne uns?«

»Wir müssen uns aufteilen. Ihr seid Europäer, jeder wird euch erkennen und sich an euch erinnern. Aber wir können erst mal untertauchen. Sobald die Gefahr vorüber ist und es dunkel wird, holen wir euch.«

Lene wandte sich an Robert, der bereits vom Rücken des Tiers hinuntergeglitten war und sich gerade stöhnend aufrichtete. »Was sagst du?«

Die Blässe seines Gesichts hatte, zusammen mit den Blutergüssen, insgesamt eine leicht grünliche Färbung angenommen.

»Es wird gehen«, keuchte er schließlich heiser.

Lene öffnete den Mund, um zu widersprechen, doch ein Blick aus seinen Augen ließ sie verstummen. Der Tanz mit den Bären war noch nicht vorüber, er hatte nur eine Pause eingelegt.

»Fein.« Mit einem winzigen Lächeln, das den Triumph dahinter nicht ganz verbergen konnte, kehrte Kaiwen zu ihren Leuten zurück.

Robert versuchte, ein paar Schritte zu gehen, und sah sie dann hilflos an.

Sofort war Lene bei ihm, und er legte den Arm um ihre Schultern. Er roch wie eine Beutelratte, aber das machte ihr nichts aus. Alles war besser, als den einzigen Menschen zu verlieren, der in diesem Land ihr Freund war.

»Jemand folgt uns«, hörte sie seine leise Stimme.

»Dschihu?«

Lene schaute vorsichtig über ihre Schulter zurück.

»Wenn nicht er, dann jemand anderer, der nicht gesehen werden will.«

Trotz der feuchten Wärme überlief Lene ein Schauder. Er drückte sie sanft an sich. Es war atemberaubend, in jeder Hinsicht. Sie fühlte sich beschützt, und gleichzeitig hätte sie ihn am liebsten in den Fluss geworfen, damit sein Geruch erträglicher wurde.

Kaiwen sprach leise mit Puyi und wandte sich dann abermals an die lästige Nachhut.

»Wir kommen wieder. Bald geht die Sonne unter, dann holen wir euch.«

Lene nickte, obwohl irgendetwas in ihr sagte, dass ihr der letzte Rest Glaubwürdigkeit in dieser Versicherung fehlte. Sie löste sich von Robert und wies auf den Sack mit dem Saatgut, den Feng Bao immer noch mit sich trug.

»Der bleibt hier«, sagte sie.

Der Soldat rührte sich nicht. Dafür sagte Puyi: »Der unser Eigentum.«

»Falsch. Dafür haben wir unseren Hals riskiert.«

Puyi schüttelte langsam den Kopf, und diese klare Weigerung war der Moment, in dem endlich alle Karten auf dem Tisch lagen.

»Ihr werdet uns hier nicht zurücklassen«, sagte Lene entschlossen und ging auf Puyi zu. »Nicht ohne unser Eigentum.«

Feng Bao ließ den Sack fallen und hob das Gewehr. Lenes Schritt stockte. Eine Hand zog sie zurück, und Robert schob sich an ihr vorbei. Die physische Präsenz, mit der er sie einfach so aus dem Weg räumte, täuschte. Aber dieses kurze Sammeln seiner kaum erholten Kräfte reichte aus, um für einen minimalen Moment der Verunsicherung bei den anderen zu sorgen. Er stellte sich vor sie und verschränkte die Arme.

»Dann trennen wir uns. Aber gebt her, was nicht euch gehört.«

»Sagt der Dieb zu dem Dieb.« Das kam von Kaiwen, die sich wohlweislich hinter Puyi verschanzt hatte. Der Soldat spannte den Hahn. Sein Gesicht war ausdruckslos, er tat, wofür er bezahlt wurde.

»Ich will mein Eigentum«, sagte Robert ruhig und blickte seinem Gegner in die Augen. Puyi erwiderte den Blick ohne eine Regung in seinem jungen Gesicht. Dann sprach er, ohne sich umzudrehen, mit Kaiwen. Offenbar hatte er gar keine Lust mehr, sich in Englisch verständlich zu machen. Kaiwens Zwitschern klang zwar immer noch lieblich, hatte aber einiges an Wärme verloren.

»Das Saatgut gehört ohne Frage uns«, sagte sie. »Es war im Besitz des ehrenwerten Máh, und wir sind seine Kinder. Ihr seid Diebe, man würde euch die Hände abhacken, wenn man euch damit erwischt.«

Lene wollte den Mund öffnen, da geschahen mehrere Dinge fast gleichzeitig. Robert stürzte sich auf Puyi. Beide taumelten gefährlich nahe an den Abhang, Kaiwen schrie auf, ein ohrenbetäubender Schuss löste sich, und der Esel brach mit einem erschütternden Röhren zusammen.

Die beiden Männer lieferten sich einen erbitterten Zweikampf. Mal lag Puyi oben, mal Robert, und Lene sah nur noch ein Paar Arme und Beine zappeln. Währenddessen lud Feng Bao in unerschütterlicher Ruhe das Gewehr und würde in wenigen Sekunden bereit sein für den nächsten Schuss.

Verzweifelt versuchte sie, Robert wegzuziehen. Aus den Augenwinkeln sah sie noch eine Bewegung, und dann schlug Kaiwen Robert mit einem Stein auf den Kopf. Der verdrehte die Augen und rollte mit einer fast anmutigen Bewegung von seinem Gegner herab.

Mit weit aufgerissenen Augen, Entsetzen und Fassungslosigkeit im Blick, taumelte Kaiwen zurück. Puyi keuchte, hustete und spuckte. Mühsam kämpfte er sich auf die Beine und nahm Kaiwen den Stein ab. Mit einer weit ausholenden Bewegung warf er ihn hinunter in den Fluss. Robert lag mit ausgebreiteten Armen auf dem Boden und rührte sich nicht. Dafür röchelte der Esel umso lauter, bevor er mit einem letzten halb erstickten Schrei den Kopf zur Seite legte und starb.

Lene ging neben dem Mann auf die Knie und fühlte verzweifelt nach seinem Puls. Ganz schwach war er noch unter ihren Fingerspitzen zu spüren.

Wie betäubt sah sie hoch. »Du hast ihn umgebracht«, wiederholte sie.

Kaiwen strich sich mit den Handflächen über die Reste ihrer Bekleidung, als ob sie sich von einer Schuld reinigen wollte.

»Wir hätten den Esel sowieso nicht gebrauchen können. Seid froh, denn die Kugel hätte eigentlich ihm gegolten.«

Sie schoss einen kalten Blick auf Feng Bao ab, der das Gewehr wieder bereit hatte, es dann aber, da seine Hilfe nicht mehr nötig war, schulterte und den Sack hochhob.

»Leb wohl.«

Kaiwen wandte sich ab und hakte sich bei Puyi unter. Der Soldat drehte sich um und stapfte um die Biegung.

»Kaiwen!«, schrie Lene in höchster Verzweiflung.

Aber das Mädchen hörte nicht mehr auf sie. Das Letzte, was von ihr zu sehen war, waren die Fetzen ihres Hanfus, mit denen der Wind spielte und die ihrer Gestalt etwas Zerfließendes, Geisterhaftes gaben, bevor sie um die Ecke bog. Dann war auch sie verschwunden.

Lene sah sich mit Tränen in den Augen um. Zur Rechten

ging es steil hinunter zum Fluss. Zur Linken genauso steil hinauf in die Felsen. Auf dem Weg konnte Robert nicht liegen bleiben, aber es war für sie unmöglich, den Bewusstlosen zu schultern und ihn in Sicherheit zu bringen.

»Robert?«

Sie fuhr ihm durch die Haare und zog entsetzt die Hand zurück. Sie war voller Blut.

»Kannst du mich hören?«

Das Rauschen des Windes in den Wipfeln vermischte sich mit dem des Flusses, aber der Schuss hatte alle anderen Stimmen zum Verstummen gebracht. Wie in Trance kam sie auf die Beine und ging zu dem toten Esel. Ihr Verstand war blockiert, also tat sie das, was getan werden musste, fast mechanisch. Mit zitternden Fingern löste sie das Zaumzeug und holte die Stricke aus der Satteltasche. Mehr Verwertbares war nicht zu retten. Damit kehrte sie zurück und hockte sich wieder neben den Verletzten.

»Wach auf«, sagte sie mit tonloser Stimme. »Sonst lasse ich dich hier liegen. Das ist mein Ernst, du schottischer Sturkopf. Stell dich nicht so an. Wir müssen weiter.«

Seine Lider flatterten wieder. Und dann bewegten sich seine Lippen, als ob er mit unsäglicher Mühe etwas sagen wollte.

Sie beugte sich mit klopfendem Herzen zu ihm hinab. Er war leichenblass, aber es war, als ob ein winziges Lächeln in seinen Mundwinkeln zuckte. Wieder versuchte er, etwas zu sagen.

»Brenny …«

Der Wind trieb ihren Namen fort. Sie beugte sich noch tiefer und schlang die Arme um ihn.

»Kaiwen hat dich k. o. geschlagen. Aber das hältst du aus mit deinem schottischen Dickschädel.«

»Mir ist kalt«, flüsterte er.

Sie hielt ihn, so fest sie konnte. Er stieß einen tiefen Seufzer aus, und sie spürte, wie sein Körper sich entspannte.

»Robert?«

Eine eisige Hand griff an ihr Herz. »Du lässt mich jetzt nicht allein. Wir werden zurück nach England kommen und …«

Langsam senkte sie ihre Lippen auf seinen Mund. Es fühlte sich an, als würde sie abgesplittertes Holz küssen. Er reagierte nicht.

»Und dann bleiben wir erst mal eine Weile. Mindestens einen englischen Winter lang. Aber wir haben es warm und gemütlich. Ein Feuer prasselt im Kamin, und wir *dummeln* den lieben langen Tag …«

»Was … ist … *dummeln*?«

Mit einer gewaltigen Kraftanstrengung öffnete er die Augen und sah ihr Gesicht direkt über seinem.

»Nicht weinen«, flüsterte er.

»Tu ich nicht.«

Die Träne tropfte in seine Bartstoppeln. Er hob den rechten Arm und stöhnte, als hingen zehn Pfund Eisen daran. Sie spürte seine Hand in ihrem Nacken, die sie sanft hinunter zu ihm zog, bis sich ihre Lippen berührten.

Es war ein zarter Kuss – und dennoch löste er in Lene ein Gefühl aus, das sie noch nie gespürt hatte. Die Sicherheit, dass ihr etwas anvertraut worden war, um das sie nicht gebeten hatte und das sie dennoch nie wieder loslassen würde. Etwas Seltenes und Kostbares, schwer zu finden, leicht zu verlieren, flüchtig, wenn man es nicht erkannte und einfing in seinem Herz.

Sie spürte unter ihren Händen, wie sich die Muskeln seiner Oberarme strafften. Vorsichtig hob sie den Kopf. Er wollte ihr etwas sagen und sammelte dafür die letzten Reserven.

»Der Tee«, flüsterte er.

Sie wollte das nicht hören. Sie weigerte sich einfach, in diesem kostbaren Moment von einem Sack Teesamen zu reden. Aber Robert ließ das nicht gelten.

»Er gehört dir. Bring ihn zur Wasserhexe. Geh nach Calcutta. Und bau dir deinen Teepalast.«

Fantasierte er?

Seine Hand fiel herab und hinterließ dort, wo er sie berührt hatte, eine kühle Stelle. Lene legte ihren Kopf auf seine Brust und lauschte dem Schlagen seines Herzens. Sie blendete alles aus. Puyis und Kaiwens Verrat. Ihre trostlose Lage. Die Kopfgeldjäger, die sie irgendwann finden würden. Roberts Zustand, der sich nicht zuletzt durch eigene Schuld immer mehr verschlimmerte. Sie schob alles an den Rand ihres Bewusstseins, wo es nicht verschwand, sondern allenfalls für den Moment aus dem Blickfeld war. Sie lauschte dem Schlagen dieses erschöpften Herzens, dem Wind, der vom Gipfel der Berge über die Wälder wehte, dem entfernten Rauschen des Flusses und den Lauten der Tiere, die nach dem Schuss verstummt waren und nun leise wieder einsetzten.

Und dem Anschleichen von nackten Füßen, bis jemand direkt vor ihr stehen blieb. Lene blinzelte. Es waren dreckige, kleine Füße, und am linken fehlte ein Zeh.

»Dschihu?«

Hastig richtete sie den Oberkörper auf. Der Junge ging in die Hocke und sah schnell über die Schulter, als ob er Verfolger befürchtete. Dann schaute er Lene ins Gesicht und erschrak. Um das zu verbergen, konzentrierte er sich auf Roberts Anblick, der ihn aber erst recht aus der Fassung brachte.

»Es gab einen Kampf. Wir sind allein zurückgeblieben.«

Dschihu nickte. In sein junges, von Entbehrungen gezeichnetes Gesicht gesellte sich eine Zornesfalte zwischen den Augenbrauen.

»Ich seh und hör. Ehrenwerter Robert sein tot?«

Lene schluckte. »Nein. Und bevor du das vorschlägst, ich lasse ihn nicht allein.«

Dschihu nickte eifrig, als hätte sie ihn gerade bei etwas Niederträchtigem ertappt, das er weit von sich weisen wollte. Seine Beine waren nackt, sein Oberkörper auch, weil er den Kittel zu einem prallen Sack zusammengeknotet hatte. Den nahm er hoch. Ein dumpfes Geräusch, wie wenn man Nüsse schüttelt, verriet, dass seine Exkursion wohl erfolgreich gewesen war. Sie hatten kein Wasser, keinen Esel, aber Walnüsse. Viele Walnüsse. Mehr Walnüsse, als sie tragen konnten.

Dschihu betrachtete kurz den toten Esel. Obwohl seit dem Schuss erst ein paar Minuten vergangen sein konnten, stob bereits ein Schwarm Fliegen auf.

»Und alles mitnehm?«

»Ja. Du musst verschwinden, Dschihu. Hast du Freunde oder Familie?«

Der Junge schüttelte den Kopf. Lene ließ Roberts Oberkörper von ihrem Schoß auf den Boden gleiten. Dann stand sie auf und trat an den Rand des grünen überwucherten Abgrunds. Es war schwer abzuschätzen, wie tief es hinunterging. Ausgeschlossen, diesen Abstieg mit Robert zu bewältigen. Ihn hinauf in die Berge zu schleifen, war erst recht keine Option: Dort würde man zuerst nach ihnen suchen.

Langsam trat sie zurück und atmete tief durch. Dschihu sollte nicht sehen, dass ihre Hände wieder zitterten. Deshalb verschränkte sie sie ineinander und drehte sich zu ihm um.

Beim Absetzen waren ein paar Nüsse herausgefallen.

»Was ist das?«, fragte sie misstrauisch und kam näher.

Dschihu hielt ihr eine der kaum daumennagelgroßen Früchte entgegen. Sie waren dunkelbraun und hatten eine harte Schale mit einem weißen Fleck, mehr Kapsel als Nuss.

»Tee«, sagte er und sah sie schuldbewusst an. »Walnuss sein in Sack von ehrenwert Puyi.«

»Du hast …« Ihre Hand schloss sich um das kleine, braune

Ding. »Du hast die Teesamen gegen Walnüsse vertauscht? Wann?«

»Machen Rast, essen Walnuss. Schicken Dschihu sammeln. Dschihu kommen zurück, hören ehrenwert Puyi und viel tugendsam Kaiwen sprechen.«

»Und was hast du gehört?«, fragte Lene langsam. Sie fuhr über die glatte Schale der Kapsel und konnte kaum fassen, welcher Schatz ihr da in den Schoß gefallen war.

»Puyi und Kaiwen stehlen Tee und lassen Robert-*shifu* und Leeniee-*taitai* zurück.«

Dschihus tiefbraune Augen musterten sie mit einem unergründlichen Ausdruck.

»Ihr sein Familie«, sagte er in einem Ton, in dem neben der Feststellung auch ein Fragezeichen mitschwang. »Und Familie nicht alleinlass. Sein zusammen und helfen.«

»Ich würde dir so gerne helfen, Dschihu.« Die kleine Kugel, die er ihr gegeben hatte, legte sie zurück in den behelfsmäßigen Sack. Es gab ein leises, klackendes Geräusch, als sie zu den anderen fiel. Der Schatz, der ihre Rettung gewesen wäre, half nun auch nicht mehr.

»Du musst gehen, Dschihu.«

»*Taitai* nicht verstehen. Ich helfen.«

Er hockte sich neben sie auf den schmalen Pfad und zwang sie so, ihm ins Gesicht zu blicken. Lene spürte, wie ihr Unwille gegen die ungebetene Gesellschaft wuchs. Gleich würde die Patrouille auftauchen und sie hier finden. Sie wollte diese paar Minuten allein sein.

»Das hast du«, antwortete sie und zwang sich zur Ruhe. »Aber wir kommen hier nicht mehr weg. Nimm die Teesamen, vielleicht kannst du sie in Kanton verkaufen.«

Seine kleine, harte Hand fuhr vor und legte sich auf ihre. Es war eine rührende Geste, die Trost spenden sollte.

»Ich helfen. Treppe führen nicht nur in Berg, auch hinunter an Fluss. Auf andere Seite schwimm, Nacht, stehl Boot und fahren nach Kanton.«

»Es gibt einen Weg da runter?«

Dschihu nickte und zog die Hand wieder weg. »Sein schwer, aber ich tragen Robert. Ich sein stark Mann. Hab arbeit viel, auf Feld und in Steinbruch.«

Er wendete sich hastig um und spähte zur Biegung des Weges.

»Viel Soldat kommen. Mit Waffen. Wir gehen.«

Lene beugte sich vor und sah in die Tiefe. Der uralte Höhenpfad, kaum erkennbar unter Felsvorsprüngen und wuchernden Büschen, schlängelte sich tatsächlich auch hinab Richtung Fluss.

»Da willst du hinunter?«

»Gegend kenn gut, Steinbruch nicht weit.« Er kam näher an sie heran und blickte mit ihr in den Abgrund. »Das sein Weg von Schmugglern. Machen viel, trag viel oft. Robert-*shifu* schwer wie viel Stein, auf nicht geh, aber ab. Leeniee-*taitai*?«

Er zupfte sie ungeduldig an ihrem linken, halb abgerissenen Ärmel. Sie begriff, dass es jetzt auf jede Sekunde ankam.

»Robert?«

Er rührte sich nicht, und als sie ihn an der Schulter sanft rüttelte, erfolgte keine Reaktion. Der K.-o.-Schlag hatte ihn außer Gefecht gesetzt, wer weiß, für wie lange. Dschihu begann nun hastig, den Berg hinaufzuklettern und dabei jede Menge Zweige zu knicken und Pflanzen umzutreten. Er legte falsche Spuren, um ihr Verschwinden zu kaschieren. Währenddessen hob Lene sanft Roberts Kopf, legte ihn auf ihren Schoß und griff dann unter seine Arme.

Himmel, war dieser Mann schwer! Sie hatte es gerade geschafft, ihn halb aufzurichten, als Dschihu heruntergesprungen kam und ihr half. Gemeinsam gelang es ihnen, den leblosen

Körper vom Weg langsam über die Felskante hinabzulassen. Dschihu kletterte voraus und fand etwa einen Meter unter ihnen Halt auf einem schmalen Vorsprung. Keuchend schob sie von hinten nach, während Dschihu erst Roberts Beine und dann den Oberkörper sanft in seine mageren Arme nahm. Zuletzt rutschte Lene ein Stück vor und hielt Robert an den Schultern fest. Der Junge entwickelte unwahrscheinliche Kräfte. Er legte Roberts Arme über seine Schultern, nahm ihn wie einen Teesack auf den Rücken, hielt ihn mit der rechten Hand fest, suchte mit der linken Halt im Fels und an abgestorbenen Wurzeln und Pflanzen und begann langsam, den verborgenen Pfad entlangzuhangeln, der in die Felsen gehauen war.

Lene stellte die unverhoffte Beute an die Felskante und warf einen letzten Blick zurück, bevor sie sich selbst auf die erste Stufe herabgleiten ließ. Sie verwischte die Spuren, die sie hinterlassen hatten, richtete einige geknickte Pflanzen wieder auf und fuhr zusammen.

Ein Soldat war in der Biegung aufgetaucht. In letzter Sekunde duckte sie sich und presste sich, so eng sie konnte, an den Felsen. Vorsichtig lugte sie nach einer Weile über die Felskante. Der Mann hatte nur einen kurzen Blick auf den überwucherten Weg geworfen und sich dann wieder an seine Kameraden gewandt, die bisher hinter der Biegung aufgetaucht waren. Hastig zog Lene den schweren Sack über die Kante und kauerte sich zusammen.

Rufe erklangen, Schritte kamen näher. Männer sprachen miteinander, einer rief den anderen etwas zu. Lene wagte kaum zu atmen. Sie konnte noch nicht einmal den Kopf wenden und sehen, ob Robert und Dschihu sich schon versteckt hatten. Sie klebte am Felsen, auf dem winzigen Vorsprung. Ihre Hände krallten sich in einige Pflanzen, die nicht gerade vertrauenerweckend stabil verwurzelt waren.

Eine raue Stimme über ihr bellte Befehle. Sie schloss die

Augen und wartete. Das Herz hämmerte so sehr in ihrer Brust, dass sie Angst hatte, man könnte es hören. Mit jedem Atemzug wurde es schwerer, das Gleichgewicht zu halten.

Einige Stimmen kamen jetzt von etwas weiter her. Die Soldaten untersuchten die ersten Stufen bergauf und gelangten nach einer halben Ewigkeit zu dem Schluss, dass sie es wohl versuchen mussten. Wieder wurde diskutiert. Lenes Knie begannen zu zittern, ihre Hände verkrampften sich. Schweiß trat auf ihre Stirn, und der Wunsch, ihn abzuwischen und sich aus dieser Lage zu befreien, wurde fast übermächtig. Aus einer schmalen Spalte kroch ein seltsames Insekt auf sie zu, halb Raupe, halb Käfer, und setzte an, über ihre Hand zu krabbeln.

Sie biss die Zähne zusammen und ließ es über sich ergehen. Mücken stachen sie in die Beine. Der Schweiß rann aus ihren Haaren über die Stirn und biss in den Augen. Sie kniff sie zusammen und schickte ein Stoßgebet zum Himmel. Oh guter Jesus, unser Christus, erhöre mich, berg in deinen Wunden mich, oh liebster Jesus, halte mich, dir lebe ich, dir sterbe ich … Sie war wieder mit Rensche in der Kirche von Hogsterwaard. In der letzten Reihe, denn vorne saß die Familie eines Jungen, der nie wieder nach Hause zurückkehren würde.

Die Vosskamps. Sie sind an allem schuld. Aufhängen sollte man den Henry. Und mit ihm seine Brut. Dass der noch lebt und sich nach Hause traut …

Rensches Hand, eiskalt. Gesenkter Kopf, dicker Bauch. Raus aus dem Haus, rein in die Kate. Tagelöhner. Bettelvolk. Hunger und Tod … Noch nicht einmal zu ihrer Beerdigung hatte sie es geschafft. Niemand würde je erfahren, was aus ihr, Lene, geworden war. Im Hurenhaus von Emden ist sie gelandet, hörte sie Jann Groths Stimme, trunken von Gehässigkeit. Das war es, was Hanna ihr Leben lang begleiten würde: der Vater ein Mörder, die Schwester eine Hure, und alle anderen dood.

Ich kann nicht mehr, hämmerte es in ihrem Kopf. Der Wunsch, einfach loszulassen, wurde übermächtig. Sie verzweifelte daran, dass die letzten Gedanken ihres Lebens dem absoluten Versagen gelten sollten. Sie hatte es nicht geschafft, den Teufelskreis zu durchbrechen und aus dem Schatten von Armut und Niederlage herauszutreten. Ihr Name würde vergessen werden, davongetragen wie ein Blatt im Wind. Lene Vosskamp, Mördertochter. Ab in die Gosse, und dann spurlos verschwunden im Hafenviertel von London.

Das Tier kroch ihr nun den Arm hinauf und verschwand in einer Falte ihres zerrissenen Hanfus. Sie zwang sich, all das auszublenden. Es war bedeutungslos, weder das kratzende Krabbeln noch die Schmerzen in ihren Gliedern waren jetzt wichtig. Diese Felsen standen hier seit einer Ewigkeit. Sie, Lene, war ein Nichts. Und doch ein Teil des ewigen Kreislaufs.

Sie versuchte, sich an die schönen Gefühle zu erinnern, an Seetjes Umarmungen und ihre feuchten, pappigen Küsse. An Hannas leuchtende Bewunderung für die große Schwester. An Rensche und Henry vor dem Unglück. An Anne, die ihr Vertrauen geschenkt hatte. An Werners Umarmungen und Roberts Kuss. Es war doch viel, was da zusammenkam. In jede Erinnerung kroch sie hinein und kostete sie aus bis in die kleinste Einzelheit.

Sie spürte, wie sie ruhiger wurde und eine Gelassenheit sich in ihr ausbreitete, die nichts mit Kapitulation zu tun hatte. Wenn ihr Weg hier zu Ende sein sollte, abgestürzt oder gefangen genommen in einer fremden Welt, dann war sie doch weitergekommen als alle aus Hogsterwaard vor ihr. Nur schade, dass es niemand erfahren würde… Aber vielleicht war das ja gar nicht Sinn der Sache. Vielleicht war es ja das, was der Herr mit ihr vorgehabt hatte in seiner grenzenlosen Güte und Unbegreifbarkeit: dass sie eine Reise gewagt hatte, die vor ihr noch keiner Frau gelungen war. Und wenn sie nun als Namenlose in einem fremden Land untergehen sollte, dann hatte doch Hanna an sie geglaubt. Und Anne. Die Boysens. Eliza Ellice. Sophie. Werner, auch wenn es ihm sehr schwergefallen war, am Schluss über seinen Schatten zu springen. Und die anderen, Puyi, Kaiwen, Deng Tingzhen, Amrith, Smilin' Pete … sie hatten eine Frau gesehen, der andere folgen würden. Nicht auf diesem Pfad, aber einem anderen, eigenen. Das konnte einen, wenn man wie gelähmt und in Todesangst an einem Felsen klebte, ziemlich stolz machen.

Sie hatte jedes Zeitgefühl verloren. Es konnten Minuten sein, Stunden, in denen sie bewegungslos mit der Umgebung verschmolz. Ihr Instinkt sagte ihr, dass es noch nicht vorüber war. Sie wartete. Der Verstand war nun nicht mehr getrübt, sondern scharf wie ein Schlachtermesser. Sie hatten eine Chance. Sie durfte nur nicht aufgeben.

Endlich hörte sie das leise Knirschen von Sohlen auf Stein. Der Soldat trat zurück und gesellte sich zu den anderen, um die Fliehenden bergaufwärts zu suchen.

Lene zwang sich dazu, langsam bis hundert zu zählen. Ein Vogel schrie, wiederholt und auf eine seltsame, Aufmerksamkeit heischende Weise. Vorsichtig drehte sie den Kopf nach rechts und sah hinunter.

Der schmale Pfad, halb verborgen von Gebüsch und einer überwucherten Felsnase, wand sich den Uferfelsen entlang um die Biegung herum und verschwand dort. Unmerklich lockerte Lene ihre Haltung und hätte vor Schmerz beinahe aufgeschrien. Einige Steinchen lösten sich unter ihren Sohlen und fielen in die Tiefe. Der Schweiß brannte in ihren Augen, und das widerliche Insekt hatte es sich irgendwo zwischen ihren Brüsten gemütlich eingerichtet. Sie zwang sich, ruhig zu bleiben und keine hastigen Bewegungen zu machen.

Immer noch geduckt, die zurückgestohlenen Teesamen fest an sich gepresst, hatte sie die Strecke bis zur Biegung nach ein paar Minuten geschafft. Sie sah hoch. Zehn Meter über ihr verlief der Weg, auf dem die Soldaten gekommen waren und der zur nächsten Stadt führte. Der Berg wurde zu einem Hang, der sanft in einen breiten, mal von Steinen übersäten, mal dicht bewachsenen Uferstreifen überging. Auf einem breiteren Vorsprung hatte sie Platz genug, die Beute kurz abzustellen und durchzuatmen. Sie schüttelte sich aus und hoffte, das widerliche Insekt dabei loszuwerden. Dann schulterte sie die Last erneut.

Wieder dieser klagende Vogelschrei. Verdorrtes Gestrüpp hatte eine Art Laubengang geschaffen, über den sich frisches Grün der Sonne entgegenreckte. Auf halber Höhe verbreiterte er sich zu einem schmalen Plateau, das von herabhängenden Schlingpflanzen fast gänzlich überwuchert war. Der Vogellaut hatte etwas so eindringlich Aufforderndes, dass Lene das Grün wie einen Vorhang zur Seite schob und in eine niedrige Höhle blickte, die von sich überlagernden Gesteinsschichten geschaffen worden war.

»Leeniee-*taitai*!«

Geblendet von der Helligkeit draußen erkannte sie zunächst nur die Umrisse von zwei Gestalten. Dschihu, der mit dem Rücken zu der schroffen Wand in der Hocke saß, und neben ihm Robert, der sich halb aufrichtete, als sie eintrat.

Die Höhle war ein Schmugglerversteck. Abgebrannte Kerzenstümpfe klebten auf den Vorsprüngen, im Hintergrund, wo der Felsspalt immer schmaler wurde, lagen Reste zerbrochener Kisten und einige Lumpen, die sich als löcherige Decken herausstellten. In eine von ihnen war Robert gehüllt. Sein Gesicht leuchtete im Halbdunkel weiß wie ein Totenschädel.

»Du lebst«, sagte sie nur. Mehr fiel ihr nicht ein. Sie stellte den Sack aus Dschihus Kittel ab und ließ Schultern und Arme kreisen, um den Schmerz zu verjagen.

Sie wusste nicht, ob er sich noch an seinen letzten klaren Moment erinnerte, denn er beobachtete sie ohne das geringste Zeichen von Wiedersehensfreude. Langsam kam sie näher und setzte sich schließlich auf den unebenen, von kleinen Steinchen übersäten Boden. Es war kühler als draußen, aber das allein war es nicht, das sie frösteln ließ.

Er musterte sie von oben bis unten. Kein Lächeln, keine Erleichterung, nur Gleichgültigkeit. Schließlich, als seine Stille kurz davor war, zur Beleidigung zu werden, sagte er: »Du hast ziemlich lange gebraucht.«

»Es ging nicht früher«, antwortete sie. Um nichts in der Welt wollte sie sich anmerken lassen, wie sehr sie diese Begrüßung verletzte.

»Nach Sonnenuntergang brechen wir auf.«

Er richtete seinen Blick auf einen Punkt hinter ihr, an dem es nichts Interessanteres als rissigen Felsen zu sehen gab.

»Wasser hol«, schaltete sich nun Dschihu ein, dem die seltsame Stimmung zwischen den beiden Erwachsenen nicht entgangen war. Er legte die hohlen Hände aneinander. »Nichts hab. Und viel Soldat oben.«

»Sind sie noch da?«, fragte Lene bestürzt.

»Wir müss auf andere Seite von Fluss. Hier nichts gibt, nur Stadt Sanshui. Stadt sein gefährlich. Drüben Dorf. Drüben Boot.«

Sie nickte. Darauf hatte er sie vorbereitet. Womit sie nicht klarkam, war Roberts Verhalten. Und die Erschöpfung, die sie überfiel, kaum dass sie vorübergehend in Sicherheit war.

»Hier.«

Dschihu reichte ihr ein winziges Stück Reisfladen.

»Nicht ess, für Robert-*shifu* und Leeniee-*taitai.*«

Robert zog die Beine an und drehte sich zur Seite. Mit dem staubtrockenen Stück Fladenbrot stand Lene auf und verließ die Höhle, war aber vorsichtig genug, sich nicht zu weit auf das Plateau hinauszuwagen.

Der Fluss schimmerte silbern und verheißungsvoll im Tal, zum Greifen nah und doch noch unerreichbar. Während sie versuchte, nicht an den Krümeln zu ersticken, stellte sie sich vor, wie sie in wenigen Stunden, wenn es dunkel war, in ihn stürzen und trinken würde. Gierig und maßlos, bis sie platzen würde.

Aber auch das half nicht. Das Brot schien sein Volumen in ihrem Mund zu vervielfachen. Sie kaute, hustete und spuckte es schließlich aus, um nicht daran zu ersticken. Die Abschürfungen und Wunden an ihren Händen, kaum verheilt und viele neue, begannen höllisch zu schmerzen, und die Mückenstiche trieben sie fast in den Wahnsinn.

Wenig später kam Dschihu zu ihr, hielt sich aber schüchtern im Hintergrund. Wenn sie mit seiner Hilfe ein Boot kapern und Kanton erreichen konnten, waren sie in Sicherheit. Vielleicht hatten die Preußen oder die Hannoveraner einen Abgesandten dort, sonst würde sie sich gleich an die Briten wenden. Es könnte schwer sein, noch schwerer als in London, eine Passage zu bekommen. In Singapore würde sie vielleicht ihren neuen Reisepass erhalten, aber das waren ungelegte Eier, wie Rensche gesagt hätte. Sie würde sich den Kopf darüber zerbrechen, wenn es so weit war.

Dschihu nahm einen abgebrochenen Zweig und malte Muster in die trockene Erde. Endlose Spiralen, über- und untereinander. Er war so vertieft in seinem gedankenverlorenen Tun, dass er nicht bemerkte, wie sie ihn ansah.

Was würde aus ihm werden? Welche geheimen Hoffnungen hegte er in seinem Herzen? Sie waren tief in seiner Schuld, und bis jetzt hatte er mit keinem Wort verlauten lassen, wie er sich ihre Gegenleistung vorstellte.

Robert hatte vielleicht einen Plan, was er mit den Teesamen anstellen konnte. Er war Gärtner und hatte Ahnung von Botanik, während sie eher mit dem Einsalzen von Heringen punkten konnte. Aber eins war ihr klar: Selbst wenn sie die Beute teilen würden, weder in England noch in Friesland könnte sie Tee anbauen. Annes Vermögen war verloren, und mit ihm auch das Vertrauen, das in Lene gesetzt worden war.

Dschihu unterbrach irgendwann seine Malereien. Eine Weile schwiegen sie noch gemeinsam. Dann fing Dschihu an zu erzählen. Er tat dies in seinem eigenwilligen Pidgin-Englisch, erst leise und stockend, später, durch Lenes Aufmerksamkeit ermuntert, immer flüssiger.

Seine Geschichte ähnelte der von ungeliebten Waisen in aller Herren Länder. Ob in den Slums von London oder dem Armenhaus von Leer, Kinder waren ein Gut, das so überreich vorhanden war, dass man auf jegliche Obhut und Fürsorge verzichtete. Die stärksten überlebten. Für die anderen gab es ein Armenbegräbnis oder, wie im Fall von Dschihus bestem Freund, noch nicht einmal das.

»Viel Arbeit, nichts essen. Steinbruch nicht sicher, stürzt ein. Alle tot.«

Seine Haare waren verkrustet von Staub und Dreck. Er hatte die Knie angezogen und die Arme darumgelegt. Sie waren wie seine Beine aufgeschürft und von Narben überzogen, die aussahen, als hätte der Tod immer mal wieder seine Krallen nach ihm ausgestreckt, ihn aber noch nicht zu fassen gekriegt. Sein Blick war durch die Blätter auf den Fluss gerichtet, aber sie wusste, dass er in Gedanken ganz woanders war.

»Was habt ihr geschürft? Edelsteine? Rubine? Gold?«

Die alten Geschichten kamen ihr wieder in den Sinn. Von

Höhlen, in denen Diamanten an der Decke wuchsen und im Licht der Kerzen funkelten.

»Zinn«, sagte Puyi. »Und Stein. Viel Stein. Hart Arbeit.«

Er bewegte die übrig gebliebenen Zehen an seinem Fuß, als würde ihn ein Phantomschmerz plagen. Sie hatte erfahren, dass er nicht wusste, wer seine Eltern waren. Ausgesetzt am Rande eines Reisfelds, hatte ihn ein Bauer großgezogen in der Hoffnung, eine billige Arbeitskraft zu haben. Doch er war ein grausamer, gewalttätiger Mensch.

»Schlagen, immer schlagen.« Der Junge schob sein drahtiges Haar zur Seite und zeigte ihr eine grässliche Narbe. Sie war an der Stelle, an der sein rechtes Ohr gewesen war.

»Mit Nagel an Tor von Scheune, weil stehlen Brot. Nichts ess, viel Hunger.«

Lene hob die Hand, und Dschihu zuckte zusammen, als ob sie ihn hätte schlagen wollen. Sie stoppte mitten in der Bewegung und wartete kurz. Er neigte den Kopf, als ob er sich schämen würde, so eine unangemessene Reaktion gezeigt zu haben. Sanft streichelte sie ihm über den wirren Schopf und legte die Haarsträhne wieder zurück über die Narbe.

»Und dann bist du zu Shang?«

Sie erfuhr, dass Shang die Bande immer mal wieder für bestimmte Zwecke angeheuert hatte. Mal ging es um Schmuggel, mal um Raubmord.

»Bekomm Essen und Kleider. Nicht wiss wohin«, setzte er leise hinzu.

Lene zog die Hand zurück, die sie noch auf seine magere Schulter gelegt hatte.

»Ich auch nicht.«

Sein Kopf fuhr hoch, und die dunklen Augen, uralt in diesem jungen Gesicht, musterten sie mit einem durchdringenden Blick. »Leeniee-*taitai* sein Weißfrau.«

»Auch die wissen nicht immer, wohin sie gehören.«

»Zurück gehen England?«

»Nein, nach Friesland. Das ist im Norden von Deutschland, direkt neben Holland an der Küste.«

Er nickte. Wahrscheinlich hatte er noch nie von dieser seltsamen Gegend gehört. Sie stand auf und ging zurück in die Höhle, um nach Robert zu sehen.

Er lag ausgestreckt auf dem Boden, die Decke um sich geschlungen, und schlief. Mutlos hockte sie sich neben ihn und sah hinaus in die Helle eines Tages, der nicht enden wollte. Sie musste eingeschlafen sein, denn es war stockdunkel, als jemand an ihren Schultern rüttelte.

»Leeniee-*taitai*?«

Sie fuhr hoch aus einem wilden Traum. Sie war schweißnass, die Zunge klebte an ihrem Gaumen, und sie hatte das Gefühl, ihr ganzer Körper wäre mit einer Salzkruste überzogen.

»Müss los.«

Jeder Muskel ihres Körpers schmerzte, als hätte man sie mit Dreschflegeln über die Tenne gejagt. Erst nach mehrmaligem Husten und Räuspern gelang es ihr, einen Satz zu formen. »Wo ist Robert?«

»Draußen. Schaut Soldaten, weg oder nicht weg.«

Sie stand hastig auf und ordnete den Rest ihrer Kleidung. Das Beste, was man von ihr noch sagen konnte war, dass sie nicht nackt herumlief. Vor der Höhle war es fast genauso dunkel. Aber als sie den Pflanzenvorhang zur Seite schob, stand ein milchiger Mond am Himmel und tauchte das Tal in einen geisterhaften Schein. Das Band des Flusses glitzerte dunkel, und weit weg am anderen Ufer waren Lichter zu erkennen, vermutlich Holzfeuer oder Laternen. Das musste das Dorf sein, von dem Dschihu erzählt hatte. Sie bat jetzt schon den armen Fischer um Vergebung, dessen Boot dran glauben musste.

Knirschende Schritte näherten sich. Robert hatte bewusst aufs Anschleichen verzichtet, deshalb vermutete sie, dass die Luft rein war.

»Sie sind weg«, sagte er nur. »Wir können los.«

Die Erleichterung, die diese knappen Worte in ihr auslösten, wurde eigentlich nur durch das Wie getrübt. Er sprach mit ihr wie mit einer Fremden. Schlimmer. Wie mit einer Fremden, die er abgrundtief verabscheute.

Er ging mit zielstrebigen Schritten in die Höhle und kehrte mit dem schweren Sack zurück. Dann marschierte er, ohne sich nach ihr umzusehen, los.

Dschihu lief voraus. Er warnte Lene mit leisen Rufen vor Löchern, zerrte dornige Ruten für sie aus dem Weg und hielt ihr die Hände hin, wenn Felsenbruch und kleine Steine den Abstieg zu einer Rutschpartie machten. Sie folgten Robert, der die Taschen trug und trotz seiner rätselhaften Stimmungsschwankungen umsichtig genug war, sich ab und zu nach ihnen umzudrehen. Dass er ihr nicht in die Augen sah, machte sie nervös und unglücklich.

Mit der Zeit wurde das Gelände flacher und die Erde feuchter. Die nächste Tücke waren stinkende Wasserlöcher, in denen beim Herausziehen des Fußes der Schuh stecken blieb. Mehrfach musste Lene sich bücken und mit den Händen in einem übelriechenden grünlichen Schleim danach suchen. Der Geruch blieb mit einer Intensität haften, dass sie befürchtete, ihn für den Rest ihres Lebens nicht mehr aus der Nase zu kriegen. Aus der Erde wurde Schlamm, dann morastiges Wasser. Vorankommen wurde fortwährend mühseliger, da das Schilf in stetig dichteren Büscheln zusammenstand und undurchdringliche Sträuche bildete. Lene war bereits bis zu den Hüften im Wasser, als immer noch nicht an Schwimmen zu denken war.

»Hier!«

Dschihu umrundete eine Schilfinsel. Seine Arme hingen im Wasser und ruderten mit, um schneller voranzuschreiten. Dann war er verschwunden, und nur noch ein leises Plätschern klang durch das raschelnde Grün. Lene folgte ihm, nicht ohne wieder irgendwo hängen zu bleiben und fast den letzten Rest ihrer Kleidung zu opfern. Egal. Sie hatten den Fluss erreicht. Die Strömung war schwach, und ein paar Meter weiter Richtung Flussmitte plantschte Dschihu in den Wellen.

Noch drei Meter, zwei, einer… Lene holte tief Luft und tauchte unter. Die Haare schwebten um ihre Schultern, sie war schwerelos und leicht, nichts brannte, stach und zwickte mehr. Es war wie eine Wiedergeburt, wie die Taufe nach einer langen Wanderung durch ein düsteres Tal.

Nach Luft ringend, durchbrach sie wieder die Wasseroberfläche und sah sich um. Noch konnte sie stehen, das Flussbett bestand aus Sand und Geröll, vertiefte sich aber zusehends. Dschihu kraulte bereits aufs andere Ufer zu, mit übermütigen Bewegungen, als wäre er ein Vogel, der flatternd versuchte, nicht unterzugehen. Robert stand im hüfthohen Wasser, mit verschränkten Armen und gesenktem Kopf, als müsste er erst einmal lange und tief darüber nachdenken, ob er sich diese Strapaze auch noch zumuten wollte.

»Komm!«, rief sie leise und strich sich die tropfenden Haare aus dem Gesicht.

Sein seltsames Verhalten war vergessen. Sie kehrte um.

»Was ist los?«

Triefend blieb sie vor ihm stehen. Die letzten Reste des Hanfu klebten an ihrem Körper und ließen vermutlich mehr sehen, als ihr lieb sein konnte. Sie verschränkte die Arme vor der Brust.

»Was ist? Wir müssen nur auf die andere Seite. Es ist nicht

weit. Sobald wir das Boot haben, sind wir schon fast in Kanton.«

Etwas stimmte nicht. Sie schritt näher und stand nun direkt vor ihm.

»Willst du nicht mitkommen?«

Er sah hoch. Im schwachen Mondlicht waren seine Züge nur schemenhaft zu erkennen, aber seine Augen funkelten sie wütend an.

»Ich gehe zu Fuß.«

Er wollte sich umdrehen, aber Lenes Hand schoss vor und hielt ihn fest. Es war, als ob ihre Nerven augenblicklich in Flammen stünden. Sie spürte, wie er die Muskeln anspannte und ihr Griff ihn fast die Beherrschung kostete. So wütend war er also auf sie.

Sie ließ ihn los. »Warum denn? Du wirst zwei Tage brauchen und kommst durch die Stadt, in der sie uns suchen. Du kannst das Risiko nicht eingehen. Nicht so wie du aussiehst, und schon gar nicht in deinem Zustand.«

Er wandte sich ab und watete auf das Ufer zu. Ohne nachzudenken, lief sie ihm hinterher und umrundete ihn schließlich. Keuchend stellte sie sich ihm in den Weg und zwang ihn so, sie anzusehen.

»Was ist los?«

Er antwortete nicht. Stattdessen nahm er den Sack von der Schulter und warf ihn an Land.

»Was zum Teufel hab ich dir getan?«

»Du? Mir? Gar nichts. Geh aus dem Weg.«

Er machte einen weiteren Schritt, aber sie drückte ihn mit ihren Handflächen so zornig zurück, dass er das Gleichgewicht verlor und ins Wasser fiel. Es war kaum einen Meter tief, aber zu ihrem größten Entsetzen begann er, nach Luft zu schnappen und wild mit den Armen zu rudern. Augenblicklich hatte sie ihn gepackt und unter Aufbietung all ihrer Kräfte hochgehievt. Schwankend kam er auf die Beine, schüttelte sich und rang nach Luft. Die weit aufgerissenen Augen sprachen von Panik, er keuchte und fuhr sich mit dem Unterarm über den Mund.

»Du kannst nicht schwimmen.«

Es war kaum zu fassen.

»Du kannst nicht schwimmen? Und statt das zuzugeben, rennst du lieber in den sicheren Tod? Bist du noch bei Trost!«

Am liebsten hätte sie ihm eine schallende Ohrfeige versetzt.

Er streifte sich mit beiden Händen das Wasser vom Gesicht. »Ihr wärt ohne mich schon längst in Sicherheit«, knurrte er.

»Ist es das? Dass ich dich gerettet und mitgeschleppt habe, nur damit du dir jetzt in die Hosen machst?«

»Nein!« Er wandte den Blick ab.

»Oder ist da noch mehr?«

Die Arme wie eine Waschfrau in die Hüften gestemmt, triefend und tropfend und eine Wut im Bauch, die für ein Trommelfeuer von Ohrfeigen gereicht hätte, baute sie sich vor ihm auf.

Er deutete auf die Taschen mit den Teesamen am Ufer. »Nimm sie. Du hast sie dir verdient. Lass mich in Ruhe.«

»Nein!«, schrie sie. »Ich will das nicht! Ich will, dass du verdammt noch mal nicht kneifst!«

»Wie soll das denn gehen?« Mit einer hilflosen Bewegung wies er auf den Fluss. »Ich ersaufe, noch bevor du bis drei zählen kannst.«

Sie biss sich auf die Lippen. Wenn er unvorbereitet ins Wasser musste, würde er in Panik geraten. Sie kannte das. Messels Jörn war ertrunken, vor ihren Augen. Sie hatte noch versucht, ihn an den Haaren aus dem Hafenbecken zu ziehen, aber er hatte sich auf sie gestürzt und unter Wasser gedrückt, sodass es sie um ein Haar selbst erwischt hätte.

»Du legst dich auf den Rücken und atmest so ruhig es geht. Ich schleppe dich ab. Ich weiß, wie das geht. Ich bin am Meer groß geworden.«

Dass so gut wie jeder Fischer oder Matrose aus reinstem Aberglauben Nichtschwimmer war, erzählte sie ihm lieber nicht. Henry hatte es ihr beigebracht. Kinder starben, und oft konnte man nichts dagegen tun. Aber manchmal schon. Zum Beispiel, indem sie beizeiten schwimmen lernten.

Sie atmete tief durch. Ihre Stimme klang glücklicherweise ruhig und zuversichtlich, auch wenn es in ihr drin anders aussah. »Wenn du ausgestreckt auf dem Rücken im Wasser liegst, gehst du nicht unter. Du kannst Stunden, sogar Tage so verbringen. Man nennt das Toter Mann. Wir können es hier ausprobieren. Leg dich hin. Vertrau mir.«

Ah! Vertrauen! Auch wenn sie äußerlich kaum erkennen konnte, wie diese Aufforderung auf ihn wirkte, spürte sie doch, wie sich alles in ihm dagegen sträubte.

»Das ist doch Unsinn«, wehrte er unwirsch ab. »Willst du mich jetzt im knietiefen Wasser ersäufen?«

»Das geht sogar in einer Pfütze! Und Schiffe schwimmen, sogar welche aus Eisen! Menschen schwimmen, und du wirst das jetzt gefälligst tun! Hinlegen!« Mit ausgestrecktem Zeigefinger wies sie auf das Wasser.

Robert schickte einen gottergebenen Seufzer gen Himmel und ging in die Knie. Während er sich über die Zumutung beschwerte, holte sie den Sack.

»Leg dich hin.«

Sie watete an ihm vorbei auf ein Büschel Schilf zu und band ihre Beute dort fest. Dann wandte sie sich wieder zu Robert, der mit grimmig vorgeschobenem Kinn und verschränkten Armen im Wasser hockte.

Sie trat hinter ihn und schob ihre Arme unter seine Achseln.

Die Nähe machte ihr mit einem Mal nichts mehr aus. Er war ein störrisches Kind, dem man offenbar nur noch mit klaren Anweisungen kommen konnte.

Vorsichtig ließ er sich in ihre Arme sinken, hielt die Beine aber immer noch angewinkelt und mit Kontakt zum Grund.

»Jetzt streck dich aus.«

Sehr skeptisch, als würde er im flachen Wasser eine Falle vermuten, tat er, was sie angeordnet hatte. Kaum hatte er die Beine gerade, strampelte er reflexartig und schnappte nach Luft. Lene hielt seinen Oberkörper über Wasser, sodass er sich ganz langsam an die Situation gewöhnen konnte.

»Du musst jetzt ruhig werden«, sagte sie so sanft wie möglich. »Stell dir vor, du liegst auf einem Bett.«

»Das geht nicht. Es ist zu nass!«

»Streck die Arme aus.«

Misstrauisch versuchte er es erst mit dem linken, dann mit dem rechten.

»Ich halte jetzt nur noch deinen Kopf. Okay?«

Damit er weiterhin ihre Berührung spürte, löste sie die Hände unter den Achseln und strich dann langsam über seinen Rücken. Seine Muskeln entkrampften sich, schließlich ließ er den Kopf mit einem Stöhnen nach hinten sinken. Langsam tauchte er bis zur Gesichtslinie ab. Seine Haare schwebten wie ein verfilzter Heiligenschein um seinen Kopf. Sie beugte sich über ihn und sah ihm in die Augen.

»Ich werde nun losgehen und dich ziehen. Wenn ich nicht mehr stehen kann, schwimme ich auf dem Rücken. Was ich kann, ist, dich über Wasser zu halten. Was ich nicht kann, ist, dich zu tragen, wenn du untergehst. Egal, was passiert, bleib ruhig. Dir wird nichts geschehen. Du wirst vielleicht Wasser schlucken, aber ich halte dich. Hast du mich verstanden?«

Ein kurzes Nicken.

»Ich halte dich.«

Sie wusste nicht, für wie lange er sich in ihre Hände begeben und ob er nicht bei der ersten kleinen Verunsicherung wieder wild um sich schlagen würde.

»Du darfst nicht in Panik geraten, hörst du?«

Ein Kampf gegen ihn würde aussichtslos sein. Er wäre buchstäblich ihr Untergang.

Da sagte er: »Küss mich.«

»Was?«

Unmerklich zog sie ihn vom Ufer weg.

»Du sollst mich küssen. Wenn wir ertrinken, dann will ich in meinen letzten Momenten eine schöne Erinnerung haben.«

Das Wasser reichte ihr bereits bis zur Hüfte. Sie nahm vorsichtig eine Hand weg und ließ ihn neben sich treiben. Dann beugte sie sich über ihn. Wasser tropfte aus ihren Haaren auf seine Brust. Er wollte den Kopf heben, aber sie hinderte ihn sofort daran, indem sie die eine Hand auf seine Stirn legte und mit der anderen seinen Rücken stützte. Er fühlte sich kühl an, das Fieber war gesunken.

»Du sollst dich nicht bewegen«, flüsterte sie.

Mit ausgebreiteten Armen sah er hinauf in den Nachthimmel. Seine Züge hatten sich entspannt, die tiefen Kerben neben seinem Mund glätteten sich. Dann schloss er die Augen, und sie beugte sich über ihn und küsste ihn.

Dieses Mal war es anders.

Sie war die Gebende. Sie hielt *ihn* in ihren Händen, *ihr* war er ausgeliefert. Sein Mund, zerrissen und spröde, öffnete sich sanft. Ihre Hand glitt von seiner Stirn und legte sich mit einer zarten Berührung auf seine Wange. Dann folgte sie der Kante seines Kinns und schob die Hand in seinen Nacken. Mit größter Zufriedenheit lauschte sie seinem leisen Stöhnen.

»Soll ich aufhören?«, fragte sie.

»Untersteh dich!«

Sie holte die andere Hand unter seinem Rücken hervor und legte sie auf seine Brust. Das Hemd hatte sich im Wasser geöffnet, sie spürte Narben auf seiner Haut und den drahtigen Widerstand seiner Brusthaare. Der Körper eines Waldläufers: robust und geschmeidig, zäh und verletzlich zugleich. Als sie an den Strick kam, mit dem er seine Hose gegürtet hatte, hielt sie inne.

»Nicht … aufhören!«

Sie glitt tiefer und war schockiert über die Reaktion ihres Körpers. Ihre Brustwarzen wurden so hart, wie sie das nur von eiskalten Wintern kannte. Gänsehaut überzog ihren Körper, und im Gegensatz zu dem, was eigentlich Kälte in ihr auslöste, spürte sie in ihrem Schoß einen glühenden Schmerz, so ziehend und sehnsüchtig, dass sie leise aufstöhnte. Er war mehr als bereit, und sie war es auch.

Robert hob die Arme, um sie an sich zu ziehen. Ein Fehler, denn er konnte nur noch wild in der Luft rudern, bevor er prustend untertauchte. Aber schon in der nächsten Sekunde schoss er durch die Wasseroberfläche nach oben, riss sie an sich und küsste sie wild und fordernd. Seine Finger gruben sich in ihr Gesäß und pressten sie an sich. Sie fühlte sich gefangen, hilflos und ausgeliefert – und gleichzeitig von einer Macht getrieben, die jede Scham und Zurückhaltung in ihr auslöschte. Es war der längste Kuss, den sie je bekommen hatte, und es war erstaunlich, was man währenddessen alles tun konnte. Robert löste den Strick und streifte sich die Hose ab. Dann hob er sie hoch, und instinktiv schlang Lene ihre Beine um seine Hüften und klammerte sich an seinen Schultern fest. Ihre Gedanken rasten an ihr vorüber – ein wirbelndes Stakkato von Wahrnehmungen: das Wasser, das kühl um ihre Fesseln floss; die Granitglätte seiner Schultern; das Geräusch von zerreißendem Stoff; sein Keuchen, als sie kurz innehielten und sich in die Augen sahen; die

Zartheit, mit der er ihre wirren Haare nach hinten schob und sein Mund sich wieder auf ihren senkte; seine Hand, die ihren Rücken hinaufwanderte, sich zwischen ihre Körper schob und auf ihre Brust legte. Sie bog den Kopf zurück und spürte seine Lippen, die zielsicher eine Feuerspur auf ihrem Hals hinterließen. Er war ein Meister, und es gab offenbar nur eines, das seine Eigenschaften als Liebhaber auf eine harte Probe stellen konnte.

»Was zum Teufel hast du da eigentlich an?«

Sie ließ seinen Kopf auf seine Schulter sinken und löste die Beine. Langsam, unterstützt von seinen Händen, glitt sie an ihm hinunter und kam zum Stehen.

»Das war mal ein Hanfu aus Seide«, brachte sie keuchend heraus.

»Keine eiserne, sondern eine seidene Jungfrau«, lachte er an ihrem Ohr. »Zieh ihn aus.«

Lene richtete den Blick an sich hinab auf die kläglichen Reste und dann wieder hinauf zu Roberts Gesicht, in das sich das alte Grinsen eingegraben hatte. Wie eine Seiltänzerin balancierte sie zwischen Ja, Nein, Ja, und war kurz davor, ihr seelisches Gleichgewicht zu verlieren.

»Erst, wenn wir am anderen Ufer sind.«

»Und wenn ich ertrinke?«

Er zog sie wieder an sich, und instinktiv schmiegte sie sich in die Umarmung, als wäre dies der Platz, der ihr zugewiesen worden war und den sie endlich gefunden hatte. Sie spürte seine Hände, die den Linien ihres Körpers folgten, bis er sanft zwischen ihre Beine fuhr. Sie zuckte zusammen, aber sein Mund erstickte ihr Stöhnen. Es war, als ob nicht nur der Fluss, sondern auch ihre eigenen Empfindungen sie in einen wirbelnden Sog hinabziehen würden.

Sie musste all ihre Willensstärke bündeln, um ihn von sich wegzuschieben.

»Wir haben keine Zeit.«

Mit einem unwilligen Seufzen ließ er sie los. »Ein Glück, dass das Wasser kalt ist«, sagte er und schöpfte es sich mit den hohlen Händen ins Gesicht. »Du hättest sonst ein Segel an mir aufziehen können.«

Lene brauchte einen Moment, um diesen Hinweis zu verstehen, der ihr eine brennende Röte ins Gesicht schießen ließ.

»Bist du so weit?«, fragte sie, ohne näher darauf einzugehen. Langsam kam sie wieder zu sich, und die Erregung verwandelte sich in Nervosität. Mit einem gottergebenen Blick nach oben breitete er die Arme aus und ließ sich ins Wasser sinken. Lene trat wieder hinter ihn und umfasste seinen Oberkörper mit beiden Armen.

Langsam, kaum merklich, zog sie ihn ins tiefere Wasser, das Saatgut bei sich. Sie hoffte, dass die Schalen fest genug waren, damit sie trocken blieben und nicht unversehens anfingen zu keimen. Mit der rechten Hand stützte sie von unten seinen Rücken, mit der linken band sie den Beutel los. Es war schwerer als gedacht.

»Kannst du ihn nehmen?«

Das würde ihn ablenken und ihr die Sache erleichtern. Sie legte ihm das kostbare Gut in die Hand und spürte, wie sein Daumen zärtlich ihre Handinnenfläche liebkoste. Es war wie ein Versprechen: Das hier hört jetzt nicht auf. Das geht weiter, sobald wir wieder festen Boden unter den Füßen haben …

Sie atmete tief durch und schenkte ihm ein schnelles, nervöses Lächeln.

»Du wirst nicht untergehen. Ich verspreche es dir, bleib einfach ruhig.«

»Einfach«, knurrte er. Sein Segelmast war sozusagen gekappt. Aber jetzt gab es kein Zurück mehr.

»Okay?«

»Aye.«

Sie zog ihn, bis sie den Grund nicht mehr berührte und die Strömung des Flusses sie erfasste. Dann ließ sie ihn auf der einen Seite los und begann, auf dem Rücken liegend zu kraulen. Ihre Beine schoben sich unter ihn und begannen mit sachtem Schlag, ihre Züge zu unterstützen. Wasser schwappte ihm übers Gesicht. Er hustete und spuckte.

»Ganz ruhig.«

Das andere Ufer war verdammt weit entfernt. Doch die Strömung trug sie mit sich, es war kaum möglich, gegen sie anzuschwimmen. Sie würden ein ganzes Stück weiter unten ankommen, als sie geplant hatte: nicht vor dem Dorf, sondern mittendrin. Sie konnte nur hoffen, dass dort alle mit den Hühnern ins Bett gingen und niemand mitbekam, wie zwei abgerissene Gestalten aus den Fluten stiegen.

»Wenn du ...« Eine Wasserschlag erwischte sie von der Seite. Sie keuchte und rang nach Luft. Sein Körper in ihren Armen versteifte sich – er ahnte, dass etwas nicht stimmte.

»Du kannst mir helfen«, würgte sie endlich heraus, als sie wieder zu Atem gekommen war. »Schlag mit den Beinen. Sei vorsichtig. Langsam. Nein!«

Er hatte sie zu schnell erhoben und verlor das Gleichgewicht.

»Bleib ruhig!«, schrie sie und hatte Angst, selbst in Panik zu geraten. Er schlug wild um sich. »Ruhig! Robert!«

Sie packte ihn an seinen Haaren, zog den Kopf aus dem Wasser. Es kostete sie fast übermenschliche Kräfte, aber es gelang ihr, dass er sich wieder fassen konnte. »Du wirst nicht ertrinken! Nicht, solange ich bei dir bin.«

Er entspannte sich, aber an seinem abgehackten Atem erkannte sie, dass er sich nicht ewig in der Gewalt haben würde.

»Okay. Noch ein Versuch. Einfach strampeln, aber bleib dabei mit dem Oberkörper ruhig.«

»Ich … ich kann das nicht.« Seine Stimme war heiser vor Angst. »Ich war noch nie im Wasser.«

»Doch«, sagte sie. »Sogar neun Monate. Du kannst dich nur nicht mehr daran erinnern.«

Er schnaubte. Aber er bewegte die Beine. Erst zaghaft, dann kräftiger. Sie spürte den Schub, der von ihm ausging, und zusammen mit ihren Schwimmzügen gelang es endlich, aus der Mitte des Flusses zu gelangen. Irgendwann spürte Lene wieder Boden unter den Füßen. Nach ein paar weiteren Metern stand sie auf und ließ ihn los.

Er ging sofort unter. Aber dieses Mal schaffte er es, allein wieder auf die Beine zu kommen. Er schüttelte sich, als wäre er ein Hund, und mit vereinten Kräften gelangten sie ans rettende Ufer. Den nassen, schweren Sack zogen sie gemeinsam hinter sich her.

Sie waren nicht weit von mehreren Stegen angekommen, die in den Fluss gebaut worden waren und an denen kleine Fischerboote vertäut lagen. Das Dorf bestand aus wenigen Holzhäusern. Bei einigen waren die offenen Fensterluken von innen erhellt. Es sah friedlich und sicher aus.

Lene wrang ihre Haare aus, die sich wie ein verfilztes Wollknäuel anfühlten, und versuchte, sich die Nässe wenigstens etwas vom Körper abzustreifen. Währenddessen kämpfte sich Robert die Böschung entlang und rief sie schließlich mit einem leisen Pfiff zu sich. Sie verlor fast ihre Schuhe, die erstaunlicherweise bis zur Überquerung des Flusses mehr schlecht als recht gehalten hatten, sich nun aber vor ihren Augen aufzulösen schienen. Als sie bei Robert angekommen war, hatte er sich hinter einen Busch geduckt. Seine Hand griff nach ihr und zog sie hinter sich.

»Was …?« – »Was ist?«, hatte sie fragen wollen, aber sie brach ab, und ihre Nackenhaare stellten sich hoch.

Eine riesige Gestalt bewegte sich auf sie zu. Im zerfließenden Mondlicht sah sie aus wie ein halsloser Mensch, dessen deformierter, von Büscheln überwachsener Kopf direkt aus seinen Schultern wuchs. Er taumelte von links nach rechts, als ob er sein eigenes Gewicht kaum tragen konnte. War es ein Geist? Ein Schreckgespenst aus uralten Legenden? Sie hörte die Steine unter den Füßen des Ungeheuers knirschen und das Keuchen seines Atems, als er näher kam.

Roberts Hand ließ sie los. Zu ihrem Entsetzen stand er auf und ging dem ungeschlachten Riesen furchtlos entgegen. Lene traute ihren Augen nicht, als das Wesen daraufhin mit einem Ruck fast einen Meter kleiner wurde. Ohne zu überlegen, verließ sie ihr Versteck und lief auf die beiden zu.

Es war Dschihu, der ächzend ein Boot auf die Erde niederlegte, das in seiner außergewöhnlichen Form diese Sinnestäuschung hervorgerufen hatte. Fast ein Floß, so flach war es gebaut, und auf den ersten Blick schien es Lene noch nicht einmal geeignet, auch nur einen Mann zu tragen.

»Klein Boot für Fluss«, sagte er stolz. »Sehr leicht, sehr klein. Gut stehl, andere Boot schwer stehl.«

»Ja, beides sehr.« Lene berührte die niedrige Wand. Jede noch so kleine Welle würde hineinschwappen.

»Robert-*shifu* nehm Paddel, dann schnell wie Wind.«

Er schob es zum Fluss. Das leichte Holz knirschte, und Lene hatte Angst, dass jeder noch so kleine Stein es aufschlitzen könnte. Robert musste ihre Skepsis gespürt haben, denn er trat neben sie und beobachtete seelenruhig, wie Dschihu das Boot ins Wasser ließ.

»Du wirst nicht untergehen«, wiederholte er ihre Worte, und in seinen Augen funkelte eine verräterische Fröhlichkeit. »Ich kenne diese Boote. Sie halten eine Menge aus.«

Dann eilte er Dschihu zu Hilfe, der das Heck zwischen den

Steinen verhakt hatte. Kaum war das Boot wieder frei, kehrte Robert mit einem Bündel unter dem Arm zurück, das wohl irgendwo an Bord versteckt gewesen war.

»Wir sollten uns umziehen. Bedauerlicherweise«, fügte er mit einem Blick auf die Reste ihrer Kleidung hinzu. Er reichte ihr einen Kittel und eine Hose, beides aus kratzigem, steifem Stoff, dem ein durchdringender Fischgeruch entströmte. Dann zog er sich aus, ohne auf ihren entsetzten Blick zu achten.

Scham war an diesem Ort zu dieser Stunde fehl am Platz. Dschihu hatte sich abgewandt und lag bäuchlings in dem kleinen Boot, auch er erschöpft von dem langen Weg, den sie hinter sich gebracht hatten.

Mit einem beherzten Griff riss sie sich den Rest des Hanfus vom Leib und schlüpfte in die Kleider. Dann stieg sie auf das schwankende Deck.

Die letzte Strecke lag vor ihnen.

Wenig später schaukelte das Boot auf dem Wasser, und die Wellen des Flusses betasteten den Rumpf mit schmatzenden Zungen. Der Junge reichte ihnen Paddel aus Bambusrohr. Anfangs war Lene ungeschickt, weil sie ihren Rhythmus zwischen den beiden anderen nicht fand, die mit geübten Bewegungen durchs Wasser zogen. Irgendwann fügte sie sich ein, und als das erste Morgengrauen das Mondlicht ablöste, lagen die Berge bereits weit hinter ihnen. Die Unberührtheit des Tages und die friedliche Stille wurden nur durch das Plätschern der Ruder unterbrochen. Ab und zu kreisten Vögel über ihnen, die nach unvorsichtigen Fischen spähten. Die ersten Boote fuhren hinaus, noch mit brennenden Lampen an Bug und Heck, die wenig später bei Sonnenaufgang gelöscht wurden.

Der Fluss wurde breiter. Die kleinen Wellen schnappten umeinander wie spielende Hunde und bildeten Schaumkronen, luftige Inseln auf der Oberfläche, die vor Lenes Augen zerfielen. Das diesige Bleigrau des Himmels spiegelte sich im Wasser und verlieh ihm eine ähnlich trübe Farbe. Zusammen mit dem satten Grün des Ufers und den mittlerweile fernen Bergen war es eine archaische Kulisse, furchteinflößend und faszinierend zugleich.

Segelboote und Holzflöße tauchten auf. Kurz nach Tagesanbruch ging es zu wie auf der Straße zum Matthäi-Markt, nur dass sich alle auf dem Wasser fortbewegten. Früchte, Gemüse, Körbe, alle möglichen Artikel wurden transportiert. Vor allem die Kochboote stellten Lenes Durchhaltevermögen auf eine harte Probe. Es wurde gesotten, gegart und gebraten, alles auf Vorrat, damit es spätestens am Mittag in einem der Dörfer verkauft werden konnte.

Ihr fiel auf, dass Robert immer öfter einen Ruderschlag ausfallen ließ. Sie saßen hintereinander mit angezogenen Beinen, und Lenes Füße schliefen in regelmäßigen Abständen ein. Jedes Mal, wenn sie ihre Sitzposition veränderte, schwappte Wasser über die Bordwand. War es zu viel, legte sie ihr Ruder weg und schöpfte es mit hohlen Händen heraus. Sie war nass bis zu den Hüften, aber den anderen ging es genauso.

Roberts Rückenmuskeln arbeiteten unter dem Hemd, das nass von Schweiß und Wasser auf seiner Haut klebte. Die Unterarme spannten sich bei jedem Zug, und das Zusammenspiel seiner Kräfte faszinierte sie genauso wie der Farbverlauf seiner Haare mit den strohblonden Spitzen.

Lene! Sie riss sich zusammen, aber sie spürte, dass etwas zwischen ihnen geschah, was nicht hierhingehörte. Das im Fluss, das war … das war nichts, redete sie sich ein. Wohin sollte das auch führen? Robert war ein Abenteurer, ein Mann, der dort schlief, wo er am Abend zuvor seine Stiefel ausgezogen hatte.

Sie wollte, sie musste zurück nach Friesland. Weder in China noch irgendwo sonst auf der Welt konnte sie sich eine Zukunft aufbauen. Sie hatte versagt, sie kehrte mit leeren Händen zurück, und das war kein gutes Gefühl. Aber vielleicht konnten sie die Teesamen in Calcutta verkaufen und mit dem Erlös ein paar Kisten robusten Schwarztee kaufen. Der Teepalast würde ein Traum bleiben. Andere würden ihn umsetzen, die feine Gesellschaft hätte einen neuen Treffpunkt, und die Armen durften sich weiterhin die Nase an den Fenstern platt drücken.

Rauchsäulen stiegen auf, sie hörten Kindergeschrei, Hämmern, Rufe, Hühnergackern: Der Fluss erwachte, und sie näherten sich Kanton. Als die Stadt endlich auftauchte, waren ihre Lippen aufgesprungen und spröde, Arme und Beine zerstochen und zerkratzt. Sie blieben in der Mitte des Perlflusses, der sich zu einem träge fließenden Strom ausgebreitet hatte.

»Guang Tschou[28]!« Dschihu wandte sich so hastig um, dass das Boot gefährlich ins Wanken kam.

Tausende kleine Schiffe und Boote kreuzten vor dem Hafen. Aus der Entfernung wirkte er wie ein gigantischer Ameisenhaufen, der sich vor dem Ufer ausgebreitet hatte. Dahinter erschienen die weißen Fassaden der Faktoreien mit ihren Kolonnaden, Fahnen und Wimpeln. Über ihnen, hinter der Mauer, thronte die Stadt.

Als sie Fanqui Town verlassen hatten, war es Nacht gewesen. Jetzt, bei Tageslicht, sah Kanton bei Weitem nicht so romantisch aus, wie sie es in Erinnerung gehabt hatte.

»Wo fahren wir hin?«, fragte sie.

»Lantau«, antwortete Robert. »Dort liegen alle internationalen Schiffe auf Reede. Wenn wir Glück haben, erwischen wir die Wasserhexe noch.«

»Das ist ein Schiff?«

---

28 Guângzhōu = Kanton.

Dann hatte er also nicht fantasiert. Ein leises Unbehagen breitete sich in ihr aus. »Aber du kommst doch mit?«

»Nach Calcutta?« Er rieb sich mit dem Unterarm den Schweiß von der Stirn. »Ich kann dich doch nicht allein mit diesen Verbrechern verhandeln lassen.«

Er wies auf die Taschen, die zwischen ihm und Dschihu lagen. Der Junge spürte, dass es interessant wurde, und drehte sich behände zu ihnen um.

»Dschihu gehen Calcutta. Mit Leeniee und Robert.«

»Warum nennt er dich die ganze Zeit Leeniee?«, fragte Robert. »Du siehst doch gar nicht so aus.«

»Wie was?«, fragte sie scharf.

Robert prustete, Dschihu sah sie fragend an.

»Was heißt Leeniee?«

Jetzt bebten seine Schultern, und dann brach das Lachen aus ihm heraus. »Nichts«, antwortete er keuchend. »Keine Sorge, es heißt nicht so was wie ›gerupftes Huhn‹ oder, was ungleich besser passen würde, ›nasses Stroh auf Beinen‹.«

»Das sind auch keine chinesischen Namen«, antwortete sie mit größtmöglicher Würde. »Oder, Dschihu?«

Der Junge machte das, was in dieser Situation das Beste war: Er stellte die Ohren auf Durchzug.

»Also?«

Ihre Hände brannten und hatten Blasen vom Rudern, sie trug kratzige, stinkende Männerkleider, und ihre Haut fühlte sich an, als hätte ihr jemand Juckpulver in den Kragen geschüttet. Sie hatte keine Lust auf Witze, schon gar nicht auf ihre Kosten.

»Du bist eine Säule«, sagte Robert. »Lee ni.«

»Hm. Wirklich?«

»Grob übersetzt.« Er zwang sich das dämliche Grinsen aus dem Gesicht. »Du, Säule. Auch das wäre nicht gerade der Name, den man einem Mädchen geben würde.«

Der Blick aus ihren Augen hätte den Fluss gefrieren lassen, wenn es nicht so warm gewesen wäre.

»Ich bin also eine Säule.«

»Okay, okay.« Er drehte sich wieder in die Fahrtrichtung um. »Du musst mir nicht sagen, wie du wirklich heißt. Brenny genügt mir. Klingt auch viel schöner, wenn ich in hoffentlich ferner Zukunft mein Leben aushauche und die letzten Worte, die meine Lippen verlassen, nicht *sie war eine Säule* sind.«

Damit war für die nächste halbe Stunde alles gesagt. Zunehmend ließ er das Paddel im Wasser treiben. Stillschweigend übernahmen Lene und Dschihu die Arbeit, und am späten Vormittag, als Kanton nur noch eine dunstige Silhouette in der Ferne war, die Luft salziger wurde und der Fluss eine gewaltige Biegung machte, tauchten die kegelförmigen Spitzen einer Insel auf. Um sie herum lagen mehrere Dutzend große Schiffe vor Anker. Robert richtete sich auf. Sie spürte, wie er die behäbigen Frachtsegler der verschiedenen Nationen ins Visier nahm: die rahgetakelten Masten der niederländischen Ostindienfahrer, die Lateinersegel der arabischen Dhaus, dazwischen die gewaltigen Dschunkenriggs der Chinesen, behäbige britische Korvetten und, Robert stieß bei diesem Anblick einen kurzen Zischlaut aus, einige flinke Fregatten, ebenfalls britisch beflaggt.

Der Geruch von Hanf, Kalk und Tungöl, der typischen Mischung, mit der Schiffe kalfatert wurden, durchstach die Seeluft.

»Das sieht nicht gut aus.« Robert ließ die Hand sinken, mit der er seine Augen beschattet hatte. Auch Dschihu beobachtete die Fregatten mit zusammengepresstem Mund und einem besorgten Ausdruck im Gesicht. »Aber immerhin kommen wir rechtzeitig, um das Land noch zu verlassen. An der Luvspitze liegen die HMS[29] *Andromache* und die HMS *Imogene*.«

---

29 HMS = His Majesty's Ship, das Schiff Seiner Majestät.

Er deutete auf zwei stolze Fregatten, die etwas abseits der anderen Handelsschiffe lagen. Lene beugte sich vor.

»Kriegsschiffe?«

Er drehte sich wieder zu ihr um und lockerte den Verband, als wäre er ihm gerade zu eng geworden. »Ja. Je achtundzwanzig Kanonen. Sie stehen unter dem Kommando von Lord William Napier. Wir haben ihn erwartet.«

»Wer ist *wir*?«, fragte sie alarmiert. Dschihu verließ seinen Platz und balancierte an Robert vorbei zu Lene. Mit gekreuzten Beinen ließ er sich neben ihr nieder.

Der schottische Dieb strich sich über seine Bartstoppeln. »Er ist der neue Handelssuperintendent. Nach dem Ende der Ostindien-Kompanie soll er für die britische Krone mit den chinesischen Hongs verhandeln. Nach allem, was man so hört, ist er nicht gerade für seine Samthandschuhe bekannt. Außerdem hegt er die Ansicht, China müsste von seiner Rückständigkeit befreit werden. Dazu gehört natürlich in erster Linie die Handelsfreiheit.«

Mit gerunzelter Stirn sah er hinüber zu den Fregatten.

»Und *wir*, das sind die Ausländer in Kanton, die Händler, die Opiumschmuggler?«

Er senkte den Kopf, um ihrem Blick auszuweichen. »Nicht alle sind so.«

Seine Hand öffnete und schloss sich, als wollte er sie nach den Anstrengungen der letzten Stunden lockern. Schließlich griff er wieder nach dem Ruder.

»Dahinten, neben dem fetten Holländer, da liegt die *Water Witch*, ein Opiumclipper.« Er hob triumphierend den Kopf in Richtung einer schlanken, wendigen Brigg, die im Windschatten eines großen Schiffs mit niederländischer Flagge lag. »Mit etwas Glück triffst du heute noch Nathaniel Wallich und George Gordon. Es sieht so aus, als ob sie fast bereit zur Abfahrt wären.«

Einige Versorgungsboote umkreisten das Schiff oder lagen direkt an ihm vertäut.

»Ein Opiumschiff?«

Robert tauchte das Ruder ins Wasser und scheuchte Dschihu mit einem kurzen Pfiff zurück an seinen Platz.

»Von irgendetwas müssen sie die Fahrten finanzieren. Wallich ist ein enger Mitarbeiter des Direktors des Botanischen Gartens von Calcutta. Mal sehen, was er zu unserer Beute sagt.«

Seine rechte Hand klopfte auf den Sack, der immer noch nicht ganz getrocknet war. »Vielleicht ist es eine unentdeckte Art, und er gibt ihr einen Namen. Brenny-Tee. Oder die Säulenheilige Leeniee, natürlich auf Latein. Er darf das. Frag ihn mal.«

Seine Stimmung hob sich zusehends. Die Fregatten Seiner Majestät verschwanden hinter einer felsigen Landzunge, und je näher sie den Liegeplätzen der Handelssegler kamen, desto kleiner erschien Lene ihr Boot. Der Holländer war riesig. Im Vorübergleiten ließ sie den Blick über die Aufbauten schweifen. Bumboats kamen ihnen entgegen, mit finsteren Männern an Bord, die Konkurrenz witterten. Schließlich erreichten sie den Clipper, der tatsächlich gerade die letzten Vorräte an Bord nahm.

»Gott zum Gruße!«

Robert legte hinter einem Boot an, das Reissäcke geladen hatte. Hagere Arbeiter mit harten Gesichtern banden einen nach dem anderen fest und transportierten sie mit einer Seilwinde zu der Ladeluke über der Wasserlinie. Er winkte dem Quartiermeister zu, der erst seine Befehle an die Stauer beendete und sich dann fragend über die Reling beugte.

»Hier kommen Freunde von Mr Wallich. Ist er an Bord?«

Der Mann, ein stämmiger Seebär mit zotteligem Bart und einem verschwitzten Hemd mit hochgekrempelten Ärmeln, nickte zögernd.

»Wer will das wissen?«

Robert sah sich nach Lene um und schenkte ihr ein strahlendes Lächeln. »Robert Stirling aus Berwick-upon-Tweed, und ...« Er sah zu seinen Reisegefährten. »Meine Freunde.«

Dschihu strahlte. Lene legte das Ruder weg, streckte die schmerzenden Beine aus und lehnte sich zurück. Sie schloss die Augen, denn die Erschöpfung war fast übermächtig. Sie hatten es geschafft. Sie waren entkommen, noch dazu mit einem ganzen Sack Yin Zhen, dem kostbarsten Geheimnis Chinas.

Jemand berührte ihre Fessel. Sie erkannte gegen das Sonnenlicht Roberts Gesicht, das sich über sie beugte. »Mag die ehrenwerte Mrs Brenny mit mir an Bord der *Water Witch* gehen?«

Ein polterndes Geräusch schrappte die Bordwand entlang. Das Ende einer Strickleiter baumelte direkt vor ihrer Nase. Oben an der Reling sammelten sich bereits Matrosen, die offenbar nichts zu tun hatten und sich über diesen seltsamen Haufen, der da an Bord wollte, das Maul zerrissen.

Ein Mann tauchte auf. Er trug einen Anzug, Weste und ein Hemd mit Vatermörderkragen, um den er auch noch eine dunkle Krawatte gewickelt hatte. Es sah zwar alles etwas mitgenommen aus, aber dennoch stand da oben jemand, dem diese Mode jeden Schweißtropfen wert war. Die tupfte er gerade mit einem Seidentuch von der gelichteten Stirn. Obwohl er zu weit oben stand, um ihn deutlich zu erkennen, ging von seiner Haltung die Arroganz des Wissenschaftlers aus, der der schnöden Welt nur ungern seine Aufmerksamkeit schenkt. Aber dann schien Leben in sein blasses Gesicht zu kommen.

»Robert?«, rief er mit einer sich beinahe überschlagenden Stimme.

Der Schotte richtete sich auf und winkte nach oben.

»Mr Wallich! Ich möchte Euch ein Angebot machen, zu dem Ihr nicht Nein sagen könnt!«

Dschihus Kittel mit den Teesamen lag geöffnet auf einem dicken Orientteppich. Nathaniel Wallich, Mitglied der Preußischen Akademie der Wissenschaften und einiger anderer sagenhafter Institutionen, Arzt und Botaniker, Verfasser berühmter Werke wie der *Flora Indica* und Träger des botanischen Autorenkürzels WALL – all das erläuterte er noch zwischen Tür und Angel; Nathaniel Wallich also beugte sich nun über den Inhalt, holte einige der Samen heraus, hielt sie an die Nase oder mit spitzen Fingern gegen das trübe Fenster, legte sie ans Ohr und schüttelte sie, rollte sie zwischen Daumen und Zeigefinger und ließ sie dann in die Handflächen fallen, bevor er sie an einen runden Mann weiterreichte. George Gordon mochte von der Physis das genaue Gegenteil seines Kollegen sein: rote feiste Wangen, grau gelockte Haare, nachlässig mit einem halb offenen Leinenhemd, speckigem Halstuch und weiten Hosen bekleidet. Aber er schien von eher zupackender denn skeptischer Natur zu sein. Er biss in eine der harten Kapseln hinein und spuckte den Inhalt in die hohle Hand, wo er ihn eingehend begutachtete. Beiden war eines gemein: Sie hatten Ahnung von dem, was sie vor sich hatten.

Robert beobachtete jede Regung im Gesicht der Botaniker mit Argusaugen.

»Welche Sorte *Camellia sinensis* ist das, sagtet Ihr? Mir scheint es eine Untergattung der *dehungensis* zu sein.«

Wenn Wallich nicht gerade in helle Aufregung geriet, hatte er eine hohe, nasale Stimme mit einem nordischen Akzent. Als treuer Diener der Ostindien-Kompanie hatte er sich erste Meriten im Botanischen Garten von Calcutta verdient, war dann Leiter von Forschungsreisen nach Burma und Nepal gewesen und beschäftigte sich, wenn er nicht gerade Teepflanzen von den Feldern anderer Länder stahl, mit den Möglichkeiten, Tee in Indien zu züchten. Gerade war er von einem längeren Aufenthalt in Europa zurückgekehrt, wo er einer Vielzahl von botanischen Gärten seine Aufwartung gemacht hatte. Nun befand er sich eigentlich auf dem Weg zurück nach Assam, hatte aber zuvor noch die Beute seiner von ihm beauftragten Teediebe in Kanton mit an Bord nehmen wollen.

Robert gehörte wohl zu seinen Lieblingen. Wallich sprach ausschließlich mit ihm. Lene ließ er links liegen, es sei denn, ihm fiel noch eine weitere lorbeerbekränzte Expedition ein, mit der er bei ihr Eindruck schinden konnte.

George Gordon war ein Abgesandter des neu gegründeten Teekomitees in Calcutta und zu exakt dem gleichen Zweck in Kanton: Teepflanzen stehlen. Allerdings hatte beiden die politische Entwicklung einen Strich durch die Rechnung gemacht, genauer gesagt: die zweimal achtundzwanzig Kanonen, mit denen ein gewisser Lord Napier vorhatte, in Sachen Opiumhandel ein für alle Mal vollendete Tatsachen zu schaffen.

So war die *Water Witch* zwar beladen mit Tee, aber nur mit dem, den sie in aller Eile noch käuflich erwerben konnten. Zu horrenden Preisen, wie Wallich ergänzte, denn die Ernte war ja auch schon vorüber. Dazu Gewürze, Seide und Kunsthandwerk.

Das alles erfuhr Lene, während die Herren ihre Beute begutachteten. Dschihu hatte den Raum gar nicht erst betreten dürfen, er war gleich hinunter ins Niederdeck geschickt worden.

»Yin Zhen, Sir.« Robert deutete eine Verbeugung an. »Silberne Nadel. Aus den Plantagen des Máh Yi vom Berg Báiyún.«

Wallich hob die Augenbrauen, zwei Dreiecke aus grauem Draht in einem flachen Gesicht, das vielleicht weniger leidend wirken könnte, wenn er sich in dieser Hitze etwas anderes anziehen würde.

Gordon bewegte seinen schwitzenden Körper zu einem lackierten kleinen Tisch und schenkte sich einen Whisky ein.

Ohne seinen Gästen etwas anzubieten, nahm er einen kräftigen Schluck und stieß ein herzhaftes »Ah!« aus.

»Máh.« Seine Stimme hatte eine Lautstärke, als würde er mit Lord Napier über die Landzunge hinweg reden. »Kenne ich. Wie zum Teufel seid Ihr an seinen Tee gekommen?«

Um Roberts Mund zuckte ein Lächeln. »Sagen wir es so, der Tee kam zu uns.«

»Robert Stirling. Teufelskerl.«

Gordon nickte mit einem jovialen Grinsen und kippte den Rest seines Whiskys hinunter. »Keine Ahnung, ob wir daraus was machen können. Assam hat ein ganz anderes Klima als Südchina. Aber interessant, was Ihr da mitgebracht habt. Durchaus. Was wollt Ihr haben?«

Robert sah zu Lene. »Was willst du dafür?«

Die Frage überrumpelte sie. In den letzten Tagen und Nächten hatte sie nur daran gedacht, die Flucht zu überleben. Dass sie zu Ende war, hier, an Bord der *Water Witch*, konnte sie noch gar nicht richtig fassen.

»Ich will …« Sie räusperte sich, weil ihr die Kehle eng wurde. Der Blick, den er ihr zuwarf, gab ihr Mut.

Wallich und Gordon hingegen sahen sich erstaunt an, denn in ihrer Wahrnehmung kam es wohl selten vor, dass Frauen etwas zu wollen hatten.

»Ich will Tee. Guten Tee. Für mindestens zehn Silbertaler. Wie viele Kisten sind das?«

Gordon sog die fleischigen Lippen ein und überlegte. »Zwölf«, sagte er schließlich.

»Fünfzehn. Und den Laderaum auf einem Schiff nach London.«

»Meine liebe kleine Dame …« Aber weiter kam er nicht.

»Fünfzehn«, wiederholte Lene in einem Ton, der keine Widerrede zuließ. Über die Gewinnspanne konnte sie sich später

Gedanken machen. Sie war bei den gegenwärtigen Preisen so hoch, dass ihr schwindlig werden würde.

»Nun«, sagte Wallich. »Das wird das Teekomitee wohl springen lassen.«

Lene straffte die Schultern.

»Und ein Stück Land. Wenn Ihr mit diesem Tee einen Durchbruch erzielt, möchte ich daran beteiligt werden.«

Wallich wollte sich ein Lächeln abringen, aber es misslang. »Und wo hättet Ihr dieses Land denn gerne?«

Das *Ihr* schloss immer noch Robert und Lene gemeinsam ein.

Durch Lenes Kopf ratterten die verschiedenen Möglichkeiten. Es wäre gut, in einer Gegend zu sein, in der bereits mit Tee außerhalb von China experimentiert wurde und die Wissenschaft sich nicht erst mühsam eine Bresche schlagen müsste.

Gordon stellte sein Glas auf einem kleinen Teetisch ab. »Assam oder Darjeeling«, nahm er ihr die Antwort ab. »In Westbengalen beobachten wir erstaunliche Fortschritte. Wir könnten eine Kreuzung mit den heimischen Pflanzen versuchen. Wenn es gelingt, könnte das der Durchbruch sein. Beginnen wir mit einem Hektar. Seid Ihr damit einverstanden?«

Er sah zu Robert.

»Ein Hektar?« Hatte sie sich verhört?

Jetzt begriff er endlich, dass es Lene war, die die Verhandlungen führte. »Vorerst. Wir können eine Option in den Vertrag schreiben. Falls in, sagen wir mal, fünf Jahren eine robuste Sorte entstanden ist, würden wir euch einen weiteren Hektar übergeben. Wer wird die Plantage besitzen und leiten?«

Wieder drehte er sich zu Robert um. Doch der wandte sich ab und trat an den Tisch, um sich selbst ein Glas einzuschenken. Mit abgewandtem Rücken trank er es in einem Zug aus.

»Das wird Mr Robert Stirling tun. Es wird seine Plantage sein.«

Seine Schultern strafften sich, als hätte er im Dschungel ein wildes Tier gewittert. Langsam setzte er das Glas ab und drehte sich um.

»Nein.«

Lene schnappte nach Luft. Der Teppich unter ihren Füßen begann ein seltsames Eigenleben. Er hob und senkte sich, als ob er von Wellen getragen würde. Sie ging auf ein Kanapee zu und setzte sich.

»Du möchtest keine eigene Plantage?« Erstaunlich, wie fest ihre Stimme noch klang.

»Nein, Brenny. Ich möchte über meine Zukunft selbst entscheiden.«

Eine innere Kraft, von der sie bis jetzt nicht gewusst hatte, dass sie sie besaß, ließ sie aufrecht sitzen. Sie spürte, wie ihr Gesicht versteinerte und ihre Hände sich verkrampften. Robert fuhr sich mit den Fingern unter den Verband, um ihn etwas zu lockern. Das war keine Angelegenheit, die man unter Fremden besprach.

»Wir reden später darüber. Meine Herren? Ich denke, wir können den Vertrag heute Abend unterzeichnen. Mrs Brenny wird an Bord bleiben und mit Euch nach Calcutta fahren.«

Nein!, wollte sie schreien, aber es kam kein Laut über ihre Lippen. Sie spürte einen Eisklumpen dort, wo ihr Herz sitzen musste. Wallich nahm mit spitzen Fingern eine kleine Glocke vom Teetisch hoch und läutete sie.

»Brenny?«

Sie reagierte nicht.

»Brenny!«

Erschrocken sah sie hoch. Robert stand vor ihr und blickte auf sie hinab. Die Art, wie er sich jetzt die störrischen Haare aus der Stirn strich, ließ zumindest ein Minimum von Bedauern erkennen.

Ein Steward erschien, ein junger Mann mit dunklen Narben auf Wangen und Nase, wo ihn der Rote Hund gebissen hatte – so nannte man den Sonnenbrand auf See, der um einiges stärker zuschlagen konnte als an Land. Wallich und Gordon wiesen auf die Beute, der Mann trat in den Gang und stieß einen kurzen Pfiff aus. Augenblicklich enterten zwei Leichtmatrosen den Raum.

»Spült das Salzwasser ab und schafft das an einen trockenen Platz.« Wallich deutete auf das Diebesgut. Dann wandte er sich an den Steward. »Und bringt Mrs … ähm, bringt die Dame in eine Kabine im Achterdeck unter. Habt Ihr noch etwas Kommodes zum …«, er räusperte sich, »… Anziehen?«

Lene schüttelte den Kopf. Sie fühlte sich, als wäre sie wieder unter Wasser gedrückt. Die Worte und Geräusche drangen dumpf aus weiter Ferne an ihr Ohr. Sie wollte sich keine Blöße geben, aber Roberts Weigerung mitzukommen, sich komplett aus dem ganzen Geschäft zurückzuziehen, zog ihr gerade den Boden unter den Füßen weg. Ich kann das nicht, dachte sie. Ich kann das nicht ohne dich. Ich wollte doch nur Tee kaufen. Und jetzt habe ich eine Plantage …

Wallich wandte sich an den Steward. »Im Laderaum sind Kisten mit Seidenroben gestaut. Sucht etwas heraus, das eine Dame tragen kann.«

Der Steward errötete. Vermutlich hatte er noch nie einen so delikaten Auftrag bekommen, denn er wagte kaum, Lene anzusehen.

»Aye, aye, Sir. Wenn Ma'am mich begleiten würde?«

Ja, es ging. Aufstehen ohne Hilfe und einfach nur einen Fuß vor den anderen setzen. Dabei so tun, als wäre das alles eine längst ausgemachte Sache. An der Tür drehte sie sich um.

»Den Vertrag schreibt bitte auf den Namen Lene Vosskamp. Geboren in Hogsterwaard in Ostfriesland. Teehändlerin aus

Emden, gemeinsam mit meiner Teilhaberin Anne Michelsen. Vom Handelshaus Vosskamp, das heute gegründet wurde.«

Ihre Augen brannten. Aber sie konnte immerhin noch erkennen, wie Robert ihr überrascht hinterhersah.

Der Raum im Achterdeck war ähnlich klein wie der auf der *Victoria*. Da sie keine zahlende Passagierin war, hatte sich auch niemand um Bettwäsche und Handtücher gekümmert. Der Steward hieß Francis und kam aus Crowborough in Sussex. Sein Dialekt war mindestens ebenso schwierig zu verstehen wie Dschihus Pidgin. Dazu hatte er einen fast grotesken Überbiss, der ihn zusätzlich nuscheln ließ.

»Wo habt Ihr meinen chinesischen Diener hingebracht?«, fragte sie

»Im Logis, Ma'm. Kannsisch nützlisch machen.«

Zumindest war für Dschihu gesorgt. Lene wusste, dass sie schon jetzt Schiffsgespräch Nummer eins sein und es bis Calcutta bleiben würde. Deshalb war es besser, wenn der Junge nicht auch noch ins Gerede kam, wenn er in ihrer Kabine bleiben durfte.

»Wäsche kommt gleich, Ma'am.«

Der Blick, mit dem er sie von oben bis unten musterte, war schon dreister als in der Messe.

»Danke, Francis.« Sie schlug ihm die Tür vor der Nase zu. Mit geschlossenen Augen lehnte sie sich mit dem Rücken dagegen und atmete tief durch. Sie fröstelte, weil der Hunger jede Wärme aus dem Körper zu ziehen schien. Aber der wahre Grund dafür war ein anderer: Sie hatte sich etwas vorgemacht. Sie hatte geglaubt, an einem Anfang zu stehen, dabei war das schon das Ende. Ihre Beine knickten ein. Sie war so erschöpft, dass sie nicht mehr wusste, ob diese Müdigkeit von den Strapazen der Reise oder ihrer enttäuschten Hoffnung kam.

Francis fand sie eine halbe Stunde später im Tiefschlaf in der Koje. Er hatte einen Krug Wasser zum Waschen dabei, Leinentücher fürs Bett und ein Kleid, bei dem Lene zweimal hinsehen musste, bevor sie erkannte, was es war: ein über und über mit Blüten bestickter seidener Morgenmantel.

»Das soll ich anziehen?«

Francis hielt das Kleidungsstück vor seine Brust und sah daran hinab. »Issnisch gerade schlicht, nich«, nuschelte er. »Ham aber nix anderes.«

»Wo ist der Segelmacher?«

»Iss mit Mr Stirling an Land, muss noch was besorgen.«

Lene ließ sich ohne eine sichtbare Regung den Mantel reichen. Jedes Wort, jede Frage von ihr würde dreimal umgedreht und entstellt die Runde über das Schiff machen.

»Danke.«

Francis grinste dämlich.

»Ich würde mich gerne umziehen.«

Er grinste weiter und begriff erst, als sie ihm die Tür aufhielt, dass er nicht mehr willkommen war.

Sie legte den Riegel vor, kaum dass er die Kabine verlassen hatte. Ratlos knüllte sie den Morgenrock zusammen und setzte sich aufs Bett.

Robert war in Kanton … würde er überhaupt noch einmal zurückkehren? Sie schloss die Augen und ging jedes Gespräch im Geiste durch, das sie miteinander geführt hatten. Jede Berührung, jeder Kuss erschien ihr wie eine verpasste Gelegenheit, jeder Blick wie ein Pfeil, der sein Ziel verfehlt hatte. Sie kam sich bodenlos lächerlich vor. Sie hatte sich etwas vorgemacht. Für ihn war sie nichts weiter als eine nette Zerstreuung gewesen. Sie konnte dem Herrn auf Knien danken, dass es an der Zeit und an Gelegenheiten gefehlt hatte, Robert buchstäblich in den Schoß zu fallen.

Sie schloss die Augen und legte mit einem Stöhnen den Kopf in den Nacken. Dann warf sie den Seidenmantel wütend in die Ecke, legte sich aufs Bett und versuchte, nicht zu weinen. Vergeblich. Es schoss aus ihr heraus wie ein Sturzbach, und jedes Mal, wenn sie geglaubt hatte, sie könnte sich einigermaßen fassen, ging es von vorne los.

Irgendwann machte der Schmerz der Scham Platz, und dann folgte die Wut. Das war der Moment, wo sie aufstand, sich die Tränen aus dem Gesicht wischte und Wasser aus dem Krug in das Becken goss. Ihre Haare würde sie scheren müssen, so verfilzt waren sie.

Als Francis wieder klopfte, schickte sie ihn mit dem Auftrag fort, ein Tuch oder wenigstens etwas Ähnliches wie einen Kamm oder Haarnadeln zu besorgen. Er kam wenig später mit ein paar aus Vogelknochen geschnitzten Spießen zurück und einer noch relativ unbenutzt aussehenden Schuhbürste. Es gelang ihr nach ziemlichen Kämpfen, das Haar im Nacken zu einem Knoten zu stecken und den Seidenmantel mithilfe eines Stricks so zu gürten, dass er sie auch bekleidete. Der Segelmacher würde ihr später ein Hemd und eine Hose vorbeibringen, aber die Glocke zum Abendessen hatte schon zweimal geläutet. Ihr Aufzug war für eine Geschäftsfrau äußerst fragwürdig, dennoch hoffte sie auf Verständnis, wenn die Herren die ganze Geschichte wussten.

Fast die ganze Geschichte.

In der Offiziersmesse hatten sich neben den beiden Botanikern auch der Kapitän und der Erste und Zweite Offizier versammelt. Der Raum war verschwenderisch ins Licht von Dutzenden Kerzen getaucht, deren Schein sich im Mahagoniholz, in dem Silber und dem Porzellan spiegelte, mit dem der Tisch gedeckt war.

Die Herren standen um den Tisch mit dem Whisky herum,

alle bereits mit einem Glas in der Hand und den leicht geröteten Wangen eines gelinden Rausches. Es war ihnen Damengesellschaft versprochen worden, und deshalb trugen alle eine zumindest ausgebürstete Uniform. Lene entschuldigte sich, dass sie die Ehre der Einladung nicht in präsentabler Kleidung annehmen könnte, und schon geleitete sie der Kapitän, ein weißbärtiger alter Seebär, galant an den Tisch.

Suppenschüsseln dampften verheißungsvoll, frisch gebackenes Brot verströmte einen Duft, der Lene fast in den Wahnsinn trieb. Der Kapitän, der auf den poetischen Namen Theolonius Merryweather hörte, walzte die Gelegenheit zu einem Trinkspruch auf eine halbe Predigt aus, in der Gott, Tee, Opium und die Royal Navy eine fast gleichberechtigte Rolle spielten. Als er endlich fertig war, kippte Lene ihren Wein viel zu schnell hinunter, um sich dann auf den Kanten Brot zu stürzen, der ihr von einem der Unteroffiziere auf einem silbernen Teller gereicht wurde.

Die Suppe, eher ein Eintopf, war ein klassisches britisches Stew, verfeinert mit Curry und einigen Gewürzen, die Lene schon von der *Maddie* kannte. George Gordon und Nathaniel Wallich saßen ihr gegenüber, die Offiziere an den Stirnseiten und der Kapitän neben ihr. Kein siebtes Gedeck für Robert.

»Lord Napier wurde die Einfahrt nach Kanton verboten«, erläuterte Merryweather gerade. »Selbstverständlich wird er sich darüber hinwegsetzen. Wer sind wir denn, dass wir uns von den Chinesen sagen lassen, was wir zu tun haben?«

Weder Gordon noch Wallich schienen sonderlich interessiert.

»Der Gouverneur von Kanton soll eine Blockade der Faktoreien angekündigt haben. Sämtliche chinesischen Mitarbeiter sind bereits abgezogen.« Merryweather zermalmte sein Brot so, wie er das wahrscheinlich auch gerne mit dem chinesischen

Provinzgouverneur getan hätte. »Ich habe gehört, die *Imogene* und die *Andromache* sind in Gefechtsbereitschaft. Es kann jede Sekunde losgehen.«

»Wird es gefährlich werden?«, fragte Lene.

Alle Köpfe ruckten in ihre Richtung.

»Ich meine, für die Ausländer in Kanton. Wenn es Krieg gibt, was wird mit ihnen geschehen?«

Merryweather verzog sein wettergegerbtes Gesicht zu einer Miene, die freundlich aussehen sollte, auf zarte Gemüter aber furchteinflößend wirken konnte. »Die bleiben schön in ihren Hongs. Die britische Marine richtet ihre Kanonen ja nicht auf die eigenen Leute.«

»Und die Chinesen?«

Stille. Es dauerte ein paar Sekunden, bis die Offiziere weiteraßen und Merryweather sich eine Antwort überlegt hatte, mit der Damen bei Tisch nicht beunruhigt wurden.

»Keiner weiß, was die Chinesen denken. Wenn sie das überhaupt können.«

Das Gelächter war ebenso verachtend wie herzhaft. Lene schob sich einen weiteren Löffel Stew in den Mund und dachte an Kaiwen und Puyi. Obwohl die beiden sie geradezu phänomenal übers Ohr gehauen hatten, wünschte sie in diesem Moment, dass sie das *conto courant* plündern und Kanton so schnell wie möglich verlassen konnten. Als der Steward das nächste Mal kam, ließ sie aus alter Gewohnheit ein Stück Brot in den Falten ihres Mantels verschwinden. Dschihu sollte nicht hungern.

»Nun, in Teedingen sind sie uns aber haushoch überlegen.« Gordon tupfte sich die Lippen mit einem Tuch ab. »Wir haben ja schon einige Meister von ihnen mitgehen lassen, und sie stellen sich ganz gut an.«

Lene riss die Augen auf. »Ihr habt Teemeister gestohlen?«

»Überredet.« Gordons fleischige Lippen verzogen sich zu einem Grinsen. »Mit sanfter Gewalt. In britischem Gewahrsam geht es ihnen immer noch besser als bei ihren hinterwäldlerischen Plantagenbesitzern. Wie ist dieses Land doch vor die Hunde gegangen. Es braucht Zucht und eine harte Hand. Ihr werdet es auch noch sehen mit eurem kleinen Sklaven.«

»Er ist nicht mein Sklave.«

»Nun, wie dem auch sei. Behaltet ihn im Auge.«

Wallich verlangte mit seiner hohen Stimme nach Salz und wandte sich dann direkt an Lene. »Erzählt uns doch, wie Ihr nach China gekommen seid. Eine bemerkenswerte Reise für eine so junge Dame.«

Der Kapitän nickte, und die Offiziere spitzten die Ohren.

Sie ließ den Galgen in Leer aus, und Annes Hurenhaus wurde zum Contor einer ehrenwerten Kaufmannswitwe, die ihr die Beteiligung angeboten hatte. Zum Hauptgang, Hühnchen auf Bambussprossen, war sie schon bei der Passage nach Singapore angekommen. Werner Brennicke erwähnte sie nicht. Aber als beim Dessert, einer hervorragenden Roten Grütze, Amriths Name fiel, erregte das mehr als die milde Aufmerksamkeit, mit der die Herren ihr bisher gelauscht hatten. Merryweather runzelte die Stirn.

»Amrith war ein Verbrecher und Halsabschneider. Er hat uns ins Geschäft gepfuscht, wo immer er konnte.«

»War?«, fragte Lene.

Der Erste Offizier, ein langer, dünner Mann mit einem länglichen Hundegesicht und hängenden Tränensäcken, sah über den Rand seines Weinglases zu ihr. Es war ein abschätzender Blick, wie viel ihr wohl zuzumuten war.

»Was ist passiert?«, hakte sie nach.

»Er sitzt in Haft. Der Gouverneur behauptet, er habe Opium geschmuggelt und will ein Exempel statuieren.«

»Deng Tingzhen?«

Alle starrten sie an.

»Woher kennt Ihr diesen Namen?«

»Ich habe ihn vor ein paar Tagen getroffen.«

Besteck klirrte, Weingläser, eben noch erhoben, wurden abgesetzt.

»Ihr habt Deng getroffen?« Merryweather wechselte einen vielsagenden Blick mit seinem Ersten Offizier. »Wo?«

Lene erzählte von Shangs Mörderbande, wobei sie Dschihus Anwesenheit wohlweislich unter den Tisch fallen ließ. Es gelang ihr, mit fester Stimme den Einzug in Máhs Haus zu beschreiben und die Begegnung mit dem gnadenlosen Gouverneur. Merryweather, der sie den ganzen Abend über mit wohlwollender Herablassung behandelt hatte, unterbrach sie nur für kurze Zwischenfragen, die sich meist auf Deng Tingzhen und seine Äußerungen bezogen.

»Dann macht er also kurzen Prozess.« Mit düsterem Blick trank er sein Glas leer und winkte unwirsch ab, als es ihm nachgefüllt werden sollte. »Ich brauche jetzt einen anständigen Schluck.«

Der Steward eilte zum Teetisch und bereitete die Whiskygläser vor.

»Wann ist Ladeschluss?«

Der Zweite Offizier, wesentlich jünger und besser rasiert als die anderen, versuchte gerade, einen Vanillesoßenfleck von seinem Hemd zu entfernen. »Im Morgengrauen. Die letzten Kisten Tee für Charles Grey, Bergamottöl und Pfeffer.«

»Tee für den 2nd Earl Grey?«, fragte Lene.

»Ja.« Merryweather bekam seinen Whisky. »Können wir das schneller abwickeln? Ich will so schnell wie möglich die Segel setzen. Ein Glück, dass wir unser Opium noch losgeworden sind. Von mir aus kann der Gouverneur damit machen, was er will, solange wir bezahlt werden.«

»Natürlich«, beeilte sich der Zweite Offizier zu versichern. »Wir können das Bergamottöl auch beim Tee stauen. Es ist gut verpackt, da wird schon nichts passieren.«

»Man sagt«, der Erste Offizier beugte sich vor und schenkte den Herren einen konspirativen Blick, »alles beschlagnahmte Opium soll im Hafenbecken vernichtet werden.«

»Da wär ich gerne Fisch!« Gordon lachte dröhnend. »Von mir aus können wir dieser Ecke so schnell wie möglich den Rücken kehren. Stirling wird es noch mal in Jünnan[30] versuchen. Er soll ein paar Teepflanzen aus den Bergen mitbringen, robuste Gewächse. Ich würde ihm raten, den Landweg über Burma und Mandalay nach Chittagong zu nehmen, solange die Situation hier so brenzlig ist.«

Lene legte den silbernen Löffel weg. »Dann ist Mr Stirling in Ihrem Auftrag unterwegs?«

Gordon faltete sein Doppelkinn beim Nicken ein drittes Mal. »Er muss ein paar Schulden abbezahlen, alles halb so wild. Es wundert mich, dass er Euch die Teesamen überlassen hat. Wie kam es dazu?«

»Eine alte Abmachung«, sagte sie knapp. Sie konnte es sich selbst nicht richtig erklären. »Wann unterschreiben wir den Vertrag?«

Merryweather erhob sich mit dem wohligen Ächzen eines Mannes, der gut und reichlich gegessen hatte. »Jetzt. Ich habe alles vorbereiten lassen. Sir Berwyn?«

Der Zweite Offizier warf fast den Stuhl um, so schnell stand er auf. »Einen Moment. Ich hole die Dokumente.«

Merryweather nickte. Er trat an das kleine Fenster und spähte hinaus. Plötzlich zuckte er zurück.

»Die *Andromache*!« Er wandte gar nicht erst den Kopf. »Na-

30 Veraltet für Yúnnán, südwestliche Provinz Chinas.

pier! Der Teufelskerl! Er fährt den Perlfluss rauf, ohne Erlaubnis! Sapperlot!« Er kehrte zu den anderen zurück.

»Noch einmal jung sein, meine Herren, und nichts würde mich davon abhalten, den gelben Teufeln zu zeigen, wer hier die Herren sind!«

Er schlug dem Ersten Offizier herzhaft auf die Schulter und lachte dröhnend. Noch mehr Whisky machte die Runde. Lene hatte bisher erfolgreich jeden Gedanken an Robert verdrängt. Aber jetzt hatte sie das Gefühl, vor Sorge verrückt zu werden. Sie ging zu dem Fenster, während hinter ihrem Rücken Trinksprüche und Hurrarufe in Salven abgefeuert wurden.

Unter dem letzten dunkelvioletten Abendglühen schoben sich die Silhouetten der Schiffe hinter der Felswand der Insel hinaus auf das Flussdelta. Die Segel gehisst, die Kanonen bereit. Dunkle Schatten tanzten auf dem Deck, gespenstisch beleuchtet von Fackeln und Petroleumlampen.

»Krieg!«, schrie der Erste Offizier. »Das wurde aber auch Zeit! Herrgott, was gäb ich drum, auf einem Schiff der Royal Navy zu sein!«

Ein Schauder jagte über ihren Rücken. Sie hätte vor Verzweiflung am liebsten irgendetwas zerschlagen. Nicht nur, dass Robert die Chance auf eine Zukunft in den Wind geschlagen hatte, er war auch noch zurückgekehrt in die Höhle des Löwen.

»Ein Hoch auf den Freihandel! Ein Hoch auf Lord Napier!«

Sie biss sich auf die Lippen und straffte die Schultern.

»Meine Herren?« Sie kehrte zum Esstisch zurück und nahm ihr Glas. »Auf ein glückliches Ende.«

»Auf ein glückliches Ende!« Merryweather stieß mit den Männern an. Gordons Wangen waren rot wie Rhabarber. Wallich hingegen, als Däne eher etwas distanziert, was den britischen Patriotismus betraf, griff lieber zu seinem Wasserglas. Wenig später kehrte der Zweite Offizier zurück, unter dem

Arm zwei Rollen Papier, in der Hand Feder, Siegellack, Petschaft und Tintenfass.

Der Tisch war schnell abgeräumt. Lene wollte die Sache hinter sich bringen. Wer weiß, woran die Herren sich am nächsten Morgen noch erinnern würden, vor allem, wenn Robert nicht da war. Als sie die erste Rolle glatt strich und mühsam entzifferte, dass es um das Land für die Plantage ging, musste sie schlucken.

Wallich beugte sich über ihre Schulter. Während er sprach, landeten kleine Spucketröpfchen in ihrem Nacken.

»Ein Hektar, wie besprochen. Mit Option auf einen zweiten nach fünf Jahren. Hier.« Sein dünner Zeigefinger deutete auf eine leere Stelle. »Da muss der Name des Besitzers hinein.«

Lene tauchte die Feder ins Tintenfass.

»Wenn ich an Eurer Stelle wäre«, raunte ihr der Botaniker ins Ohr, »würde ich es selber nehmen. Ihr könnt es ja immer noch an diesen Taugenichts verpachten. Aber«, er richtete sich wieder auf, »das ist Eure Entscheidung. Ich kann nur sagen, Stirling hat es noch nie länger als drei Monate an einem Ort ausgehalten.«

»Oder bei einer Frau«, dröhnte Gordon und wurde für diese geistreiche Ergänzung mit prustendem Lachen belohnt. »Er ist der beste Dieb des Komitees, aber ihm eine Plantage anvertrauen? Da könnte man den Tee gleich mit Salzwasser gießen. *Cheers*!«

Lene schrieb sorgfältig, Buchstabe für Buchstabe. Irgendwann sah Wallich ihr wieder über die Schulter und stutzte.

»Also doch. Euer Gottvertrauen möchte ich haben.«

Mit einem Kopfschütteln stürzte er das Wasser hinunter wie die anderen ihren Whisky.

»Ich möchte noch eine Zusatzvereinbarung.«

Gordon wurde hellhörig. »Ich glaube, wir waren schon sehr

großzügig«, sagte er scharf. »Immerhin weiß niemand, was mal aus diesen Samen wird.«

»In Ihren Händen, meine Herren, mit Sicherheit eine Sensation.« Sie lächelte die beiden Botaniker an. »Es ist auch nur eine Kleinigkeit. Dschihu, mein Diener, ist sehr gelehrig, ich möchte, dass Ihr ihn von Euren chinesischen …« Sklaven, hätte sie um ein Haar voller Verachtung gesagt, »… von Euren chinesischen Arbeitern zum Teemeister ausbilden lasst. Ich könnte mir vorstellen, dass er mit seinem Wissen und seinem Fleiß ein großer Gewinn für Euch sein könnte.«

Wallich überlegte. Er rieb dabei die Handflächen aneinander, als müsste er sie wärmen. Schließlich nickte er.

»Und wenn er alles weiß, kommt er auf Mr Robert Stirlings Plantage.«

Das Lächeln der beiden erstarb. Lene beeilte sich, die kleine Missstimmung umgehend aus der Welt zu räumen. »Ihr wollt das Monopol brechen, und die Welt will Tee. Tee, den jeder bezahlen kann. Ich will nichts Feines, nichts, was sich nur Reiche leisten können. Tee muss für jeden erschwinglich sein, und das geht nur über Menge und Preis. Ihr werdet in mir einen harten, aber fairen Partner haben. Und der Gewinn von Stirlings Plantage ist auch Euer Gewinn.«

Sie setzte sorgfältig das Addendum darunter.

»Ich brauche jemanden vor Ort, dem ich vertrauen kann. Nichts gegen Euch, meine Herren. Dschihu wird, wenn er alt genug ist, Stirlings Assistent. Er erhält dieselbe gesundheitliche Vorsorge und dasselbe Gehalt wie ein Brite. Wirft die erste Plantage nach fünf Jahren Gewinn ab, so wird er nach dem Ende seiner Ausbildung Manager der zweiten werden.«

»Das geht nicht«, widersprach Gordon prompt. »Das dürfen nur Briten sein!«

»Wo steht das?«

»Das muss nirgendwo stehen«, kam es polternd zurück. »Die Plantagen gehören zur Assam Company, eine rein britische Institution. Ihr könnt keinen Chinesen zum Manager einer Teeplantage machen!«

»Miss Vosskamp.« Merryweather setzte sich auf den Stuhl neben sie. »Es hat einen Grund, weshalb Frauen keine Geschäfte leiten dürfen.«

»Und der wäre in Euren Augen?«, fragte Lene eisig.

»Euer Herz, Ma'am. Ihr seid zu gütig. Aber Ihr tut dem Jungen keinen Gefallen. Seht doch, er ist Chinese. Auf den Plantagen geht es zu wie überall auf der Welt, wo die Zivilisation sich gegen die Barbarei durchsetzen muss. Die Manager spielen Cricket und Tennis, sie leben in großen Häusern und führen ein gesellschaftliches Leben. Die Einheimischen arbeiten. Wo soll ein Chinese da hineinpassen?«

»Ich bin mir sicher, er und die Zivilisation finden einen Weg.«

»Ein Vorschlag zur Güte.« Der Kapitän gab den beiden Botanikern einen Wink, damit sie sich aus dem Gespräch heraushielten. »Das Teekomitee der Assam Company wird ihm die Möglichkeit geben, auf Mr Stirlings Plantage als Assistent zu arbeiten. Mehr, Mrs Vosskamp, werdet Ihr nicht erreichen. Schon gar nicht, wenn China und Großbritannien im Krieg sind.«

Lene griff nach dem nächsten Blatt. Das war mehr, als sie für Dschihu zu hoffen gewagt hatte. »Fünfzehn Kisten. Sieben mit Pu-Erh-Tee in Ziegelform, acht Kisten loser Oolong. Lieferung über London nach Emden. Mit meiner Passage über …« Sie nahm die Feder und setzte ein Wort hinzu. »Singapore.«

Sie und Anne waren reich.

»Da wollten wir aber nicht hin.« Wallich neigte bedenklich das Haupt.

»Aber ich. Ich habe dort noch etwas zu erledigen. Außerdem liegt es auf dem Weg, wenn Ihr die Straße von Malakka nehmt.«

Jetzt zahlte es sich aus, dass sie sich die Seekarten während der endlosen Reise auf der *Victoria* eingeprägt hatte.

Merryweather brummte und kratzte sich am Hinterkopf. »Das müsste mir das Teekomitee bezahlen.«

Er sah zu Gordon, der sich mit einer liegen gelassenen Serviette den Schweiß von der Stirn tupfte. »In Gottes Namen, einen Tag. Aber dann ist Schluss! Endgültig! Es sind nur ein Paar Pfund Teesamen, Mrs Vosskamp. Keine Schiffsladungen.«

»Das wird noch«, antwortete sie und reichte die Feder mit einem bezaubernden Lächeln an Mr Wallich.

»Ich *assistant master* sein?«

Dschihu riss die Augen so weit auf, dass das Weiß im Dunkel der Mannschaftsunterkunft fast bedrohlich wirkte. Er saß in einer Hängematte, die er sich mit einem der Schiffsjungen teilen sollte. Geschlafen wurde abwechselnd, je nachdem, wer gerade Wache hatte.

»Ja«, sagte sie und hockte sich in eine bequemere Position. Francis hatte sie hinuntergeführt, aber lange war ihre Anwesenheit nicht geduldet. Die Blicke der Seemänner auf sie und ihren ungewöhnlichen Aufzug boten das gesamte Spektrum zwischen Anzüglichkeit und Ablehnung. »Du wirst zu Mr Gordon gehen. Er kennt viele Teemeister, und von denen wirst du lernen. Eines Tages wirst du auf Roberts Plantage arbeiten.«

»Nicht mit Leeniee?«

Sie schüttelte den Kopf. »Calcutta wird dir das Leben schon schwer genug machen. Bei mir zu Hause ist es unmöglich. Ganz zu schweigen vom Winter. Hast du schon mal Schnee gesehen?«

Der Junge schüttelte traurig den Kopf. »Im Norden groß Berg. Da sein Schnee. Ich Schnee woll! Bitte, Leeniee-*taitai*, nicht geh. Kein Familie, kein nichts.«

»Ich weiß.« Sie wollte dem Jungen über den Kopf streicheln,

aber er zuckte schnell zurück. »Du musst lesen und schreiben lernen. Dann bekommst du Briefe von mir, und du schreibst mir zurück.«

Er nickte tapfer. »Wo sein Robert-*shifu*?«

»In Kanton.«

»Kommt zurück?«

»Ich weiß es nicht.« Sie stand auf und reichte ihm das Brot, das sie in der Offiziersmesse hatte mitgehen lassen. »Du wirst ihn wohl eher sehen als ich.«

Sie hatte das Gefühl, Dschihu zum zweiten Mal zum Waisen zu machen. Bevor sie noch etwas sagen konnte, das seine Lage nur vorübergehend erleichtern würde, stand sie auf und machte sich auf den Rückweg in die Kabine.

Francis hatte ihr eine Kerze und eine Schachtel Lucifers neben das Bett auf den Boden gestellt. Beim ersten Holz verbrannte sie sich die Finger, weil sie zu lange in die Flamme gestarrt hatte. Beim zweiten Mal klappte es. Der warme Schein tanzte über die Holzwände, der Docht zischte und sprühte Funken im Herz der Flamme. Wie oft sie schon in diesen Tanz des Lichts gesehen hatte … Egal, wie desolat ihr die jeweilige Lage vorgekommen war, Kerzen hießen: Es ist Licht in der Dunkelheit, du bist sicher. Wenigstens für den Moment.

Und dann ging es los. Ihr Kopf fuhr hoch, und die Haare auf ihren Unterarmen stellten sich auf.

Es klang wie ein Grollen von einem fernen Berg, nur dass der erste Donner noch nicht verklungen war, als der nächste folgte, einer nach dem anderen. Auf der *Water Witch* brach ein Tumult los. Sie hörte Rufe und laute Schritte an Deck über ihr, dann Stimmengewirr und das Poltern von Menschen, die viel zu schnell einen engen Gang hinuntereilten. In Windeseile löschte sie die Kerze, war an der Tür, schob den Riegel zurück und riss sie auf.

»Was ist los?«

Ihr plötzlicher Anblick erschreckte einen Maat vorübergehend so, dass er kurz stehen blieb.

»Lord Napier schießt auf Kanton!«, schnaufte er. »Man kann es sehen!«

Damit stieß er sie zur Seite und rannte auf die Treppe am Ende des Gangs zu. Der Kanonendonner echote zurück, geisterhaft verstärkt und dadurch noch bedrohlicher. Lene boxte sich rücksichtslos in einen Trupp von mehreren Männern, denen der Durst nach Gefecht ins Gesicht geschrieben stand. Oben brüllte schon Merryweather herum und dirigierte seine Leute so, dass keine Schlagseite entstand und die Ladung verrutschen konnte. Alle wollten in die erste Reihe, und das Gebrüll und Gezeter derer die sich ungerecht behandelt fühlten, wurde erst durch einen Peitschenknall beendet.

»Ruhe! Antreten! Geordnet!« Und dann sang er. *»God save our gracious king / Long live our noble king / God save the king…«*[31]

Alle stimmten mit ein. Von einigen anderen Schiffen in der näheren Umgebung echote der Gesang zurück, das mussten ebenfalls Briten sein. Die Niederländer und Portugiesen brüllten einfach oder jubelten: »Hipp, hipp, hurra!«

Lene entdeckte Gordon und Wallich in der Nähe der Brücke an der Reling und kämpfte sich zu ihnen durch. Gordon schmetterte die Hymne seines Vaterlands in den Sternenhimmel, als ob er mit seiner Stimme allein die Mauern Jerichos – oder in diesem Fall Kantons – zum Einstürzen bringen wollte.

Wallich, der Däne, versuchte, in diesem explosiven Ausbruch von Patriotismus nicht allzu sehr aufzufallen. Sie drängelte sich neben ihn und sah in die Dunkelheit. Immer wieder erhellte

---

31 Britische Nationalhymne: »Gott schütze unseren gnädigen König, lang lebe unser edler König, Gott schütze unseren König…«

der schwache Widerschein von Gefechtsfeuer die Silhouette des bergigen Ufers. Auch wenn Napiers Fregatten hinter der Biegung des Flusses lagen, war klar, dass gegen dieses Feuer kaum Gegenwehr möglich war.

»Wo liegt denn die chinesische Marine?«

Gordon, gerade bei *O Lord, our God arise / Scatter his enemies* angekommen, japste kurz nach Luft. »Meilen entfernt. Meilen entfernt! Lord Napier, dieser tollkühne Hecht! Das wird sie Mores lehren ... *Long may he reign*[32]!«

Lene biss sich auf die Lippen, um in dem Freudentaumel um sie herum nicht laut aufzuschreien. Robert war da draußen, in einer Stadt, die gerade von britischen Kanonen angegriffen wurde.

»Und die Faktoreien? Die Hongs in Fanqui Town?«

Gordon drehte sich mit einem ärgerlichen Schnaufen zu ihr. »Denen wird schon nichts passieren.«

Wallich führte die Hände auf dem Rücken zusammen und betrachtete den Jubel und den Feuerschein wie ein Schauspiel, dargeboten zu seiner persönlichen Unterhaltung.

»Macht Euch keine Sorgen«, sagte er. »Mr Stirling ist vor wenigen Minuten unversehrt an Bord gekommen.«

»Was?«, fragte Lene. »Was sagt Ihr da?«

»Er wollte sich den Vertrag noch einmal anschauen, bevor er zu seiner Expedition ins Landesinnere aufbricht. Aber ganz unter uns, sein eigentliches Interesse vermute ich woanders.«

Er ließ seinen Blick bis zum Ansatz ihres Ausschnitts gleiten, mehr amouröse Zweideutigkeit gestattete er sich nicht.

»Danke«, stieß sie hervor. Und trat dem nächsten Matrosen gehörig auf die Füße, als sie sich zurück zum Niedergang schlug.

---

32 »Oh Herr, unser Gott, steh ihm bei, zerstreue seine Feinde ... lang möge er regieren ...«

Robert stand am Fenster, den rechten Arm an den Rahmen gelehnt, in der linken ein Glas Whisky. Er war allein, wie Lene beruhigt feststellte. Der Donner der Geschütze war hier unten lauter, dennoch musste er ihr Eintreten bemerkt haben. Er drehte sich um. Seine Augen wanderten über ihre Gestalt. Lene blieb stehen, außer Atem von dem kurzen Lauf in die Messe.

»Brenny.«

Er stellte das Glas ab und trat näher. Sie waren zusammen auf der Flucht gewesen, hatten Todesangst und Freudentränen miteinander geteilt. Woher kam dann diese Verlegenheit?

»Lass uns offen sein.« Er legte beide Hände um ihr Gesicht, senkte den Kopf und küsste sie. Es war anders als im Fluss, zurückhaltend, fast scheu. Seine Hände legten sich auf ihre Schultern und strichen sanft über ihren Nacken. Er roch anders, als ob er den Duft der Stadt noch in seinen Kleidern hätte: Holzfeuer. Pfeffer. Sandelholz. Schießpulver. Whisky.

Ihre Hände schwebten über seinem Rücken und wagten es nicht, sich niederzulassen. Es ist ein Abschiedskuss, dachte sie, als er den Kopf hob und sanft eine Strähne ihres Haars hinter ihr Ohr schob. Der Blick aus seinen Augen war dunkel und unergründlich.

»Ich gehe nicht nach Calcutta. Noch nicht.«

Ich weiß, wollte sie entgegnen, doch ihre Kehle war wie zugeschnürt. Sie räusperte sich und sagte: »Du gehst auf eine Expedition.«

Seine Hände glitten an ihren Armen hinunter, bis sie ihre gefunden hatten. Der Griff war sanft, aber er gab ihr dennoch das Gefühl, nicht ganz ohne eine Verbindung zu sein.

»Ja. Ich habe mir den Vertrag noch einmal angesehen.« Er ließ sie los und ging zum Tisch, auf dem die beiden Papiere zusammengerollt lagen. »Du den Tee, ich das Risiko.«

Sie versuchte ein Lachen und war erstaunt, dass es ihr gelang. Dabei war ihr zum Heulen zumute. Wenn das die letzten Minuten waren, in denen sie sich sahen, wollte sie sie nicht mit einem Gespräch über Geschäfte verbringen.

»Ich denke, das könnte etwas für deine Zukunft sein, sofern du daran schon einmal gedacht hast.«

Sie nahm sein Glas und leerte es in einem Zug. Im nächsten Moment hatte sie das Gefühl, ihr Hals würde explodieren.

»Mein Gott!«, keuchte sie. »Was ist das?«

Er nahm ihr grinsend das Glas ab und zog sie wieder an sich. »Whisky. Willst du dich etwa betrinken?«

»Hätte ich einen Grund dazu?«

»Sag es mir hinterher.«

Der nächste Kuss war fordernd, drängender. Als er sie losließ, fragte er: »Wo schläfst du?«

Niemand kam ihnen entgegen. Als sie die Hand nach ihrer Tür ausstreckte, fühlte sie sich wie eine Fremde. Bist du das wirklich?, dachte sie, als er sie von hinten umarmte und sanft in das dunkle Zimmer schob. Als sie das leise Keuchen hörte, das sie von sich gab, während er ihren seidenen Mantel öffnete und seine Hände sich unter den Stoff schoben. Als sie sein Hemd öffnete und mit fliegenden Fingern versuchte, den Strick zu lösen, der seine Hose auf den Hüften hielt. Als sie endlich nackt aus den Kleidern stiegen und eng umschlungen auf dem schmalen Bett landeten.

Sein Kuss war von einer Zärtlichkeit, die sie nicht erwartet hatte. Sie gab dem Bild, das sie sich von ihm gemalt hatte, eine neue Farbe. Sie war empfänglich gewesen für seine Männlichkeit, und die Rettung aus Lebensgefahr hatte ihre Sinne für ihn noch geschärft. So weit, so gut, so verständlich. Doch auf der Flucht hatten sich neue Töne und Schattierungen hinzugesellt. Sie war die Beschützerin gewesen, als er mit dem Tod gerungen hatte, oder, wesentlich profaner, aber für ihn mit Sicherheit von ähnlicher Dramatik: als sie ihm über den Fluss geholfen hatte. Das Bild war definitiv kein Aquarell. Schon gar nicht seit dem Moment, in dem klar geworden war, dass er niemals der Mann wäre, der sich mit ihr eine Zukunft vorstellte.

Seine Hand glitt hinab zu ihren Brüsten, die er mit kreisenden Bewegungen liebkoste. Sie zog seinen Kopf an sich und erwiderte seinen Kuss, während er das Feld seiner Erkundungen weiter nach unten ausdehnte.

Die Farben in ihrem Kopf wirbelten durcheinander. Ihr Körper spannte sich wie eine Bogensehne, als seine Finger ein sanftes Spiel begannen, das ihr Innerstes zum Zerfließen brachte.

Sein Atem wurde heftiger. Sie spürte, dass er bereit war und auf ein Zeichen wartete. Sie öffnete die Beine, er glitt in sie hinein wie ein Eroberer, der siegessicher fremdes Land betritt, und die Farben explodierten.

Später lagen sie schweißüberströmt nebeneinander. Lene hatte die Befürchtung zu zerspringen, wenn sie ihn noch einmal berühren würde. Ein leichter Luftzug kühlte ihre Haut, das reichte schon, um ihr am ganzen Körper eine Gänsehaut zu bescheren.

Er griff nach ihrer Hand, führte sie an seinen Mund und küsste sie. Sie schwiegen eine Weile, um die Einheit, die sie eben noch gewesen waren, nicht so schnell zu zerstören.

»Oh Brenny«, sagte er schließlich. »Ich habe einen irrsinnigen Hunger.«

Lene hätte sich etwas Poetischeres gewünscht, aber die Grundehrlichkeit dieser Aussage brachte sie zum Lachen.

»Ich hol dir was.«

»Nein.« Er beugte sich über sie. Sanft fuhr er die Kontur ihrer Wangen nach. »Ich gehe.«

Die wenigen Minuten, die er fort war, verbrachte Lene in

einer Art Schwebezustand, in dem sie kaum einen klaren Gedanken fassen konnte.

Sie war ja nicht unerfahren. Aber das hier war fremd und vertraut zugleich, wild und sanft, gebend und nehmend. Mit einem unwilligen Seufzer stand sie auf und zündete die Kerze an.

Als er wenig später mit einem Tablett zurückkehrte, auf dem Brot, kalter Braten und ein Krug Wein standen, hatte sie sich zumindest so weit wieder in der Gewalt, dass sie ihm ein unbefangenes Lächeln schenken konnte.

Er stellte das Tablett auf dem Bett zwischen ihnen ab. Hemd und Hose, die er sich vorm Hinausgehen übergestreift hatte, zog er wieder aus. Nun trug er nur noch ihren Verband. Sie machte ihm Platz, und er setzte sich, nackt und unbefangen, neben sie. Seine Tätowierungen schienen im Kerzenlicht zu leben: Die Schlange an seinem Oberarm, als er den Krug ansetzte, reckte und dehnte sich. Linien, Punkte und Muster erwachten zu einem Eigenleben, als wäre sein Körper ein Gemälde, das sich mit jeder Bewegung veränderte.

Das Donnergrollen war verstummt. Den Geräuschen von Deck und auf dem Niedergang nach zu urteilen kehrte die Besatzung zurück auf ihre ursprünglichen Posten.

»Warum musstest du unbedingt noch mal nach Kanton?«

Er brach ein Stück Brot ab und steckte es mit einer Scheibe Braten in den Mund.

»Ich bin tausend Tode gestorben. Du hättest mitten ins Gefecht geraten können.«

Er kaute, zuckte mit den Schultern und spülte dann mit einem tiefen Schluck Wein nach, den er direkt aus dem Krug nahm.

»Es war wichtig«, sagte er. »Ich musste noch mal in die britische Faktorei. Ich habe dort ein *conto courant.* Weißt du, was das ist?«

»Ja«, sagte sie spitz und streckte die Hand aus. Er reichte ihr den Krug mit einem überraschten Lächeln. »Du bekommst ein Papier, mit dem du überall, wo deine Bank vertreten ist, dein Geld abheben kannst.«

»Du musst dir auch so etwas anschaffen, wenn du mit Tee handeln willst.«

»Das habe ich vor.«

Er beugte sich hinunter zum Boden und suchte etwas in seiner Hosentasche. Im milden Schein der Kerzenflamme beobachtete sie den kräftigen Oberkörper, von Narben, Bildern und den scharfen Grenzen zwischen Sonnenbräune und Blässe gezeichnet.

Ihre Finger fuhren durch seine Haare und ertasteten den Schorf von Puyis Verletzung.

»Tut es noch weh?«

»Was?«, fragte er, seine Mundwinkel zuckten verräterisch. »Dieser kleine Kratzer? Das habe ich dir mitgebracht.«

Er hielt ihr mehrere Pfundnoten entgegen.

»Oh«, sagte sie überrascht. »Das muss ein Missverständnis sein. Heute Nacht musst du nichts zahlen.«

Sie spürte, dass sie bei dieser Frechheit rot wurde. Seine Augen funkelten belustigt.

»Nun, Eure Großzügigkeit ehrt Euch, Ma'am.«

»Aber?«, fragte sie lauernd.

Er legte die Banknoten zurück auf den Boden und stellte dort auch das Tablett ab. »Nun, um es mal so zu sagen …«

Und schon hatte er sie um die Taille gepackt und an sich gezogen. Das Wissen um das, was kommen würde, ließ sie leise aufstöhnen.

»Nichts könnte das je entgelten«, sagte er. Seine Stimme klang, als ob er sich nur mühsam beherrschen könnte. »Du verrätst dich, Brenny. Und ich mich auch.«

Sie spürte, wie ernst seine Worte waren. Seine Hand wanderte über ihren Rücken zu ihrem Gesäß, folgte den Linien ihres Körpers, streichelte und umkreiste sie, bis sie glaubte, es vor Sehnsucht nicht mehr aushalten zu können.

Dieses Mal war es wie ein Gleiten durch einen dunklen See. Tief unter der Wasseroberfläche, in der sich weit entfernt die Sonne brach. Als sie mit einem erstickten Schrei wieder auftauchte, fühlte sie sich schwerelos und getragen von einer Welle, die sie sanft an einem unbekannten Ufer absetzte. Sie hörte seinen Schrei, und die Brandung rollte über sie hinweg und trug sie fort.

»Brenny?«

Seine Stimme kam von weit weg, und er wollte, dass sie reagierte.

»Ist alles okay?«

Sie beugte sich über die Bettkante und tastete nach dem Weinkrug. Erst nach ein paar Schlucken war sie wieder in der Lage zu sprechen.

»Ja. Alles okay.« Sie reichte ihm den Krug und beobachtete, wie er den Wein durch seine Kehle rinnen ließ. Alles war leicht und selbstverständlich. Keine Scheu, keine Zurückhaltung.

Er beugte sich über sie, stellte den Krug ab und zog sie an sich. »Ich hatte gefürchtet …«

»Ja?«

»Es könnte dir nicht gefallen. Ich bin kein Galan mit parfümiertem Taschentuch.«

»Und ich bin keine Dame, die in Ohnmacht fällt.«

»Das habe ich schon bemerkt. Aber du warst verdammt nah dran.«

»An der Dame oder der Ohnmacht?«

»An beidem.«

Sie lachte, und gleichzeitig hatte sie das Gefühl, ihr würde das Herz brechen. Um aus diesem Dilemma irgendwie herauszukommen, hob sie die zerknitterten Banknoten auf und betrachtete sie.

»Woher hast du die? Das sind keine Papiere, das ist echtes Geld. Mindestens zwanzig Pfund.«

Er streckte sich auf dem Bett aus. »Ich habe mir was auszahlen lassen. Wir verrechnen das mit der ersten Lieferung. Du wirst Geld brauchen. Du musst ein Contor anmieten, Leute bezahlen, ein Geschäft aufbauen.«

»Und du?«

»Ich gehe noch heute Nacht von Bord. Wenn ich aus Jünnan zurückkehre und dem Teekomitee bringe, was es will, bin ich ein gemachter Mann.«

»Und dann?«

»Werde ich meine eigene Plantage leiten.«

Und wir?, wollte sie fragen. Was wird mit uns? Sie wusste: ein Wort, und sie würde bei ihm bleiben.

Er nahm ihr den Krug ab und brachte ihn außer Reichweite. Sie zog das Laken um sich. Nicht weil sie fröstelte. Eher um das, was er ihr jetzt sagen würde, nicht völlig unbekleidet zu erfahren.

»Und du wirst zu mir kommen, wann immer es dir möglich ist.« Er stützte sich auf einen Arm, um sie mit dem anderen an seine Brust zu ziehen. Sie spürte die warme Haut und den ruhigen Herzschlag.

»Ich bin kein Mann für solche Sachen.« Seine Stimme klang heiser. »Ich kann nicht mit einer Frau leben. Und du, Brenny, wenn du ganz ehrlich bist, würdest es mit mir nicht aushalten. Du hast mich in guten Momenten erlebt. Du kennst meine dunklen Seiten nicht.«

Sie schwieg. Sie würde nicht betteln, sie wusste ja, dass es keinen Sinn hatte.

»Auf dich wartet ein Leben. Du wirst einen Mann finden und Kinder haben, und du wirst deinen Teepalast bauen. Ich sehe ihn schon vor mir, mitten in einer spießbürgerlichen norddeutschen Stadt. Bunte Lampions, und lauter junge, unverheiratete Mädchen servieren ihn in Hanfus. Du wirst das Stadtgespräch sein, und alle werden sich das Maul zerreißen. Aber sie werden kommen. Du wirst die Erste sein, die Tee aus Indien anbietet. Und alle zwei Jahre, zur Erntezeit, reist du nach Calcutta und besuchst eine Plantage in Assam. Und wenn du Glück hast, werde ich da sein. He. Was ist das?«

Sanft hob er ihr Kinn und sah ihr in die Augen.

»Weinst du etwa?«

Hastig richtete sie sich auf und wischte sich die Tränen weg. »Klingt gut«, sagte sie. »Ich freu mich schon darauf.«

Er beugte sich vor. In seiner Umarmung verflog die Kälte. Seine Lippen verließen ihren Mund und wanderten über ihren Hals hinunter zu ihren Brüsten. Als er ihren Bauchnabel erreichte, hielt sie seinen Kopf mit beiden Händen fest und zog ihn wieder sanft zu sich hinauf.

»Danke«, sagte sie.

Er grinste, und seine Augen funkelten sie an. »Wir werden das alles auf Heller und Pfennig verrechnen. Und du kannst einiges von deiner Schuld schon heute Nacht abtragen.«

Mit plötzlichem Schwung drehte er sich auf den Rücken und zog sie auf sich.

»Mit Zins und Zinseszins.«

»Mit Zins und Zinseszins«, flüsterte sie.

Die *Water Witch* erreichte Indiens Küste am 3. Januar 1835. Die Einfahrt in den Hooghly River verlangte von der Besatzung ein Höchstmaß an Können und Konzentration. Tag und Nacht wurde gelotet, um die Wassertiefe zu messen und die tückischen

Sandbänke zu umfahren. An Bord herrschte eine angespannte Stimmung, eine fast geisterhafte Ruhe, nur die Rufe der Matrosen schallten über das Deck, die am Bug mit Handlot und Messleine die Anzahl der Faden weiter an den Steuermann meldeten.

Lene verbrachte die Zeit im Schatten der Segel auf Deck, weil es in der Kabine kaum noch auszuhalten war.

»Vierzehn, siebzehn, zweiundzwanzig«, kam es von vorne. Ab und zu ertönte ein deftiger Fluch des Steuermanns, der auf seinen Karten ganz andere Tiefen verzeichnet hatte. Die Hitze war flirrend, und als die Sonne unterging, stand hoch oben ein dunkler Schwarm am Himmel. Es waren Fledermäuse, so groß, wie Lene sie noch nie gesehen hatte. Die Matrosen, viele unter ihnen Malaien und Laskaren, wurden noch stiller. Der Erste Offizier reichte ihr ein Fernglas, durch das sie das Wrack eines Schiffs sehen konnte. Es war auf einer Sandbank gestrandet und mahnte zu noch größerer Aufmerksamkeit.

Lene hatte den Anfang der Reise so gut wie verschlafen. Ihr Körper sagte ihr deutlich, was sie zu tun hatte: sich wenig bewegen, viel essen, und ihr inneres Lot wieder ins Gleichgewicht bringen. Die Route verlief östlich der Andamanen, dann die Preparisstraße hinauf zum Golf von Bengalen. Merryweather gab abends Schnurren aus seinem Seefahrerleben zum Besten, allerdings fehlten ihm, je näher sie sich der Südküste Burmas näherten, immer mehr Zuhörer. Die See war hoch, Regen peitschte über das Deck, und das Schiff rollte so stark, dass erst Wallich, dann Gordon und schließlich sogar Lene die Kabine nicht mehr verließen.

Die Übelkeit verließ sie auch nicht mehr, als das Wetter besser wurde und das Meer von Grau zu milchigem Grün wechselte. Wenn sie es an Deck schaffte und sich zur Reling schleppte, sah sie Quallen und Wasserschlangen in den tanzenden Wellen, und ihr wurde noch schlechter. Nach einigen Tagen hatte sie sich erholt. Nur noch morgens hob sich ihr Magen, und sobald sie sich einmal übergeben hatte, schmeckte auch das Porridge zum Frühstück wieder.

Den Zwischenstopp in Singapore hatte sie genutzt, um in einem der vielen kleinen Geschäfte am Hafen von Roberts Geld einen Rock und ein Hemd zu erstehen, dazu ein Paar robuste Schuhe, die ihr an Land wie an Bord Halt geben würden. Nachdem sie sich in ihrer Kabine umgezogen hatte, war sie mit einer *rik-shaw* zum Bukit Larangan gefahren, wo der britische Regierungspalast wie eine steingewordene Drohung auf dem Hügel thronte. Ludwig Zeisig, der preußische Handelskonsul, war nicht im Hause, aber Legationsrat Wilhelm Angermüller empfing sie in den opulent ausgestatteten Räumen der Niederlassung.

Es gab Tee und ein knochentrockenes Gebäck, das Angermüller als Scones bezeichnete, die mit einer Art Marmelade serviert wurden. Das Klima bekam ihm ebenso wenig wie den samtenen Vorhängen und den seidengepolsterten Sofas und Sesseln: Alles wirkte ein wenig angefressen von der Seeluft. Seine pummeligen Wangen glänzten vom Schweiß, der Backenbart stand trotz eines Pfunds Pomade in alle Himmelsrichtungen ab, und sein Händedruck war glitschig und feucht. Aber er hatte gute Nachrichten. Nicht zuletzt, weil Werner Brennicke dringlich nachgefragt und insistiert hatte, war ihr ein von Zeisig unterschriebener Reisepass ausgestellt worden. Das Papier, mehrfach gefaltet und mit allen erforderlichen Stempeln versehen, wurde ihr mit einem strahlenden Lächeln überreicht. Sie konnte kaum glauben, dass ihr Name daraufstand: Helene Vosskamp.

»Euer Geburtsdatum und der Ort …« Angermüller hüstelte. »Wir mussten improvisieren. Seid Ihr mit dem 21. Juli 1810 einverstanden? Dann wärt Ihr nun nach dem Code Civil und dem Rheinischen Recht volljährig.«

»Wie geht es Herrn Brennicke?«, fragte sie, nachdem sie sich herzlich bedankt hatte.

»Gut, gut.« Angermüller schenkte ihr noch eine Tasse Tee ein und schob die Scones in ihre Richtung. Sie wurden auch nicht besser, wenn man sie einweichte. »Erst letzte Woche trafen wir uns zu einem Rumpunsch und spielten Whist.«

»Mit einem Missionar?«, fragte sie, mehr amüsiert als erstaunt. Die weite Welt schien Werner gutzutun.

Angermüller kicherte. »Ihr würdet staunen, wenn Ihr erführet, wie er versucht, uns übers Ohr zu hauen. Abgesehen davon ist er eine Bereicherung für die Gemeinde, und wenn das Trauerjahr für seine so früh verschiedene erste Frau vorüber ist, werden wir wohl eine Hochzeit feiern.«

»Ah ja?« Das war ja schnell gegangen. Sie verdrängte den kleinen Stich in ihrer Magengrube. »Wer ist denn die Glückliche?«

»Die Tochter eines niederländischen Gewürzhändlers, die auf der Reise nach Sumatra plötzlich erkrankte und zu seiner Missionsstation gebracht wurde. Ein zauberhaftes Paar, ganz reizend. Und, unter uns, sie ist nicht unvermögend, wie man hört. Und wie ist es Euch ergangen, mein teures Fräulein?«

»Ich habe Tee gekauft und bin auf dem Weg zurück nach Deutschland.«

»Mit der *Water Witch*, wie mir ein Vögelchen zwitscherte. Und den berühmten Botanikern Wallich und Gordon. Wann fahrt Ihr denn weiter? Es wäre uns eine Ehre, Euch und die beiden Herren zum Diner einzuladen.«

»Leider wird das nicht gehen. Heute Abend wird noch der Anker gelichtet.«

»Oh, wie schade! Nun, wenn Eure Angelegenheiten Euch wieder einmal in unsere Gefilde führen, so seid versichert, dass wir Euch gerne jederzeit als unseren Gast willkommen heißen.

Vielleicht können auch Herr Brennicke und seine Gemahlin einen Abend erübrigen, das wäre eine sicher sehr amüsante Tischgesellschaft.«

»Mit Sicherheit wäre sie das.«

Sie trank ihren Tee, plauderte noch über dies und das, und als sie nach einer reizenden Verabschiedung wieder zurück zum Hafen fuhr, war das seltsame Gefühl im Herzen verschwunden. Sie passierte die belebte Kreuzung, an der sie auch mit Amrith vorbeigekommen war, und verglich ihre heutige Lage mit der, in der sie sich damals befunden hatte. Es gab allen Grund, dem Herrn dankbar zu sein.

Und einer Menge Leute, die ihr geholfen hatten.

Es war ein mühseliges Unterfangen, den Fluss hinaufzusegeln. Bei Flut kamen sie voran, bei Flaute und Ebbe wurde der Anker geworfen. Sofort war das Schiff dann von Booten umlagert, auf denen frische Kokosnüsse, Mangos und Gemüse angeboten wurden. Der Koch passte den Speiseplan dem neuen Luxus an, aber Lenes Appetit verhielt sich wählerisch. Mal reichte schon der Duft, um sofort wieder an Deck zu rennen und sich über die Reling zu hängen. Mal entwickelte sie eine wilde, kaum noch zu kontrollierende Sehnsucht nach eingelegten Heringen, die man in diesen Breitengraden vergeblich suchte.

Am dritten Abend auf dem Fluss saß sie, erschöpft von der strikten Weigerung ihres Körpers, etwas anderes als Porridge zu sich zu nehmen, an Deck und starrte sehnsüchtig auf die ersten Vorläufer der Stadt, die ihre Arme in den Dschungel gestreckt hatte. Kleine Siedlungen wurden zu Dörfern in Palmenhainen, wuchsen mehr und mehr zusammen und schickten Kinderlachen und erregte Nachbarschaftsdispute, Hühnergeschrei und Trommelklänge über das Wasser.

Ein lautes Rasseln verkündete, dass sie wieder eine Rast einlegen mussten. Nach einer kurzen Dämmerung erschienen die Sterne am Himmel, und während sie noch auf das Kreuz des Südens starrte, spürte sie ein leises, seltsames Ziehen im Unterleib. Nicht mehr als ein kurzes Kitzeln, dann war es vorbei.

Sie hatte die Veränderung ihres Körpers bemerkt, ihr aber keine weitere Bedeutung beigemessen. Sie aß gut, wenn sie die Hälfte nicht über Bord spuckte. Keine Gefahr zehrte mehr. Die quälende Ungewissheit, was ihre Zukunft betraf, war einer sanften Erregung gewichen. Ihr Schlaf war tief, und die Träume, wenn sie sich noch an sie erinnern konnte, von banaler Schlichtheit. Beim *Dummeln* sah sie ihren Teepalast und wo sie ihn bauen würde, wenn der Handel einmal richtig in Schwung gekommen war. Sie hatte einen Pass. Sie würde einen traumhaften Gewinn machen. Die Welt stand ihr offen, und niemand würde sie aufhalten …

Bis sie an jenem Abend ungläubig die Hand auf ihren Bauch legte. Es funktionierte nicht mehr, sich einzureden, dass da nichts wäre.

»Um Himmels willen«, sagte sie zu sich selbst und setzte sich hastig auf.

Sie hatte oft an ihn gedacht. Sie vermisste ihn. Manchmal mit einer Leidenschaft, die ihr Angst machte. Sie schickte ihn fort, immer wieder. Aber er blieb wie ein Schatten an der Wand, bereit, im nächsten unaufmerksamen Moment wiederaufzutauchen und eine wilde Sehnsucht in ihr auszulösen, gegen die sie machtlos war.

Und jetzt das.

Das Trippeln von nackten Füßen riss sie aus ihrer Fassungslosigkeit. Dschihu tauchte auf und setzte sich, als wäre es das Selbstverständlichste von der Welt, neben sie.

»Alles gut, Leenie-*taitai*?«

Sie schluckte. »Alles gut.«

»Licht von Calcutta seh.«

Sie reckte den Hals und folgte mit ihrem Blick seiner ausgestreckten Hand. Der Nachthimmel schien etwas heller zu sein, vermutlich vom Widerschein der vielen Feuer dieser Stadt, die sie trennen würde. Diesem Gedanken schien auch Dschihu nachzuhängen.

»Ich nicht wiss, gut Teemeister.«

Sie hatte gelernt, dass sie ihm nicht über den Kopf streichen durfte, und respektierte das. Deshalb berührte sie auch nur sanft seinen Arm. Er rückte näher, und sie spürte, dass er sich genauso hilflos fühlte wie sie.

»Du wirst sogar ein ganz großartiger Teemeister. Ich werde dich alle zwei Jahre besuchen und mich von deinen Fortschritten überzeugen.«

»Britisch Mann nicht mag Chinese.«

»Robert mag dich.«

Ein Lächeln huschte über seine mageren dunklen Wangen. »Robert kommen zurück von Expedition nach Calcutta?«

»Natürlich. Dann wirst du zu ihm auf die Plantage gehen. Und auch da werde ich euch besuchen.«

Ihr Herz schlug schneller bei dem Gedanken. Die Zukunft war ein schwer zu fassendes Gebilde aus Taten, Träumen und nicht zuletzt auch gemachten Erfahrungen. Sie würde als anderer Mensch nach Friesland zurückkehren. Es war wie ein Trommelfeuer aus Freude, wenn sie sich vorstellte, wie sie Hanna aus dem Armenhaus holen würde. Oder wie Anne überrascht wäre, wenn sie mit dem Tee nach Emden käme. Aber auch wenn die Geschäfte gut liefen, würde sie frühestens in zwei Jahren wieder nach Kanton oder Calcutta zurückkommen. Eher in fünf. Zusammen mit einem Kind… nein. Das war zu anstrengend und gefährlich. Aber er musste es wissen. Nur, würde das etwas ändern?

»Leeniee?« Dschihus braune Hand tastete nach ihrer. »Alles gut. Werd sein gut Teemeister. Ich verspreche.«

Sie zog den mageren Jungen an sich. »Das weiß ich, Dschihu. Das weiß ich doch.«

»Warum du traurig? Du vermiss Heimat?«

Sie nickte und zog die Nase hoch. »Ja, ich vermisse sie sehr.«

»Erzähl. Freiwache haben.«

Er grinste und zog die Knie an. Gemeinsam sahen sie auf den dunklen Fluss und die Silhouette der kahlen Berge, die sich vom Nachthimmel abhoben.

»Was möchtest du denn wissen?«

»Alles. Vater, Mutter, Familie. Essen. Weißer Mann sagt, iss fremd Essen, fremd Land wird Heimat. Was ess?«

Lene dachte nach. »Brot. Kräftiges Brot. Viel Suppe. Fisch. Kohl.«

»Und trink?«

»Wasser, meistens. Und Bier. Und ganz selten Tee. Das werde ich ändern.«

Dschihu nickte. Er hatte Angst vor der Zukunft, genau wie sie.

»Schau mal, ich war auch allein in einem fremden Land. Ich habe meine Heimat so wie du für eine bessere Zukunft verlassen. Manchmal müssen wir mutig sein, obwohl wir das gar nicht wollen.«

»Erzähl.«

Sie legte die Hand auf ihren Bauch. Erstaunlicherweise gab ihr das kleine, neue Leben Zuversicht. Sie hatte geliebt, sie hatte es verspielt. Und ob Robert der vierte Mann gewesen war, stand in den Sternen. Aber sie war bis nach Kanton gekommen, und sie würde mit fünfzehn Kisten Tee zurückkehren. Jeder hatte gesagt, es wäre unmöglich. Warum sollte sie sich noch länger ins Bockshorn jagen lassen?

»Erzähl!«

Sie lächelte. Eine lange Nacht lag vor ihnen. Morgen würden sie Calcutta erreichen. Dann wäre es zum ersten Mal an der Zeit, die Contore aufzusuchen, die Frachtpapiere zu erhalten, ein Schiff nach London zu finden, die Kosten für die Beiladung und die Passage auszuhandeln, all die Dinge zu erledigen, die man als friesischer Kaufmann so tat.

Nichts war unmöglich. Sie atmete tief durch und schwor sich, diesen Duft aus Schiffsteer, Wasser, Sandelholz und feuchter Erde niemals zu vergessen. Und die fremden Sterne, die über ihnen am Himmel funkelten.

»Hast du schon einmal eine Nacht erlebt, die dein ganzes Leben verändert hat?«

Dschihu sah sie an und nickte.

Fürs Leben und Wünschen

Emden, September 1837

»Kommt alle zusamm und schaut die *Shady* an! Stolz und schön aus Engelland zu sehn!«

Die Stimme des Ausrufers schallte durch den Hafen, begleitet vom hellen Klang seiner Glocke. Es war ein windiger, unfreundlicher Tag, nicht unüblich für diese Jahreszeit, in der es vor allem darum ging, die letzten Ernten einzufahren und Vorräte für den Winter anzulegen. Die Älteren erinnerten sich noch mit Grausen an das Jahr ohne Sommer – Achtzehnhundertunderfroren wurde es im Volksmund genannt[33] –, an die erstarrten Seen und Flüsse und an den bitteren Frost bis in den Mai, aber seitdem waren die Sommer kaum wärmer geworden und die Ernten von Überfluss weit entfernt. Wer konnte, hortete Kartoffeln und Korn, beschaffte Möhren, Äpfel und Holz.

Und Tee.

Fünfzehn Kisten standen auf dem Kai, zugedeckt mit einer Plane und bewacht von zwei Wipern der *Shady*, zu denen leider nicht Tom gehörte.

Lene stand an der Reling und blickte hinab auf das wuselige Treiben zu ihren Füßen. Tom … es war so lange her, und doch erinnerte sie sich noch genau an sein freches Lachen.

»Joost!«

---

33 1816, Elendsjahr mit katastrophalen Überschwemmungen, eisigen Wintern und Missernten.

Margarethes Stimme schallte über das Deck. Der kleine Junge hatte sich losgerissen und lief auf Lene zu.

»Mama!«

Lene fing ihren Sohn auf und hob das jauchzende Kind in die Luft. Margarethe tauchte, wie immer zerzaust und nicht ganz Herrin der Lage, in der Tür zur Kapitänswohnung auf.

»Schon gut!«, rief Lene ihr zu und ließ den Jungen aufs Deck gleiten, von wo aus er mit nackten Füßen zurück zu den anderen lief. Die kleine Maria Boysen machte gerade Mittagsschlaf, und der Stammhalter des Kapitäns, Samuel, keine sechs Wochen alt, ruhte in einem Tuch an Margarethes Brust.

Es war ein schönes Wiedersehen gewesen. Boysen hatte ihr einen guten Preis für die Ladung und ihre Passage gemacht, und Margarethe war wie ausgewechselt. Sie sprach ununterbrochen von dem Haus, das sie in Charlton bauten, einem Vorort von London, in das sie mit den Kindern ziehen würde. Die Ehe der beiden war um einiges glücklicher geworden, und Lene hatte das Gefühl, dass sie und Eliza Ellice daran nicht ganz unschuldig waren.

Aber die Kapitänsfrau hatte ziemlich geschluckt, als Lene am Tag des Auslaufens mit dem kleinen Joost an der Hand aufgetaucht war, aber ohne Mann. Boysen, dem in seinen Jahren als Kapitän nichts Menschliches mehr fremd geblieben war und dessen eigene Vergangenheit sich auch nicht gerade tugendhaft gestaltet hatte, verschanzte sich hinter neutralem Schweigen. Margarethe kam irgendwann mit ihren Fragen auch nicht weiter und hatte genug zu tun, keines ihrer eigenen beiden Kinder aus Versehen über Bord gehen zu lassen.

Der Steward war nun ein sehr junger und sehr ungeschickter, spindeldürrer und ständig über seine großen Füße stolpernder, völlig überforderter Waliser, der kaum den Mund aufbekam. Als Lene ihn in einem unbeobachteten Moment nach seinem

Vorgänger Mr Beard fragte, lief er puterrot an und stotterte nur, von nichts eine Ahnung zu haben.

Auch Quinn, der Segelmacher, hatte die *Shady* verlassen. Von Margarethe erfuhr sie schließlich, dass er sich zur Ruhe gesetzt und ein Haus in den Cotswolds gekauft hatte. Und, gab es denn so was?, Mr Beard zufälligerweise auch! Die beiden wohnten fast um die Ecke! Lene hatte sich beeilt, in erstaunte Ausrufe auszubrechen und zu versichern, dass es viele Leute in diese liebliche Gegend zog, wo die Häuser billig waren und oft auch recht einsam lagen, um ungestört seinen Lebensabend zu verbringen. Sie freute sich, dass die beiden unentdeckt geblieben waren und wünschte ihnen innerlich, ohne eine Miene zu verziehen, ein stilles, geheimes Glück.

»Ich bin ja bald wieder zurück.« Lene war ihrem Sohn gefolgt und strich ihm über die Haare. »Vielen Dank, dass Ihr auf ihn aufpasst.«

Sie war nervös, auch wenn sie es nicht zeigte. Sie wollte endlich zu Anne, von der sie seit diesem einen Schreiben an die Deutsche Kanzlei in London nichts mehr gehört hatte.

Der Loadmaster kam auf sie zu, ein wortkarger Schotte, mit dem sie nur zu tun gehabt hatte, als ihre Teekisten an Bord gegangen waren.

»Wohin damit, Madam?«

Vom Kai drangen die Rufe der Männer, die sich als Tagelöhner ein paar Stuber verdienen wollten.

»Ins Contor des Shipchandlers.« Boysen hatte ihr den Lagerraum dort organisiert. Sie konnte ja schlecht sagen: ins Hurenhaus von Emden. In einem unbelauschten Moment hatte sie versucht, ihn nach Anne zu fragen. Aber er behauptete, seit damals wäre er nicht mehr dort gewesen. Der Ton seiner Antwort machte außerdem klar, dass er an den Beginn ihrer Bekanntschaft nicht mehr erinnert werden wollte. Danach ging er ihr aus dem Weg. Sie beließ es dabei, aber ihre Unruhe steigerte sich von Stunde zu Stunde.

»Aye.«

Der Schotte drehte ab und gab den Befehl weiter. Margarethe kehrte zurück in die Wohnung. Sie kam nur schwer damit zurecht, dass Lene der Mannschaft gegenüber manchmal das Sagen hatte. Noch so eine Pille, die sie von ihrer früheren Maid schlucken musste. Dass aus dem Dienstmädchen offenbar eine wohlhabende junge Dame geworden war, die nicht nur mit Tee handelte, sondern auch beste Beziehungen zu den Plantagen hegte.

»Bis später«, rief sie ihr zu.

Mrs Boysen antwortete nicht. Lene verknotete ihr Kopftuch, wickelte sich in das Cape und kehrte zurück zur Reling, um dann vorsichtig die Gangway hinunterzulaufen.

Die Teekisten wurden bereits auf Karren geladen. Niemand brachte sie damit in Verbindung. Zwar wurde sie aus den Augenwinkeln gemustert und taxiert, aber das wäre mit jeder Frau geschehen, die als Passagier von einem Handelsschiff an Land ging. Hastig lief sie die Hafenstraße entlang zum Rathausmarkt. Wie klein Emden doch war, wie eng die Gassen und wie winkelig die Häuser! London, Calcutta und Singapore mussten ihren Blick geweitet haben. Als sie an der Stelle vorüberkam, an der Jann Groth ihr begegnet war, stockte sie kurz. Auch der Markt erschien ihr geschrumpft. Das karge Angebot und die hohen Preise lockten nur wenige Menschen an die Stände. Auf dem Platz der Uthmarscherin stand jetzt ein Heringsverkäufer, der wütend die Möwen vertrieb.

Was wohl aus ihr geworden wäre, wenn sie in Hogsterwaard geblieben wäre? Wenigstens die Briefe an Hanna waren beantwortet worden. Das Geld, das sie geschickt hatte, hatten die Borromäerinnen treuhänderisch verwaltet. Ihre kleine Schwester war in einer Bäckerei untergekommen, die wohl einen tadellosen Eindruck machte. Fünfzehn Jahre alt war sie jetzt, und wenn sie die verräterischen Halbsätze in den Briefen der Lütten richtig gedeutet hatte, gab es in diesem Haus auch einen recht ansehnlichen Sohn … sie freute sich unbändig, Hanna wiederzusehen. Aber erst einmal brannte ihr etwas anderes auf der Seele. Sie musste wissen, was aus Anne geworden war und warum sie auf ihre Briefe keine Antwort erhalten hatte.

Aus der Korrespondenz mit Hanna und den Borromäerinnen wusste sie, dass die Dämme an den Küsten den letzten Fluten kaum noch standgehalten hatten. Mancher Bauer hatte den Spaten in sein Land gesteckt – das Zeichen dafür, dass er den Deichpflichten nicht mehr nachkommen konnte und aufgab. *Keen nich will dieken, de mutt wieken*, so hieß das lapidar.[34] Und bescherte den Städten noch mehr Tagelöhner, die von der Hand in den Mund lebten.

»Habt Erbarmen, um der Mutter Gottes willen!«

Eine gebeugte Bettlerin humpelte auf sie zu, umschwärmt von mageren Kindern, die so abgerissen aussahen, dass für sie wohl im Armenhaus kein Platz mehr gewesen war. Lene kramte in den Tiefen ihrer Rocktaschen nach ein paar Münzen, die sie immer bei sich trug, und gab sie der Frau in die aufgehaltene Hand.

»Habt Dank. Habt Dank!«

Die Bettlerin war noch nicht alt, auch wenn ihr Gesicht von Entbehrungen gezeichnet war. Etwas an ihr kam Lene bekannt vor, und noch bevor sie wusste, was es war, schien eine eiskalte Hand nach ihrem Herzen zu greifen.

»Wir kennen uns.«

Die Frau wollte davonlaufen, aber Lene war schneller. Sie griff sie am Arm und zog sie sanft, aber bestimmt zu sich herum.

---

34 Wer nicht will eindeichen, der muss weichen.

»Grete?«

Entsetzt sah sie in das verhärmte Gesicht, das sie zum letzten Mal in blühender Jugend gesehen hatte.

»Um Himmels willen! Was ist passiert?«

Drei Jahre hatten aus dem jungen Mädchen eine alte Frau gemacht. Das Haar stumpf, Mund und Wangen eingefallen, schwärende Wunden an den nackten Füßen. Ihre hellblauen Augen blinzelten, als sie Lene musterte und versuchte, eine Erinnerung heraufzubeschwören.

»Ich bin es. Lene!«

Die Kinder stoben davon. Hier gab es nichts mehr zu holen. Lene zog Grete in einen Hauseingang, um sie vor dem kalten Wind zu schützen.

»Ich war einmal bei euch, bei Anne.«

Die Bettlerin schüttelte abwehrend den Kopf.

»Was ist mit Anne geschehen? Sag es mir!«

Mit einem Wimmern brach das Mädchen, das nur noch ein Schatten seiner selbst war, zusammen. Lene konnte sie gerade noch auffangen und spürte unter dem harten, verfilzten Wollstoff einzig Haut und Knochen. Der Geruch, der aus den Lumpen stieg, erinnerte Lene an ihre finsterste Zeit im Kerker von Leer.

»Hier.« In der anderen Rocktasche hatte sie ein Stück Schiffszwieback dabei, den sie bei Landgängen immer einsteckte. Gretes Hand fuhr vor und riss es ihr beinahe weg. Dann stopfte sie sich, so viel es ging, in den Mund.

»Mach langsam.«

Während Grete kaute, sich verschluckte, hustete und gierig den Zwieback aß, kroch in Lene eine unsagbare Angst vor dem hoch, was sie gleich erfahren würde.

Nur ein paar Meter weiter, einmal um die Ecke, und sie wäre da. Anne würde die Tür öffnen, sie erst einmal nicht erkennen und ihr dann vor Freude um den Hals fallen. So hatte sie es sich ausgemalt. So würde es auch sein. Es sei denn …

»Gibt es das Hurenhaus noch?«

Grete schüttelte mit vollem Mund den Kopf.

»Warum nicht?«

Das Mädchen schluckte und würgte und brachte schließlich ein paar Worte heraus. »Angezündet. Abgebrannt.«

»Wann?«

Die hellblauen Augen musterten Lene mit einer Mischung aus Furcht und Verschlagenheit, die man vermutlich brauchte, wenn man erst als Hure und dann als Bettlerin in Emden überleben musste. Lene überlegte nicht lange und streifte ihr Cape ab. Sie konnte wieder aufs Schiff. Grete hatte wohl noch nicht einmal ein Dach über dem Kopf. Sie reichte es dem Mädchen, das es fast ungläubig entgegennahm.

»Im Sommer vierunddreißig.« Sie strich über den dicken Wollstoff, und ein kurzes Lächeln huschte über ihr Gesicht, das sofort wieder erlosch. »Vor drei Jahren. Da kam einer, den nannten sie den Jann aus Hogsterwaard. Der kam nachts mit Fackeln und hat das Haus angezündet.«

»Ein Jann aus Hogsterwaard?«

Lene atmete tief durch, um sich nicht anmerken zu lassen, wie sehr sie diese Nachricht erschütterte.

»So hieß es. Wurde aber nie angeklagt. Die stecken doch alle unter einer Decke.«

Gretes Blick fiel begehrlich auf Lenes Kopftuch. Ohne zu überlegen, streifte sie es ab. Aber als das Mädchen zugreifen wollte, hielt sie den Stoff fest.

»Und Anne?«

»Hatte kein Geld mehr. Dabei dachten alle, sie wäre eine reiche Frau. Nichts hatte sie, nicht das Schwarze unterm Nagel. Und wir sind alle auf der Straße gelandet.«

»Wo ist sie?«

Lene ließ das Tuch los. Grete ließ es durch ihre Finger gleiten, hob es dann an die Nase und schnupperte. »Ganz was Feines. Bist eine reiche Frau geworden, Lene, wenn du dir so was leisten kannst. Hast du ihr das Geld gestohlen? Bist du deshalb weg bei Nacht und Nebel?«

Lene schluckte. Was sie gerade erfuhr, zog ihr fast den Boden unter den Füßen weg. Jann hatte fürchterliche Rache geübt, und Anne hatte keine Chance mehr gehabt, sich und ihre Mädchen zu retten.

»Nein. Aber ich will ihr was bringen.«

»Das Geld?« Grete lachte bitter. Ihr fehlten einige Zähne.

»Wo ist sie?«

Das Mädchen sah auf Lenes Schuhe. Es war kalt, verdammt kalt. Lene war das Barfußlaufen nicht mehr gewohnt. Trotzdem überlegte sie keine Sekunde.

»Du kriegst sie, wenn du mir sagst, wo ich Anne finde. Und keine Ausflüchte, Mädchen.« Ihre Stimme war streng geworden. Die Schuldgefühle schnürten ihr fast die Kehle zu, aber wenn das so weiterging, würde sie bald nackt auf der Straße stehen.

»Auf dem Friedhof.«

Gretes hellblaue Augen nahmen jede Regung von Entsetzen bei Lene wahr. Eine kindliche, fast unheimliche Freude breitete sich auf ihrem Gesicht aus. »Auf dem Friedhof, so wahr mir Gott helfe.«

»Du führst mich hin«, war alles, was Lene herausbrachte.

»Erst die Schuhe.«

»Erst will ich Annes Grab sehen.«

»Annes Grab … das ist in der Armenecke. Ganz weit hinten, bei den Habenichtsen und Namenlosen.«

Grete verknotete das Kopftuch und schlang das Cape um

ihre Schultern. Dann lief sie los, zurück zur Ratsdelftbrücke und dann in Richtung Moederkerk. Auch hier, wo einst die weiß bestrumpften Frauen die Nasen über die Armen gerümpft hatten, war der Reichtum gebröckelt. Blinde Fenster, verblichene Wandfarben, splitternde Holztüren. Grete lief schnell, aber dass Lene Mühe hatte, ihr zu folgen, lag an dem, was sie gerade erfahren hatte.

Nie hätte sie geglaubt, dass die Groths ihr noch einmal so nahe kommen würden. Anne hatte ihre Großzügigkeit bitter gebüßt, denn Jann war zurückgekehrt und hatte die Familienehre auf seine Art wiederhergestellt. Hätte sie wenigstens noch die zehn Silbertaler besessen! Aber sie hatte Lene ihr gesamtes Vermögen anvertraut. Da half es nichts, dass sie jetzt zurückkehrte, um ihr Versprechen einzulösen. Die Armenecke auf dem Friedhof… hastig wischte sie sich eine Träne weg, denn sie hatten die Einzäunung erreicht. Grete stieß ein schmiedeeisernes Tor auf, das den Weg zur Kirche und dem Gottesacker freimachte.

Sie wartete, bis Lene hindurchgegangen war, blieb selbst aber auf der Straße stehen.

»Dahinten.«

Mit dem Kopf wies die Bettlerin die ungefähre Richtung an.

»Du wirst sie schon finden. Wenn der Pfarrer mich erwischt, muss ich wieder arbeiten für meinen Kanten Brot. Gib mir die Schuhe.«

»Führ mich zum Grab.«

»Ich geh da nicht rein.« Sie trat nun doch einen Schritt näher. »Wo warst du?«

»In China«, antwortete Lene und schlüpfte aus ihren Schuhen. Sie spürte die Kälte und die harten Steine, aber versprochen war versprochen. Sie reichte Grete das Paar und setzte hinzu: »Ich habe Tee gekauft und werde damit handeln.«

»Du?« Grete hatte in ihrem Leben wohl schon so viele Geschichten gehört, dass auch diese nur ein gelindes Erstaunen bei ihr hervorrief. »Brauchst du Hilfe? Ich muss nur erst zu Kräften kommen, dann kann ich alles. Paula lebt auch noch hier, und Antje auch. Wie können wiegen und verpacken und … na ja, alles halt«, setzte sie hilflos hinzu.

Es rührte Lene, dass die Bettlerin auch an die anderen dachte, denen es bestimmt nicht besser ging.

»Emden ist mir zu klein«, sagte sie und wusste genau, wie das klang. Sie hatte ja selbst noch keinen richtigen Plan. Sie wusste nur eines: Noch ein paar Jahre, dann konnte sie ihren Teepalast bauen. »Vielleicht in Bremen.«

»Wir kommen auch nach Bremen!«

Lene lächelte. »Sag den anderen, ich werde an sie denken. Und kommt heute ins Armenhaus, da gibt es Tee für alle.«

Eine Kiste war schon dorthin auf dem Weg. Die zweite ging direkt nach Leer zu den Borromäerinnen. Und die restlichen … die hätten einen Traum verwirklicht: Vosskamp und Michelsen, Tee-Contor. Sie nickte Grete zu, die die Neuigkeit erst mal begreifen musste.

»Für alle?«

»Mit Zucker und Sahne.«

»Das … oh du meine Güte! Ich muss den anderen Bescheid sagen! Lene!«

Grete wollte nach ihrer Hand greifen und sie küssen.

»Nein, nicht doch!«, wehrte sie ab. »Ich war eine von euch. Ich habe Anne so viel zu verdanken. Das vergesse ich nicht.«

In Gretes harte Augen traten Tränen. »Der Herr auch nicht. Der Herr wird's dir tausendfach vergelten.«

»Dann sehen wir uns heute Abend. Zum Vaterunserläuten.«

Grete nickte und huschte davon, die Schuhe in der Hand. Sie würde sie an der nächsten Ecke verkaufen. Lene schloss für einen Moment die Augen, um sich zu sammeln, und ging dann vorsichtig in die hinterste Ecke des Friedhofs.

Sie kam vorbei an den prächtigen Kapitänsgräbern, den kunstvollen Grabsteinen der reichen Händler und den eisernen Kreuzen der braven Bürger. Dann endete der Weg. Die Buchen warfen ihr erstes Laub ab, aber niemand harkte es weg in dieser entlegenen Ecke. Gras wucherte, an manchen Ecken war frische Erde aufgeworfen – ein neues Grab.

Lene ging von Stein zu Stein, von Holztafel zu Holztafel. Man hatte Anne doch nicht etwa ohne Namen verscharrt? Sie versuchte, die Tränen zurückzuhalten, aber als sie die Mauer erreichte, die den Friedhof umgrenzte, konnte sie sich nicht mehr beherrschen. Sie ging in die Knie, lehnte sich mit dem Rücken an die ungebrannten Ziegel und holte schließlich eines von Margarethes Taschentüchern hervor, um die Flut irgendwie zu stoppen.

Eine alte Frau mit Schubkarre näherte sich. Auf der Ladefläche lagen Gartenwerkzeuge. Sie nahm einen Rechen und begann, das Laub von einer besonders prächtigen Grabstätte nahe der Kirche zu entfernen. Dabei entdeckte sie die einsame Besucherin, die verzweifelt in der Armenecke hockte und nicht aufhören konnte zu weinen. Aus den Augenwinkeln sah Lene, wie die Frau sich auf den Rechen stützte und zu ihr hinüberblickte.

Sie trug den einfachen Kittel der Armenhäusler. Ihre Haare waren eisgrau, aber sie hatte immerhin versucht, sie zu einem Knoten zu bändigen. Ein paar störrische Strähnen standen ab, und die erinnerten Lene an …

Langsam kam sie wieder auf die Beine, ohne die Frau aus den Augen zu lassen. Die bemerkte, dass sie nun im Fokus der seltsamen Friedhofsbesucherin war und wandte sich ab, um ihre Arbeit fortzusetzen.

»Anne?«

Die Frau stockte mitten in der Bewegung.

»Anne!«

Sie drehte sich langsam um. Alles an ihr drückte Abwehr aus. Den Rechen umklammert, hob sie grimmig das Kinn.

»Wer will das wissen?«

»Ich!«

Lene lief auf sie zu. Fast wäre sie hingefallen, weil ihre nackten Füße auf Steine und Wurzeln traten und sich in Gestrüpp verfingen. Ihr war egal, dass Grete ihr so einen Schrecken eingejagt hatte. Dort stand die Frau, der sie alles zu verdanken hatte, auch wenn sie den Rechen jetzt wie eine Waffe erhob. »Ich bin es! Lene!«

»Gott sei bei uns! Ich kenn keine Lene!«

»Doch!« Sie hatte Anne fast erreicht und blieb, keuchend von der Anstrengung und der Kälte, vor ihr stehen. »Du hast mir zehn Silbertaler gegeben. Weißt du das nicht mehr?«

Sie war schmaler geworden. Alles an Üppigkeit hatte sie verloren. Von den roten Haaren waren nur noch ein paar bleiche Strähnen übrig, und der Rücken war gebeugt von Arbeit und Entbehrung. Das Gesicht wirkte eingefallen, die Züge verhärmt mit tiefen Falten. Der Mund, der einst so rot geleuchtet hatte, war nur noch ein schmaler Strich.

»Ja«, sagte sie langsam, ohne den Rechen zu senken, und betrachtete Lene mit zusammengekniffenen Augen. »Das hab ich wohl getan und tausendmal bereut.«

»Ich hab dir geschrieben. Ist denn kein Brief angekommen?«

»Brief?« Anne trat einen Schritt zurück. Sie hatte Lene erkannt, aber statt Freude schlugen ihr Wut und Bitterkeit entgegen.

»Sie stellen wohl nicht zu ins Armenhaus, hochfeines Fräulein. Was willst du hier? Bist du hier, um mir zu sagen, dass alles verloren und verspielt ist? Dann bist du zu spät. Die Anne gibt es nicht mehr. Nur noch die arme Sünderin, die den Rest ihrer Tage schon mal das Büßen üben darf.« Sie warf den Rechen auf die Schubkarre.

»Komm her.« Und dann, als nichts geschah: »Komm her!«

Lene lief zwei Schritte auf sie zu. Anne schnellte vor und riss sie in ihre Arme. »Lene! Was um Himmels willen? Oh mein Gott, wie hab ich die Tage gezählt und verflucht! Und gebetet, dass alles nicht umsonst gewesen sein darf. Drei Jahre hast du mich warten lassen, drei verdammte Jahre!«

»Ich kann nichts dafür«, keuchte Lene, weil die Umarmung ihr fast die Luft abdrückte. »Ich hab geschrieben, immer wieder!«

Anne lockerte ihren Eisengriff, sodass Lene wieder zu Atem kam. Dann hielt sie sie auf Armeslänge Abstand und sah sie prüfend an. »Bist gut im Futter, Mädchen. Und neue Kleider, alle Achtung. Gesund siehst du aus.«

Lene hätte gerne etwas Ähnliches geantwortet, aber es wäre eine Lüge gewesen. Anne war kaum noch wiederzuerkennen. Den Kittel musste man einen Lumpensack nennen, und die Riemen der aufgesplitterten Holzpantinen fielen fast auseinander. Aber sie roch nicht, und wenn, dann nach einem zarten Hauch von Schweiß und Rosen. Die Reinlichkeit hatte sie sich bewahrt, und das dürfte unter diesen Umständen nicht leicht sein. Am schwersten war es für Lene, den Verlust von Annes Schönheit zu begreifen. Sie war ja nie wirklich echt gewesen, aber trotzdem hatte das angemalte Äußere dieser Frau eine stolze, anziehende Ausstrahlung, eine Haltung gegeben. Davon war nichts mehr übrig.

»Was ist passiert?«, fragte sie.

Anne warf einen schnellen Blick zur Kirche. »Lass uns zum Brunnen gehen, da sind wir ungestört.«

Sie zog sie um die Ecke zu einer eingemauerten Wasserstelle, wo sie keine neugierigen Blicke fürchten mussten. Obwohl Lene mit den Zähnen klapperte, spürte sie den kalten Wind kaum, der durch Hemd und Rock fuhr. Nur die Kieselsteine unter den nackten Fußsohlen pikten. Sie ärgerte sich, dass sie so verweichlicht war, und versuchte, sich das nicht anmerken zu lassen.

Anne nahm mit einem Stöhnen auf der ummauerten Einfassung des Beckens Platz. Lene setzte sich neben sie.

»Der Jann«, begann sie, aber Anne hob unwillig die Hand.

»Nenn diesen Namen nicht. Sag einfach, der Halunke aus Hogsterwaard. Ich weiß, dass er es war. Hat nachts mein Haus angezündet. Ich hab's noch beizeiten bemerkt, aber zu retten war nichts mehr. Die Nachbarn kamen mit dem Schrecken davon, und wie das so ist, wenn die Not am größten, sind die Freunde am weitesten. Da bleibt nur noch Gottes strenge Gnade.«

Ein wütender Blick auf die Kirchenfassade. Die abgearbeiteten Hände fuhren über den Kittel und zupften die Fäden von den Löchern.

»Ich hätt' es vielleicht wieder aufbauen können. Aber mein Geld war futsch. Hatt' ich es doch einer Träumerin anvertraut, die nie wieder etwas von sich hören ließ.«

Lene senkte den Kopf.

»Das ist passiert, lass mich nachdenken, ein paar Wochen, nachdem du verschwunden bist. Ich hab Hanna noch besucht, vorher, Seetje war da schon dood. Meinen Brief hast du aber bekommen?«

»Ja. In London. Kurz bevor ich losgefahren bin. Aber das ist eine andere Geschichte.«

»Soso.« Annes schmale Augen blinzelten. Es war nicht zu erkennen, ob das aus Ärger oder Erheiterung geschah. »Dann bist du ja im Großen und Ganzen auf dem Laufenden. Erzähl.«

Lene räusperte sich. »Ich hab dreizehn Kisten Tee.«

»Was?«

»Eigentlich fünfzehn. Aber zwei sind schon versprochen. Ich denke das reicht, um dich aus dem Armenhaus und ins Geschäft zu holen.«

»Du hast … dreizehn Kisten?«

Und in diesem Moment geschah es. Das Glück kam zurück, so mächtig und groß wie eine Sturmwelle und flutete Lenes Herz. »Ja. Genug, um unseren Handel aufzumachen. Sie gehören uns, Anne, dir und mir. Es hat gedauert, weil ich noch zweimal nach Indien musste, bis der Gewinn groß genug war und ich eine eigene Plantage anlegen konnte. Aber jetzt bin ich hier.«

Anne nickte. Aber sie traute ihr nicht. Noch nicht.

»Hast du noch unseren Vertrag?«, fragte Lene.

Die Antwort war ein Kopfschütteln. »Alles verbrannt. Kannst deiner Wege gehen. Musst dich nicht um mich kümmern.«

»Aber ich habe ihn noch.« Lene legte die Hand aufs Herz. »Hier drin.«

Daraufhin geschah etwas, was Lene niemals erwartet hätte: Anne blinzelte, und dann fuhr sie sich mit einem Fluch über die Augen.

»Verdammt! Mädchen! Das letzte Mal hab ich geheult, als mein Haus gebrannt hat.«

Lene reichte ihr Margarethes Taschentuch, und Anne schnäuzte sich herzhaft. »Dann gilt er also noch.«

»Bis in alle Ewigkeit. Wir sind Partner. Und ich brauche dich hier, um erst einmal das Geschäft aufzuziehen. Weißt du noch? Die Leute wollen den besten Tee, und den kaufen sie sogar im Hurenhaus.«

Anne grinste. Immerhin hatte sie ihre Zähne noch, und als sich ihr Gesicht aufhellte, war auf einmal wieder eine Ahnung ihrer alten Schönheit und ihres Stolzes zu erkennen.

»Nee, noch mal zieh ich so was nicht auf. Ich will was Ehrenwertes. Was Feines. Damit sie sich die Mäuler zerreißen können und mir trotzdem die Tür einrennen.«

Lene nickte. Sie verstand Anne nur zu gut.

»Das werden wir. Wir bauen einen Teepalast. Und bis es so weit ist, kümmerst du dich hier ums Contor.«

»Und du?«, fragte Anne erstaunt. »Legst dich auf die faule Haut und lässt dir die Sonne auf den Pelz scheinen? Gut siehst du aus.« Ihre Augen musterten Lenes Gesicht und Gestalt. »Hast dich verändert. Aus dem zerzausten Küken ist ein prachtvolles Huhn geworden. Redest ganz anders. Schaust ganz anders. Bist erwachsen geworden, Lene.«

Sie wollte ihr das benutzte Taschentuch zurückgeben, aber Lene wehrte hastig ab.

»Ich habe einiges gelernt. Nicht nur das Handeln, auch das Überleben. Das wird mir im Contor und auf meiner Plantage in Darjeeling helfen.«

»Eine Plantage?«

Anne, die erst jetzt richtig begriff, konnte nur ungläubig den Kopf schütteln. »Was hast du denn noch alles?«

»Einen Sohn.«

»Jesus, Maria und Josef!«

»Und keinen Mann. Also keinen, der vorm Herrn oder dem Pfarrer …« Sie brach ab. Anne wusste noch von Casper, den sie, Lene, längst verdrängt hatte.

»Ah. Wie kommt's?«

Lene stand auf. »Das erzähle ich dir ein anderes Mal. Ich denke, dafür werden wir noch sehr viel Zeit haben.«

Anne erhob sich ebenfalls. Sie sah noch einmal zur Kirche und dann auf die ärmliche Ecke des Gottesackers. Ihre Schultern strafften sich, und es war, als ob jetzt auch etwas von ihrem alten, zupackenden Optimismus zurückkehrte.

»Ja«, sagte sie. »Wer hätte das gedacht.«

Und dann zog Anne sie noch einmal an sich. Dieses Mal war es eine Umarmung, die fast nicht mehr enden wollte. Sie spürte, wie dieser magere Körper in ihren Armen bebte. Es dauerte eine ganze Weile, bis Anne, die ihr Gesicht an Lenes Schulter vergraben hatte, die Tränen hinunterschluckte und sie wieder ansehen konnte.

»Ist das auch wirklich wahr?«, flüsterte sie. »Du bist kein Teufel, der mich narrt?«

»Nein«, sagte Lene sanft. »Es ist wirklich wahr. Wir beide werden gemeinsam etwas Großartiges aufbauen. Tee für alle, Arm und Reich. Ich bin bis ans Ende der Welt dafür gereist. Und für dich. Und für mich und meinen Sohn.«

»Und du bist zurückgekommen.«

Lene nickte. »Wir gehen erst mal auf die *Shady*. Und dann suchen wir dir eine Unterkunft, die Vosskamp & Michelsen würdig ist.«

Margarethe würde an Lenes Verstand zweifeln, eine Armenhäuslerin und ehemalige Hure mit an Bord zu bringen. Ganz zu schweigen von Boysen, aber das war ihr egal. Sie fühlte sich, als ob eine zentnerschwere Last von ihr abgefallen wäre. Ihr war so leicht und unbeschwert wie lange nicht mehr. Sie hatte etwas zu Ende gebracht und stand nun am Anfang von etwas Neuem. Es war aufregend, vielleicht sogar beängstigend. Aber es war ihre Zukunft, die auf sie wartete, und die sie selbst gestalten würde.

»Die *Shady*«, sagte Anne und warf dem Schubkarren im Vorübergehen einen letzten Blick zum Abschied zu. »Bist deinen alten Freunden treu geblieben.«

Lene hakte sich unter und nickte. Sie verließen den Friedhof und traten auf die Straße. Die Leute verdrehten sich die Hälse, als sie an ihnen vorübergingen. Barfüßig die eine, dreckig und abgerissen die andere. Aber beide mit hoch erhobenen Köpfen und einem Strahlen in den Gesichtern, das ihren Aufzug vergessen ließ.

»Erzähl mir vom Teepalast«, sagte Anne. »Ich will alles wissen. Was hast du vor?«

»Es wird das größte und schönste Haus am Platz sein«, sagte Lene. »Der Ort, an dem sich alle treffen und niemand wegen seiner Herkunft weggeschickt wird. Mit seidenen Tapeten und Möbeln aus China und Indien. Wer zu uns kommt, für den wird es sein, als ob er eine andere Welt betritt und weiß, dass es keine Grenzen gibt. Nicht fürs Reisen, nicht fürs Leben und erst recht nicht fürs Wünschen.«

Anne nickte.

Sie kamen zum Hafen und wandten sich nach rechts, wo Boysens Schiff vor Anker lag. Nach ein paar Schritten blieben sie stehen.

»So hat doch alles ein gutes Ende«, sagte Anne.

Lene lächelte. »Und einen guten Anfang dazu.«

Epilog

Lebong/Darjeeling, Juli 1886

Mit einem lang gezogenen Pfiff und unter ohrenbetäubendem Keuchen erreichte der Zug der Darjeeling Himalayan Railway den Bahnhof der Stadt, die der Strecke ihren Namen gegeben hatte. Im Morgengrauen hatte er das Tal verlassen und sich dann zweitausend Höhenmeter hinaufgeschraubt, an bewaldeten, steilen Hängen entlang und, wenn die dichten Regenwolken es zuließen, mit einem atemberaubenden Ausblick auf den wildesten Höhenzug, den Bettina jemals gesehen hatte: den Himalaya.

Von den vielen kleinen Städten und Dörfern, die sie passiert hatten, blieben ihr die schlammigen Straßen und die farbenfrohen Gewänder der Menschen in Erinnerung, und die hoch aufgetürmten Lasten, die sie auf dem Kopf trugen oder mit einem kleinen Handwagen bewegten. Aber für immer unvergesslich würde der Anblick der Teeplantagen bleiben, die wie grüne Teppiche die Hügel bedeckten und dem ganzen Land am Fuß der Berge einen eigentümlichen Charakter verliehen.

In Darjeeling kamen sie nur im Schritttempo voran. Die Schienen wurden auch von Eselskarren benutzt, sodass das empörte Pfeifen der Lokomotive fast unaufhörlich in den Ohren gellte. Außerdem trieben, da der Regen eine kurze Pause eingelegt hatte, noch jede Menge Ruß und Asche herein.

»Mach doch das Fenster zu!«

Ihr Vater Joost sah kurz von der *Times of India* auf, die er noch in Calcutta erstanden hatte in der ziemlich richtigen Annahme, danach so schnell keine weitere Ausgabe mehr in die Finger zu bekommen. Auch mit dreckigen Schuhen und nicht ganz korrekt gebürstetem Bart sah er immer noch aus wie ein steifer Norddeutscher, den eine überraschende Ohrfeige des Schicksals unversehens nach Bengalen verfrachtet hatte. Mindestens einen Kopf größer als die Einheimischen, breitschultrig und ziemlich ungelenk, mit kaum zu bändigenden rotbraunen Haaren war er zumindest hierzulande eine Erscheinung. Keine sehr sympathische, wie Bettina schnell feststellte. Joost versuchte das Interesse, das sein auffälliges Aussehen erregte, durch Verschlossenheit zu mildern, erreichte damit aber meist nur, dass er für einen unsympathischen Eigenbrötler gehalten wurde.

Bettina hatte die Haare und die etwas kantigen Gesichtszüge von ihm geerbt. Der Rest kam von ihrer Mutter Adelheid, einer Bremer Kaufmannstochter mit klaren Zügen und pragmatischem Auftreten. Das hatte sie auch gebraucht, denn die Ehe mit einem Vosskamp, besser: mit *diesem* Vosskamp, hatte sie mehr als die Mitgift gekostet. Zwar hatte sich seitdem viel in der Bremer Gesellschaft geändert, aber eines war geblieben: Unkonventionelle Emporkömmlinge, die auch noch Erfolg hatten, gehörten nicht dazu. Bettina war das egal. Meistens. Aber sie spürte, dass ihre Mutter darunter litt und sie sich sehnlichst wünschte, dass ein passender Bewerber für ihre Tochter auftauchen würde, der nicht allzu viele Fragen über Bettina, ihren Vater Joost und Großmutter Helene stellen würde.

Sie schob das Fenster hoch und betrachtete durch die rußverschmierten Scheiben die Einfahrt in die Stadt, vorbei an Palmen, prächtigen Kolonialbauten, Kirchen, Tempeln, Pagoden, Gartenanlagen, Kasernen, Märkten, halb verfallenen Hütten und einem lebhaften Treiben auf den Straßen.

»Und wir werden abgeholt?«, fragte sie aufgeregt.

Joost schlug die Seite um und vertiefte sich erneut in den Bericht über Ausgrabungen am Nil. Er brummte zustimmend. Bettina wunderte sich, wie er so ruhig bleiben konnte. Gut, als Inhaber des Handelscontors Vosskamp und Besitzer des Teepalasts hatte er mehrfach ausgedehnte Geschäftsreisen unternommen und fand das alles mühselig und langweilig. Außerdem war er von Anfang an gegen die Reise gewesen und hatte sogar das Erbe in ihrem Namen ausschlagen wollen.

»Noch immer nicht unter der Haube, aber Teeplantagen in Indien erben?«

Es gab erhitzte Diskussionen, bei denen Joost verstörende Parallelen zwischen den jungen Frauenvereinen, Bismarcks Sozialistengesetzen, dem Untergang des Abendlands und Bettinas seltsamer Erbschaft zog. Ihre Mutter versuchte, die Wogen zu glätten. Aber das Dilemma blieb: Die Tochter wurde langsam ein spätes Mädchen, das sich mehr und mehr im Geschäft nützlich machte, und keiner wusste, warum ausgerechnet sie von einem Teeplantagenbesitzer im fernen Indien zur Erbin bestimmt worden war.

»Robert Stirling.« Joost sprach den Namen aus, als würde er dessen Besitzer damit erdolchen wollen. »Was zum Teufel hast du mit ihm zu tun?«

Keiner in der Familie hatte sich einen Reim darauf machen können, und die Einzige, die vielleicht etwas zur Erhellung der Lage hätte beisteuern können, war vor drei Jahren gestorben.

Bettina vermisste ihre Großmutter. Helene fehlte, immer und überall und jeden Tag. Ihre sarkastischen Bemerkungen. Ihr Witz, ihre Unerschrockenheit. Wie sich die Leute tatsächlich immer noch das Maul zerrissen über die *Hergelaufene* mit ihrem Bastard, die es gewagt hatte, der feinen Gesellschaft die Stirn zu bieten. Bis heute wurde gegen den erbitterten Widerstand der anderen Geschäfte am Marktplatz abends am Seiteneingang des Teepalasts Tee an die Armen ausgeschenkt. Übrigens auch in Emden. Dort hatte eine seltsame Anne, angeblich ihre Patentante, an die sie sich aber kaum erinnern konnte, lange die Geschäfte geführt. Anne war stille Teilhaberin und ein ewiger Stein im Schuh ihres Vaters gewesen, der nicht gerade erpicht darauf gewesen war, mit einer Frau zusammenzuarbeiten.

Nun lag Annes Anteil in der Hand einer noch seltsameren Ziehtochter, Paula. Ein paarmal war sie in Bremen gewesen, mit einem Kleid, das die Kundschaft im Teepalast noch Wochen diskutiert hatte. Dabei eine fröhliche, resolute Frau, die das Vosskamp'sche Tee-Contor mit Weitsicht und Scharfblick im Auge behielt. Auch nicht verheiratet. Joost hatte es schon schwer: Es gab keinen Kaufmann weit und breit, der sich mit solchen Geschäftspartnerinnen abplagen musste.

Aber es war Helenes Wille gewesen. Und niemand lehnte sich dagegen auf.

Helene … diese Erbschaft hatte etwas mit ihr zu tun. Das spürte Bettina, das war klar gewesen in dem Moment, in dem dieser Brief gekommen war mit den vielen Siegeln und Bändern, unterschrieben von einem Liu Dschihu, Tea Assistant von einer Plantage mit dem seltsamen Namen »Brenny's Garden« in Darjeeling. Das war ungewöhnlich. Nicht nur, dass offenbar ein Chinese in Indien eine Teeplantage leitete, sondern auch, dass diese beliebte Sorte, die seit Beginn im Teepalast ausgeschenkt wurde, offenbar aus seiner Herstellung kam. Sogar im Salonwagen wurde sie angeboten: ein wenig rauer und erdiger als der Schwarztee, den sie in Bremen tranken, aber unverkennbar »Brenny's«.

Mit rhythmischem Keuchen erreichten sie den Bahnhof, ein niedriges, lang gestrecktes Ziegelsteingebäude mit Kolonnaden. Der alte Steward erschien, eine gute Seele mit mildem Blick und hängendem Schnauzer, und bat sie um einen Moment Geduld, bis die Gepäckträger ihren Wagen gefunden hatten.

Wenig später standen sie auf dem Bahnsteig. So hoch über dem Meeresspiegel war es kühl und regnerisch, trotzdem spannte Bettina ihren Sonnenschirm auf und ließ ein Trommelfeuer von Eindrücken auf sich einprasseln. Entsetzlich verkrümmte Bettler hoben flehend die Hände, Mütter, die Kinder an die Brust gepresst, bettelten um Geld oder Essen. Gleichzeitig schoben sich Getränkehändler und Nussverkäufer durch die Menge. Männer mit faltigen Gesichtern priesen schimmernde Wollstoffe und Seidenschals an, Kinder flitzten mit kandierten Früchten und Zuckerkringeln zu den erschöpften Reisenden, die der zweiten Klasse entstiegen. Dazu ein Duft aus Tierdung und Sandelholz, Räucherwerk und Ruß, der einem die Augen tränen ließ.

»Mr Vosskamp? Miss Vosskamp?«

Ein junger Inder trat, gefolgt von zwei Trägern, an sie heran.

»Welcome to Darjeeling.« An seiner Jacke glänzte ein kleines Messingschild mit der Aufschrift »The Elgin Club«. »Darf ich die Herrschaften zu ihrem Wagen begleiten?«

Die Fahrt führte hinein in eine geschäftige Handelsstadt, vorbei an bunten Häusern mit verzierten Balkonen und Veranden. Obwohl die Karosse halb geschlossen war, spürte Bettina die neugierigen Blicke, die ihnen folgten. Es waren kaum Kutschen unterwegs, dafür jede Menge Karren, die meistens von Männern gezogen oder geschoben wurden. Die Frauen trugen die Lasten auf dem Kopf oder dem Rücken, oft noch mit mehreren Kleinkindern im Schlepptau. Sie waren einfach gekleidet, ein leichter Schal lag über den Haaren. Ein Punkt zwischen den Augenbrauen und ihre kunstvoll bemalten Hände waren ihr einziger Schmuck.

»Was haben die Punkte zu bedeuten?«

Bettinas Blick war an einer schönen Frau hängen geblieben, die die Straße entlanglief.

Ihr indischer Guide lächelte. »Das ist ein Bindi und heißt, sie ist verheiratet. Unverheiratete dürfen das nicht tragen.«

Es sah sehr geheimnisvoll und exotisch aus.

Der Elgin Club lag abseits des Trubels an einem sanften Berghang. Ein großes schmiedeeisernes Tor öffnete sich wie von Geisterhand, und inmitten eines parkähnlich angelegten Geländes tauchte ein Herrenhaus auf mit großen Fenstern, Holzverkleidungen und geschnitzten Firsten und Simsen. Riesige Bäume, wild wuchernde Farne und hohe Palmen schotteten es von der Außenwelt ab und vermittelten zusammen mit dem Vogelgezwitscher den Eindruck einer Oase in den Bergen. Die Luft war frischer und kühler, und ein zarter Duft nach einer Blüte schwebte an ihnen vorbei und löste sich auf, noch bevor Bettina ihn richtig wahrgenommen hatte.

Sie war noch nie verreist. Wenn man die Sommerfrische am Meer nicht mitrechnete. Für sie waren schon die Wochen auf dem Dampfschiff eine andere Welt gewesen. Deshalb erschien ihr der Club – das ehemalige Gästehaus des Maharadschas von Cooch Behar – wie aus einem Märchenbuch. Der Kontrast zu dem Bild auf den Straßen hätte kaum größer sein können: spiegelnder Marmorboden, Kristallleuchter, dicke Teppiche und goldgerahmte Ölgemälde, schwere Sessel, Gobelins, flackernde Kaminfeuer, Eiche und Teak, von irgendwoher leise Klaviermusik.

Der junge Inder schnippte mit den Fingern, und ein halbes Dutzend Männer in grüner Uniform stürzte sich auf ihr Gepäck.

»Der Manager der Teeplantage, Mr Scott Ewan, erwartet Sie zum Dinner. Wenn es recht ist, würde ich den Wagen für sechs Uhr anspannen lassen.«

Die zwei Stunden bis zur Abfahrt verbrachte Bettina hauptsächlich in der Badewanne. Sie war aus Porzellan, und das Wasser kam aus goldenen Hähnen, die zu Schwanenhälsen geformt waren. Die Öle in den kleinen Flaschen rochen nach Zimt und Mandelblüte, und als sie endlich krebsrot wieder aus dem Wasser stieg, wäre sie fast im Stehen eingeschlafen. Die drei Tage von Calcutta nach Darjeeling waren anstrengend gewesen. Sie fragte sich, wie Helene das überstanden hatte. Und was sie immer wieder hierhergezogen hatte, in dieses fremde Land.

Als ihr Vater zum vermutlich zwanzigsten Mal geklopft und von Mal zu Mal ungeduldiger gefragt hatte, wann sie endlich fertig wäre, hatte sie es gerade geschafft, sich in ihr gutes Kleid zu zwängen, das Mieder anzulegen und die platte Frisur unter einem noch platteren Hut zu verstecken. Die Handschuhe streifte sie sich auf dem Weg durch die Lobby des Clubs über.

Ihr Magen knurrte, und vielleicht zog sich die Strecke deshalb so lange. Am Himmel lag der Abglanz der Abendsonne, ein seltsames, fast edelsteinartiges Blau, das in ein dunkles Türkis überging. Die ersten Sterne waren schon zu sehen und streuten ihren kalten Glanz über die Gipfel der Berge. Das Dach der Welt, erhaben, einsam, majestätisch.

Es wurde empfindlich kalt, und sie war dankbar, dass einige Decken im Wagen lagen, in die sie sich einwickeln konnte. Endlich erreichten sie ein Tor, hinter dem es weiter auf eine buckelige Piste ging. Und dann sah Bettina Lichter in den Bäumen, Fackeln am Wegesrand und ein riesiges hell erleuchtetes Haus mit einer breiten Zufahrt, auf der der Wagen im knirschenden Kies zum Halten kam. Mehrere Bedienstete, Inder mit langen Gewändern und Turbanen, eilten die Stufen hinunter und öffneten die Türen des Wagens.

Auf der Veranda, vor einer gewaltigen Flügeltür, stand, auf einen Stock gestützt, ein gebeugter, alter Mann. Er trug eine

Art bodenlangen, gegürteten Mantel aus matt schimmernder Seide, einen ergrauten Zopf bis zur Hüfte und einen kleinen Hut, den Bettina auf Anhieb entzückend fand. Er verbeugte sich tief.

»*Namaste, ni hao, welcome*, willkommen. Ich bin Liu Dschihu, Tea Assistant von Brenny's Garden. Ich hoffe, die ehrenwerten Herrschaften hatten eine angenehme Reise.«

Sein Englisch war exzellent, und Bettina war froh, dass ihre Gouvernante ihr diese Sprache beigebracht hatte. Joost, der ihn um mindestens zwei Haupteslängen überragte, gab ihm die Hand und machte einen zackigen Diener.

»Ja, vielen Dank.«

Mr Liu legte nun die Hände zusammen und verbeugte sich tief. Er hatte ein freundliches, von feinen Linien zerfurchtes Gesicht und wache Augen, die sie auf eine seltsam interessierte Art musterten. Sein Kinnbart war so dünn wie lang, und wie er nun, als er sich aufrichtete, über ihn strich und ein kleines Lächeln auf seinen Lippen erschien, erinnerte er sie an die Figuren auf den Lampions in Helenes Salon.

»Wenn Sie mir bitte folgen würden? Der ehrenwerte Scott Ewan, Manager der Plantage, kann es kaum erwarten, Sie kennenzulernen.«

Die Räume des Hauses waren nach britischem Geschmack eingerichtet. Dunkles Holz, blinkendes Messing, alte Standuhren, prächtige Teppiche. Die geschnitzten Holzdecken gefielen Bettina ganz besonders, auch die prächtigen Kandelaber, die üppigen Vorhänge, die Ölbilder mit britischen Landschaften und Seeschlachten und Porträts ... ihr Atem stockte. Unwillkürlich griff sie den Arm ihres Vaters. Er nahm den Hut ab, er hatte es auch gesehen.

An einer seidenbespannten Wand hing ein Bild von Helene. Sie musste Anfang vierzig sein, mit ersten grauen Strähnen im akkurat gescheitelten Haar, und sie sah so schön aus, wie Bettina ihre Großmutter noch nie gesehen hatte. Sie trug einen indischen Sari und einen roten Punkt auf der Stirn.

Joost kniff die Augen zusammen und betrachtete das Porträt genauer. »Nun ja, kein Meister seines Fachs. Aber immerhin eine nette Anerkennung, ein Bild der besten Kundin hier aufzuhängen.«

Bettina wollte gerade den Mund öffnen und ihn auf das Bindi hinweisen, und mehr noch: auf dessen schockierende Bedeutung, als Mr Dschihu wieder zu ihnen kam. Mit einem kleinen, rätselhaften Lächeln verneigte er sich und führte sie in den Salon. In einem großen Steinkamin loderte ein Feuer.

Ein Mann kam ihnen entgegen, hochgewachsen, knapp dreißig Jahre alt, braun gebrannt und mit dieser neuen Lässigkeit gekleidet, die jetzt überall die Runde machte: halblange Haare, offener Kragen mit achtlos gebundenem Tuch, Breeches in gewienerten, aber gerne getragenen Stiefeln. Sein Lächeln war abwartend und gewinnend zugleich.

»Mr Vosskamp und seine Tochter, nehme ich an?«

Er schüttelte Joost die Hand und deutete bei Bettina einen Handkuss an. Sie knickste artig und verwünschte sich dafür, ihrer Frisur nicht mehr Zeit gewidmet zu haben.

»Ich bin Scott Ewan, und meinen Assistenten haben Sie bereits kennengelernt.«

Bettina hatte viele Fragen. Gehörte ihr jetzt auch das Haus? Wie kam ein Chinese nach Indien? Vor allem aber: Wann gab es etwas zu essen? Es duftete nach Hühnchen, und ihr lief das Wasser im Mund zusammen. Während ein Hausdiener Tee servierte, blieb sie mit sittsam durchgedrücktem Rücken auf der Kante des Sofas sitzen und betrachtete erst interessiert die kostbaren Möbel und dann Mr Ewan.

Er hatte ein angenehmes Lachen und ziemlich viele Sommersprossen. Das etwas längliche Gesicht mit dem sensibel wirkenden Mund hätte auch einem romantischen Dichter gehören können, wären da nicht die breiten, etwas grob geratenen Hände, die eher für Werkzeug statt eine Feder geeignet schienen. Mr Dschihu war verschwunden, kehrte aber wenig später mit einer in rotes Saffianleder gebundenen Mappe zurück, in der sich auf Englisch und Bengali verfasste Dokumente befanden.

»Danke, Mr Liu. Bitte, nehmen Sie Platz, wir brauchen Sie vielleicht noch.«

Der Chinese setzte sich mit einer tiefen Verbeugung, und Mr Ewan hielt mit einem Seufzen das oberste Papier hoch. Die Schrift faszinierte Bettina. Sie sah aus wie eine Geheimschrift. Konnte jemand das überhaupt lesen?

»Dies ist die Besitzurkunde der Plantage. Es gibt sie auch noch einmal auf Englisch, Sie haben sie bestimmt schon erhalten.«

Joost nickte.

»Nun, ich war Assistant Manager von Robert Stirling, der diese Plantage vom Teekomitee in Calcutta 1834 erhielt. Hier wurden Setzlinge der staatlichen Teeschule angepflanzt. Das Darjeeling, das Sie heute gesehen haben, gab es damals nicht. Es war ein weitgehend ungenutztes Gebiet, das erst vom Militär und später von reicheren Familien zur Sommerfrische genutzt wurde. Mittlerweile existieren hier über dreißig Teegärten, und Brenny's Garden gehört zu denen, die wirtschaftlich einigermaßen erfolgreich arbeiten.«

Er warf Bettina einen kurzen Blick zu, obwohl klar war, dass sie nicht sein Ansprechpartner war.

»Mr Stirling gelang es, chinesischen weißen Tee mit heimischen Pflanzen zu kreuzen. Wie, das blieb sein Geheimnis.« Ewans Lächeln kam nicht bei Joost an. »Wir rätseln darüber natürlich im Planter's Club, aber er hat es uns nie verraten, der alte Fuchs.«

Bettina hätte irrsinnig gerne auch ein Porträt von Robert gesehen. Irgendetwas schien sich gerade vor ihren Augen zusammenzufügen. Die langen, ausgedehnten Reisen ihrer Großmutter bis über ihren siebzigsten Geburtstag hinaus, das eiserne Schweigen, wer Joosts Vater war, und diese trockenen Blüten und uralten Briefe und ...

»Was ist das?« Sie sah in ihre Tasse, in der ein seltsames Gebilde schwamm.

Liu Dschihu beugte sich vor. »Das ist Chrysanthemen-Tee. Eine Besonderheit unserer Plantage, aber leider nichts für den Weltmarkt.«

Jetzt schaltete sich Joost wieder ein. »Nun, wenn es so gut läuft, wie schnell kann man das alles hier verkaufen? Und was ist es wert?«

»Ich möchte aufrichtig sein.« Ewan faltete die Hände und beugte sich vor. »Solche Lagen sind heiß begehrt. Halb England lebt ja schon hier, alle jungen Männer träumen davon, eine Teeplantage zu besitzen. Allerdings ist Brenny's Garden etwas, nun, außergewöhnlich. Es war der Wunsch von Miss Vosskamp, dass die Arbeiter hier anders behandelt werden als in den anderen Teegärten. Sie haben einen Tag im Monat frei, bei Krankheit werden sie nicht sofort, sondern erst nach einer Woche entlassen. Mütter dürfen sich vier Wochen nach der Niederkunft um ihren Säugling kümmern, und es gibt einen Arzt, der einmal im Monat aus Darjeeling kommt. Sie hat zudem eine Art Genossenschaftsbank eingerichtet, auf der die Arbeiter ihren Lohn ansparen können, um zu heiraten und einen Hausstand zu gründen.«

Joost rutschte unbehaglich auf seinem Sessel herum. Obwohl er ein großzügiger Direktor war, glaubte er nicht an das *Recht* auf Vergünstigungen, sondern daran, dass sie sich jeder Einzelne durch Leistung erarbeiten sollte.

»Kurz: Brenny's Garden ist, wie ich sagte, wirtschaftlich einigermaßen erfolgreich, aber nicht sonderlich profitabel. Sollten Sie, wertes Fräulein, also die Erbschaft annehmen, dann müssten Sie auch diese äußerst unübliche Behandlung der Arbeiter weiter fortsetzen.«

Bettina öffnete den Mund, aber Joost war schneller. »Wie kam meine Mutter dazu, hier die Bedingungen zu diktieren? Und wieso vererbt ein völlig unbekannter Mann meiner Tochter seinen ganzen Besitz?«

»Sie hat es Ihnen nicht gesagt?«

Joost sah erst zu Bettina, dann zu Ewan, schließlich zu dem Chinesen. Und das mit einem Ausdruck, als würden sich Verschwörer hinter seinem Rücken zusammenrotten. »Was hat sie mir nicht gesagt?«

Bettina stöhnte auf. »Ich nehme an, sie hatte eine Affäre mit ihm.«

»Eine Affäre?«

Sein Blick besagte, dass Bettina von solchen Dingen keine Ahnung zu haben, geschweige denn, dass sie dieses Wort in ihrem aktiven Sprachschatz zu verwenden hatte. Aber dann hätte sie nicht so viele französische Romane lesen dürfen. Es war doch klar, was sich hier abgespielt hatte.

»Mit wem?«

Die Ader an Joosts Schläfe schwoll an, sein Gesicht wechselte die Farbe zu einem ungesunden Rot.

»Mit diesem Robert Stirling. Sie war ja oft in Indien, manchmal für mehrere Monate.«

»Wegen der Luft! Der Luft!« Joost öffnete den Hemdkragen und fuhr sich mit den Fingern den Hals entlang. »Ich habe ihr immer gesagt, Mutter, fahren Sie doch in die Schweiz. Aber nein, es musste ja Indien sein! Indien!«

Er stand auf und ging zum Kamin. Dort starrte er in die

Flammen, die Hände auf dem Rücken zu Fäusten geballt. Das war zu viel für ihn. Wie würde er erst reagieren, wenn er erführe, dass Helene Robert Stirling geheiratet hatte, zwar nach indischem Brauch, aber so bindend, dass Robert Bettina nach seinem Tod die Plantage hinterlassen hatte? Und was wäre, wenn … Sie wagte gar nicht weiterzudenken.

Joost war unehelich geboren. Es gab keinen Vater, und das Thema wurde weiträumig gemieden. Als Bettina jünger war, hatte sie einige verletzende Bemerkungen darüber aufgeschnappt und schnell gelernt, dass sie auf vorsichtige Fragen keine Antwort bekam. Irgendwann aber war sie alt genug gewesen, und Helene hatte sie eines Nachmittags während ihrer Teestunden wissen lassen, dass es »geschehen« sei. Und nein, es war keine voreilig gelöste Verlobung. Auch keine Gewalt, Gott sei Dank. Es war …

»Liebe«, hatte sie gesagt. »Einfach Liebe. Und die geht manchmal Wege, die sich nicht an unsere Moralvorstellungen anpassen.«

Bettina hatte das mit hochroten Wangen vernommen und nicht gewagt, weiter nachzubohren. Aber sie erinnerte sich noch an das Lächeln im Gesicht ihrer Großmutter. Es war, als ob man Kerzen hinter ihren Augen angezündet hätte.

Und nun, in diesem Salon auf der anderen Seite der Welt, offenbarte sich ihr gerade das ganze Ausmaß einer … nein, es war keine Tragödie. Aber es hatte etwas gegeben, was diese beiden Liebenden nicht zueinander finden ließ. Ihr Blick suchte Liu Dschihu, und sie erschrak, mit welcher Intensität er sie wohl die ganze Zeit angesehen hatte. Sofort griff er nach der Teekanne und schenkte ihnen nach.

Ewan merkte, dass die Eröffnungen gerade weit über das hinausliefen, was ein normaler Besitzerwechsel gewesen wäre.

»Es war eine sehr tiefe Verbindung«, sagte er und holte Luft, um fortzufahren.

»Nicht!« Joost, fast dunkelrot im Gesicht, drehte sich wieder zu ihnen um. »Ich will nichts wissen. Wenn ich geahnt hätte, welche degoutanten Details mich hier erwarten, wäre ich nie gekommen. Die Plantage wird verkauft, sofort. Egal, zu welchem Preis. Bettina, wir fahren.«

Ewan und Lui Dschihu standen auf.

»Mr Vosskamp.« Der Manager versuchte ein gewinnendes Lächeln. »Bitte machen Sie uns doch die Freude, heute Abend unser Gast zu sein. Wir haben selten Gäste hier, und es ist uns eine Ehre, den Sohn von …« Er stockte.

»Helene Vosskamp«, half ihm sein Assistent weiter, »und deren Enkelin bei uns zu Gast zu haben.«

»In diesem Hause?«

Bettina ahnte, dass ihr Vater, so alt und erwachsen er auch war, Angst davor hatte, mehr zu erfahren. Er hatte seine Mutter geliebt und geachtet, aber sie waren sich fremd geblieben durch ihr Geheimnis, das sie nie mit ihm geteilt hatte.

»Es regnet«, sagte Bettina und sah zum Fenster. »Vielleicht können wir so lange bleiben, bis es aufhört?«

Ewan nickte. Der Mann von Welt kam wieder zum Vorschein. Wahrscheinlich spielte er Cricket und fuhr zweimal im Jahr zurück in die Heimat, um von seinen bengalischen Abenteuern zu erzählen. Er winkte einen der Diener heran, beflissene Männer, die fast unsichtbar im Schatten auf ein Zeichen ihres Herrn gewartet hatten, und schon eilte dieser fast geräuschlos auf sie zu.

»Wir haben Gästezimmer, deren Bequemlichkeit dem europäischen Standard in nichts nachsteht. Bitte machen Sie uns die Freude, nur für diesen einen Abend. Morgen früh werden wir Ihre Entscheidung entgegennehmen und alles veranlassen, was Sie für richtig erachten.«

»Und was wird aus Ihnen, wenn wir verkaufen?«, fragte Bettina.

Ewan schenkte ihr ein charmantes Lächeln. »Ich kann jederzeit auf einer anderen Plantage anfangen.«

»Und Sie, Mr Dschihu?«

Der Chinese verschränkte die Hände bis zu den Ellenbogen in den Ärmeln seines Seidenmantels. »Ich bin alt. Ich werde mich zur Ruhe setzen und Chrysanthemen malen.«

Joost war unterdessen ans Fenster getreten, mit einem Blick, noch finsterer als die Nacht draußen. Es schüttete wie aus Eimern.

»Haben Sie keinen geschlossenen Wagen?«, fragte er barsch.

»Doch, natürlich.« Ewan ging zu ihm. »Aber leider ist ein Rad gebrochen, und wir haben noch keinen guten Wagner hier. Die Güsse dauern erfahrungsgemäß nur einige Stunden. Morgen früh dürften Sie trocken nach Darjeeling zurückgelangen.«

Bettina nahm ihre Tasse und trank einen Schluck. Der alte Chinese setzte sich wieder.

»Wie sind Sie nach Indien gekommen?«, fragte sie.

Ein feines Lächeln nistete sich in den Linien seines Gesichts ein. »Oh, das ist eine lange Geschichte.«

Sie warf einen schnellen Blick zum Fenster. Die beiden Herren nutzten das Wetter, um wieder zu einer gesitteten Konversation zurückzufinden. Ewan legte schon geschickt eine Spur in Richtung Himalaya, Bergsteigen, Höhenluft und Herbsternte.

»Kommt meine Großmutter darin vor?«

Mr Dschihu strich sich mehrmals über seinen Bart.

»Oh ja«, sagte er schließlich.

»Und Mr Stirling?«

»Auch.«

»Dann will ich sie hören, Ihre Geschichte. Und die meiner Großmutter. Und die von Robert Stirling.«

Der alte Mann neigte den Kopf etwas nach links. Er war nicht überzeugt. Bettina unterdrückte einen leisen Seufzer.

»Was soll Ihrer Meinung nach mit Brenny's Garden geschehen?«

»Nun, abgesehen davon, dass ein neuer Besitzer mit Sicherheit auf größere Wirtschaftlichkeit achten würde, war es der ausdrückliche Wunsch Ihrer Großmutter, die Plantage im Familienbesitz zu halten.«

Bettina senkte die Stimme. »Ich erbe sie aber von einem mir unbekannten Mann. Wie passt er in meine Familie?«

Liu Dschihu hüstelte und nahm einen Schluck Tee. »Es war eine Eheschließung nach hinduistischem Ritus«, sagte er leise. »Von hoher Symbolik für die Eheleute, aber von keinerlei rechtlicher Bedeutung, falls Sie das beruhigt.«

Das tat es keinesfalls.

»Warum nur symbolisch?«

»Ihre Großmutter wusste, dass sie nach geltendem Recht als verheiratete Frau viele ihrer Rechte verlieren würde. Das wollten weder sie noch der ehrenwerte Mr Stirling.«

»Warum war meine Großmutter der Meinung, dass ich die Plantage erben soll? Was hatte sie vor? Ich bin gerade mal einundzwanzig. Es ist noch nicht lange her, da stand ich bis zur Ehe unter der Vormundschaft meines Vaters und dann unter der eines Ehemanns. Ich lebe in Bremen. Hat sie ernsthaft geglaubt, ich könnte mit all dem etwas anfangen?«

Sorgfältig, als wäre die Kanne ein kostbares Original, was sie mit Sicherheit auch war, setzte Liu Dschihu sie wieder ab und sagte: »Ja.«

Das Abendessen war köstlich.

»*Cuisine anglais*[35]«, sagte Ewan nicht ohne Stolz und wies auf ein exquisites Filet Wellington mit Kichererbsenmus.

35 Frz.: englische Küche, im 19. Jahrhundert die Hochküche Europas.

Ewan fragte Joost nach der Reise, und beide waren der Meinung, dass die Dampfschifffahrt die Welt näher zusammenbrachte und es nur noch eine Frage der Zeit wäre, bis das Gaslicht auch in dieser Ecke Bengalens angekommen wäre. Ein Gespräch wie ein Hochseilakt: immer auf Balance bedacht, keine abweichende Bewegung, die das fragile Gleichgewicht der Konversation stören konnte. Doch alle waren sich darüber klar, dass eine Entscheidung gefordert war, und ausgerechnet Joost brachte sie wieder zur Sprache.

»Was kann denn der Verkauf dieser Plantage einbringen?«

Ewan legte das Besteck nieder und tupfte sich den Mund mit einer Serviette ab.

»Ich würde noch etwas warten, bis die Winterernte eingebracht ist. Danach hat man einen guten Überblick über die Wirtschaftlichkeit. Vor fünfzig Jahren bot die English Society of Arts fünfzig Guineen demjenigen, der zwanzig Pfund indischen Tee lieferte.«

Bettina ließ vor Schreck den Dessertlöffel fallen. »So viel?«

»Das ist lange her, mein Fräulein. Mittlerweile sind nicht nur in Assam und Bengalen, sondern auch in Britisch Burma und Niederländisch-Indien viele Plantagen entstanden. Nicht zuletzt deshalb wurde Tee erschwinglich. Im Moment liegt der Preis bei rund fünfzehn Shilling pro Pfund. Brenny's Garden gehört seit 1840 zur Assam Tea Company. Damals herrschte eine Goldgräberstimmung. Das Land war billig zu haben, weil die Steuer, die Bauern für ihre Äcker zahlen mussten, eklatant angehoben wurde.«

»Und was wurde aus den Bauern?«

»Sie sind jetzt Arbeiter auf den Teeplantagen. Die Claims sind abgesteckt. Robert Stirling hatte Glück: Er bekam sein Land noch vom Teekomitee in Calcutta.«

»Und das hat es wohl auch den Bauern genommen.«

»Da!«, rief Joost. »Da ist es schon wieder! Bettina, ich habe dir gesagt, du sollst aufhören mit dem Politisieren!«

Bettina senkte den Kopf.

»Sie zahlen siebzig bis fünfundsiebzig Prozent ihres Einkommens«, sagte Mr Dschihu mit seiner sanften Stimme, als ob er damit schon im Voraus den Gegenwind aus den Segeln nehmen wollte, der ihm nun entgegenblies.

»So ist das nun einmal«, sagte Ewan bestimmt.

Und in seltener Einmütigkeit stieß Joost auch noch ins gleiche Horn. »Das ist eben der Unterschied zwischen einer zivilisierten großen Nation und den ungebildeten Einheimischen. Es ist der Preis, den sie für die Segnungen des Fortschritts zahlen, den wir ihnen bringen. Oder, wie unser großer Dichterfürst Goethe schon sagte: ›Du musst herrschen und gewinnen, / Oder dienen und verlieren, / Leiden oder triumphieren, / Amboss oder Hammer sein.‹[36].«

Mit größter Zufriedenheit stießen die beiden Herren miteinander an.

»Ich will anders sein.«

Bettina hob den Blick. »Ich will anders sein«, wiederholte sie. »Entschuldigt mich bitte.«

Sie stand auf und verließ das Speisezimmer.

Draußen auf der Veranda gab es eine Holzbank und einen knorrigen alten Sessel. Sie strich sanft mit den Fingerspitzen über das rissige Holz und hatte das Gefühl, einen ganz ähnlichen schon einmal gesehen zu haben. Hatte so einer nicht zu Hause in der Bibliothek gestanden? Ein Möbelstück, selbst geschreinert, grob und auch ein wenig schief. Eine Erinnerung an einen Anfang in einfacheren, wesentlich sparsameren Ver-

36 Johann Wolfgang von Goethe: »Geh, gehorche meinem Winken«.

hältnissen. Nichts, das Kenntnis erforderte, nur eine geschickte Hand.

Der Regen rauschte herab. Ein sanfter Wolkenbruch, der am Vorsprung des überstehenden Dachs einen Vorhang aus Wasser bildete. Diener eilten heran, brachten Kissen und Decken und schließlich ein Kohlebecken, das eine wohlige Glut verströmte. Irgendwann erschien Mr Dschihu und brachte ihr einen Schal aus feinster Wolle, der leicht wie ein Hauch auf ihren Schultern lag und dennoch wärmte.

»Wollen wir uns einen Augenblick setzen?«

Sie nickte. Es war genug Platz auf der Bank. Er raffte seinen seidenen Mantel und nahm am einen, sie in sittsamer Entfernung am anderen Ende Platz. Ein weiterer Diener erschien und servierte Tee. Der heiße Dampf stieg aus den Tassen wie eine Rauchfahne und verbreitete eine Ahnung von Bergamotte.

Sie lauschten auf das Trommeln des Regens über ihnen und das Plätschern und Gurgeln zu ihren Füßen. Mr Dschihu reichte ihr eine Tasse. Sie erkannte den gleichen Earl Grey, der auch im Teepalast ausgeschenkt wurde und in ihr eine wilde Sehnsucht nach dem Zuhause hervorrief. Es war eine selten dumme Idee gewesen, auf dieser Reise zu bestehen. Sie hätte das Erbe ebenso in Bremen annehmen und gleich den Verkauf durch Ewan in die Wege leiten können.

»Warum heißt die Plantage ›Brenny's Garden‹? Wer war das?«

Mr Dschihu nippte an seinem Tee und stellte die Tasse wieder zurück. Alles, was er tat, schien einer geheimen Choreografie zu folgen. Irgendwelche festgelegten Anweisungen, wie man eine Tasse zum Mund führte, sich über den Bart strich, mit einer beiläufigen Berührung der Schläfe prüfte, ob der Hut noch gerade saß, oder mit jungen Damen aus dem Deutschen Kaiserreich parlierte.

»Das war«, sagte er nach reiflicher Überlegung, »wenn man das so sagen kann, ein Nom de Guerre. Ein Deckname.«

»Für Robert Stirling?«

»Nein.«

»Für … Helene Vosskamp?«

Mr Dschihu nickte vorsichtig.

»Und wie kam es dazu?«

»Es war, so glaube ich mich zu erinnern, der Name ihres zweiten Mannes.«

Bettina hätte um ein Haar ihre Tasse fallen gelassen. »Meine Großmutter war nie verheiratet! Also, abgesehen vielleicht von dieser … dieser Verbindung mit Mr Stirling«, setzte sie hinzu.

»Nein?« Der Chinese legte eine vorsichtige Verwunderung an den Tag.

»Deshalb hatte sie auch keinen ersten Mann. Wer soll das denn gewesen sein?«

Mr Dschihu ordnete die Falten seines Seidenmantels. Wahrscheinlich so, wie sie bei unangenehmen Unterhaltungen zu liegen hatten.

»Sie war nie verheiratet«, beharrte sie, Bindi hin oder her. Genau das war ihr ja nie verziehen worden. Wie kam dieser Mann dazu, nun von ersten, zweiten, dritten Ehemännern zu reden? Ihre Augen wurden schmal, und mit einer Art giftiger Freundlichkeit wandte sie sich ihm zu. »Sie haben sie gekannt.«

»Fast fünfzig Jahre lang.«

Seine dunklen Augen bekamen einen warmen Glanz.

Bettina nickte, immer noch katzenfreundlich. Wenn sie aus dem letzten Gefährten ihrer Großmutter etwas herausbekommen wollte, durfte sie ihn nicht vor den Kopf stoßen. Es war klar, dass dieser zarte alte Mann mehr wusste, als er zugab. Und dass er eine ehrliche Zuneigung für Helene hegte, wenn er sie auch tief in seinem Herzen verschlossen hielt.

»Wie kam das? Sie sind Chinese. Wie kommen ein Chinese und eine Friesin nach Darjeeling?«

Seine dünnen Lippen kräuselten sich, als ob er ein Lächeln verhindern wollte. »Sie hat mein Leben gerettet. Und ich das ihre, wenn ich das mit aller gebotenen Bescheidenheit sagen darf. So waren wir einander nicht verpflichtet, denn die eine Gefälligkeit hob die andere auf. Und doch blieb das Band geknüpft.«

»Ah. Ja.« Das schien ja eine interessante Geschichte zu sein. »Und ihr, ähm, zweiter Mann? Hieß der wirklich Brenny?«

»Nein. Es war ein Missionar aus Brandenburg mit dem Namen Werner Brennicke.«

»Ein Missionar.«

»Ja. Er lebte lange und glücklich in Singapore, wo er eine Missionsstation leitete.«

»Und … ihr erster Mann?«

Wieder der Griff zum Bart. »Ein Junge aus einem Dorf, weit oben im Norden Ihres schönen Kaiserreichs.«

»Hogsterwaard?«, fragte Bettina. Ihr schwante Unheil. Das Dorf war Opfer einer Sturmflut geworden, und danach war Casper Groth zu ihnen gekommen. Ein blässlicher, bescheidener Mensch, der lange Zeit die Bücher geführt hatte. Er war mit einer netten Frau verheiratet gewesen, aber sein Verhältnis zu Helene hatte niemand recht durchschaut. Zu distanziert, um Freunde zu sein, zu eng, um nur als Mitarbeiter durchzugehen. Bettina erinnerte sich an einige Diskussionen, als ihr Vater den Betrieb übernommen hatte. Casper Groth war in seinen Augen keine große Leuchte, und Joost begriff nicht, warum Helene ihm trotzdem Lohn und Brot gab.

»Weil ich es so will«, war ihre lapidare Antwort gewesen. »Er hat mir einmal sehr geholfen. Und jetzt helfe ich ihm.«

Damals hatte Großtante Hanna noch gelebt, Helenes Schwester. Sie war mit einem Bäcker verheiratet, der auch den Teepalast belieferte, und die Einzige, von der Bettina etwas mehr über die bitterarme Kindheit ihrer Großmutter erfahren hatte. Eine drahtige, resolute Person mit einem beeindruckenden Busen, der Bettina ängstigte, wenn sie das Kind an ihn drückte. Sie duftete nach Hefe und Brot und wirkte immer ein kleines bisschen verschwitzt. Zum großen Leidwesen ihres Vaters fühlte sie sich während ihrer Besuche stets dazu berufen, Helenes Partei zu ergreifen.

»Es gab genau zwei Leute in diesem verfluchten Ort, die nicht auf uns gespuckt haben«, hatte sie gewettert. »Die Gerberin und der kleine Groth.«

Tante Hanna hatte ein Tuch aus ihrem beeindruckenden Dekolleté gezogen und sich damit die kleinen Schweißperlen von der Stirn getupft. »Und immer zur Witte Naht kam ein Päckchen von ihm ins Armenhaus. Ich musste es abgeben. Das wusste er, und deshalb hat er heimlich noch einen kleinen Sack Pfeffernüsse dazugetan. Hätt' er nicht tun müssen, der Casper. Hat es aber getan.«

»Pfeffernüsse.« Joost hatte einsehen müssen, dass im Hause Vosskamp offenbar andere Gaben für eine Anstellung auf Lebenszeit eine Rolle spielten als Befähigung.

Casper Groth war ein stiller Mensch gewesen. Er hatte ein Händchen fürs »Gutrechnen«, eine heimliche Gewitztheit, eine fast spitzbübische Freude daran, fünfe gerade sein zu lassen. Von ihm hatte Bettina Fakturieren, Buchhaltung und Rechnungswesen gelernt. Nutzlose Kenntnisse für eine junge Frau, aber nun, auf dieser Veranda an einem verregneten Abend in Darjeeling, in Gesellschaft dieses rätselhaften freundlichen Chinesen, hatte sie das Gefühl, damit einen weiteren Mosaikstein in die Hand bekommen zu haben, der sich erst viel später in ein großes Ganzes einfügen würde.

»Er hieß nicht zufälligerweise Casper Groth?«

Mr Dschihu neigte anerkennend den Kopf. »Das könnte sein.«

Das war … Bettina hatte keine Worte im Kopf, die beschreiben könnten, welche sagenhaften Abgründe sich gerade auftaten. Ihr Vater würde einen Tobsuchtsanfall bekommen, wenn er das erführe. Sie spürte, wie Nervosität von ihr Besitz ergriff. Sie wollte mehr erfahren, und gleichzeitig hatte sie Angst davor, Helene in einem völlig neuen Licht zu sehen: eine dreifache … Bigamistin? Trigamistin?

»Und … hat sie sich jemals scheiden lassen?«

Mr Dschihu schürzte bedauernd die Lippen. »Nein. Wobei nie so ganz klar war, ob alle drei Verbindungen eine irdische Gültigkeit hatten.«

»Oh mein Gott.«

Bettina wandte sich ab und rieb hektisch mit den Handflächen über den Rock. Das waren eindeutig zu viel Informationen.

»Brenny nannte sie sich in China. Mr Stirling hat sie auch immer so genannt.«

»Brenny.«

Jetzt hätte sie einen ordentlichen Schluck Rum in ihrem Tee vertragen können.

»Ich verstehe, dass Sie Fragen haben. Aber gestatten Sie mir die Impertinenz, auch etwas von Ihnen wissen zu wollen.«

»Ja?«, fragte sie argwöhnisch.

»Was werden Sie tun?«

Sie zog den Schal enger um die Schultern. »Ich bin nicht gemacht für ein Abenteuerleben. Ich werde heiraten und Kinder bekommen. Mein Bruder Paul wird das Geschäft übernehmen. Er arbeitet schon im Contor und wird in ein paar Jahren meinen Vater mehr und mehr entlasten.«

»Und Sie?«

Sie zog die Unterlippe ein und nagte dann daran herum. Irgendwann zuckte sie mit den Schultern. »Ich bin ganz gut im Rechnen, damit überbrücke ich die Zeit, bis es so weit ist. Bis jemand um meine Hand anhält. Sehen Sie, Mr Dschihu, meine Großmutter galt in Bremen als ledig. Mit einem unehelichen Kind. Das ist ein Makel, der lange an einem haftet. Es müsste jemand sein, der mich trotzdem nimmt.«

Der Chinese lächelte sie aufmunternd an. »Sie sind, wenn ich mir die Bemerkung erlauben darf, eine sehr hübsche und kluge Frau. Stehen die Bewerber da nicht zu Dutzenden an?«

Bettina legte den Kopf zurück und betrachtete die Balken des Vordachs. Es hatte ein paar Anläufe gegeben. Aber entweder waren es Männer, bei denen ihr der Instinkt gesagt hatte, dass es ihnen nicht um ihre Person, sondern die Mitgift ging. Oder Bettina hatte einfach kein Interesse an Verehrern, die sie von oben herab behandelten und jeden zweiten Satz mit »Wenn wir erst einmal verheiratet sind …« begannen.

»Nein. Nicht direkt. Aber das wird kommen. Irgendwann sucht mein Vater einen aus, und dann werde ich Hausfrau und Mutter.«

»Ist es das, was Sie sich ersehnen?«

Bettina wollte das nicht. Dass ihr bloß wegen einer rhetorischen Frage, die ihr auch noch ein Wildfremder stellte, die Tränen in die Augen stiegen. Die Letzte und tatsächlich auch die Einzige, die sie das gefragt hatte, war Helene gewesen. Hastig wischte sie sich über die Augen und setzte sich wieder auf.

»Darum geht es nicht.«

Jetzt war es an Mr Dschihu, sehr verwundert zu tun. »Nein? Um was dann?«

»Ach, hören Sie doch auf! Gerade noch haben Sie mir von Menschen erzählt, die wie Sklaven auf Ihren Plantagen arbeiten.

Denken Sie, die wurden gefragt, nach was sie sich sehnen?« Sie war wütend geworden, und es tat ihr noch während des Sprechens leid, so aus der Haut zu fahren.

»Na, wer regt sich denn da wieder auf?«

Joost kam aus der Tür und gesellte sich zu ihnen, ein Glas mit einer bernsteinfarbenen Flüssigkeit in der Hand und einen leichten Glimmer in den Augen.

»Sie müssen entschuldigen, meine Tochter ist recht impulsiv.«

Mr Dschihu stand erstaunlich behände für sein Alter auf und verbeugte sich leicht. »Ich muss Sie um Entschuldigung bitten. Ich habe Ihnen mit meinen Schnurren die Zeit gestohlen.«

Joost ließ sich krachend neben seiner Tochter auf die Bank fallen. »Wir bleiben hier, aber nur heute Nacht. Morgen fahren wir nach Darjeeling zurück und erledigen den Papierkram.«

Bettina wusste nicht, woran es tatsächlich lag, dass sich etwas in ihr zu sträuben begann. Vielleicht an der Selbstverständlichkeit, mit der ihr Vater immer noch über sie verfügte. Vielleicht aber auch an dem Gefühl, eine Chance zu verpassen, wenn sie nicht mehr erfahren würde.

»Ich brauche Zeit.«

Joost hatte schon angesetzt und einen Schluck getrunken. Er ließ das Glas sinken. Seine buschigen Augenbrauen zogen sich zusammen – Vorboten eines Unwetters, das jeden Moment über sie hereinbrechen konnte. Sie dachte an Helene und richtete sich kerzengerade auf.

»Zeit für was?«, kam es gefährlich ruhig aus seinem Mund.

»Ich muss wissen, was die Plantage wert ist. Die Bücher der letzten Jahre sehen. Das *conto courant* prüfen. All das, was ich jetzt schon im Teepalast mache.«

Joost schüttelte den Kopf. »Das wird uns Mr Ewan alles zusenden. Die Plantage wird verkauft, und der Gewinn kommt deiner Aussteuer zugute. So hatte meine Mutter das gewollt.«

Bettina sah zu Mr Dschihu, doch der war keine Hilfe. Er stand ein paar Schritte abseits und beobachtete den fallenden Regen. Sie wusste nicht, was sie zum Widerspruch trieb, aber er ließ sich nicht zurückhalten.

»Ich glaube nicht. Ich glaube, sie wollte, dass ich die Plantage behalte.«

»Du?« Joost leerte das Glas und stand wieder auf. »Ich habe große Achtung vor dem, was meine Mutter geleistet hat. Aber ich glaube nicht, dass sie in der heutigen und zukünftigen Zeit zum Vorbild taugt. Es ist meine Aufgabe, das Handelscontor Vosskamp erfolgreich zu führen, damit dein Bruder eines Tages vielleicht in der komfortablen Lage ist, seine unverheiratete Schwester als Gouvernante seiner Kinder zu unterstützen!« Er redete sich in Rage. Der Blick in sein leeres Glas reichte, dass sofort ein Diener auf ihn zustürzte und es ihm aus der Hand nahm. »Denn so wirst du enden mit all den Flausen im Kopf. Eine Teeplantage in Indien! Du? Allein?«

»Mr Ewan könnte der Manager bleiben!«

»Das kommt nicht infrage! Ich verbiete es dir!«

»Ich bin einundzwanzig!«

»Dann werde verdammt noch mal erwachsen!«

Er ging zurück ins Haus. Der alte Chinese legte die Hände hinter dem Rücken zusammen und erging sich weiterhin in der Betrachtung des Wassers, das wie Perlenschnüre vom Dach lief. Bettina spürte, dass ihre Wangen heiß wurden. So hatte ihr Vater sie noch nie angeschrien, und so deutlich war der Wert ihrer Meinung auch noch nicht abgekanzelt worden.

Mr Dschihu drehte sich zu ihr um. Man konnte deutlich die schmalen Schultern unter dem Seidenstoff sehen.

»Sie sollten Ihrem Vater gehorchen«, sagte er vorsichtig.

Bettina blickte in die erleuchtete Eingangshalle. Helenes Porträt an der gegenüberliegenden Wand vermittelte ihr mit einem Mal den irritierenden Eindruck, sie sähe sie direkt an. Sie musste schlucken. Wahrscheinlich ein letzter Reflex auf die Tränen, die sie eben noch um ein Haar vergossen hätte.

Mr Dschihu kam zu ihr und blieb neben ihr stehen.

»Ja«, sagte sie tonlos. »Das sollte ich wohl.«

»Andererseits …« Der Chinese reichte ihr gerade bis zur Schulter. Trotzdem hatte sie das Gefühl, dass von diesem gebrechlichen Mann eine außergewöhnliche Stärke ausging. Er strich wieder über seinen Bart und tat so, als ob er nachdenken würde. Dabei war sich Bettina sicher, dass er schon längst wusste, was er sagen wollte. »Andererseits müssen wir irgendwann unseren eigenen Weg gehen. Sie haben eben die Arbeiter auf den Plantagen angesprochen. Vielen Menschen ist der freie Wille verwehrt. Sie können nicht entscheiden, welchen Weg sie einschlagen wollen. Aber Sie, Miss Vosskamp, was soll Ihnen schon passieren?«

Überrascht, fast schon kompromittiert von der Ungeheuerlichkeit seiner Frage, trat sie einen Schritt zurück.

»Sie glauben das allen Ernstes?«

»Ihre Großmutter hat es getan.« Er begab sich zurück an den Tisch und holte ihre Teetasse. »Hier, nehmen Sie noch einen Schluck. Sie wissen, woher der Tee seinen Namen bekam?«

Bettina nickte und nahm ihm die Tasse ab. »Im Laderaum eines Schiffs ist Bergamottöl ausgelaufen und hat die Teekisten parfümiert.«

»Und Sie wissen auch, wessen Tee das war? Und warum wir bis heute diese Kisten mit einem Pik-Ass verzieren?«

Sie sah ihn fragend über den Rand der Tasse an.

»Es war die erste Ladung, die Ihre Großmutter nach London brachte. Und dann dieses Malheur! Jeder andere hätte sie ins Hafenwasser geworfen und sich selbst gleich mit dazu. Aber Ihre Großmutter kannte die Tochter des 2nd Earl Grey und hatte wohl noch etwas gut bei ihr. Es hatte etwas mit einer Spielkarte zu tun, so genau weiß ich es auch nicht. Aber sie gewann über eine einflussreiche Dame, Eliza Ellice, das Gehör des ehemaligen Premierministers. Bei einem Empfang schenkte er jene Mischung aus und verhalf ihr zu einem durchschlagenden Erfolg.«

Bettina trank einen Schluck des Tees, der in der Kälte nur noch lauwarm war. Dennoch umfasste sie die Tasse mit beiden Händen, um die letzte Wärme zu speichern.

»Eine schöne Geschichte«, sagte sie. »Und wenn sie nicht wahr ist, dann ist sie gut erfunden.«

Mr Dschihu ging langsam zurück zur Bank und setzte sich mit einem leisen Ächzen. »Ihr ehrenwerter Vater erwähnte den hochedlen Dichter Johann Wolfgang von Goethe. Dann ist Ihnen sicherlich auch Matthias Claudius ein Begriff.«

»Ja.« Sie folgte ihm langsam, blieb aber stehen.

»Sein Gedicht über den Mond hat mich tief berührt. ›Er ist nur halb zu sehen / Und ist doch rund und schön.‹«

»›So sind wohl manchen Sachen, / Die wir getrost verlachen, / Weil unsre Augen sie nicht seh'n.‹[37]«

Mr Dschihu nickte. Mit einer eleganten Handbewegung lud er sie ein, sich neben ihn zu setzen. »Sie kennen nur die Hälfte. Man sagt, es braucht mindestens drei Meinungen, um eine eigene zu bilden. Ich sage: Man muss eigentlich nur zuhören.«

»Und das haben Sie getan. Wann war das?«

»Oh. Es ist lange her.«

Sie stellte die leere Tasse ab und nahm neben ihm Platz. Ein Diener kam und tauschte die Kannen aus. Nun duftete es nach Jasmin.

»Meine eigene, ganz persönliche Mischung«, sagte Mr Dschihu

---

37 Matthias Claudius: »Der Mond ist aufgegangen«.

mit einem verschwörerischen Lächeln. »Genau der richtige Begleiter für wundersame Geschichten in einer verregneten Nacht. Ich erzähle Ihnen, woran ich mich noch erinnere. Es liegt an Ihnen, Dichtung und Wahrheit zu trennen und Ihr eigenes Bild zu machen. Und schließlich, schlussendlich, auch Ihre eigene Entscheidung zu treffen.«

Bettina nickte. Das war ein guter Vorschlag. Und mehr als eine Schnurre bei einer Tasse Tee. Es war ein neuer Stein in diesem Mosaik, von dem sie erst jetzt erkannte, dass es eines Tages das Bild ihres eigenen Lebens sein könnte. Sie war gespannt, an welcher Stelle er sich einfügen würde, und ob diese Nacht ein Anfang oder ein Abschied war.

Mr Dschihu legte die Falten seines Seidenmantels so zurecht, wie man das wohl zu Beginn einer Erzählung vor Publikum tat. Bettina lächelte.

»Nun, ehrenwerter Mr Liu Dschihu. Mögen Sie beginnen.«

Ein Wort zum Schluss …

Dichtung oder Wahrheit? Bettinas Entscheidung, ob ihre Geschichte mit »Ich hatte eine Plantage in Darjeeling« beginnen könnte, wird die einer Frau sein, die sich entweder anpasst oder aufbegehrt gegen die Verhältnisse Ende des 19. Jahrhunderts. Eine Zeit voller Umbrüche, noch weit davon entfernt, Frauen das Recht auf eine freie Entfaltung ihrer Persönlichkeit zu geben. Umso erstaunlicher, wie viele von ihnen trotzdem den Mut hatten, eigene Wege zu gehen.

Helene »Lene« Vosskamps Reise ist natürlich Dichtung. Aber sie ist Menschen begegnet, die eine echte Rolle in einer sich rasant verändernden Welt spielten. Eliza Ellice, eine Salondame der Londoner Gesellschaft, Tochter des Premierministers Charles Grey – der nach ihm benannte Tee Earl Grey ist englisches Kulturgut. Lord William Napier, heute würde man ihn einen Kriegstreiber nennen. Die Botaniker Nathaniel Wallich und George Gordon, die maßgeblich zum Teeanbau in Indien beigetragen haben. Die Schiffsbauer Thomas Mayfair und Charles Maire. Deng Tingzhen, Vizegouverneur von Guangdong und erbitterter Feind des Opiumschmuggels, durch den nach zwei Kriegen sein Land in die Knie gezwungen wurde. Und natürlich ein gewisser Robert Fortune. Schottischer Botaniker und Gärtner, in allererster Linie aber ein begnadeter Teedieb und ein gerissener Schmuggler, der in dieser Geschichte das Vorbild für einen sehr attraktiven Draufgänger namens Robert Stirling war …

Auch Werner Brennicke hat ein reales Pendant: Johann Andreas Wernicke, ein Missionar, ausgesandt aus dem brandenburgischen Wulkow nach Indien 1838. Er verliebte sich auf dem Weg nach Liverpool in seine zukünftige Frau Sophie, und beide siedelten sich am Fuße des Himalaya an und gründeten die erste deutsche Teeplantage. Aber erst seinen Söhnen sollte es gelingen, ein wahres Tee-Imperium aufzubauen.

Geschichten über Geschichten, jede einzelne wert, erzählt und ausgeschmückt zu werden … Aber die Verhältnisse, denen Lene entfloh, waren bittere Wahrheit. Die Armut in Friesland war 1834 groß, das Elend in London unbeschreiblich. Ganz zu schweigen von der Ausbeutung auf den Teeplantagen, die zum Teil noch heute stattfindet.

Es gibt wenige zeitgenössische Aufzeichnungen, auch die Museen präsentieren lieber einen bürgerlichen Haushalt, blieb doch davon genug übrig. Armut und Elend aber versanken im Vergessen. Eine rühmliche Ausnahme macht das Moormuseum in Moordorf, das die zweihundertjährige Entwicklung einer ostfriesischen Kolonie im Südbrookmerland zeigt – gar nicht so weit entfernt von dem fiktiven Hogsterwaard.

Burkhardt Sonnenburg, während meiner Arbeit an diesem Buch Leiter des Heimatmuseums in Leer, hat mir den Tipp gegeben, dort nachzuforschen und mir darüber hinaus im wunderschönen Garten seines Hauses Einblicke in die Geschichte Frieslands gegeben. Ob die Vielzahl der Währungen oder das Diamantenfieber, ob Todesstrafen für Piraten oder das karge Leben auf Scholle und Meer, das und noch viel mehr hat er mir mit Liebe zum Detail und Hingabe zur Sache so spannend erklärt, dass ich dort am liebsten mein Zelt aufgeschlagen hätte.

Liebend dageblieben wäre ich auch im Bünting Teemuseum in Leer. Henning Priet, wissenschaftlicher Mitarbeiter, weihte mich als Erstes in die friesische Teezeremonie ein, bevor wir ins Detail gingen. Von den Ursprüngen des Teehandels bis zu seiner Blütezeit, eng verwoben mit dem politischen Schicksal Frieslands – ich durfte seinen leidenschaftlichen Erzählungen lauschen, alte Seekarten bestaunen, von vergessenen Sorten erfahren und von einer Zeit, in der Tee fast so viel wert war wie Gold.

Ein riesengroßes Dankeschön geht an Heike und Peter Gerdes. Ihre Buchhandlung »Tatort Taraxacum« in Leer ist ein Füllhorn an friesischen Geschichten, und ich habe es Peter zu verdanken, dass ich trotz der Beschränkungen, die uns Corona auferlegt hatte, unter allen gebotenen Vorsichtsmaßnahmen vor Ort recherchieren konnte. Dank seiner Fürsprache bekam ich Zugang zu Menschen und Archiven, und die kleine Lesung, die wir im Garten seiner Buchhandlung durchführen konnten, wird mir unvergesslich bleiben. Die Freude und das Glück, sich zu sehen und über Bücher miteinander ins Gespräch zu kommen, ist auch durch »Systemrelevanz« nicht zu ersetzen.

Danke an Christiane Hillesheim-Behrens vom Deutschen Teeverband e. V. Persönlich konnten wir uns nicht kennenlernen, aber das holen wir auf jeden Fall nach!

London … noch nicht einmal dorthin konnte ich reisen. Dabei liebe ich es eigentlich, vor Ort zu recherchieren. Aber 2020 hat viele Pläne zunichtegemacht, auch den eines Treffens mit Sarah Wise. Sie ist eine britische Historikerin, die sich in ihren Büchern *The Italian Boy* und *The Blackest Streets* mit den Lebensverhältnissen der Ärmsten im viktorianischen Zeitalter und den Jahren davor beschäftigt. Statt eines persönlichen Gesprächs zoomten wir miteinander, und dann hieß es Eintauchen ins Internet und in ein Gebirge von Büchern, denn Museen, Grenzen und Flughäfen waren geschlossen.

Aber es gab noch ein Treffen in München, das für dieses Buch vielleicht das wichtigste war: das mit meiner Verlegerin Grusche Juncker und meiner Programmleiterin Claudia Negele. Ihre Begeisterung, ihr Zuspruch für dieses Buch haben mich durch dieses Jahr getragen und dazu geführt, dass der

Teepalast Gestalt annahm und zu einer unvergesslichen Reise mit diesem Ende wurde. Ich bin ihnen so dankbar, dass sie an meiner Seite sind, gerade in diesen Zeiten.

Nun liegt das Buch in Ihren Händen (oder als Datei auf Ihrem Tablet, dem Handy, als Hörbuch gespeichert …), und mein letzter Dank gilt Ihnen für Ihr Vertrauen, mit mir gemeinsam Neuland zu betreten. Ich wünsche mir von Herzen, dass Ihnen der *Teepalast* gefallen hat und wir vielleicht noch ein paar weitere Reisen in die Vergangenheit unternehmen. Wenn Sie mir schreiben wollen, finden Sie mich auf Facebook unter »Elisabeth Herrmann und ihre Bücher« oder auf Instagram unter »Elisabeth Herrmann Autorin«. Ich freue mich sehr auf unser Wieder-Lesen! Herzlichst

Elisabeth Herrmann
Berlin, im Januar 2021

Weitere lieferbare Bücher von Elisabeth Herrmann im Goldmann Verlag:

Das Kindermädchen. Kriminalroman
Versunkene Gräber. Kriminalroman
Die siebte Stunde. Kriminalroman
Die letzte Instanz. Kriminalroman
Totengebet. Kriminalroman
Requiem für einen Freund. Kriminalroman
Das Dorf der Mörder. Kriminalroman
Der Schneegänger. Kriminalroman
Zeugin der Toten. Thriller
Stimme der Toten. Thriller
Schatten der Toten. Thriller

(alle auch als E-Book erhältlich)